# Os segredos de
# Mary Bowser

# Os segredos de Mary Bowser

## LOIS LEVEEN

*Tradução*
Lourdes Sette

CIP-BRASIL. CATALOGAÇÃO NA PUBLICAÇÃO
SINDICATO NACIONAL DOS EDITORES DE LIVROS, RJ

L643s  Leveen, Lois, 1968-
    Os segredos de Mary Bowser / Lois Leveen; tradução: Lourdes Sette. – 1. ed. – Campinas, SP: Verus, 2014.
    il.

Tradução de: The secrets of Mary Bowser
Inclui apêndice
ISBN 978-85-7684-586-7

1. Romance americano. I. Sette, Lourdes. II. Título.

13-04929

CDD: 813
CDU: 821.111(73)-3

Texto revisado segundo o novo Acordo Ortográfico da Língua Portuguesa.

Título original
THE SECRETS OF MARY BOWSER
Copyright © 2012 by Lois Leveen
Copyright da tradução © 2014 by Verus Editora.

Capa: André S. Tavares da Silva
Editoração eletrônica: Abreu's System

Direitos reservados em língua portuguesa, no Brasil, por Verus Editora. Nenhuma parte desta obra pode ser reproduzida ou transmitida por qualquer forma e/ou quaisquer meios (eletrônico ou mecânico, incluindo fotocópia e gravação) ou arquivada em qualquer sistema ou banco de dados sem permissão escrita da editora.

Verus Editora Ltda.
Rua Benedicto Aristides Ribeiro, 55, Jd. Santa Genebra II, Campinas/SP, 13084-753
Fone/Fax: (19) 3249-0001 | www.veruseditora.com.br

Impresso no Brasil

ISBN 978-85-7684-586-7

Seja um leitor preferencial Record.
Cadastre-se e receba informações sobre nossos lançamentos e nossas promoções

Atendimento e venda direta ao leitor
mdireto@record.com.br ou (21) 2585-2002

# Nota da autora

Este romance conta a história de uma pessoa real, Mary Bowser. Nascida durante a época da escravidão em Richmond, Virgínia, Mary foi alforriada e educada na Filadélfia, mas voltou ao Sul e se tornou uma espiã da União durante a Guerra de Secessão. Como tantas outras pessoas comuns que escolhem o que é certo ao invés do que é fácil, ela realizou feitos extraordinários.

Hoje, sabe-se pouco sobre Mary Bowser. No século XIX, não havia muito empenho em registrar o cotidiano da maioria dos escravos, dos negros livres, ou das mulheres de qualquer raça. Os raros fatos sobre Mary Bowser que sobreviveram não conseguem retratar o que a maioria de nós deseja saber: que experiências, quando foi alforriada, a fizeram arriscar a vida em uma guerra a qual ela não tinha certeza de que traria a emancipação? Como essa afro-americana culta se sentiu submetendo-se às pessoas que a consideravam ignorante e até mesmo não humana? Como viver em meio à morte e à destruição da guerra mais sangrenta da América a afetou?

*Os segredos de Mary Bowser* entremeia figuras históricas, eventos factuais e até mesmo correspondência real e recortes de jornal com cenas ficcionais, personagens imaginários e diálogos inventados para responder a essas perguntas. Da mesma forma que Ralph Waldo Emerson, que viveu na mesma época que Mary Bowser (e que, no estilo daquela época, frequentemente falava em *homem* quando hoje diríamos *pessoa*), acredito que as crises de uma vida individual podem nos ajudar a entender as crises nacionais. O romance conta a história da vida de uma mulher, mas também conta a história de uma nação dilacerada pela escravidão e reconciliada pela valentia diária de inúmeras pessoas como Mary Bowser.

# Prefácio

Mamãe estava sempre muito ocupada. Ocupada servindo o velho Sr. Van Lew e a Sra. Van Lew, o jovem Sr. John e a Srta. Bet. Porém, nunca estava ocupada demais para me desafiar com um enigma. Ela dizia que era o primeiro tipo de aprendizagem que podia me dar, e a mais importante também. Fique alerta, mamãe queria dizer. Veja o mundo ao redor. Encontre o que você procura, porque tudo já está lá.

– Vejo, com meu olhar, para onde vai a ave quando não está a voar – mamãe disse certa tarde, suas palavras pairando no calor de Richmond enquanto carregávamos vasilhas de comida vazias pelo pátio até a cozinha.

Cantarolei o enigma baixinho; olhos semicerrados por causa do sol brilhante da Virgínia. O que ela queria dizer com *não havia pássaros à vista*? Então, percebi, lá no galho do corniso grande.

– Ah, mamãe, um ninho de passarinho!

Mas ela olhou, desdenhosa.

– Fiz uma rima para deixar você intrigada, Mary El. Você já tem idade suficiente para me responder com outra rima.

Sempre que mamãe dizia *você já tem idade suficiente* significava que algo novo estava por vir. Algo difícil que eu precisava fazer, sem qualquer discussão – limpar todas aquelas lareiras, polir a prataria, ajudar a servir as refeições dos Van Lew e limpar tudo depois. Idade suficiente nunca significava boas notícias. E agora idade suficiente estava estragando nossa brincadeira favorita.

Fechei a cara por um tempo, até mamãe dizer:

– Nenhum enigma novo até você responder o outro direito.

Eu queria tanto o próximo enigma que as palavras saltaram da boca:

– No topo da árvore, aquele ninhozinho, é para onde vai quando quer descansar o passarinho.

Mamãe abriu um grande sorriso.

– Uma menina de 5 anos, rimando tão bem. – Ela colocou sua carga de panelas de ferro no chão, ergueu-me e olhou para o céu. – Jesus, sei que minha filha não nasceu para ser escrava. Ela devia estar trabalhando para o Senhor Jesus, não para o senhor V ou a senhora V.

Ela me beijou, colocou-me no chão outra vez e pegou as vasilhas.

– Mas eu certamente preciso fazer o trabalho deles.

Mamãe já morreu. Embora tenha trabalhado como escrava a vida inteira, ela me viu livre e até me colocou no trem para Filadélfia para que eu pudesse frequentar uma escola.

No entanto, uma década no Norte me ensinou sobre amarras de uma forma diferente da que todos os meus anos de escravidão jamais fizeram. Viver em liberdade me perturbou mais do que qualquer enigma de mamãe até eu entender o fato de que nunca poderia apreciar minha liberdade completamente se não a tornasse mais do que apenas minha.

Após perceber isso, sabia que tinha de voltar à Virgínia. Sabia que estava pronta para assumir novamente o manto da servidão que supunha ter deixado para trás. Exceto que, em vez de alguns senhores e senhoras donos de escravos, é para o Sr. Lincoln que trabalho agora.

Mamãe, sua menininha cresceu e ainda pratica nosso melhor jogo. Sou uma espiã.

# LIVRO UM

Richmond
1844 a 1851

# Um

Mamãe e eu acordamos cedo, vestimos nossa roupa de domingo, descemos os três lances das escadas do sótão para o porão e passamos pela porta dos empregados antes mesmo dos Van Lew saírem da cama. Descemos rumo ao oeste pela rua Grace, virando para o sul e passando pelas fábricas de tabaco para nos dirigirmos a Shockoe Bottom. O Bottom não era nada parecido com Church Hill, o morro onde ficava a mansão Van Lew, acima da cidade. As construções no Bottom eram pequenas e desgastadas pelas intempéries, e os terrenos estavam lotados de todos os tipos de instalações fabris e estabelecimentos comerciais. Segurei com firmeza a mão de mamãe quando entramos na passagem estreita entre duas fachadas de lojas na rua Main.

Na outra ponta da passagem, papai nos esperava avultado, como em todos os domingos, em seu pedacinho de terreno descuidado. Assim que nos viu, um sorriso iluminou seu rosto como os raios de sol que transpassam as nuvens. Ele nos abraçou e beijou e, em seguida, nos abraçou um pouco mais, olhando-me como se eu tivesse mudado tanto desde a semana anterior que temia não conseguir me reconhecer.

Eu posso ter mudado, mas ele nunca mudou. Meu pai era tão magro e forte que seus músculos podiam ser vistos apesar da camisa de domingo. Sua pele luminosa brilhava como a cor e o resplendor dos grãos de café sul-americano que enriqueciam os importadores de Richmond. Grandes olhos castanhos dominavam seu rosto estreito, os mesmos que eu encontrava fitando-me sempre que passava pelo espelho da penteadeira da Sra. Van Lew. Como é estranho e maravilhoso ver um pouco de papai em meu reflexo. É mais prazeroso ainda quando amolo mamãe com as exigências de uma garotinha de 5 anos ranzinza, e ela me repreende:

– Não me olha com esses olhos de papai. – A reclamação de mamãe me dizia que eu era tanto filha dele quanto dela, mesmo nos seis dias da semana que passávamos longe dele.

Ao lado dele, mamãe parecia menor de uma forma como nunca acontecia quando trabalhava na mansão dos Van Lew. Embora não fosse gorda, era mais corpulenta do que papai. Sua pele era ainda mais escura do que a dele; tão retinta, forte e fosca que, sempre que eu via farinha, perguntava-me como aquele pó podia ser tão claro e, no entanto, tão pouco brilhoso quanto a pele dela. As sobrancelhas e os olhos eram curvados para baixo nas extremidades, fazendo-a parecer determinada e premeditada, estivesse a boca impassível, levantada por um de seus sorrisos afetuosos, ou, como frequentemente era o caso, aberta e falando.

Porém, dessa vez, papai estava falando antes de mamãe.

– Até que enfim as senhoras chegaram. A gente temo muito que fazer nesta manhã bonita. – Ele falava com o ritmo suave de um negro de Tidewater, embora tenha deixado a plantação onde nasceu ainda menino, quando seu primeiro proprietário o tornou aprendiz do Sr. Mahon, um ferreiro de Richmond.

A voz de mamãe soava diferente da de papai, muito aguda, como se ela e o velho Sr. Van Lew tivessem chegado de Nova York no dia anterior.

– O que a gente tem de fazer a essa hora em um domingo?

– Está mais que na hora de a gente retribuir pros Banks toda a hospitalidade que eles dão pra nós. Parei lá quando voltava para casa ontem à noite, convidei eles para vir pra cá conosco depois do culto.

– Aquela prole toda, aqui? – Mamãe olhou a cabana de papai. A construção com quatro cômodos tinha duas entradas, a de papai à esquerda e uma para o Sr. e a Sra. Wallace, o casal idoso alforriado que eram seus senhorios, à direita. Mesmo reunidos, os dois cômodos de papai eram menores do que a parte do sótão onde mamãe e eu dormíamos na mansão dos Van Lew, ou da cozinha de verão onde a cozinheira preparava as refeições deles. Um cômodo possuía apenas uma lareira, o parco estoque de gêneros alimentícios de papai e uma pequena mesa de madeira com três cadeiras diferentes. O outro tinha um colchão de palha, uma pia em cima de um caixote velho e uma fila de pregos onde ele pendurava suas roupas. As paredes não eram pintadas, nem por fora nem por dentro, e o assoalho de tábuas ásperas ficava descoberto até mesmo no inverno. Os únicos enfeites eram a estampa do tecido quadriculado brilhante das cortinas de juta que mamãe costurara para a janela e a cruz de metal que papai fabricara na forja de Mahon.

Pela forma como mamãe franziu o cenho, eu podia adivinhar o que ela estava pensando. Largo e alto, Henry Banks era uma grande presença em si mesmo, um homem de cor livre, mas que arriscava ser escravizado para ajudar os escravos e negros livres que se reuniam todas as semanas no porão de sua casa. Uma casa de dois andares, grande o suficiente para acomodar ele, a esposa e seis filhos. Naqueles domingos em que éramos convidados para jantar com a família após o culto, eu apreciava a oportunidade de me distrair com todas aquelas crianças. Portanto, embora mamãe tenha franzido o cenho para papai, eu fiquei animada por ouvir que todas as crianças viriam hoje.

No entanto, papai já estava acalmando mamãe.

– Está bem quente para a gente receber eles lá fora. Tudo que a gente precisa fazer é pegar emprestado uns prato e umas cadeira e outros treco com os vizinho, assim tudo fica pronto quando a gente voltar pra cá. – Ele sorriu. – Francamente, as pessoa vão achar que você casou com um bobo por causa da maneira como você fica agitada, Minerva.

Para todos em Richmond, negros ou brancos, mamãe era tia Minnie. Mas papai sempre a chamava de Minerva. Todas as vezes que ele pronunciava esse nome, ela fazia um grande estardalhaço revirando os olhos ou estalando a língua. Assim, imagino que mamãe não se sentisse tão explorada quanto fingia estar ao colocar as mãos nos quadris e fazer que não com a cabeça.

– Não começa a me irritar a essa hora, Lewis, nem começa.

Papai piscou para ela.

– Não ouse parar, ela quer dizer. E não sou eu que vai desobedecer ela. – Com isso, ele nos apressou enquanto reunia o que precisávamos servir aos convidados antes de nos fazer sair apressadamente para o culto.

Durante todo o sermão e as orações da manhã, senti um turbilhão em minha cabeça pela expectativa de receber os convidados. Toda semana, ao voltarmos do culto, eu fazia questão de ficar alguns passos atrás deles, depois corria rápido e me espremia entre os dois, meus braços girando no ar. Cada um deles segurava um de meus braços e me balançava para frente, gritando: "Peguei". Uma vez pega, andava o resto do caminho entre eles, minhas mãos nas deles, meu rosto radiante. Porém, naquele domingo, eu estava tão ansiosa para ficar com as outras crianças que esqueci essa história de ser pega até papai se voltar e me procurar com aqueles olhos grandes. Franzi o nariz para ele e voltei a conversar com Elly, a mais velha e mais bonita das meninas Banks. Quando olhei para frente novamente, papai não estava mais me observando.

Ao chegarmos à cabana, papai puxou um balde de água do poço, e mamãe me chamou para ajudá-la a servir os convidados. Quando levei o primeiro par de xícaras cheias para o lugar em que o reverendo e a Sra. Banks estavam sentados com papai, notei como a Sra. Banks se remexia na cadeira de encosto reto, tentando pegar um pouco de sombra do sabugueiro solitário do pequeno quintal.

– Lamento a gente não ter gelo para sua bebida – disse, enquanto a servia. – Papai não tem um depósito de gelo, mas se você visitar minha casa, podemos oferecer bastante gelo e almofadas para suas cadeiras também.

Num instante, papai me puxou com força para junto dele; virou-me sobre seus joelhos e me deu umas palmadas fortes.

– Aquela casa grande não é sua, Mary El, é dos Van Lew. E você não significa mais pra eles do que as almofadas ou as cadeiras ou qualquer outro objeto que dá conforto pra eles. Entendeu?

Ele continuou me apertando até eu murmurar, "Entendi, papai." Assim que ele me soltou, corri para dentro da cabana. A alegria do meu domingo virara vergonha por ter sido tratada daquela forma na frente de Elly e das outras crianças, e chorei até dormir no colchão de palha de milho de papai.

Acordei horas depois com o som baixo de vozes exasperadas no cômodo ao lado.

– A menina precisa saber que seu lugar é comigo, com nós dois, e não com os Van Lew – papai disse.

– Bem, você não vai ensinar isso batendo nela – mamãe respondeu. – Os donos de escravos não se cansam de bater nos negros, você precisa fazer isso também? Em sua própria filha?

– O que eu devia fazer? Sorrir e passar a mão na cabeça dela? Mary El não pode se comportar como se fosse melhor do que todo mundo só porque é de uma família rica. Esta é a nossa casa, não interessa se os Van Lew só deixam vocês vir aqui um dia por semana ou um dia por ano.

– Lewis, você acha que gosto mais disso do que você? Acordo com eles, trabalho pra eles, adormeço à noite com eles, enquanto tenho saudade de você todos os momentos. Mas o que a gente pode fazer?

– Para começar, você pode parar de ficar dizendo *nós na casa* fazemos isso e *nós na casa* fazemos aquilo. Vocês na casa são como os cavalos bonitos deles lá na cocheira. Vocês está lá para fazer o trabalho dos Van Lew até não servir mais para eles, e aí...

Mamãe me viu e inspirou ruidosamente para fazê-lo parar de falar ao mesmo tempo que indicava com um gesto de cabeça em direção à porta, onde eu estava em pé.

– O que aconteceu, papai? – perguntei. – O que fizemos errado?

Ele se levantou e veio na minha direção. Recuei, com medo de que fosse me bater novamente. Meu pavor provocou um olhar de arrependimento amargo que eu nunca vira antes no rosto de papai. Ele se ajoelhou e esticou os braços com as palmas da mão para cima.

– Mary El, você é mais preciosa para mim do que um depósito de gelo ou almofadas elegantes ou qualquer coisa naquela casa grande. Sou mais precioso para você do que essas coisas?

Eu queria agradar papai, consertar tudo entre ele, eu e mamãe. Deslizando minhas mãozinhas pelas mãos grandes e fortes dele, fiz que sim com a cabeça; minha vergonha por ter apanhado se desvaneceu perante todo o medo e a humilhação que havia na pergunta de papai.

O velho Sr. Van Lew sempre foi uma figura distante em minha infância, já assolado pelos problemas respiratórios que todos sussurravam que, por fim, o matariam. No outono de 1844, um pouco depois de termos trocado as coberturas de lona do chão por tapetes de lã e tirado as redes de mosquito das camas e das pinturas, ele finalmente faleceu.

Enquanto mamãe e eu decorávamos a sala de estar em crepe preto, preparando-a para os enlutados que viriam de lugares tão distantes quanto a Pensilvânia e Nova York, tudo que ela disse foi:

– Nós da casa temos muito o que fazer, nos dias bons ou ruins, em tempos felizes ou tristes.

*Nós da casa* significava os sete escravos dos Van Lew. Mamãe e eu. O mordomo, velho Sam, que trabalhava ao nosso lado na mansão e dormia do lado oposto, no sótão. Zinnie, a cozinheira, e o cocheiro Josiah e as filhas deles, Lilly e Daisy, que se alojavam juntos por cima da cozinha de verão, na lateral do terreno. Sabíamos de fatos que as pessoas fora da família Van Lew nunca poderiam nem adivinhar, fatos que os próprios Van Lew não ousariam admitir. Ouvíamos com atenção quando o jovem Sr. John, após passar a noite no bar de Hobzinger, chegava tropeçando, fedendo a uísque e enfurecido por ter sido obrigado a permanecer em Richmond para cuidar dos negócios da família, enquanto, com a mesma idade, sua irmã, Srta. Bet, fora enviada em grande estilo para uma escola renomada na Filadélfia. Descobrimos a touca rosa bordada que o irmão viúvo da Sra. Catlin, uma vizinha, enviara à solteirona Srta. Bet, cortada em pedaços e atirada dentro de um penico. Mamãe me ensinou como devíamos reparar em tais acontecimentos e, com algumas poucas palavras ou um gesto, compartilhá-los sempre que os Van Lew virassem as costas.

Nós na casa sempre nos vestíamos decentemente, enquanto alguns escravos de Richmond não tinham nem mesmo sapatos para usar nas ruas de terra batida da cidade. Embora a família do velho Sr. Van Lew fosse proprietária de escravos, incluindo mamãe e o velho Sam, quando ele vivia em Nova York, nem o velho Sr. Van Lew nem sua noiva nascida na Filadélfia conseguiam se acostumar à forma como os escravos eram tratados na Virgínia. Éramos propriedade dos Van Lew. Para o Sr. e a Sra. Van Lew, manter-nos apropriadamente vestidos e alimentados era uma demonstração de seu status econômico e preceitos morais.

Os Van Lew eram tão nortistas que, quando sua governanta se encantou por um jovem ferreiro bonitão, 25 anos antes, eles entenderam que ela queria ter uma vida de fato com ele. Embora tenham deixado claro que não a venderiam nem o comprariam, eles consentiram à união. Porém, nenhuma lei ligava minha mãe a meu pai, nem qualquer um deles a mim.

Por mais que nós, escravos, estudássemos os Van Lew, mesmo assim não sabíamos se eles tinham mais capital ou mais credores. O que significava que não sabíamos o que podia nos acontecer quando chegasse a hora da partilha do espólio do velho Sr. Van Lew. A manhã em que George Griswold, o advogado da família Van Lew, visitou a viúva, ficamos espreitando do lado de fora da sala de estar, cientes de que tínhamos tanto interesse nos termos do testamento quanto os próprios Van Lew.

Ouvimos como a mansão e tudo que ela continha – isso significava mamãe, eu e nossos colegas escravos, juntamente com os bens inanimados –

seriam mantidos, junto com uma renda anual substancial, como usufruto da Sra. Van Lew, até sua morte ou novo casamento, quando passariam então para o jovem Sr. John. Ele era o único herdeiro dos negócios do pai, lojas de ferramentas em Richmond e Petersburg, as quais Griswold informou terem ativos substanciais e poucas dívidas. A Srta. Bet receberia dez mil dólares de herança, uma parcela da renda anual de um sítio que a família mantinha a sudeste de Richmond, e poderia residir na mansão até morrer ou se casar.

Essa última cláusula fez Zinnie bufar para mamãe:

– Acho que a gente vai servir a senhorita Bet até que o Bom Senhor a leve pra casa.

Durante os meses e os anos após o falecimento do velho Sr. Van Lew, parecia que essa previsão certamente se realizaria. A Srta. Bet era teimosa apenas pelo prazer de ser teimosa, reclamando constantemente contra o "faça isso e faça aquilo", sua expressão favorita para algo que se esperava dela e que ela considerava restritivo demais. Os bailes eram frívolos, os namorados autoritários, as conversas de salão das senhoras apenas embotavam as mentes cultas – por isso, ela tão raramente aceitava um convite social que quase nem percebeu quando eles pararam de chegar. Preferia examinar com atenção os jornais diários até as pontas dos dedos ficarem manchadas de tinta preta, contando à mãe e ao irmão o que lera e recortando artigos para pregá-los em um caderno da mesma forma que outras beldades preservavam flores prensadas.

A Srta. Bet era tão obstinada que até mesmo chegou a declarar que não conseguia tolerar a escravidão, afirmando que passara a entender seus horrores quando estava na escola, lá no Norte. Entretanto, tais declarações não a tornaram amada por seus escravos.

– Ela precisa ter o penico esvaziado com a mesma frequência que os outros – mamãe resmungava, e Zinnie respondia:

– Ela precisa porque come as refeição dela como todo mundo. – Os sentimentos antiescravagistas da Srta. Bet pareciam se relacionar mais com o vínculo de sua família e de seus vizinhos com aquela instituição peculiar do que com qualquer entendimento mais profundo de nossos sentimentos; sobretudo quando todo seu discurso abolicionista parecia nos trazer apenas problemas.

Papai, da mesma forma que muitos dos escravos que laboravam como trabalhadores qualificados em Richmond, recebia uma pequena quantia de dinheiro por mês de seu senhor para cobrir despesas de alojamento e alimentação, assim como as de vestuário. Ele fazia esse dinheiro render o máximo que podia, sempre economizando o suficiente para fazer uma doação a uma ou outra boa causa no culto. E, de vez em quando, papai punha de lado alguns centavos para comprar alguma coisinha para mim.

Eu sabia que, quando chegasse o Natal ou o meu aniversário, ganharia tais presentes, mas os que gostava mais vinham sem eu esperar, aquilo que ele chamava de *só porque*. "Só porque você é o meu tesouro." "Só porque você ajudou a Sra. Wallace a carregar água do poço sem que alguém pedisse." "Só porque finalmente a primavera chegou." Qualquer *só porque* era especial vindo de papai. Quando chegamos à sua cabana na manhã de um domingo no final de 1846, ele me presenteou com um pedaço de fita cor de laranja brilhante "só porque a cor era quase tão bonita quanto a nossa Mary El." Balançou a fita de cetim no ar acima de mim, exigindo todo tipo de abraço e beijo antes de abaixá-la para eu a pegar com minhas mãos ávidas.

A cor era forte e linda, e sentei no chão da cabana, enroscando a fita para frente e para trás entre os dedos. Quando vi as pontas esvoaçarem sobre minha saia de domingo, pensei em Elly Banks, com seus vestidos coloridos sempre belamente adornados.

– Mamãe, você costura essa fita nas minhas mangas?

Ela franziu o cenho para esse pedido, mas foi papai quem respondeu.

– É o dia do Senhor, Mary El. Nada de trabalho hoje.

– Mas a gente vai ao culto hoje. Eu quero usar minha fita no culto.

– O culto é para rezar, não para mostrar coisas novas. – Mamãe olhou severamente para papai. – Viu como essas ninharias enchem a cabeça dela, Lewis.

– Orgulho não é vaidade, Minerva. 'Tá hora de ensinar pra menina a diferença. – Ele apontou com a cabeça na minha direção. – Mary El, deixa sua fita em casa hoje e agradece por ela no culto. Seja boa esta semana, e sua mãe vai ensinar você a costurar ela nas mangas antes do domingo que vem.

Embora as segundas-feiras fossem sempre cansativas para mamãe e para mim uma vez que tínhamos que fazer as tarefas que não fazíamos em nosso dia de folga, aquela segunda-feira à noite implorei a ela para não dormir e me mostrar como costurar.

– Costurar é trabalho, não diversão – ela disse. – Você tem certeza de que tem paciência pra isso agora?

Respondi que sim, e ela foi até seu baú e retirou dele o estojo de costura que usava para consertar nossas roupas e as de papai. Escolheu cuidadosamente uma agulha e mediu um pouco de linha.

– Você não vai aprender qualquer ponto mais complicado, então nesse momento, a parte mais difícil vai ser apenas enfiar a linha na agulha. – Muito rapidamente, ela passou a linha fina pelo buraco da agulha. Depois, retirou-a novamente e me deu a agulha e a linha.

Olhei atentamente à luz das velas, imitando o jeito dela de lamber a ponta da linha. Porém, mesmo após várias tentativas, não consegui passar a linha pelo buraco impossível.

– Mamãe, você pode fazer isso para mim?

– Se você tem idade suficiente para costurar enfeites, então tem idade suficiente para enfiar uma agulha. – Ela colocou as mãos sobre as minhas. – Diga pra si mesma que é capaz de fazer isso, como se fosse um enigma que você decidiu decifrar.

Com as mãos dela sobre as minhas, segurei firmemente a linha e enfiei na agulha.

– Vejo com meu olhar uma menina que a agulha sabe enfiar – mamãe disse, sua gargalhada mais esplêndida do que todo um rolo inteiro de fita cor de laranja. Em seguida, ela ficou séria.

– Mary El, essa é uma tarefa difícil, e você devia se orgulhar do que fez. Você entende a diferença entre orgulho e vaidade?

Lembrando-me das palavras de papai, eu queria dizer que sim. No entanto, a verdade era que eu não sabia a diferença, embora tivesse certeza de que mamãe perceberia se eu mentisse.

– Não, mamãe.

– Quando você trabalha com afinco em algo, ou ajuda uma pessoa, sentir orgulho é correto. O dia em que o senhor Wallace ficou muito doente e seu pai andou em meio àquela nevasca pra buscar a tia Binah pra dar remédio pra ele, fiquei muito orgulhosa. Se arriscar tanto naquela tempestade só para ajudar um amigo. – Ela sorriu, mais para si mesma do que para mim. – Anos atrás, mais ou menos na época em que a senhorita Bet nasceu, o velho senhor V foi à forja do sinhô Mahon e pediu três conjuntos de acessórios para lareira. Seu pai fez os conjuntos e quando entregou eles foi o primeiro dia em que eu vi ele. O olhar de orgulho em seu rosto quando a senhora V admirou o que ele fez... Bem, ele me conquistou naquele instante.

– Por que papai não fez conjuntos suficientes para todas as lareiras?

– Naquela época, os Van Lew tinham apenas três lareiras. A gente morava em uma casa menor, numa parte mais baixa de Church Hill. Quando o velho senhor V mudou a família pra cá, ele foi lá no sinhô Mahon de novo pra pedir a papai pra fazer mais cinco conjuntos, todos iguais, pra combinar com os que ele fez dez anos antes. Você alguma vez percebeu alguma diferença entre eles?

Respondi que não. Se você colocasse o atiçador de um conjunto ao lado da pá de cinzas de outro, eu não conseguiria dizer a que cômodo pertenciam, embora atiçasse o fogo com muita frequência.

O sorriso de mamãe aumentou.

– Esse é um sinal de que seu papai é um bom ferreiro, e isso é motivo de orgulho.

– Orgulho é como dinheiro?

– Exatamente o contrário, quase. O que fez você pensar assim?

– Quando os clientes vão à ferraria do sinhô Mahon, eles dão dinheiro para ele pelo trabalho que ele faz. E quando a senhora Wallace contrata Ben Little... – Mamãe assentiu com a cabeça quando mencionei o menino negro livre, um pouco mais velho do que eu, que morava perto de papai e de seus senhorios – ... para fazer alguma pequena tarefa, ela dá dinheiro para ele. Então, achei que orgulho é aquilo que os escravos ganham no lugar de dinheiro quando fazem algo para alguém.

– Você pode se orgulhar de algo e ganhar dinheiro com isso, como o velho senhor V se orgulhou quando seu negócio prosperou tanto que ele conseguiu comprar esta casa. Às vezes, quando seu papai faz um trabalho que é muito difícil ou faz ele bem rápido, o sinhô Mahon até dá a ele um pouco mais de dinheiro do que costuma dar pra comida e alojamento. E papai, ele em geral gasta logo o dinheiro em um *só porque* pra você ou pra mim, porque tem orgulho de poder fazer isso. Mas os escravos têm o direito de ficar orgulhosos por tudo que fazem, mesmo quando ninguém paga a gente por isso.

– Como o orgulho de Zinnie de ser a melhor cozinheira de Richmond?

– Bem, isso leva a gente de volta à vaidade. Zinnie diz que ela é a melhor cozinheira de Richmond para se colocar acima de Ida Tucker, que o sinhô dela achava que era uma cozinheira tão boa que ele até libertou ela. Uma vez, quando o sinhô de Ida veio jantar aqui, ele disse que o ensopado de carneiro de Zinnie foi o mais delicioso que já tinha provado. Eu disse isso a Zinnie, e ela se gaba disso desde então. – Mamãe inspirou levemente, o suficiente para eu ouvi-la dar um estalo de desaprovação com a língua. – Zinnie não gosta porque Ida foi alforriada por ser uma boa cozinheira e ela não, então ela gosta de dizer que é melhor cozinheira do que Ida. O que ela talvez seja ou não, uma vez que nunca provei a comida de Ida. Que eu saiba, Zinnie também nunca comeu. Sabemos que Zinnie é uma boa cozinheira por que a gente come o que ela cozinha todo o dia, e ela tem o direito de se orgulhar disso. Mas se ela pensa assim e diz isso para se sentir melhor do que outras pessoas, então isso é vaidade. O mesmo acontece se alguém deseja vestir um novo *só porque* no culto para se exibir e provocar inveja nas outras meninas; isso também é vaidade.

Aproveitando a dica de mamãe, tentei desviar a atenção dela de mim e da minha fita, a qual parecia que não costuraríamos tão cedo de qualquer forma.

– Quando a senhorita Bet se gaba de ter sido educada na Filadélfia, ou a senhora Van Lew se gaba da quantidade de livros na biblioteca do velho sinhô, tudo isso é orgulho ou vaidade?

Mamãe ficou bem quieta. Ela não era de falar com empolgação da santidade de seus senhores, mas também não gostava de criticá-los muito diretamente. Certa vez, o jovem Sr. John comprou um cavalo muito bravo. Josiah disse que a única forma de domar aquele garanhão era se recusando a deixá-lo saber quão teimoso ele era. Coloque as rédeas e a sela e se mantenha sobre ele o máximo de tempo possível, tentando não deixar transparecer o quão apavorado está com a possibilidade de ele empinar e derrubá-lo. Mamãe era assim com os Van Lew, lutando para manter o controle sobre uma fera maior e mais poderosa do que ela.

– Os brancos têm regras diferentes das nossas, Mary El. As regras que estou ensinando pra você, orgulho *versus* vaidade, são as regras de Jesus. A gente precisa tentar viver de acordo com as regras Dele e de acordo com as que os brancos fazem pra gente; as duas ao mesmo tempo. Isso já é muito difícil sem que a gente se preocupe a noite inteira se os brancos vão ou não seguir as regras de Jesus também. – Ela tomou a agulha enfiada de minha mão. – Por que não deixamos isso por enquanto e vamos dormir um pouco? Amanhã mostro a você como fazer um ponto bonito, e você vai colocar essa fita em seu vestido de domingo rapidinho.

Na noite seguinte, mamãe terminou de ensinar sobre orgulho e vaidade e começou a me ensinar a costurar um ponto corrente, o qual me fez praticar repetidas vezes em sobras de tecido até que eu conseguisse costurar bem e reto. Quando ficou satisfeita por eu conseguir fazer pontos fortes e regulares, ela sinalizou sua aprovação com um gesto de cabeça. Costurar a fita no tecido e tomar cuidado para não fechar as mangas também exigiu muita concentração, e minha cabeça doía quando finalmente ambos os cotovelos de meu vestido de domingo ficaram enfeitados. Porém, quando levantei meu trabalho para avaliá-lo, resplandeci de prazer tanto quanto minha fita.

– Agora você pode se sentir orgulhosa de ter costurado isso sozinha – mamãe disse – porque você trabalhou com empenho para fazer isso.

Embora tenha sorrido para ela, ainda me sentia muito vaidosa por dentro, impaciente para exibir minha fita.

Na tarde seguinte, quando os Van Lew saíram, mamãe esfregava o chão do corredor e eu devia estar arrumando os quartos deles, mas escapei para o nosso, tirei meu vestido de trabalho e coloquei o de domingo. Com as fitas nas mangas amarradas nos maiores laços que consegui fazer, fui furtivamente até o quarto de vestir da Srta. Van Lew e girei em frente ao espelho, perdendo-me nas cenas que imaginei, nas quais Elly Banks suplicava para saber onde eu conseguira um vestido tão bonito.

Mamãe deve ter me chamado diversas vezes, porque sua voz estava cheia de raiva quando finalmente a ouvi.

– Corre e pega o pano de chão rápido, Mary El. A senhorita Bet está esperando lá fora para entrar. – Levei o pano para o corredor da frente e coloquei-o no chão de forma que a Srta. Bet pudesse pisar nele sem escorregar ou molhar os sapatos. Esqueci completamente do meu vestido de domingo até olhar para cima e ver o rosto de mamãe.

Antes que pudesse me repreender, a Srta. Bet entrou.

– Como você está bonita, Mary. O vestido é novo?

Mamãe respondeu por mim.

– É o vestido de domingo, senhorita Bet. Ela deve ter vestido ele assim que virei as costas. Essa criança sabe que não é para vestir um vestido de domingo quando a gente está trabalhando duro, não é, Mary El?

Respondi que sim, mas a Srta. Bet fez que não com a cabeça como se tentasse se libertar de seus cachos dourados.

– É uma ofensa que essa criança precise trabalhar. Mary, você não gostaria de poder usar vestidos como esses todos os dias, como as meninas brancas fazem?

Não precisei ver a maneira feroz com que mamãe me olhava enviesado e franzia o cenho para perceber o risco que corria ao responder aquela pergunta.

– Eu só queria ver como ficaram minhas fitas. Papai comprou elas para mim *só porque*. E eu mesma costurei elas.

A última parte foi sufocada pelo som da chegada da carruagem dos Van Lew.

– Mary El, sobe agora mesmo e troca de roupa, antes da senhora V passar por aquela porta. – Mamãe falou tão rápido que não ousei demorar um segundo. – Senhorita Bet, por favor, não diga nada disso a ninguém. Ela é muito criança, mas trabalha duro, mesmo quando a senhora não está em casa.

– Bobagem, tia Minnie. Mary, venha aqui novamente. Quero que mamãe veja como você está bonita.

Por mais que desejasse me esconder da Sra. Van Lew, não podia ignorar a ordem da Srta. Bet. Já na metade da escadaria, dei meia-volta quando a porta abriu para a Sra. Van Lew e o jovem Sr. John entrarem. Mamãe, a Srta. Bet e eu devemos ter parecido um espetáculo estranho, porque eles olharam para nós como se fôssemos três raposas em um galinheiro.

– Mamãe, lembra que eu pedi permissão para dar a nossos criados uma pequena remuneração pelo trabalho deles? – Srta. Bet perguntou.

– E você sabe que a mamãe recusou seu pedido – o jovem Sr. John respondeu. – Não há necessidade de contrariá-la, ou deixar os criados decepcionados. – Nos dois anos que se passaram desde a morte de seu pai, o jovem Sr. John assumira cada vez mais o papel de homem da casa. Ele repreendia a irmã mais velha da mesma forma que Zinnie abatia uma porca rebelde, suspirando alto por causa de seu dever, embora todos soubéssemos que ele sentia prazer em fazê-lo.

Porém, a Srta. Bet não se deixava derrotar tão facilmente.

– Os criados raramente ficam decepcionados. Olha como Mary está feliz por usar a fita que seu pai comprou para ela. – Até então eu me sentia tão feliz quanto uma mosca presa na teia de uma aranha de celeiro. No entanto, a Srta. Bet não estava prestando muita atenção em mim.

– Se um homem do prestígio de Timothy Mahon pode pagar um salário a seus escravos, então certamente nós também podemos.

O rosto da Sra. Van Lew ficou vermelho feito pimentão, então ela se virou para mamãe e perguntou:

– Tia Minnie, eu sou uma boa senhora?

Há apenas uma maneira de um escravo responder quando seu senhor faz uma pergunta desse tipo:

– É sim, senhora – mamãe respondeu.

– Você ou sua filha já passaram fome nesta casa?

– Não, senhora, nunca.

– Você sai por aí sem a roupa apropriada, verão ou inverno?

– Não, senhora.

A Sra. Van Lew se voltou para a Srta. Bet.

– Eu sustento meus criados muito além do que a lei ou os costumes exigem. Não permito que ninguém zombe de minha generosidade. – Ela olhou para mim e disse: – Mary, vem aqui.

O pavor tomava conta de mim a cada passo lento que eu dava. Assim que cheguei perto, a Sra. Van Lew esticou o braço e puxou os laços de um dos cotovelos, depois do outro. Meus pontos rasgaram facilmente por causa dos puxões firmes dela. Segurando os pedaços de fita na minha direção, ela assentiu. – Jogue isso no fogo.

A Srta. Bet correu para o meu lado, protestando.

– Mamãe, não posso concordar...

O jovem Sr. John a interrompeu.

– Essa é uma questão entre mamãe e os criados dela. Não lhe diz respeito.

Atravessei a sala e me coloquei diante da lareira, cerrando os punhos e sentindo a maciez da seda da fita na palma da mão. Pensei como Elly nunca viria meu *só porque*. Como ninguém jamais poderia tratá-la e a seus irmãos e irmãs da forma como a Sra. Van Lew me tratava. Como não era justo que, após ter trabalhado tão arduamente para costurar minha fita, agora eu não a teria mais.

Foi somente quando o calor começou a queimar meu pulso que abri a mão e deixei os pedaços caírem. Olhei as chamas lamberem e consumirem a fita cor de laranja até as cores do fogo e as de meu *só porque* perdido se misturarem definitivamente. Eu ainda não conseguia distinguir orgulho de vaidade, mas certamente sabia a diferença entre escravidão e liberdade.

Quando o início da primavera aqueceu a manhã da Virgínia, a Sra. Van Lew e a Srta. Bet passaram a tomar café da manhã na varanda dos fundos. O jardim atrás da casa, as árvores frutíferas que desciam em direção aos fundos da propriedade e a vista de Richmond e do rio James mais além estavam tão lindos que olhá-los parecia um devaneio confuso, até que uma dor persistente em meus braços, causada pelo excesso de trabalho, me despertou de meus sonhos. Ao abanar as primeiras moscas da estação para longe das Van Lew, elas passaram a zumbir ao redor de minha cabeça. Não ousei golpeá-las. Ouvira diversas vezes que não devia retorcer-me ou me mexer durante essas refeições, e que devia ficar em pé perfeitamente imóvel, exceto pelo movimento de meus braços. Nenhum movimento era permitido, a não ser para servir os Van Lew.

Para me distrair, prestava atenção quando a Srta. Bet lia para a mãe o *Whig* de Richmond. Na maioria dos dias, ela escolhia reportagens enfadonhas sobre o poder legislativo da Virgínia ou sobre o Presidente Polk, mas, naquela manhã, ela leu um relato sobre um vigarista elegante que posava como cavalheiro para roubar viajantes no trem entre Richmond e Washington. Uma história como essa encheu meu ser de 8 anos de espanto, e prestei atenção a cada palavra. Mais do que isso, memorizei cada palavra.

Essa era minha diversão solitária, ouvir os adultos falarem e repetir suas conversas para mim mesma enquanto trabalhava. Ensaiar mentalmente a história do ladrão de trem fez o resto do tempo em que as Van Lew tomaram o café da manhã passar rapidamente, e logo a Sra. Van Lew anunciou que já estava pronta para sua caminhada matutina pelo arvoredo. Enquanto a Srta. Bet descia os degraus para o jardim com a mãe, mamãe colocou a louça do café da manhã na bandeja de prata. Pendurei o leque em seu lugar atrás de uma das colunas brancas que tinha a altura de dois andares, e, retirando os jornais da mesa, comecei a recitar a maravilhosa história em voz alta.

O estraçalhar da louça me assustou. Mamãe não era desajeitada. Nunca foi de deixar cair uma xícara e um pires. Talvez tenha sido o efeito do calor, mas quando me virei na direção em que ela estava, parecia que o mundo inteiro parara, exceto por mim e as moscas zumbindo.

E, em seguida, tudo de uma vez, a Sra. Van Lew subiu enraivecida novamente os degraus.

– Tia Minnie, não estamos em Nova York. Você conhece as leis da Virgínia, e já deixamos bem claro o que pensamos sobre esse assunto. Você não deve ensinar a criança a ler.

Mamãe caiu de joelhos.

– Senhora, eu nunca ensinei ela a ler. Juro por Jesus, não ensinei.

A Sra. Van Lew sabia que mamãe não era de jurar por Jesus em vão. Nossa senhora, irritada, virou-se para sua filha.

– Bet, suas bobagens abolicionistas foram longe demais. Como você conseguiu fazer isso não sei, mas agora, pelo menos, você vê que sua fé nos criados está errada. A menina sabe ler, mas não sabe o suficiente para guardar seus segredos. – Seus olhos se apertaram. – Talvez vocês duas aprendam uma lição se enviarmos Mary para o beco de Lumpkin.

O medo me deu dor no estômago, encontrando um eco no lamento baixo de mamãe. Richmond branca chamava o pelourinho de beco de Lumpkin, por causa da casa de leilão de escravos vizinha. Porém, para os negros, ele era conhecido como o Meio Acre do Diabo, o lugar mais temido de toda cidade.

A Srta. Bet projetou o queixo.

– Não lamento ver um escravo aprender, é verdade, mas isso é tão estranho para mim quanto é para você. Se você vai fazer a menina ser açoitada para me castigar por algo que não fiz, você só provará que a escravidão é tão diabólica quanto acredito que seja.

A Sra. Van Lew se voltou para mim e me deu uma forte bofetada. Senti a ardência repentina e sabia que isso era uma pequena amostra da surra que levaria no pelourinho.

– Quem ensinou você a ler, menina? Não tolero mentiras.

– Ninguém, senhora. Não sei ler. – Mamãe estava muito perto mas, no entanto, sentia que ela não ousaria se aproximar mais ainda para me consolar, então precisei dizer mais para fazer a Sra. Van Lew nos deixar em paz. – A senhorita Bet leu a história para a senhora. Eu só lembrei o que ela disse.

A Sra. Van Lew arrancou o jornal de minha mão e passou-o para a filha.
– Diga agora, sem o jornal, o que a senhorita Bet leu.
E assim eu repeti a história, enquanto a Srta. Bet acompanhava no jornal. Após apenas algumas frases, ela interrompeu.
– Mamãe, isso é incrível. A menina recita o artigo palavra por palavra. – A Srta. Bet sorriu de alegria por meu feito. – Ela não estava lendo nada. Mais estranho ainda, ela consegue lembrar exatamente o que ouve.
A Sra. Van Lew levou bastante tempo considerando o que isso significava. Por fim, olhou para mamãe e para a Srta. Bet e disse:
– Ninguém deve saber disso, fui clara para todos? Isso é perigoso. Não falem sobre isso novamente. – Seu passeio diário pelo jardim foi esquecido; ela entrou novamente na mansão, deixando cada um de nós procurando entender o que eu fizera.
Mamãe viu a revelação de meu talento como um sinal divino. Desde sempre, eu a ouvira contar todas as histórias da Bíblia sobre uma mulher estéril, lembrando como ela passou os primeiros vinte anos de seu casamento sem filhos.
– Rezei todos os dias, pensando em Sara, Rebeca e Raquel. Nenhuma delas teve um filho logo depois de casar. Aquela pobre esposa de Manoá que deu à luz Sansão nem ao menos nome tinha. Elizabete, que gerou João Batista. Essas mulheres foram abençoadas com um filho para educar e servir ao Senhor e, ano após ano, implorei a Jesus que fizesse o mesmo comigo. Então, finalmente, você veio.
A promessa de mamãe para me dedicar ao serviço de Jesus sempre lhe dera um pretexto para engambelar e conspirar tanto com Ele quanto comigo.
– Você sabe que esta criança está destinada a fazer Seu trabalho, Jesus. – Assim começava tudo, desde uma repreensão por desobediência da minha parte a uma exigência tão excêntrica quanto importunar Jesus para Ele me alforriar. Se mamãe suspeitasse que Jesus ou eu estivesse deixando de cumprir o plano que ela antevira, certamente nos deixaria cientes disso. E tudo que ela sentia que eu fazia certo se tornava a prova cabal para ela de que esse plano já estava escrito nas estrelas.
Assim, apesar da lei e da proibição da Sra. Van Lew, após aquela manhã na varanda, mamãe reservou algum tempo todos os domingos para me dar aulas. Ela rabiscava algumas palavras nas cinzas da lareira de papai. Falando baixo, ela sempre começava com:

– Sendo isto aqui a Virgínia, com certeza não posso ensinar uma escrava que essa escrita significa... – e terminava dizendo o que ela escrevera. Não foi necessário mais do que isso para eu aprender a ler e escrever.

A Srta. Bet, sempre satisfeita em desafiar a mãe, interessou-se pessoalmente por mim. Quando fiquei mais velha, ela passou a dar livros da biblioteca do pai dela para minha mãe e a indicar com a cabeça em minha direção. De vez em quando, ela até sentava comigo para me dar uma aula de aritmética, quando o resto da família dela não estava em casa. Entretanto, minha lembrança do ódio da Sra. Van Lew era tão viva quanto minha memória do que ouvia e lia. Eu a odiei por aquilo, até amadurecer o suficiente para perceber que a lição que ela me ensinara era tão valiosa quanto as de mamãe: é melhor um escravo manter seus dons ocultos; fingir ignorância é a maior sabedoria na casa de cabeça para baixo da escravidão.

# Dois

A Richmond negra não sofria do isolamento que assolava os escravos do campo. Através dos jornais que, de forma sub-reptícia, eram obtidos pelos que sabiam ler, e das conversas dos brancos cuidadosamente monitoradas pelos escravos e negros livres nos estabelecimentos comerciais, nas ruas e nos domicílios da cidade, acompanhávamos os acontecimentos políticos em Washington mais facilmente do que os brancos nos estados e territórios do longínquo oeste. E sabíamos que tínhamos tanto interesse quanto eles no resultado. Nos cultos e dias de mercado, os negros que sabiam mais encontravam tempo para informar os que sabiam menos. Em 1850, as conversas concentravam-se em uma nova lei cruel que forçava os estados livres a devolver os escravos fugitivos a seus proprietários no Sul; ela fora aprovada pelo Congresso federal em troca da admissão da Califórnia como um estado livre na União.

A nova Lei do Escravo Fugitivo tornou todos nós vulneráveis e temerosos. Todas as pessoas de cor em Richmond conheciam alguém que desaparecera rumo ao Norte para obter sua liberdade, assim como outros que ainda permaneciam na cidade, mas que, embora não anunciassem, planejavam fazer o mesmo muito em breve. Richmond era o norte do Sul, tão próxima dos Estados Livres que quase respirávamos seu ar, ou assim queríamos acreditar. A Lei do Escravo Fugitivo transformou aquele ar livre no fedor da escravidão que penetrava nossas bocas e narinas.

Os donos de escravos da Virgínia queriam que a Califórnia e os outros territórios do oeste permitissem a escravidão. Eles se inflamaram quando o Congresso passou o Compromisso, amaldiçoando a Federação por isso e declarando os Direitos dos Estados por aquilo. Assim, Richmond branca se sentiu vindicada, e a Richmond negra estava apavorada quando o outono chegou e uma convenção estadual especial começou sua própria série de debates, os quais pareciam calculados para mostrar que podiam ir mais longe do que os políticos nacionais nas restrições tanto aos escravos quanto aos negros livres. Porém, apesar da convenção ser preocupante, senti-me agradecida pelo que ela me oferecia na forma de educação política.

O aniversário de 32 anos de Srta. Bet coincidiu com a convocação da convenção. Ela celebrou com um jantar de aniversário da maneira que mais lhe convinha, do qual participou uma dezena de convidados que ela considerava adequadamente alinhados com seus princípios.

Um jantar desse porte – mesmo um repleto de conversas antiescravagistas – exigia de nós, escravos, uma semana de esforços redobrados. Lilly e Daisy – que normalmente lavavam roupa, cuidavam da Sra. Van Lew e ajudavam com a arrumação da casa – foram temporariamente recrutadas para ajudar Zinnie a comprar ingredientes e preparar as refeições. A casa, que nunca poderia ser considerada suja, precisava estar imaculada e, assim, o velho Sam e até mesmo Josiah ajudaram mamãe e a mim enquanto varríamos, tirávamos o pó e políamos tudo que estava à vista.

Aos 11 anos, eu entendia muito bem que a chegada de qualquer visita representava uma oportunidade para ampliar nosso acesso à mais valiosa das mercadorias: a informação. Minha memória afiada se mostrou especialmente útil em tais ocasiões e, portanto, assim que tive idade suficiente para ser designada para trabalhar na frente de visitas, mamãe sugeriu aos Van Lew que eu fizesse isso. Eu não me importava muito em ajudar a servir e limpar ao invés de trabalhar em outro lugar da casa, por causa de tudo que os convidados dos Van Lew me ofereciam para ouvir. Nos dias seguintes a tais eventos, eu recontava o que ouvira para não esquecer parte alguma. Não entendia necessariamente tudo que repetia até mamãe e outros adultos discutirem o assunto entre eles, comigo os ouvindo tão atentamente quanto fizera com os brancos. Porém, naquela noite, entendi o suficiente para me indagar o que o debate entre os convidados da Srta. Bet poderia significar para ela, e para mim.

– Que confusão na estação de trem – reclamou uma ruiva gorducha cujo rosto bem maquiado eu não reconheci. – E todas aquelas carruagens obstruindo as ruas.

– E para quê? Para negociar mais um desses acordos infernais. – Frederick Walker era da idade da Srta. Bet, e tão presunçoso quanto ela. Eu apreciava suas visitas, as quais quase sempre deixavam o jovem Sr. John zangadíssimo e levavam a Sra. Van Lew a um ataque nervoso. – Melhor chegar a uma solução definitiva de uma vez por todas.

– Definitiva? – um homem grisalho sentado ao lado da Sra. Van Lew repetiu. – Impossível. Você acredita que nossa querida Virgínia algum dia se livrará da escravidão?

– Até mesmo onde a escravidão está mais arraigada – Franklin Stearns, outro favorito da Srta. Bet, respondeu – ela raramente é aceita de forma universal.

Essa última frase permaneceu em nossa memória por meses a fio, repetida sempre que nós, que trabalhávamos na casa, enfrentávamos uma tarefa muito desagradável, ou quando um dos Van Lew ficava bastante zangado.

– Raramente aceita de forma universal – Daisy murmurava, raspando estrume das botas do jovem Sr. John.

– Sem tempo para aceitação universal – mamãe prevenia, enxotando-me para trabalhar no porão até que um dos humores azedos da Srta. Bet passasse.

Sabíamos que, enquanto houvesse escravidão, a instituição não seria universalmente aceita. Porém, a posição antiescravagista da Srta. Bet não cogitava incluir a opinião de seus humildes servos sobre tais assuntos. E assim continuávamos a fazer nossas tarefas pelo cômodo, servindo e limpando em silêncio enquanto eles continuavam o debate.

– Os virginianos que não possuem escravos estão cansados de ver seus interesses subordinados aos dos proprietários das grandes fazendas – Walker disse. – A escravidão não os beneficia em nada, então por que eles a apoiariam?

– Não somos proprietários de uma fazenda grande – Sra. Van Lew lembrou-o. – No entanto, como faríamos sem nossos poucos escravos? Você sugere que nós deveríamos deixar o povo pobre das montanhas da parte ocidental do estado ditar como vivemos?

Eu não tinha certeza de quem era o povo das montanhas, embora gostasse da noção de que alguém pudesse ditar algo para minha senhora. Apressei o passo enquanto circulava a mesa com empadão de repolho, para ficar mais perto de Walker enquanto ele respondia.

– Senhora, com todo o devido respeito, devo discordar de que o interesse dos fazendeiros são os mesmos que os seus. Seu marido era um comerciante. Tais homens constroem fortunas no Norte empregando apenas trabalhadores livres. Certamente, o mesmo poderia se aplicar aqui.

Pensei que *comerciante* fosse algum tipo de insulto pela forma com que a Sra. Van Lew franziu o cenho para que o velho Sam trouxesse mais vinho.

O jovem Sr. John, que mostrava pouca solidariedade e ainda menos paciência com os convidados da irmã, inclinou-se para a frente para desafiar Walker.

– Seu sobrinho foi para Charlottesville estudar direito. Você acha que teríamos uma universidade tão grandiosa lá sem os escravos? Prédios como aqueles em toda a região oriental do estado foram construídos com materiais que vendemos e que foram comprados com os lucros da escravatura.

– Um comerciante sensato olha para o futuro, não para o passado – Stearns disse. Ele sempre insistia em beber uísque ao invés de vinho, e quando ele deu um grande gole, mamãe fez um discreto aceno com a cabeça para ter certeza de que eu registraria tudo que ele dissesse depois. – O solo da Virgínia ficou tão pobre que as fazendas de Tidewater produzem mais escravos do que colheitas, e o lucro delas não cobre os custos de alimentação e vestuário deles. Por que não nos livramos da escravidão totalmente, como os estados do Norte fizeram uma geração atrás?

O jovem Sr. John apreciou a oportunidade de discordar.

– Aqueles escravos sobressalentes são um de nossos maiores recursos. Eles podem ser alugados ou vendidos dentro do estado e por todo o Sul, e até no Oeste, se novos territórios forem incorporados de acordo com nossos interesses. – Ele mandou mamãe derramar molho em seu prato até cobrir o coelho e ensopar o empadão. – Meus fornecedores de gêneros alimentícios em Boston e na Filadélfia reclamam que estão cada vez mais sujeitos aos interesses de um pequeno grupo de casas financeiras em Nova York, as quais controlam mais e mais a economia nortista. Se Richmond deseja prosperar, precisamos imitar Charleston e Nova Orleans, não as cidades do Norte. Nosso futuro depende de nos distinguirmos das cidades dominadas por Nova York.

William Carrington, um médico introvertido que vivia na fila de residências da família Carrington, na rua Broad, tentou aplacar a conversa encalorada.

– John, você acredita que a convenção estadual trará clientes para suas lojas?

Embora a pergunta não me interessasse, percebi como o jovem Sr. John se encheu de orgulho quando respondeu:

– Espero que sim. Alguns homens me procuram pessoalmente, mas, em geral, faço negócios apenas por correio. E há outros com quem nunca negociei, mas que aproveitarão a oportunidade para ver as mercadorias que vendemos e que não são facilmente encontradas em suas regiões do estado.

– Bom, então fique de olho nesses virginianos do oeste – Dr. Carrington disse. – Eles são espertos, mesmo que não possuam capital para implantar fazendas de grande porte. Não aceitam mais que apenas os mais ricos entre nós elejam nossos líderes, e aposto que não deixarão Richmond até obterem o voto para todos os brancos da Virgínia.

Walker não escondeu seu entusiasmo com essa previsão e, levantando sua taça, respondeu:

– Quando assegurarem uma voz no legislativo, a situação mudará a favor deles, por mais gradual que seja o processo. Seria inteligente alinharmos nossos interesses com os deles.

Eu não tinha certeza do que os interesses dos virginianos do oeste poderiam significar para os negros. Antes de conseguir entender, a Srta. Bet interviu, ávida como sempre por ter a última palavra.

– Quaisquer que sejam as novas leis que eles criem para o voto masculino, elas não me darão o direito de votar. Porém, assumo o controle da porção final de minha herança hoje e pretendo usar tanto dela quanto puder para ajudar a causa da abolição.

Ela tocou a sineta. Quando seus convidados começaram o prato seguinte, mamãe, velho Sam e eu nos afastamos da mesa, sem imaginarmos o quanto sua promessa mudaria nossas vidas para sempre.

Para os escravos do interior do país que eram alugados para as fábricas e os moinhos de Richmond, os dias entre o Natal e o Ano Novo eram feriados. A maioria retornava para suas fazendas a fim de passar a semana com a família, reaparecendo no primeiro dia de janeiro para se congregar nas ruas em um frenesi de negociações de aluguel, as quais estabeleceriam o local e os termos de seu trabalho durante o ano seguinte. Richmond, sobretudo nosso culto, parecia vazia na ausência deles. Mas eram tempos felizes também, para os que permaneciam.

Não havia semana de folga para os escravos domésticos, claro. Os donos de escravos não poderiam passar uma semana inteira sem uma refeição feita ou um prato lavado. Tínhamos o dia após o Natal de folga; nossa celebração era adiada para que pudéssemos servir os brancos nas refeições natalinas deles. Os Van Lew se consideravam especialmente benevolentes, então fui dispensada das tarefas até o Ano Novo, e mamãe foi liberada para passar todas as noites da semana com papai – contanto que ela estivesse de volta em Church Hill antes dos Van Lew acordarem, trabalhando como sempre até depois de eles se deitarem. A ferraria estava fechada, e com a semana de feriados para os trabalhadores, papai me mimava. Eu passava o ano inteiro ansiando por passar aqueles dias curtos e mágicos passeando pelas ruas de Richmond com ele.

Porém, as semanas antes do Natal foram preenchidas com trabalho extra. Poucos anos antes, um pastor alemão chegara para servir na igreja de São Paulo, uma construção nova que ficava do outro lado da praça Capitol. Em 1850, todas as famílias importantes já haviam adotado o estranho costume natalino que ele praticava. Não foi nenhum enigma divertido, apenas irritação que levou mamãe a murmurar:

– Por que nós da casa precisamos de uma árvore dentro de casa? – enquanto arrumávamos a mobília da sala de estar para acomodar a chegada da sempre-verde. A Sra. Van Lew estava determinada a decorar a árvore com doces caseiros, os quais distribuiria no orfanato de Richmond na véspera de Natal. Ela era muito atenciosa com todas aquelas criancinhas brancas pobres, embora menos com Zinnie, que precisava fazer confeitos suficientes para cobrir a árvore do galho mais alto ao mais baixo.

Nas semanas anteriores, fui designada para cortar e amarrar fitas nos galhos. De vez em quando, Zinnie me passava uma bala das que estava preparando, e enquanto eu chupava o doce, pensava em nossa rotina familiar no dia de Natal. Na manhã desse dia, os Van Lew atravessavam a rua Grace e andavam um quarteirão para norte até a rua Broad a fim de assistir à missa da manhã na igreja de São João. Voltavam para casa para um grande jantar festivo, com, pelo menos, meia dúzia de convidados. Às cinco da tarde, a refeição terminava e as visitas partiam, e os escravos eram chamados na sala de estar para ganhar seus presentes de Natal. Recebíamos com alegria esses pequenos ornamentos escolhidos pela Sra. Van Lew, cantávamos um ou dois hinos costumeiros e depois, ainda mais felizes, nos dispersávamos. Papai sempre esperava por mamãe e por mim do lado de fora da entrada da propriedade dos Van Lew, na rua Twenty-fourth, tão animado quanto eu com a semana seguinte.

No entanto, este ano, a Srta. Bet se comportou de forma ainda mais bizarra do que o usual. No início de dezembro, suas reclamações antiescravagistas atingiram um crescendo tão tenso que parecia que ela acabaria por estragar nossos feriados. Mesmo quando finalmente parou de importunar a mãe, a Sra. Van Lew continuou suspirando e fazendo que não com a cabeça, pois parecia ter certeza de que a Srta. Bet não daria a ninguém nem um segundo de paz. Porém, o que realmente me deixou preocupada foi quando a Srta. Bet disse à mamãe:

— Por favor, faça com que Lewis esteja aqui quando nós voltarmos da igreja no Natal. Vamos precisar dele durante o jantar.

Até onde lembrava, papai nunca colocara os pés na mansão dos Van Lew. Até mesmo o dono de papai, Timothy Mahon – um irlandês com uma ferraria bem-sucedida – dificilmente passaria pela entrada dos empregados das grandes casas no topo de Church Hill. Eu entendia que papai deveria obedecer ao Sr. Mahon, assim como mamãe e eu deveríamos obedecer aos Van Lew, e eu conhecia instintivamente a deferência com que qualquer pessoa de cor, livre ou escrava, agia perto dos brancos. Porém, a Srta. Bet pressupor que papai estivesse à sua disposição era tão surpreendente que até mamãe quase não soube como responder.

— Senhorita Bet, Lewis não foi treinado para fazer serviços domésticos. Ele vai se atrapalhar na frente dos seus convidados. Tenho certeza de que o velho Sam e eu podemos dar conta sem ele.

— Tia Minnie, não preciso de ninguém para me dizer o que devo fazer. Se eu digo que precisamos de Lewis aqui, espero que você faça com que ele venha.

Encurralada pela insistência da Srta. Bet, mamãe se fez de dócil.

— Vou dizer a ele que a senhorita quer ele aqui, senhora, quando eu ver ele da próxima vez.

Era sábado, e quando entramos na cabana de papai na manhã seguinte, mamãe foi tudo, menos dócil.

– Aquela mulher me deixa cada vez mais confusa. Uma hora ela está bradando contra os pecados da escravidão; na outra, dando ordens a todos os negros de Richmond. Vou dizer pra ela que você está ocupado com o sinhô Mahon. Talvez isso lembre ela de que você não é escravo dela também.

– Que uso Mahon tem para os ferreiros dele no dia de Natal? – Papai inclinou a cabeça na minha direção e levantou os ombros, um sinal que ele dava à mamãe sempre que tinha algo para dizer e não queria que eu ouvisse.

Virei de costas para meus pais e fingi me ocupar com os botões do meu casaco, ouvindo com atenção os quase sussurros que se seguiram:

– Aquela mulher tem a presunção de dez homens brancos, é verdade. Mas você sabe tão bem quanto ela que não tenho nada para fazer no dia de Natal, a não ser esperar por você e Mary El. Então não vai dizer uma mentira dessas e ser pega, pois quem sabe o que ela pode fazer depois. O que eu faria com minha semana inteira de folga, a não ser que minha filha tenha uma também?

Papai se aproximou de mim, levantou minha cabeça e sorriu, tentando convencer mamãe por meu intermédio.

– Parece que enfim vou entrar na fortaleza Van Lew. Subir pelas paredes deles e correr atrás de Mary El por toda a casa. Quando acabarmos de explorar tudo, vou ter de virar aprendiz do velho Sam, que vai me ensinar a andar e falar como se deve entre aquelas criaturas estranhas e pálidas. Vai ser divertido. – Pela forma como ele piscou para mim, quis acreditar que realmente fôssemos correr e brincar, sem nos importarmos com a Srta. Bet ou qualquer membro da família dela. – E o final vai ser o melhor de tudo, quando eu deixar a fortaleza com minha mulher e filha lindas e levá-las para casa comigo.

Na manhã de Natal, acordei antes de mamãe, sentindo o chão frio através de nosso colchão de palha. Nosso lugar no sótão, sufocante no verão, era sempre gelado no inverno. Na hora de dormir, o quarto ficava um pouco aquecido pelo calor das lareiras dos quartos da família Van Lew que ficavam embaixo. Porém, ao amanhecer, os fogos há muito haviam se apagado, sendo reacendidos somente quando mamãe e eu descíamos para trabalhar. Os tijolos que aquecêramos, embrulhados em trapos e colocados em nosso colchão na noite anterior, estavam frios ao alvorecer, e a água no jarro de porcelana lascado que ficava sobre a mesa de madeira logo ao lado da porta congelara há muito. Em geral, nos lavávamos e vestíamos quase em silêncio nos dias de inverno, fazendo movimentos rápidos e precisos no ar gélido.

Porém, não nessa manhã. Beijei mamãe e desejei-lhe bom dia, minha voz alta contra o teto inclinado de nosso quarto. Ela sorriu para mim sonolenta quando corri para a bacia.

– Vamos para o papai à noite – disse, como se ela pudesse ter esquecido tal fato. – Precisamos nos aprontar.

– Mary El, isso ainda vai levar horas. Tem muito trabalho pra gente fazer antes disso. E não acha que devemos encontrar tempo para rezar, principalmente hoje?

Em minha excitação com a partida iminente para Shockoe Bottom, esqueci completamente da chegada do menino Jesus em Belém há tanto tempo. Foi assim naquela manhã, eu tentando fazer o tempo passar mais rápido, e mamãe, Zinnie ou o velho Sam me lembrando a toda hora de alguma tarefa ou outra que eu precisava fazer. Assim que os Van Lew partiram para a igreja, comecei a espiar pela janela procurando por papai, não desejando perder nem mesmo um minuto da alegria de poder mostrar-lhe tudo.

No entanto, papai manteve os olhos baixos e os pensamentos reservados quando chegou. Levei-o da porta do porão pelo labirinto de cômodos de serviço, depois pela escada dos empregados até o armário de louças. Quando passamos dos fundos do primeiro andar para a frente, ele não quis deixar o longo e amplo corredor para dar uma olhada na sala de jantar e na biblioteca da ala leste da casa, ou nas duas salas de estar da ala oeste. Embora me seguisse ao subirmos as escadas principais, ele não mostrou grandes sinais de emoção quando apontei para o quarto de dormir e o de vestir da Sra. Van Lew e para os quartos do jovem Sr. John e da Srta. Bet do outro lado do corredor.

Foi somente quando subimos as escadas estreitas, no fundo da casa, até o terceiro andar que ele mostrou algum interesse. Passagens abertas davam acesso ao quarto do velho Sam de um lado e ao que mamãe e eu ocupávamos do outro. Papai teve de se dobrar para passar por baixo do teto inclinado e entrar em nosso cômodo no sótão. Fazendo um círculo completo para captar o espaço onde sua família dormia, ele parou e ficou de frente para mim.

– Você gosta deste quarto?

Pensei por um momento, esperando agradá-lo.

– Gosto de estar aqui com mamãe, quando não temos que cuidar dos Van Lew. E sei que alguns escravos vivem em lugares piores que este; fico feliz por não ter de morar nesses lugares. Mas estou muito animada para passar uma semana em sua cabana. Acho que gosto mais dela.

Ele me abraçou e murmurou:

– Feliz Natal, Mary El. – Voltamos de mãos dadas de volta para o primeiro andar, onde os outros escravos estavam reunidos, esperando pelos Van Lew.

Quando nossos senhores voltaram da igreja S. João, o velho Sam estava no saguão para pegar os chapéus, os casacos e as botas deles. Colocamos a mesa para 11 pessoas, conforme a Srta. Bet nos instruíra de manhã cedo. Porém, após passar alguns minutos em frente à lareira da sala de visitas, a Srta. Bet chamou mamãe e lhe disse para começar a servir a refeição, embora nenhum convidado tivesse chegado ainda.

Mamãe mostrou seu descontentamento ao repetir a ordem para todos nós embaixo na cozinha aquecida.

– Colocar comida boa para esfriar em lugares vazios. – Zinnie bateu as tampas das panelas enquanto colocava comida nas travessas. – A senhorita Bet enlouqueceu de vez.

A Srta. Bet se postou na sala de jantar para supervisionar Lilly, Daisy, o velho Sam, mamãe e eu servindo. Quando os pratos de louça fina e as taças de cristal estavam cheios, ela mandou o velho Sam à saleta para chamar a mãe e o irmão e ordenou que mamãe buscasse Zinnie, Josiah e papai. Quando os Van Lew sentaram em seus lugares à mesa, a Srta. Bet nos desejou Feliz Natal e, em seguida, disse:

– Sentem-se e jantem conosco.

Nenhum de nós se mexeu. Ela podia estar falando para oito fantasmas que apenas ela conseguia enxergar, tão inconcebível era a ideia de escravos sentarem ao lado de seus senhores em uma sala de jantar em Church Hill.

O jovem Sr. John quebrou o silêncio.

– Você não pode esperar que os criados...

A Srta. Bet o interrompeu.

– Não há necessidade de você palestrar sobre o que eu devo ou não fazer. Muito do que eu nunca esperaria já aconteceu. – Ela sorriu e fez um aceno com a cabeça para a mãe. – Quem imaginaria que eu passaria o jantar de Natal como uma verdadeira proprietária de escravos?

Fiquei sem ar só de pensar. A Srta. Bet, com seus próprios escravos? Quem ela estava trazendo para dentro da casa, para perturbar a rotina que conhecíamos tão bem? Como ela poderia ter revertido tão caprichosamente seus sentimentos sobre a escravidão?

A Srta. Bet olhou para nós severamente.

– Por que ainda estão em pé aí? Não os mandei sentar?

Passamos alguns minutos desconfortáveis nos remexendo nas cadeiras; o velho Sam quase não sabia como se sentar após ajeitar todos em seus lugares. A Srta. Bet voltou-se para o irmão e disse:

– Você quer começar as orações? Ou eu mesma faço isso?

O jovem Sr. John não parecia ansioso para dar à irmã a oportunidade de ela proferir mais algumas de suas afirmações estranhas. Quando abaixamos a cabeça, ele deu graças por criados tão obedientes; pediu a Deus para preservar a saúde delicada da mãe e dar à irmã e a ele mesmo a sabedoria necessária para lidar de forma apropriada com a gestão doméstica. Todos nós murmuramos améns suficientes para mostrar que entendêramos o significado que ele dera àquelas palavras. Todos menos a Srta. Bet, que estava mais determinada do que nunca a fazer com que tudo transcorresse do jeito que ela queria, não obstante o que o irmão ou qualquer outra pessoa pensasse.

Ela pegou o garfo e começou a comer, olhando-nos insistentemente para se certificar de que fazíamos o mesmo. Eu devo ter me surpreendido por perceber como era diferente o sabor da comida de Zinnie quando servida quente na sala de jantar, ao invés de engolida fria, muito mais tarde, na cozinha. Porém, a prataria pesada que eu passei a infância lavando e polindo parecia muito desajeitada se comparada com os garfos e colheres de madeira que eu normalmente usava. Mamãe, o velho Sam, Lilly e Daisy pareciam compartilhar meu repentino cuidado exagerado com a louça e os cristais que manuseávamos com tanta habilidade quando servíamos e retirávamos as refeições dos Van Lew. Papai, Josiah e Zinnie se mostraram ainda menos à vontade do que nós, que há muito observávamos os hábitos de comer dos brancos enquanto os servíamos à mesa. E a Sra. Van Lew e o jovem Sr. John pareciam tão desconfortáveis quanto nós por terem negros jantando ao seu lado.

A Srta. Bet analisou a mesa.

– Sim, este ano celebro o Natal como uma verdadeira proprietária de escravos. – Ela encarou o velho Sam, Josiah, Zinnie, Lilly, Daisy, mamãe, até papai e, finalmente, a mim, um por um. – Pois mamãe me vendeu seus escravos para que eu os possa libertar.

Em geral, os pronunciamentos excêntricos de Bet produziam uma tosse ou um farfalhar de saias dos escravos dos Van Lew. Porém, dessa vez, ficamos paralisados de espanto.

A novidade paralisou até mesmo a língua do jovem Sr. John. Ele olhou mudo para a mãe, que manteve o olhar baixo enquanto a Srta. Bet explicava seu plano para nós. Ela assinaria nossos papéis de alforria no Ano Novo. Estaríamos então livres para deixar a casa e até mesmo a cidade, embora ela sugerisse que continuássemos trabalhando para ela por alguns meses, a fim de ganharmos o suficiente para pagar pela mudança para um estado onde a escravatura era proibida. A razão, ela nos informou, era que, ao contrário dos negros livres que conhecíamos – suas palavras me fizeram pensar na linda Elly Banks e nos idosos Sr. e Sra. Wallace –, cujos ascendentes foram libertados há mais de cinquenta anos, os negros recém-libertos só poderiam permanecer na Virgínia por, no máximo, um ano, ou seriam presos pelas autoridades e revendidos como escravos.

O pedaço de ganso natalino que eu saboreava ficou entalado na garganta.

– Senhora? E Lewis, senhora? – mamãe perguntou.

A Srta. Bet pousou os talheres antes de responder.

– Tia Minnie, lamento muitíssimo. Eu disse a Timothy Mahon que pagaria o que ele considerasse um preço justo, mas ele não aceitou qualquer oferta. Diz que já seria muito difícil substituir Lewis como ferreiro, mas que seu trabalho como capataz da loja e supervisor de aprendizes era indispensável. Ele considera Lewis um "bem de valor inestimável", e não o venderia em hipótese alguma.

Assim, a melhor refeição que jamais tivemos e o maior presente que poderíamos receber foram estragados pela notícia de que mamãe e eu teríamos de escolher entre papai e a liberdade.

# Três

Após a Srta. Bet terminar seu discurso, comemos em silêncio. O barulho da prataria arranhando a porcelana me deixou nervosa enquanto percebia a alegria de Zinnie e Josiah de um de meus lados, e a preocupação de mamãe e papai do outro.

Não ficamos muito mais aliviados quando, por fim, levantamos da mesa e cruzamos o corredor amplo até a sala de estar. O jovem Sr. John leu o verso 2:2-20 do evangelho de Lucas na Bíblia da família, assim como ele e o pai fizeram em todos os Natais que conseguíamos lembrar. Em seguida, a Srta. Bet sentou-se ao piano para tocar "Amazing Grace". Porém, até mesmo o barítono forte de Josiah não conseguiu suportar as emoções deflagradas por ela. A tensão da incerteza pairava em cada nota, soando como um verdadeiro coro sentimental.

Assim que nós da casa nos despedimos dos Van Lew e saímos da sala de jantar, Zinnie falou para mamãe:

– As meninas podem limpar e lavar; vai você com Lewis agora. – Mamãe murmurou agradecimentos e, o mais rápido possível, nos vestimos e saímos no frio, com papai nos levando para longe da mansão.

Nevava, mas eu estava preocupada demais para me importar com os flocos de neve brancos e molhados ao meu redor. Partimos em silêncio, eu no meio agarrando firme as mãos de meus pais. Não tinha certeza do que significava estar presa entre eles, agora que realmente podia ser livre.

Quando alcançamos o limite do terreno dos Van Lew, papai deu um longo e baixo assovio.

– Esses jantares que seus brancos dão são inesquecíveis, Minerva.

Sua provocação fez mamãe parar no meio do caminho.

– O que vamos fazer, Lewis? O que vamos fazer?

Fiquei apavorada ao ver mamãe tão insegura. Papai me levantou, trocando o peso de meu corpo para seu braço esquerdo, segurando-me de uma forma que eu achava que não fosse mais possível na minha idade. Em seguida, ele abraçou mamãe pela cintura e nos juntou uns contra os outros, formando um pequeno círculo apertado de nossa família na beira da calçada.

– A gente vai ser grato por nossa filha crescer livre. A gente vamo descobrir uma forma de ficar junto. E alguns de nós vamos ter de admitir que toda a sua falação sobre Jesus ter um plano para esta criança pode afinal não ter sido tão desvairada.

Ficamos lá, em pé, durante muito tempo. Senti a neve se acumulando sobre nós, como fazia sobre as árvores, as construções e os grandes jardins de Church Hill. Eu queria fazer o tempo parar, fazer o meu ano de liberdade permitida na Virgínia e o de mamãe durar para sempre. Finalmente, papai beijou mamãe e depois a mim, colocou-me novamente no chão e começou a cantarolar "Vamos marchar pelo vale". Ele permaneceu entre nós, segurando nossas mãos enquanto recomeçamos nossa caminhada. Não me sentia mais tão apavorada e confusa como antes, mas também desconfiava de que tudo não acabaria bem.

Passei grande parte da semana do Natal fingindo que adormecia mais cedo à noite e ainda não estava acordada pela manhã, ou simulando estar absorvida em algum jogo solitário, mas o tempo todo ouvindo atenta todas as palavras que meus pais diziam um para o outro.

– E se formos para o Norte, para onde vamos? – mamãe indagou naquela primeira noite.

– Você tem família em Nova York.

– Você é minha família agora. Ninguém em Nova York sequer vai me reconhecer, minha mãe morta e minhas irmãs e irmão espalhados por aí quem sabe aonde. Eles adotaram o nome Van Lew quando foram libertados? Ou o de nosso pai? Talvez minhas irmãs casaram, ou elas e meu irmão inventou outros nomes quando foi tudo libertado.

– Você não vai encontrar eles se não procurar. Talvez a Srta. Bet ajuda, pelo menos a escrever para a família do pai dela e ver o que eles sabe.

– Não espero que uma família que distribui os filhos de outras pessoas como presentes de despedida sabe grande coisa. – Fora assim que mamãe chegara a Richmond, como presente para o filho mais jovem de seu proprietário quando ele se mudou para o Sul. Porém, ela estava mais do que simplesmente zangada com a lembrança de ter perdido a família; ela estava assustada pela possibilidade de passar por toda aquela perda novamente, agora com papai. – Não, Lewis. Não existe Nova York para nós sem você.

– Você ouviu a senhorita Bet – papai disse. – Mahon não está disposto a me vender. O que você quer que eu faça se não posso ir de forma legal? – Havíamos ouvido muitas histórias sobre caçadores de recompensa que iam atrás de fugitivos, sobretudo desde que a nova lei estabelecera que não havia porto seguro nem mesmo no Norte. – Não vou ser caçado como um animal, arrancado de minha mulher e filha. Talvez ser obrigado a assistir algum caçador de escravos rebocar você para um tribunal, alegando que você também é fugitiva. E, afinal, a escravidão não é igual ao regime brando daqui de Richmond. Mahon vai vender um escravo fugitivo capturado para o Sul Profundo, como qualquer outro proprietário de escravo.

Não sabia se deveria agradecer a Srta. Bet ou odiá-la por atormentar tanto mamãe e papai, e até mesmo a mim. De meu colchão de palha, conseguia enxergar mamãe sentada à mesa no outro cômodo, a vela de gordura de sebo projetando sua sombra encurvada na parede.

– Quando a gente se casou, prometeu ficar junto para sempre. Todos esses anos, a gente conseguimos fazer isso. Como a liberdade, a melhor coisa que já me aconteceu, pode nos separar? O que é a liberdade sem minha família junto?

Papai se debruçou para frente e a beijou.

– Você e Mary El têm algo que posso nunca conseguir. Vocês vão ser livres. Não posso pedir para vocês abrirem mão disso.

E assim a semana passou. Papai tentando me distrair durante o dia, levando-me em aventuras pela cidade. Porém, dessa vez, sua jovialidade era forçada. Amaldiçoei a lei da Virgínia que expulsava negros recém-libertados com tanta veemência quanto amaldiçoei a escravidão. Odiei como essa notícia poderia mudar tanto tão rapidamente, alterando até mesmo meu papai sorridente e seu jeito descontraído comigo.

Os relatos noturnos de Mamãe sobre o que acontecia em Church Hill me lembravam de que após minhas férias terminarem, eu não voltaria à vida com a qual sempre estivera acostumada. Os diálogos que me esforçava para ouvir eram tão estranhos para mim quanto as conversas dos Van Lew, e igualmente preocupantes.

– Zinnie e Josiah vão ficar por seis meses, ganhar o que podem e depois tentar ir pra Ohio. Mas estão preocupados com Lilly. A garota está de olho em um rapaz que trabalha em um dos benefícios de tabaco, e não parece muito feliz por ter de deixar ele. Lilly não sabe, mas Josiah pretende falar com o rapaz, dizer a ele que a liberdade dela está chegando e logo ela vai partir. Se o moço é decente, ele não vai querer separar a família ou levar ela a fazer alguma maluquice, e Josiah diz que talvez se eles namora sério durante a primavera, Lilly pode trabalhar quando chegar no Oeste e ajudar a comprar a liberdade dele.

Por mais estranho que fosse pensar na casa sem Zinnie, Josiah e as meninas, pelo menos a partida deles ainda demoraria bastante. Mas esse não era o caso do velho Sam.

– Ele diz que não tem tempo para ficar esperando ganhar uma migalha aqui e outra ali. Pediu pra senhorita Bet licença pra escrever pros filhos do irmão dele em Nova York, ver se eles têm um lugar para hospedar ele já. A senhorita Bet diz que se eles têm, ela paga a passagem para ele viajar para o Norte. Como ele pode pensar em voltar na idade dele, não sei. Não consigo nem pensar em voltar com a minha. – Mamãe ficou quieta por um longo tempo e, quando falou novamente, foi com voz baixa e embargada. – Ele largou três filhos quando foi trazido de Nova York. A menininha sempre foi doentinha, ninguém esperava ela vingar. Mas aqueles dois garotos fortes, correndo e subindo em tudo. Ouvi, tem muito tempo, que os donos da mulher dele levaram eles todos e mudaram para um lugar bem distante. Longe no tempo e no espaço da liberdade do velho Sam, com certeza.

A revelação feita por mamãe me espantou. Entendia que ela e papai tinham famílias, das quais foram retirados para serem vendidos ou mandados embora; suas lembranças desse período eram tão dolorosas que eles as mantinham bem protegidas dentro de si, da mesma maneira com que eu embrulhava o espelho de casco de tartaruga da Sra. Van Lew em lenços de seda quando ela ia passar uma semana de férias em White Sulphur Springs. Mas o velho Sam, com uma mulher e filhos? Não conseguia entender isso, tanto quanto não conseguia compreender de que árvore nossa mesa de tábua era feita, ou que galinhas tinham colocado os ovos de nosso jantar.

Quase não tive tempo para pensar sobre o passado misterioso do velho Sam antes de ele partir rumo a um futuro igualmente misterioso. Ele foi o primeiro de nós a ter em mãos os papéis de alforria, e compartilhamos seu orgulho em tocar naquelas folhas, ao mesmo tempo tão frágeis e tão pesadas. Em uma tarde de quinta-feira, sem vento e fria, logo após o Ano Novo, mamãe, Josiah, Zinnie, Lilly, Daisy e eu o acompanhamos até Rocketts Landing para esperar por seu barco. Era a primeira vez que todos nós ficávamos juntos fora do terreno dos Van Lew. E a última.

O velho Sam e mamãe se abraçaram enquanto recordavam tudo que compartilharam juntos e, mais especialmente, como a vinda deles para a Virgínia lhes roubara a liberdade prometida aos escravos do estado de Nova York. Por fim, mamãe disse:

– Quando a gente ficou junto naquela doca de Long Island, você me disse que ia voltar. Parece que sabia que esse dia ia chegar.

Velho Sam assentiu.

– Que bom que eu não sabia. Não podia imaginar que ia demorar tanto. Talvez não queria saber o que ainda tinha sobrado para eu revisitar lá agora.

Um branco corpulento se aproximou, esfregando as mãos por causa do frio que já enrubescera as partes de suas bochechas que apareciam por cima da barba loura. Ele era o capitão do navio, bem consciente da presença do velho Sam. O medo de uma fuga de escravos significava que qualquer barco que levasse um negro do porto de Richmond necessitava de um exame ainda mais detalhado; assim, a Srta. Bet tomara bastante cuidado com os preparativos do velho Sam. O capitão acenou para nós, indicando que era hora de embarcar. Abraçamo-nos mais uma vez, e Zinnie deu ao velho Sam uma cesta do que ela declarou ser "a última comida decente que você terá até quem sabe quando"; ela nascera na Virgínia e sinceramente duvidava de que qualquer um, de cor ou branco, fosse capaz de cozinhar uma refeição comível lá em Nova York. Em seguida, o velho Sam seguiu o capitão pelo portaló, deixando Richmond para sempre.

A vida sem o velho Sam fez cada um de nós sentir ainda mais intensamente as emoções variadas que cercavam nossa liberdade, da mesma forma com que as gengivas doem um pouco mais assim que arrancamos um dente. Era sofrimento, mas também prazer. Com saudades do velho Sam, ansiosa pelo futuro de minha família, experimentei a palavra *liberdade* em minha boca, imaginando como ela se aplicaria a mim.

Apesar do esforço para ouvir todas as conversas da semana de Natal e de cada domingo posterior, mamãe e papai devem ter conseguido trocar algumas ideias quando me mandavam fazer algo na casa de um vizinho ou ir a uma loja, pois, quando ouvi falar sobre a Filadélfia, ficou claro que eles já haviam debatido o assunto por algum tempo. E debater não significava celebrar, com toda certeza. Uma coisa era Jesus ter um plano para mim. Mamãe colocara todas as suas orações, suas esperanças e seus pedidos nisso. Porém, a Srta. Bet ter um plano para mim... bem, isso era algo inteiramente diferente.

A Srta. Bet estava ansiosa para assegurar que eu receberia instrução, o que acreditava que provaria a insensatez daquela "instituição peculiar" da escravatura e confirmaria a virtude da própria benevolência. Escravo ou livre, não havia oportunidade para um negro adquirir escolaridade formal em Richmond. O estado da Virgínia não tinha escolas públicas, nem para brancos, e as poucas academias privadas para meninas estariam tão dispostas a me matricular quanto a um peru domesticado. Além disso, essas instituições projetavam seus cursos de estudo para limitar, e não ampliar, as mentes das moças. Até mesmo a Sra. Van Lew reconheceu tal fato quando mandou a Srta. Bet estudar na Pensilvânia vinte anos antes. E, portanto, a Srta. Bet insistiu que a Filadélfia era o melhor lugar do país para qualquer criança obter instrução.

No entanto, a Filadélfia estava a duzentas milhas de Richmond em linha reta. Mas, para mim, o que importava era que demoraria dias em um trem ou em um barco desde minha casa até essa cidade que nem eu nem meus pais jamais víramos. Mais do que isso, podia ser uma viagem sem volta, pois a Srta. Bet relutantemente admitiu que qualquer negro que deixasse a Virgínia para receber instrução seria impedido de retornar pela lei.

Os golpes em minha família surgiam cada vez mais rápidos e fortes, e eu me sentia vulnerável e machucada, como se tivesse perdido minha integridade. Mamãe e eu não podíamos ficar em Richmond e manter nossa liberdade. Papai não podia partir. Mamãe não estava disposta a ir sem ele. A Srta. Bet desejava me mandar para longe para eu receber instrução. Tudo permaneceu em um impasse até as senhoras de Church Hill fazerem uma visita.

Como qualquer dama de classe alta do Sul, a Sra. Van Lew praticava bordado refinado e passava muitas tardes fazendo trabalhos manuais, juntamente com as senhoras da vizinhança.

– Trabalho com agulha mesmo – mamãe dizia – espetando umas as outras é mais correto dizer, com todas as suas fofocas e bravatas, qual filho fez isso e em qual casa aconteceu aquilo.

Uma tarde, no final de janeiro, a Sra. Van Lew chamou mamãe para atiçar o fogo da sala de visitas e servir chá para suas companheiras de bordado, tarefas que o velho Sam realizava anteriormente. Eu estava do outro lado do saguão lustrando os móveis da biblioteca, pois agora que Srta. Bet era minha dona, ela insistia que eu tomasse conta desse aposento. Ela escolheu essa tarefa como uma forma de me dar uma oportunidade para eu ler, sem compreender que eu tinha muito pouco tempo para tais ocupações, sobretudo após a partida do velho Sam, a qual tornara nossa carga de trabalho muito mais pesada.

A Srta. Bet ainda não fizera um espetáculo público sobre seu plano de libertar todos os escravos da família, uma vez que muitos detalhes sobre mim e mamãe ainda não haviam sido decididos. No entanto, era de conhecimento geral que o velho Sam recebera sua alforria, e a presença de mamãe na sala de visitas lembrava às convidadas sobre esse evento incomum.

– Por quê?! Deve ser uma perda muito grande para você, o velho Sam partir após tantos anos. – A voz alta e esnobe da Sra. Randolph ressoou clara e arrogante pelo corredor. – Ele veio para Richmond há muitos anos com seu marido, não foi?

Antes que a Sra. Van Lew pudesse responder, a Sra. Whitlock disse:

– Sua Bet e seus modos estranhos, enviando o homem para algum parente distante na idade dele. Mas suponho que isso seja produto de sua educação ianque.

– Eu mesma fui educada na Filadélfia. – A Sra. Van Lew fez o nome de sua cidade natal soar especialmente melífluo em contraste com as sílabas duras da palavra *ianque*. – E foi incrível. Mesmo no século passado, as jovens estudavam em academias excelentes lá. É uma tradição da qual nos orgulhamos.

– Orgulho, sim, claro – Sra. Whitlock replicou. – Mas sua educação não evitou que você casasse e formasse uma família, em vez de propagar bobagens como a abolição. Alguns dos ensinamentos peculiares de sua filha devem testar o orgulho de uma mãe, e sua paciência também.

Qualquer que fosse a consternação que Bet provocava na mãe, a Sra. Van Lew não estava disposta a admitir para as fofoqueiras da vizinhança. Eu estava tão curiosa para ouvir como ela conseguiria responder sem mentir descaradamente que fui para a arcada entre a biblioteca e o saguão. Passei meu pano de pó no mogno e na gaiola de arame de latão com tanto empenho fingido que até o passarinho gorjeou, apavorado. Quando a Sra. Van Lew espiou para ver o que perturbava seu querido Farinelli, ela manteve o olhar em mim por um longo tempo. Porém, ao invés de me repreender, voltou-se para reprovar sua visita.

– Uma criança não é um pintassilgo para ser mantido em uma gaiola, feliz apenas por bicar sementes. Meu falecido marido e eu educamos nossa filha para que ela pudesse pensar por si mesma e agir da mesma forma. Sua independência e seu interesse pelas causas da liberdade não são nada além do legado do fervor revolucionário da Pensilvânia, com o qual meu pai esteve bastante envolvido, sabe.

As Primeiras Famílias da Virgínia sempre se portavam como se seus antepassados tivessem, sozinhos, inventado a Revolução Americana. A Sra. Van Lew tendia mais para a harmonia do que para o antagonismo com seus vizinhos; assim, nas raras ocasiões em que ela lembrava as PFVs de Richmond do papel da Filadélfia no nascimento da República, todos sabiam que ela estava aborrecida.

As visitantes devem ter ficado aliviadas quando ela voltou sua atenção para mamãe, que atiçava a chama da grande lareira de mármore.

– Não há necessidade de remoer isso. Você construiu uma fundação bem forte e pode ter confiança que seu trabalho não desaparecerá, mesmo quando não estiver mais presente. – Sua voz ficou um pouco mais suave. – Ouça bem o que estou dizendo, tia Minnie, ouça bem o que estou dizendo.

– Sim, senhora, vou tomar nota sim, claro – mamãe respondeu, fazendo uma reverência enquanto saía da sala.

Ela saiu quase correndo pelo saguão amplo sem nem olhar na minha direção, depois passou pelo armário de louça até a escada dos criados. Ouvi a porta dos fundos para o porão abrir e fechar, e da janela de trás a vi correndo para o banheiro com os produtos de limpeza na mão. Essa era a tarefa especial de mamãe, o que ela se propunha a fazer sempre que desejava uma desculpa para refletir seriamente.

– Hora de limpar o banheiro – ela declarava, desaparecendo por meia hora ou mais antes de retornar serena e determinada. Era nossa tarefa mais detestável, e mamãe se dispunha a fazer aquilo apenas nos momentos em que precisava pensar sobre algum assunto importante sem ser perturbada.

Ao vê-la cruzar o jardim, andando com determinação contra o vento do inverno, eu já sabia o que ela resolvera enquanto esfregava, limpava e caiava. Em seguida, voltei para minhas tarefas, cantarolando e começando a imaginar como seria minha vida na Filadélfia.

Mamãe não falou uma palavra sobre o assunto nos dias que se seguiram. Porém, supus que o domingo seguinte traria discussões muito importantes entre ela e papai. Achando que mamãe já estava inventando desculpas para me tirar da cabana de papai para eles poderem conversar livremente, comecei a inventar desculpas para ficar. Meticulosamente, juntei tudo que precisava antes de partirmos da casa dos Van Lew, assim não haveria qualquer razão para eles me mandarem buscar algo que fora esquecido. Deixei escapar um espirro cauteloso ou dois para que pudesse dizer que estava resfriada se me mandassem fazer alguma tarefa. Em seguida, achei que talvez um resfriado lhes desse uma desculpa para me deixarem na cabana e saírem juntos, então imediatamente parei de espirrar. Toda essa trama me deixou com sentimento de culpa durante a semana inteira. Mas acabou que todos os meus planos deram em nada.

Assim que chegamos na cabana de papai, mamãe convocou-nos para uma conversa. Quando papai começou a me mandar ver se os vizinhos idosos estavam bem, mamãe o interrompeu, dizendo:

– O que eu tenho para dizer tem a ver com Mary El, ela precisa ouvir. – Então virou-se para mim e disse: – Você tem idade suficiente agora para não revelar os segredos da família, não é?

Quando ela disse *você tem idade suficiente*, pensei em todas as vezes que a frase significou alguma responsabilidade nova e indesejada, e como essa frase sempre provocara ressentimento em meu coração. Porém, agora, eu queria que as coisas fossem diferentes. Queria me sentir corajosa, ao invés de medrosa ou obstinada, com relação àquilo que se esperava que minha pessoa com idade suficiente fizesse.

– Sim, mamãe – respondi –, tenho idade suficiente.

E, assim, sentei ao lado de papai em sua mesinha e ouvi o plano dela. A liberdade significava muito pouco sem oportunidades. Não era precisamente isso que ficara comprovado pelas restrições da Virgínia aos negros livres e escravos alforriados? A instrução aumentaria minhas oportunidades e, portanto, eu a obteria. E, uma vez que o ensino na Filadélfia era o único suficientemente bom para a Srta. Bet, ele certamente era o único suficientemente bom para mim. Meus pais sentiriam a minha falta, mas o velho Sr. Van Lew e a Sra. Van Lew devem ter sentido saudades da Srta. Bet, e tudo que eles puderam suportar, meus pais certamente também poderiam. Era algo bom, não ruim, afinal, viver longe de uma filha que estava obtendo uma educação tão boa na Filadélfia, melhor do que qualquer filha de família branca obtinha aqui em Richmond.

Nesse exato momento, papai interrompeu.

– Minerva, não é preciso você dizer que vai sentir saudades de Mary El, pois ela vai estar lá com você. Agarra essa oportunidade na Filadélfia pra você também.

– Não, Lewis, não agarro, não. – Mamãe não parecia exatamente triste, embora sua voz deixasse transparecer uma tristeza indistinta por não saber ao certo do que ela estava desistindo.

– Lembro como me senti sozinha quando cheguei a Richmond pela primeira vez. Não estou pronta para ficar tão sozinha na Filadélfia agora. Ou para deixar você sozinho aqui. Os filhos crescem, deixam os pais, é natural. Mulher deixar o marido, no entanto, é outra coisa.

– Você conhece a lei – papai disse. – Você só tem um ano e, depois, vai ser vendida em leilão pelo preço mais alto, quem sabe onde vai parar. Não vou permitir isso.

– Temos um ano, mas não a partir de agora. Um ano a partir do dia em que o estado da Virgínia saiba que estou livre. E se ninguém souber? Ninguém que não precisa saber?

E assim mamãe delineou o resto do plano. Ela permaneceria em Richmond, trabalhando para os Van Lew, ganhando um salário da mesma forma que Josiah e Zinnie e suas filhas. Mas ela ficaria o tempo que fosse preciso, até Mahon concordar em vender papai para a Srta. Bet ou o libertar. A Srta. Bet assinaria os papéis de alforria para a mamãe, mas ela não os registraria com as autoridades, nem registraria mamãe como uma negra livre. Seria livre, mas ninguém em Richmond, além dela, papai e os Van Lew, saberia. Ela não teria que se preocupar em deixar o estado ou voltar a ser escrava, contanto que Srta. Bet permanecesse viva e em boa saúde. Todos os meses, a Srta. Bet prepararia os papéis de alforria novamente com data atualizada, destruindo os antigos; assim, se algo acontecesse com ela, mamãe ainda teria um ano, mais ou menos, antes de precisar sair da Virgínia.

– Não gosto que minha mulher finja ser uma escrava, isso é certo – papai disse. – Mas nunca fiquei furioso por minha mulher ser uma escrava também. – Era a primeira brincadeira que eu o ouvia fazer em semanas. Ele ficou sério novamente antes de continuar. – Minerva, eu tô buscado força pra deixar você ir, mas não encontrei elas ainda. Se você tem certeza de que quer ficar aqui, não sou eu que vai parar você.

– Tenho – mamãe disse. – Se eu for para o Norte agora, vou trabalhar duro para alguma família branca, quem sabe como eles vão me tratar ou pagar, onde vou viver, ou qualquer coisa dessas. Fico em Richmond, fico com você. Vou fazer a senhorita Bet me dar permissão para passar as noites aqui, em vez de ficar na casa dos Van Lew. – Os cantos da boca de mamãe curvaram para baixo pelo peso de tudo que estava considerando. – Tenho muita dificuldade de confiar em qualquer branco, mas ela está tentando fazer o certo com minha filha. Acho que ela vai me pagar uma quantia justa, e eu terei meus papéis de alforria o tempo inteiro. Sou uma escrava que desejou a liberdade a vida toda. Ser uma mulher livre fingindo ser escrava não pode ser mais difícil do que isso.

Eu estava tão acostumada a fingir que não estava ouvindo tais conversas que esqueci que mamãe me dera permissão para participar. Quando lembrei, falei:

– Se eu for para a Filadélfia estudar, não vou poder voltar para a Virgínia. – A excitação acumulada a semana inteira foi instantaneamente dissolvida quando pensei em tudo que tinha a perder. – Nunca mais verei você nem papai novamente.

Mamãe apertou minha mão para que eu sentisse todo o amor, o medo e a esperança que circulava entre nós.

– Ninguém, além da senhorita Bet, precisa saber para onde você vai, e se eles não sabem, não podem impedir que você volte. – Sua voz ficou embargada. – Se você prestar atenção nas falas dos brancos, parece que nenhum deles concorda sobre a questão dos escravos. Ouço a senhorita Bet ler aqueles jornais abolicionistas para a senhora V sobre como os brancos e os negros lá no Norte até trabalham juntos para acabar com a escravidão. Uma menina esperta como você, vivendo livre na Filadélfia; talvez você seja a que vai descobrir como se livrar dela de uma vez por todas.

Naquele dia, mamãe me ensinou que a forma como as outras pessoas veem você não determina quem você realmente é. Ela podia deixar as pessoas pensarem que era uma escrava se isso significasse que poderia ser livre e viver com papai. Podíamos deixar todos pensarem que eu fora enviada para trabalhar no sítio dos Van Lew ou alugada para uma família amiga em Petersburg se isso significasse que eu poderia ir para Filadélfia sem colocar em risco minhas chances de voltar a Richmond. E quem sabe o que eu poderia fazer – não apenas para mim mesma, mas talvez, como mamãe disse, para todos os escravos – se pudesse obter instrução e ainda circular entre o Norte e o Sul. A Srta. Bet sempre gritava e esbravejava contra tudo. No entanto, para os negros da Virgínia, sobreviver significava cerrar os lábios e aguardar a nossa hora; e, ao mesmo tempo, fazer planos secretos, como mamãe fazia o tempo inteiro.

Assim que mamãe deu sua aprovação, a Srta. Bet começou a enviar cartas para a Filadélfia para encontrar um lugar para mim. Ela nunca pensaria em me mandar para a única escola pública que aceitava pessoas de cor, na qual duzentos alunos encontravam uma única professora em um prédio decrépito com apenas uma dezena de livros. Mas não foi fácil para ela encontrar uma escola particular que me aceitasse. Existiam algumas instituições patrocinadas por quacres que ensinavam meninos negros, mas estavam tão fechadas para mim quanto as academias brancas. Entretanto, a Srta. Bet persistiu, da forma como sempre fazia quando algo inflamava sua ira. À medida que as semanas, depois os meses, passavam, ela tentava desviar nossa atenção da demora me ensinando, alegando que era uma preparação para minha educação formal.

    Foi perto da Páscoa que soubemos de Sarah Mapps Douglass, uma senhora negra que mantinha uma pequena academia em sua casa. Quando a Srta. Bet anunciou que a Srta. Douglass concordara em me aceitar, mamãe negociou para que eu ficasse em Richmond um pouco mais para passar meu aniversário com ela e papai. Essa era sempre uma questão delicada para mamãe, uma vez que nem ela nem meu pai sabiam as próprias datas de nascimento – papai não sabia ao certo em que ano nascera, separado como fora de sua família tão cedo –, assim, mamãe fazia questão de lembrar o dia em que vim ao mundo, 17 de maio de 1839. Com meu décimo segundo aniversário se aproximando, Papai se empenhou em me equipar para minha nova vida da melhor maneira que pudesse.

    A Srta. Bet, ansiosa para garantir o sucesso de sua experiência pessoal no aperfeiçoamento de negros, me forneceu um guarda-roupa básico: dois vestidos de verão para o dia, ambos bons o suficiente até para os domingos, e um vestido de festa, além de uma camisola com touca de dormir, sapatos novos, meias e meu primeiro conjunto verdadeiro de roupas de baixo. Papai se encarregou de comprar os itens "indispensáveis pra qualquer uma moça livre", como ele bradava em cantilena. Ao contrário dos caprichosos *só porques* de minha infância, esses presentes foram deliberadamente escolhidos, talismãs de tudo que papai desejava que eu fosse e fizesse quando estivesse longe dele. Um conjunto de asseio e pentes combinando, minha própria Bíblia, até mesmo uma touca tão na moda quanto a de qualquer menina branca da minha idade – cada presente era acompanhado de uma rima alegre. Meu favorito de todos era o conjunto de costura. Não uma agulha velha e enferrujada qualquer e alguns pedaços de linha, mas uma caixa feita de casco de tartaruga que continha outra repleta de agulhas novas de todos os tamanhos, juntamente com uma almofada estufada para alfinetes feita de cetim, um dedal de metal e tesouras combinando, além de uma gama variada de carretéis com linha. Tudo isso era apropriado não apenas para fazer pequenos consertos, mas também para todo o tipo de trabalho manual elegante que eu ainda não sabia fazer.

    Os mercados de escravos de Richmond forneciam bens humanos para grande parte do Sul, e eu tinha idade suficiente para entender o horror das famílias separadas, sem qualquer noção do local para o qual um filho ou um pai leiloado na cidade fora levado. Por mais desconhecida que a Filadélfia fosse para nós, sabíamos que não era a escravidão e que não era o Sul. Sabendo que eu me encaminhava para a liberdade, saboreamos aquele tempo em que o futuro era uma promessa que ainda não se realizara.

Quando pisquei para abrir os olhos na minha última manhã em Richmond, vislumbrei a cruz de ferro pendurada na parede da cabana de papai. Na maior parte dos domingos de minha infância, eu passava meia hora ou mais examinando seus espirais e floreios decorativos, fascinada pelo fato de que meu pai criara uma coisa tão bonita. Porém, essa manhã, eu estava agitada demais para ficar deitada olhando para a cruz.

Em apenas poucas horas, a Srta. Bet e eu pegaríamos o trem para o norte, rumo a Washington, onde trocaríamos para a linha ferroviária que nos levaria para Filadélfia. A Srta. Bet reclamara que barcos eram apertados, mas mamãe desdenhou de seus protestos, informando-me em particular que ela tinha uma tendência para enjoo marítimo. Embora eu nunca tivesse estado em um barco ou em um trem, este parecia mais moderno e formal para mim, com todo aquele barulho e fumaça; assim, me sentia feliz pela fraqueza da Srta. Bet.

Pensei que a excitação me faria levantar mais cedo do que minha família, mas papai e mamãe já estavam vestidos com roupa de trabalho e sentados à mesa, um pequeno pote de café entre eles. Levantei e me aprontei rapidamente, jogando água em meu rosto e limpando minha boca. Ao desfazer as tranças que normalmente usava, penteei meu cabelo para trás, prendendo-o com minhas presilhas novas. Afastando-me da porta para preservar minha privacidade, peguei a pilha de roupas novas.

Vesti a camisa até o joelho que protegeria minhas roupas íntimas, depois lutei para entrar em meu espartilho novo. Enquanto batalhava para amarrá-lo, o tecido rígido puxou meus ombros para baixo e para trás, empurrando minhas costelas para fora e me restringindo tanto que quase não consegui me dobrar e contorcer para entrar em minha nova anágua e na cobertura do espartilho e, em seguida, em minhas roupas de baixo e depois em outra anágua. Finalmente, coloquei meu vestido de seda listrada verde e amarelo. Ao contrário dos vestidos soltos que sempre usara, este tinha um feitio mais definido. A fileira dupla de botões forrados na frente seguia as linhas do espartilho, e as mangas elegantemente talhadas começavam poucas polegadas abaixo dos ombros, afunilando até a altura dos meus pulsos estreitos. A gola, adornada com renda verde, era elegantemente larga e baixa para poder ser usada no calor do verão, deixando uma parte de minha pele, logo abaixo da clavícula, exposta para o mundo ver.

Mamãe e Zinnie sempre vestiam blusas e saias sem qualquer enfeite, sem bainha costurada, com outras blusas e saias por baixo apenas quando precisavam se proteger do frio. As estampas vivas do algodão do qual suas roupas eram feitas ficavam rapidamente desbotadas pelo uso e pelas lavagens. Enquanto colocava as meias e depois as botas novas até o tornozelo, pensei sobre o quanto as roupas íntimas moldadas e o feitio justo de meu vestido criavam o efeito de um corpo que eu ainda não desenvolvera. Embora quase não pudesse me mexer devido ao peso de todas aquelas camadas, tentei me movimentar conforme acreditava que a Sra. Van Lew ou a Srta. Bet ou qualquer senhora de verdade faria quando entrei no outro cômodo.

Papai ficou parado, os olhos grandes piscando para mim.

– A Filadélfia tem sorte em ter uma jovem tão elegante, tão bonita quanto inteligente.

Na maioria dos dias eu teria sorrido de orgulho diante de um elogio desses, mas a ideia de deixá-lo manteve meus lábios cerrados. Cruzei a sala pequena e o abracei com força, surpresa com minha altura, aumentada pelos meus sapatos novos, diante do porte avantajado dele. Ele beijou o topo de minha cabeça, como frequentemente fazia, mas não precisou se dobrar para fazê-lo.

– Espero que você tenha guardado espaço nessa bolsa para um último presente, indispensável pra qualquer uma moça livre. – Ele fez um gesto em direção à mesa, onde estavam dois pacotes embrulhados. – Um para cada uma das minhas senhoras livres – ele disse, entregando um para mamãe e outro para mim. Abrimos os presentes juntas e encontramos maços idênticos de papel de carta da cor creme, cada um com uma dezena de pontas de caneta metálicas de um dos lados.

– Minhas senhoras vão escrever uma para a outra com muita frequência, aposto, e acabar com essa pilha rapidamente. Ora, se Minerva escreve tudo que quer falar, é melhor eu já começar a economizar para comprar a próxima pilha de papel.

Mamãe olhou com raiva simulada para a brincadeira de papai. Eu já ia implicar com ele, perguntando onde estava a pilha de papel dele. Porém, me controlei. Papai não tinha uso para papel de carta. Ele não sabia escrever.

Durante minha infância, de seis em sete dias Mamãe desfrutava de uma proximidade comigo que a escravidão negara a meu pai. Agora que eu ia para o Norte, para a liberdade, ele não poderia nem compartilhar o consolo de escrever para mim e ler minhas respostas.

Deixamos a cabana e subimos Church Hill, chegando exatamente no momento em que Josiah estacionava a grande carruagem dos Van Lew, puxada por quatro dos seis cavalos brancos da família, em frente à mansão. Enquanto papai o ajudava a carregar a bagagem, Zinnie saiu para se despedir de mim, acompanhada de Lilly e Daisy. A visão da família dela junta fez os lábios de mamãe tremerem e, após dizer apenas poucas palavras de boa sorte em tom baixo, Zinnie levou as filhas de volta para casa.

Papai observou o quanto o sol estava alto no céu, e nós dois sabíamos que sua despedida não poderia ser postergada por muito mais tempo.

– Sempre a gente soube que você é especial, Mary El. Agora, você precisa provar isso pro mundo. Lembra como sua mãe e eu criamos você. E lembra, alguns pode ter nascido com mais que você, mas nenhum nasceu melhor que você. – Além do conforto que essas palavras me traziam nos meses e anos seguintes, fiquei surpresa com o que ouvi depois. – E não deixa nenhum desses negros do Norte fugir com você sem pedir permissão a seu pai primeiro. – Antes que eu pudesse contrariá-lo dizendo que nenhum cavalheiro se interessaria por mim, ele acrescentou, sorrindo o melhor que podia: – Por ser filha de Minerva, é justo eu alertar qualquer candidato do que ele vai enfrentar. Agora vai e faz a gente orgulhoso.

– Eu vou, papai – prometi. Ele beijou a mim e a mamãe, depois correu na direção de Shockoe Bottom, para seu dia de trabalho na ferraria.

Não aguentei ver papai desaparecer pela rua Grace, então me voltei para a mansão. Josiah estava segurando a porta enquanto a Srta. Bet descia a escadaria em curva a passos largos. Ela vestia seu conjunto de viagem azul-cinzento, e o chapéu cinza por cima dos cachos dourados ressaltava o azul gelado de seus olhos.

– Vestimentas pouco apropriadas para uma criada viajar dois dias de trem – ela disse quando me viu. – Mas suponho que não haja nada mais a ser feito agora. – A pena em seu chapéu balançava enquanto ela falava, lembrando-me de como mamãe sacudia o dedo para mim quando eu fazia algo errado. Ocupamos nossos lugares no interior da carruagem dos Van Lew, mamãe e eu no assento traseiro, de frente para nossa ex-proprietária. Passei minha primeira viagem de carruagem aflita por pensar em como me sairia viajando sozinha com a Srta. Bet.

Quando chegamos à estação de trem, Josiah nos ajudou a descer da carruagem, instruiu um porteiro para descarregar os baús e comprou nossos bilhetes. A Srta. Bet acenou com a cabeça para mamãe.

– Mary ficará bem comigo, tia Minnie. Não se preocupe de forma alguma, e cuide de mamãe enquanto eu estiver fora. – Ela se voltou para mim e disse: – Vamos?

Mamãe respondeu antes de mim.

– Por favor, senhorita Bet, posso ter um minuto sozinha com Mary El? Seu tom submisso pareceu pegar a Srta. Bet desprevenida.

– Sim, claro. Espero você a bordo do trem. Mas preste atenção na hora. Vocês só têm alguns minutos.

Enquanto a Srta. Bet se afastava, mamãe me abraçou, segurando-me tão próxima que nossos corações bateram um contra o outro.

– Esperei e rezei por esse dia toda a minha vida; mais, até. Era suficiente imaginar ver você livre um dia, mas ir embora para ter uma educação fina em uma academia particular? Sua vida será diferente, especial; diferente não só da minha, mas da de todos os negros. Você precisa aprender muito lá por todos nós, ouviu?

A realidade de estar deixando minha casa me assolou, deixando-me tão imóvel quanto as criações de ferro fundido de papai.

– Mamãe, não posso deixar você e papai. Não me faz ir.

– Fazer você ir? Por que você está falando assim? Esse é um sonho que está se tornando realidade para você, não é punição. Se você não é suficientemente inteligente para entender isso, bem, essa é apenas mais uma coisa que eles terão que ensinar a você na escola nortista. – Ela se acalmou um pouco e se afastou de mim. – Deixa eu dar uma última olhada em você, minha linda menina.

Mas o apito do trem soou, tão alto que minha cabeça foi sacudida pela vibração.

– Todos a bordo – o condutor chamou.

– Amo você, mamãe – disse enquanto me afastava.

– Amo você também – ouvi atrás de mim enquanto corria para o vagão em que a Srta. Bet entrara.

Assim que pisei no vagão, um homem branco de aparência amarelada obstruiu a entrada e perguntou:

– Onde pensa que vai, mocinha?

Procurei por meu bilhete.

– Aqui está senhor, vou para Washington.

– Não neste vagão, não vai, não. – Ele indicou com a cabeça para a traseira do trem. – Os negros viajam no vagão de bagagens, lá atrás da locomotiva. É melhor correr rápido para lá, o trem já vai partir.

– Mas, senhor, eu preciso...

Antes que eu pudesse terminar, a Srta. Bet apareceu atrás dele.

– Certamente minha criada pode viajar aqui, para me servir.

Ele se virou e examinou a qualidade das roupas dela, levantando o boné.

– Perdão, senhora. Ela nunca disse nada sobre servir a uma senhora. Pensei que ela era um desses negros livres, se achando importante.

Ele saiu da frente, e a Srta. Bet me puxou com força, me ridicularizando em voz alta para metade do compartimento ouvir.

– Coisinha atrevida, o que eu disse sobre prestar atenção na hora? Preciso lembrar a você sua obrigação de me obedecer? Venha.

– Sim, senhora – murmurei, tentando manter o equilíbrio enquanto o trem saltava para a frente embaixo de meus pés. Sabia que a Srta. Bet estava encenando um papel necessário diante dos outros passageiros e que me lembrava da necessidade de eu encenar o meu também. Mas suas palavras me feriram muito. Ao nos sentarmos, minha cabeça pesou de solidão.

Quando me lembrei de olhar pela janela do trem para mamãe, a estação já ficara para trás.

# LIVRO DOIS

Filadélfia
1851 – 1859

# Quatro

Durante toda a minha infância, Richmond sempre me parecera o lugar mais importante do mundo. Fábricas, moinhos e minas. Casas grandes no Hill e outras escondidas no Bottom. A imensa Tredegar Iron Works, uma das maiores usinas metalúrgicas da nação. Entretanto, ao olhar pela janela da carruagem enquanto sacudíamos pelas ruas da Filadélfia naquela primeira tarde, a diferença entre as duas cidades me impressionou. A agitação barulhenta das multidões; as paisagens apenas em tons marrom-dourado e cinzentos, sem qualquer verde; o corre-corre que pesava o ar; tudo contrastava com minha cidade natal. Até mesmo as próprias ruas, que não eram de terra como as de Richmond – terra que virava lama e sujeira a maior parte do ano, a qual limpávamos sem parar das varandas, botas, roupas e assoalhos dos Van Lew –, mas sim pavimentadas com paralelepípedos, fileira após fileira, por milhas. E tudo tão apertado e estreito. Essas ruas da Filadélfia se apertavam entre fileiras de casas de tijolos comprimidas, da mesma forma que as fileiras de casas apertavam umas as outras, tudo tão amontoado quanto era possível ser.

Todo ano, durante a época natalina, papai e eu praticávamos um jogo no qual ele me guiava pela cidade com os olhos fechados, e eu tinha de adivinhar onde estávamos pelo olfato. Assim era Richmond. Seu nariz poderia dizer-lhe tanto quanto seus olhos se você soubesse a diferença entre o aroma doce das fábricas de tabaco e o fedor do bairro dos açougues, o cheiro sedutor de uma padaria ou o odor penetrante das docas. Temia que, na Filadélfia, eu pudesse me perder mesmo com os olhos abertos, sem paisagens, sons ou cheiros familiares. As fachadas de tijolos dos prédios pareciam indistinguíveis, e quem conseguiria lembrar tantas ruas novas? Recostei no assento da carruagem, pensando se essa cidade fazia a cabeça de todos girar da mesma forma que fazia a minha.

A Srta. Bet combinara que eu me hospedasse com uma família negra, uma viúva e a filha de 20 anos. Agora, ela começava a falar da minha boa sorte de ter um lar tão bom.

Papai não desejava que eu sequer considerasse a casa dos Van Lew um lar. Não parecia certo pensar que qualquer lugar em que eu pudesse viver nessa cidade estranha se tornaria um lar para mim. Porém, lembrei que papai e mamãe queriam que eu viesse para cá. Eles desejavam que eu fosse afável com meus anfitriões, e não distante. Fiquei remexendo as bordas dos punhos de meu vestido até que, finalmente, a carruagem de aluguel parou.

– Aqui estamos, senhora, rua Gaskill, 168 – o cocheiro anunciou ao abrir a porta da carruagem.

Emergindo dela, atrás da Srta. Bet, olhei para o edifício mais estreito do quarteirão. Não mais que 12 pés de largura, e tão apertado entre seus vizinhos que me fez pensar como mamãe lutava toda manhã para apertar os espartilhos da Sra. Van Lew e da Srta. Bet. O primeiro andar tinha apenas uma janela, enquanto que cada um dos três andares acima tinha duas, cobertas por uma série de venezianas que não combinavam umas com as outras. As venezianas e a porta da frente precisavam ser pintadas urgentemente.

A Srta. Bet examinou o exterior delapidado.

– O que você acha, Mary?

Olhei o edifício de cima a baixo, tentando fazer surgir algum entusiasmo. Ou, ao menos, esconder minha surpresa por ver o quanto a casa de uma família negra livre era decrépita.

– Quatro andares inteiros, senhorita Bet. Que luxo.

– Não, Mary, não é... Quer dizer... este é um prédio de apartamentos. A família com quem você vai morar ocupa apenas um dos andares.

Muitos dos escravos em Richmond moravam por cima de seus locais de trabalho, da mesma forma como Zinnie, Josiah e suas filhas moravam por cima da cozinha de verão. Porém, nunca ouvira falar de um prédio com quatro andares, dividido como aquele. Os nortistas livres viviam tão amontoados como as galinhas dos Van Lew.

A Srta. Bet retirou um cartão de visita de sua bolsa e o entregou ao cocheiro.

– Por favor, leve isso para a senhora Octavia Upshaw.

Um sorriso irônico apareceu no rosto castigado pelo vento do cocheiro, mas ele pegou o cartão e desapareceu porta adentro. Em minutos, uma janela do terceiro andar se abriu e uma voz feminina trinou para nós.

– Pois não, senhorita Van Lew, eu estou esperando vocês aqui em cima. Não se acanham não, subam. – A cabeça grisalha entrou novamente, e a janela fechou.

Quando o cocheiro reapareceu, a Srta. Bet o instruiu para que levasse os baús para cima. Depois, ela me guiou para dentro, virando suas amplas saias para um lado e para outro a fim de passar pelas portas e pelo corredor curto até as escadas no meio do edifício. Eu passara horas incontáveis subindo e descendo as escadas dos criados na casa dos Van Lew, que eram tão estreitas e escuras quanto esses degraus apertados. Mas a Srta. Bet não estava acostumada com espaços tão confinados. Ela manteve a mão na parede para se equilibrar enquanto subíamos.

– Venham, queridas, vocês estão quase chegando – a Sra. Upshaw nos chamou quando viramos o último lance de escadas. Ao chegarmos à plataforma, ela segurou a porta aberta do apartamento com uma mão e nos encorajou a entrar com a outra, fazendo um grande gesto de boas-vindas, balançando a cabeça como uma marionete e cacarejando "Olá" e "Muito prazer" o tempo inteiro.

A sala minúscula estava lotada de mobília surrada que simulava respeitabilidade. A cadeira e o sofá estofados estavam esfarrapados. Tapetes de trapo desbotados de tamanhos e formatos variados cobriam o assoalho. Uma coleção heterogênea de bugigangas espalhafatosas, muitas das quais estavam lascadas ou rachadas, abarrotava o aparador. Na cornija da lareira estava um relógio rebuscado, cujos ponteiros imóveis marcavam 12h05. Em um canto junto à janela, ficava uma escrivaninha de senhora entulhada com uma pilha de tecidos dobrados em cujo topo havia uma caixa de agulhas, uma de tesouras e uma almofada para alfinetes – esse era o trabalho de costura que a Srta. Bet me contara que minha senhoria fazia. Do outro lado da sala, ficava um divã, pronto para ser usado durante o dia. E, em meio a tudo isso, estava a Sra. Upshaw, orgulhosamente se submetendo à nossa inspeção enquanto derramava uma série de boas-vindas.

Baixa e da mesma idade da Sra. Van Lew, ela falava constantemente, nunca pausando para ouvir uma resposta, até que, finalmente, desapareceu para fazer chá. Quando a Sra. Upshaw se foi, a Srta. Bet abanou seu leque tão vigorosamente que parecia estar tentando alçar voo para escapar daquela sala desconfortável.

A Srta. Bet podia ser arrogante, mas, pelo menos, era familiar. Sentada em minhas roupas novas e duras e ouvindo o barulho do cocheiro da carruagem trazendo meus baús escadas acima, o som de passos no apartamento de cima e os barulhos abafados que a Sra. Upshaw fazia no fundo da casa, senti muitas saudades de meu mundo. Parte de mim desejava abraçar a Srta. Bet e suplicar que ela não me deixasse.

Porém, a ideia de agarrar-me à Srta. Bet, entre todas as pessoas possíveis, era ridícula. Permaneci quieta até a Sra. Upshaw voltar, depois mantive os olhos baixos enquanto tomávamos o chá ralo.

– Meus primos devem estar bastante ansiosos por minha chegada – Srta. Bet disse, no momento exato em que o cocheiro entrou com meus pertences. – Mary, virei vê-la amanhã de manhã para levá-la até a escola da senhorita Douglass. Tenho certeza de que você e a senhora Upshaw passarão bons momentos se conhecendo nesse meio tempo. – Então assentiu formalmente e saiu no rastro do cocheiro.

Após a partida da Srta. Bet, a Sra. Upshaw tagarelou mais do que nunca. Ela queria me deixar à vontade, acho, mas sua falação me deixou nervosa.

– Algum problema, querida? – ela perguntou finalmente.

Tudo era problema. No entanto, me forcei a dizer que não.

– Estou apenas cansada da viagem. Posso ver o resto de sua linda casa?

– Nossa linda casa. Você vai gostar de morar aqui. – Ela indicou a sala seguinte. – Aqui é onde você vai dormir. A cama é de pena de verdade, sabe.

Eu sempre dormira em colchão de palha. Meu coração saltou ao pensar que teria minha própria cama de penas. Mas se partiu novamente quando entrei no quarto estreito e sem janela e vi a estrutura de madeira desgastada com um colchão fino e cheio de protuberâncias.

– Não é bom? – A Sra. Upshaw falou como se estivesse mostrando o próprio *boudoir* da rainha de Sabá. – Experimenta, querida. Não fica envergonhada aqui.

O colchão afundou sobre as cordas da cama, tornando difícil eu me sentar reta. Acomodada na beira da estrutura da cama, conseguia sentir o cheiro de mofo das penas.

– Um luxo – minha senhoria disse. – Você acredita que tenho essa cama desde que me casei com meu falecido marido, senhor Upshaw?

– Sim – respondi sem pensar. – Quer dizer, não. – Não desejando parecer mal-educada, olhei ao redor à procura de uma distração. Um armário ocupava o espaço estreito entre a cama e a parede lateral. Suas portas haviam sido removidas das dobradiças, porque não havia espaço para abrirem. Dois vestidos gastos estavam pendurados. – O que é isso?

– Ora, são as coisas de minha Dulcey. Não vai ser aconchegante para vocês meninas compartilharem esse lindo quarto? Você nunca vai se sentir sozinha conosco.

Compartilhar uma cama fedorenta com uma estranha não era minha ideia de companhia, ou de conforto. Segui a Sra. Upshaw para fora de meu aposento novo e para dentro do terceiro e último cômodo do apartamento, um espaço mal-acabado no qual um fogão antigo, uma mesa bamba cercada por um sortimento de cadeiras e uma bacia amassada compunham a cozinha conjugada com sala de jantar improvisada.

– Minha Dulcey chega logo. Ela trabalha para uma família boa lá na rua Prune. Fica lá no Society Hill, sabe. Por que você não se refresca enquanto preparo o jantar?

Ela me passou a bacia e me mostrou uma escada de madeira frágil no fundo do edifício. Ao pé da escada, encontrei uma bomba hidrante de onde enchi a bacia. Joguei água no rosto o melhor que pude, quase vomitando por causa do fedor de lixo podre no pátio minúsculo.

Enquanto carregava a bacia vazia de volta escada acima, ouvi o tagarelar da Sra. Upshaw. Nossa, a mulher não para de falar nem quando está sozinha, pensei. Mas, em seguida, ouvi outra voz, baixa e amarga, respondendo para ela.

– Que pena que você não viu a senhorita Van Lew. Ela é um bocado fidalga.

– Vejo gente branca o dia todo. Não tem nada de fidalgo nelas quando você tem de lavar as roupas íntimas delas. Ou consertar elas, como você devia saber.

– Não precisa ser desagradável, Dulcey querida, a gente tudo usa roupa íntima. Não deve ficar com inveja de gente rica só porque eles não precisa lavar e consertar as coisas deles.

– Também não devia idolatrar eles só porque eles não fazem isso.

– Ora, nunca disse que idolatrava ninguém, só o Bom Deus. Só estou dizendo que a senhorita Van Lew é muito digna, e Mary também. Tenho certeza de que você vai se beneficiar de se associar com ela.

– A única coisa boa é o dólar por semana que a senhora branca paga para você, que vai direto para o açougueiro para comprar carne moída que é toda cartilagem, para o merceeiro para comprar pão que já está mofado e para o senhorio pagar este apartamento minúsculo, onde não consigo ter nem um instante de paz depois de um dia inteiro de trabalho.

A Sra. Upshaw suspirou.

– Temos de fazer da necessidade uma virtude. Temos o privilégio de conhecer uma estudante genuína, e sua casa tão longe... é nosso dever fazer ela se sentir bem-vinda.

– Não se preocupe, vou fazê nossa crioulinha da Virgínia se senti muito em casa.

*Crioulinha.* Essa era uma palavra que nem os Van Lew usavam. Ouvir o termo da boca de uma negra e aplicado a mim era insuportável. Estava pronta para dar meia-volta e correr pelas escadas abaixo. Mas para onde?

Quando olhei para baixo, em direção ao pátio murado, ouvi a voz de papai chamando, *Minha jovem livre.* Eu era uma jovem livre, sem mamãe e papai para me proteger. Disse-me que tinha de mostrar a essa Dulcey que eu não era uma crioulinha. Marchei de volta para dentro, tentando não pensar se minhas mãos tremiam de raiva ou de medo.

Dulcey se mostrou cortês, embora não muito, para mim. Durante todo o jantar e após, a tagarelice da Sra. Upshaw nos manteve desobrigadas de fazer muito esforço para falar. Dulcey murmurou algo sobre o quanto estava cansada e foi para o quarto bem cedo. Recolhi-me uma hora mais tarde, mas encontrei-a sentada na cama, braços cruzados sobre o peito, olhando-me fixamente enquanto virei de costas para ela para me despir e colocar a roupa de dormir. Somente quando entrei embaixo das cobertas foi que ela falou.

– O que aquela senhora branca quer de você, trazendo você para cá? Tentando esconder a vergonha da família, sem dúvida.

– Que vergonha da família?

– Do pai dela, talvez do irmão. Embora, escura do jeito que é, deve ser difícil para alguém notar. Mas, se ela precisa esconder você desse jeito, deve ter algum traço de família forte.

Meu rosto ficou quente de raiva.

– Existe um traço forte, do meu pai. Um homem de cor, casado com minha mãe.

– Claro, docinha, continua insistindo. Mas lembra, isso não é motivo de vergonha. As escravas não têm escolha sobre tais coisas, e, às vezes, se isso facilita a vida delas próprias, elas fingem que querem também.

Eu vira o suficiente em Richmond para saber como alguns homens brancos molestavam as escravas. Sabia que essas mulheres – meninas inclusive, algumas delas tão jovens quanto eu – não deviam ser culpadas quando os homens brancos tiravam vantagem delas. Mas, no entanto, não queria que essa Dulcey Upshaw, ou qualquer outra pessoa, pensasse isso de mamãe. Não queria nem pensar isso do velho Sr. Van Lew ou do jovem Sr. John.

– A Srta. Bet acha que a escravidão é errada. Ela alforriou todos os escravos dela. Ela quer que eu receba instrução, então me trouxe aqui.

– Alforriou todos os escravos dela? Então, onde está sua mamãe?

Mordi o lábio. Era tentador deixar escapar a história toda, mas mamãe e papai tinham me treinado diversas vezes sobre a necessidade de manter o segredo da família.

– Mamãe concordou em ficar com a senhorita Bet em troca por ela me trazer para o Norte e me colocar na escola. Mais tarde, trabalharei aqui para poder pagar a senhorita Bet e depois mamãe poder vir para o Norte também.

Dulcey zombou.

– Então ela vai manter sua mamãe no cativeiro até lá? Por que você precisa pagar ela de volta? E por que você ainda chama ela de "senhorita Bet" como se estivesse lá no Sul?

Abri a boca, mas fechei-a novamente quando não encontrei nada para dizer.

Toda minha infância, nós na casa éramos aliados em uma conspiração constante contra a Srta. Bet. Aprendi, por observar mamãe e os outros, a sorrir e concordar com ela, mas depois a revirar os olhos e imitar suas palavras quando ela virava as costas. Até mesmo depois de anunciar nossa alforria, a Srta. Bet permaneceu uma força que precisava ser respeitada, alguém ao redor da qual mamãe planejava e manobrava. Agora, cá estava eu no Norte, e logo a primeira coisa que precisava fazer era defendê-la, e perante uma mulher de cor.

Fiquei acordada grande parte da noite, ouvindo os roncos de Dulcey.

\* \* \*

Quando amanheceu, eu estava tão ansiosa para escapar do apartamento dos Upshaw que postei-me na beira da calçada muito antes da chegada da Srta. Bet. Não, nada de Srta. Bet, apenas Bet, ou assim queria me convencer a pensar, embora não ousasse chamá-la dessa forma na frente dela.

Ela chegou na carruagem do primo. Quando o cocheiro uniformizado desceu para abrir a porta para mim, sorri para ele, mas ele evitou olhar em meus olhos. Aborrecida por ter sido esnobada pelo primeiro negro que vira na cidade, lembrei-me que isso fazia parte de seu treinamento, a mesma deferência dos criados que aprendi a ter quando criança. Porém, feliz como estava por não mais servir aos Van Lew, no entanto, não sentia como se tivesse virado uma página e me tornado o tipo de pessoa que, ao contrário, era servida.

Quando a carruagem começou a andar, Bet disse:

– A senhorita Douglass mantém a escola na casa dela, na rua Arch, a alguns quarteirões daqui. Lembro quando ela se chamava rua Mulberry, e não consigo entender por que mudaram o nome uma vez que ele é certamente mais bonito.

Arch era, pelo menos, mais fácil de distinguir das outras ruas que passamos. Pinheiro. Abeto. Nogueira. Castanheira. Quem deu o nome a essas vias deve ter tido um grande senso de humor, uma vez que não vi nenhuma dessas árvores lá. Apenas mais fileiras daquelas fachadas de tijolo indistinguíveis que se alinhavam por quase todos os quarteirões.

– Deve haver muitas pessoas em todos esses apartamentos.

Bet me corrigiu rapidamente.

– Eles não são apenas apartamentos. Esta rua está cheia de lojas, e a próxima contém casas grandes. No entanto, há muita gente aqui, três vezes mais do que em Richmond.

Tentei imaginar três de cada habitante de Richmond que conhecia – três Bets, três senhoras Van Lew, três mamães, três papais. Enquanto pensava que o triplo das pessoas que eu gostava seria melhor do que o triplo daquelas que eu não gostava, a carruagem parou.

A casa Douglass era um edifício de tijolos de três andares, não tão elegante quanto alguns dos outros, mas decentemente preservada. Quando o cocheiro bateu a aldrava de latão pesada, a porta ampla se escancarou e revelou uma mulher bem vestida. Uns vinte anos mais velha que Bet, ela era alta e magra, tinha cabelo preto penteado para trás em um coque formal e óculos sobre o nariz. O vestido azul-escuro não era enfeitado com joias ou ornamentos elegantes. Sua postura era bem reta; o rosto tão sério que parecia severo.

– Você deve ser a senhorita Van Lew, e Mary – ela disse. – Aprecio sua pontualidade. Sou Sarah Mapps Douglass. Por favor, entrem.

Ela nos guiou para dentro de uma sala ampla que ocupava a maior parte do primeiro andar. Fileiras de carteiras pequenas estavam dispostas em frente a uma plataforma baixa dominada por uma grande escrivaninha. Ao longo das paredes, havia cristaleiras com livros, globos e modelos de todos os tipos de pássaros e animais.

A Srta. Douglass ocupou seu lugar atrás da escrivaninha grande e nos indicou que sentássemos no centro da primeira fileira.

– As acomodações são um pouco apertadas, eu sei. Espero que você não se sinta muito desconfortável, senhorita Van Lew.

– De forma alguma – Bet se apertou em uma carteira, a cabeça inclinada para trás a fim de olhar para a Srta. Douglass. Nenhuma mulher de cor que eu conhecera colocaria uma mulher branca em tal posição.

A Srta. Douglass me espreitou através dos óculos.

– Nossas meninas em geral começam em uma idade muito mais jovem, então você vai precisar trabalhar de forma muito aplicada para recuperar o tempo perdido. – Assenti solenemente. – A senhorita Van Lew me falou muito bem de suas habilidades. O que você estudou?

– Sei escrever e somar, senhora, e consigo lembrar palavra por palavra da maioria das coisas que leio ou até mesmo ouço.

Ao invés de brilharem com encorajamento, os olhos da Srta. Douglass ficaram mais severos.

– A capacidade de ler é apenas tão valiosa quanto a qualidade daquilo que você lê. E embora a predisposição para uma boa memória a ajude quando chegar a hora de recitar as lições, memorizar não é o mesmo que compreender de fato. Na verdade, esse dom pode lhe fazer mais mal do que bem se você não aprender a usá-lo apropriadamente.

Agora foi a vez da Srta. Bet assentir. A Srta. Douglass prometia ser uma professora exigente, e Bet era totalmente a favor de disciplina, contanto que ela mesma não fosse submetida a ela. Comecei a desconfiar de minha sorte por trocar uma senhora por outra, quando uma batida forte na porta anunciou a chegada das outras alunas.

Bet se desembaraçou da carteira.

– Onde devo sentar para observar a aula?

– Temo que não seja possível. Algumas das famílias das meninas se oporiam a terem as filhas monitoradas por uma pessoa branca, por mais bem intencionada que seja.

Em Richmond, não havia lugar algum cuja entrada de uma pessoa branca pudesse ser negada por outra de cor, livre ou escrava, e nenhum negro poderia legalmente recusar ser observado por uma pessoa branca. Embora ela nunca tivesse admitido isso, ficou claro que Bet não cogitara que os costumes poderiam ser diferentes na Filadélfia. Quando a Srta. Douglass estendeu a mão para se despedir de Bet, passei os dedos pela borda da carteira de madeira, pensando se Bet me deixaria ficar, agora que ela própria fora dispensada.

Minha ex-senhora apertou a mão da mulher de cor.

– Suponho que você saiba o que é melhor em tais casos. A que horas devo pegar Mary?

– Não será necessário pegá-la. Algumas das outras meninas podem levá-la para casa. Bom dia.

A Srta. Douglass escancarou a porta. Quando Bet passou pelo grupo de meninas que esperava do lado de fora, elas olharam para ela e depois para mim, a curiosidade estampada em seus rostos.

A Srta. Douglass esperou o resto da turma chegar e retirar suas toucas, o que todas fizeram prontamente – estava claro que nossa diretora não tolerava qualquer perda de tempo – antes de me apresentar.

– Como vocês veem, temos uma aluna nova. Ela acaba de chegar à Filadélfia, e espero que vocês todas a façam sentir bem-vinda. Apresento-lhes a senhorita Mary Van Lew.

Toda minha vida, eu fora a Mary da tia Minnie ou a Mary do Lewis. Nunca fora chamada por meu sobrenome e, certamente, não teria usado Van Lew nesse caso. Porém, Bet não me consultara ou a mamãe sobre esses assuntos, e não imaginara que eu desejava ter um nome que me ligasse à minha família ao invés de à dela. Assim, virei Mary Van Lew para a Srta. Douglass, e agora para todas as meninas ao meu redor.

Quase não tive tempo de engolir uma pontada de decepção quando a Srta. Douglass me informou que as alunas se sentavam de acordo com seu desempenho na sala de aula, sendo a primeira fila reservada às meninas com as notas mais altas.

– No entanto, como precisarei monitorar de perto seu trabalho, você pode permanecer na fileira da frente esta semana. – Ela dirigiu-se para sua aluna de cor mais clara, uma menina de beleza impressionante cujo vestido de seda azul adornado com botões dourados combinava com a cor de seu cabelo fino e liso. – Se todas na coluna de Phillipa passarem para a fila imediatamente atrás, podemos começar.

Phillipa correu para a frente a fim de retirar seu material da carteira que eu ocuparia, e a Srta. Douglass bateu três vezes em sua escrivaninha sólida antes de começar a convocar as alunas para recitarem suas lições de latim.

Ouvi espantada uma menina após outra levantar e falar. As mais jovens recitavam de suas cartilhas. As mais velhas recitavam trechos inteiros de memória. E as alunas mais adiantadas apresentavam suas traduções da literatura inglesa para o latim. Após corrigir todas, a Srta. Douglas anunciou um novo conjunto de tarefas.

Quando o resto das meninas começou seus trabalhos, ela me chamou à sua mesa, me deu uma cartilha e indicou com a cabeça as mais jovens na sala.

– Por enquanto, você recitará com o grupo de iniciantes. Somente após dominar a gramática é que se juntará ao grupo de meninas de sua idade. – Ela reviu a primeira conjugação e me mandou de volta para minha carteira para copiar minha lição.

Sentei com a cabeça atordoada pela ideia de que estava realmente na escola. Minha emoção virou aflição quando percebi que deixara o estoque de pontas de caneta que papai me dera na casa das Upshaw. Olhei, insegura, para a Srta. Douglass, que percebeu.

– Algum problema, Mary?

– Esqueci minhas canetas em casa, Srta. Douglass.

Ela apertou os lábios e me deu um olhar enviesado de desaprovação.

– Quem pode emprestar uma caneta para Mary esta manhã? – Ouvi um farfalhar atrás de mim. – Muito bem, Phillipa, obrigada.

Virei para trás a fim de pegar a caneta que Phillipa oferecia com um sorriso amplo.

– Só toma cuidado com ela. A ponta pode não estar afiada, então pressiona com força quando escrever.

Agradeci a ela e voltei ao meu livro. Li as palavras, ouvindo enquanto a Srta. Douglass as pronunciava. Fechando os olhos para me concentrar, arrumei as letras em minha mente, depois abri os olhos e peguei a caneta. Mergulhei-a na caixa de tinta afixada no canto da carteira e a arrastei com força pela página. Ao primeiro golpe, a ponta partiu, ricocheteando da página e caindo no meu colo. Uma mancha de tinta de meia polegada se espalhou por minha saia nova.

– Uma caneta é uma ferramenta, não um brinquedo – Srta. Douglass disse. Ela não mostrou nenhum sinal de solidariedade ao me dizer onde ficava o lavatório embaixo da escada. Quando voltei, ela anunciou que, de agora em diante, eu teria que usar giz e lousa, uma vez que parecia que eu não dominava a escrita suficientemente bem para usar uma caneta.

Senti que todas as outras meninas me olhavam quando voltei ao meu lugar. Lembrando que a caneta que eu quebrara era de Phillipa, sussurrei:

– Desculpe, Phillipa. Darei outra a você amanhã.

– Ah, não se preocupe com essa coisa velha – ela sorriu. – O prazer foi meu em emprestar.

Eu quase terminara de preencher a lousa com minha tarefa quando a Srta. Douglass anunciou que era hora da próxima matéria. E assim a aula passou de língua para literatura e então para história. Fiquei boquiaberta com tudo que as outras meninas sabiam e com todo o atraso que eu precisaria recuperar. Quando todas as minhas colegas estavam recitando os vários nomes dos diversos reis e rainhas de várias nações europeias, desisti de acompanhar. Por fim, a Srta. Douglass anunciou que era hora do recesso de almoço. Quando as alunas entraram na sala de casacos para pegarem suas toucas, ela acrescentou:

– Espero que algumas de vocês acompanhem Mary até suas acomodações.

Do lado de fora, um pequeno grupo de meninas me cercou:

– Onde você mora? – uma perguntou.

– Na rua Gaskill.

– Na rua Gaskill? – Phillipa repetiu. – Você não quer dizer em uma transversal da rua Gaskill? – As meninas por perto davam risadinhas.

Eu não sabia a diferença.

– Na rua, acho. Quando chegamos ontem, o cocheiro da carruagem de aluguel anunciou rua Gaskill, 168.

Phillipa arramou a fita de sua touca sobre os cabelos dourados.

– O cocheiro da carruagem de aluguel? Ainda bem que sua família não tem uma carruagem, ou você não teria qualquer ideia de onde vive. – Minhas colegas riram ainda mais alto.

– As pessoas de cor da Filadélfia têm carruagens? – perguntei.

– As do tipo melhor têm, e as do pior trabalham nelas. – Phillipa apontou para uma carruagem muito elegante, com um cocheiro negro na frente e um garoto negro em pé sobre uma caixa na parte de trás, o qual vestia um uniforme marrom e cinza que combinava com as cores da carruagem. – Agora, me pergunto, de que tipo você é?

Uma menina que aguardava do lado de fora do pequeno grupo interrompeu.

– Chega, Phillipa. Vai correndo para casa, para sua mamãe agora. Eu mostro o caminho para Mary.

Essa outra menina era um ou dois anos mais velha do que eu, e a forma como ela ficava em pé com as mãos nos quadris a fazia parecer ainda mais velha. Uma das sobrancelhas arqueava mais que a outra, fazendo-a parecer séria, talvez até um pouco zangada com tudo que observava.

– Mas nós estávamos nos divertindo tanto tentando entender o sotaque estranho de Mary, não é? Além disso, vai ser tão bom passear pela rua Gaskill, há muito tempo não tenho motivo para ir até lá.

Outra rodada de risadinhas irrompeu. Porém, a menina mais velha não estava rindo.

– Eu só estava preocupada com seu narizinho pálido – ela disse. – Sua touca quase não cobre ele, e o sol está muito forte hoje. Achei que você não ia querer andar nem um quarteirão a mais do que precisa, para não ficar mais escura.

Enquanto Phillipa olhava para a borda de sua touca, a outra menina inclinou-se para frente.

– Sei que você fez aquela travessura com a caneta de propósito, e se você não deixar Mary em paz agora mesmo, volto lá dentro agora e conto tudo para senhorita Douglass.

– Hattie Jones, você é arrogante e sempre será. Leva ela, então, e ela vai se arrepender muito de não se divertir, exatamente como você.

Hattie ficou olhando para se certificar de que Phillipa e o resto das meninas tinham ido embora antes que ela pudesse se virar para mim. Depois, sorriu e ofereceu sua mão.

– Mary Van Lew da rua Gaskill, suponho?

– Hattie Jones, a arrogante, suponho? – Olhei para a mão dela na minha e sorri.

– Não liga para Phillipa. Ela parece um gato caçando as meninas novas da turma. – Ela me contou como foi ser a menina nova da classe também, quando a família dela se mudou de Baltimore alguns anos atrás.

Admiti que não entendera metade do que Phillipa dissera, ou, pelo menos, por que as outras meninas achavam aquilo engraçado. Hattie explicou que, embora a rua Gaskill não fosse tão impressionante quanto algumas das vias mais grandiosas de Filadélfia, eram nas vielas e nos pátios que davam em ruas como a Gaskill que os mais pobres entre os pobres viviam, uma dezena de pessoas espremidas em um barraco de um cômodo construído com tábuas roubadas dos armazéns da zona portuária.

– Phillipa mora na rua Lombard, e a mamãe dela declara para todos que se dispõem a ouvir que essa rua tem a melhor fileira de casas de toda cidade. O que faz uma pessoa ficar pensando sobre a razão pela qual a maioria das famílias brancas que viviam lá estão se mudando bem para oeste, para a praça Rittenhouse, onde não correm o risco de encontrar a Sra. Thayer ou sua querida filha tão cedo.

Hattie deu uma olhada para o relógio da torre no quarteirão seguinte.

– Está ficando muito tarde; estão esperando por você para almoçar na rua Gaskill?

– Não sei – disse, pensando na Sra. Upshaw atrás de mim em seu apartamento entulhado – mas não me importo se não for para casa.

– Ótimo. Meu pai foi para Chambersburg a negócios, então não sentirão minha falta em casa. A senhorita Douglass nos disse para fazer você se sentir bem-vinda na Filadélfia, o que significa que devo apresentar você ao cozido apimentado.

Ela agarrou minha mão e me arrastou até um mercado agitado que chamou de praça Head House. A quase um quarteirão de distância, ouvimos uma negra velha gritando:

– Cozido! Pelando! – Hattie me levou para dentro de uma arcada cheia de barracas, abrindo caminho através da multidão que cercava a mulher.

– Quantos? – foi o único cumprimento oferecido pela mulher.

– Dois, por favor – Hattie pegou alguns centavos de uma bolsa enfiada em sua saia.

A mulher mergulhou uma jarra em um grande balde de madeira cheio de cozido, do qual emanava um vapor com cheiro maravilhoso. Ela despejou o conteúdo da jarra em uma tigela, jogou uma colher lá dentro e passou-a para mim. Após fazer o mesmo para Hattie, nos dirigimos a um banco colocado contra a fachada de uma loja próxima.

Apressei-me para ter meu primeiro bocado dessa iguaria da Filadélfia, e quase engasguei.

– O que é isso? – cuspi.

– Varia de dia para dia, mas em geral é pimenta e dobradinha e pimenta e pé de boi e pimenta e...

– Nunca comi tanto tempero em toda minha vida. Foi Phillipa que mandou você fazer isso?

Hattie riu.

– Não se preocupe, você vai se acostumar com o tempero. Meu pai sempre diz que o cozido apimentado é razão suficiente para visitar a Filadélfia, embora eu suponha que Phillipa chegaria à beira da morte se algum dia pensasse em cozido.

– Por que ela é tão metida a besta?

– Essa é a maneira de ser dos negros daqui, pelo menos aqueles com dinheiro suficiente para enviar as filhas para a escola da senhorita Douglass.

Comi uma colherada do cozido com cuidado.

– Você não é assim.

– Você esquece, sou de Baltimore. Graças ao fato de Maryland manter a instituição peculiar da escravidão, o povo de cor lá sabe como cuidar uns dos outros. – Hattie era mais picante do que o cozido apimentado quando reclamava sobre quão metido a besta era o pequeno grupo de famílias que se autoproclamava o melhor tipo de pessoa de cor da Filadélfia. – Até mesmo os que falam que são contra a escravidão e a favor da igualdade de direitos para todos os negros... ora, eles querem assim mesmo que você saiba que eles não são iguais a todos os negros.

Ela abaixou a voz para um sussurro conspiratório.

– Até nossa querida professora se comporta dessa forma, sempre dizendo que o nome dela é "Sarah Mapps Douglass", para você saber quem era o tio, e também o pai dela. O primo dela faz a mesma coisa, "David Bustill Bowser", mantendo uma conexão com a família Bustill, muito embora a mãe dele tenha se casado com um homem sem um tostão ou qualquer importância na sociedade negra da Filadélfia. Meu papai sempre diz, nada causa mais problemas do que um negro com três nomes, exceto qualquer branco com dois nomes.

Hattie continuou a discursar sobre as árvores genealógicas elaboradas das famílias negras da Filadélfia, os Bustill e os Douglass, os Forten e os Purvis. A revelação de que havia famílias de negros que podiam mapear sua genealogia até antes da Guerra de Independência, da mesma forma que as Primeiras Famílias da Virgínia, deixou-me impressionada.

– Todas as meninas do grupo de Phillipa descendem de heróis da Guerra Revolucionária? – perguntei.

– Heróis, hum. Exploradores e bajuladores seria uma descrição mais correta. Cyrus Bustill ganhou sua fortuna vendendo pão para as tropas de Washington, e James Forten foi um ajudante de canhoneiro em um corsário durante a guerra, mais tarde ganhando dinheiro subindo em mastros de navios para consertar velas. O avô de Phillipa não passava de um garçom em uma pensão até que a cozinheira um dia adoeceu e ele tomou o lugar dela no fogão. Agora, o pai dela se gaba de ter o restaurante mais antigo da cidade, vangloriando-se de como os brancos atiram dinheiro nele para organizarem festas exatamente como desejam.

Com base no tom de Hattie, entendi que ela não pretendia que eu ficasse impressionada com aquelas famílias, mas não consegui me controlar.

– E pensar que gente de cor pode ser tão rica.

– Riqueza nem sempre é o caso; a maioria delas não possui o décimo da riqueza que finge ter. Você acha que a senhorita Douglass ensina na escola por bondade dela? – Ela chutou uma guimba de cigarro que alguém jogara na calçada, enviando-a às cambalhotas para o meio da rua. – Você está gostando da nossa academia de meninas de cor?

– Parece que latim e tudo o mais vai ser divertido, é como aprender um código secreto. Mas história é muito chato. Nunca pensei sobre qualquer um desses assuntos e não sei por que deveria começar agora.

– História não é tão ruim assim depois que você passar por quem é quem e começar a aprender o que eles fizeram uns com os outros. Aqueles brancos podem ser tão detestáveis uns com os outros quanto são conosco, quando são reis e rainhas e algo assim. – Ela pausou para comer a última colher de seu cozido. – Talvez você goste mais das aulas da tarde, embora a matemática e as ciências me deem dor de cabeça. Agora é melhor corrermos, ou a senhorita Douglass vai nos dar umas palmadas. – Deixamos nossas tigelas vazias na pilha da vendedora de cozido apimentado e nos encaminhamos de volta para a rua Arch.

# Cinco

*Meus queridos mamãe e papai,*

*Tenho tantas novidades que quase não consigo escrever suficientemente rápido para contar tudo. Após nossas aulas de hoje, a Srta. Douglass nos designou novos lugares. Adivinhem? Passei duas fileiras para a frente. A Srta. Bet ficou tão feliz quando lhe contei que até me deu algum dinheiro a mais como uma recompensa pelo trabalho árduo. Não contrariei ela, claro, mas estudar minhas lições é muito mais fácil do que trabalhar atendendo a ela e a família dela e limpando tudo deles.*

    *A parte mais difícil é encontrar um lugar para estudar. A Sra. Upshaw gosta muito de conversar com todo mundo, e, mamãe, você entende que uma pessoa não consegue ler muito bem se alguém está conversando com ela o tempo todo. E também, se eu não guardar meus livros, Dulcey – ou Ducky (patinha), como penso sobre ela pela maneira como ela grasna para mim – os espalha por todos os cantos do apartamento, e tenho de encontrá-los. Às vezes, ela tenta esconder que vasculhou minhas coisas, mas deixa minhas páginas escritas todas fora do lugar, então preciso trancar tudo em meu baú assim que termino meus estudos.*

    *Outro assunto que estou estudando por conta própria é a Filadélfia. Onde eles guardam os negros, me pergunto todas as vezes que saio na rua. Tão poucos rostos de cor se comparado com Richmond. Hattie vive aqui há tanto tempo que deve ter esquecido o Sul, porque tudo o que ela consegue dizer é que a Filadélfia tem mais pessoas de cor do que qualquer outra cidade do Norte. Talvez sim, porém não é nem de longe suficiente, segundo minha conta.*

*Amo vocês sempre e tenho muitas saudades.*
*Sua filha dedicada,*
*Mary El*

Escrever para casa era todo o consolo que eu tinha; no entanto, nunca era o suficiente por causa da saudade imensa que sentia de meus pais. Até o que me irritava durante toda minha infância – como os murmúrios de mamãe enquanto dormia, os quais me acordavam algumas noites, ou a maneira como a camisa de domingo de papai me coçava quando ele me abraçava forte todas as semanas – eram agora coisas desejadas. Mesmo se eu escrevesse minhas cartas rapidamente, ou gastasse tempo elaborando todas as curvas de cada uma das letras em cada palavra, elas conseguiriam dizer nem de perto o que compartilharia com mamãe caso pudesse falar com ela assim que acordasse e logo antes de dormir, como sempre fizera. Olhar para aquelas páginas antes de selar o envelope e enviar a carta me deixava ainda mais triste por perceber como era impossível colocar por escrito tudo que fazia, pensava e sentia, quando mamãe e papai nunca tiveram a chance de fazer, pensar ou talvez mesmo sentir tudo da mesma forma.

Quando foi originalmente decidido que eu iria para o Norte estudar, todos falaram sobre a excelente oportunidade que eu teria. Porém, eu estava mais irritada do que agradecida naquelas primeiras semanas de minha escolaridade formal. Recitar foi difícil para mim. Não conseguia esquecer aquela manhã tão longínqua na varanda dos Van Lew, como meu estômago revirara por causa da ameaça da Sra. Van Lew de me enviar para o pelourinho. Ninguém poderia tentar fazer isso agora que eu era livre, mas em pé diante da turma, tropecei em muitas coisas que conseguia dizer perfeitamente bem quando ninguém estava por perto para ouvir. Phillipa me encontrou uma tarde quando eu saía da escola, dizendo que esperava que eu gostasse da vista que tinha da fila traseira, porque parecia que eu ficaria lá para sempre. Isso me deixou fervendo e espumando. Na vez seguinte em que recitei, disse cada palavra perfeitamente só para mostrar a ela que eu podia. Após terminar, a Srta. Douglass ficou sorridente, e Phillipa me olhou com raiva. O sorriso e a cara fechada me motivaram, e fiz questão de recitar em uma voz alta, clara e equilibrada depois disso.

Após superar meu nervosismo, descobri a alegria de estudar, mesmo atrasada na maioria das matérias. Como quando você acha que não está com muita fome, mas se senta para comer uma refeição boa e, de repente, percebe que, afinal, está faminta. Embora Phillipa me chamasse de Papagaio, dizendo que eu não passava de um pássaro que repetia o que lia ou ouvia, eu estava ansiosa demais para prestar muita atenção nela. Pedi que a Srta. Douglass me desse deveres extras para poder alcançar as meninas da minha idade, e nossa professora me deu sua aprovação formal com um aceno de cabeça afetado. Isso era todo o alarde que conseguia exibir, e eu o saboreei.

Ainda mais do que isso, saboreei a amizade de Hattie. Na minha primeira semana na Filadélfia, Bet providenciara uma mesada para mim por intermédio do marido de sua prima, que era advogado. Ela deixou claro que era para ele me dar uma mesada generosa, até mesmo após ela terminar de visitar parentes e voltar para Richmond. Foi uma grande generosidade de sua parte, suponho, mas foi Hattie que deu o que, para mim, era uma verdadeira riqueza: companhia. Hattie voltava comigo para casa todos os dias e me esperava no meio da calçada para me acompanhar de volta à escola na manhã seguinte. Mais tarde, quando a Srta. Douglass nos ensinou sobre a expedição de Lewis e Clark e sobre como Sacajawea – uma mulher de cor, ela nos lembrou com orgulho, embora não africana – os guiara e traduzira para eles, isso me fez pensar naqueles primeiros meses em que Hattie foi a Sacajawea durante minha vida na Filadélfia.

Passeávamos pela cidade, e ela me mostrava isso, ou eu perguntava sobre aquilo, as duas inventando todo tipo de história a respeito do que víamos e rindo de qualquer bobagem que viesse às nossas cabeças.

– Senhorita Hattie Jones, sua arrogante, o que é um umidor? – perguntava, apontando para o letreiro na loja do comerciante de fumo.

– Bem, senhorita Mary Van Lew da rua Gaskill, os melhores tipos de cor da Filadélfia se preocupam com o fato de que o calor vai arrepiar os cabelos deles e fazer eles parecerem com os negros. Esse cavalheiro bondoso os guarda em seu umidor até que o clima refresque.

– Ora, acho que estou vendo a sombrinha de Phillipa no guarda-sombrinhas dele.

Estava muito úmido. Durante o verão em Richmond, nos dias de lavanderia, Lilly saía ao amanhecer e remexia as roupas pessoais e as de cama dos Van Lew em barris de água fervente antes de a temperatura atingir o auge. Na Filadélfia, o ar parecia tão cheio de vapor quanto se você ficasse em pé diante de uma fila de barris de lavanderia ao meio-dia. O calor irradiava dos edifícios de tijolos e das ruas de paralelepípedos, os quais permaneciam quentes ao toque mesmo após o sol se pôr.

– Hattie, acho que não vou conseguir ir até a praça Head House hoje – disse durante um recesso abafado. – De qualquer forma, está quente demais para cozido.

Ela sorriu maliciosamente.

– Então, ao invés disso, vamos tomar um sorvete.

O único sorvete que eu tomara foi o que Zinnie surripiara do que fizera para os Van Lew. E, considerando o quanto Daisy gostava de sorvete, nunca sobrava muito para eu comer. Quase saltitei enquanto Hattie me levava pela rua Arch.

Paramos diante de um prédio baixo no meio do terceiro quarteirão. Ele fora construído espremido entre lojas, logo, não havia qualquer maneira de dar a volta por trás dele.

– Onde está a nossa porta? – perguntei.

– Está aqui, boba. Bem diante do seu nariz.

– Entramos por aqui?

– Vamos entrar, sentar e tomar nossos sorvetes. Não tem sorvete na Virgínia? Toda aquela pompa e circunstância sulista, mas nenhuma sorveteria?

Expliquei que, em Richmond, os negros que iam a uma confeitaria entravam pela porta dos fundos do prédio, onde compravam uma porção para levar. Papai nunca provara sorvete porque se recusava a ser servido dessa maneira.

– Agora você está na Filadélfia, pode entrar pela porta da frente. – Hattie me conduziu para dentro, parecendo tão orgulhosa quanto se ela própria tivesse inventado as sorveterias.

Ela pediu sorvetes de creme, embora eu não entendesse porque ela desprezava o de morango. Por mais insossa que fosse a comida da Sra. Upshaw, eu não conseguiria pedir algo tão simples quanto creme uma vez que o homem me disse que eles tinham de morango também.

– Este sorvete restaurou positivamente minha constituição delicada – declarei quando minha colher atingiu o fundo da taça.

– Prazer em ser útil – Hattie respondeu. – Meu papai sempre diz que sou praticamente feita de sorvete; tomo muito durante todo o verão.

A essa altura, ouvira Hattie falar tantas vezes *meu papai sempre diz* que parecia que eu praticamente já o conhecia; o que sempre me fazia pensar por que nunca a ouvira falar sobre a mãe dela.

– E o que diz sua mãe? – perguntei.

Seu rosto entristeceu.

– Nada. Ela está morta.

Morta – essa foi a maneira direta dela falar, não *faleceu* ou *foi para o céu* como as outras pessoas diriam. A dureza da palavra se infiltrou por todo aquele sorvete até o fundo do meu estômago, da mesma forma que uma pedra jogada do cais afundaria nas profundezas do rio James. Não o James, me lembrei, você não está mais em Richmond. Em vez disso, deveria dizer o Delaware.

– Lamento muito, Hattie, não sabia.

– Bem, agora você sabe – Ela empurrou seu prato vazio para o centro da mesa e ficou olhando para a parede atrás de mim.

Morte era algo sobre o qual eu nunca pensara muito a respeito. As pessoas que conheci nos cultos faleciam de tempos em tempos, mas nunca precisei consolar muito os enlutados, por ser apenas uma criança. Agora, eu não era mais e tinha dificuldade em dizer algo.

Lembrei de como, após a morte do velho Sr. Van Lew, Bet fez uma trança com os cabelos dele e a usou como um bracelete de luto.

– Você guardou algo de sua mamãe depois que ela faleceu?

Hattie fez que sim com a cabeça. Enfiou a mão no bolso e tirou um pedaço gasto de popelina verde-clara com flores verde-floresta. O meio do retalho, onde seus dedos o esfregavam constantemente, estava bem gasto.

– Era do vestido dela que eu mais gostava. Quando papai disse para cada um de nós escolher algo dela, isso foi tudo o que eu quis, um pedaço que eu pudesse carregar comigo onde quer que eu fosse. Charlotte, minha irmã mais velha, teve um ataque. Ela queria o vestido inteiro para usar, mas papai disse que não, que eu era a mais nova e escolheria primeiro. Ele cortou o pedaço imediatamente e me entregou com um beijo. – Ela piscou e franziu o cenho. – Lembro do corte do vestido, da forma como ele farfalhava quando ela se mexia, como se eu a tivesse visto a uma hora atrás. Mas não consigo lembrar nada mais de minha mãe além disso. Quando tento lembrar do rosto dela, tudo que me vem à cabeça é o daguerreótipo que tiraram depois que ela morreu, que todos dizem que não se parece com ela de jeito nenhum.

Minha mente lutou para resgatar as imagens de mamãe e papai, Josiah e Zinnie e as meninas, até o velho Sam. Não queria acreditar que fosse possível perder pessoas dessa forma, apagá-las da memória.

Hattie passou o polegar sobre o retalho de pano.

— A coisa que mais desejo lembrar é a voz dela. Ela tinha uma canção que cantava para mim e para minhas irmãs, "Caminhem juntas, crianças". Papai canta às vezes hoje em dia, mas não é o mesmo.

— Como seu papai diz que era a voz dela? — perguntei.

— Como a minha.

Arrisquei tocar a mão dela com a minha, e até mesmo esbocei um meio sorriso, do tipo que você pode fazer desaparecer no caso de não ser acolhido com ternura. Vi seu peito levantar e abaixar, um suspiro profundo, e ela me devolveu o mesmo meio sorriso.

Enquanto voltávamos para a escola, de braços dados como sempre, confidenciei:

— Quando o velho Sr. Van Lew morreu, nós todos tivemos de ir lá para dar os pêsames, mas me escondi na casa de defumação porque estava muito apavorada.

— Meu papai sempre diz que podemos fazer mais mal para os mortos do que eles a nós.

Olhei para os lados.

— Ele é algum tipo de mestre de vodum?

— Não, boba, ele é um agente funerário. Eu estava pensando em convidar você para almoçar este domingo, mas se você fica tão apavorada com cadáveres...

A ideia de visitar a casa de um agente funerário me dava calafrios na espinha, mesmo no calor do meio-dia. Mas disse:

— Claro que não.

— Ótimo. Chega então à uma hora. Minhas irmãs todas vão estar lá com os maridos, e um monte de sobrinhos e sobrinhas. Vamos ser mais numerosos do que as almas dos mortos certamente, no caso de você ficar assustada.

Os sapatos que Bet me dera antes de eu sair da Virginia não eram a moda na Filadélfia. Eu mesma percebi isso, mas quando Phillipa fez um comentário sobre "determinadas pessoas que arrastam suas saias pelas ruas, só se pode pressupor que fazem isso para esconder o calçado para lá de lastimável", contei novamente as moedas que esmeradamente economizara de minha mesada, esperando ansiosamente comprar um bom par de sapatos novos para usar quando fosse visitar a família de Hattie.

Um letreiro de madeira pequeno que anunciava MUELLER E FILHOS, SAPATEIROS estava pendurado no segundo andar de um edifício no quarteirão das Upshaw, na rua Gaskill. Embora mamãe e o velho Sam me mandassem frequentemente ao sapateiro em Shockoe Bottom para fazer tarefas para os Van Lew, fiquei perplexa com o que encontrei ao abrir a porta dos Mueller naquele sábado. Levou algum tempo até meus olhos se ajustarem ao interior escuro e, quando o fizeram, tive a visão mais estranha de toda minha vida.

Sentados estavam um homem e uma mulher mais velhos, quatro homens jovens e duas meninas. Todos costuravam sapatos, até as mulheres. Mais estranho ainda, eles estavam costurando oito sapatos idênticos. E costuravam apenas as partes de cima do couro dos sapatos uma na outra. No canto da sala estava uma pilha alta dessas maravilhas sem fundo, nem uma sola sequer em qualquer um deles.

O homem idoso indicou com a cabeça na minha direção e falou com uma das meninas em uma linguagem gutural. Ela largou o trabalho que fazia e perguntou:

– O que você está fazendo aqui?

– Preciso de sapatos novos – respondi.

– Não aceitamos encomendas de um par só – Ela parecia buscar as palavras. – Nenhum pedido de uma pessoa só.

– Mas sou só uma e quero comprar um par de sapatos.

Ela olhou para mim como se eu tivesse pedido um quilo de manteiga ou uma roda de carruagem.

– Não vendemos. O atacadista traz peças e nós costuramos. – Ela apontou para uma pilha no canto. – Depois, ele leva para os Schmidt para eles colarem as solas. Aí, ele leva para as lojas na rua Chestnut. Você vai lá comprar.

– Como a loja sabe que tipo eu quero e que tamanho preciso?

Ela deu de ombros.

– Eles têm todos os tipos. Escolhe o que você gostar.

O pai dela a chamou em sua língua estranha, gesticulando para ela voltar ao trabalho. Agradeci a menina e saí.

Enquanto me dirigia para a rua Chestnut, pensei em como Bet sempre disse que o Norte era mais avançado do que o Sul. Não conseguia compreender o que havia de tão superior em ter alguém chamado atacadista arrastando pares de sapatos semiacabados pela cidade inteira, sem nenhuma ideia de quem desejaria comprar aquele tamanho ou estilo.

Quando cheguei à Chestnut, subi e desci vários quarteirões vendo senhoras brancas elegantemente vestidas desaparecendo pelas entradas das várias lojas. Um prédio de cinco andares, maior do que qualquer um que eu vira antes em Richmond e se declarando BARNES AND CHARLES, FORNECEDORES DE VESTUÁRIO PARA DAMAS E CAVALEIROS, DE BOTAS A TOUCAS, parecia muito popular.

Passando pela entrada imponente, entrei em um grande salão, com cerca de quarenta pés de largura. Por trás de balcões longos em ambos os lados, funcionários vendiam uma variedade de artigos para senhoras. Tapetes bonitos cobriam o assoalho e, nas alturas, acima da minha cabeça, pairavam galerias de balcões cheios de mercadorias para homens. No meio do salão, havia um balcão de mogno com tampo de mármore na altura de minha cintura. Quando disse à mulher do balcão que eu precisava de sapatos novos, ela me levou para um canto no fundo da sala.

Mamãe sempre abaixava os olhos e esperava que todas as pessoas brancas fossem servidas antes de se aproximar do balcão em uma loja de Richmond. Até mesmo criancinhas ou pessoas que entravam depois dela passariam na sua frente sem prestar qualquer atenção nela ou a ouvirem reclamar. Porém, quando cheguei diante do balcão naquele dia, maravilhada com as fileiras infindáveis de sapatos ao longo da parede, o vendedor sorriu para mim e me perguntou o que eu desejava.

Eu sabia exatamente que sapatos queria, uma meia bota de pelica bege clara, algo que eu pudesse usar daquele momento até o outono. Porém, antes de abrir a boca para explicar tudo à funcionária, minha mão apontou para um par de chinelos de seda. Eles eram amarelo-claro, com rosetas azul-escuras sobre os dedos e uma fila de contas de vidro ao redor da tira do tornozelo.

Sabia que tal calçado não fora feito para perambular pela Filadélfia com Hattie. Mas também sabia que eles eram os mais bonitos que já vira, mais ainda do que os que Bet e sua mãe usavam. Ao olhar para aqueles chinelos, esqueci tudo sobre pelica e bota e saltos robustos.

Quando o vendedor colocou um par do meu tamanho sobre o balcão, entendi pela primeira vez como papai devia se sentir quando comprava um *só porque*. As coisas que Bet me dera eram muito boas, e parecia que eu tinha um armário esplêndido se comparado com o de Ducky e o da Sra. Upshaw. No entanto, aqueles sapatos eram mais do que esplêndidos e bonitos. Eles eram as primeiras coisas que eu mesma comprara, escolhidos só porque me agradavam e pagos com meu próprio dinheiro, embora dados a mim por Bet.

Decidi celebrar minha compra pegando o coletivo para descer a rua Chestnut. Essas geringonças grandes, puxadas por cavalos e cheias de fileiras de assentos me fascinavam. Pensei que fossem extremamente caros, uma vez que Hattie nunca sugeriu usá-los, mesmo quando eu reclamava do calor terrível em nossas longas caminhadas na volta da escola. Porém, incentivada por minhas compras bem-sucedidas, estava muito ansiosa para gastar um pouco mais do dinheiro de Bet, pelo prazer de tal passeio.

Andei dois quarteirões na direção oposta para me assegurar de que minha viagem de coletivo de volta para a rua Fourth seria bem demorada. Um homem branco corpulento andava de um lado para outro na esquina, pausando a cada cinco minutos para sacar o relógio, murmurar algo e balançar a cabeça impacientemente. Quando o coletivo surgiu, ele acenou para que parasse, subiu nele e pagou a passagem. Sorrindo, subi atrás dele e dei meu dinheiro ao cobrador.

– Desça, por favor – o cobrador disse.

– Mas eu tenho dinheiro. Fiz tinir as moedas em minha mão.

– Você não pode usar este transporte. Por favor, desça.

Quando olhei para o interior do veículo quase cheio, o homem que acabara de embarcar me viu. Ele ficou vermelho feito um bife e gritou para o cobrador:

– Alguns de nós estão com muita pressa. Se você não enxotar essa crioula, meu Jesus, eu o farei.

O cobrador veio na minha direção. Quando recuei, meu salto prendeu no degrau. O cocheiro chicoteou os cavalos e me fez tropeçar e cair esparramada no chão. Os passageiros olharam pela janela enquanto o coletivo passava por mim, alguns olhando de forma zangada; outros, penalizados. Os transeuntes pararam a fim de apontar e sussurrar.

Enfiei-me por uma viela entre dois edifícios. A vergonha fez minhas pernas tremerem tanto que precisei me encostar em uma das paredes, sentindo o calor dos tijolos penetrando meu vestido.

As palavras do homem robusto ecoavam em meus ouvidos, *crioula* e *Jesus*, ambas saindo de sua boca. *Crioula* me fez pensar na Virgínia. Pensei em como um lugar tão diferente quanto a "Filadélfia do amor fraternal" poderia me fazer sentir igual – até pior – do que o tradicional estado escravagista da Virgínia. E *Jesus* me fez pensar em mamãe. Sentia muita falta dela. Sentia saudades dela quando a Filadélfia era uma fonte de enigmas e prazeres, mas, sobretudo, quando ela me capturava em sua estranheza, solidão ou mesquinhez flagrante. Mamãe saberia como ignorar aquele homem e voltar-se para o Jesus cujo nome ele usou em vão.

– Você realmente tem um plano para mim? – perguntei em voz baixa, falando com Jesus da mesma forma que mamãe fazia. – Andar nas ruas de paralelepípedos enquanto os brancos andavam de coletivo, comprar sapatos em uma loja de comércio de roupas e não em uma sapataria... o que tudo isso tinha a ver com eu ser especial, como mamãe e papai e até Bet dizem que sou?

Quando a Sra. Van Lew enfiou na cabeça que todos os ocupantes da casa precisavam ser vacinados contra a varíola, Mamãe perguntou a Jesus se ela e eu deveríamos tomar a vacina. No dia seguinte, um cardume inteiro de sardinhas que subia o rio James acabou entrando no canal de Westham, logo acima de Richmond. Ninguém podia entender como os peixes chegaram até lá, e eles morreram às centenas, presos na bacia. Mamãe considerou esse acontecimento como um sinal certeiro de que todos deviam ser vacinados. Quando perguntei como ela sabia o que significavam aquelas sardinhas de barriga para cima, ela me disse que isso era entre ela e Jesus, e que as pessoas jovens demais para ler os sinais Dele não deveriam aborrecer os adultos com tantas perguntas incômodas.

Agora eu procurava por sinais que pudesse ler sozinha. À minha esquerda, as pessoas e as carruagens passavam resolutas como sempre pela rua Chestnut. À minha direita, a ruela estava mais escura. Andei na direção em que ela abria para uma viela com dez pés de largura.

Embora o sol brilhante iluminasse a avenida ampla, a viela permanecia na sombra. Uma dezena ou mais de barracos amontoados, feitos de tábuas de madeira surradas, tinham as portas abertas para o fedor que vinha do anexo sanitário isolado que servia à massa de habitantes. Dois bodes e algumas galinhas aumentavam o barulho e a bagunça. Uma multidão de crianças – a maioria branca, embora eu tenha visto alguns rostos mulatos e pretos entre elas – brincava na sujeira entre as casas improvisadas.

Uma criança loura tropeçou e puxou minha saia. Seu rosto estava tão sujo e suas roupas tão esfarrapadas que não eu consegui distinguir se era menina ou menino, mesmo quando pediu, "Me dá uma esmolinha?"

Eu ainda segurava o dinheiro da passagem do coletivo. As moedas pareciam queimar por causa de toda a humilhação de ter sido expulsa do transporte público e, por isso, depositei-as com alegria naquela mão suja.

A criatura deixou escapar um grito de felicidade. Instantaneamente, as outras crianças me cercaram. Elas puxaram, empurraram e imploraram tanto que peguei o resto das moedas de minha bolsa e as arremessei tão longe quanto pude para dentro da viela. Enquanto os moleques corriam atrás do dinheiro, fugi pelo caminho por onde viera.

Ressurgi na luz clara e na agitação da rua Chestnut e retomei a caminhada quente de volta para a Gaskill, os cheiros da viela ainda impregnados em minhas saias amarrotadas.

Quando cheguei ao terreno do pai de Hattie, na rua Sixth, na manhã seguinte, fiquei menos apreensiva ao ver que o negócio da funerária ficava em um edifício separado, espremido entre um estábulo pequeno e a residência de tijolos. A casa ressoava um coro de vozes. Hattie tinha cinco irmãs, cada uma com um marido e quase todas com filhos também.

– Papai sempre diz: é mais fácil conhecer todos em ordem – ela disse enquanto subíamos as escadas para ela me apresentar ao pai. – Comece pelo mais velho e vá descendo.

Alexander Jones levantou de sua poltrona de crina de cavalo na sala da frente, onde debatia com os vários genros, para estender a mão e me cumprimentar. Hattie se parecia tanto com o pai que senti como se já o conhecesse. O ar questionador sugerido pelas sobrancelhas elevadas de Hattie parecia ainda mais rigoroso quando somado ao cabelo grisalho e à voz grave. Eu teria pensado que ele questionava minha própria existência não fosse pelas palavras carinhosas com que me recebeu.

As irmãs de Hattie estavam espalhadas por todos os lados, preparando a refeição e cuidando de seus rebentos. Houve, portanto, muitas andanças pela casa para encontrá-los em sequência de idade e retornos à sala da frente, onde Hattie me apresentou a cada marido logo após eu conhecer a respectiva esposa. Isso realmente me ajudou a guardar os nomes de todos na ordem. Charlotte, Diana, Emily, Fanny e Gertie eram todas parecidas, nenhuma delas lembrando em nada Hattie ou o pai. Eram todas muito bonitas – me senti traindo Hattie por pensar assim –, e os maridos delas eram cavalheiros bem apessoados. Essa era uma fonte de orgulho especial para Gertie, cujo marido era o mais bonito de todos.

– Mary Van Lew, esta é a mais nova de minhas irmãs mais velhas, Gertie Overton. – A apresentação de Hattie fez sua irmã franzir o cenho.

– Senhora John Overton – ela corrigiu. – Minha irmãzinha deveria saber a forma apropriada de apresentar uma senhora casada.

Sempre considerara minha amiga mais velha muito cosmopolita e perspicaz. Ao ouvir sua irmã a chamar de irmãzinha, não consegui imaginar o que Gertie podia pensar de mim. Diana riu e disse:

– Por favor, perdoe a senhora John Overton. Ela está casada há apenas três meses e continua muito cheia de si por causa de seu posto recém-obtido.

– E muito convencida de que ele, de repente, a tornou muito mais madura do que uma determinada pessoa que costumava ser sua colega de brincadeiras a pouco tempo atrás.

– Hattie, uma criança como você simplesmente não pode entender como o matrimônio transforma uma senhora. E Diana, bem, você está casada há anos e esqueceu tudo isso, tenho certeza. – Gertie voltou a cortar nabos com tanto mau humor que Hattie a consolou sugerindo que ela fosse para a sala a fim de me apresentar ao belo senhor John Overton.

Após todas as apresentações, mostraram-me a casa inteira, um total de nove cômodos. O andar térreo tinha a sala de jantar, a cozinha e uma sala de banho completa com banheira de água corrente. Nem mesmo os Van Lew tinham tal conforto.

– Temos de agradecer à febre amarela por isso – Charlotte explicou. – Atingiu a Filadélfia com tanta violência que as autoridades municipais instalaram um sistema de água encanada na época em que outros lugares nem imaginavam que isso fosse possível. – O andar do meio continha as salas de visita da frente e dos fundos e uma porta que Hattie não abriu para mim, a qual levava ao quarto do pai dela. E o andar de cima era só de Hattie.

Fiquei impressionada.

– Nunca tive mais do que um quarto, e você tem três.

– Esses três eram para as seis de nós. Depois cinco, depois quatro, depois três; foi assim que cada uma de nós teve seu próprio quarto pela primeira vez. Em seguida, por bastante tempo ainda, houve duas de nós, até Gertie me abandonar pelo senhor John Overton.

Caixinhas de madeira, todas de tamanhos diferentes, mas nenhuma maior do que nove polegadas de cada lado, estavam distribuídas por todos os cômodos de Hattie. Peguei uma da penteadeira.

– O que é isso?

– As sobras de meu papai.

– Sobras?

– Dos caixões. – Recoloquei a caixa de volta rapidamente. Hattie sorriu. – Não se preocupe, não tenho o costume de guardar cadáveres de anões. Vai, abre.

Retirei a tampa. Dentro havia uma pequena cena, feita com musgo, conchas e pétalas de rosas secas. Levantei a tampa da caixa seguinte, e de outra. Uma cena era feita de pedras e pinhas, outra de favos de mel e ovos de pintarroxo. Todas eram lindas.

– De onde veio tudo isso? Nunca vi nada igual.

– Eu as fiz.

– Todas elas?

– Ah, sim. Papai sempre diz que toda jovem precisa ter um talento. Charlotte é a melhor voz de nossa igreja. Diana toca piano de forma brilhante. Emily desenha, Fanny pinta, Gertie faz crochê. Não sobrou quase nada para eu fazer quando cheguei, então meio que inventei isso. Reunir os materiais foi minha primeira desculpa para explorar a cidade.

Eu mal examinara um terço das caixas de pinho quando uma sineta tocou, chamando-nos para o almoço. Valeu a pena ter ido lá pela refeição também. Quem quer que tenha dito que um excesso de cozinheiros estraga a comida devia experimentar uma refeição preparada em uma cozinha cheia das irmãs de Hattie. E a conversa na mesa de jantar era ainda mais saborosa.

Sempre que era forçada a aguentar a tagarelice da Sra. Upshaw durante as refeições, acompanhada pelos resmungos de descontentamento de Ducky, ansiava por comer em silêncio. Mas sentia muita falta das fofocas dos escravos dos Van Lew na hora das refeições, ou das provocações e trocas de ideias de mamãe e papai quando faziam as refeições juntos. Na casa de Hattie, a conversa era mais séria, mas também cativante. Os homens discutiam intensamente todas as grandes questões políticas do dia, e as irmãs participavam de forma igualmente determinada, quando não saíam da mesa para atender aos gritos das crianças, as quais já haviam comido mingau.

Não consegui acompanhar boa parte do que foi dito – os nomes dos políticos brancos e dos pregadores negros se embaralharam em minha cabeça –, até que o Sr. Jones voltou sua atenção para mim:

– Conta para gente, do que você sente falta em relação à Virgínia?

Gertie interrompeu antes que eu pudesse responder:

– Não há por que sentir saudade da escravidão.

– Acredito que perguntei sobre a Virgínia, e não sobre a escravidão. E acredito que perguntei à Mary, e não a qualquer outra pessoa. – O Sr. Jones continuava me olhando.

Pousei o garfo e a faca para mostrar que dedicava à pergunta dele minha total atenção.

– Sinto muita falta de mamãe e papai. De muitas outras pessoas também. E da comida. – Enrubesci por um momento, olhando para as irmãs de Hattie. – Não que esta refeição não seja deliciosa, mas em Richmond, todas as refeições que comia eram boas assim, mesmo se a comida não fosse sofisticada. Tenho saudades de viver no Hill, de cheirar as flores e as frutas do jardim e ver o James e todas as árvores do outro lado do rio. Sinto falta de andar diretamente na terra em vez de na calçada e ter espaços entre os prédios. Sinto saudades do jeito suave de falar das pessoas.

Eu nunca pensara sobre algumas dessas coisas, e lá estava eu dizendo-as em voz alta para pessoas que acabara de conhecer.

– Sinto falta de muita coisa, acho.

Gertie fungou.

– Não ouvi ninguém dizendo que sentia falta da escravidão.

– Quem pode sentir falta da escravidão? Só que, pelo menos em Richmond, a escravidão é a razão pela qual somos tão maltratados. Qual é a razão aqui? Simplesmente ódio puro, é tudo que posso imaginar. E em

Richmond, eu conhecia todas as regras. Aqui, cada vez que desejo experimentar algo novo, não sei se me permitirão.

As sobrancelhas altivas do Sr. Jones se ergueram um pouco mais, e ele indicou com a cabeça para que eu falasse mais.

Eu não pretendia contar o que acontecera no coletivo, mas sem perceber, a história foi escapando de mim.

– Alguns dos cobradores fingem que não a veem e deixam você ficar – Charlotte disse calmamente. – Mas esses não são o tipo de homem para quem você deseja dever um favor, entende? – O marido dela engoliu em seco só de pensar.

– Às vezes, quando o coletivo passa, imagino que os cavalos vão empinar e virar o veículo e esmagar todos que estiverem dentro dele – Hattie disse.

Emily, a mais delicada das irmãs, franziu o cenho.

– Hattie, não fala assim.

– Vale a pena falar dessa forma se penso assim.

– É melhor não fazer nem um nem outro – Sr. Jones disse. – Se nos entregarmos ao ódio, não acabaremos muito melhor. Sempre digo: se os negros desejam ser tratados de forma diferente, devemos nos organizar e agir em vez de nos enfurecermos.

Esperava que Hattie mostrasse ressentimento pela repreensão, mas ao invés disso ela sorriu para o pai enquanto ele continuava a falar mais sobre quais políticos se opunham à Lei do Escravo Fugitivo e quais eram a favor de devolver o voto aos negros. Não sabia que os negros haviam tido o direito de ir às urnas até ele explicar como eles perderam o direito de voto na Pensilvânia havia apenas uma década.

Acima do Sr. Jones estava pendurado um quadro de uma águia, as asas abertas e as garras ao redor de um escudo adornado com estrelas e listras. Ele quase lembrava aquela ave orgulhosa, uma vez que parecia tão sério, até mesmo intimidador. Nem um pouco como papai, que implicava e brincava conosco em meio a nossas dificuldades. O Sr. Jones deu a impressão de que não tinha tempo para jovialidades, por ele estar tão ocupado planejando os direitos das pessoas de cor. Papai não podia fazer nada além de brincar, quando todos os seus planos acabavam se defrontando com o fato prático de que era propriedade de outro homem. Imaginei como papai e mamãe seriam, se tivessem crescido em liberdade como o pai de Hattie.

Mas liberdade não significava tudo aquilo que imagináramos lá na Virgínia. Essa realidade ficou clara na forma como minha história sobre o coletivo fez todos começarem a comentar as diversas injustiças que as pessoas de cor enfrentavam na Filadélfia. Aluguéis mais caros, menos empregos, ser enxotado de uma loja ou perseguido em uma viela. De vez em quando, multidões se reuniam para forçar os negros a abandonarem suas casas.

Pela maneira como a família de Hattie falava, entendi que eles haviam aprendido a conviver com essas coisas, da mesma forma como minha família convivia com os Van Lew e o Sr. Mahon, evitando o que podiam e consolando uns aos outros pelo que não conseguiam evitar. A liberdade era melhor do que a escravidão, eu conseguia ver isso ao olhar pela casa e ver uma grande família reunida. Porém, esse cenário ainda não era como a liberdade deveria parecer.

Assim que a louça do almoço foi retirada, o Sr. Jones se levantou e consultou o relógio de bolso.

– Preciso ir para a loja. Estou esperando uma entrega de Chambersburg, que preciso levar para o condado de Bucks.

As sobrancelhas arqueadas de Hattie desabaram de decepção.

– Mas, papai – ela disse – É domingo. E eu, nós, temos uma visita.

– E este corpo tem uma família, esperando pela chegada dele. – Ele sorriu para mim. – Esse negócio não é como a ferrovia Philadelphia and Columbia, onde programam chegadas e partidas regulares. Sempre digo...

Diana terminou para ele:

– Quando o vento sopra do sul, nada que você diz ou faz pode pará-lo.

– E se você o enfrentar e cuspir – Fanny acrescentou – vai terminar coberto pela própria saliva.

Todos rimos, até Hattie. Achei isso uma grande piada, mas levaria anos até eu entender o que eles estavam dizendo.


Bet permaneceu na Filadélfia por um mês e meio, visitando parentes. Antes de voltar para Richmond, ela se preocupou em entregar a seu primo advogado uma cópia de meus papéis de alforria, cujos originais eu carregava comigo o tempo inteiro. Embora Bet não dissesse nada a respeito, nós duas sabíamos que se eu fosse interpelada por alguém que afirmasse que eu era uma escrava fugitiva, meu próprio testemunho e os papéis em meu poder não significariam nada perante um tribunal sem a autenticação de um branco. De vez em quando, durante meu tempo na Filadélfia, havia um grande alvoroço por causa de alguns negros capturados por caçadores de escravos. Sempre me perguntei quantos foram pegos sem estardalhaço: pessoas que eram livres, mas sem um branco para defendê-los.

Quando Bet e eu voltamos para casa depois da reunião com o advogado, ela me contou sobre o jantar de despedida que sua tia-avó ia oferecer para ela no dia seguinte.

– Falei tão bem de seu potencial como estudante que tenho certeza de que todos estão ansiosos para conhecê-la. A reunião será bastante íntima, apenas a família e alguns amigos mais íntimos, assim todos terão uma grande oportunidade de conhecer você.

Embora eu não pudesse recusar o convite, não gostei da ideia de ser a única pessoa de cor entre uma multidão de brancos. Ou não a única pessoa de cor, corrigi-me, mas a única além dos criados – pior ainda. Fui para casa bem devagar depois que saí da escola na tarde seguinte e, quando cheguei à casa das Upshaw, a carruagem já estava lá. Bet andava de um lado para outro na calçada com o rosto vermelho.

– Desculpa por fazê-la esperar, senhorita Bet. Achei que você só chegaria daqui a meia hora.

Ela desconsiderou minhas palavras com um aceno da mão.

– Sou eu que devo pedir desculpas para você. Houve um grande mal-entendido. Não, não um mal-entendido, um erro. Veja, eu estava errada ao presumir, acreditar, que você, ou melhor eu, devo dizer, ou que a tia-avó Priscilla...

– Me receberia em sua casa.

Acho que fiquei tão surpresa quanto ela pela forma como a interrompi. Tal franqueza teria provocado uma repreensão ou algo pior na Virgínia. Mas agora ela aliviava a expressão no rosto agitado de Bet.

– Lamento muito, Mary. Nunca me ocorreu que minha família aqui fosse tão preconceituosa, tanto quanto nossos vizinhos em Church Hill. Quando minha tia-avó Priscilla declarou que cancelaria o jantar se uma negra fosse convidada para sua casa, disse-lhe que fizesse justamente isso. Não poderia ser a convidada de honra em tal reunião.

Nós na casa sempre consideramos Bet rebelde, uma menina mimada que se tornara uma mulher sem respeito ou decoro para obedecer tanto a mãe quanto as convenções sociais. Parte de mim desejava pensar apenas no quão imprudente ela fora em me convidar antes de consultar sua tia-avó e o quanto ela fora indelicada em me contar em detalhes a antipatia da senhora idosa por mim.

Porém, outra parte de mim discerniu um lado de Bet que eu nunca imaginara existir até então. Ela parecia verdadeiramente decepcionada com as ações de sua parente, genuinamente ferida por alguém de quem gostava me tratar dessa forma. Sem o revirar de olhos em solidariedade de mamãe ou o estalar de língua de Zinnie, percebi meu novo patamar com relação à minha ex-dona.

– Você está aborrecida nesse momento porque o preconceito racial lhe causou uma inconveniência. Mas ele é pior do que uma inconveniência para nós, negros, todos os dias. – Fazer Bet me entender parecia importante de uma forma que nunca fora antes. – Agradeço por você dizer o quanto é errado até para sua própria família agir dessa maneira. Você vê o que outros brancos não veem, que somos tão bons quanto qualquer outra pessoa se os brancos nos deixarem em paz.

Ela me olhou com firmeza.

– Ora, ora, Mary, esse é um discurso bastante interessante. Seis semanas de liberdade já lhe viraram a cabeça. – Temi que tivesse sido ousada demais até ela acrescentar: – Se você continuar nesse ritmo, antes do ano terminar, será ainda mais franca do que eu.

Foi a franqueza de mamãe, não de Bet, que me inspirara. Mas não havia necessidade de dizer-lhe isso.

Ela enfiou o braço dentro da carruagem, retirou um pacote pequeno embrulhado em papel com cores brilhantes e me entregou. Puxei o barbante, e o papel abriu revelando um pequeno livro.

– A *Autobiografia* de Benjamin Franklin – ela disse. – Mamãe deu esse mesmo exemplar para papai no primeiro aniversário de casamento deles, e papai me deu quando deixei Richmond para vir estudar aqui. Franklin foi um homem formidável, um grande modelo do que você pode alcançar por meio da diligência e da inteligência.

Eu espanara a biblioteca dos Van Lew com frequência suficiente para saber que o livro ocupava um lugar de destaque nela. A Sra. Van Lew ficaria muito zangada ao saber que Bet desfez-se dele. Esse fato sozinho já me fazia apreciar o presente enormemente.

– Obrigada, senhorita Bet – Passei os dedos pelo couro bem manuseado. – Por favor, diga a mamãe e ao papai que sinto falta deles, mas estou feliz e agradecida por tudo que você fez por mim.

– Por nada mesmo. Vou dizer à tia Minnie que você está bem instalada e que todos devemos esperar grandes feitos de você.

*Meus queridos mamãe e papai,*

*Minha nota mais alta hoje foi em latim, uma língua estrangeira como o francês que a Srta. Bet fala. Só que o latim é diferente do francês, porque eles falam francês na França todos os dias e o latim era uma língua que se falava há muito tempo em Roma, que é uma cidadezinha que invadiu muitos e muitos outros países. Como se Richmond invadisse todos os Estados Unidos, México e Cuba também. Aqueles romanos fizeram muitas coisas admiráveis, construindo estradas boas e templos lindos, o que é a maneira deles chamarem as igrejas, e escreveram longas e longas histórias sobre eles próprios e muito mais, mas não consigo admirá-los muito por conta de eles terem mantido escravos. A Srta. Douglass fica com uma cara azeda se alguém menciona isso na turma. Mas, mesmo assim, gosto de aprender latim porque é divertido poder falar a mesma frase de uma maneira totalmente nova e saber que algumas pessoas não entendem. Às vezes, Hattie e eu falamos latim quando andamos pela cidade só para mantermos segredos. Eu queria que nós na casa tivéssemos todos sabido falar alguma outra língua para poder dizer o que pensávamos sem os Van Lew saberem.*

*Hattie manda lembranças como sempre. Sua família é muito carinhosa comigo. O pai dela sempre diz que, por já ter seis filhas, os problemas não podem aumentar muito com mais uma jovem na casa. Claro, tento não causar problemas de forma alguma! Eles me recebem todos os domingos para almoçar, e às vezes vou à igreja com eles primeiro. A igreja é de um tipo especial chamado Igreja Metodista Episcopal Africana, criada por pessoas de cor. Esse nome é muito grande, então a maioria das pessoas aqui só a chamam de Mãe Bethel. Todos lá são muito simpáticos, mas ela é tão grande! Nem Hattie conhece todo mundo. Algumas semanas só de pensar em ir para aquele edifício tão imenso e cheio de estranhos me faz sentir tanta saudade de nosso pequeno culto que prefiro andar até o rio Delaware sozinha. Imagino como sua água pode talvez fluir para o oceano e encontrar a do James.*

*Da mesma forma que fluem as águas, flui meu amor por vocês dois. Isso soa poético? Estamos lendo algumas poesias dos senhores Edmund Spenser e John Donne na escola, e elas fazem você pensar em maneiras extremamente poéticas de dizer as coisas. Porém, no fundo, tudo que realmente preciso dizer é que amo e sinto muita falta de vocês dois.*

Espero que vocês estejam orgulhosos de<br>Sua filha dedicada,<br>Mary El

*P.S. Estou incluindo minhas notas dadas pela Srta. Douglass. Como podem ver, ela tem uma caligrafia muito, muito sofisticada. Algumas das meninas dizem que ela é tão metódica que odeia ter de levantar a caneta para fazer um ponto no i ou cortar a letra t. Isso talvez soa desrespeitoso, mas todas nós a respeitamos muito, asseguro.*

❧ ☙

*Minha querida Mary El,*

*Sua carta chegou hoje e nos fez muito orgulhoso memo. Mostrei para a Srta. Bet suas notas, e ela queria contarcolar a folha no caderno de desenho dela. Você sabe como ela é com o caderno de desenho dela, não fica feliz até que o Mundo inteiro esteja lá dentro. Eu fingi que não mostrei as notas para seu papai ainda só para não deixar com ela. Claro que mostrei elas para ele antes dela e ele estava determinado a pendurar elas na parede de nossa Cabana, que é o que ele fez. Não é tão bonito quanto todas as pinchuraspinturas nas paredes dos Van Lew mas significa mais para nós que todos os quadros em Richmond. Seu papai mostrará esse papel para todo mundo se eu não lembrar ele que nós precisamos manter esse negossio em segredo.*

*Zinnie e Josiah mais as menina já estão quase prontos para nos deixar. A Srta. Bet convenceu a Sra. V de vender a carruagem do tipo Baruxebarouche e comprar uma gig e Josiah está ensinando a Srta. Bet a dirigir ela sozinha. Se isso não colocar a Sra. V no túmulo a mulher deve vive até os Cem. A Srta. Bet contratou Terry Farr, uma mulher de cor alforriada, para ser a nova cozinheira. Se ela é boa não posso dizer, porque Zinnie não deixa ela chegar a cinquenta pés da cozinha. Suponho que Zinnie vai quase chegar a Ohio antes de Terry colocar o pé no quintal. A Srta. Bet estava deci-*

*dida a não contratar qualquer escravo de maneira nenhuma. Não conseguia pensar em pagar dinheiro para um proprietário de escravos, mas o pai dela foi um a vida inteira. Mas finalmente eu convenci ela a contratar as duas sobrinhas da Sra. Wallace Joesy e Nell para elas me ajuda com o trabalho de casa. Elas compram tempo de seu sinhô e esperam economiza o suficiente para comprar a liberdade delas. Joesy ficou noiva de John Atkins mas eles não vão casa até ela ser livre. A Srta. Bet vai mandar toda a roupa para lavar fora, assim eu acho que três mulheres adultas podem tomar conta da casa tão bem quanto Sam e eu sempre fez com vocês meninas.*

*Seu papai me plantou uma orta em frente à cabana. Não tem muito espaço no quintal mas ele reclama tanto da minha comida ruim que finalmente eu disse para ele que uma mulher precisa ter o que cozinhar. Aí, ele se virou e plantou tudo desde nabos a mostardas. Toda refeição que comemos agora eu tenho de ouvir como os legumi bom que ele plantou dão um gosto especial mas esse é seu papai. Se ele não olha para mim com aqueles olhos e diz sei lá o que para me provocar então não conhesso ele nadinha.*

*Vou para os Van Lew agora. O jovem sinhôsinho John está recebendo seus açossiados de negóssios para jantar essa noite. Me perturbou a semana inteira inspecionando minha limpeza como si eu não limpei o trazeiro dele no dia em que ele veio a este Mundo.*

*Todo amor de seu papai e meu,*
*mamãe*

Enchi-me de orgulho por saber que minhas notas estavam penduradas na parede da cabana. Pode apostar que enviei para casa todos os boletins que recebi depois daquele. Mas toda nossa correspondência me fazia sofrer. Era difícil imaginar estranhos na casa, trabalhando ao lado de mamãe. Não sentia saudades do trabalho, mas não parecia certo saber que outra pessoa podia me substituir tão facilmente. E papai parecia mais e mais distante a cada carta. O que mamãe escrevia sobre o que ele dizia ou fazia não era igual a ouvi-lo dizer ou escrever sobre o assunto. Além disso, nem sempre eu também contava tudo a mamãe e papai em minhas cartas.

*Meus queridos mamãe e papai,*

*Hoje foi o dia mais maravilhoso que já tive na Filadélfia. Não, não tomei sorvete ou li um livro novo. Em vez disso, fui a um desfile. Talvez vocês estejam pensando que é o primeiro de agosto e não o Dia da Independência ou Dia da Milícia, então que desfile tem hoje? É o desfile mais maravilhoso que existe. Um desfile feito totalmente por pessoas de cor da Filadélfia em homenagem ao aniversário da Emancipação na Grã Bretanha. Essa é uma maneira elegante de dizer que é o dia em que os escravos foram libertados nas Índias Ocidentais. As pessoas de cor aqui não esquecem logo uma coisa como essa!*

*O Sr. Frederick Douglass, um ex-escravo que escreveu um livro e jornal, diz que o 4 de julho não significa nada para os negros apenas uma demonstração de como a escravidão é errada. Até o Sr. Ralph Waldo Emerson, que foi para Harvard e é um clérigo branco, diz que o primeiro de agosto é um grande dia na história porque tantas pessoas de cor foram libertadas. Todos os anos, na Filadélfia, todas as igrejas e sociedades benevolentes e tudo o mais e todas as pessoas de cor ajudam no grande desfile. Os negros marcham pelas ruas cantando, rezando e louvando. Também algumas pessoas brancas chamadas quacres embora elas se vistam e andem de forma tão estranha que Hattie e eu as chamamos de estranhos, mas eles mesmo assim marcham junto com todo o resto embora sem qualquer cantoria ou louvação como faz nosso povo. Após todos os desfiles há discursos e juras de obter liberdade para todos os escravos aqui também, porque se a Grã Bretanha pode fazer isso, por que não a América?*

*O papai de Hattie marchou com seus colegas da Grande Ordem Unida dos Companheiros Ocasionais, o que é um nome engraçado, não é? Eles têm uns uniformes que eles usam que não consigo descrever, mas fiquei orgulhosa de ver nossos homens nessas roupas e marchando. Hattie e eu aplaudimos muito o desfile do papai dela, mas também os outros. Agora, minha garganta está um pouquinho dolorida e meus pés muito cansados, mas valeu a pena. Depois disso, fomos para a casa da irmã dela Charlotte para tomarmos ponche e comermos bolo.*

*É muito tarde. Tenho de ir para a cama, mas precisava contar para vocês antes de dormir.*

*Sua filha amorosa,*
*Mary El*

Eu estava feliz e cansada quando escrevi essa carta, por tentar colocar todas as maravilhas do dia no papel para eles as compartilharem comigo.

Ainda assim, havia uma mosca ou duas no creme, as quais deixei de mencionar. O que não escrevi foi que alguns garotos brancos apareceram e jogaram garrafas nos marchadores, chamando-os de todos os tipos de nomes. Não escrevi que, enquanto esperava por Hattie, ouvi uma das companhias de bombeiros, as quais eram pouco mais do que quadrilhas de moleques mais empenhados em lutar uns contra os outros do que abafar qualquer conflagração, dizer que esse era o melhor dia do ano para pegar alguns crioulos porque sempre se sabia onde encontrar muitos. Não escrevi que Hattie e eu vimos um homem branco, cujo sotaque soava bem sulista, cuspir e dizer, "Melhor celebrar o que aqueles escuros conseguiram lá nas Índias Ocidentais; eles nunca conseguirão o mesmo no Alabama".

Hattie e eu simplesmente olhamos uma para a outra quando ouvimos isso, mas nenhuma de nós disse nada. Então, voltamos para o desfile e apertamos a mão uma da outra bem na hora em que o coral da Igreja Metodista Unida Zoar marchava, cantando para proclamar a glória de Deus e a da Emancipação.

# Seis

Durante meus primeiros meses na Filadélfia, as onze árvores pelas quais Hattie e eu passávamos no caminho pelo qual andávamos para chegar à escola da Srta. Douglass todos os dias se tornaram amigas e familiares. Porém, quando o outono chegou e aquelas árvores começaram a perder as folhas e seus galhos nus espetaram o ar gelado, elas de repente pareceram estranhas e feias. Especialmente se comparadas com minhas lembranças das inúmeras árvores que alinhavam as ruas de Richmond e enchiam as propriedades de Church Hill. Ver aquelas poucas árvores da Filadélfia despojadas de sua folhagem era como ver minha própria solidão.

À medida que as semanas nos aproximavam do inverno, não conseguia deixar de pensar em Natais passados, em mamãe e Zinnie entoando cânticos pela propriedade dos Van Lew como se fossem aves chamando uma a outra em uma manhã de primavera. E a expectativa doce de meu tempo com papai, sete dias preciosos que sempre eram mais adoráveis do que eu imaginara quando finalmente chegavam. O que eu não daria para ter nem que fosse apenas uma hora com papai agora.

Imediatamente reavaliava tudo quando esses pensamentos surgiam. Não a liberdade. Não desistiria ou conseguiria abrir mão de minha liberdade, até mesmo por isso. No entanto, saber que era livre não me fazia feliz, com meus pais tão longe e papai ainda cativo.

A Srta. Douglass deve ter notado a mudança em meu humor, pois ela me fez ficar depois da hora em um dia de novembro.

– Você sabe o que é a Sociedade Feminina Antiescravagista da Filadélfia? – ela perguntou.

Respondi que não com a cabeça.

– Somos um grupo de mulheres que trabalham juntas para acabar com a escravidão. Temos uma feira de presentes todos os Natais, onde vendemos as mercadorias que produzimos. Durante o ano, gastamos o dinheiro para apoiar turnês de palestrantes e publicações abolicionistas.

Lembrei dos artigos em folhetos abolicionistas que Bet lia para a mãe dela, os quais descreviam todo tipo de ataque vexatório dos grupos pró-escravidão: edifícios queimados e pessoas espancadas, até mortas.

– É perigoso?

– A feira não, não. Nem a preparação das mercadorias para serem vendidas, como você verá hoje à noite se estiver disposta a se juntar a nós. Nosso círculo de costura se reúne na casa dos Forten, na rua Lombard.

Eu já notara a casa dos Forten. Era uma das maiores que eu já vira na Filadélfia, tão boa quanto que ficavam no topo de Church Hill. Eu quase não conseguia acreditar que seus proprietários fossem de cor, por saber que a maioria dos negros da Filadélfia continuava tão pobre que quase não conseguia alimentar e vestir os filhos. Agradeci à minha professora e quase galopei até à casa das Upshaw para pegar minhas coisas. Quando entrei correndo pela porta do apartamento, assustei a Sra. Upshaw tanto que ela espetou o dedo com a agulha.

– Mary querida, o que deixou você nesse estado? – ela perguntou.

– Desculpe, senhora Upshaw. Só estou com pressa.

– Para quê? Você não está nem um pouco atrasada. Minha Dulcey ainda não chegou da rua Prune.

Não me preocupei em responder enquanto me encaminhava para o quarto a fim de pegar minha caixa de costura.

Quando voltei à sala da frente e a Sra. Upshaw me viu com a caixa de casco de tartaruga, ela abriu um amplo sorriso.

– Você pode começar a fazer seus consertos enquanto apronto o jantar.

– Ah, é que estou atrasada. E vou jantar fora.

– Mas não há necessidade disso. – Ela levantou a pilha mais recente de trabalhos que recebera dos clientes para abrir espaço no divã. – Você pode sentar aqui mesmo, a meu lado. Não vai ser ótimo nós duas costurando juntas?

Eu estava tão ansiosa para ir para os Forten que deixei escapar:

– Esse não é o tipo de trabalho de agulha que estou fazendo.

Seu rosto demonstrou decepção.

– Claro que não. Tenho certeza de que uma estudante como você nunca faz o tipo de costura que eu faço.

Costura paga, ela queria dizer. A verdade de sua afirmação pairou no ar entre nós duas.

– Não vou mais atrasar você – ela disse. – Você tem lugares mais importantes para ir.

Senti-me tão paralisada quanto o relógio quebrado em cima da lareira dela. Eu sabia que deveria ficar e me desculpar, mas não conseguia suportar qualquer atraso, pois a Srta. Douglass e os membros de seu círculo de costura poderiam achar que eu era mal-educada por chegar atrasada.

– Desculpa – disse, passando o mais rápido que pude pela porta do apartamento. – Talvez chegue em casa bem tarde. Boa noite.

Pela primeira vez, a Sra. Upshaw ficou muda.

Andei rapidamente pela calçada, passando pela Gaskill até a Fourth e depois cruzando para a Lombard. Apenas quatro longos quarteirões separavam as Upshaw dos Forten, mas eles podiam bem ter estado do outro lado do oceano, pelo que as residências diziam sobre as fortunas de seus respectivos moradores. A casa dos Forten era baixa e aparentava solidez, tinha três andares de altura e era mais larga do que alta, com um muro de tijolos baixo em um dos lados delimitando um jardim particular. As escadas de mármore que levavam à porta dupla eram quase tão largas quanto a residência inteira das Upshaw. Estiquei-me, levantei minhas saias e subi os degraus.

Antes que eu pudesse bater à porta, um mordomo idoso a abriu.

– As senhoras estão na sala de estar – disse. Ele pendurou meu casaco e touca entre os outros em um cabide com muitos adornos entalhados, depois me levou por um corredor elegantemente atapetado. Embora eu ansiasse por espiar os cômodos enquanto passávamos pela sala de visitas e a de jantar, dirigi meu olhar curioso para os espelhos emoldurados em dourado e para os baús de mogno com tampo de mármore dispostos em fileira pelo corredor. A mobília era elegante e antiquada, como se tudo, até os criados, tivesse sido preservado desde o começo da riqueza da família.

O mordomo parou antes da soleira da terceira porta e sussurrou:

– Seu nome, senhorita?

Meu coração pulou. Nunca fui anunciada antes e, certamente, não para uma sala lotada de senhoras da sociedade.

– Mary. Mary Van Lew.

Porém, quando ele declarou "Senhorita Van Lew" para as cerca de vinte mulheres sentadas no grande salão, tudo que consegui pensar foi: essa não sou eu. Essa é Bet.

Pisquei por causa da claridade pungente das lâmpadas de gás, as quais brilhavam intensamente por toda a sala luxuosa. Nem os Van Lew tinham luz a gás dentro de casa. Ninguém em Richmond tinha.

Uma das senhoras levantou e veio na minha direção. Ela se movimentava da mesma maneira confiante que Phillipa Thayer, e a pele escura quase brilhava em contraste com o vestido de musselina cor de esmeralda.

– Sou Margaretta Forten. Estou muito feliz por você ter vindo, senhorita Van Lew.

Ao ver todas aquelas senhoras reunidas em grupos íntimos de duas ou três pararem de conversar e costurar para voltar seus rostos inquisidores para mim, lembrei dos amigos abolicionistas de Bet. Rápidos na condenação da escravidão, mas lentos para reconhecer as pessoas de cor de quem dependiam todos os dias. Não desejava ser uma pessoa desse tipo. Não desejava sequer passar uma noite entre elas. Simplesmente queria voltar furtivamente para a casa das Upshaw. Mas então lembrei que também não me ajustava muito bem lá.

Uma das senhoras brancas levantou-se e cruzou a sala. Ela era mais jovem do que as outras, embora mais velha do que eu; uma senhora adulta com certeza. Usava um vestido cinza liso com a gola mais ampla que eu já vira, branca e sem qualquer ponto de renda, e um gorro liso que cobria os cabelos. Tinha lindos olhos cinzentos, doces e sem superioridade.

– Mary, não é? Meu nome é Cynthia Moore, mas todos me chamam de Zinnie. – Seus olhos cintilaram.

Fiquei pasma com a ideia de que essa senhora alta e pálida compartilhava qualquer coisa com a Zinnie com quem eu convivera toda a minha infância. Aquela era escura, baixa e quase tão larga quanto uma mulher podia ser – boca, nariz e peito –, sendo as bochechas tão redondas que você mal conseguia ver seus olhos acima delas.

Nada parecida com essa Srta. Moore. Só de olhar para aquela mulher entendi verdadeiramente a expressão magra como um graveto, a qual dificilmente tinha em sua constituição pouco mais do que há em um graveto. Lábios tão claros e finos que pareciam nem existir, nenhum peito para fornecer a suspensão mais sutil àquela gola branca, e um nariz tão pequeno que quase não a permitia respirar. No entanto, toda aquela simplicidade dava àqueles olhos gentis ainda mais espaço para se destacarem.

E eles o faziam, também mostrando carinho quando ela disse:

– Srta. Douglass nos contou tudo sobre tu. Se tu sentares comigo, mostrarei o que fazemos, então tu poderás escolher um projeto.

Estranhando tudo aquilo, eu, uma Srta. Van Lew de cor, e ela uma Zinnie branca, ainda mais com uma bizarra maneira quacre de falar, não consegui responder.

A Srta. Douglass se remexeu ligeiramente em seu assento.

– Talvez você fique mais confortável aqui perto de mim?

O rosto de Zinnie Moore enrubesceu, e percebi que ela achava que eu a estava menosprezando. Não queria que minha professora pensasse que eu estava com medo dessa mulher branca, ou de qualquer pessoa branca – eu mesma não queria pensar que estava. E também não queria ser intimidada pela casa requintada de Margaretta Forten, da mesma forma com que ignorava o jeito arrogante de Phillipa.

Ao olhar pela sala, vi uma pintura a óleo pendurada na parede, maior ainda do que a da sala de jantar do Sr. Jones, mas que também ostentava a mesma águia orgulhosa. Respirei tão fundo que podia estar me preparando para soltar um grasno estridente igual ao daquela ave imensa.

– Será um prazer sentar com Zinnie Moore – disse.

Ela sorriu e me conduziu pelo salão até uma mesa de trabalho pequena onde estavam várias almofadas de alfinetes, aventais, marcadores de livros e outras mercadorias acabadas. Muito do trabalho de agulha – bolsas com contas, toucas de musselina, golas de crochê – era mais avançado do que eu sabia fazer. Enquanto as outras mulheres na sala voltaram para suas costuras e suas conversas, procurei nas caixas de materiais até encontrar um linhão com gráficos de ponto de cruz para um lema de parede com a mensagem LEMBRAI-VOS DOS ENCARCERADOS, COMO SE PRESOS COM ELES, HEBREUS 13:3. Nada poderia ser mais fácil para mim do que aquilo, tanto a lembrança quanto o bordado, então coloquei o linhão sobre a mesa de trabalho e peguei uma agulha de minha caixa de costura.

Zinnie aprovou minha escolha com um meneio.

– Escolheste com sabedoria. O trabalho anda célere quando fala ao coração.

Enquanto escolhia as cores do estoque de lãs de Berlim, a vaidade me dominou. Mantendo a voz baixa para que ninguém nos outros grupos de senhoras pudesse me ouvir, perguntei:

– O que a senhorita Douglass falou sobre mim?

– Que tu vieste da escravidão há apenas um ano e já fizeste grande progresso na escola. Ela está muito orgulhosa de ti por provares que nem a negritude nem a escravidão são impedimentos para a inteligência. – A senhorita Douglass não era pessoa de fazer elogios, por isso, tomar conhecimento de seu apreço em segunda mão me deixou orgulhosa de mim mesma. – Ela nos contou que vossos pais ainda estão em Richmond, na condição que recentemente deixaste. Rezo para que este possa ser o último Natal que tua família passe separada e que, quando tua mãe se juntar ao nosso círculo, possamos costurar apenas por prazer, porque nossa luta terá terminado.

Pensar em mamãe sentada calmamente entre as senhoras do grupo me divertiu muito. Porém, deixei Zinnie Moore pensar que meu sorriso significava uma concordância com seu sentimento, e passamos a fazer nosso trabalho de agulha.

Costurei por cerca de meia hora antes de reunir coragem para fazer a Zinnie Moore a pergunta que estava me remoendo enquanto olhava a forma recatada com que minha professora sentava entre as senhoras no lado mais afastado do grande salão.

– A senhorita Douglass se veste com simplicidade, mas ela não fala como você. Ela também é quacre?

– Grace Douglass, a mãe dela, participava dos encontros da rua Arch todas as semanas, embora nunca tivesse se candidatado à Sociedade dos Amigos. Frequentemente Sarah vinha com ela, mas acho que ela não participa mais.

Perguntei-me por que Zinnie enrubescera quando acrescentou:

– A maioria dos quacres em nosso círculo de costura participa do encontro da rua Green. – Antes que ela pudesse falar mais alguma coisa, o mordomo trouxe o jantar.

Fiquei decepcionada, porque eles colocaram apenas um prato de bolos de trigo sarraceno, frutas e queijos em nossa mesa de trabalho. Zinnie espreitou de forma travessa por debaixo de sua touca engraçada.

– Margaretta vai ficar preocupada pensando que você pode achar que ela é miserável por fornecer comida tão simples. Ela faz isso por respeito aos quacres, que prezam a modéstia em tudo que fazem, até ao comerem e beberem.

– Zinnie Moore, você está fazendo fofocas? – Só pretendia fazer um gracejo, da maneira como Hattie e eu sempre fazíamos, mas assim que as palavras saíram, temi que elas pudessem ofender essa senhora estranha. Ela apertou os lábios por um momento, mas depois sorriu de volta para mim.

– Não é fofoca elogiar a boa natureza de uma senhora. Nem pecado se fizer eu preservar sua alta estima por minha amiga generosa.

*Amiga.* Nunca ouvira uma senhora branca falar assim de um negro. Essa Zinnie Moore era especial. Uma quacre pálida e magra especial.

Fiquei acordada até altas horas da madrugada escrevendo para mamãe e papai, e dormi até bem tarde na manhã seguinte. Quando corri pelas escadas abaixo, Hattie me esperava impacientemente no frio.

– Finalmente. Estava começando a pensar que a senhora Upshaw tinha irritado você até a morte de uma vez por todas.

– Desculpe por deixar você aqui congelando. – Começamos a andar, de braços dados, na direção da rua Arch. – Esqueci que você ia me esperar.

– Esqueceu? Eu não venho aqui todas as manhãs?

– Fiquei acordada até tarde ontem à noite, e acho que ainda não acordei esta manhã.

Isso a preocupou.

– Por que a senhorita Douglass deteve você depois da aula? Queria esperar, mas precisava chegar à casa de Emily logo. – A irmã de Hattie acabara de entrar em seu terceiro resguardo, e Hattie estava praticamente vivendo na casa dela, ajudando a tomar conta dos dois meninos de Emily.

– O que nossa mestra mandou você fazer?

– Não mandou, convidou. Para, deixe-me pensar o nome correto, a Sociedade contra a Escravidão das Mulheres de Filadélfia, quero dizer, para a Sociedade Feminina Antiescravagista.

– Você foi a um encontro da Sociedade?

– Ah, não, apenas ao círculo de costura. Elas têm uma feira de presentes todos os anos e...

– Sim, eu sei. Todos sabem. Engraçado, não sabia que a senhorita Douglass convidava meninas de sua idade para o círculo de costura dela.

Em geral, Hattie não se importava muito com a diferença de idade entre nós – dois anos que, como a diferença entre Baltimore e Richmond, entre nascer livre e escrava, não pareciam significar grande coisa dada a proximidade estreita que sentíamos existir entre nós. Olhei para ela, mas ela manteve o olhar fixo para a frente.

Estávamos prestes a cruzar a rua Market quando, de repente, lembrei de minha carta.

– Preciso parar nos correios.

– Não podemos parar. Já estamos quase atrasadas.

Por semanas eu estivera tão deprimida que não escrevera uma palavra para mamãe e papai. Agora que eu tinha uma carta inteira pronta, não queria atrasar seu envio.

– Vai indo, chego logo depois.

Hattie tirou seu braço do meu.

– Lembra de uma coisa: nem mesmo Phillipa Thayer ousa chegar atrasada na sala de aula. – Sua voz estava tão gelada quanto o ar da manhã. – Odiaria ver a senhorita Douglass perder o apreço que ela recentemente adquiriu por você. – Com isso, ela foi embora.

Corri para os correios e depois para a escola e, mal sentei, a Srta. Douglass começou a aula. Hattie sequer piscou ou fez um aceno de cabeça para mim. Embora não pudesse entender o que a deixara tão mal-humorada, achei que faríamos as pazes ao voltar para casa durante o recesso do almoço. Mas, no meio da manhã, ouvi uma batida na porta da sala de aula. Era Susan, a governanta dos Jones, que trazia um recado para a Srta. Douglass. Após lê-lo, ela disse a Hattie para arrumar as coisas dela. O resguardo de Emily começara e Hattie precisava ajudar com as crianças.

O círculo de costura se reunia apenas duas vezes por semana e, por essa razão, eu costurava na casa das Upshaw também, e comecei naquela mesma noite. Assim que terminamos o jantar, peguei minha caixa de costura e, sabendo que só havia três cômodos no apartamento, dirigi-me à sala.

Ducky olhou para a caixa.

– Qual é o problema, aquela senhora branca cortou sua mesada?

Ignorando-a, sorri como se me desculpando para a Sra. Upshaw.

– Uma vez que costurar é um passatempo de senhoras sofisticadas, eu me associei a um círculo de costura. Preciso terminar umas peças para que elas possam ser vendidas em nossa feira de caridade.

A Sra. Upshaw ficou animada com a ideia.

– Uma feira de caridade, isso não é especial? Talvez Dulcey e eu possamos ajudar um pouco também.

Ducky gritou:

– Se começarmos a tentar costurar por caridade, acabaremos precisando dela.

Pela primeira vez, entendi a verdade em suas palavras. A Sra. Upshaw conseguia costurar mais rapidamente do que quase todas as senhoras que eu conhecera na residência dos Forten. Porém, tirar até mesmo meia hora de cada dia de seu trabalho pago seria mais do que ela poderia aguentar do ponto de vista financeiro.

– Senhora Upshaw, seu gesto é muito gentil, e seria muito bom para nós ter coisas tão finas quanto as que a senhora faz. Mas nenhuma daquelas senhoras costura tão bem quanto a senhora, então acho que elas poderiam ficar um pouco envergonhadas se os trabalhos delas fossem colocados ao lado dos seus.

Pela forma como ela confirmou, com um meneio de cabeça, pude ver que minha estratégia estava funcionando.

– A senhora sabe o quanto algumas pessoas simplesmente não ficam satisfeitas se não se sentem superiores.

Ducky bufou.

Por toda a quinzena seguinte, senti-me tão sozinha por causa de Hattie que, quando sábado chegou, me agasalhei para enfrentar o frio intenso e andei todo o caminho pela rua Shippen, passando pela Eleventh até a pequena cabana que o marido de Emily alugara para sua família.

Bati à porta e esperei; então esperei um pouco mais, até que Hattie finalmente escancarou a porta. Ela usava um vestido gasto por baixo de um avental velho, e o cabelo estava coberto por um lenço.

– O que você está fazendo aqui? – ela perguntou.

– Você nem vai me convidar para entrar? Estou virando uma pedra de gelo aqui fora neste frio.

— Você precisa tomar cuidado com o chão se entrar aqui. Acabei de lavar ele.

Fui muito cuidadosa com o limpador de botas e levantei minhas saias molhadas bem para cima antes de entrar na casa.

— Senti muito a sua falta, mal posso esperar para contar a você tudo que aconteceu no círculo de costura. E, claro, quero ouvir o que você tem feito.

— O que tenho feito é apenas trabalhar pesado e nada mais. Cinderela para minhas irmãs, que me mandam aqui e ali como se eu fosse uma criada com cinco senhoras. E dois senhorzinhos demoníacos. — Ela cruzou os braços daquela forma cansada que mamãe fazia sempre que um dos Van Lew ficava enjoado tão repentinamente que não tinha tempo suficiente para tocar a sineta e receber o balde de restos de comida, ou ir até o penico. — Meus sobrinhos vão acordar do cochilo a qualquer momento, prontos para botar a casa abaixo, então não tenho tempo para suas historinhas bobas.

Hattie nunca ficara tão zangada comigo assim.

— Sei que você está trabalhando muito, mas eu também. Zinnie Moore diz que minha costura já melhorou muito. Terminei dois lemas de parede e já comecei a bordar uma cobertura de chaleira.

— Isso deve ser bom para você, agindo de forma tão esnobe quanto Phillipa.

— O que Phillipa tem a ver com isso?

Ela revirou os olhos, como se eu fosse uma tola.

— Todo esse tempo você age como se tivesse menosprezando o melhor tipo de pessoa de cor da Filadélfia, aí na primeira oportunidade que aparece, você corre e se junta a elas e às suas senhoras brancas. Você pode estar toda impressionada consigo mesma, mas estou ocupada demais para bebericar chá e ouvir suas bobagens.

— Não são bobagens, não. A feira arrecada muito dinheiro para a abolição. Você precisa entender por que isso é importante para mim. Meu pai é escravo, minha mãe é...

Antes que eu pudesse continuar com a usual meia verdade, ela me interrompeu.

— E minha mãe não. Ela não está viva. E meu pai sempre me afasta todas as vezes que o vento fica mais forte para ele poder ir para Chambersburg a negócios. Minhas irmãs estão todas juntas lá em cima com Emily, se comportando como se fossem uma sociedade secreta da qual não posso ser um membro porque ela é restrita às senhoras casadas. – Ela se virou, falando mais para si mesma do que para mim. – E agora você me abandonou também.

Peguei o braço dela.

– Não fica com ciúmes. Você ainda é minha melhor amiga. Não apenas minha única amiga. Após Emily se recuperar, você pode vir para o círculo de costura, conhecer as senhoras quacre e fazer amizade com elas como eu.

– Se você é tão amiga, por que não vai ao culto dos quacres às vezes, ao invés de se juntar à minha família na Mãe Bethel? Veja então como você se sente com relação aos quacres. – Um choro de criança veio de cima das escadas. – Tenho de ir. Por favor, faça a gentileza de encontrar a saída sozinha.

Antes que eu pudesse dizer qualquer outra coisa, ela já estava galgando as escadas.

Fiquei pensando em suas palavras enquanto me dirigia à rua Gaskill. Passei muitos domingos na Mãe Bethel pelo prazer de estar com Hattie e a família dela. Mas os cultos lá sempre me faziam sentir saudades do culto de Richmond. Da mesma forma que trocar luvas de lã quentes por um par de luvas de couro todas enfeitadas com trabalhos manuais elegantes e imediatamente perceber que elas eram finas e apertadas demais para serem confortáveis e protegerem do frio. Então talvez não valesse a pena continuar a ir só por ir, nas palavras de Hattie. Pelo menos, não até ela deixar de estar zangada comigo.

Não estava prestes a me juntar aos quacres, claro, mas estava curiosa com relação a eles. Antes de encontrar Zinnie, achava que os quacres eram tão rígidos e lúgubres quanto aquelas ruas da Filadélfia com nomes de árvore tão pouco apropriados. No entanto, minha relação com Zinnie provara que eu estava errada; ela era muito amiga. Mesmo assim, não tinha certeza de que teria coragem de assistir ao culto dela.

Então, lembrei que Zinnie disse que a maioria das mulheres do círculo de costura frequentava a Casa de Cultos da rua Green. Se eu fosse à Casa de Culto da rua Arch, era improvável que encontrasse algum conhecido. Se gostasse de lá, então poderia ir à rua Green também, às vezes. Zinnie não me dissera que a mãe da Srta. Douglass frequentara o culto durante anos sem se tornar um membro assíduo?

Eu ainda lutava com a ideia quando passei por uma placa que dizia IRMÃOS GRIFFITH. CAMISAS, GOLAS, LUVAS E MEIAS. Olhando para a loja, pensei nas mulheres quacres do círculo de costura com suas roupas quase idênticas. Mesmo quando eu passava por um estranho na rua, era bastante fácil distinguir uma quacre por causa de suas roupas. Não podia ir a um de seus cultos vestindo algo que poderia parecer extravagante. Tinha um vestido, uma bombazina azul-escura, que talvez servisse.

Entrei na loja dos Irmãos Griffith e comprei uma gola branca lisa e um xale, juntamente com uma touca cinza com cinco pregas, do tipo que as senhoras quacres usavam sobre seus quepes lisos quando estavam em público. A gola cobriria os botões brilhantes de meu vestido, e o xale cobriria as mangas bufantes. Passei a tarde na casa das Upshaw, tirando os pontos dos punhos de renda e da bainha da saia.

A Casa de Cultos da rua Arch tinha dois andares e ocupava um quarteirão quase inteiro; na manhã de domingo, ela não parecia mais acolhedora do que a Mãe Bethel. Andei para frente e para trás por quinze minutos, reunindo coragem para seguir o fluxo constante de pessoas que passava pelas portas simples e pesadas. Lá dentro, filas de bancos de madeira estavam dispostas em frente às quatro paredes brancas despojadas, o que me deixou confusa. Não havia nem um púlpito ou uma simples cruz. As tábuas largas do chão de madeira não eram sequer enceradas. Largas colunas quadradas em três lados da sala sustentavam um balcão onde crianças se amontoavam.

Ao meu redor, as pessoas tomavam seus lugares. Após sentar em um banco vazio, mantive a cabeça baixa, ocupando-me em arrumar minhas luvas.

Eu quase não me dei conta do começo da cerimônia. Nenhum pregador falou. As pessoas simplesmente se levantavam, uma de cada vez, aqui e ali, dizendo o que parecia vir às suas cabeças. Elas não gritavam aleluia ou recitavam cânticos ou qualquer outra coisa. As mulheres ficavam em pé e falavam com tanta frequência quanto os homens. Às vezes, tudo ficava quieto por um minuto ou dois antes de alguém se levantar. Não conseguia sequer ter certeza de que estavam rezando até um jovem agradecer a Deus por ter abençoado ele e sua esposa com um novo filho saudável.

Quando olhei para onde ele estava, uma mulher branca e magra na fileira à minha frente me encarou. Ela inspirou profundamente, os lábios cerrados e as narinas abertas, e apontou para um banco na fila de trás, atrás de uma das pilastras largas.

Envergonhada por ter sido descoberta fora do lugar, levantei e me mudei. Quando cheguei ao outro lado da pilastra, vi que o único ocupante do banco era um negro idoso, recurvado pela idade.

– Você é novo aqui também? – sussurrei enquanto sentava ao lado dele.

Ele fez que não com a cabeça.

– Eu vinha aqui muito antes de tu teres nascido. Quase sessenta anos, desde a primeira vez que trabalhei para uma família quacre.

– Então por que você está no banco dos novatos?

– Banco dos novatos? Os quacres não têm essa categoria.

Apontei com a cabeça para onde eu havia sentado.

– Mas aquela senhora me indicou para eu mudar para cá.

– Devemos sentar aqui, no banco dos negros.

As palavras do homem doeram como uma bofetada.

Foi suficientemente ultrajante não poder estudar na academia que Bet frequentara, e muito degradante ser expulsa de um coletivo. Porém, pela forma como Zinnie Moore sentara ao meu lado no círculo de costura, inclusive jantando comigo, nunca pensei que os quacres poderiam ser tão cruéis. Apesar de toda aparência de doçura e humildade, esse culto não era diferente daquele na igreja St. João, a dos Van Lew, onde os escravos eram enviados para o balcão enquanto seus senhores faziam suas preces lá embaixo. Mamãe ficou muito zangada na única vez que Bet nos levou lá. Sem dizer uma palavra, levantei e deixei a Casa de Culto.

Andei curvada e com a cabeça baixa, enfrentando o impacto intenso do ar gelado de dezembro enquanto me afastava da rua Arch. Fiquei zangada com aquela mulher com rosto de doninha por me mandar sentar naquele banco, zangada com os quacres por terem tal banco, zangada com o negro idoso por sentar no banco por cinco décadas ou mais. Zangada com Zinnie por fingir que os quacres eram diferentes dos outros brancos. Porém, estava mais zangada ainda comigo mesma por esquecer o que mamãe e papai me ensinaram, aquilo que orientara cada momento de minha vida em Richmond. Podia ouvir meu papai dizendo que a melhor maneira de lidar com os brancos é sair do caminho deles, podia ver mamãe se movimentando pela casa dos Van Lew ou pelas lojas da cidade, sempre atenta para qualquer injúria que pudesse ser dirigida a ela ou a mim. Ao sentir tanta saudade de meus pais, me repreendi por não ter lembrado de suas lições mais importantes. E jurei ser mais cuidadosa ao lidar com Zinnie Moore, da mesma forma que mamãe fazia com Bet.

Foi a primeira época de Natal que eu tinha até mesmo uma bolsa para colocar moedas, e pode apostar que comecei a pensar no que comprar para mamãe e papai.

Pensei em todo tipo de item prático que você pode imaginar: roupas, utensílios de cozinha e tudo o mais, mas rejeitei todos. Os *só porques* de papai sempre me empolgaram e, agora que chegara a minha vez de comprar, não conseguia escolher uma necessidade em detrimento de um prazer. À medida que dezembro passava, eu costurava e pensava, pensava e costurava. O que realmente desejava para nós três era estarmos juntos. Embora eu não pudesse providenciar isso, pelo menos encontrei uma maneira de enviar algo que era o mais perto possível de estar pessoalmente com eles.

*Meus queridos mamãe e papai,*

*Feliz Natal! Meu presente para vocês, como vocês podem ver, é um daguerreótipo de mim. Sei que pode parecer extravagante, uma vez que as pessoas de cor em Richmond nunca têm tais luxos. Os negros podem mandar fazer um daguerreótipo aqui facilmente, embora não os mais pobres, os quais, imagino, sejam a maioria, mas os que podem pagar por tanto não têm que se preocupar porque existe um homem de cor que os faz para nós.*

*É o próprio primo da Srta. Douglass, David Bustill Bowser. Ele é um pintor, mas também um daguerreotipista, faz letreiros e às vezes é barbeiro. É uma pena que ele não consiga ganhar o suficiente como artista uma vez que suas pinturas são muito boas, e o pai de Hattie e todas as melhores famílias de cor têm uma obra dele na casa delas, mas por sorte ele faz daguerreótipos também. O vi no verão passado marchando na parada, liderando a Ordem Leal dos Companheiros Ocasionais. Não sabia que ele era primo de minha professora até Hattie me contar. Somente de perto que eu vi que ele tem os mesmos olhos sérios e a maneira determinada da Srta. Douglass, embora com um corpo troncudo e uma barbicha muito bem aparada.*

*Seu estúdio é impressionante! Fica na rua Chestnut entre a Seventh e a Eighth, no último andar, e seus clientes são todos pessoas de cor, claro, e têm de subir muitos degraus, mas ele diz que isso é bom uma vez que ele recebe a melhor luz e aí faz os melhores retratos de todos os estúdios no prédio. O estúdio tem três conjuntos de janelas que vão do chão ao teto e que abrem totalmente. Nem parece que estamos dentro de um edifício, com tudo aquilo de fora entrando nele. Pergunto a mim mesma como é que um prédio com tantas janelas e tão poucas paredes fica em pé.*

*Sinto muita saudade de vocês. Papai, quem vai andar por toda a Richmond com você na semana de Natal? Mamãe, se eu estivesse aí, ia varrer todas as folhas de pinho da sala de estar dos Van Lew porque sei o quanto elas a irritam quando caem. Acima de tudo, se estivesse aí, beijaria muito vocês dois.*

*Feliz Natal de*
*Sua dedicada filha,*
*Mary El*

Após colocar o pacote no correio, passei a pensar nas Upshaw. Graças à generosidade de Bet, podia comprar algo para minha senhoria que ela própria não poderia. Preocupei-me com o que comprar para ela até que percebi que já sabia a resposta há meses.

Em agosto, a Sra. Upshaw trouxera para casa uma revista chamada *Godey's Lady's Book*, que fora resgatada da lata de lixo das clientes dela e a qual ela mostrou com muito orgulho, como se fosse o próprio editor Louis A. Godey.

– Olha só como são linda as figura. E pensar que alguém jogou isso no lixo. Ora, acho que vou pendurar elas na parede. – Ela passou a revista para mim, aberta em uma página com figuras coloridas. – Olha essa ave, desenhada de forma tão linda e real. Não sei que tipo de ave é.

– É uma mariquita-de-garganta-preta – disse. – Tudo sobre ela está escrito na página seguinte. Tem inclusive um pequeno poema sobre seu canto.

A Sra. Upshaw pegou de volta a revista.

– Claro que tem, sim, claro – ela disse, virando rapidamente a página.

Foi aí que percebi que as Upshaw não sabiam ler.

Quando a Sra. Upshaw falou mansamente pela primeira vez "Ora, Dulcey e eu admiramos muito toda a sua instrução", pensei: Ducky não me admira, ela me odeia. Eu ficava furiosa quando ela bisbilhotava minhas coisas, desarrumando meus livros ou espalhando minhas lições. Porém, naquele dia, com a *Godey's*, entendi que ela não me odiava, mas se ressentia de mim. O Sr. Upshaw trabalhara a vida inteira como estivador, carregando e descarregando navios nas docas de Delaware, e seu salário era tão parco que a esposa precisava costurar para fora a fim de ajudar a pagar as contas. Ele faleceu quando Dulcey era muito jovem, embora, como muitas crianças pobres, ela já tivesse idade para trabalhar. Agora, com 20 anos, ela provavelmente já estava trabalhando como doméstica há mais tempo do que meu tempo como escrava, sem qualquer oportunidade para frequentar a escola. Ali estava eu, recém-saída do cativeiro na Virgínia, com oportunidades que ela, nascida livre na Pensilvânia, nunca tivera.

Lembrei de tudo isso quando vi que uma das senhoras brancas da Sociedade Feminina Antiescravagista da Filadélfia fizera uma série de cartilhas de leitura para vender na Feira. Ela as enfeitara à mão, deixando os lugares usuais para a prática da escrita. Na capa estava uma ave parecida com aquela que a Sra. Upshaw me mostrara na *Godey's*. Portanto, eu parecia destinada a comprar duas dessas cartilhas e a ensiná-las. Não teríamos sequer que fazê-lo às escondidas, como mamãe fizera quando me ensinou.

Na noite em que trouxe o presente para casa, certifiquei-me de encher a Sra. Upshaw de elogios pelo jantar que ela preparara.

– Depois dessa refeição tão boa, a senhora devia simplesmente sentar e descansar um pouco no salão. Eu lavo a louça – disse.

A Sra. Upshaw me deixou conduzi-la até o sofá.

– Vamos, Dulcey querida, deixa Mary, ela é tão boa em nos ajudar.

Porém Ducky cruzou os braços e permaneceu na mesa.

– Sento onde eu quiser em minha casa. Um verdadeiro espetáculo aqui, assistindo à senhorita Estudante brincar de pequena arrumadeira.

Virei-me para lavar a louça do jantar no grande pote de água que a Sra. Upshaw esquentara no fogão, sentindo os olhos de Ducky em minhas costas o tempo inteiro. Quando terminei, ela me seguiu até o quarto, passando sem falar nada enquanto eu destrancava meu baú para retirar o presente.

A Sra. Upshaw estava envolvida com sua costura quando entrei no salão.

– Pensei que a senhora estivesse descansando um pouco, não já trabalhando.

– Muita coisa para fazer antes das festas. Minhas senhoras precisam ter as coisas todas prontas a tempo.

– Bem, espero que a senhora tenha um momento, porque tenho algo para lhe dar. Para a senhora e para Dulcey.

Ducky bufou, mas a Sra. Upshaw continuou tagarelando como se não tivesse ouvido nada.

– Pra gente? Você é um doce por ter pensado nisso. Só temo que a gente não temo nada pra você.

– Não preciso de nada, a não ser talvez se senhora puder me mostrar como fazer aquele crochê requintado que faz tão bem. – Entreguei a revista. – Achei que a senhora ia gostar de ter sua própria assinatura da *Godey's Lady's Book*. Agora, ela será entregue para a senhora todos os meses, só precisa ir até os correios e pegá-la. – Seus olhos brilharam. – E comprei para cada uma de vocês uma cartilha para eu poder ajudá-las a ler.

Dúvidas transformaram seu sorriso em uma cara fechada derrotada.

– Você é um doce por oferecer, mas sou velha demais para tudo isso. Olhar as imagens lindas é suficiente para mim. Dulcey pode aprender por nós duas.

– Não, obrigada – Ducky interrompeu. – Trabalho tantas horas no dia que tenho coisa melhor pra fazer com meu pouco tempo livre do que ficar olhando até ficar vesga para algum livro estúpido da maneira como uma determinada neguinha faz.

A palavra esgotou totalmente minha paciência.

– Você não quer ser alguém na vida?

Ducky continuou falando

– Ser alguém na vida? Você acha que se eu aprender a ler e escrever, posso virar uma prefeita? Talvez fazer um bando de homens brancos cozinhar e limpar para mim, em vez de o contrário? Se você acredita nisso, é ainda mais idiota do que eu pensava.

Não sabia o que dizer, então mantive minha boca bem fechada. Nem por isso Ducky parou.

– Talvez você deva começar a se preocupar com sua própria vida em vez de ficar me dizendo o que devo fazer. O que acha que vai acontecer a você e a Hattie e às outras quando crescerem, senhorita Estudante? Casar se tiver sorte, e mesmo assim é provável que acabe costurando, cozinhando ou limpando para os brancos, os únicos trabalhos que uma mulher de cor pode fazer, uma vez que nossos homens não conseguem empregos decentes. Todo esse estudo e você ainda é tão ignorante que não sabe isso.

Por mais azeda que Ducky pudesse ser, eu conseguia enxergar a verdade no que ela dizia. Até mesmo Bet, branca e próspera, não tentou se lançar na vida sozinha na Filadélfia. Eu não tinha uma mansão de família bonita para a qual retornar, e também não podia imaginar onde poderia terminar.

Eu não estava disposta a deixar transparecer o quanto as palavras de Ducky me atingiram e atormentaram, não mais do que deixei transparecer que percebi que aquelas cartilhas desapareceram na manhã seguinte e que a pilha de cinzas na lareira aumentara bastante da noite para o dia.

Tentei esquecer meu fracasso com as Upshaw me concentrando em tudo que tinha para fazer na feira. A Sociedade Feminina Antiescravagista da Filadélfia alugara um grande salão na rua Walnut logo depois da praça Washington, o qual fora decorado com sempre-verdes e preenchido com barracas para vender o que fizemos. Não apenas o nosso círculo de costura. Senhoras de fora da Filadélfia enviaram todo tipo de mercadoria. Me voluntariei para preparar uma mesa com alguns daqueles itens, uma vez que não costurara o suficiente para encher uma barraca.

Escolhi um canto no fundo do salão, satisfeita por ficar longe de Zinnie Moore e das outras. Estava de costas para a sala, arrumando minha mesa, quando ouvi uma voz chamando:

– Senhorita Mary Van Lew da rua Gaskill, encontrei-a finalmente. O que está fazendo aqui tão longe?

Virei-me e dei de ombros para Hattie, não desejando admitir que ela estivera certa com relação aos quacres.

– A escola tem sido muito solitária sem você. Você volta depois do Natal?

– Volto. A menininha de Emily está indo bem, então ela está pronta para me botar para fora. – Ela deu uma olhada ao redor, captando a confusão de todo o salão. – Papai sempre diz, quanto mais difícil for admitir que está errado, mais necessidade você tem de fazer isso. Então, devo dizer que senti muito a sua falta. Não somente quando eu estava cuidando da casa de Emily, mas também quando minha família ia para Mãe Bethel sem você. Por isso, pensei que era melhor caçar você, trazer isto. – Ela me entregou uma cesta grande na qual havia uma dezena de suas paisagens feitas em casa, acomodadas uma ao lado da outra.

– Ah, Hattie, vou guardá-las com muito carinho para sempre. Encontrarei algum lugar especial para escondê-las, de forma que Ducky não consiga botar as mãos nelas.

– Espero que não. Elas não são para você, não. São para a feira. Você não vê, elas combinam muito bem com as coisas em cima de sua mesa. – Ela ergueu a sobrancelha. – Claro, com tanta mercadoria adicional para vender, você pode precisar de duas vezes mais vendedoras nesta barraca. Então eu gostaria de me candidatar para ajudar durante a feira.

– Acho que realmente tenho um espaço ou dois que seus tesouros poderiam preencher. E eu ficaria muito feliz com sua ajuda se você puder pechinchar o melhor preço possível para nossa causa. – Rimos e nos abraçamos, felizes por deixarmos para trás quaisquer ressentimentos que existiam entre nós.

Pelas duas semanas seguintes, Hattie e eu tivemos muito com o que nos ocupar. Centenas de compradores lotaram o salão, quase todos brancos. Talvez antes da ida para o culto da rua Arch eu tivesse me contado todo tipo de histórias sobre como era bom ver como tantos deles se preocupavam com a abolição. Porém, agora, eu me perguntava qual seria o interesse deles em nós, o que significava termos trabalhado tão arduamente para fazer golas bordadas e pinturas em porcelana para tudo se transformar nos presentes deles na manhã de Natal.

Era impossível não se dar conta de que nenhum dos vizinhos da rua Gaskill, branco ou negro, tinha condições financeiras para fazer compras nas lojas elegantes da rua Chestnut, nem na feira. A maioria dos negros da Filadélfia não tinha mais dinheiro do que as Upshaw e, embora várias pessoas brancas também não tivessem muito, inúmeros brancos tinham mais. Era o dinheiro deles que estávamos recebendo, o dinheiro deles que usaríamos para tentar libertar os escravos, libertar meu próprio pai. Não sabia o que pensar sobre aquilo tudo, mesmo quando a pilha de mercadorias de nossa barraca diminuiu e nossa caixa de dinheiro se encheu.

As paisagens de Hattie foram compradas imediatamente, e meus lemas de parede e coberturas de chaleira não duraram muito mais. No vigésimo quarto dia, até as plantas penduradas e itens semelhantes foram finalmente vendidos para uns últimos compradores atrás de uma pechincha.

Eu embalava as decorações da mesa quando Zinnie Moore apareceu.

– Posso falar-lhe um momento? – ela perguntou.

Respondi que sim com a cabeça.

– Os quacres não celebram o Natal, pois não acreditamos que apenas um único dia seja sagrado. Há inclusive críticas entre nós àqueles que participam desta feira, a qual alguns dizem que encoraja prazeres mundanos. Os quacres em nosso grupo acham que nosso trabalho é cristão, então continuamos a fazê-lo, embora não costumemos trocar presentes. – Ela olhou ao redor, se certificando de que ninguém nos observava. – Mas quando penso em vossos pais, tão longe, espero que isto possa ser um conforto para eles.

Ela retirou dois embrulhos pequenos do bolso de seu avental. Um continha um par de pantufas para homem, o outro uma caixa de agulhas. Ambos foram decorados com a mensagem POR SEUS FRUTOS OS CONHECEREMOS. Olhei para os pontos cuidadosamente bordados, insegura sobre o que dizer.

Meu silêncio abriu um sulco ao longo da testa alta e ampla de Zinnie.

– Tu não aprecias tais coisas?

– Só gostaria de saber por que você os fez, por que os quacres trabalham tão arduamente para libertar escravos quando vocês acreditam que somos inferiores.

Aqueles olhos cinzentos brilharam de surpresa.

– Não acredito em tal coisa, e tu certamente sabes disso. Não disse que nosso trabalho é cristão? Não passei muitas horas trabalhando ao teu lado e ao lado de Margaretta Forten, Sarah Douglass e das outras? – Ela esticou o braço e tocou meu rosto. Sua mão era áspera pelo trabalho, não macia como a da Sra. Van Lew. – O que a tornou tão dura comigo nas últimas semanas?

– Fui ao culto da rua Arch. Sei que sua igreja tem bancos separados para brancos e para negros. Igual a dos proprietários de escravos.

Minhas palavras devem ter sido carvões quentes, porque ela afastou a mão rapidamente.

– Falei para ti que não faço minhas orações lá. A maioria em nossa Sociedade Antiescravagista é quacres da seita Hicksite, diferentes daqueles entre os quais tu estivestes. Se tivesses vindo ao nosso culto, terias sido bem-vinda e sentado ao meu lado.

– Eu teria sido bem-vinda para sentar ao lado de qualquer pessoa branca lá?

Aqueles olhos cinzentos se mantiveram em mim, firmes, mas não duros.

– Os quacres Hicksite são muitos, e não posso falar por todos eles. Da mesma forma que tu não podes falar por todos os negros.

Pensei em Phillipa, e em Ducky também, quando ela disse isso. Abaixei os olhos, mas ela continuou estendendo os presentes em minha direção.

– Teus pais têm muita razão em se orgulharem de ti, e espero que tu aceites isto por causa deles.

Agradeci a ela e peguei os presentes, embora não tivesse certeza de qual causa eu tinha em mente quando os enviei para Richmond.

*Meus queridos mamãe e papai,*

*Feliz Véspera de Natal para vocês, e espero que tenham gostado do pacote de Natal que enviei semana passada. Aqui estão mais dois presentes para vocês feitos por uma das senhoras do meu círculo de costura. Acredito que vocês possam ver que a caixa de costura é para você, mamãe, e as pantufas para papai, e a inscrição significa que as pessoas aqui podem ver que vocês fizeram um bom trabalho com a minha criação.*

*Por favor, não pensem que é estranho receber presentes de uma desconhecida uma vez que minha amizade com ela ficou mais forte nas últimas semanas. Acho que vocês iam gostar muito de conhecê-la se pudessem encontrá-la.*

Senti uma dor forte quando escrevi essa frase, sabendo que Zinnie Moore desejaria que eu escrevesse *vocês iam gostar muito de conhecê-la quando a encontrarem*. Porém, eu estava menos otimista que Zinnie sobre a possibilidade desse acontecimento.

Feliz como estava por ajudar a Sociedade Antiescravagista a angariar fundos, se pensasse nisso por muito tempo, tudo parecia desesperador. Eu conhecia muito bem a tenacidade que levou Mahon a recusar qualquer proposta de compra de um único escravo por mais generosa que fosse. Duvidava que uma centena de tais feiras, ou mesmo mil delas, pudesse coletar dinheiro suficiente para convencer todos os proprietários de escravos a se separarem de suas propriedades valiosas. Que outros estímulos poderiam existir para eles libertarem seus bens humanos?

\* \* \*

"A escravidão não tira férias, e tampouco pode tirar a abolição". Foi o que Margaretta Forten disse quando reuniu nosso círculo de costura quinze dias após a feira. O que significava, orgulhosas como estávamos por arrecadar tanto dinheiro – mais de 800 dólares após as despesas do salão terem sido pagas –, que não poderíamos deitar complacentes em nossos louros. Naquela mesma noite de janeiro estávamos costurando novamente, acumulando mercadorias para a feira do ano seguinte, antes da Sociedade Antiescravagista gastar até mesmo dois dos dólares arrecadados com muito trabalho em uma assinatura anual do *Frederick Douglass' Paper*.

Sempre que alguém dizia algo como "a escravidão não tira férias", ou qualquer tipo de escravidão é e a escravidão faz tal tipo de coisa, eu sentia que toda a atenção das mulheres era transferida para mim. Nenhuma cabeça se voltava, nem olhos viravam na minha direção – todas eram muito educadas para fazê-lo –, porém, o fato pairava no ar à nossa volta: eu estive na escravidão, elas não. Nem mesmo as senhoras de cor.

Isso me pareceu estranho a princípio, pois a Filadélfia estava repleta de ex-escravos. Claro que qualquer um que fugisse do cativeiro tinha de manter segredo sobre sua condição, mas ainda existia um número bastante grande na cidade que comprara a própria liberdade ou fora alforriado. Perguntava-me porque nenhum deles aparecia na Sociedade Antiescravagista, até que pensei na Sra. Upshaw. Se apenas sobreviver já era difícil demais para ela, a vida deve ter sido ainda pior para as mulheres que saíram da escravidão, porque elas precisavam, do nada, formar um lar e uma vida que pudessem chamar de seus no Sul.

A despeito da curiosidade das outras senhoras, eu me continha sempre que elas faziam qualquer comentário do tipo escravidão é isso, escravidão faz aquilo. Parecia que havia cerca de um milhão de tipos de escravidão. Nunca cheguei sequer a colocar os olhos em uma plantação, não conseguia imaginar o horror das "fábricas de nenéns", onde garanhões humanos geravam escravos, a humilhação do uso de escravas como prostitutas, ou de quaisquer dessas barbaridades. Tais horrores estavam tão distantes da vida que eu vivera na Virgínia quanto, bem, minha vida em Richmond fora da vida da Srta. Douglass, ou da de Zinnie Moore. Ou do que a minha era agora.

Brancos ou negros, os abolicionistas que discursavam contra a instituição peculiar da escravidão citavam suas manifestações mais extremas. Porém, a escravidão em que nasci, embora igualmente injusta, era bem diferente. Na deles, o estalo ardido do chicote, a família separada pela venda de um de seus membros, os anos passados fazendo trabalho excruciante sem comida ou roupas apropriadas. Na minha, a dor prolongada e indistinta provocada por longas horas de trabalho exaustivo, a saudade dos avós, tias, tios e primos que nunca conhecera e nunca conheceria. O tempo que nunca era suficiente para mamãe, papai e eu ficarmos juntos. Não sei como podia fazer as senhoras no círculo de costura entenderem tudo aquilo sem soar como se estivesse dizendo que parte da escravidão não era muito ruim apenas porque ela podia ser ainda mais terrível.

A princípio, eu não quisera admitir isso, orgulhosa e animada como fiquei quando a Srta. Douglass me convidou para fazer parte do grupo delas, mas no fundo doía perceber o que todos os antiescravagistas pensavam dos escravos. Em todos os cantos para os quais olhara durante a feira, vi objetos – blocos de papel para anotação, pegadores bordados para segurar pratos quentes, até lemas para pendurar na parede – decorados com figuras de escravos, sempre desenhados da mesma forma. Homem ou mulher, nu exceto por uma tanga, acorrentado nos pés e nas mãos, ajoelhado e de mãos postas, não como se estivesse rezando, mas sim suplicando. Os abolicionistas adoravam toda a degradação e o desespero daquela imagem.

Algo me irritava muito sempre que eu via aquelas figuras. Era assim que as pessoas do Norte imaginavam papai e mamãe? Eles achavam que eu ficara quase nua e acorrentada daquela forma até Bet chegar montada em um cavalo branco para me libertar? Não sei por que as outras senhoras de cor em nosso grupo não se sentiam da mesma forma que eu, ainda que nunca tivessem sido escravas. Estávamos arrecadando dinheiro para a causa antiescravagista, acho, e era muito fácil ver o que vendia mais.

Quando a primavera chegou, outra imagem branca da escravidão apareceu, e favoráveis ou contrárias à escravidão, muitas pessoas consideraram-na igualmente preocupante. Bet enviou uma carta reclamando por ninguém ousar vender *A cabana do Pai Tomás* em Richmond. Ela me mandou comprar o romance e enviá-lo para ela imediatamente; insistindo inclusive que eu adquirisse um exemplar para mim também.

Embora toda atenção que a Sra. Harriet Beecher Stowe estava recebendo me deixasse curiosa, demorou dois meses até meu nome chegar ao topo da lista na livraria. O funcionário pediu muitas desculpas pelo atraso, explicando que as gráficas dos editores estavam trabalhando sem parar uma vez que muitas pessoas queriam comprar o romance.

Após colocar a cópia de Bet no correio, comecei a ler meu exemplar, passando a mão sobre o relevo em dourado da cena da cabana de escravos na capa de couro marrom. Tenho que admitir que deixei escorrer uma lágrima ou duas sobre as páginas, pois as histórias das famílias de escravos que foram forçadas a se separar eram dolorosas demais para não me afetarem. Porém, muitos trechos não me agradaram, sobretudo a maneira como os escravos mimavam a tal de Eva. Mesmo que um escravo estivesse disposto a tratar uma criança branca daquele jeito – e isso eu duvidava muito –, não era verossímil que os escravos tivessem tanto tempo para cantar, conversar e ler com seus donos. Como a Sra. Stowe poderia achar que tudo era cozido, limpo, preparado, ou feito no Sul se os escravos não trabalhassem dia e noite para fazer todas essas tarefas? Talvez ela tivesse boas intenções, mas não sabia nada sobre a realidade da escravidão.

Com todo o alarde que os abolicionistas deram ao romance, me perguntei se alguém tivera a mesma reação a ele que eu. Portanto, fiquei feliz quando Hattie me convidou para ir com ela e o pai ao Gilbert Lyceum para ouvir um programa sobre o livro. O Lyceum era o auditório da população de cor da Filadélfia, onde todo tipo de palestrante ia para discutir as questões de interesse geral.

Apesar de grande, o auditório estava quase lotado quando chegamos. Após encontramos lugares no fundo da sala, indiquei com a cabeça uma figura com costeletas perfeitamente aparadas sentado na primeira fila.

– Quem é aquele homem branco?

Hattie riu.

– Robert Purvis? Pode parecer branco, mas sua avó foi uma moura e uma escrava, então, de acordo com a boa e velha alquimia americana, ele é tão negro quanto você e eu. Ele não pensaria em se fazer passar por branco, e até casou com uma mulher vários tons mais escura do que ele, embora tão rica quanto, claro.

Antes que ela tivesse a oportunidade de passar adiante mais fofocas, James Bustill, o presidente do Lyceum, pediu silêncio à audiência dando pancadinhas no pódio.

– Como vocês sabem, o romance da Sra. Stowe se tornou muito famoso, provocando tanta controvérsia entre os sulistas que não o leram quanto entre os nortistas que o fizeram. – O comentário provocou algumas risadas dispersas. – Dado o grau de sua importância para nosso povo, a diretoria do Lyceum decidiu organizar uma reunião aberta esta noite. Esperamos que tantos de vocês quanto possível participem do debate no tempo disponível. Nosso secretário, senhor Augustus Baggott, tem a honra de começar a discussão. Agora, concedo-lhe a palavra.

O Sr. Baggott levantou-se.

– Devemos elogiar a senhora Stowe por divulgar o problema de nossos irmãos escravizados para as plateias brancas. Por maior que seja o número de pessoas de cor que leiam o Senhor Frederick Douglass ou ouçam a senhorita Frances Watkins palestrar, certamente devemos reconhecer que mais brancos ainda lerão esse romance.

– Essa é razão para condenar o livro, não elogiá-lo – David Bustill Bowser, o daguerreotipista corpulento que era primo de minha professora, disse. – O romance de Stowe está repleto de imagens caricatas.

O Sr. Baggott não se rendeu.

– Alguns personagens não foram bem desenvolvidos, admito, mas outros mostram os negros exibindo sentimentos dos mais sofisticados. Pense na dedicação materna que leva a mãe escrava Eliza a fugir com seu filho ao invés de permitir que ele fosse vendido e separado dela. E a masculinidade poderosa de seu marido, George, disposto a empunhar armas e lutar para proteger sua família.

– E para que fim? – perguntou uma mulher do outro lado do salão, sua voz tremendo de determinação. – Para que pudessem ir para o Canadá e depois para a África. Stowe não está mais disposta a tolerar negros livres na América do que os proprietários de escravos. Não podemos celebrar uma história que sugere que não temos lugar em nossa própria nação.

Bem, isso gerou uma intensa polêmica. Muitos escravos evadidos fugiam para o Canadá com grande frequência, sobretudo após a Lei do Escravo Fugitivo os colocar em risco em qualquer lugar nos Estados Unidos. E muitos negros livres, cansados da discriminação diária e temerosos dos motins raciais esporádicos, iam para lá também. No entanto, os que tinham amigos ou família ao norte do Norte se lançaram em um debate acalorado sobre os méritos da emigração.

Por fim, um homem bem vestido, sentado na segunda fileira, bateu com a bengala no chão.

– Agora, retornemos ao romance da senhora Stowe. O que mais me perturba é o personagem pai Tomás. Ele é o completo oposto de George, sacrificando os laços com sua família no afã de atender às demandas de seu suposto senhor. Se encontrasse alguém assim, o denunciaria na cara dele. – Murmúrios de aprovação soaram pelo salão. – Qualquer criatura que escolhesse permanecer cativo ao invés de optar pela liberdade não merece o título de homem.

– Isso não é justo. – Minhas palavras saíram antes que eu pudesse perceber. Centenas de rostos se voltaram para mim, surpresos. – Muitos daqueles que não vêm para o Norte são homens mais corajosos, ou mulheres mais admiráveis, do que muitas das pessoas de cor da Filadélfia que se autoproclamam os melhores tipos de pessoas de cor deste lugar.

Eu não estava disposta a tolerar que algum dândi da Pensilvânia condenasse meu papai por ele não fugir do Sr. Mahon. É verdade que alguns escravos conseguiam roubar sua liberdade e construir vidas no Norte, apesar de os negros serem excluídos da maioria dos empregos e das residências. Porém, aqueles fugitivos viviam sabendo que tudo aquilo pelo que trabalharam tão arduamente para construir poderia ruir em um instante se o caçador de escravos viesse visitá-los. Recusei-me a achar que a permanência de papai em Richmond e o fato de mamãe ficar com ele eram escolhas menos honrosas do que as deles.

O debate continuou após minha intervenção súbita, mas prestei pouca atenção. Todas as outras pessoas tentavam decidir se a Sra. Stowe deveria ser santificada ou amaldiçoada. Porém, eu estava tão furiosa com eles quanto com ela. O que uma senhora branca escreve em seu livro e o que ela faz seus personagens dizerem ou fazerem era uma coisa, mas e o que dizer daqueles companheiros negros ao meu redor que agiam da forma mais tacanha possível?

Entre os abolicionistas brancos e os negros livres da Filadélfia, eu não tinha certeza de que alguém entenderia mamãe e papai, tudo que eles fizeram um pelo outro e por mim. Eu poderia ter rachado a sofisticada capa de couro daquele livro e ainda assim não conseguiria entender como relacionar meus pais, meu passado, com aquela que eu poderia vir a ser, agora que vivia em liberdade.

# Sete

No inverno de 1852, após quase vinte anos de tentativas intermitentes, uma escola secundária particular para meninos de cor abriu na Filadélfia. Não se tratava apenas de outra escola de um Sr. Fulano de Tal estabelecida na sala de estar da casa de alguém, mas do Instituto para a Juventude de Cor, em seu próprio edifício novo em folha, construído apenas para esse propósito. Muitas alunas da Srta. Douglass andavam os quarteirões adicionais até o cruzamento da rua Lombard com a Seventh todos os dias antes da aula para dar risadinhas histéricas e ficar olhando os estudantes. Hattie e eu tínhamos o costume de passar pelo terreno com frequência, na esperança de ver o jovem George Patterson, pelo qual ela estava interessada.

Felizmente para nós, não demorou outros vinte anos para que meninas fossem admitidas no Instituto também. Naquele inverno, Grace Mapps foi contratada para dar aulas de nível secundário para moças, e a Srta. Douglass transferiu sua escola para o prédio, a qual passou a ser chamada de "departamento preparatório de meninas".

Naquela época, eu ainda não completara dois anos na escola, por isso não esperava ser promovida imediatamente para a turma da Srta. Mapps, como Hattie foi. Pelo menos, ainda estávamos no mesmo prédio, e era ela quem tinha que aturar Phillipa. Além disso, o melhor do Instituto não estava nas salas de aula. Era a biblioteca.

Antes mesmo da escola abrir, os fiduciários gastaram 500 dólares na compra de livros novos, tanto quanto o velho Sr. Van Lew gastara em sua coleção ao longo de toda uma década. Essa biblioteca se tornou meu refúgio do apartamento abarrotado das Upshaw, sobretudo depois que Hattie e George começaram a namorar.

Apesar da sala ser grande, eu ficava lá sozinha a maioria das vezes. Sempre sentava na mesma poltrona de couro e mogno e fazia meus deveres do dia. Depois, pegava um livro que atraíra minha atenção – do Sr. Geoffrey Chaucer ou da Srta. Phillis Wheatley; do Sr. Plínio O Velho ou do Sr. Olaudah Equiano. Eu apanhava pilhas inteiras de livros e me deleitava por horas a fio. Não importava se levava dias, até semanas, para completar a leitura de alguns daqueles volumes. Tinha tempo, tranquilidade e muito material de leitura, e isso me deixava contente.

Veio a primavera, e a Srta. Douglass fez nossa turma memorizar "O ferreiro do vilarejo", do Sr. Henry Wadsworth Longfellow. *O ferreiro forte é / Com mãos grandes e firmes; / E os músculos de seus braços bem desenvolvidos / Fortes como ferro são.* Apaixonei-me por cada sílaba dessas linhas, como elas veneravam um homem tão parecido com papai. Naquela tarde, procurei na biblioteca por outras obras do Sr. Longfellow. Ao ler a primeira estrofe de *Evangelina*, foi como se tivesse sido transportada para uma floresta primitiva. Porém, quando cheguei ao último canto da primeira seção, perdi a respiração. Não foram os versos de Longfellow que me impressionaram. Foi a gravura dos acadianos sendo forçados a ir para o exílio pelos britânicos – fila após fila de homens brancos presos em correntes.

Aprendi então que Hattie estava certa, a história era cheia de brancos que eram tão perniciosos uns com os outros quanto eram conosco. Porém, essa história acontecera apenas cem anos antes, no Canadá – o próprio lugar em que agora tantos escravos fugitivos buscavam se libertar das próprias correntes. Fitei a gravura por quase quinze minutos até a chegada do zelador residente para trancar a biblioteca no fim da tarde.

Continuei distraída durante todas as aulas do dia seguinte, ansiosa para saber o que acontecera a Evangelina e seu noivo. Quando cheguei à biblioteca, corri para a prateleira em que encontrara o poema no dia anterior. Mas ele não estava lá. Somente quando voltei para ver se deixara o livro em cima da mesa, percebi que não estava sozinha. No canto, sentado em uma poltrona, estava um dos estudantes do curso secundário, tão envolvido em sua leitura que parecia não haver percebido a minha presença.

Pigarreei.

– Com licença, você está com *Evangelina*, do Sr. Longfellow.

Ele olhou para mim, mim surpreso.

– Sim, estou. Você precisa dele?

– Comecei ontem, mas não tive tempo de terminar.

– Está bem, fica com ele. Posso esperar até você terminar. – Ele estendeu o livro para mim.

– Não, não posso aceitar. Você pegou primeiro. – Não que eu quisesse esperar, mas achei que tinha de ser educada.

– Quem sabe podemos lê-lo juntos – ele disse.

– Mas você acabou de começar, e eu já estou no meio.

Ele deu de ombros.

– Eu já li o poema. Só queria dar uma olhada de novo, pois já esqueci muito dele. Não é enlouquecedor quando isso acontece?

Sabia muito bem que não era certo dizer a ele que isso não acontecia comigo. Minha capacidade para lembrar de tudo que lia ou ouvia já me tornara alvo da zombaria das alunas da Srta. Douglass. De maneira nenhuma eu estava disposta a mencionar isso para aquele jovem bonito.

E como ele era bonito, e mais maduro do que a maioria dos rapazes que frequentava o Instituto. Nunca fui excessivamente afeiçoada à pele clara, mas a dele era bem lisa, de coloração saudável e não pálida, realçada pelos cachos de seus cabelos castanhos claros. Seus olhos eram de um tom de marrom esverdeado lindo, que olhavam através de pestanas tão longas e formosas quanto às de uma menina. Ele tinha o que mamãe sempre chamou de "um sorriso fácil" e, quando sorriu para mim, rapidamente concordei em lermos juntos.

Ele estendeu a mão.

– A propósito, sou Theodore Hinton.

– E eu sou Mary Van Lew. – Sentei em uma poltrona perto dele, e começamos a nos revezar lendo em voz alta.

Se soubesse tudo que aconteceria na segunda parte daquele poema – Evangelina e Gabriel procurando um pelo outro por todos aqueles anos e depois se encontrando a tempo de morrerem nos braços um do outro – e como ele me faria chorar, suponho que nunca teria consentido em lê-lo na frente de Theodore Bonitão Hinton. Ele era todo galanteios, insistindo até em me acompanhar no caminho para casa, quando acabamos a leitura. Enquanto andávamos em direção à rua Gaskill, ele discorreu sobre Longfellow e os românticos americanos até eu não conseguir mais saber se ele estava pensando que eu era uma grande estudiosa de literatura ou apenas zombando de meu sentimentalismo.

Quando Hattie e eu viramos na rua Lombard na manhã seguinte, quase colidi com Theodore Hinton, que fez uma grande reverência tirando o chapéu e se dobrando para frente. Ele ainda estava muito perto quando Hattie disse:

– Ora, Mary Van Lew, acho que você está se encontrando com esse jovem.

Claro que Hattie, que ficava tonta sempre que passava por George nos corredores do Instituto, pensaria isso. Expliquei que ele e eu tínhamos nos aproximado pela necessidade de compartilhar um livro da biblioteca.

Ela olhou para mim como se estivesse tentando se certificar de que me reconhecia.

– Essa é a coisa mais boba que já ouvi. Não existe um livro naquela biblioteca que os Hinton não possuam.

– Como você pode ter tanta certeza de todos os livros que eles têm?

– Você não sabe? A senhora Hinton é tia de Phillipa. Quando ela casou, o marido pegou o dote dela, que era bastante generoso, e o usou para comprar terrenos por toda a Filadélfia. Edward Hinton possui mais propriedades do que qualquer outro homem de cor na cidade. Apenas seis brancos têm mais do que ele. Tudo que seu filho querido deseja, eles podem comprar.

Confusa, franzi o cenho enquanto Hattie sorria e acariciava meu braço.

– Pobre ovelhinha, aquele lobo mau enganou você, fazendo você pensar que ele só estava ali para compartilhar uma pilha de livros empoeirados na biblioteca?

– Que maneira preconceituosa de falar, Hattie – disse antes de escapar para a sala de aula da Srta. Douglass.

Quando voltamos para casa durante o recesso do meio-dia, Hattie continuou a fazer referências a balidos, uivos e conversas de lobo e ovelha. Ri bastante e falei que ela estava me dando dor de cabeça, imaginando se o Bonitão Hinton poderia mesmo estar tão encantado comigo quanto ela afirmava.

Assim que chegamos ao meu quarteirão, a Sra. Upshaw nos chamou da janela.

– Chegou uma carta para você, Mary querida. Em papel muito bonito e trazida por um serviçal.

Hattie correu até o prédio e subiu as escadas, e eu a segui. Entre ela e a Sra. Upshaw, quase fui sufocada antes de poder romper o selo da carta.

– *Sra. William T. Catto* – li, reconhecendo o nome de uma das senhoras negras da Sociedade Antiescravagista – *teria um imenso prazer em receber a Srta. Mary Van Lew em sua casa para um baile no dia vinte e três."* – Decepcionada, eu disse: – Não tem nada a ver com o senhor Lobo.

– Ah, vamos ver se não tem – Hattie disse. – Aposto todo o rebanho que o senhor Lobo estará presente.

– O que vocês meninas estão tramando? Quem é o senhor Lobo? – Sra. Upshaw perguntou.

Fuzilei Hattie com um olhar que dizia, "não ouse, ou aquela chata vai ficar me importunando a toda hora"

– Ele é um primo de Hattie – menti – embora não o conheça pessoalmente. Mas Hattie precisa ir para casa para almoçar agora mesmo, talvez ela encontre ele lá. – Com isso, empurrei minha amiga porta afora.

– Está aqui? – perguntei na hora em que Hattie abriu a porta da frente de sua casa na tarde do dia vinte e três.

– Olá para você também – ela disse, me guiando para dentro. – Não disse que você poderia escolher o melhor dos vestidos de minhas irmãs? A senhora John Overton tem o mais lindo barège brocado da cor de manteiga recém feita.

– É isso mesmo – interpôs sua irmã Gertie. – Puro leite. Perfeita essa cor para uma jovem solteira. E não há nem sinal de um ventinho hoje, então podemos nos instalar aqui ao lado, transformar a loja de papai em um paraíso de costureira e vestir você rapidamente. O que acha?

As irmãs piscaram e assoviaram, porque já sabiam minha resposta. Só de pensar em entrar na funerária, ficava com calafrios em minha espinha, o que divertia a família Jones. Além disso, eu sabia, com toda a certeza de uma adolescente, que não vestiria um vestido velho de Gertie, ou de qualquer outra pessoa, na minha primeira festa. Não após passar tantas horas avaliando todas as costureiras da rua Chestnut até escolher uma para fazer meu primeiro vestido de baile. Uma seda vermelho-escura muito dura, que pesava tanto quanto três dos outros vestidos que experimentei e era tão inebriante quanto meia dúzia de garrafas de vinho da Borgonha, cuja cor ele compartilhava.

Na última vez em que provara o vestido, duas noites antes da festa, ao instruir os funcionários da costureira para enviar a conta para o advogado de Bet, também os mandei enviar o vestido pronto para a casa de Hattie. Sentia-me sortuda por poder escolher coisas tão lindas. Não queria ficar esfregando minha boa sorte na cara de Ducky. Nem deixar sua falação sobre Bet estragar sequer um pouquinho do prazer que tive em tal compra. Porém, agora, Hattie não me deixava nem dar uma olhadinha no meu vestido.

– Não adianta você ficar maravilhada com o que vai vestir – ela disse – até dominar o que precisa fazer. – E então ela me ensinou as dezenas de passos das dezenas de danças que insistiu que eu precisava aprender para a festa dos Catto.

Para minha sorte, ela já participara de alguns desses eventos e observara suas irmãs se aprontarem para muitos outros.

– George Paterson deve segurar minha mão assim – ela disse – e colocar a dele assim. – Eu ri enquanto ela me girava e rodopiava até nós duas ficarmos tontas, sem nenhuma de nós mencionar para quem eu esperava oferecer minha mão.

– Nunca soube que uma professora de dança poderia ser tão tirana – disse quando finalmente ela me considerou suficientemente instruída na *redowa* e na valsa de baile para me banhar e depois me vestir.

– Se você acha que eu a amolei, espera até minhas irmãs colocarem as mãos nesse cabelo. – Ela riu e me virou para o julgamento fraterno de Emily, Fanny e Gertie, que me enfeitaram e espetaram até eu pensar que nunca chegaria à festa. Finalmente, elas me guiaram com os olhos fechados até o espelho com moldura de pau-rosa que estava pendurado no saguão do Sr. Jones. Quando declararam que eu poderia abrir os olhos, quase não reconheci meu próprio reflexo.

– Senhorita Mary Van Lew de Paris, França, você poderia muito bem ser – Hattie disse, batendo palmas de alegria por minha transformação.

Agradeci a Hattie e a cada uma de suas irmãs, e a Hattie novamente. Examinei cada polegada de mim, dos cachos que Emily fizera em meus cabelos aos sapatos de baile que Fanny colocara em meus pés. Certifiquei-me de memorizar cada detalhe para que pudesse contar tudo para mamãe e papai, mesmo enquanto me preocupava se saberia exatamente como me comportar quando finalmente chegasse à festa.

Hattie e eu mal deixáramos nossos agasalhos no vestiário dos Catto quando George Patterson a tirou para dançar. Eu os observava deslizando entre outros casais quando Theodore Hinton surgiu perto de mim.

– Senhorita Van Lew, estou muito feliz em vê-la. Tenho um objeto seu que queria devolver. – Ele enfiou a mão no bolso e tirou um de meus lenços. – Devo tê-lo pego acidentalmente enquanto líamos juntos.

Senti meu rosto ferver.

– Que coincidência chegarmos à biblioteca para ler o Sr. Longfellow no mesmo dia; sobretudo porque você deve ter seu próprio exemplar de *Evangelina* em casa.

– Senhorita Van Lew, você está me acusando de subornar o zelador para revelar seus hábitos de leitura a fim de que eu pudesse ter uma desculpa para encontrá-la? – Aqueles cílios longos e castanho-claros se uniram e depois se separaram, como se implorando inocência. – Em seguida, você vai dizer que o lenço não é seu, que meramente tomei nota do estilo e do monograma do que você segurava naquele dia e fiz um igual para que tivesse uma desculpa para falar com você nesta festa tão chata para a qual de alguma forma tramei que ambos fôssemos convidados.

– Por que eu? Quer dizer, por que se dar a todo esse trabalho uma vez que você não me conhece, senhor Hinton?

– Vou lhe dizer, mas há duas condições. – Ele pausou tempo suficiente para eu anuir. – A primeira, que deixemos de nos chamar de senhor Hinton e senhorita Van Lew e, em vez disso, tentarmos Theodore e Mary. Senhor Hinton é meu pai, não sou eu.

– E a senhora Van Lew é minha ex-dona, pior ainda. Muito bem, Theodore. – Senti mais do que um simples prazer ao pronunciar aquelas três palavras. – E a segunda?

– Que você não me denuncie na próxima reunião do Lyceum, agora que sabe que posso ser um patife de duas caras.

De repente, a mesma raiva estonteante que senti no debate sobre o romance da Sra. Stowe tomou conta de mim. Eu não estava disposta a tolerar que alguém me ridicularizasse por defender papai e mamãe.

– Tentarei evitar qualquer declaração pública semelhante no futuro, para não ofender os mais sofisticados habitantes negros da Filadélfia. – Virei as costas e me dirigi ao saguão.

– Mary, espere. – Theodore correu para me alcançar. – Sua audácia naquela noite foi admirável. Eu também queria muito dizer algo para aquela multidão de almofadinhas empolados. Quando vi você no Instituto neste período, jurei que encontraria uma forma de conhecê-la. – Ele deu aquele sorriso fácil. – Eu estaria até disposto a me submeter à sua franqueza para ter a honra de dançar com você.

Ele não estava zombando de meu momento de arrebatamento no Lyceum, estava elogiando. E eu praticara danças por muito tempo, esperando ser convidada para dançar. Esperando que fosse Theodore Bonitão Hinton a me convidar. Estendi minha mão enluvada para ele, retribuindo seu sorriso.

Embora eu tenha tropeçado de nervoso quando Hattie e eu ensaiamos vários passos, agora, com Theodore me conduzindo, executei as quadrilhas e outras danças bastante bem, até; por fim, ele me dirigiu para o canto da sala.

– Já exibi bastante minha boa sorte para os outros dançarinos. Agora, gostaria de desfilar minha adorável companheira diante das moças sem parceiros de dança, se você me der a honra.

Coloquei a mão no braço que ele me oferecia. Exibir-me, Bonitão Hinton? É bem o contrário.

– Todos aqui parecem conhecer você – falei quando vários grupos de convidados nos cumprimentaram com a cabeça.

– É minha família que conhecem. Não se gasta um dólar na Filadélfia de cor sem que meu pai saiba; nem um buquê é entregue, um vestido de noite é usado, ou um bebê nasce sem o conhecimento de minha mãe.

– Não havia percebido que estava sendo vigiada por todo o clã dos Hinton.

– Ah, acho que sou o único que já percebeu você. Mas suponho que devamos retificar isso apresentando-a à minha mãe.

Ele me levou até uma mesa lateral elegante onde duas senhoras estavam sentadas observando a festa. Elas usavam mais joias do que Bet e sua mãe possuíam juntas. Sorriram tão intensamente para Theodore que foi muito difícil dizer quem era a mãe dele até ele olhar para a mais gorda das duas.

– Senhorita Mary Van Lew, minha mãe, senhora Edward Hinton. – Ele voltou-se para a senhora mais magra. – E minha tia, senhora Phillip Thayer. Acredito que vocês gostarão muito de se conhecerem enquanto pego um ponche para a senhorita Van Lew.

Assim que Theodore nos deixou, a Sra. Hinton apertou os olhos para mim.

– Van Lew, não reconheço o nome. De onde é sua família?

– Nasci em Richmond, embora não sejamos de lá exatamente. O velho senhor Van Lew trouxe mamãe com ele quando veio de Nova York, nos idos de 1816. Quanto a papai, ele nasceu em uma fazenda em Tidewater. Não tenho certeza de qual, uma vez que ele não gosta de falar sobre isso. Mas eles estão em Richmond agora, pelo menos até o senhor Mahon...

– Sim, muito bem – Ela voltou-se para a Sra. Thayer. – Como Phillipa está se saindo na escola? Ouvi falar que ela agora é a melhor aluna de Grace Mapps.

Ouvi em silêncio a Sra. Thayer recontar os triunfos de Phillipa até Theodore voltar e me levar para conhecer o jardim de inverno que a Sra. Catto adaptara na varanda dos fundos da casa. Quando chegamos entre as flores que lotavam o espaço repleto de velas acesas, ele insistiu em saber por que eu, de repente, ficara soturna. Remexendo nervosamente a xícara de cristal cheia de ponche, disse-lhe o que acontecera.

– Ah, você não devia se importar com mamãe e tia Gwen. Elas planejam meu noivado com prima Phillipa muito antes de nós andarmos ou falarmos.

Quase cuspi meu ponche.

– Seu noivado?

– Não precisa ficar tão preocupada. Não tenho interesse algum em me tornar uma escada para a ascensão de minha prima esnobe ao zênite da Filadélfia negra. Não quando existem moças tão doces e adoráveis quanto você por aí. – Seu galanteio me esquentou mais rápido do que o ponche com conhaque, até eu ouvir o que ele disse em seguida. – No entanto, você não devia sair por aí falando que seus pais são escravos. As pessoas podem pensar mal de você.

– Pensar mal de mim? Por que razão? – Olhei além do jardim de inverno para a sala de estar, cheia de pessoas de cor de todas as tonalidades, vestidas com roupas tão finas quanto seus diferentes poderes aquisitivos permitiam. – Está na cara que todos aqui são descendentes de escravos.

– Verdade, e eles não desejam ser lembrados de sua proximidade com a "condição infeliz". Quando se trata de mamãe, sugiro que você se conforme com esse desejo. Afinal, você não quer me entregar para Phillipa, quer?

Não pude resistir, e sorri.

– Acho que não.

– Ótimo. Então posso ter a honra da próxima dança? – Ele curvou-se com formalidade exagerada.

– Claro que pode. – Respondi seu cumprimento com uma reverência tão grande quanto consegui fazer com meu vestido de tecido duro e minhas anáguas. O pianista tocou as primeiras notas delicadas de uma mazurca. Quando nos colocamos entre os dançarinos, imediatamente esqueci toda a família dele, e a minha.

– Nunca esperei que você fosse ficar impressionada com pele clara e uma grande fortuna – Hattie zombou quando Theodore e eu começamos a nos ver com mais frequência.

– Eu não procurei por ele – lembrei. – E não sabia que ele era rico até você me dizer.

Entre todos os alunos da Srta. Douglass e da Srta. Mapps, Phillipa era a única verdadeiramente rica, e seu jeito de ser não fazia o pequeno grupo de famílias de cor abastadas parecer muito digno de admiração. E, apesar das reclamações de papai de que mamãe me criara presunçosa, ela nunca venerou uma pele clara, até porque eles eram bem escuros. Portanto, embora eu tremesse de prazer com a beleza de Theodore, tinha certeza de que não era a cor ou o dinheiro dele, mas sim o ar resoluto, o charme e aquele sorriso fácil que me atraíam. Eu tinha alguma esperança de que parte de seu jeito autoconfiante poderia me contagiar se eu passasse tempo suficiente com ele.

Theodore tinha uma pequena carruagem marrom com rodas douradas e suas iniciais bordadas em ouro por todo o assento de couro e na cobertura.

– Vejo que o Sr. Hinton enviou seu cocheiro mais encantador para me pegar – brinquei na primeira vez em que ele me ajudou a subir e depois a me instalar nela.

– Minha mãe tem um cocheiro. – Ele sacudiu as rédeas, e os cavalos árabes brancos começaram a trotar. – Não suporto ele. Um homem deveria lidar com os próprios cavalos.

Lembrei dos relatos de mamãe sobre as aventuras de Bet com sua carruagem: *o povo em Church Hill finalmente descobriu uma maneira de evitar que suas galinhas saíssem pra rua. Simplesmente deixe a Srta. Bet fazer uma curva em alta velocidade e as penas voa para tudo que é lado até os pássaros sumir. Claro que ela num sabe que terror ela é. Ela até oferece me dirigir em minhas incumbências! Não senhora, eu digo, achando todo tipo de desculpa possível porque eu preciso andar até o Primeiro Mercado invés de ir de carruagem. Ela levou Terry Farr para o sítio um dia para ver que produtos que podemo esperar ter na casa durante a estação, e na hora que voltaram para casa Terry estava mais branca do que a Sra. V de medo pela maneira com que a Srta. Bet correu com aquela carruagem pelas ruas.*

– E uma mulher? – perguntei, imaginando o que Theodore pensaria de Bet.

– Por que não determinamos isso nós mesmos? – Ele entregou as rédeas com decorações douradas para mim.

Estava prestes a rir e afastar as mãos dele quando ele acrescentou:

– Achei que você fosse do tipo que enfrenta uma manada inteira de cavalos selvagens. Talvez eu esteja errado.

Peguei as rédeas imediatamente. Não era do tipo que enfrenta uma manada inteira de cavalos selvagens, ou pelo menos não achava que era. Porém, se Theodore desejava acreditar que eu era assim, estava disposta a tentar ser.

Era bom sentir o peso das tiras de couro nas mãos e ter Theodore encostado em meu braço, me ensinando a controlar o árabe. Aquele sorriso fácil tomou conta de seu rosto e provocou um igual em mim enquanto dirigia pela praça Washington.

– Você não teme que ter uma mulher na direção possa prejudicar sua reputação?

– Só posso ser objeto de inveja de todos que me veem, por ter uma companheira tão adorável e competente. Minha única preocupação é que algum rival tente roubá-la de mim. Para dirigir a carruagem dele, quero dizer. – Porém, pelo olhar de prazer em seu rosto, eu sabia que ele não estava nem um pouco preocupado. E pelo tremor de prazer que senti dirigindo ao seu lado, sabia que ele não tinha razão alguma para estar.

Embora Hattie e George estivessem felizes por se encontrarem da mesma forma que todas as irmãs dela e os maridos faziam, visitando a casa um dos outros de noite, o mesmo não poderia ser dito de mim e Theodore. Não suportava a ideia de submetê-lo às Upshaw, mas também não gostava muito de visitar a casa dele ou a de sua tia. Aquelas mansões me faziam sentir saudades das casas minúsculas de Richmond, habitadas por negros livres ou por escravos que não moravam com seus donos. Pelo menos lá, todos ficavam juntos, criando a própria diversão, rindo, conversando e cantando. Porém, as duas famílias que se declaravam as melhores da Filadélfia de cor naturalmente tinham formas melhores de se entreter. O que significava que, após os convidados aturarem um jantar solene com seis pratos, tendo por cima de suas cabeças troféus de caça com olhos vidrados alinhados nas paredes de madeira escura da sala de jantar, os homens iam para um salão reservado fumar e jogar cartas. Theodore não poderia, de maneira alguma, ficar com as senhoras, ele explicou, porque isso simplesmente não se fazia. Então fiquei com o grupo de mulheres, as quais somente se dirigiam a mim quando achavam que eu precisava ser colocada em meu devido lugar.

Após elogios efusivos a uma música tocada por Phillipa no piano, ou cumprimentos pelo desempenho de outra jovem na guitarra clássica, a Sra. Thayer se voltou para mim e disse:

– Mas não devemos ser indelicadas com nossa nova convidada. Toque algo para nós, senhorita Van Lew.

– Você esqueceu, querida irmã – Sra. Hinton diria – A senhorita Van Lew não sabe tocar.

– Que pena – responderia Sra. Thayer. – Lamento tanto ouvir isso.

Entretanto, ela não lamentava sinceramente ouvir aquilo, nem me lembrar daquilo, uma vez que levantava o assunto em praticamente todas as minhas visitas. Os anos em que a filha linda e de pele clara estudara música, eu passara servindo uma família branca, e ela não estava disposta a deixar nenhuma senhora no salão esquecer isso.

Embora as senhoras admirassem efusivamente o bordado rico em detalhes uma das outras, nenhuma convidada jamais me perguntou o que eu costurava. Quando orgulhosamente mostrei o chapéu no estilo escocês que estava embainhando e expliquei que ele seria vendido meses mais tarde em uma feira, a curiosidade delas esmoreceu.

– Uma costureira que trabalha para clientes, que... interessante – ela disse, voltando para seu bordado.

A Sra. Thayer, a Sra. Hinton e suas convidadas não se importavam com as feiras de caridade. Elas só costuravam presentes para recém-casadas ou mães que acabavam de ter bebês. E, às vezes, parecia que elas só o faziam para me fazer sentir mais indesejada.

– Que escolha perfeita fez o filho da senhora Dunbar. Definitivamente a nora que ela sempre soube que era a certa para seu filho – Sra. Hinton disse enquanto bordava um travesseiro para o jovem casal.

– O bebê Dorsey é adorável – Sra. Thayer garantia a todos enquanto pregava renda na roupa de batismo de seu mais novo afilhado. – E tão promissor, uma vez que descende de ambos os lados das melhores e mais antigas famílias da Filadélfia.

Famílias de cor, ela queria dizer. Embora os Hinton e os Thayer parecessem querer, acima de tudo, ser brancos, agiam como se estes não existissem e, sobretudo, como se os negros – pelo menos os poucos que eles achavam que valia a pena serem incluídos em seu meio social – nunca enfrentassem tal coisa como preconceito racial. Até mesmo Theodore agia dessa forma, e eu não tinha como explicar a ele por que me sentia menos à vontade sentada com as senhoras da família dele do que trabalhando ao lado de Zinnie Moore e das outras mulheres em meu círculo de costura, ou ouvindo palestras acaloradas no Lyceum.

Embora tenha sido necessário todo o poder de persuasão de Hattie para me convencer a voltar ao Lyceum após o debate sobre Stowe, quando o fiz, achei os discursos dos abolicionistas visitantes – como o Sr. Frederick Douglass, o Sr. William Wells Brown e a Srta. Frances Watkins, uma mulher que falou com tal eloquência e fervor que até mesmo os homens levantaram para aplaudi-la de pé – fascinantes. Porém, Theodore se recusou a me acompanhar, reclamando:

– Eles são tão previsíveis quanto os papagaios, sempre repetindo sem parar as mesmas frases.

Havia outros Lyceums e Atheneums, e todo tipo de teatro na Filadélfia, claro, com óperas e concertos e tudo o mais. Porém, não éramos bem-vindos naqueles lugares. Assim, embora meu querido possuísse binóculos de ópera de madrepérola genuína, fabricados em Paris, não havia um local em toda a Filadélfia onde ele pudesse usá-los. Theodore e eu nunca falamos sobre isso; ele, orgulhoso demais, e eu raivosa demais, para perder tempo com os lugares de onde éramos excluídos. Talvez ele estivesse certo sobre a previsibilidade das discussões no Gilbert Lyceum, mas eu as preferia à imprevisibilidade do preconceito contra o resto da vida de cor da Filadélfia.

Uma tarde quente em um sábado, Theodore me levou além da praça Rittenhouse. Quando mencionei que minha garganta estava seca por causa de toda a poeira que o cavalo levantara durante a corrida, ele sugeriu que parássemos para tomar sorvete. Senti-me extremamente elegante quando Theodore estacionou a carruagem ao lado da confeitaria, amarrou as rédeas em um poste e me exibiu lá dentro.

Havia um balcão de madeira ao longo da parede da loja e um círculo de mesas disposto diante de uma cortina escura que cobria a entrada da cozinha. Uma menina branca, que não tinha mais de 3 anos e usava um avental listrado e sujo, estava em pé diante do balcão, chorando. Intrigada com o fato de qualquer criança que vivia em uma confeitaria poder ter algum motivo no mundo para chorar, ajoelhei ao lado dela, murmurando palavras de consolo.

A menina mostrou uma boneca com um braço solto. Quando peguei o brinquedo quebrado, a cortina farfalhou atrás de mim e um homem perguntou a Theodore:

– O que deseja tomar, senhor?

Observando meu esforço para colocar o membro de porcelana da boneca de volta em seu lugar, a menina deixou escapar um uivo tal que se poderia pensar que era o braço dela que estava deslocado.

– Maggie, deixa os clientes em paz – o homem disse.

Virei-me para dizer-lhe que estava tudo bem. Porém, antes que eu pudesse falar, ele viu meu rosto. Seu rosto ficou tenso, e ele vociferou para Theodore.

– O que você pretende, trazendo um deles aqui dentro? Tira sua concubina escura de perto de minha filha.

Naquela altura, eu achava que já ouvira todas as calúnias que algum branco detestável poderia lançar. Porém, nada me preparara para o choque causado por aquele lojista ao confundir meu admirador de pele menos escura com um homem branco e pressupor que eu fosse sua meretriz, chamando-me assim bem nas nossas caras.

Ao ouvir o insulto, Theodore empertigou-se, manteve os olhos no confeiteiro e cuidadosamente abotoou os botões de pérola de suas luvas de cavalgar de pelica cinza que ele havia desabotoado. Em seguida, deslizou a mão pela prateleira, jogando bandeja após bandeja de suspiros primorosamente arrumados no chão antes de se virar e me oferecer seu braço.

Por mais que desejasse atingir o mesmo nível de elegância dele, tremi de humilhação ao devolver a boneca quebrada para a menininha. Quando ela virou as costas, choramingando, coloquei os pedaços sobre a mesa mais próxima e meu braço no de Theodore.

Quando saímos, fiquei contente pela presteza com que ele desamarrou a carruagem. Atravessamos a Filadélfia sem trocar uma palavra; seu silêncio era a única consolação que ele podia oferecer pelo insulto à minha virtude.

A vez seguinte em que vi Theodore, ambos tentamos evitar qualquer conversa que pudesse lembrar aquela tarde. Por mais que eu desejasse esquecer a afronta que aquele branco me fizera, eu deveria ter sabido que Theodore era cavaleiro demais para não reagir. Algumas semanas depois, quando fizemos nosso passeio de sábado, ele parecia muito resoluto com relação à rota que seguiríamos. Aquela mesma vergonha inflamada tomou conta de mim quando percebi que nos dirigíamos novamente à praça Rittenhouse.

– George levou Tattie para Lemon Hill semana passada – eu disse. – Ela me disse que os jardins ficam lindos nessa época do ano. Vamos lá vê-los.

Mas Theodore estava decidido. Ele não falou uma palavra até levar a carruagem ao ponto em que paráramos naquele dia.

– Veja o que fiz. – Ele apontou triunfantemente para o prédio.

A vitrine da loja estava vazia, e todos os letreiros da confeitaria haviam sumido.

– Parece que meu pai teve a oportunidade de adquirir alguns imóveis nesta vizinhança há pouco tempo. E como o proprietário de um determinado estabelecimento não conseguia suportar servir uma negra, eu certamente não queria obrigá-lo a sofrer a indignidade de também ser forçado a pagar aluguel a um negro. Então, o despejei. – Ele sorriu. – Você vê por que não tenho paciência para toda aquela conversa em seu Lyceum sobre peticionar o legislativo e se organizar para defender nossos direitos. Qual o sentido de toda aquela conversa fiada quando um homem que cuida dos dólares que tem no bolso pode muito bem fazer o que quiser?

Enquanto ele puxava as rédeas, guiando o cavalo na direção de Lemon Hill, pensei na menina chorosa e em sua boneca quebrada. Agora, ela não teria um brinquedo novo – nem provavelmente um lugar para comer ou dormir. Seu sofrimento não foi um bálsamo para o meu, embora eu soubesse que não podia fazer Theodore ver isso, orgulhoso como estava por tudo que fizera para defender minha honra.

A carruagem de Theodore parecia uma biga encantada na noite em que fomos até Byberry para o grande baile que os Purvis ofereceram em sua casa. Nunca estivera tão distante do centro da cidade e, pelo caminho, aqueci-me nas cores quentes do sol que se punha nos campos. Theodore e eu estávamos juntos há mais de dois anos nessa época, e a euforia que senti no começo por ser cortejada se transformara em uma alegria profunda pela maneira como ele me mimava. Theodore era um sedutor nato, tendo sempre facilitado minha adoração pela forma como me adorava.

A casa dos Purvis tinha um estilo que Theodore chamava de casa de campo no estilo italiano, e perdi o fôlego ao vê-la. Senti como se estivesse em um conto de fadas quando passamos por baixo da arcada na direção da porta da frente entalhada. Porém, voltei à realidade mais uma vez quando passamos por ela.

– Ora, aí vem a senhorita Van Lew em sua seda cor de rosa. – Phillipa falou alto o suficiente para eu ouvir, mas baixo o suficiente para me fazer sentir como se estivesse ouvindo às escondidas. – Veja só a maneira como a cor realça o rosa de suas bochechas. É óbvio que ela veste essa cor sempre que pode.

O rubor que senti no rosto aumentou. Sempre que ia ao advogado de Bet para pedir dinheiro, ele me dava tudo que eu pedia e mais dez dólares. Mas mesmo assim, eu comprava apenas um vestido de festa a cada estação. Não podia gastar sessenta dólares ou mais em um vestido novo toda vez que era convidada para uma festa. Muito menos quando pensava na vida que papai e mamãe levavam. Nem quando pendurava minhas peças finas ao lado dos poucos vestidos de Dulcey, os quais ficavam mais remendados e desbotados a cada ano. Além disso, de qualquer forma, a maioria das senhoras na casa dos Purvis tinha apenas um ou dois vestidos elegantes.

– Muito obrigada pelo elogio, Phillipa. Estou aliviada por ouvir que você aprecia a cor no rosto de uma pessoa; sobretudo porque algumas pessoas pouco gentis dizem exatamente o oposto de você. – Antes que ela pudesse responder, virei-me para Theodore. – Você faria a gentileza de me levar até o jardim?

Assim que chegamos ao jardim, com o ar impregnado pelo cheiro de glicínia, ele riu:

– Isso deve manter os cães acuados.

Não gostei muito da ideia de ser considerada uma isca para cães.

– Theodore, às vezes acho que você só está comigo porque não sou Phillipa.

– Não seja ridícula. – Ele arrancou um ramo de brotos violeta delicados, oferecendo-o como um acréscimo ao buquê preso à minha cintura. – Gosto muito de você.

– Na proporção direta em que sua prima não gosta de mim?

– Vejo que tia Gwen está equivocada. As aulas de álgebra do Instituto têm aplicações práticas para jovens senhoras. – Percebendo que eu não estava de bom humor para brincadeiras, ele ficou sério. – Gosto de você porque você é singela e pura como a primeira brisa da primavera que entra pela janela de uma casa que ficou trancada durante o inverno todo. Você é o antídoto para a sociedade insuportável que mamãe frequenta.

Embora tais elogios me cativassem mais do que uma estufa de flores inteira, uma parte de mim ainda duvidava da razão pela qual ele sempre parecia sentir tanto prazer com a forma como Phillipa e eu provocávamos uma a outra como dois gatos vira-latas e da razão pela qual eu saboreava a forma como Phillipa me olhava com raiva sempre que Theodore conversava carinhosamente comigo em algum canto isolado.

# Oito

Durante todo o namoro de Hattie com George e o meu com Theodore, ela continuou a me encontrar todas as manhãs em frente à casa das Upshaw para caminharmos até o Instituto juntas. Afinal, precisávamos de uma oportunidade para fofocar e rir daqueles rapazes. Portanto, fiquei muito surpresa quando cheguei ao pé das escadas em um dia de inverno ensolarado em 1855 e não encontrei Hattie.

Ela nunca chegara nem dois minutos atrasada e, justamente naquele dia, esperava que ela fosse pontual. A Srta. Mapps providenciara para que a Srta. Elizabeth Greenfield, que cantara no Palácio de Buckingham para a Rainha Vitória há apenas um ano, visitasse nossa turma. Hattie já estava zombando da irmã Charlotte porque ela ia se encontrar com o famoso Cisne Negro. No entanto, lá estava ela, ou ao contrário, lá não estava ela, prestes a nos atrasar.

Hattie sempre acordava muito antes do horário da escola e tomava café com o pai antes de ele atravessar a propriedade para cuidar de Estrela Polar, a égua castanho-escura com uma marca clara na cara, a qual ele usava para puxar sua carruagem funerária de laterais envidraçadas. Porém, quando corri pela rua Sixth até o lote deles, vi que as portas do estábulo estavam trancadas e as venezianas ainda fechadas na funerária. Cheguei à casa dela, quase sem fôlego de tanta preocupação. Quando bati na porta e Hattie respondeu, vi que seu cabelo não estava penteado para trás e a touca estava torta.

– O que houve? – perguntei enquanto ela calçava um par de luvas que não combinavam.

– Papai passou a noite toda ardendo em febre. Preciso buscar um médico. – Uma tábua de assoalho rangeu por cima de nós, e ela franziu o cenho. – Susan tirou a semana de folga para visitar sua mãe em Bridgeport, e temo deixá-lo sozinho. Ele fica resmungando sobre ir à loja, dizendo como não pode ficar fechada.

Sua aflição deve ter passado para mim, porque antes que me desse conta, me ofereci para ficar na funerária enquanto ela estivesse ausente.

A ideia de colocar meus pés dentro de uma construção onde cadáveres chegavam e saíam nunca me entusiasmara muito. Em geral, Hattie zombava de mim por causa de meu medo, mas agora ela esquecera dele inteiramente ao me abraçar em agradecimento e colocar em minha mão a chave que o pai mantinha no cordão do relógio.

– Não se preocupe com Estrela Polar, eu cuido dela mais tarde – ela disse.
– Só toma conta da loja, volto assim que encontrar o doutor Weatherston.

Senti toda a frieza daquela chave de metal quando ela girou na fechadura da funerária e revelou uma pequena sala quadrada onde o Sr. Jones recebia seus clientes. As paredes, pintadas de um amarelo compassivo, eram decoradas com lemas bordados. Uma estante de mogno no canto exibia uma série de paisagens pintadas por Hattie. Embora o espectro da morte estivesse próximo demais para o meu gosto, assumi meu lugar em um dos sofás damasco ricamente adornados ao redor de uma mesa baixa de pau-rosa. Tirei meu exemplar de *Metamorfoses*, pensando em me distrair lendo as lições antecipadamente. Envolvida com as histórias do Sr. Ovídio, levei um susto quando a porta da frente abriu, meia hora mais tarde.

– Hattie, você me assustou. – Ri quando olhei por cima de meu livro.

Mas o que eu vi me fez parar de rir. A pessoa na minha frente não era Hattie. Era um homem branco baixo e com um rosto gordo por baixo do cabelo cor de abóbora.

– O que o senhor deseja?

Não chamara um homem branco de senhor desde que saíra de Richmond, mas a denominação escapou de minha boca sem que eu percebesse. Um homem branco não tem nada que fazer na loja de um agente funerário negro. E uma mulher de cor não deveria ficar a sós com um estranho branco.

– Estou querendo o Joons. – Ele tinha um sotaque forte e difícil de entender. Soava a problema.

– Ele não está aqui.

– O que eu tenho pra ele não pode esperar. Chama ele, ou todos nós vamos lamentar.

– O Sr. Jones está muito doente para vir à loja.

– Ele está acamado na casa ao lado? – Seu olhar frio se desviou para a casa.

Pensei no Sr. Jones sozinho em sua cama.

– O médico está lá com ele, cuidando de sua febre. – Arrisquei uma mentira tão ousada quanto era possível. – Ele estava delirando a um tempo atrás, então o médico não quis deixá-lo sozinho.

– Delirando? – O homem puxou um lenço e limpou a testa. – O que ele disse?

– Não sei. Não estive no quarto dele.

Sem sequer um bom-dia, ele foi embora. Observei pela janela enquanto ele subia e sentava no banco do cocheiro de uma carroça aberta, partindo apressadamente.

Eu ainda estava remexendo a renda em minha manga quando a carroça reapareceu, meia hora mais tarde, com um homem de cor sentado ao lado do de cabelos cor de abóbora. O branco permaneceu no banco do cocheiro enquanto seu companheiro saltou. Quando ele abriu a porta da loja, vi que era o primo da Srta. Douglass, David Bustill Bowser.

– Senhorita Van Lew, o que está fazendo aqui?

– Tomando conta das coisas enquanto Hattie está ocupada. – Abaixei a voz, embora soubesse que o estranho lá fora não podia me ouvir. – Você conhece esse homem?

O Sr. Bowser puxou sua barbicha de bode.

– Ele é um amigo nosso. Veio mais cedo para fazer uma entrega. Em nome dos Companheiros Ocasionais.

Eu vira o Sr. Bowser e os outros membros da associação de serviço funeral dos Companheiros Ocasionais marchando atrás da carruagem funerária do Sr. Jones enquanto ela passava pelas ruas da Filadélfia até o cemitério Lebanon. Porém, a ideia de um homem branco fazendo tarefas pouco importantes para uma ordem fraterna negra não fazia sentido algum para mim.

– Ele não deixou nada quando esteve aqui. Só disse que precisava falar com o Sr. Jones e depois saiu correndo.

– Espero que McNiven não tenha assustado você. Ele é escocês, esquece os costumes deste país. Não acho que ele pode entender como uma jovem de cor se sente ao encontrar um homem branco sozinha. – Ele apontou para a sala de trás. – Se você abrir a porta de trás, traremos a carroça e descarregaremos a entrega.

O Sr. Bowser saiu para guiar os cavalos da carroça pela passagem estreita até o fundo da loja, enquanto eu abria a porta de comunicação entre a sala e o escritório do Sr. Jones.

Havia pilhas de tábuas de madeira espalhadas pelas paredes e ferramentas de carpinteiro arrumadas cuidadosamente sobre um banco próximo. O cheiro de pinho cortado, pronto para ser transformado em caixões, fazia os cabelos de minha nuca se eriçarem. Não me atrevi a dar mais do que uma olhada rápida para a mesa de embalsamento, com seus tubos e funis.

Não querendo ver aquele homem branco, nem o cadáver que ele entregaria, destranquei a entrada de serviço o mais rápido possível e, em seguida, corri de volta para a sala. Fechei bem a porta de comunicação, tentando ignorar o som das amplas portas dos fundos sendo abertas e do Sr. Bowser e seu companheiro estranho carregando a remessa para dentro.

Poucos minutos depois, o Sr. Bowser passou pela porta de comunicação.

– Tranquei a entrada dos fundos. Mantenha ela assim, e não deixe ninguém passar por ali, exceto o Sr. Jones ou uma de suas meninas.

Ele passou para fora e saiu a pé; o escocês e sua carroça já tinham partido.

Tentei arduamente me acalmar depois. Porém, sempre que começava um trecho da poesia do Sr. Ovídio, via uma metamorfose bem diante de meus olhos, chifres de diabo brotando dos cabelos cor de abóbora do estranho.

Ansiava pela distração de minha caixa de costura. Zinnie Moore estava me ensinando a fazer uma gola de renda, o que era um tipo de brincadeira entre nós, uma vez que minha amiga quacre nunca usaria renda. No entanto, Zinnie era uma mulher de negócios perspicaz e sabia que renda vendia bem na feira. Fechei os olhos, e estava bem concentrada nos passos que ela me ensinara quando ouvi a batida.

Não uma batida. Na verdade, era mais uma pancada. Vinda da sala dos fundos.

Disse a mim mesma que era apenas minha imaginação, quando – bum – outra pancada. Aproximei-me cautelosamente da porta de comunicação e encostei o ouvido nela.

Nenhuma pancada agora. Muito pior – um gemido baixo. Meio humano, ele transpassou meus ossos como o vento úmido em uma noite escura.

Fiquei muito assustada, apavorada. Quem quer que fosse, ou o que quer que aquele homem branco fosse, ele trouxera um espírito irrequieto para a loja.

Saí correndo da sala, fechando a tranca da porta da frente. Minha mão ainda estava agarrava à chave quando, de olhos esbugalhados e boca seca, avistei Hattie vindo pela rua com a irmã Diana e um homem branco alto vestindo um terno escuro. Diana guiou o homem até à casa, enquanto Hattie veio na minha direção.

– Mary, o que houve?

– Um branco esquisito veio aqui. Apareceu do nada, nem sequer ouvi sua carroça. McMalévolo ou McDemônio ou algo assim. Me deu um susto horrível, depois foi embora tão rápido quanto chegou. Aí voltou mais tarde, para minha surpresa, com David Bustill Bowser. E eles trouxeram um – minha voz abaixou até virar um sussurro enquanto olhava para a porta da loja – um cadáver. Mas aquele cadáver não está descansando em paz. Ele está revirando, pulando e gemendo.

Hattie reprimiu uma risadinha, mas depois cerrou a boca e ficou séria. Ela abriu minha mão, pegou a chave e destrancou a porta.

– Entre.

– Não volto lá.

– Lamento que você tenha se assustado tanto. Mas você precisa ouvir agora. Vou explicar tudo quando estiver lá dentro.

Tremendo da cabeça aos pés, segui-a até a sala. Mas mantive um grito pronto no fundo da garganta, só para o caso daquele espírito irrequieto vir nos pegar.

– Preciso contar uma coisa a você, só que eu não deveria – Hattie disse. – Não deveria contar a ninguém, nunca. Então você também não pode contar a ninguém. Nem a Theodore, nem a seus pais, ninguém. Promete?

Eu não pretendia libertar aquele grito ainda, então apenas assenti.

– Você sabe que meu pai é um agente funerário. Só que, alguns de seus defuntos não são exatamente aquilo que você pensa.

Lembrei como anos atrás brincava dizendo que o pai dela era um mestre de vodum. Agora, achava que ele podia afinal ser mesmo um médium.

Hattie andava para cima e para baixo, muito nervosa.

– Papai sempre diz que nos esfola vivas se contarmos isso a alguém que não seja de nossa família. Mas você esteve na escravidão, seus pais ainda estão nela. – Ela respirou fundo. – Você já ouviu falar na Ferrovia Subterrânea?

Consegui murmurar um "hum hum".

– Bem, aqui é o ponto de parada. Às vezes, papai coleta cargas em Chambersburg. Às vezes, ele próprio as reencaminha para o condado de Bucks. Outras vezes, é outro condutor que transporta a carga. – Ela me deu um momento para assimilar tudo que dizia. – Aquele homem branco, Senhor McNiven, é um dos melhores. Ele vai até o interior de Delaware, Maryland, até mesmo na Virgínia, e traz sua carga por um longo caminho até aqui.

– Há um escravo lá, trancado no caixão?

Ela assentiu.

– Se eu soubesse que o vento soprava do sul hoje, teria enviado você até a casa de Diana e eu mesma ficaria esperando aqui.

– O que o vento tem a ver com isso?

– Isso é o que dizemos para indicar que uma carga está vindo nesta direção. E carga é o que chamamos os... – Ela apontou para a outra sala. – Papai sempre diz que devemos a eles o máximo cuidado com a maneira de falar, mesmo entre nós.

Pensei em todas as vezes que ouvira o Sr. Jones ou uma de suas filhas ou genros falar sobre o vento. Tentei lembrar o que mais eles disseram na minha frente que eu não entendera.

Hattie quase se ajoelhou para se desculpar, porque se sentia muito mal por haver me enganado.

– Você ficou magoada por eu não ter contado a você antes?

– Claro que não.

– Bem, papai pode fazer o que quiser quando descobrir, mas estou feliz por você saber; odiava precisar esconder isso de você, e agora não preciso mais.

Após ela dizer isso, eu sabia que não poderia ficar quieta.

– Nós ainda temos um segredo. E se eu contar a você, precisa prometer que nunca contará a ninguém também. Promete?

– Senhorita Mary Van Lew da rua Gaskill, pensar que você estava escondendo algo de mim todos esses anos – ela zombou de mim. Mas quando percebeu que eu ainda não estava pronta para brincadeiras, ela ficou séria novamente. – Juro, vou guardar seu segredo.

– Minha mãe, na verdade, não é uma escrava. – As sobrancelhas de Hattie se arquearam até quase atingirem o topo da cabeça quando lhe contei sobre o estratagema de mamãe.

Ela parecia estar tentando desfazer o nó de marinheiro mais apertado, pela maneira com que refletiu sobre o significado daquilo.

– O senhor McNiven trouxe cargas de Richmond muitas vezes. Sempre penso em seus pais quando ouço que ele vem para cá. Talvez ele possa ajudar seu papai a escapar de Mahon.

Neguei com a cabeça, preocupada se conseguiria fazer Hattie entender, e assustada, pois se não conseguisse, isso significaria que nunca mais poderíamos ser melhores amigas de verdade.

– Papai pensou em fugir quando Bet libertou mamãe e a mim. Mas ele não está disposto a fazer isso. – Dei uma olhada para a sala dos fundos. – Você vê a carga encaminhada para o Norte, cheia de esperança e ousadia por ir rumo à liberdade. Em Richmond, vemos os fugitivos que foram pegos. Chicoteados, com marca no corpo feita com ferro em brasa, às vezes até mesmo mutilados para impedir que fujam novamente. Depois, vendidos para o extremo Sul, para uma escravidão que é dez mil vezes pior do que a que conhecemos em Richmond, a qual já é muito ruim. – Passei a mão pela bainha de minha saia, tentando não pensar muito como a vida de um escravo de Mahon poderia ser. – Em Richmond, mamãe e papai podem estar juntos, e eles sabem que estou segura e sendo instruída aqui. Se papai fugir, não há garantia de que terminaremos em algum lugar onde eles possam ganhar o suficiente para continuar se sustentando e eu possa ir para a escola. Papai não colocará a mim nem à mamãe nesse tipo de perigo. Ele é um homem muito bom.

Hattie me deu exatamente a resposta que eu precisava ouvir.

– Claro que é.

Uma pancada na porta dos fundos nos fez pular.

– Acho melhor levar água e comida lá – Hattie disse. – Por que você não vai para o Instituto agora?

Reuni meus livros, prometendo voltar depois da escola e fazer-lhe companhia enquanto ela cuidava do pai.

O Sr. Jones se recuperou antes da semana terminar. Curiosa como estava sobre a Ferrovia, nunca disse uma palavra sobre aquilo, sabendo que guardaria o segredo de Hattie tanto quanto ela certamente guardaria o meu.

# Nove

Fazia muito frio, até para fevereiro, quando a carta chegou. Ducky estava no trabalho, e a Sra. Upshaw enfrentava os ventos gelados para pegar uma nova série de encomendas de seus clientes. Sozinha no apartamento, puxei a poltrona da sala para mais perto da lareira e rompi o lacre de Bet.

*Minha queridíssima filha,*

*Você vê essa carta na caligrafia da jovem Srta. Van Lew e talvez possa imaginar as notícias ruins que tenho de lhe dar. Nesse mesmo dia, sua querida mamãe, minha amada Minerva, faleceu. Ela ficou doente tão rápido quanto partiu. Chocados como todos está de perder ela tão rápido, parece, de alguma forma, correto que ela não era de se definhar aos poucos. Forte até o fim, adorável como sempre quando seus olhos fecharam finalmente.*

*Suas últimas palavras foi que Jesus tinha um plano para você fazer ela orgulhosa e que ama você. Depois, alguns pensamentos para mim que vou guardar só para mim. Enterramos ela no cemitério dos negros lá em Shockoe Creek amanhã. Espero que muita gente apareça, pois você sabe que as pessoas amam tia Minnie.*

*Jesus nos console*
X

A bile do luto inundou minha boca e me engasgou. Meu maior medo quando deixei Richmond era nunca mais ver meus pais novamente. Agora esse medo se tornara em parte verdade.

Durante minha infância, parecia que todos para quem eu perguntava conheciam tia Minnie, e eu me sentia especial só de dizer às pessoas que era sua filha. Não importa o que Theodore, Hattie e Zinnie Moore significavam para mim, para eles eu era Mary Van Lew, não a Mary El de mamãe e papai ou a Mary da tia Minnie, como eu sempre fora em casa. Entristecia-me pensar que não havia uma única alma que conhecesse minha mãe e com quem eu pudesse falar na Filadélfia. Os quase cinco anos em que vivi no Norte pareciam uma eternidade, tempo demais para eu suportar. Tateando o X trêmulo no final daquela carta, pensando em papai tão solitário em sua dor tanto quanto eu na minha, pensei que talvez fosse hora de voltar para casa.

A ideia me atraiu a princípio. Queria acreditar que estar com papai poderia estancar a agonia que eu sentia por saber que mamãe partira. Queria acreditar que eu poderia aliviar a mesma agonia que ele também devia estar sentido. Porém, ao bater nos vidros finos da janela, o vento trouxe dúvidas juntamente com o frio.

Abrir mão de minha vida aqui significava desprezar a insistência de mamãe de que Jesus tinha um plano para mim. Eu nunca acreditara muito nisso até o dia em que Bet nos fez sentar à mesa de jantar e, mesmo depois disso, tudo parecia mais um produto do desejo de mamãe do que qualquer vocação verdadeira. No entanto, negar a existência desse plano agora significava trair a memória de mamãe, algo que eu não estava disposta a fazer.

Além disso, Mahon ainda não estava disposto a vender papai. Bet renovara sua oferta mais de uma vez sem obter nem mesmo um talvez do ferreiro. Minha presença lá não ajudaria a promover a liberdade de papai mais do que a pilha de dinheiro dela. E voltar para uma Richmond sem mamãe – como pude ficar longe por tanto tempo e voltar apenas ao saber que ela se fora?

Tudo que lembro dos meses seguintes é que passei por eles em um estado de alienação. Quase não percebi os murmúrios que me seguiam pelos corredores do Instituto; tanto estudantes quanto professores estavam intrigados com meus trajes de luto. Tive problemas de concentração para estudar, embora me esforçasse muito, sabendo como mamãe desejava que eu tivesse sucesso na escola. Theodore guardava suas palavras mais gentis e seus lenços mais bonitos para nossos passeios aos sábados, nunca reclamando quando eu recusava convites para algo mais do que nossos passeios solitários. Hattie me convidava para ir à sua casa pelo menos uma vez por semana para tomar uma xícara de chá, e ouvia com atenção as histórias de minha casa que eu lhe contava e recontava. Dor como a minha, ela conhecia há muito. E entendia que, por algum tempo, eu precisava reservar meus pensamentos mais para os mortos do que para os vivos.

Eu estava preocupada por papai não ter ninguém para fazer por ele o que Theodore ou Hattie faziam por mim. Era difícil confortá-lo por intermédio de Bet. Eu sabia que ela pretendia tratar minha família da melhor maneira possível, mas Bet nunca se preocupara muito em levar os sentimentos dos outros em consideração. No entanto, eu não tinha outra maneira de falar com ele, então continuei a enviar cartas para a rua Grace, esperando e esperando por um resposta. Não de Bet, que respondia imediatamente, mas de papai. Mesmo quando Bet dizia que lera para ele minhas cartas, ela nem sempre tinha uma resposta dele para me enviar. Reticente como ficava quando estava no meio de brancos, supus que ele não gostasse da ideia de ela escrever por ele.

Às vezes, uma frase ou duas apareciam em uma caligrafia diferente, quando papai alistava algum negro alfabetizado ou outra pessoa qualquer para escrever algumas palavras por ele. Essas epístolas pareciam formais demais para virem de meu papai, confiante e calmo; todos os espaços em branco da página comunicavam mais do que as breves frases escritas. Embora pudesse ser mais fácil para ele compartilhar seus pensamentos com uma pessoa de cor do que com Bet, mais fácil não era necessariamente fácil, não com ele enlutado por causa de sua amada Minerva. Era como perder meu pai e minha mãe de uma só vez: mamãe se fora, e com ela a única conexão verdadeira que eu tinha com papai.

Durante todo o tempo em que vivi na Filadélfia, sempre ansiei pelos primeiros sinais da primavera, quando o gelo dos rios quebrava e os pássaros novamente trilavam suas canções. Naquele ano, a única vez em que percebi as mudanças das estações foi quando as temperaturas ficaram tão altas que tive de ir à loja Besson & Son para substituir minhas roupas de luto de inverno por algo mais apropriado para o verão. Usei aquele vestido com orgulho quando aplaudi Hattie em sua formatura, mas mergulhei no luto tão rápido quanto ela retirou seu capelo e sua beca. Com a escola em recesso, canalizei minha dor para a produção em massa de almofadas e coberturas de chaleiras, para ajudar todas as formas de plantas em vasos a atingirem a maturidade e para até mesmo desenhar algumas cenas de Richmond, tudo para ser vendido na feira. A Srta. Douglass e a Srta. Forten aprovaram, e Zinnie lembrou-me de como o trabalho cristão era sempre um conforto. Embora não tenha começado a preencher o vazio que a morte de mamãe deixara em meu coração, persisti, mesmo no novo ano escolar, que seria meu último.

Em dezembro do ano anterior, dobramos o preço das entradas para a feira e ainda assim atraímos uma multidão. Havia rumores de que naquele ano podíamos até ser forçados a barrar a entrada de visitantes. Eu esperava que as horas em que estivesse atarefada cuidando de minha barraca me deixariam com pouco tempo para enfrentar o Natal sem nem mesmo uma mensagem de mamãe.

No primeiro dia da feira, as portas tinham acabado de abrir e os clientes passavam pelo salão quando vi Theodore.

Alegrou-me ver seu rosto entre a multidão de estranhos.

– Que gentileza a sua em vir. – Em geral ele não se deixava ser arrastado a uma distância de meia milha da feira.

– Eu precisava vir – ele disse. – Essa é a única forma de ver você.

– Desculpe por estar tão ocupada. Depois da feira terei mais tempo para você, prometo.

Ele sorriu.

– Bom. Então espero que você me acompanhe ao baile de Ano Novo dos Purvis.

Apontei para meu vestido.

– Você sabe que não posso. Estou de luto.

– O luto de uma filha só precisa ser vestido por seis meses, e o seu já dura quase um ano. – Era como se ele estivesse recitando o manual de etiqueta escrito por Lea e Blanchard.

Antes que eu pudesse responder, uma senhora branca rechonchuda ao lado da barraca pegou um de meus marcadores de livro bordados.

– Eu gostaria de comprar este, por favor – ela disse, entregando-me várias moedas.

Aceitei o pagamento e agradeci a ela por apoiar nossa causa, esperando que se afastasse para me dirigir a Theodore.

– Essa não é a hora ou o lugar para discutirmos assuntos pessoais. Preciso atender meus clientes agora.

– Comprarei tudo que você tem. – Ele puxou duas notas de cinquenta dólares da carteira e jogou-as na mesa. – Você pode guardar o troco para a sua Sociedade. Prometa apenas que me acompanhará ao baile. Considere isso o seu presente de Natal para mim.

Olhei para aquelas cédulas atiradas em cima da mesa como se ele estivesse jogando pega-varetas.

– Trabalho muito para fazer dessa feira um sucesso. Por favor, não zombe de meus esforços.

Meu tom de lamento dissolveu qualquer zombaria.

– Desculpe, Mary. Não vim aqui para aborrecê-la. Só vim porque sinto sua falta e desejava ver seu lindo sorriso novamente. Você não pode se esconder para sempre. Por favor, vamos começar o Ano Novo juntos, felizes.

A forma como ele me implorava com aqueles olhos castanho-claros me fazia querer me envolver em suas palavras, como se elas fossem uma manta de penas de ganso contra o frio solitário que se instalara em mim o ano inteiro.

– Não pretendo me esconder. Só me sinto muito sozinha. Mais ainda quando estou no meio de outras pessoas.

– Você não precisa ficar sozinha. – Ele deu a volta na mesa e pegou minha mão. – Eu queria esperar o Ano Novo para levar você até um canto do jardim dos Purvis sob a luz da lua antes de falar. Mas agora que já comecei, preciso terminar.

Ele puxou um banco bordado que estava entre os itens a serem vendidos, me fez sentar nele e ajoelhou ao meu lado.

– A saudade que senti todos esses meses me fez gostar mais do que nunca de você. Espero que me dê a honra de ser minha esposa.

Eu não sabia o que dizer. A última coisa que esperava naquele dia era uma proposta de casamento.

Theodore não esperou que eu encontrasse minha voz.

– Você deve saber que gosto de você – ele disse. – E acredito que você gosta de mim. Não é?

Pensei em como ele me paparicava, mesmo enfrentando a censura de sua família. Como o fato de ele dizer que eu era bonita me fazia enxergar no espelho uma pessoa diferente da Mary que eu usualmente encontrava lá. Theodore sempre me fazia sentir corajosa e especial, qualidades que eu desejava muito possuir, mas que, na maioria das vezes, não acreditava que tinha. Hattie já usava o anel de compromisso de George Patterson, e zombara tanto de mim durante todos os anos em que Theodore e eu namoramos que eu deveria ter imaginado que ele me pediria em casamento mais cedo ou mais tarde. Essa perspectiva até me empolgara antes de mamãe morrer. Agora, cansada de meu ano de luto, eu ansiava pelo futuro feliz que ele prometia.

Então lembrei das palavras de papai para mim no dia em que deixei a Virgínia.

– Gosto muito de você. Mas não posso aceitar até que você peça o consentimento de papai. Você vai precisar escrever para Bet, fazer ela ler para ele sua carta e enviar a você a resposta dele.

O rosto de Theodore se abriu em triunfo.

– Que se dane a Bet! Comprarei seu papai e eu mesmo pedirei a ele. Certamente isso será uma compra mais significativa do que todas as suas bugigangas antiescravagista reunidas.

Pensei na figura do escravo semivestido e ajoelhado que enfeitava as mercadorias nas barracas da feira ao nosso redor, e de meu pai, em pé, orgulhosamente ao meu lado quando dissemos adeus naquela manhã de maio há tantos anos. Odiava que papai fosse uma coisa que Mahon podia vender ou não vender, segundo seu desejo. E, de repente, odiei Theodore por falar dele dessa forma também.

Em um instante, levantei. O banco tombou, e o barulho fez cabeças girarem por todo salão. Mas não me importei.

– Como você pode falar de meu papai assim?

– Porque adoro você. Depois que nos casarmos, você pode ter tudo que deseja. Uma ala inteira de nossa casa para que seu velho papai viva no melhor estilo possível. Um vestido novo todos os dias do ano. Oportunidades para retribuir todos os convites que você já recebeu e mais alguns. – Ele resplandeceu com a ideia, não se importando em considerar o que eu pensava de todas as grandes intenções que ele tinha para mim. – Você não vai precisar se preocupar em ganhar um centavo aqui e um centavo ali para a Sociedade Antiescravagista. Vamos dar a ela um cheque grande todos os anos, assim você pode passar todo seu tempo sendo apenas minha querida esposa.

Algo em suas palavras me fez lembrar dos chifres pendurados na sala de jantar dos pais dele. Meu estômago sempre revirava quando eu os via por imaginar como cada alce ou cervo fora abatido. Eu não me tornaria um deles se Theodore conseguisse o que queria? Outro bicho capturado e exibido, um tributo à riqueza e ao poder do clã Hinton.

– Meus vestidos podem não ser numerosos e bonitos como os de sua prima Phillipa, mas me satisfazem perfeitamente. Meu trabalho é importante para mim. Se você realmente me ama, ele seria importante para você também. – Apontei com a cabeça para as pessoas que nos olhavam. – Você me constrangeu na frente de muitos amigos e na de um número maior ainda de estranhos. Ficaria agradecida se fosse embora. Bom dia e adeus.

Saí de trás da barraca e me dirigi à mesinha de canto onde Zinnie vendia guirlandas de azevinho. Lembranças sempre-vivas do amor infinito de Deus, ela as chamava. Nos dias anteriores à feira, suas mãos ficavam arranhadas e vermelhas pela preparação de dúzias de guirlandas, embora elas fossem mais difíceis de vender do que quase todos os outros artigos que oferecíamos.

Meu coração, tão pesado desde a morte de mamãe, parecia se espatifar em milhões de pedaços afiados sempre que eu lembrava daquela conversa com Theodore. Ele deve ter ficado tão magoado comigo quanto eu estava com ele, porque pela primeira vez ele desistiu ao não conseguir o que queria. Assim, o que eu rompera naquele dia permaneceu dilacerado.

Porém, à medida que as semanas movimentadas da feira se transformaram em um Natal frio e depois em meu Ano Novo solitário, percebi que eu estava mais triste do que arrependida com o que acontecera. Por mais que eu gostasse de Theodore, sabia que havia coisas das quais gostava muito mais, mesmo se ele nunca parecesse dar muito valor às minhas causas políticas.

Apesar de estar magoada com tudo que ele me disse naquele dia, eu ainda conseguia ver que ele estava certo com relação a um ponto. Deixara-me afundar demais no luto, recusando sentir qualquer outro sentimento que não fosse dor em relação à mamãe. E estava agradecida por Theodore ter-me feito perceber isso, ter-me feito questionar o porquê de estar fazendo aquilo.

O que significava vestir todas aquelas roupas de luto escuras a não ser um costume das pessoas brancas? Nenhuma pessoa de cor com quem cresci jamais fizera algo parecido, nem mesmo os negros livres. Na Virgínia, as pessoas de cor em geral vestiam branco durante o luto, embora não da forma como as pessoas brancas vestiam preto. Em geral, branco era apenas o laço ou as luvas – nada tão espalhafatoso quanto se vestir completamente de luto –, mas, mesmo assim, de alguma forma, respeitoso. Na Filadélfia, era diferente, mas ali, naquela época, ser o melhor tipo de pessoa de cor tinha muito a ver com imitar os brancos. Agora, pensando melhor, sabia que precisava descobrir minha própria forma de homenagear minha mamãe, sem me perder no luto para sempre.

Quando me dispus a fazê-lo, o que ouvi não foram os pensamentos tristes que me dominaram o ano inteiro. Foi a voz de mamãe.

*Mary El, lamento ter morrido sem ter tido a chance de me despedir de você direito. Mas todos temos de morrer. O que importa é o que vem primeiro. Não fique tão triste porque morri a ponto de esquecer de viver. Isso é o que os filhos fazem, eles vivem por muito tempo após mãe e pai partirem. E se você não começar a viver novamente, como vai fazer o trabalho de Jesus?*

A mensagem não chegou toda de uma vez, mas aos poucos, até constituir um todo. E quando aconteceu, tudo repentinamente se tornou mais fácil de suportar.

O que ninguém pôde fazer o ano passado inteiro foi me consolar como mamãe faria. Agora, ela parecia pronta para me consolar, amar e animar lá do Céu. Sorri ao pensar sobre nisso, imaginando seus estratagemas e conluios para fazer com que até os arcanjos a obedecessem.

Encontrar mamãe novamente foi como levantar o véu do sofrimento que estava sobre meus olhos. Depois disso, foi muito mais fácil eu mesma suspender o véu verdadeiro, dobrá-lo e guardá-lo juntamente com o resto das roupas de luto. Não consegui imaginar o que vestir em seu lugar até ir à loja Barnes and Charles, na rua Chestnut, e encontrar o mais lindo vestido de popelina da cor lavanda, não muito exuberante, mas ainda assim de uma cor que lembrava o mar, de tão linda e intensa.

Mamãe costumava se banhar com lavanda todas as primaveras.

– Hora de se livrar da tristeza do inverno, saber que carrego a primavera comigo – ela dizia assim que o solo começava a esquentar e os primeiros sinais de verde a aparecer. Janeiro na Filadélfia não era abril em Richmond, mas de alguma forma parecia certo encerrar meu ano de luto com aquela cor.

Se vestir lavanda era um tributo à minha mãe, o outro foi terminar o Instituto com as notas mais altas de toda a escola feminina. No entanto, eu temia que, uma vez formada, todos os grasnidos de Ducky sobre o serviço doméstico ser o único trabalho permitido às mulheres de cor seriam comprovados. Estava muito irritada com aquilo até a Srta. Douglass me chamar em sua sala de aula e me fazer sentir como aquela mesma menina nervosa de 12 anos que aparecera pela primeira vez diante dela há seis anos.

– A Srta. Mapps e eu achamos que você deveria fazer faculdade – ela disse.

Faculdade? Uma moça de cor?

– Fico feliz que ambas me tenham em tão alta estima, mas não conheço nenhuma faculdade que me aceitaria.

– Oberlin, em Ohio, tem instruído mulheres de ambas as raças por algum tempo.

Recusei, sabendo que já estava distante demais de papai.

– Fiz muito bons amigos na Filadélfia e gosto de trabalhar para a Sociedade Antiescravagista. Não suportaria ir embora daqui.

A Srta. Douglass franziu o cenho, mas não insistiu.

– Muito bem então, existem algumas escolas locais para as quais você poderia se candidatar. Talvez Haverford, a faculdade dos quacres...

A visita à casa de culto da rua Arch ressurgiu em minha mente.

– Não estou tão louca para ir a uma faculdade em que eu tenha de lutar para ser aceita.

– Se nosso povo só ficar onde somos desejados, nossas vidas serão muito limitadas.

Foi quase engraçado ouvir alguém tão rígida e formal quanto a Srta. Douglass me dizer para não aceitar ser limitada. Porém, imaginar a vida como a única negra atirada em um mar de alunas brancas também não era muito engraçado.

– Sei disso, senhora. Mas também sei que não posso aprender com pessoas que não respeito, pessoas que não desejam me ensinar.

Ela me olhou, enquanto ponderava se deveria se ressentir de minha obstinação ou se sentir lisonjeada por eu considerar que seu ensino era muito melhor do que o dos professores de faculdade brancos.

– Se essa é a sua escolha, senhorita Mapps tem outra sugestão. Ela precisa de uma assistente para a turma da escola secundária que começa este outono e está disposta a aceitar você.

Meu coração se exultou com a ideia. Sentia-me mais em casa nas salas de aula do Instituto do que em qualquer outro lugar da Filadélfia, e agora não teria de desistir delas. Foi um enorme elogio também ouvir que eu era boa o suficiente para voltar quando o novo período começasse e ensinar na escola secundária. Nem perdi tempo considerando a oferta, como se tivesse que escolher entre limpar casas ou costurar para fora. Agradeci a Srta. Douglass e aceitei na hora.

– Você deveria ter ouvido a maneira como a senhora Upshaw reclamou quando eu lhe dei um mês de aviso prévio – disse para Hattie enquanto tomávamos o chá da tarde na Bishop & Hawes algumas semanas antes de eu começar meu novo emprego. Estávamos experimentando todas as confeitarias em Cedar Ward, tentando decidir qual teria a honra de fazer o bolo de limão para o seu casamento.

Ela inspecionou cuidadosamente o prato, escrutinando o matiz exato do amarelo da coalhada que separava as camadas do bolo antes de perguntar:

– O que ela disse?

– O que ela não disse. *Por que alguém deixaria nosso lar aconchegante, querida? Tenho certeza de que você não vai encontrar uma cama de pena de verdade em qualquer outro lugar, querida. Como alguém pode sobreviver à animosidade terrível de alguma pensão, querida?* Você ia achar que eu estava ameaçando me jogar do cais da rua Arch pela forma como ela abordou o assunto.

Hattie riu e fez um sinal de que era hora de provar o confeito. Enquanto eu afundava os dentes de meu garfo, pegando glacê, coalhada e bolo de uma só vez, ela disse:

– A senhora Upshaw está certa, sabe.

– Certa sobre o quê?

– Sobre gastar uma fortuna em um cantinho em uma pensão.

As limitações de meu futuro salário me frustravam. Agora que eu me sustentaria com um salário de professora de apenas 175 dólares por ano, percebi que não era meramente afeição pelos quacres da seita Hicksite que faziam a Srta. Douglass vestir aqueles mesmos vestidos simples todos os anos, sem nem mesmo uma gola de musselina virada para enfeitar sua vestimenta.

– Preciso morar em algum lugar. Eu gostaria que, ao menos, fosse um lugar de minha escolha, não aquele que Bet escolheu para mim.

– Se você continuar apontando o garfo para mim assim, sou capaz de abocanhar esse pedaço agora mesmo – ela disse. – Por que não viver onde você pode ter três cômodos só para você, além de ter todas as refeições preparadas para você? Melhores do que as que a senhora Upshaw ou qualquer zeladora de pensão jamais cozinhara. Deus é testemunha que são melhores do que aquelas que você mesma consegue fazer.

– Onde você acha que posso viver assim?

– Na minha casa; a qual não será mais minha casa por muito mais tempo e para onde exatamente você deveria se mudar.

– Seu papai ainda não parou de celebrar a ideia de finalmente casar a filha número seis e agora você está sugerindo que ele me acolha?

Ela levantou o guardanapo de linho e, com elegância, limpou uma migalha da boca antes de fazer uma anotação em sua lista de confeitarias.

– Papai sempre diz que a primeira palavra que um homem aprende quando tem uma filha é não, e quando ele tem seis filhas essa é a única palavra de que ele precisa. Assim, não se preocupe com ele. Foi ideia dele. Ou, pelo menos, ele propôs isso para mim. Originalmente, foi ideia do Sr. Bowser.

– Senhor Bowser? O que ele tem a ver com isso?

Hattie abaixou a voz para que nenhuma das senhoras sentadas nas mesas próximas pudesse ouvir.

– Papai está preocupado pelo que pode acontecer se alguém trouxer uma carga quando ele estiver ausente a negócios. Sempre houve uma de nós pela casa até agora. Ele comentou isso com o senhor Bowser, que colocou a ideia de você morar em nossa casa na cabeça de papai.

Até aquele momento eu não tinha certeza de que Hattie tivesse ao menos deixado escapar para seu pai que eu sabia sobre o negócio da Ferrovia. O Sr. Jones nunca nem sequer olhara para mim de lado, muito menos mencionara o assunto comigo. Mas agora ele e o Sr. Bowser queriam que eu ajudasse.

Disse a Hattie que achava que ela certamente deveria escolher a confeitaria Bishop & Hawes. O bolo de limão de lá tinha um gosto muito forte e doce. Um sabor e um cheiro que sua boca lembrará por muitas décadas.

# Dez

— Hoje tem uma carga que requer cuidados.

Isso era tudo que o Sr. Jones me dizia sobre o trabalho da Ferrovia. Ele passava as mensagens enquanto tomávamos café da manhã. Significava que eu devia passar por lá durante o recesso de almoço e, novamente, depois das aulas da tarde, levando comida e bebida para a funerária ao lado.

Quando dizia aquela única frase, sempre me olhava diretamente nos olhos, bem calmo. Eu esperava que ele abaixasse o olhar para o prato enquanto articulava um segredo tão grande e perigoso. Porém, o Sr. Jones falava como agia, sem presunção ou preocupação. De uma forma trivial.

Ele só falava assim nos dias em que precisava se ausentar, vestir um cadáver na casa de alguém ou acompanhar um cortejo funerário até o cemitério Lebanon. Não precisava de ajuda mais do que duas vezes por semana, às vezes não mais do que uma vez por mês. Nas primeiras vezes, meu estômago revirou, mas devolvi seu olhar tão firmemente quanto pude e disse:

— Deixa comigo. — Depois de um tempo, ouvia a frase com uma reação tão tranquila quanto se ele dissesse para eu dar uma parada na praça Head House e comprar um balde de ostras para a governanta servir no jantar.

Hattie me ensinara o que fazer quando uma carga precisava de cuidados. Eu pegava uma jarra de leite, um pedaço de pão e algumas carnes frias na cozinha e levava tudo para a propriedade. Meus dias fazendo tarefas domésticas para os Van Lew já haviam se passado há muito, mas sempre que eu levantava aquela comida, sorria por pensar que as únicas tarefas domésticas que eu teria de fazer eram contra a escravidão, não para ela.

Após entrar na sala de trás da funerária, colocava a comida e a jarra sobre o banco de carpintaria. Em seguida, batia na tampa de cada uma das longas caixas de pinho – alguns dias havia apenas uma, às vezes chegavam a três – e voltava para a sala da frente.

– Papai sempre diz que é melhor para a carga ser vista pelo menor número de pessoas possível – Hattie explicara. – Dessa forma, você pode passar por alguém na rua amanhã e nem saber que ela é a pessoa que você ajudou a libertar hoje.

Eu sabia que ela estava certa, mas em pé, na sala da frente da loja, eu especulava sobre a identidade da pessoa que estava do outro lado da sala de comunicação. Prestava muita atenção para ouvir o ruído surdo das tampas das caixas sendo retiradas, o movimento de corpos tentando não fazer qualquer barulho. Às vezes, o murmúrio da fala baixa nos dias em que havia duas ou três caixas, ou choro baixo nos dias em que havia apenas uma. Eu me inclinava do meu lado da porta, minha garganta doendo de tristeza. Ninguém saía da escravidão sem deixar alguém para trás, eu própria sabia disso muito bem.

E ninguém saía por completo da escravidão de uma vez só, nem comprado, nem alforriado, nem fugido. Viajar em direção à liberdade não era o mesmo que vestir um sobretudo novo. Era mais parecido com sair de uma longa doença. Somente com o tempo é que a liberdade se consolida verdadeiramente.

Não eram escravos, mas também ainda não estavam livres; eram carga e, portanto, não humanos, e era isso que eles eram quando chegavam até nós. Eu sabia que o Sr. Jones queria que eu fosse nobre e resoluta com relação ao meu envolvimento, como ele era. Porém, nunca voltei da loja sem sentir em meu coração aquele mesmo peso que fora removido do balde de comida. Eu sentava para jantar ou para planejar minhas aulas do dia seguinte e uma hora depois minha refeição ou meus livros continuavam intocados. Percebia-me ponderando sobre quem eu alimentara, onde eles estiveram e para onde poderiam ir. O que os fizera embarcar no trem da liberdade naquele momento.

O pouco que ouvi de meu papai só o fizera parecer mais distante ainda. Uma vez foi *Mahon não sabe como trabalhar um escravo mais do que sabe trabalhar um pedaço de metal. Qualquer um dos dois quebra se você deixa ele esfriar demais ou bate nele com muita força*. Meu coração parou quando li a palavra *bate*. Nunca soube que Mahon batia em papai. Mamãe e papai esconderam isso de mim? Ou era algo que acontecera mais recentemente, algum horror novo na vida de papai sobre o qual ele não podia falar muito?

Assim, um mês ou mais depois, li *Um homem consegue aguentar só até um certo ponto. Mahon age como se ele não sabe tudo que preciso fazer da maneira como ele me agride. Alguns dias parece que também não sei, mas sei que não vai ser nada bom.* Esse relato me assustou. Papai estava dizendo algo muito vago e ameaçador sobre um homem branco e deixando outro negro colocar tais palavras por escrito. Papai nunca fora de glorificar seu dono, sobretudo após Mahon ter recusado a oferta de Bet, mas a forma como ele se entregava à amargura me assustava. E, com isso, senti-me muito pior por julgá-lo. Como se, do lado da liberdade, eu fosse capaz de entender o que sua vida em Richmond, na escravidão, se tornara.

Bet continuou a se corresponder comigo também, embora ler sobre a Richmond que ela descrevia raramente me dava a impressão de que estava recebendo notícias de casa.

*Querida Mary,*

*Tenho apenas um momento para rabiscar algumas palavras antes de colocar esta carta no correio – mamãe quer que eu vá com ela à casa da Sra. Catlins para tomarmos chá e bordarmos. Será um belo espetáculo, costurar bandeiras para a Guarda da União. Acho que a milícia é um mero esporte – maridos e filhos brincando de soldado. O que para eles significa beber e desfilar. E as mulheres, imaginando-se heroínas de Sir Walter Scott, estão prontas também para entrar no mesmo jogo.*

*Mamãe está decepcionada por John não se alistar na milícia. Ele está ocupado demais com as lojas – pelo menos isso é tudo que ele diz quando ela fala da Guarda da União. Acho que meu irmão finalmente criou bastante juízo para enxergar a tolice de tais coisas. Mas a costura significa muito para mamãe, por isso vou acompanhá-la pelo menos por algumas horas.*

*Em vez disso, preferiria estar costurando para sua Feira Abolicionista. Suponho que também seja tão útil eu enviar dinheiro quanto mercadorias para a feira – não sou muito boa de agulha. Prometa que me dirá se precisa de algo para você. Imagino que o Instituto não possa pagar muito, e sei que viver com conforto na Filadélfia é bastante caro. Se deseja algo de Richmond, eu ficarei muito feliz em fornecê-lo, ou pagar por ele caso você precise obter isso na Filadélfia.*

*Sua,*
*Bet Van Lew*

Bet não proferiu uma única palavra sobre enviar suas cartas para um endereço novo, embora eu achasse que ela estivesse pensando na razão por que eu deixara as Upshaw, sempre insinuando que talvez eu precisasse de seu apoio afinal. E ela realmente gostava de falar sobre a feira. Às vezes, eu desejava nunca ter-lhe contado sobre o evento. Talvez fosse um erro desejar não lhe contar tais coisas quando ela fizera tanto por mim, e ela sempre mandava uma boa soma em dinheiro como doação para os fundos da Sociedade. Porém, toda sua disposição para me ajudar só ressaltava o fato de que papai não podia me oferecer tanto.

Nem papai nem Bet sabiam sobre meu trabalho com as cargas. Eu não ousaria insinuar tal coisa, pois colocaria muitos em risco. Não precisava me gabar disso, eu exercia um papel muito pequeno, mas me sentia mal por manter um segredo como esse de papai. Estranho também era ouvir Bet falar sobre abolição sem imaginar o quão profundamente eu estava envolvida nela.

De vez em quando, eu passava por aquele McNiven de cabelo cor de abóbora quando andava pela rua Sixth. Ele sempre me ignorava quando passava por mim em sua carroça. Havia algo nele que me dava calafrios, e eu ficava aliviada por ele não esboçar qualquer reação quando me via. Só que eu estava errada a seu respeito. Ele lembrava de mim, e já fazia planos.

– Thomas McNiven deseja sua ajuda – Sr. Jones disse uma noite. Estávamos sentados para jantar; Hattie e George se juntaram a nós para celebrar o fim de meu primeiro período como professora.

– Como eu poderia ajudar o Sr. McNiven? – olhei na direção de Hattie. Ela continuou a comer como se seu pai não tivesse dito nada fora do comum. Comecei a suspeitar de que ela já sabia a resposta e que estava lá para me convencer a concordar com aquilo que ele estava prestes a propor.

– Temos um embarque que precisa seguir para Nova York imediatamente – Sr. Jones disse. – McNiven está disposto a levar a carga, mas acha melhor ter outra pessoa com ele.

Eu nunca estivera ao norte de Germantown.

– Como eu posso ajudá-lo?

– Não é ele, é a carga. – Sr. Jones se preparou para a tarefa de violar suas próprias regras de não revelar nada sobre os fugitivos. – Uma menina com menos de 14 anos; ela foi atacada por um branco e está em um tipo de estupor, não reage a nada ao seu redor. McNiven está preocupado com a possibilidade de que, se ela voltar à consciência enquanto estiver viajando sozinha com ele, talvez não acredite que ele está lá para ajudá-la.

– Não sei por que não pode ser eu a ir – Hattie disse. George olhou como se ela tivesse proposto se enfiar no meio de uma manada de búfalos em disparada.

Sr. Jones não tirava os olhos de mim.

– McNiven pediu que fosse a Mary.

– Por que eu?

– A menina é de Richmond. Suponho que seja essa a razão por que McNiven pensou em você. Você vai, pra ajudá-la? Vai ser uma viagem de dois dias na ida e dois dias na volta.

Eu ficara intrigada com as cargas por tanto tempo e agora, finalmente, ia encontrar uma parte dela. Uma parte humana, me lembrei, uma pessoa de verdade. Alguém que precisava de minha ajuda. Minha pele latejou, e meu coração bateu forte quando concordei.

Mais tarde, eu teria tempo para refletir sobre como McNiven sabia que eu era de Richmond, quando e por que ele sabia tanto sobre mim. No entanto, agora quase não havia tempo suficiente para terminar o jantar e reunir colchão, roupas quentes e comida para a viagem. Em geral, o Sr. Jones nunca transportava um corpo exceto em plena luz do dia.

– Não há necessidade de levantar suspeitas agindo de forma esquiva, quando tenho razões comerciais legítimas para viajar de dia – ele sempre dizia. Mas essa carga era diferente, então corri para me aprontar.

Após Hattie e George me darem um abraço de despedida e partirem pela rua Sixth, o Sr. Jones e eu esperamos em silêncio até a chegada de McNiven, passando sua carroça aberta pela viela estreita atrás da loja. Ele não me cumprimentou, nem mesmo me dirigiu um olhar amigável, até ele e o Sr. Jones colocarem o caixão fechado na mesa – a parte plana da carroça onde a carga era transportada –, e estenderem colchas por cima dele. Então McNiven assumiu seu lugar no banco do cocheiro e o Sr. Jones voltou para onde eu estava.

Ele colocou a mão sobre meu ombro, aquecendo-me como uma benção.

– Você está fazendo o certo, minha menina. Quando o vento sopra do sul, devemos ajudá-lo o melhor que pudermos. – Ele me levantou e me colocou dentro da traseira do veículo.

– Faz ela ficar deitada. – A voz do escocês era grossa e rouca.

Apesar de minha irritação por receber ordens, cavei um espaço entre a lateral alta da mesa da carroça e a pilha de cobertores que cobriam o caixão. Sr. Jones levantou a porta traseira, e McNiven gritou para os cavalos começarem a andar, virando lentamente a carroça e voltando para a rua.

Enquanto ouvia o ranger rítmico das rodas da carroça, parecia que havia algo mais denso do que tábuas de pinho me separando da menina deitada ao meu lado. Olhei para cima, esperando identificar as constelações que a Srta. Mapps nos ensinara a encontrar no céu invernal. Porém, as nuvens estavam baixas e densas, escondendo todas as estrelas.

Acordei assustada. A noite gélida machucava meu rosto. O ar úmido penetrava meus ossos. Consegui enxergar as paredes laterais da carroça e percebi que ela estava parada.

Não conseguia avaliar quantas horas haviam se passado ou onde estávamos, quando ouvi passos no chão congelado. A porta traseira foi aberta bruscamente, e o Sr. McNiven subiu e veio em minha direção.

– Acordada, moça? – Ele subiu na mesa. – Isso é bom. Quero você.

O medo me aqueceu na noite gelada.

Procurei por algo que pudesse usar como arma. Por que não colocara um grampo de cabelo ao invés de usar uma presilha?

Arranquei minha bolsinha de pulso e atirei-a com força na direção dele. Mas isso provocou pouco mais do que um olhar surpreso.

– Pretendo fazer o que estou prestes a fazer, e você não pode me parar – ele disse, e puxou as colchas, estendendo a mão para a tampa do caixão.

Arrastando-me agachada, ameacei em voz baixa:

– Deixa ela em paz, ou vou contar pro Sr. Jones.

– Joons é um homem bom, mas pensa como um agente funerário, cada corpo em uma caixa. Essa moça já passou por muita coisa, e não precisa acordar em um caixão, pensando que já morreu.

Não tive tempo para pensar sobre suas considerações pela menina antes de ele remover a tampa de pinho. Na escuridão, tudo que eu conseguia vislumbrar no interior da caixa era o branco dos olhos dela, esbugalhados de medo, totalmente alheios a tudo ao seu redor. Estremeci. Vê-la viva, embora imóvel, até mesmo sem sentidos, me apavorou mais do que qualquer cadáver jamais poderia.

– Cobre ela, rápido – McNiven disse. – Elas pegam uma gripe mortal com facilidade quando levam um susto desses.

Cobri cada um de seus membros duros e imóveis e coloquei uma colcha sobre seu peito.

– É melhor cobrir o rosto dela juntamente com o resto – ele orientou – para o caso de nós encontrarmos alguém. – A respiração rápida da menina não se alterou, e seus olhos esbugalhados não piscaram quando coloquei um xale sobre seu rosto. Não lamentei esconder aqueles olhos dos meus.

McNiven desceu da mesa da carroça e fechou a porta traseira. Ouvi seus passos ao lado, depois o rangido da madeira quando ele ocupou seu assento. Um dos cavalos bufou quando as rédeas bateram em seu dorso, e estávamos novamente a caminho.

Olhei para o amontoado a meu lado, contemplando os horrores que foram capazes de deixar uma menina morta para o mundo ao seu redor, muito embora estivesse viva.

McNiven dirigiu a noite inteira e por todo o dia seguinte. Quando a noite chegou novamente, o trote dos cavalos diminuiu e os ombros dele desabaram de exaustão. Finalmente ele parou a carroça em meio a um bosque, cansado demais para continuar.

Pensei na necessidade urgente de levar a menina para um lugar seguro.

– Talvez eu possa dirigir um pouco enquanto você descansa.

– A moça já dirigiu um par de cavalos puxando uma carroça?

– Já dirigi um faéton com um cavalo.

– Por estradas rurais esburacadas ou apenas por ruas calçadas com paralelepípedos? Em uma noite sem estrelas para servir de orientação nem lua para iluminar o caminho, ou apenas na luz clara do dia?

Sentira-me tão importante sentada ao lado de Theodore quando guiei sua carruagem elegante. Porém, agora, via o quão insignificante fora meu feito.

– Pelo menos, tome meu lugar aqui – disse. – Posso vigiar enquanto você descansa.

McNiven concordou e foi até a traseira da carroça, estendendo a mão para me ajudar a descer. A frieza de seu toque me deu calafrios na espinha.

– Não me deixe descansar mais de uma hora ou duas. Precisamos partir antes do amanhecer. – Ele pulou para dentro, e eu fechei a porta traseira atrás dele.

Caminhei para cima e para baixo no chão duro ao lado da carroça por um bom tempo, aliviada por alongar meus membros e esperando me esquentar. Porém, mais tarde, comecei a me sentir sozinha. Ansiando por ver a menina, ou, melhor dizendo, a pilha sob a qual ela estava deitada, subi no banco do cocheiro. Minha saia agarrou em uma das tábuas duras, e soltei uma série de palavrões.

Minhas pragas ecoaram na noite.

– Ouvi uma moça. Não me diga que não. – A voz era baixa e ameaçadora, um rosnado humano.

– Foi a bebida que você ouviu – respondeu outra voz, aguda e ameaçadora, como uma faca sendo amolada. – E vai fazer eco na tua cabeça bem forte amanhã.

Aquelas eram vozes de homens brancos, vindo em minha direção desde o fundo do bosque.

– Volta para a cabana de Higley como um bebê para as tetas da mamãe se você quiser – o rosnador disse. – Mais diversão para mim se eu encontrar a garota sozinho.

Mesmo à luz do dia e nas melhores circunstâncias, um homem como aquele não teria uma atitude respeitosa com uma moça negra sentada, em uma carroça, no lugar do cocheiro.

Lancei-me na mesa da carroça, caindo violentamente ao lado de onde estava deitada a garota. McNiven acordou com um susto, e coloquei as mãos sobre sua boca, apontando na direção de onde vinham os passos dos homens.

– O que temos aqui? – a voz estridente gritou. – Alguém deixou uma carroça para nós, é o que parece.

– Não foi uma carroça que ouvi, foi uma garota. Você pode ficar com a porcaria da carroça enquanto eu fico com ela.

McNiven ficou em pé imediatamente.

– Ei, você! Um camarada não pode tirar uma hora de descanso?

– Não foi a voz de um camarada que nos chamou da floresta – o primeiro homem gritou. – Onde está a garota?

Levantei da mesa da carroça, e o homem assoviou enquanto apertava os olhos na luz turva do amanhecer.

– Não é apenas uma garota. E uma escurinha.

Seu companheiro esfregou uma mão na outra.

– Uma escrava fugitiva, aposto. Provavelmente com um prêmio por sua cabeça.

O homem se aproximou mais da carroça. McNiven sacou um revólver do casaco, o metal cintilante.

– A moça é livre e está acompanhada. Se vocês fizerem a gentileza de partir, ficarei agradecido.

Eles olharam para a arma e para mim, então novamente para ela.

– Negócio esquisito um branco apontar uma arma para proteger uma neguinha.

A preocupação com a fugitiva trouxe uma mentira rapidamente a meus lábios, que foi despejada de minha boca como água da torneira caindo na banheira dos Jones.

– Por favor, senhores, sou apenas uma criada. Se a mulher dele descobre, perco meu lugar com certeza. Meu papai está doente, eu sustento nós dois. Só viemo aqui para ter um pouco de privacidade.

McNiven complementou a história tão rapidamente quanto a formulei.

– Cale-se, Sally. Sua senhora não vai descobrir a gente, já falei isso um milhão de vezes nos últimos três meses. – Ele sorriu para os homens. – Um homem precisa se divertir de vez em quando. Certamente os camaradas aí entendem.

– Que noite fria você escolheu pra isso – o homem de voz estridente disse.

Seu companheiro olhou atravessado.

– Uma neguinha pode manter um homem tão quente quanto todos os demônios no inferno. Mas eu bem podia tratar ela melhor, garota, do que fazer você chorar como ele fez. – Ele veio se arrastando na minha direção.

McNiven atirou, enviando um aviso mortífero entre as cabeças deles. O tiro fez os cavalos relincharem, e a garota embaixo da pilha de colchas gemeu. Enquanto a carroça saltava para a frente, me atirei no chão, cobrindo seu gemido com um meu.

— Vamo 'bora, Bart — o segundo homem disse. — Vamo deixar ele com o banquete de carne escura.

Enquanto se afastavam, seu companheiro gritou:

— Melhor ficar esperto quando tiver em cima dela. Não vou gostar de pegar você com as calça arriada.

Mal me levantara, agarrada ao topo da lateral da carroça, e comecei a sentir ânsia de vômito. Na luz cor de abóbora pálida do amanhecer, vi a pouca comida que ingerira no dia anterior escorrendo pela lateral externa da carroça.

— Desculpe.

McNiven dispensou minhas palavras com um aceno de mão.

— Não tem do que se desculpar. Ágil e inteligente desse jeito, quem sabe o que você pode fazer por nós.

A primeira vez que vira McNiven, temi pelo tipo de ameaça que ele podia representar para o Sr. Jones e para mim. Agora, por causa dele, eu correra o maior risco de minha vida, mas ele tivera tanto a ver com minha saída da enrascada quanto com a minha entrada naquela situação. Era uma prova de que ele era tão diferente daqueles dois homens que nos ameaçaram quanto Zinnie Moore era de uma dona de escravos, embora todos fossem brancos. O escocês compartilhava algo dos valores dos quacres, embora sem renunciar à violência e, por isso, eu estava em dívida com ele. Enquanto meu estômago revirava novamente, debrucei-me sobre a lateral da carroça, pensando o que mais ele pretendia me pedir para fazer.

McNiven não disse mais nada sobre o que se passara, apenas se acomodou no banco do cocheiro e chicoteou os cavalos novamente na direção da estrada. Enquanto as rodas giravam, ajoelhei e levantei a manta do rosto da menina. Seus olhos focaram em mim, e ela choramingou de desespero. Estava novamente entre nós, mas talvez não por muito tempo. Não se ela tivesse outro susto.

— Você está bem agora — sussurrei. — Não está mais na Virgínia. Você está livre. — Esperava que essa última parte fosse verdade. Fugitiva e livre não eram exatamente a mesma coisa.

Ela fez um enorme esforço para falar.

— Como eu chego aqui?

Acariciei sua testa, pretendendo tranquilizá-la com meu toque.

– Temos gente em todos os lugares, Sul e Norte, ajudando escravos a ganharem a liberdade. Até mesmo brancos trabalhando para nós, levando nosso povo de lá. – Embora eu imaginasse que tudo ficaria mais fácil quando ela visse McNiven, ainda assim fiquei preocupada se a menção a pessoas brancas pudesse paralisá-la de medo.

No entanto, não havia espaço para mais medo em seu rosto, e ela não se esforçou mais para falar.

Perguntei se ela queria comer algo. Ela assentiu, e quando levei uma colher de caldo de carne gelado à sua boca, ela sorveu o líquido sofregamente. Devia estar muito desnutrida àquela altura, e eu a alimentei com todo o caldo de carne que tinha.

*Deixa assentar por um tempo, Mary El,* ouvi a voz de mamãe dizendo, *dê uma chance ao estômago dela para se acostumar com a comida novamente.*

Arrumei as colchas ao redor dela.

– Ainda temos uma distância grande para percorrer. Por que não descansa um pouco? Vou ficar bem aqui a seu lado, vigiando e ouvindo. Se precisar de alguma coisa, é só me avisar. – Seus lábios tremeram um pouco, não exatamente em um sorriso, mas, pelo menos, de uma forma diferente do franzido de medo que tinham antes. Ela piscou em concordância e fechou os olhos.

A menina acordava de vez em quando, e eu lhe dava um pouco de pão ou água, dizendo-lhe o que podia para acalmá-la. Quando minhas palavras paliativas se esgotaram, recitei um dos poemas da Srta. Frances Watkins, ou um da Srta. Phillis Wheatley. Percebi que a menina podia não saber que elas eram senhoras de cor – uma abolicionista e a outra escrava – que escreveram versos tão lindos. No entanto, o simples ritmo das estrofes a acalmou, e ela voltou a adormecer.

Ela nunca perguntou onde estávamos indo e tampouco pareceu curiosa sobre quem dirigia os cavalos. Suponho que mostrar curiosidade estava além de suas forças naquela condição e, de certa forma, isso me alegrou. Eu ainda não conseguira superar totalmente meu medo de McNiven. Mal conseguia imaginar como ele poderia parecer para alguém no estado dela.

Percebi que ele tinha o cuidado de só parar para cuidar dos cavalos quando ela estava dormindo. Foi justamente em uma dessas paradas, no fim de nosso segundo dia completo de viagem, que ele me disse que logo chegaríamos ao nosso destino.

– Nova York? – perguntava-me onde naquele vasto estado poderíamos estar.

– Ainda não. Mas em Nova Jersey, um vilarejo que entrega cargas para nosso povo.

De alguma forma, eu colocara na cabeça que estávamos levando a menina até Nova York. Pensei que não faria grande diferença. Mas agora que ela saíra de seu estupor na minha presença, parecia errado deixá-la.

Quando ela acordou novamente, expliquei que logo pararíamos de viajar por um tempo.

– Vamos levar você para um lugar e lhe dar uma refeição boa, depois preciso voltar para casa. Umas pessoas onde pararemos levarão você para o lugar para onde você precisa ir.

Ela não disse nada, mas apertou minha mão com força. Sentamos assim, em silêncio, mas segurando uma à outra, por uma hora ou mais, até McNiven virar a carroça e pegar uma pista estreita que saía da estrada principal. Quando ele parou os cavalos, retirei minha mão da dela e levantei. Por sobre as laterais altas do veículo, vi uma casa de fazenda pequena, cercada por um agrupamento de outras construções e uma grande extensão de campos cobertos de neve.

O barulho dos cavalos fez um casal idoso sair da casa. O tom escuro de seus casacos fazia a pele pálida deles parecer fantasmagórica em contraste com a paisagem branca.

– Não há uma pessoa de cor que possa recebê-la? – perguntei a McNiven. Ele apertou os olhos para mim.

– Não se esqueça de dizer a Joons que eu estava certo sobre a moça querer companhia em quem confiasse.

Então continuou:

– Mande Chloe vir primeiro, está bem? – McNiven gritou. A mulher voltou-se para ir buscar a criada dentro da casa enquanto o marido ficou esperando.

---

– Você não tem motivo algum para se preocupar. – McNiven quebrou o silêncio quando começamos a voltar para casa no dia seguinte, apenas comigo na mesa da carroça enquanto ele dirigia. – Ela vai ficar bem rápido. Aquela moça é uma lutadora com certeza.

– Uma lutadora? Ela quase não consegue comer, mal respira e não disse mais que quatro palavras em dois dias.

– Não julgo ela só por esses dois dias, mas os que vieram antes. Nossa mocinha matou um homem.

A ideia daquela criança ter tirado uma vida me chocou.

– Pelo menos, ela talvez tenha matado ele – continuou. – O primo de David Bowser não esperou para descobrir antes de levá-la para longe.

– A senhorita Douglass trouxe aquela menina da Virgínia?

Ele riu como se eu tivesse contado a história mais engraçada que ele já ouvira.

– Bowser tem mais de um primo. Ele é um homem livre em Richmond que identifica cargas que precisam vir para o Norte.

A revelação de McNiven sobre a menina me fez ficar quieta durante a maior parte do dia, até a lua aparecer e sairmos da estrada. Ele cuidou dos cavalos, e depois trocamos de lugar para que pudesse descansar na mesa da carroça enquanto eu vigiava.

Acomodei-me no assento do banco, ouvindo o ranger da carroça enquanto ele se deitava. Olhei para frente, meus olhos vasculhando a escuridão profunda.

– Por quê? Por que ela o matou?

– Medo tanto quanto ódio, suponho. Seu dono andava atrás dela, e ela estava apavorada. Ele já tinha um bebê com ela, vendido no mesmo dia, mas veio atrás dela novamente naquela noite. Estava muito bêbado; ela tinha um tijolo e bateu na cabeça dele. É uma lutadora, com certeza.

Imaginei o peso de um tijolo em minha mão, a força que precisaria para atirá-lo com força suficiente para matar um homem. O ódio que precisaria sentir em meu coração para fazer tal coisa, e o sofrimento que podia levar uma pessoa a odiar daquela forma.

Pensei se haveria mais moças como aquela, que não tinham um tijolo por perto, nem um homem de cor livre para enviá-las para o Norte caso tivessem.

# Onze

Senti a presença de mamãe quase todos os dias, tranquilizando e aconselhando-me de todas as formas. Enquanto fechava os olhos para adormecer, trocava confidências com ela, da mesma forma que fiz quando compartilhamos o colchão de palha de milho no sótão dos Van Lew todos aqueles anos atrás. Porém, quando o inverno de 1859 chegou, ela estava extremamente agitada e me agitou também.

*Mary El, ser professora é um emprego, não uma missão.*

Mas, mamãe, você não está orgulhosa? A Srta. Mapps me escolheu. A única que ela queria entre todas as meninas do Instituto. Não apenas dali; ela podia ter contratado qualquer uma em qualquer lugar, e ela me escolheu, porque sou a melhor.

*Depois que Zinnie deixou Richmond, a Sra. V ficou falando que era a melhor cozinheira que a família já teve. Mas você sabe que Zinnie queria ser livre, sustentar a família dela, não apenas cozinhar para os Van Lew.*

Mas ensinar crianças de cor não é o mesmo que ser escrava. É para nosso próprio povo. Não se lembra quando me ensinou?

*Só mostrei a você o que você já quase sabia por causa de seu Dom. O Dom de Jesus. E Ele sabe o que pretende que você faça com esse dom, então não fica dizendo para mim ou para Ele que você já está fazendo o que Ele quer.*

Se isso não é o que eu deveria estar fazendo, como vou saber o que é?

*Quando eu desenhava letras e palavras nas cinzas da lareira, você aprendeu muito rápido. Você lia muito bem, não aprendeu a ler os sinais Dele também?*

Pensei estar enlouquecendo por discutir com uma voz em minha cabeça. Certamente mamãe era capaz de levar uma pessoa à loucura; ela era muito persistente, muito insistente e muito carinhosa. Vira tudo isso na forma como ela lidara com os Van Lew e na maneira como ela tratava a mim e a papai. Porém, agora, só eu a ouvia. E precisava saber se era realmente ela, ou apenas uma voz em minha cabeça.

– Jesus, se mamãe está com Você, e ela só pode estar aí em cima, uma boa alma como sempre foi, então provavelmente ela tem Sua atenção, e Você está ouvindo tudo sobre mim que ela lhe conta. Mas ela está me dizendo, pelo menos acho que é mamãe, que estou trabalhando na tarefa errada. Mas o que mais uma mulher de cor pode fazer? Estou ensinando, costuro e vendo na feira, ajudo o senhor Jones com a Ferrovia. Se há algo mais que você pretenda que eu faça, envie um sinal. E uma vez que mamãe diz que não sou tão boa em ler Seus sinais quanto em ler livros, o que suponho que seja verdade, faça com que seja um sinal inconfundível.

Acredito que essa oração obteve resposta, porque na semana seguinte veio um sinal que ninguém, Norte ou Sul, podia ignorar.

Zinnie Moore e eu inventariávamos o estoque de fios de lã e as outras senhoras costuravam quando o mordomo idoso entrou na sala de estar dos Forten e dirigiu-se a Margaretta Forten com tanta urgência que fez todas nós levantarmos os olhos de nossos trabalhos.

– Senhora, um mensageiro acaba de trazer essa mensagem.

Qualquer criado com um mínimo de instrução leria tal missiva antes de entregá-la à dona da casa. Nós da casa não teríamos perdido essa oportunidade, e eu não esperava que o mordomo dos Forten a tivesse perdido também. Porém, o que me surpreendeu foi como ficou claro para todos nós que olhávamos para ele que ele lera com atenção a mensagem, pois o teor de seu conteúdo estava escrito em todos os traços de seu rosto preocupado. Nenhum criado que eu conhecera, tanto quando eu estava do lado deles quanto após passar para o outro lado, deixaria sua senhora perceber que ele lera sua correspondência.

Tudo isso passou por minha cabeça enquanto Margaretta Forten pegava o pedaço de papel. Não tive tempo para pensar muito sobre isso, entretanto, porque no momento em que leu a mensagem, ela desmaiou.

Abby Pugh, uma das senhoras quacre, tinha um pouco de experiência como enfermeira voluntária e rapidamente se aproximou da Srta. Forten, desabotoando os botões do corpete e soltando o espartilho de seu corselete. Ela abanou vigorosamente nossa anfitriã enquanto o mordomo buscava sais para ela cheirar.

Quando o frasco de cristais foi colocado embaixo do nariz dela, a Srta. Forten abriu os olhos. Ela olhou ao redor, insegura, até perceber a folha de papel em seu colo e pedir à Sra. Pugh para lê-lo em voz alta.

A quacre pegou a mensagem. *"Minha querida cunhada. Recebemos informação de que há uma revolta de escravos na Virgínia. As linhas de telégrafos lá estão mudas, tudo ainda são rumores. Por favor, mantenha as senhoras na casa até que o Comitê de Vigilância possa acompanhá-las até suas residências. Robert Purvis."*

Os fios de lã vermelhos entre os dedos brancos de Zinnie Moore pareciam sangue.

– Virgínia – Foi tudo que consegui dizer, e tudo que ela conseguiu fazer foi confirmar com a cabeça.

Nasci muito depois de Nat Turner ser morto, mas seu nome, o de Gabriel Prosser também, foram presenças constantes em minha infância. Não lembro de jamais alguém ter me falado diretamente quem eram aqueles homens, como eles conspiraram para se revoltar. Apenas um reconhecimento latente do ódio com que os brancos cuspiam aqueles nomes e da mistura de orgulho e medo com o qual os negros os sussurravam. Mesmo quando eles falavam de liberdade, nunca ousaram falar de tais rebeliões. Pronunciar a palavra significava a morte, tão certamente quanto tentar colocá-la em prática.

Apenas duas das senhoras retomaram suas costuras, ambas quacres. Eu sabia o que elas costumavam falar sobre tarefas importantes e mãos ociosas, mas eu não estava pronta para bordar naquele momento. Nem Zinnie. Ela sentou ao meu lado, apertando minha mão em seu colo como se seu temor fosse tão grande quanto o meu.

Todas as mulheres na sala estavam apavoradas, é claro. Pensávamos naqueles escravos, mas também em nossa própria segurança. Já se passara algum tempo desde a última grande revolta racial na Filadélfia, mais do que meu tempo na cidade, embora não muito mais. De vez em quando, multidões queimavam casas comerciais pertencentes a negros, espancavam pessoas de cor que faziam manifestações em favor da abstinência alcoólica, matavam e destruíam em um frenesi enlouquecido enquanto a polícia ficava parada observando. Se escravos estavam se revoltando, talvez até mesmo matando brancos, lá na Virgínia, não havia como prever a forma com que as multidões na Filadélfia poderiam retaliar.

– A chuva manterá a ralé em casa – a Sra. Catto disse com tanta esperança quanto uma pessoa tinha condições de reunir naquele momento. Porém, as ruas molhadas não eram realmente mais seguras para nós do que as secas. Olhei para a pintura da águia de David Bustill Bowser, observando cada detalhe do bico predatório e das garras pontiagudas, enquanto ficamos imaginando os perigos que nos espreitavam na noite de outubro. Finalmente, a aldrava de latão soou na grande porta da frente e o mordomo anunciou o Sr. Passmore Williamson.

Um branco magro entrou na sala de estar. A Srta. Forten estendeu a mão para ele.

– Senhor Williamson, obrigada por vir. Você tem mais alguma notícia?

Havia apenas quatro anos que Passmore Williamson entrara em um barco atracado no cais da rua Walnut na Filadélfia e, de lá, levou uma escrava chamada Jane Johnson e seus filhos para a liberdade. Ele foi preso por isso, embora o juiz o tivesse libertado mais tarde julgando que o próprio dono de Johnson já a libertara quando Williamson a levou da Pensilvânia a caminho de uma plantação na Nicarágua. Ele protegera a Srta. Johnson e sua família arriscando apodrecer na prisão de Moyamensing por esse privilégio, sendo tão respeitado e confiável, até mesmo adorado, quanto um homem branco podia ser entre os habitantes negros de Filadélfia.

Agora, ele acariciava as suíças que formavam uma moldura escura ao redor do rosto estreito.

– É o herói de Osawatomie, John Brown. Liderou um bando de mais de vinte seguidores, negros e brancos. Eles ocuparam o arsenal de Harper's Ferry para armar os escravos que ele espera que se juntarão a eles. Há notícias de mortes de ambos os lados, embora os homens de Brown ainda mantenham o terreno conquistado. Eles pretendem estender a revolta aos condados vizinhos, embora seja muito cedo para dizer se serão bem-sucedidos.

Sr. Williamson contou tantos detalhes que ficou claro para mim que ele tivera conhecimento prévio dos planos de Brown, ou, pelo menos, ouvira falar da trama por algum integrante do Comitê de Vigilância que sabia sobre eles. Tal proximidade me surpreendeu quase tanto quanto as próprias notícias.

Haveria alguma enorme conspiração em andamento, tão abrangente que ia da Virgínia à Filadélfia, talvez até mesmo ao Kansas e ao Canadá? Quem ao meu redor tinha conhecimento do que aconteceria e me olhara sem revelar a menor pista?

Era por isso que esperamos, trabalhamos e rezamos todos esses anos? Todos os escravos iriam finalmente ser livres?

*Cara Mary,*

*Suponho que você tenha menos notícias disso do que nós, embora separar o rumor da verdade seja quase impossível. Brown, famoso por seus feitos em Kansas – ou notório, como os donos de escravos os classificariam –, foi capturado no amanhecer de terça-feira.*

*Richmond está sedenta por sangue, mas toda essa fanfarronice é apenas um subterfúgio para esconder seu temor. REVOLTA DE ESCRAVOS – as palavras mais temidas por um sulista! Toda a conversa de senhor e escravo juntos se beneficiando desta instituição paternal está esquecida agora; os nervos à flor da pele esperam o sinal de alerta avisando sobre outra revolta. Os virginianos temem tanto os brancos do Norte quanto os negros entre nós – se há algo com o que podemos nos alegrar nestes dias eu diria que é o medo deles.*

*Enviarei mais notícias assim que as tiver.*

*Sua,*

*Bet Van Lew*

❧ ☙

*Querida Bet,*

*Há muita agitação aqui. O telégrafo traz as notícias e os jornais as transformam em rumores. Nenhuma manifestação pública ainda, embora eles as temam.*

*Se você puder mandar notícias sobre papai, eu ficaria muito aliviada. Por favor, diga-lhe que o amo.*

*Sua,*

*Mary Van Lew*

❧ ☙

*Querida Mary,*

*Peço desculpas pelo atraso em responder. O toque de recolher aqui é bastante restritivo – Lewis não pode vir até aqui durante a semana. Esta manhã, saí para encontrá-lo – tinha apenas uma ideia vaga de onde fica a cabana dele.*

*Quando ele abriu a porta, ficou muito assustado com a possível razão de minha visita. Assegurei-lhe que só fui lá porque você me pediu para mandar-lhe notícias suas. Não permaneci por tempo suficiente para poder anotar qualquer mensagem. Porém, dou-lhe minha palavra de que ele está bem e sabe que pode me procurar caso precise da ajuda que uma senhora pode oferecer.*

*Mahon não deixará que nada de mal lhe aconteça, talvez por egoísmo, mas isso pode acabar sendo uma motivação tão forte quanto toda gentileza humana pode ser.*

*Sua,*
*Bet Van Lew*

Saber que Bet fora até Shockoe Bottom para procurar a cabana dele me deixou confusa. Os brancos circulavam para cima e para baixo naquele quarteirão da rua Main o dia inteiro, mas apenas trabalhadores, comerciantes e lojistas. Nunca uma senhora da Church Hill. Lamentei ter causado tanta aflição a papai. Mas também fiquei aliviada por Bet saber onde encontrá-lo, por ela ter até mesmo se comprometido em protegê-lo.

Quando voltei do Instituto uma tarde na semana seguinte, ouvi vozes masculinas debatendo no sala dos fundos do Sr. Jones.

– Avisamos a Brown que a revolta seria uma pena de morte. Essa loucura é apenas mais da mesma coisa.

– Que nojo! Brown tem gente pronta para lutar muito tempo. Precisamos agir agora.

Subi as escadas correndo e encontrei o Sr. Jones, McNiven e David Bustill Bowser na sala da frente. O Sr. Jones franziu o cenho com a minha chegada.

– Senhores, precisaremos tratar desse assunto mais tarde. Tenho certeza de que vocês entendem.

McNiven não desistiu facilmente.

– Não precisamos proteger Mary dessa conversa. A moça é tão corajosa quanto qualquer homem na hora em que o perigo se apresenta.

Olhei para o Sr. Bowser para ver se ele concordava.

– O plano de McNiven é tolice. Que mal pode haver em discutir isso na frente dela?

– Não é tolice – McNiven disse. – Contanto que eu possa encontrar uma rota para Charlestown sem vir do Norte.

Charlestown era onde John Brown estava preso enquanto as altas autoridades da Virgínia e as multidões reunidas em frente à prisão zombavam e planejavam a morte dele.

– Eles vão para Charlestown em grandes quantidades, por trem, desde Richmond – disse.

– Como você sabe? – McNiven perguntou.

– Uma carta, de minha... Uma correspondência de Richmond.

– Se eu for primeiro para Richmond, pode haver um caminho para Charlestown que não levante suspeita.

O Sr. Bowser fez que não com a cabeça.

– Meu primo diz que Richmond está perigosa demais estes dias. Não podemos pedir a ele para fazer o que você sugere.

– Seu primo não precisa se arriscar para se juntar a mim na libertação de Osawatomie Brown.

Deixei escapar um gritinho; a ideia era tão audaciosa. O Sr. Jones bateu com o pulso na mesa de mogno, olhando com ódio para McNiven por revelar tanto na minha presença.

– Pode confiar na moça, garanto. Ela já me deu a ideia de Richmond. Preciso encontrar um lugar para esperar lá até poder ir até Charlestown.

– Bet Van Lew pode recebê-lo – disse.

O Sr. Jones elevou suas sobrancelhas arqueadas.

– Você sugere que mandemos McNiven para uma senhora branca?

– McNiven é um homem branco indo salvar outro homem branco. Não acredito que a ajuda de mais uma pessoa branca seja tão estranha assim – respondi.

– Mas uma virginiana – Sr. Bowser disse. – E ainda por cima uma mulher.

Ele já me provocara com virginiana, mas quando acrescentou a palavra "mulher", algo me inflamou. Subi correndo as escadas e fui para minha escrivaninha, então procurei pela carta mais recente de Bet, desci e a li para eles.

*"As coisas aqui fazem meu sangue ferver! O Governador Wise age de uma forma que, dizem, é porque ele quer chegar à Casa Branca. Os donos de escravos estão tão agitados que lhe dariam a nomeação do Partido Democrata – eles agora exigem um sulista para a presidência. Eles dizem que a correspondência de Brown é prova de que não se deve confiar em qualquer nortista. De minha parte, eu gostaria de lhe dizer que há um sulista ou dois que acha que Brown é mais sabido e Wise é mais covarde do que o contrário. Espero sinceramente que eu possa fazer minha parte antes que tudo seja dito e feito."*

Estendi as folhas na direção do Sr. Bowser.

– Há mais, se você quiser ver.

– Não é necessário – McNiven disse. – Sou a pessoa que vai, e já ouvi demais. Escreve para sua amiga e pergunta se ela está disposta a me ajudar ou não.

– As correspondências estão sendo interceptadas – Sr. Bowser lembrou. – Escrever qualquer coisa que sugira tal missão colocará a todos na forca.

– Mary sabe enganar as pessoas com suas palavras. – Ele fez um gesto com a cabeça na minha direção. – Escreve a carta de uma maneira que só sua amiga a entenda.

*Querida Bet,*

*Lamento saber que seu tio John só tem você para cuidar dele. Espero que você não se ofenda quando digo que, embora eu não aprecie muitos de seus parentes, ele é um dos meus favoritos. Na verdade, existem outros que também o admiram e um, de fato, pode estar disposto a cuidar dele para evitar qualquer incapacitação grave. Embora você tenha expressado seu temor de que o confinamento dele possa ser fatal, talvez com a ajuda desse cuidador ele possa viver muitos anos mais.*

*Você estaria disposta a acolher tal visitante para cuidar de seu tio? Seu nome é Thomas McN e ele é um parente mais próximo de você do que de mim, assim imagino por causa da semelhança física. Tal visita aborreceria muito sua mãe e seu irmão? Enviarei uma mensagem por ele escrita para você saber quem ele é. Ele dirá se seu tio pode ser transferido para um local onde possa receber melhores cuidados.*

*Aguardo ansiosa por sua resposta. Espero não ter falado demais ou de menos uma vez que você sabe que esse assunto é muito delicado para nossas duas famílias.*

*Sua,*<br>*Mary Van Lew*

❦ ❦

*Querida Mary,*

*Obrigada por sua mensagem sobre meu tio – tive problemas para entender a princípio, mas claro, se há alguém que possa ajudar esse homem querido, mande-o imediatamente. É meu maior desejo ver meu tio recuperado.*

*Temos bastante espaço para esse tipo de hóspede. Meu irmão alugou uma casa para si perto das lojas e mamãe pode ser incentivada a fazer uma viagem para White Sulphur Springs – ela está muito nervosa por causa da situação de titio e isso lhe faria bem. Seu amigo não deve esperar muito em termos de vida social na cidade – a maioria dos homens daqui está marchando com suas milícias para o caso de alguma outra agitação em Harper's Ferry.*

*Por favor, me avise a data da chegada da visita. Titio não está nada bem – alguns dizem que ele não dura nem mesmo até o final do mês.*

*Sua,*<br>*Bet Van Lew*

Bet libertara a mim, a mamãe e aos outros escravos da família, gastara seu próprio dinheiro nisso e também em contribuições para muitos grupos abolicionistas. Porém, isso era diferente de gastar, fazer doações ou passar sem seu cozinheiro e mordomo favoritos. Significava arriscar a própria vida tanto quanto McNiven estava arriscando a dele. Tanto quanto eu arriscara a minha acompanhando a carga. Mais ainda, se metade do que diziam sobre o pânico na Virgínia era verdade. Enforcá-los primeiro e condená-los depois – era assim que seria se eles pegassem qualquer um fazendo o que McNiven pretendia tentar. Branco ou não, mulher ou não. E ainda assim Bet queria ajudar.

\* \* \*

McNiven passou seu tempo em Richmond vagando e fingindo procurar trabalho, o tempo todo acumulando informações sobre tudo que podia lhe ser útil, sobretudo os trens de excursão para Charlestown. Era assim que os vendedores de bilhetes os chamavam, como se as pessoas estivessem viajando para o litoral ou para uma feira de agropecuária para se divertirem durante uma tarde.

No dia 18 de novembro, McNiven pegou um daqueles trens, foi até Charlestown e procurou o Sr. George Hoyt, advogado de Brown. Hoyt não era grandes coisas como advogado aos 21 anos, pouco mais velho do que eu era na época – não que isso importasse, uma vez que a Virgínia não dera a Brown um julgamento, mas sim um palco para a encenação do ódio dos donos de escravos. Hoyt atuava mais como um espião para os abolicionistas ricos da Nova Inglaterra que financiaram Brown, enviado para suprimir qualquer indício que pudesse implicá-los. E para conseguir a libertação de Brown por meios extralegais, se possível, uma vez que essa certamente era a única forma de salvá-lo.

Só soubemos desses fatos mais tarde, por McNiven, que nos contou tudo com tanto gosto que tivemos de acreditar que era tudo verdade. Portanto, quando McNiven nos disse que Brown se recusara a ser resgatado, parecia que podíamos acreditar nisso também.

*"Deixe-os me enforcar! Tenho um valor inconcebivelmente maior enforcado do que para qualquer outro propósito."* Foi o que Brown contara a Hoyt. Foi o que Hoyt relatara a McNiven. E foi o que McNiven contou para o Sr. Jones, o Sr. Bowser e para mim quando voltou à Filadélfia nos últimos dias opacos de novembro.

– Encontrei uma lembrança, para cada um de vocês, de como nosso trabalho é importante – McNiven disse quando terminou de relatar sobre o último combate de John Brown. – Bowser, você já tem a sua. Jones, a sua chegará no futuro próximo, trazida por uma mão mais formosa do que a minha. E Mary, tenho a sua aqui mesmo. – Enfiando a mão no fundo da mochila que ele pendurara nas costas da cadeira do salão, ele retirou uma cruz de ferro.

Uma cruz cujo fabricante eu reconheci imediatamente por ser muito parecida com a que ficara pendurada na cabana de papai todos os dias de minha infância.

– Como ele está? – perguntei, tomando a cruz de McNiven.

– Não sei se ele está melhor ou pior, pois só o vi uma vez, como qualquer cliente faz. Mas é um bom ferreiro, qualquer um pode olhar para isto e confirmar.

Passei as mãos pelos rolos de papel bem esculpidos, quase sentindo o fogo com que ele trabalhara o metal. Era muito fácil ver o que McNiven pretendia que eu fizesse com a lembrança, dada com o mesmo propósito com que Brown estava desistindo da própria vida.

Não precisava que John Brown ou Thomas McNiven me fizesse odiar aquilo que mantinha papai longe de mim. Porém, McNiven escolhera muito sabiamente, fazendo-me pensar sobre o que ainda me mantinha longe dele.

No último dia de novembro, a Sra. Forten convocou uma reunião especial da Sociedade Antiescravagista para ouvir uma resolução delineando a posição do clube sobre John Brown.

"*A Sociedade Feminina Antiescravagista da Filadélfia trabalha há muito tempo para terminar a terrível instituição da escravidão em toda esta nação e em seus territórios. Embora deploremos qualquer uso de violência na teoria ou na prática, elogiamos o heroísmo do Sr. John Brown por se sacrificar e a seus filhos pela causa da abolição."*

A Sra. Pugh franziu o cenho.

– Eu pensava que seria desejável nos dissociarmos completamente de qualquer um que use violência de qualquer tipo.

– O Sr. Frederick Douglas escreveu sobre como ele *repeliu, usando a força, o braço sanguinário da escravidão* – lembrei-a. – Se a força foi boa para ele, por que devemos condená-la?

Sarah Mapps Douglass sempre se sentira muito orgulhosa do ex-escravo que compartilhava seu nome com ela, embora ele não fosse seu parente.

– Sr. Douglass é um homem nobre de várias maneiras – ela disse. – Mas, como muitos homens, ele usa a violência com demasiada facilidade. Nós, senhoras, devemos agir como um corretivo para o impulso masculino.

Lembrei da menina que eu ajudara a transportar dois anos antes, imaginei novamente o peso de um tijolo em minhas mãos, as emoções que podiam me fazer descarregar um peso daqueles com violência no crânio de um homem. Aquele tijolo era um corretivo suficiente para o impulso masculino, pelo que conseguia entender. Mas eu não podia revelar o segredo daquela menina, nem o do Sr. Jones, no meio da sala de estar dos Forten.

– Pensei que devíamos ser um corretivo para a escravidão.

Minha ex-professora concordou com seu jeito empertigado.

– É por isso que financiamos palestras e publicações sobre os erros da escravidão.

Eu frequentara várias dessas palestras sem perceber a presença de qualquer dono de escravos na plateia. Por mais que apreciasse os palestrantes, os panfletos e tudo o mais, sabia que eles só divulgavam nossa causa perante aqueles nortistas que já compartilhavam ideias semelhantes.

– Trabalhei tão arduamente quanto qualquer um para tornar nossas feiras um sucesso. Porém, algum de vocês realmente acredita que tais coisas podem levantar dinheiro suficiente para comprar todos os escravos?

– Não importa se elas podem – Sra. Pugh disse, dando-me um sorriso gentil. O tipo de sorriso que os quacres sempre davam, o qual, na maioria das vezes, eu gostava, mas que, às vezes, era capaz de irritar sobremaneira uma pessoa. – Não compraríamos um único escravo, nem todos os escravos ainda que pudéssemos, para libertá-los. Fazer transações com donos de escravos é algo vil, e se envolver no comércio de escravos apenas encoraja a compra e venda de almas humanas.

– Então eu deveria ser uma escrava ao invés de uma mulher livre? – perguntei.

– Céus, não – Zinnie disse. – Tu fostes libertada por uma dona que passou a ver os males da escravidão. Que ela possa ser um modelo para outros donos de escravos.

– Bet Van Lew não era minha dona, sua mãe era. Bet me comprou para poder me alforriar. – Olhei ao redor da sala nos olhos de cada uma das senhoras. – Garanto a vocês, não é pouco saber que fui comprada e vendida dessa forma. Mas não me arrependo de Bet ter negociado com um dono de escravos. Eu queria que ela pudesse negociar com outro, assim meu pai também poderia obter sua liberdade.

– Seus sentimentos sobre essa questão são bastante compreensíveis – Srta. Forten disse. – No entanto, nosso grupo tem determinados princípios que defendemos com paixão, e vejamos, por voto, se essas crenças nos levam a adotar a declaração no que se refere ao Sr. John Brown.

Enquanto ela pedia que levantassem as mãos, reuni meus pertences. Quando me encaminhei para a porta da frente, Zinnie veio pelo corredor atrás de mim.

– Tu não ficas para costurar conosco?

Fiz que não com a cabeça.

– O tempo de costurar já passou. É hora de fazer mais.

Os olhos cinzentos de Zinnie não mostraram nenhum sinal daquela alegria que me atraiu para ela da primeira vez.

– Desejamos a mesma coisa – ela disse – embora suponha que nenhum de nós saiba como obtê-la.

Quando abracei minha amiga para me despedir, ela deve ter sentido algo em mim que eu mesma apenas começara a perceber, porque acrescentou:

– Cuide-se para que nenhum golpe em seu corpo ou marca em sua alma seja a consequência de qualquer trabalho que escolhas.

Andando na escuridão profunda da noite, voltei minhas costas para a Estrela Polar e comecei minha viagem para casa.


– Nossa própria igreja nos expulsando. – Hattie estava furiosa na manhã de 2 de dezembro enquanto caminhávamos com sua família para uma cerimônia em memória de John Brown.

– Não éramos nós que eles pretendiam afastar – sua irmã Diana disse. – Apenas quaisquer manifestantes a favor da escravidão que poderiam estar vindo ao nosso encontro.

Os consignatários da Bethel A. M. E. não estavam dispostos a arriscar o prédio de sua igreja, nem por John Brown nem por ninguém. E assim passamos depressa pela Mãe Bethel, pegamos o longo caminho até a rua Passyunk e viramos para oeste na direção da Igreja Batista Shiloh. O Sr. Jones fazia essa rota frequentemente, dirigindo sua carruagem fúnebre para o cemitério Lebanon, situado do outro lado da rua da igreja Shiloh. Era estranho ver as lápides lá, sabendo que o homem que estávamos celebrando naquele dia ainda não morrera. Seu enforcamento estava previsto para as 11 horas da manhã, mas já havia centenas de pessoas reunidas no santuário de Shiloh antes disso.

– Você lamenta estar aqui e não no National Hall? – Hattie perguntou quando sentamos em um dos bancos.

Fiz que não com a cabeça, olhando ao redor para os negros de todos os tons e idades reunidos ali.

– Nada lá poderia significar mais para mim do que o que vejo aqui. – Os palestrantes da reunião organizada pelos abolicionistas brancos seriam mais famosos, e a plateia no National Hall seria maior; com Sarah Mapps Douglass, Zinnie Moore e todas as minhas outras amigas da Sociedade Feminina Antiescravagista da Filadélfia comparecendo em peso. Porém, esse não era mais o lugar em que meu coração estava.

Na Shiloh, havia mais palestrantes de cor. Eles podiam todos falar – John Brown era o tema comum, mas cada sermão era diferente, condenando a escravidão, o preconceito racial na Filadélfia e todas as instâncias do governo americano.

O Reverendo Elijah Gibbs foi o primeiro a subir ao púlpito.

– Ouvimos pessoas dizendo aos donos de escravos que eles têm a responsabilidade moral de libertar os escravos. Mas quando foi que qualquer dono de escravo, a não ser uma minoria, ouviu o chamado da responsabilidade moral?

Murmúrios de "Amém" foram ouvidos da multidão.

– Ouvimos gente falar sobre a Ferrovia Subterrânea, chamar o nome de Harriet Tubman e dizer que ela é o Moisés de nosso povo. Ela própria trouxe cinquenta ou mais. Mas quantas Harriet Tubmans, que exército de Moisés, quantas vidas de trabalho na Ferrovia serão necessárias para libertar quatro milhões de escravos?

– Demais, irmão – gritou um homem na nossa frente.

– Quantos de nós aqui hoje têm entes queridos do outro lado? – Reverendo Gibbs perguntou, e eu levantei a voz juntamente com o resto. Parecia que a maioria de nós tinha, e até mesmo aqueles que não se pronunciaram, como Hattie e sua família, conheciam alguém como eu, que tinha.

– Quantos de nós aqui hoje – ele repetiu, o sentimento coletivo da congregação se identificando com o dele – vivem nossa liberdade um pouco menos intensamente porque sabemos que nossos entes queridos não a têm? Quantos de nós pensam todos os dias naqueles considerados como os assim chamados bens móveis humanos, que são postos a trabalhar, chicoteados, espancados, forçados a procriar e vendidos, tudo ao capricho dos donos de escravos?

O coro de respostas ficou mais alto.

– Ouvimos pessoas falando de acordos, delimitação da escravidão e preservação da União. No entanto, o que deve ser acordado, delimitado e preservado no caso do marido que tem uma esposa na escravidão, da mãe que tem uma filha na escravidão, do irmão com uma irmã, do filho com um pai?

Sua voz se elevou.

– Tenho mais familiares na escravidão do que fora dela, e não tenho tempo para acordos e entusiasmo pela delimitação, e não desejo preservar nada a não ser os direitos à liberdade da minha família. Não conheço John Brown. Mas sei que o que ele fez para libertar nosso povo é um grande feito. E cada um de nós deve estar preparado para fazer muito mais. Deus nos abençoe a todos nessa luta.

Gritos de aprovação ecoaram pela sala toda quando o Reverendo Gibbs desceu do púlpito. Um após o outro, mais religiosos levantaram para fazer seus discursos. Recostei no banco, deixando suas palavras se derramarem sobre mim como a força do rio James sobre as rochas que permeavam suas quedas.

Mas sentei ereta quando uma voz familiar retumbou do púlpito.

– Não sou um religioso e nem estou aqui para prantear por John Brown – David Bustill Bowser começou. – Quero falar hoje de outro homem. Um homem negro. Um homem cuja mãe era uma escrava e cujo pai era seu senhor. Um homem cujo pai libertou os próprios filhos escravos, mas apenas após ele ter vivido uma vida inteira com os lucros do trabalho deles. Somente após seu filho ter se tornado um homem e casado com uma escrava, propriedade de outro senhor.

Este homem pegou a liberdade que seu pai dono de escravos lhe deu e o que ele fez com ela? Decidiu comprar sua esposa e seu filho. Eu digo esposa, embora para um escravo não exista casamento legal, nenhum laço que um senhor de escravos seja legalmente forçado a respeitar. Eu digo filho, embora esse homem tenha mais de um. Ele e sua mulher tiveram seis filhos preciosos, todos na escravidão. No entanto, o dono da mulher disse que lhe venderia um, o mais jovem, e a própria mulher, por nada menos de mil dólares em espécie."

Gritos de "Conta, irmão" e "É sempre assim, não é?" irromperam pela sala.

– O que significa isso para um negro, o qual pode ganhar muito pouco nos trabalhos que nos deixam fazer, economizar mil dólares? Isso significa anos e lágrimas. Mas esse homem conseguiu.

"Ele voltou ao dono de sua mulher e lhe entregou o dinheiro. O dono contou-o, sentiu-o na mão e disse: 'Não basta.' Esse dono de carne e sangue humanos segurou os frutos do trabalho de um marido amoroso e disse: 'Eu disse mil dólares, mas agora acredito que posso ganhar mil e quinhentos dólares, pelo menos, se vendê-los para um negociante. Então é isso que farei.'

"O homem de cor foi ver se conseguia juntar mais quinhentos dólares, metade a mais do que a quantia originalmente estipulada, para satisfazer o homem branco que se denominava dono da esposa desse homem de cor. E o tempo inteiro, a mulher na escravidão continuou a escrever para o marido."

Sr. Bowser desdobrou algumas folhas soltas e começou a ler.

– *Querido marido, quero que você me compre o mais rápido possível, pois se você não consegue, outro vai me comprar. Dizem que o senhor precisa do dinheiro. Se é assim, não sei quando ele vai me vender e então todas as minhas esperanças radiantes de um futuro vão ser destruídas, pois só existe uma esperança radiante que tem me animado nos momentos difíceis, e ela é a perspectiva de estar com você. Se eu achasse que nunca o veria, esta Terra não teria encanto para mim. Faça tudo que pode por mim, o que tenho certeza de que você vai fazer.* – Ele levantou os olhos das páginas. – A esposa desejava a liberdade, para ela e para o filho. Mas isso não era tudo que ela queria. Queria o amor e o apoio do marido. Ela escreveu isto também. *Ah, querido Dangerfield, venha este outono sem falta, com ou sem dinheiro. Desejo tanto ver você. Essa é a única esperança radiante que tenho diante de mim.*

"Então, o marido voltou, não com dinheiro, mas com uma arma. Não sozinho, mas com John Brown. Não para pegar a esposa e o filho, mas sua esposa e todos os seis filhos. John Brown decidiu libertar a massa de escravos desconhecidos. Dangerfield Newby decidiu libertar a própria família. E foi em Newby que eles atiraram primeiro."

O Sr. Bowser retirou algo do bolso do paletó e segurou alto no ar. Um pedaço de metal do tamanho da minha cruz, embora fosse reto e tivesse a ponta afiada.

– Os cães raivosos da Virgínia não ficaram satisfeitos em enfiar uma bala em Dangerfield Newby. Eles atiraram uma estaca de ferrovia nele, abrindo sua garganta de orelha a orelha. Eles não ficaram satisfeitos em matá-lo a tiros, mas correram para o corpo e o esfaquearam diversas vezes com suas facas enferrujadas. Eles não ficaram satisfeitos em esfaquear um cadáver, mas o retalharam, picando pedaços das orelhas do homem, seus dedos, sua carne. Eles não ficaram satisfeitos em mutilar o cadáver, mas o largaram na rua para que os porcos pudessem se alimentar com ele. Esses são os bons cidadãos de Harper's Ferry, da Virgínia, dos Estados Unidos.

"Ah, sim, eles encontraram as cartas de Harriet Newby no corpo desfigurado de seu marido. E eles as levaram para o homem que se intitulava dono de Harriet. Quando ele as leu, vendeu Harriet para o Sul. Talvez para Louisiana, talvez para o Alabama. Não sabemos. Porém, onde quer que ela esteja, Harriet sabe e nós sabemos também que não sobrou ninguém para amar e resgatar a esposa e os filhos de Dangerfield Newby. A não ser que nós mesmos o façamos.

"Um amigo nosso esteve na Virgínia recentemente. Eles estão vendendo estacas de ferrovia, juntamente com pedaços do que eles afirmam ser de Dangerfield Newby, como souvenires. Ele trouxe esta estaca para mim, para que eu pudesse sentir o peso do objeto que o matou. – Ele levantou a estaca sobre sua cabeça. – Mas não foi isso que matou Newby. Foram a escravidão, a ambição e o preconceito racial. E nos matará também se tiverem uma oportunidade.

"John Brown morre esta manhã. Mas Dangerfield Newby já está morto. John Brown fez algo muito grande em nome da justiça. Porém, Dangerfield Newby fez algo igualmente grande em nome do amor. John Brown é um exemplo para muitos na luta para acabar com a escravidão, mas Dangerfield Newby é nosso herói. É sua morte que devemos prantear, honrar e pela qual devemos nos preparar para morrermos se necessário for."

Não ouvira falar sobre Dangerfield Newby antes, mas o sermão do Sr. Bowser sobre ele me impressionou muito. Eu estava triste, zangada e orgulhosa ao mesmo tempo, olhos cheios d'água, coração acelerado e a expressão de minha boca dividida entre a determinação e o desdém. Harriet Newby, papai, Dangerfield Newby, eu – tudo parecia intricado.

Hattie colocou sua mão sobre a minha. Embora seu toque tivesse me acalmado, senti-me mais distante dela do que nunca. Ela estava sentada com o marido, pai, irmãs e cunhados, uma família inteira junta. Sobrinhos e sobrinhas em casa, protegidos do que podiam ouvir no culto. Porém, para minha família, nunca houve um "junta", nunca houve uma "proteção". Tampouco para a família de Newby. Essa é a razão pela qual as palavras do Sr. Bowser me tocaram tanto; elas me fizeram pensar sobre o que eu estava disposta a fazer para aceitar a Missão que mamãe insistia que era minha.

O que começara como um rumor nos bastidores da cerimônia na manhã de sexta-feira, na noite do mesmo dia se tornara um fato conhecido em toda Filadélfia – Mary Brown trazia o corpo do marido para casa para ser enterrado em sua fazenda, no longínquo estado de Nova York. O que significava que, no sábado, eles passariam pela Filadélfia.

Pessoas de todas as partes da cidade planejavam comparecer. Aqueles que achavam que Brown era um herói e um mártir e os que o consideravam um ente diabólico e um louco; esperava-se que todos se perfilassem pelas ruas próximas à estação de trem na manhã seguinte.

Hattie, suas irmãs e seus maridos se reuniram na sala da frente da casa do Sr. Jones para discutir as notícias. O Sr. Jones permaneceu quieto, mesmo quando todos os outros vociferavam sobre a viagem funerária da viúva Brown.

– Ela tem sorte de ter o corpo – Stephen, o marido de Charlotte, disse. – Soube que mutilaram os outros, entregaram eles a alunos de medicina para serem dissecados, jogaram eles em covas não identificadas ou simplesmente os largaram para apodrecer. Até os próprios filhos de Mary Brown.

O marido de Emily franziu o cenho.

– Não fale essas coisas na frente das senhoras.

– Papai sempre diz que as senhoras não devem ser protegidas daquilo que ignoram – Hattie disse. – Ignorar nossos inimigos nos coloca em risco.

– Nossos inimigos? – Emily repetiu. – Nós nem conhecemos essas pessoas.

– Sabemos que eles nos odeiam – George disse. – O único que odeiam mais é John Brown, porque ele agiu por nós.

Stephen assentiu.

– Dizem que Mary Brown pode ter o corpo dele, mas que ele apodrecerá no caixão antes que sua sepultura seja cavada. Nenhum homem na Virgínia, de cor ou branco, ousa preparar o corpo.

Senti um bolo no estômago e, imediatamente, soube por que o Sr. Jones estava tão calado em sua poltrona forrada com pelo de cavalo. Se a Sra. Brown estava trazendo o corpo do marido para a Filadélfia para ser embalsamado, certamente havia um homem na cidade determinado a fazer o serviço.

Emily soltou um grito, e todos entenderam, todos falaram ao mesmo tempo.

– Não, papai, você não pode fazer isso.

– Claro que vai, ele tem que fazer.

– Seria loucura tentar. Dizem que haverá um tumulto com certeza.

– Não diga tentar, como se ele pudesse falhar. Ele fará isso, e será uma honra.

Durante toda a gritaria e discussão, compartilhei o silêncio do Sr. Jones. Ele sempre disse que quando o vento sopra do sul, não há nada que você possa fazer para pará-lo. O vento que soprava agora não ia parar até que derrubasse todos os donos de escravos ou todos os abolicionistas. Talvez ambos.

Um pedaço de lenha caiu na lareira. Ajeitei o xale ao redor de meus ombros, como se o vento meridional estivesse soprando pela sala.


Não foi o vento frio de dezembro que me deixou intrigada quando deitei. Foi um sonho. O Sr. Jones estava no jardim da mansão dos Van Lew, cavando uma cova. No momento em que o buraco estava suficientemente fundo para ele ficar em pé lá dentro, alguém colocou trilhos ferroviários por cima, prendendo-o dentro da cova. De cima do buraco, tentei colocar a mão entre os trilhos e puxá-lo para fora, porém, o Sr. Jones gritou para eu ajudar outro homem que estava atrás de mim. Voltei-me e vi duas estacas de metal gigantes se fundirem em uma cruz de sete pés de altura. Uma multidão de homens brancos levou um negro até a cruz. Todos tinham cabeças de porco tão pálidas quanto suas mãos e faziam barulhos horríveis como porcos no cio. Enquanto amarravam o homem de cor nas estacas de metal, um dos homens-porco gritou:

– Bem, negro Newby, o que você tem a dizer agora que vai morrer?

– Perdi minha mulher e filho – veio a resposta angustiada. – Para que viver?

Quando ouvi a voz, percebi que não era Dangerfield Newby que eles estavam levando. Era papai. Não conseguia ver seu rosto, escondido como estava pela fila de homens-porcos, os quais carregavam seus rifles com os atiçadores que ele fabricara para os Van Lew. Quando tentei correr em sua direção, uma baforada de vento soprou forte contra mim. Ouvi um estouro e o cheiro de fumaça de fuzil. Papai desapareceu.

Acordei assustada. A luz do dia iluminava todo o quarto. A quietude agourenta na casa me disse que o Sr. Jones já estava na casa ao lado, esperando pelo corpo de John Brown. Arranquei a colcha, vesti-me e corri para fora. Embora o dia estivesse radiante e límpido, poucas pessoas circulavam fazendo tarefas; as persianas estavam fechadas nas casas e nos estabelecimentos comerciais.

Alguns quarteirões antes de eu chegar à interseção da rua Broad com a rua Prime, ouvi a multidão. Centenas de pessoas, talvez até mesmo mil ou mais, rodeavam a estação de trem. Quando me aproximei, um aglomerado de jovens brancos cantou a mais nova canção de *coon show*. "Na terra de Dixie onde nasci, cedo em uma manhã gelada, olhe para longe, olhe para bem longe, longe da terra de Dixie."

Dei a volta ao redor deles, apressando-me para chegar ao lado mais distante da plataforma da estação de trem, onde negros e brancos se misturavam e as toucas das quacres pontuavam a multidão. Alguns daqueles que estavam lá reunidos citavam trechos da Bíblia; alguns entoavam cantos religiosos; alguns sussurravam uns para os outros. A maioria estava silenciosa.

Antes que eu pudesse encontrar um único rosto familiar naquela massa humana, um apito perfurou o ar, e o trem entrou bufando na estação. Quando parou, a multidão avançou.

O condutor saltou do vagão dianteiro.

– Para trás, miseráveis, ou vocês empurrarão o trem para fora dos trilhos.

– Onde está nosso João Batista? – uma mulher ao nosso lado gritou. – Onde está nosso João Batista? – Ao meu redor, as pessoas aderiram ao clamor.

O condutor fez que não com a cabeça e disse:

– Morto, igual ao primeiro. Como todos nós estaremos muito em breve. Agora deem um passo atrás. Temos frete para descarregar.

Duas dezenas de homens uniformizados desembarcaram do trem, forçando a multidão a recuar na plataforma. A porta de um dos vagões de carga abriu, e seis guardas carregaram uma caixa de pinho comprida até uma carroça na outra extremidade da estação.

– Siga-os – alguém gritou. – Eles não podem nos deixar para trás.

– É melhor correr – um homem do outro lado gritou de volta. – Temos uma recepção bem acolhedora esperando por vocês na funerária daquele negro.

A multidão avançou, empurrando-me enquanto se movia para o norte e para o leste. Mais tarde, percebi que torcera um tornozelo no caminho; em algum outro ponto, uma mão agarrara e rasgara meu casaco. Porém, não percebi nenhum dos dois incidentes no momento em que aconteceram. Tudo que senti foi a pressão das pessoas de repente diminuir, e a fumaça de pinho subindo em caracóis no ar frio. E, em seguida, através da fumaça, um vislumbre das chamas lambendo as paredes da funerária e o celeiro de madeira ao lado dela.

O calor do fogo fez o ar ondular diante de meus olhos, enquanto um grupo de homens brancos arrastou o Sr. Jones para fora, diante da multidão. Três o seguraram, um quarto colocou uma tocha acesa em seus pés e o último bateu com a coronha de uma pistola em seu rosto.

– Onde está ele? – eles perguntaram, um após o outro. – Onde está o corpo?

– Vocês quebraram o queixo dele – gritou alguém da multidão. – Ele não pode falar.

O homem com a pistola veio rapidamente na nossa direção.

– Outra palavra, ou um passo à frente, de qualquer de vocês, negros ou filhos da puta adoradores de negros, e meto bala em vocês dois. – Ele voltou-se para o Sr. Jones e bateu em seu rosto com a arma diversas vezes. – Miserável, fala!

Senti todo o calor e a dor que eles provocaram no Sr. Jones, temendo pelo que mais poderiam fazer com ele. Não sabia como podia ajudá-lo, mas jurei que não ficaria impassível. Supondo que eu era tão impulsiva quanto destemida, preparava-me para me destacar da multidão e tentar fazer o possível para que parassem quando um berro veio do norte, interrompendo o facínora no meio de um golpe.

– Céus, fomos enganados.

O homem que berrou veio galopando na direção dos brutos, montado em Estrela Polar e gritando suas notícias.

– A caixa que eles trouxeram pra cá foi enviada para nos enganar. Eles levaram o corpo de John Brown direto para o cais da rua Walnut. Corram ou ele vai partir antes de a gente chegar lá.

– Deus nos ajude. Parece que o próprio demônio chegou aqui – murmurou uma idosa ao meu lado. Porém, não era o demônio. Era apenas um escocês com cabelos da cor das chamas do inferno.

– Deixei eles tontos, foi sim – McNiven nos contou mais tarde. – Quase um pecado, enganar gente tão tola. – Ele agiu como se tivesse feito uma travessura, desviando a multidão de pessoas pró-escravidão para longe da área enquanto tomava as devidas providências para que eles não chegassem ao cais antes do barco com o corpo de Brown partir. No entanto, de acordo com o Dr. Weatherston, o Sr. Jones estaria morto se não fosse pelo raciocínio rápido de McNiven.

Mesmo agora, o idoso estava à beira da morte. Enviar um caixão-isca para a funerária dera tempo suficiente à viúva de Brown para transportar o cadáver do marido pela Filadélfia sem ser descoberto, mas a participação do Sr. Jones no plano lhe custara muito caro. A tocha deixara feridas tão profundas em seus pés que ele não conseguia ficar em pé. Seu maxilar fora quebrado pelos golpes da pistola, sua língua estava inchada demais para ele falar ou comer. Hattie e suas irmãs cuidavam dele dia e noite, revezando-se para lhe dar colheradas de mingau ou caldo de carne, rezando para ele se recuperar.

Reunimo-nos ao redor dele na casa de Charlotte. A funerária e a bela casa ao lado dela foram inteiramente queimadas antes dos bombeiros chegarem. Tudo que eu possuía – cartas, livros, recordações, todas as peças de roupa, exceto o que vestira naquela manhã – se foram. Até a cruz de ferro de papai ficou enterrada no meio da grande pilha de cinzas. Todo aquele tempo que passei ouvindo Zinnie Moore alardear as virtudes da simplicidade deve ter causado algum efeito em mim, porque quando me vi sem bem algum, a sensação de alívio foi maior do que a de perda.

O fogo e as pancadas desencadearam mudanças em mim, assim como o fizeram no Sr. Jones.

O fogo ajuda a revenir o metal, as pancadas o moldam. Uma filha de ferreiro sabe disso muito bem. Seja lá o que eu fora antes – uma jovem senhora, uma professora –, era algo diferente agora. Mais forte e com um propósito, como as ferramentas com que papai moldava na ferraria. Não havia lugar para mim na Filadélfia, nada de meu. E isso facilitaria minha partida.

# LIVRO TRÊS

Richmond
1861 – 1865

# Doze

— Não gosto disso nem um pouco – ele insistiu pelo que deve ter sido a centésima vez.

Abri a boca para responder que era uma escolha minha, que ele não tinha direito de gostar ou desgostar, mas McNiven me olhou fixamente.

– Nem ela nem eu estamos pedindo para você gostar disso, Bowser. Se você o fizer, será uma gentileza que lembrarei e retribuirei.

David Bustill Bowser, ríspido, escuro e corpulento, teria dito não uma vez e terminado o assunto. Mas seu primo – precisei ficar me lembrando que eles eram primos, pois esse jovem magro, de pele cor de cobre, era muito diferente do Sr. Bowser que eu conhecia – era mais argumentador.

A luz fraca do sol jorrava pelo bosque de árvores de tulipas desfolhadas e de goma doce. Era uma manhã de janeiro bastante fria, e eu ainda estava a mais de quarenta milhas de onde pretendia estar. Assim, embora Wilson Bowser estivesse ansioso para me convencer da tolice de meu pedido, ele não conseguiu. Eu estava indo para casa. E precisava que ele me levasse.

– Você já despachou muitas cargas por essa área. Certamente não será muito difícil me levar.

Ele agiu como se minha menção da Ferrovia confirmasse que eu era uma tola.

– As cargas vão do Sul para o Norte, não ao contrário. – Ele olhou para McNiven. – Ela é sempre tão cabeça-dura?

– Fique feliz por ela estar do nosso lado. Do contrário, poderíamos considerar a natureza teimosa dela ainda mais problemática. – McNiven escondeu a mão atrás do farto bigode cor de laranja, mas vi o suficiente de seu sorriso demoníaco para saber que nós dois acabaríamos convencendo esse Sr. Bowser de me levar.

Quando decidi voltar para a Virgínia, expliquei meu plano para McNiven e lhe disse qual o papel que pretendia que ele desempenhasse. Nunca precisara pedir nada a um homem branco até aquele momento. Esse era um presente que o destino me dera: o velho senhor Van Lew morrera quando eu era muito nova, o jovem senhor John ainda não crescera o suficiente para administrar a casa antes de eu deixar Richmond. Os homens de cor que conheci na Filadélfia sempre me trataram da forma como tratavam qualquer mulher de cor, como se fossem nossos protetores. Temendo que algum deles fizesse uma escolha por mim diferente da que eu queria, recorri a um homem branco.

– Você pede algo muito louco – McNiven dissera. – Você está verdadeiramente disposta a ir, quando e como eu disser?

Se ele tivesse me dito que partiríamos imediatamente, não teria sido cedo demais. Já esperara por toda a politicagem de 1860, colocando minhas esperanças no Sr. William Seward. O senador Seward se opusera à Lei do Escravo Fugitivo quando ela foi proposta pela primeira vez e até defendera escravos fugitivos perante os tribunais. Ele ajudara a fundar o Partido Republicano, jurando que seria o partido da abolição. Tinha certeza de que ele seria nomeado candidato por esse novo partido naquele mês de maio. Até considerei isso como um presente de meu aniversário de 21 anos.

Assim, fiquei inconsolável ao tomar conhecimento da nomeação do Sr. Lincoln, que era muito pouco conhecido entre os negros. A irmã de Hattie, Gertie, chamava-o erroneamente de Ephraim Lincoln; ele era muito estranho para nós, e todos achamos que aquilo era uma grande piada. Porém, mudamos de opinião rapidamente após os republicanos o escolherem para sua chapa eleitoral. Sabíamos que todas as nossas esperanças estavam depositadas nele, seja lá o que ele fosse.

Quando aqueles democratas adoradores da escravidão dividiram seu partido ao meio ao nomear dois candidatos diferentes para a presidência, uma vez que os sulistas achavam que Stephen Douglas não era um defensor suficientemente fervoroso da escravidão, vi que o tal de Abraham Lincoln ganharia a eleição. Assim que os votos foram contados, a Carolina do Sul anunciou sua separação da União. No início de 1861, o Mississippi, o Alabama e a Geórgia seguiram seu exemplo. Outros estados do sul se prepararam para fazer o mesmo. Alguns deles nem se importaram em formalizar a secessão e enviaram suas milícias para se apossar de um arsenal federal. Embora tivessem ficado raivosos feito cães danados quando John Brown tentou essa manobra, eles se tornaram tão gananciosos quanto porcos na hora da comida e fizeram o mesmo. No entanto, ninguém parecia saber que rumo a Virgínia tomaria. Pelo menos, ninguém na Filadélfia.

Tudo que sabíamos era que, embora James Buchanan estivesse passando os meses finais de seu mandato na presidência evitando assumir uma posição firme, certamente o Sr. Lincoln não toleraria o que estava acontecendo. E se ele não estivesse disposto a tolerar, havia a possibilidade de uma guerra eclodir. Se a guerra estava a caminho, eu queria estar em Richmond, com papai, antes que ela começasse e por todo o tempo necessário para vê-la acabar; para ajudar a acabar com ela, como pretendia fazer.

Portanto, quando McNiven me perguntou se eu estava realmente pronta para partir, confirmei e disse que estava disposta a ir o mais rápido possível.

– Fico feliz em saber – ele disse. – Richmond será muito importante para nós nos próximos anos, mesmo se a Virgínia não se separar da União. Seus dons serão uma grande ajuda para nossos trabalhos lá.

Quando conheci McNiven, nunca podia imaginar que me orgulharia ou consolaria em saber que ele pretendia que trabalhássemos juntos. Porém, na época, também não podia imaginar que eu conspiraria para atravessar novamente a linha demarcada por Mason e Dixon.

Estávamos na metade do caminho para Baltimore quando McNiven me informou que ele só poderia ir até a outra margem do Rappahannock, e que o primo de David Bustill Bowser teria de me transportar de lá em diante. E foi somente após nos encontrarmos com o Sr. Bowser, no ponto de encontro habitual do trabalho deles na Ferrovia, que percebi que McNiven ainda não falara com ele a meu respeito.

Passamos a maior parte daquela manhã discutindo, até que, finalmente, McNiven voltou sua carroça aberta na direção de Maryland enquanto dirigíamos rumo ao sul, para Richmond. O veículo do Sr. Bowser era muito menor, uma carroça com capacidade para carregar apenas três sacos de farinha, embora seus cinco pés de comprimento e três de largura fossem suficientemente grandes para esconder um ou dois escravos fugitivos. Sentada ao lado dele no banco do cocheiro, me lembrei que a relutância do

Sr. Bowser era compreensível, dada minha presença inesperada e o pedido nada usual. Talvez agora pudéssemos começar a nos conhecer melhor sem tanta confusão.

Fiz alguns comentários sobre como a estrada sinuosa apresentava um contraste bonito com a paisagem invernal. Porém, tudo que o Sr. Bowser respondeu foi:

– Ninguém vai acreditar nisso. Você percebe?

– O que eles não vão acreditar?

– Que você é uma escrava.

Essa era a única maneira de eu poder voltar para casa. Fazer como mamãe fizera, usar minha liberdade para fingir estar presa na escravidão.

– Os brancos na Virgínia olham para um negro e não veem nada a não ser um escravo – eu disse. – Mesmo que essa pessoa seja livre. Achava que você, mais do que qualquer um, estaria ciente disso. – Minhas palavras soaram irritadas quando pronunciei essa última parte. Disse-me que devia ser o cansaço da viagem, embora bem no fundo eu sentisse que havia algo no Sr. Bowser que provocava tal petulância em mim.

– Qualquer branco ou pessoa de cor que olhe para você verá uma mulher que se orgulha do que é. Uma mulher cujas roupas são novas e cujo rosto é liso. Uma mulher sem esfoladuras, calos ou feridas. Nenhum músculo bem formado de tanto levantar peso. Quantos escravos não trabalham o dia inteiro? Quantos corpos de escravos não mostram as marcas desse trabalho, de uma maneira ou de outra? Nem vamos discutir sua tendência de dizer o que pensa. Mesmo se sua boca não a trair, o resto de seu corpo vai.

Aconcheguei meu xale de lã de carneiro ao redor de meus ombros e mantive a boca bem fechada. Já provara, no trabalho da Ferrovia, que era capaz de ficar calada, até fingir ser apalermada, tanto quanto qualquer um. No entanto, quando olhei para baixo, vi que mesmo contra a saia marrom escura de meu vestido feito de uma mescla áspera de linho e lã, as mãos imaculadas cruzadas em meu colo eram claramente as de uma mulher que não cozinhava ou fazia limpeza, nem mesmo para si mesma. Muito menos para um senhor e sua família.

Algum tempo depois, naquela tarde, o Sr. Bowser desviou sua carroça para fora da estrada e pegou uma vereda estreita até uma cabana isolada. Sem qualquer palavra de explicação, ele saltou da carroça e foi até a porta. Não sabendo se deveria segui-lo ou não, decidi permanecer onde estava. Se quiser minha companhia, ele que peça, pensei, batendo os pés no piso da carroça para esquentá-los.

Um negro velho, de aparência bastante idosa, respondeu à batida do Sr. Bowser, aceitando algumas moedas antes de desaparecer de novo dentro da casa. Quando voltou, entregou ao Sr. Bowser um par de aves. Pelos seus bicos longos e curvados, reconheci-os como galinholas, uma espécie que não vira em todos os meus anos na Filadélfia. O Sr. Bowser voltou para a carroça segurando aquilo que supus ser nosso jantar.

Quando fiz menção de pegar a bolsa alfinetada nas minhas saias, o Sr. Bowser recusou com um gesto de mão.

– Eu pago minhas obrigações neste mundo. E é melhor você economizar ao máximo seus centavos, e seus dólares também. Aposto que você vai enfrentar grandes encrencas muito em breve e vai precisar de tudo que tem para sair delas. – Ele chicoteou os cavalos, e o barulho deles e da carroça preencheu o silêncio entre nós.

Naquela noite, paramos em um pequeno riacho à meia milha de distância da estrada principal. Enquanto o Sr. Bowser começava a alimentar e a dar água ao cavalo, juntei alguns gravetos que consegui encontrar, empilhando-os em uma clareira.

O Sr. Bowser demorou um certo tempo cuidando do cavalo, então fui até a carroça e descarreguei algumas toras que ele transportava, pensando que se elas não se destinavam à fogueira, ele poderia me parar. Como ele não o fez, levei-as para a clareira e as coloquei junto aos gravetos. Precisei de três viagens para levar toda a madeira, e meus braços doíam quando levei o balde da carroça para pegar água no riacho. Justo no momento em que estava festejando minha sorte pelo riacho não estar congelado, meu pé escorregou em uma pedra musgosa. Caí na água gelada, encharcando minha saia antes que eu pudesse chegar à margem.

– Senhor Bowser – chamei-o com a voz mais doce que pude evocar –, você me faria a gentileza de acender o fogo?

– Eu esperaria para acender – ele respondeu. – Mas se você insiste, suponho que devo atender. – Ele retirou uma caixa de fósforos do paletó e, em um instante, o fogo estava aceso.

Enquanto me aquecia diante das chamas, o Sr. Bowser trouxe as galinholas. Insisti em cozinhá-las, embora tivesse ficado aliviada por ele não perguntar sobre minha experiência culinária antes de me entregar as aves. Depenar as carcaças levou mais tempo do que eu esperava. Tantas penas naqueles dois corpinhos e uma pluma de vez em quando quebrando em minha mão. Com meus dedos enrijecidos pelo frio, lutei para separar a parte restante das hastes da carne enrugada.

Quando as aves estavam mais ou menos preparadas, levei-as até onde Wilson Bowser colocara as varas de ferro, em cima da fogueira. Duas tinham um comprimento igual e terminações em formato de garfo, e uma terceira, mais comprida, unia as duas varas transversalmente. Enfiei a vara transversal na primeira ave com a intenção de fazer com que a vara entrasse pela traseira do bicho e saísse pela boca, como todas as carcaças espetadas que já vira. No entanto, foi mais difícil enfiar o corpo na vara pontiaguda do que eu esperava. A ponta afiada saiu pelo pescoço, e não pela boca. A cabeça quase decepada ficou pendurada em um ângulo horrível, e pedaços de entranhas da ave caíram na minha saia. Tomei mais cuidado com a segunda ave, sem lograr um resultado muito melhor.

Armar o conjunto de ferros foi ainda mais difícil. Os ferros das pontas só conseguiam ficar em pé com o espeto entre eles, mas eu não conseguia colocar o espeto entre os dois garfos porque um lado ou o outro sempre caía. E o peso das aves espetadas tornava ainda mais difícil equilibrar o espeto. Os olhos das galinholas pareciam me fitar de suas cabeças pendentes o tempo inteiro, tornando-as ainda mais apavorantes.

Quando, finalmente, consegui montar o conjunto, voltei-me para o fogo. A única maneira com que consegui manobrar o espeto sobre as chamas sem atear fogo em minhas saias foi pedindo ajuda ao Sr. Bowser. Ele deixou escapar um comentário sobre como era muito mais fácil colocar um espeto sobre um fogo que ainda não estava aceso, mas nós dois juntos finalmente conseguimos colocar o instrumento no lugar.

Descansei de todo aquele levantamento de peso, retirada de penas e montagem de ferros enquanto o lado inferior das aves cozinhava. Quando pareciam estar prontos, girei o espeto para assar o outro lado. O Sr. Bowser trouxe uma única xícara e um prato de estanho da carroça e os ofereceu para mim.

– Se eu soubesse que McNiven ia me pedir para acompanhar uma mulher até Richmond, eu teria trazido louça para dois.

– Posso usar as mãos para beber – disse – e pegarei o prato quando você terminar.

Ele considerou minha proposta.

– Uso a xícara de estanho se você usar o prato primeiro. Afinal, você deveria ser a primeira a desfrutar das delícias de sua culinária.

Comecei a discutir com ele, mas ele apontou com a cabeça para o fogo. A chama lambia o lado de baixo das aves. Levantei rapidamente para virar o espeto, mas na correria peguei a barra de ferro perto demais das chamas. Antes que pudesse gritar, o Sr. Bowser agarrou meu pulso, enfiando minha mão queimada no balde de água. Enquanto a água esfriava a minha carne que irrompia em bolhas, ele retirou com habilidade a barra transversal do espeto, deslizou a primeira galinhola no prato e passou-a para mim.

Foi a comida mais horrível que eu já provara.

Um lado estava queimado de forma crocante e definitivamente não comestível. O outro já estava frio e tão seco que pensei que a galinhola devia estar morta há uma semana. Mastiguei várias vezes a carne dura; de vez em quando, um dente pegava a haste de uma pena. Após apenas alguns minutos, desisti. A fome era melhor do que tentar ingerir mais daquela ave.

Esperei ouvir algum comentário do Sr. Bowser sobre o pouco que eu comera, mas ele esperava seu jantar em silêncio; o qual não o agradaria quando ele o comesse.

– Desculpe – disse. – As galinholas não parecem ter sido bem cozidas. Talvez a outra esteja mais apetitosa.

– Duvido. Não se deveria retirar as tripas de uma ave tão pequena antes de ela estar cozida. E ela precisa ser untada com gordura de porco, manteiga ou algo assim antes de assar. E qualquer comida em um espeto precisa ser constantemente girada para assar por igual. – Seus olhos castanhos profundos fitaram os meus. – Você nunca preparou uma refeição em toda sua vida, não é?

– Não, nunca. – Apontei para minha saia, úmida e manchada, e, em seguida, mostrei minha mão queimada. – Mas, pelo menos, pareço um pouco mais como se tivesse cozinhado ou limpado para alguém, não é? – Meu orgulho estava ainda mais chamuscado do que a ave. – Desculpe se estraguei seu jantar.

– Acho que sabia que você faria isso. Mas ver você foi tão divertido quanto assistir a um circo itinerante, e isso é mais satisfatório do que a melhor ave selvagem assada. – De uma bolsa que estava na parte traseira da carroça, ele retirou duas batatas-doces grandes. Continuou rindo enquanto as colocava nas brasas para cozinhar.

Eu tinha mais no que pensar do que no Sr. Bowser e em suas galinholas quando pegamos a estrada de Mechanicsville e entramos em Richmond na tarde do dia seguinte, comigo orientando-o a ir para leste até Church Hill, em vez de seguir até Shockoe Bottom. Eu estava desolada por ter de encontrar Bet antes de papai. Porém, era tão impossível que papai deixasse de trabalhar na forja da ferraria para celebrar minha chegada quanto que ele pudesse ter largado tudo dez anos antes para ir comigo para a Filadélfia.

De qualquer forma, eu não estava confiante de que celebrar seria sua reação. Não enviara a papai nenhum aviso sobre meu plano de voltar a Richmond, dizendo-me que queria surpreendê-lo. Entretanto, a verdade era que o pouco que ouvira dele soava tão colérico e derrotado que temia o que ele podia dizer.

Enquanto passávamos pela rua Grace, fiquei impressionada com a mistura de prédios ornamentados que haviam surgido durante minha ausência. Cúpulas italianizadas, mansões com motivos gregos, até uma igreja em estilo neogótico – parecia que todos os habitantes ricos de Richmond desejavam fingir que estavam em um outro tempo e lugar. Apenas a mansão dos Van Lew parecia inalterada, solitária no quarteirão de propriedade da família. As outras casas pareciam se esquivar dela, juntando-se para evitar seu vizinho imponente, assim como as senhoras da Church Hill, que sempre se esquivaram de Bet.

Quando disse ao Sr. Bowser para parar, ele saltou do banco do cocheiro para me ajudar a descer. Depois, pegou minha sacola dentro da carroça, a lembrança cabal de que eu estava voltando para Richmond com menos bens do que partira.

A cor de pele marrom avermelhada do Sr. Bowser brilhou no sol da tarde.

– Minha barbearia é na esquina da rua Broad com a Seventh, logo em frente à estação de trem. Moro no andar de cima. Se tiver algum problema, me procure ou mande me avisar. Se eu não estiver lá, coloque uma mensagem por baixo da porta lateral. Ninguém mais a pegará a não ser eu mesmo.

Controlando-me para não protestar dizendo que eu era inteligente demais para arranjar qualquer problema, agradeci-o por haver me transportado. Ele assentiu pela última vez, sentou na carroça e foi embora.

Olhando para a mansão onde passara mais de metade da minha vida, senti-me tão deslocada quanto quando fiquei diante do prédio de apartamentos das Upshaw. Havia muitos lugares aos quais não ia na Filadélfia – porque os negros não podiam ir. Porém, nos lugares onde íamos, entrávamos pela porta da frente, da mesma forma que os brancos. Inclusive nas residências das famílias brancas. Como sabia que nenhuma pessoa de cor, livre ou escravo, teria a ousadia de subir os degraus da frente de uma casa na Church Hill, juntei minhas saias finas com uma mão e carreguei minha sacola na outra, dando a volta ao quarteirão até a rua Twenty-fourth.

O jardim e o arvoredo dos Van Lew estavam desfolhados e cobertos de gelo. Observei que eram muito menores do que eu lembrava e áridos em comparação com o odor forte e doce de sopa de coelho e torta de abóbora que emanava da cozinha. Eu sabia que Zinnie já se fora. Inclusive me lembrava de ler sobre Terry Farr nas cartas de mamãe há muito tempo. Mas não perdi tempo pensando muito sobre essa estranha à beira do fogo da cozinha enquanto me encaminhava para a entrada dos criados nos fundos da mansão. Antes que eu tivesse uma oportunidade de bater na porta, Bet a escancarou, parecendo tão mudada quanto a própria Church Hill.

Quando me levou para a Filadélfia, Bet era uma solteira de 32 anos. Agora, era uma solteirona, já com 42; quase a idade de sua mãe quando o velho senhor Van Lew morrera. As feições pareciam emaciadas, os cachos outrora claros haviam perdido a cor e estavam cinza opacos.

Ela me estudou como se não conseguisse acreditar que eu estava mesmo ali. Em seguida, puxou-me para si e deu-me um abraço quase desesperado de tão forte.

Uma senhora branca abraçando uma negra onde qualquer um que passasse pelo quintal poderia nos ver. O gesto me irritou. Minha segurança dependia de Bet, e eu duvidava de que ela tivesse juízo suficiente para saber como esse tipo de conduta me colocava em perigo.

No entanto, eu estava agradecida também. Embora Bet não fosse exatamente da família, nem exatamente amiga, aquele abraço era o primeiro gesto de boas-vindas que eu recebia.

– Muita gentileza sua em vir. – Ela falou como se tivesse me convocado.

Sentindo que deveria deixá-la acreditar que meu retorno fora ideia sua, respondi:

– Claro que vim, senhorita Bet. Precisamos estar prontos para tudo que possa acontecer.

Ela assentiu.

– Vamos mostrar àqueles subversivos da Carolina. Suba para ver o que preparei para você. – Ela me levou pela casa e até meu antigo quarto no sótão. Um colchão de penas estava em cima de um estrado de mogno novo, e o conjunto de toalete lascado de mamãe fora substituído por um jarro e uma tigela de porcelana com desenho de flores.

Bet permaneceu atrás de mim na soleira da porta, como um bandido guardando a entrada da caverna onde está seu tesouro.

– Se houver algo de que precise, posso conseguir para você.

– Agradeço sua oferta de um lugar para eu morar – embora não tivesse sido uma oferta de fato, mas uma suposição da parte dela – mas vou viver com meu papai.

Ela se manteve firme.

– Seria melhor se morasse aqui. As circunstâncias de seu pai não são o que você pensa.

– Suas circunstâncias não são o que desejo, mas suponho que eu as conheça tão bem quanto qualquer um. – Como ela ousava me dar uma lição de moral sobre meu pai? – Talvez eu deva ir até a cabana dele agora para esperar por ele.

– Não – Bet respondeu tão rapidamente que me surpreendeu. Ela tentou tornar sua voz menos ríspida quando acrescentou: – Você está cansada, e ainda faltam algumas horas para Lewis terminar seu trabalho. Descansa aqui, come alguma coisa, vou mandar alguém para pedir-lhe que venha assim que puder.

Pensei em quanto tempo se passara desde que eu tivera uma refeição adequada e como a comida de Terry Farr cheirava bem. Ir até Schockoe Bottom não tiraria papai da ferraria mais cedo. Além disso, seria perigoso para mim andar por Richmond sem a proteção de um branco, portanto, fazia sentido acalmar Bet, sobretudo porque eu não tinha intenção alguma de permanecer na casa dela quando papai chegasse. Concordei em esperar lá, e seu sorriso retornou.

Quando a luz da tarde começou a esmaecer no céu, fui até a janela do sótão, esforçando-me para distinguir a figura de papai entre os transeuntes. Mais de uma vez achei que o vira, mas a pessoa em quem colocara meus olhos continuava a caminhar pela rua Grace. Finalmente, meus olhos o avistaram. Talvez eu não estivesse mais certa a princípio do que estava com os outros. Porém, olhei atentamente para aquela figura quando virou a esquina do terreno, desaparecendo em direção à entrada dos criados da propriedade dos Van Lew.

O som de seus passos tornou-se lento quando ele subiu as escadas dos criados; membros doloridos galgando cada degrau com dificuldade. Quando chegou no patamar e nos vimos, seu rosto mostrou confusão e raiva.

– Há quanto tempo ela mantém você aqui em cima? Afinal, você não é livre?

– Bet não me trouxe para cá – disse, abraçando-o. – Vim para ficar com você. – Eu não queria preocupá-lo mencionando McNiven e nossos planos. – Ainda sou livre, embora tenha que fingir que não. Como mamãe fez.

Ele se afastou, e suas palavras foram tão penetrantes quanto um perfurador de couro.

– Minerva morreu como se fosse uma escrava. Não quero isso para você. Mas ninguém me perguntou o que penso.

O tempo marcara o rosto dele com sulcos raivosos, deixando rugas profundas e longas em seu rastro. O cabelo dele estava inteiramente branco, como se uma geada permanente tivesse caído sobre ele. E o pior para mim foi ver seus olhos. Ainda pensava nos olhos que me fitavam todos os dias no espelho como os olhos de papai. Porém, os que via agora não tinham a luz, o ardor e a alegria de que eu lembrava.

Primeiro eu o deixara, depois fora mamãe. Sozinho, papai se tornara um homem diferente. Suas cartas deixavam transparecer esse fato. Porém, era muito diferente ver isso em seu rosto do que ler isso entre as poucas linhas de sua correspondência escrita pelas mãos de outra pessoa.

– Papai, senti tanto a sua falta. Minha volta para casa sem lhe avisar era para ser uma surpresa. Como um imenso *só porque*, só que de mim para você.

– Só porque eles me mantêm aqui ano após ano, como um cavalo coxo pensando na hora em que alguém vai ter a decência de matá-lo, você descartou a Filadélfia tão elegante?

– Voltei para casa só porque o amo.

Ele olhou para além de mim, para fora da janela.

– O toque de recolher está se aproximando. É melhor eu voltar para o Bottom.

Peguei a alça dura de minha sacola.

– É melhor nós irmos, você quer dizer. Vou morar com você, em sua casa. Nossa casa.

Ele manteve os olhos no vidro escuro.

– Não tenho casa agora. Greerson Wallace me botou para fora.

– Quando? Por quê? – Apesar de estar ressentida como estivera com Mahon, eu não conseguia imaginar meu papai, meigo e de bom caráter, ofendendo seu velho amigo e senhorio.

– Desde aquele tal de John Brown, os brancos atormenta a gente o tempo todo. Essa desgraça do toque de recolher foi só o começo. Depois, eles passaram uma lei, nenhum negro livre pode alugar moradia pra um escravo, mesmo com a permissão do dono dele. Os negro livre pego alugando podem levar chibatadas, uma por cada dia que o escravo estava lá.

Durante toda a minha infância, quase todos os escravos em Richmond, exceto os domésticos, moravam em alojamentos alugados. E não havia muitas pessoas brancas dispostas a alugar para eles.

– Onde estão morando todos os escravos?

– Os brancos deixa os negro livre abrigar parentes que é escravo, e os donos das grande fábrica pode pagar um cara no governo para fingi que não vê quando os escravo que contrata mora fora. Mas Mahon diz que não tem dinheiro para isso. Ele me disse que posso fazer o que quiser, mas Wallace e eu não ia arriscar a pele a ser descoberto pelas autoridade. Wallace não estava disposto a arriscar, e não ia ser eu a pedir pra ele fazer isso.

Eu sabia como papai sempre fora orgulhoso de sua pequena cabana.

– Por que você não me contou isso?

– Você sempre me conta tudo que acontece com você lá na Filadélfia?

Eu omitira muito em minhas cartas, desejando protegê-lo das humilhações diárias que lembravam aos negros da Pensilvânia que, embora não fôssemos escravos, certamente não éramos iguais. Porém, agora percebia que minha tentativa de protegê-lo e a sua de fazer o mesmo abriram uma brecha entre nós que eu não sabia como fechar.

– Onde você está morando agora? – perguntei.

– Em um barraco, no fundo do terreno de Mahon.

Disse-lhe que ficaria lá com ele, mas ele não quis nem ouvir isso.

– Só cabe uma pessoa naquele barraco, nem isso. E ele não é meu

Coloquei minha sacola de volta no chão ao lado do estrado de mogno, percebendo a razão pela qual Bet insistira tanto para eu não ir lá. Eu não preferia morar nos melhores alojamentos de Richmond a viver com meu papai. Mas mesmo que eu não pudesse viver com ele, eu encontraria uma forma de fazer algo por ele. Encontrar uma maneira de fazê-lo voltar a ser o que era. E tentar evitar que ele descobrisse minha outra razão para retornar à Virgínia.

Quando me deu um abraço de despedida, papai sussurrou:

– Quero algo melhor para você do que isto. Mas faz bem a mim ver você tão crescida. – Abaixei a cabeça, e ele a beijou como sempre fizera. Depois, desceu as escadas dos criados e se dirigiu para a ferraria de Mahon.

Quando deitei em meu antigo quarto naquela noite, senti-me tão distante de papai quanto estivera todos aqueles anos em que morara na Filadélfia. A meia milha que nos separava agora se transformara no abismo entre escravo e alforriado, idoso e jovem, desesperado e determinado.

# Treze

Quando a luz enviesada da manhã se infiltrou pelo espaço familiar entre as venezianas de madeira, procurei mamãe, esperando que o calor de seu corpo me preparasse para o ar frio antes de levantar da cama.

Levantar da cama. Não do colchão de palha. A diferença me arrancou de minha letargia sonolenta, fazendo-me perceber que não havia mamãe ali comigo. No entanto, senti que não estava sozinha. Quando pisquei e abri os olhos, vi Bet pairando na soleira da porta.

– Acordei você? – Ela não esperou que eu respondesse. – Terry já deve ter feito o café da manhã. Vou mandar Nell pôr a mesa para nós enquanto você se veste.

– Senhorita Bet, se você quiser que eu fique com você, posso servir sua refeição e arrumar tudo quando você terminar – disse. – Mas sentar à mesa com uma negra não será bem visto por sua mãe, nem por seus criados. E em breve será um problema para nós duas.

– Bobagem, Mary. Certamente Terry e Nell têm algo melhor para fazer do que desfilar por Richmond contando histórias sobre seus patrões. – Ela falou como se não tivesse lido um único daqueles volumes encadernados em couro sobre as obras do Sr. Shakespeare que estavam na biblioteca de seu pai, quase todos com um empregado ou criado fazendo travessuras ou conspirando contra o senhor e a senhora. – Agiremos do jeito que quisermos.

– Devemos fazer o que temos de fazer, não o que queremos, se não desejarmos chamar a atenção. Você sabe disso, esperando que eu a chame de senhorita Bet, enquanto você me chama de Mary.

Ela enrubesceu um pouco, seu único reconhecimento da verdade do que eu dissera.

– Mas não posso fazer você me servir, uma vez que é mais instruída do que a maioria das senhoras brancas em Church Hill.

– Para o mundo lá fora, não sou nem livre nem instruída – lembrei-lhe. – E qualquer trabalho que minha mãe fez nesta casa não considerarei inferior. – Acrescentei essa parte sobre mamãe para mostrar-lhe que, quando ela falava sobre criados e seu trabalho, estava falando sobre mim e minha família. O tempo, a educação e até a morte não poderiam mudar isso.

– Vejo que você está muito determinada com relação a esse assunto – ela disse – Contudo, contanto que não estejamos em público, insisto que você me chame de Bet, não de senhorita Bet.

Passei os dedos sobre minha mão queimada e neguei.

– Preciso praticar o comportamento sulista sempre que puder.

Bet apertou os lábios, o mais próximo que ela já estivera de admitir a derrota.

– Suponho que desejamos manter as aparências. Direi a todos que trouxe você aqui para cuidar de mamãe, ela não se importará. Ela é uma verdadeira patriota da Filadélfia, tão horrorizada por toda essa conversa sobre secessão quanto nós.

Minhas esperanças sobre a secessão não eram de forma alguma parecidas com as de Bet ou as de sua mãe, mas eu sabia muito bem mantê-las em segredo.

Ela desceu para tomar café da manhã sozinha, deixando-me ali para me vestir. Parecia estranho andar por aí sem um corselete, as meias e as outras roupas íntimas apropriadas a uma dama, como se eu estivesse vestindo minhas roupas de dormir para todos verem. Mais estranho ainda foi me perceber ouvindo o som do sinete de minha antiga senhora, aquele chamado distante que me levava a fazer tudo aquilo que os Van Lew desejassem.

Quando o tinir delicado da porcelana finalmente me convocou ao andar de baixo, nada poderia me deixar mais chocada do que aquilo que encontrei lá. Um cheiro fétido permeava o quarto fechado sem ventilação, acentuado pelo ofegar de minha ex-senhora. Um lado de seu rosto estava caído por causa da paralisia apoplética que transformara suas feições em um sorriso torto. Bet não dissera nada para me alertar sobre a doença da mãe, e meu horror deve ter ficado bastante evidente para a senhora idosa.

– Então realmente voltou para nós – ela disse – Não esperava que houvesse muito mais aqui para atrair você para cá agora.

– Meu papai está aqui, senhora. – Peguei um pano na pia e limpei saliva de seu queixo. A pele pálida estava fina como uma folha de papel, delicada até mesmo no lado intocado pelo derrame. Mergulhei o pano na bacia e lavei seu rosto e seus braços. A pele não estava apodrecida, e fiquei intrigada com relação à origem do fedor no quarto quando retirei as cobertas.

Ela baixou os olhos naquele rosto pendente, branca de vergonha.

– É difícil chegar até o penico na maioria das noites. Desculpe.

*Desculpe.* Em todos os anos em que vivi naquela casa, nunca ouvira um Van Lew pedir desculpas a um escravo. Eles tinham o direito de fazer o que quisessem; o que fazíamos na casa era uma obrigação nossa. Respondi à sua humilhação incomum com uma compaixão igualmente incomum, nós duas compartilhando o constrangimento silencioso enquanto eu limpava os lugares onde ela se sujara.

A senhora Van Lew permaneceu em silêncio enquanto eu a colocava de pé, a levava até seu quarto de vestir e ajudava-a a colocar as roupas que retirei do guarda-roupas. Fiquei mais tranquila quando a vi sentada e vestida; parecia mais a senhora de quem me lembrava. Tentei não fitar seus traços paralisados, mas enquanto prendia seu cabelo, ela olhou para mim.

– Seja lá o que acontecer, você tem um lugar aqui conosco, assim como a tia Minnie sempre teve. Como se você nunca tivesse nos deixado.

Ela pretendia que suas palavras fossem de boas-vindas, suponho. Porém, em pé no quarto, lembrando como na minha infância eu me escondia atrás das portas ou embaixo da cama para espionar os Van Lew, não achava que eu ou o meu lugar em Richmond fosse alguma vez ser o mesmo.

Sem dizer uma palavra em voz alta sobre o assunto, Bet e eu estabelecemos uma rotina que evitava que eu passasse muito tempo com seus criados contratados. Na maioria dos dias, eu acompanhava a mãe dela às reuniões do Serviço Auxiliar Feminino da Guarda da União. Quando andávamos até a casa dos Carrington ou dos Cartlin para nos juntarmos às outras senhoras costureiras, eu carregava o estojo de costura de minha ex-senhora, tomando cuidado para que ela não torcesse um tornozelo apesar de sua bengala. Sua lenta recuperação física parecia um resquício determinado de seu patriotismo no melhor estilo da Filadélfia. Costurar para a Guarda da União, até mesmo ficar repetindo o nome da companhia de milícia, se tornara seu talismã contra a secessão. Durante aquelas reuniões, eu buscava um talismã para algo inteiramente diferente, mantendo a cabeça baixa, mas os ouvidos atentos para qualquer notícia sobre a possibilidade de a Virgínia abandonar a União. Porém, as próprias senhoras brancas de Church Hill pouco sabiam sobre tais coisas.

– Que blefe e arrogância de nossos homens – Sra. Carrington reclamou enquanto consertava um rasgo que o filho fizera em seu uniforme durante uma festa alcóolica que supostamente havia sido uma jornada de tiro da milícia.

– Falo constantemente a meu Henry, o sol sempre nascerá no leste e se porá no oeste, se acreditarmos em toda a sua conversa fiada – Sra. Whitlock concordou. – Millie continuará a implorar por um novo vestido de baile a cada quinzena, e Carter passará mais tempo jogando cartas do que estudando naquela universidade. E ainda terei tempo para tentar manter a casa arrumada com esses criados que temos. Maltratam minha louça e desarrumam a prataria, escondendo-se para evitar fazer suas obrigações.
– As senhoras aprovaram a esperança masculina ridícula de que tal situação poderia mudar.

No entanto, observei como uma das mulheres mais novas empinava o nariz para elas.

– Papai diz que a Virgínia está prestes a se separar e se juntar à nova Confederação.

– Secessão, que nada! – Sra. Randolph disse. – Deixa o Norte se separar de nós, se eles acham que é tão desagradável assim respeitar os Direitos dos Estados. Mas ceder a nação fundada por nosso Washington e nosso Jefferson para eles? Nunca.

Tomei cuidado para não mostrar como tais declarações me enervavam. Contanto que os estados livres e os escravocratas mantivessem a União, o Congresso continuaria a encontrar um meio termo. O Compromisso do Missouri, o Compromisso de 1850, o Acordo de Kansas-Nebraska. Décadas após décadas deles, e todos feitos para proteger a escravidão.

A secessão era uma aposta arriscada, era verdade. Se o Sul conseguisse se separar, haveria menos controle sobre a escravidão do que existira até então. Mas para aqueles sem nada para chamar de seu, nem mesmo os próprios corpos e os de seus filhos, uma aposta com uma probabilidade pequena de êxito e muitos riscos era a única forma possível de vencer.

A secessão, em seguida, a guerra. Guerra, depois, a derrota. Derrota e, depois, finalmente, a emancipação. O ataque de John Brown me convencera de que poderia ser assim.

Entretanto, as senhoras da Church Hill continuavam a costurar. Um ponto pequeno e cuidadoso após o outro, cada empurrão e puxada de agulha fazendo um buraco no tecido e, em seguida, preenchiam-no com linha.

Durante toda a minha infância, mamãe transformara quase qualquer tarefa em uma aventura, escolhendo seu caminho pelas ruas de Richmond, comigo ao seu lado, sempre que lhe mandavam para fazer algo para os Van Lew. Embora essas saídas nos levassem por toda a cidade, somente uma vez fomos à ferraria de Mahon. Eu era muito jovem quando mamãe me levou lá em um dia em que papai teve certeza de que Mahon estaria ausente. Quando nós deixamos a manhã clara da Virgínia e entramos na escuridão esfumaçada da ferraria, o calor sufocante me paralisou. Mais do que isso, o barulho me deixou atordoada. Os sons de pancadas de metal em metal, tão altos que achei que o mundo estava acabando, com uma multidão de monstros profanos empenhados em quebrá-lo. Um dos monstros, com músculos salientes e martelo na mão, olhou para mim, e deixei escapar um grito. Continuei a gritar, tão histericamente que a única opção possível para mamãe foi me pegar no colo e tirar de lá, acalmando-me e tranquilizando-me por todo o caminho de volta para Church Hill.

Meus pais nunca mencionaram aquela visita. Ela se tornou uma de minhas lembranças particulares, armazenada por meses a fio até eu retirá-la e brincar com ela um pouco, da mesma maneira que uma criança de vez em quando passa a língua em um dente mole. A memória me assustou durante anos, apavorando-me ainda mais quando fiquei suficientemente velha para entender que papai precisava estar entre aqueles monstros todos os dias. Ela continuou a me deixar perplexa quando fiquei ainda mais velha e me perguntava por que Mahon, que tinha tanto poder sobre ele, não tomava alguma providência com relação àqueles monstros. Eu me senti bem tola quando, já crescida, percebi que aquelas figuras não eram monstros, apenas escravos que eram obrigados a trabalhar o metal brilhante o dia inteiro. Envergonhei-me por ter gritado com meu pai daquela maneira, confundindo-o com um ogro só porque ele era forte e capaz de realizar sua tarefa.

Agora que retornara a Richmond, passava pelo terreno de Mahon quase toda manhã, escolhendo cuidadosamente uma hora bem mais cedo do dia para minhas visitas, antes dos trabalhos de papai na forja e de minhas obrigações de cuidar da mãe de Bet. Porém, o que vi quando parei lá me atormentou quase tanto quanto os monstros que imaginara todos aqueles anos.

Prédios de todos os tamanhos amontoavam-se na propriedade. O maior deles, de longe, era a própria ferraria, um salão de tijolos cavernoso ancorado por três chaminés, tão poderosas que a fumaça delas pairava no ar dia e noite. Em um canto, no fundo do terreno, ficava o celeiro para o cavalo e a carroça de entregas. No outro canto dos fundos, havia o barracão de madeira de dois andares que abrigava os aprendizes. Barracos menores para armazenar diversos tipos de suprimentos pontilhavam o que restava da extensão de terra apertada. Era em um desses que papai dormia.

A cabana que ele compartilhara com o Sr. e a Sra. Wallace não era nada luxuosa. Mas o estábulo vazio que ele ocupava era chocante em comparação. Quatro paredes tão próximas que não havia espaço suficiente para ele se esticar todo em seu colchão de palha estreito. O ar gélido passava pelos espaços entre as tábuas de madeira das paredes, os quais em épocas mais quentes devem ter permitido a passagem de ratos. Desprovido de janelas, o barraco não só não tinha luz como também faltavam as cortinas de xadrez coloridas que mamãe costurara para a cabana de papai há tantos anos. Pior ainda, a cruz esculpida de dele não estava à vista em lugar algum.

Nos domingos de minha infância, eu passara horas mirando aquela forma de metal retorcida e me maravilhando com a capacidade de meu pai para moldar o ferro à sua vontade. Agora, parecia que ele não tinha vontade de nada. Sempre que eu sugeria alguma pequena melhoria que poderíamos fazer no barraco, ele respondia com o mesmo ar derrotado:

– Esse lugar não é meu para consertar, isso é para o sinhô Mahon.

Amaldiçoei Mahon por relegar meu querido pai a um barraco que não era apropriado para acomodar nem mesmo um boi. Esse homem, que sempre exibira tanta prepotência para com minha família, na verdade era um estranho para mim. Eu evitava o terreno onde ficava a ferraria quando ele estava por perto para que ele não encontrasse motivo algum para impedir papai de passar seus raros momentos livres comigo. No entanto, minha coragem aumentou, como uma frigideira esquentando em preparação para uma fritura, e me posicionei na rua Franklin certo dia ao entardecer para interceptar Mahon quando ele se dirigia para casa.

– Sinhô Mahon, senhor – chamei enquanto o encarava – Sou filha de seu Lewis. Estive fora de Richmond por um tempo, meu dono acaba de me trazer de volta.

Mahon não gostou de precisar ficar esperando.

– O que você quer, moça?

– Meu pai, ele não é mais tão jovem assim. Temo que o ar frio possa enfraquecê-lo e impeça que ele seja capaz de trabalhar tão bem para o senhor. Se eu puder preencher os buracos no barraco dele com trapos ou lama ou coisa assim, e talvez se eu pudesse embelezá-lo um pouco, para animá-lo. Somente se o senhor achar que isso vai ajudar a manter papai forte para o senhor.

Ele olhou para longe.

– Não sei por que ele insiste em dormir lá em vez de no barracão com todos os outros. – Ele realmente queria dizer que papai escolhera residir naquele barraco asqueroso? – Ele mudou completamente desde que tia Minnie faleceu. Talvez eu devesse ter vendido ele naquela época, antes de toda essa conversa de secessão tornar os preços tão instáveis.

Essa única sentença liberou tudo que eu prendera nos últimos dez anos. Queria gritar com Mahon, me enfurecer com ele. Ele obstinadamente mantinha papai todos esses anos, a despeito do lucro que poderia ter obtido com a venda dele. Evitara que meus pais construíssem uma vida juntos, comigo, no Norte. E agora dizia que deixaria papai ir, agora que era tarde demais para ele ficar com mamãe até se encontrarem novamente na Glória eterna. Agora que era tarde demais para minha família construir um lar em liberdade.

Apertei os lábios com força e mantive os olhos abaixados, pensando sobre o que a explosão de raiva de uma negra com um branco no meio de uma rua de Richmond custaria para ela.

Mahon deve ter considerado meu olhar baixo como um gesto submisso de gratidão.

– É melhor fazer algo para melhorar o comportamento de Lewis, moça. – Ele me empurrou para poder passar por mim e voltar para casa para jantar.

Senti-me vaidosa e tola pensando sobre meu desejo de desempenhar o papel de uma grande libertadora com uma tarefa heroica a ser realizada em algum grande plano para a abolição, quando não fizera nada para ajudar meu próprio pai. Agora que eu tinha a permissão de Mahon para intrometer-me em sua propriedade, prometi que pelo menos ajeitaria o barraco imediatamente, não me importando que ajuda eu precisaria alistar ou o quanto papai poderia protestar mais tarde. Queria fazer a coisa certa para meu pai. E precisava provar para mim mesma que realmente poderia e faria ainda mais contra a escravidão em Richmond do que fizera na Filadélfia.

Nos sete quarteirões seguintes à mansão Van Lew, Church Hill desce até a ravina de Shockoe Creek. A maioria das ruas termina no riacho, começando novamente do outro lado. Andando a pé, de carroça ou carruagem, é preciso usar cautela ao escolher seu caminho indo, por algum tempo, riacho acima ou riacho abaixo até uma das pontes precárias que cruzam o fundo do riacho. Os residentes de Church Hill sempre falavam sobre Shockoe Hill – situada na margem mais distante do riacho – como se fosse uma terra estrangeira. Uma vez que nunca tivera o que fazer em Court End ou na praça Capitol, eu quase não conhecia a Richmond que se estendia a oeste do riacho.

Ao me dirigir para Schockoe Hill, precisei passar pelos longos quarteirões de currais e casas de leilão de escravos que constituíam o ponto mais baixo, em termos topográficos e morais, de Richmond. A cadeia de escravos de Omohundro ficava na rua Broad. Assim também as instalações de comerciantes de escravos menores, como Faundron e Frazier. Reunidos nas ruas transversais à Broad por todo caminho até o Canal havia mais de uma dezena de estabelecimentos semelhantes, sendo o beco de Lumpkin o pior deles. Não surpreende que os negros de Richmond chamassem a área de Meio Acre do Diabo.

"*Servus est.*" *Sed fortasse liber animo.* "*Servus est.*" *Hoc illi nocebit? Ostende quis non sit: alius libidini servit, alius avaritiae, alius ambitioni, omnes spei, omnes timori.* Silenciosamente, declamei o trecho do filósofo estoico Sêneca que traduzira no meu primeiro ano na turma da Srta. Mapps, enquanto os homens brancos opressores reunidos em frente à cadeia de Omohundro olhavam para mim como se eu estivesse sendo leiloada seminua. *Você diz, "Ele é um escravo." Mas ele é uma pessoa com alma livre. Você diz, "Ele é um escravo." Mas como isso pode prejudicá-lo? Mostre-me quem não é um escravo. Um homem é escravo de seus desejos, outro é escravo da avareza, outro ainda é escravo da ambição e todos somos escravos da esperança e do medo.*

Disse-me que os homens que me fitavam com olhar provocador eram escravos do desejo, da avareza, da ambição, da esperança e do medo ao mesmo tempo. Eles me viam apenas como uma escrava ignorante. Porém, certamente isso era melhor do que ser um comerciante de escravos ou seu ajudante, os quais escolheram ser ignorantes.

O barulho dos currais de escravos diminuiu bastante quando cheguei mais a oeste, onde a rua Broad cruza com a Seventh. Em uma esquina estava a estação ferroviária onde eu me despedira de mamãe. Na outra, uma construção de tábuas com dois andares, pintada de cinza claro. Através das janelas com seis painéis que emolduravam a porta da frente, avistei duas cadeiras altas diante de um balcão lotado de todo tipo de instrumentos de barbeiro. Uma das cadeiras estava ocupada, embora tudo que eu conseguia enxergar de seu ocupante fossem as mãos peludas segurando um jornal que encobria seu rosto.

O Sr. Bowser estava alimentando o fogo no pequeno fogão no fundo da loja e, quando abri a porta, ele chamou:

– Atenderei você em um instante, senhor. Só tem um cavalheiro na sua frente, não vai demorar.

Quando se voltou e me viu, pareceu levar um susto, depois olhou para seu cliente, o qual permanecia encoberto pela folha do jornal.

– Senhor Saunders, preciso sair por um momento, já volto.

Seguindo-me para fora da loja, ele pegou meu cotovelo e me dirigiu através de um portão no canto do edifício.

– Qual é o problema?

Ouvir sua preocupação me fez sentir estranha de repente.

– Nenhum problema, apenas preciso de um favor seu, se puder fazê-lo.

O que parecia não ser possível.

– O que você está fazendo entrando em uma barbearia sem uma emergência genuína? Não é lugar para uma senhora.

– Não sou considerada uma senhora – lembrei-lhe.

– Mary do Contra, você nunca deixa de discordar de algo que alguém diz pra você? Não se preocupe em discordar. Tenho um cliente esperando e não tenho tempo para discutir. Então, me diz o que trouxe você aqui.

Engolindo meu ressentimento por ser chamada de do Contra, expliquei sobre a situação em que papai vivia. Disse-lhe que precisava encontrar um jeito de tirá-lo do terreno no domingo seguinte para então poder consertar e limpar o barraco. – Não o conheço bem, mas você já foi muito gentil comigo uma vez e acho que talvez pudéssemos inventar alguma desculpa para você convidar papai para ir a algum lugar por algumas horas.

Ele fez que não com a cabeça, mas eu não estava disposta a aceitar uma resposta negativa.

– Se você estiver ocupado este domingo, então talvez na semana que vem...

– Não há nada que eu tenha que fazer domingo que não possa ser adiado – ele disse. – Simplesmente, o que você está pedindo não faz o menor sentido.

– Não faz sentido querer ajudar meu pai? O homem tem reumatismo, treme de frio todas as noites e não faz sentido desejar consertar aquele barraco detestável? Você me chama de Mary do Contra, mas você não passa de um... um Wilson Teimoso.

– Não sei se sou tão teimoso assim ou se tenho um ponto fraco por mulheres cabeça-dura. Que sorte a minha que uma dessas apareceu na minha vida me pedindo favores um após o outro sem nunca aceitar uma negativa minha. – Ele sorriu como se tivesse gostado daquilo o tempo inteiro, sabendo que eu estava lá para suplicar por sua ajuda. – Ajeitar o lugar de seu pai faz muito sentido. Porém, você pode afastá-lo de lá mais fácil do que um estranho. Então, você faz isso e deixa os consertos por minha conta.

Não sabia bem como reagir a seu comentário sobre mulheres cabeças-duras, então simplesmente mostrei um pouco de descontentamento com relação à sua oferta para consertar o barraco.

– Eu mesma posso fazer o trabalho, você sabe.

– Sem dúvida que você está ansiosa para tentar. Mas, preocupe-se apenas em distraí-lo, vou procurar uns amigos que me devem favores e vamos fazer os consertos. A que horas devo estar lá com eles na ferraria?

Ele não me deixou qualquer brecha para recusar.

– Sairemos às dez horas e posso mantê-lo fora a maior parte do dia. Deixarei um balde de gesso de lama e outro de cal para você na árvore oca no canto do terreno. – Agradeci da forma mais decorosa possível. – Agradeço por você mostrar tanta gentileza com um homem que nem conhece.

– De nada. Só peço que não demonstre sua gratidão cozinhando mais jantares para mim.

Eram mais de duas milhas da ferraria de Mahon ao cemitério dos negros na extremidade setentrional de Richmond. O reumatismo de papai diminuiu o ritmo de nossa caminhada, mas ele veio sem os protestos com os quais respondia a quase tudo que eu sugeria naqueles dias. Ele até parou em um dos terrenos congelados na rua Jackson para arrancar alguns raminhos de ilex.

– Para ter algo bem bonito para deixar para Minerva.

A maioria das sepulturas do cemitério dos negros não tinha qualquer lápide. Outras tinham apenas varas ou pedras que os enlutados usavam para distinguir o lugar de descanso de seus entes queridos. O custo de uma tábua de madeira, sem falar em uma lápide de verdade, estava muito além do poder aquisitivo das pessoas que enterravam alguém naquele lugar. Muitos não sabiam ler de qualquer forma, então um galho retorcido ou uma pilha de pedras improvisada era tão bom quanto um monumento. No entanto, eu podia distinguir a sepultura de mamãe de uma distância de dezenas de jardas, marcada como era por uma das cruzes de metal de papai.

Papai se curvou quando chegamos à sepultura, colocando o ilex no solo frio. Sua voz estava tão baixa que precisei me debruçar e chegar mais perto para ouvi-lo.

– Você própria a reconhece, suponho. Obstinada só porque cresceu. Ela voltou sem qualquer aviso, Minerva. O que você acha disso?

– Ela sabe – disse-lhe. – Foi ideia dela eu voltar aqui para ficar com você.

Ele levantou os olhos devagar e fitou os meus.

– Desde o dia em que decidimos enviar você para o Norte até o dia em que faleceu, Minerva nunca falou em outra coisa para você a não ser em sua liberdade, como você teria uma vida diferente na Filadélfia. Você quer contrariar isso, não fica dizendo que foi ideia dela.

– Isso foi antes de ela morrer. Ela costumava me falar sobre o plano que Jesus tinha para mim, se eu estava fazendo a tarefa certa ou não. Você sabe que mamãe sempre gostou de dizer a uma pessoa o que ela deveria fazer.

Ele assentiu com a cabeça.

– Soa como Minerva. Mas por que ela diz a você para voltar aqui, quando ela sempre diz que o Norte é o único lugar para você?

Não queria preocupá-lo, mas não podia esconder tudo que estava acontecendo de meu próprio pai.

– Desde a eleição, há alguns meses, as pessoas dizem que o país pode estar entrando em uma guerra, Sul contra Norte. – Coloquei minha mão na dele, tomando cuidado para não machucar suas juntas doloridas. – Eu não podia deixar uma guerra nos separar. Mamãe não aceitaria isso também.

Ele olhou para o pedaço de terra dura, que era tudo que lhe restava de sua amada Minerva.

– Sinto muita falta dessa mulher, todos os minutos de todos os dias desde que ela se foi. Mary El, por que ela nunca veio falar comigo desse jeito?

Meu coração doeu, por ele e por mim também.

– Desde que voltei para Richmond, ela não disse nada para mim também. Não sei por que não, mas mamãe nunca sentiu necessidade de ficar se explicando.

Ele me abraçou com um braço só, estendendo o outro para tocar a cruz de ferro.

– Minerva, temos um ao outro novamente, mas continuamos sentindo muito a sua falta.

Ficamos lá um bom tempo até papai retirar o braço de meu ombro e pegar minha mão. Voltamos pela rua Second e cruzamos a cidade sentindo como mamãe nos aproximara novamente, sem precisar dizer nem mesmo uma palavra.


Paramos nossa caminhada tranquila repentinamente quando entramos na rua Franklin e papai percebeu fumaça saindo do terreno de Mahon.

– Um daqueles malditos aprendizes acendeu o fogo da forja em um domingo. Um homem não pode ter um minuto de sossego, tenho de ficar de olho neles como se fossem crianças. – Ele apressou seus passos cansados, e eu corri para acompanhá-lo.

Quando chegamos perto, vimos que a fumaça que o deixara preocupado não estava saindo da ferraria, mas de um lugar no fundo do terreno. Meu coração veio parar na boca quando circundamos o prédio grande e vimos a nuvem de fumaça saindo do barraco de papai.

– Papai, lamento muito. Deve ter havido algum acidente. Explicarei ao sinhô Mahon que foi minha culpa, eu só queria consertar as coisas para você. – Silenciosamente amaldiçoei Wilson Bowser por ser tão burro e descuidado a ponto de incendiar o barraco.

No entanto, percebi que o barraco não estava em chamas. Embora um filete de fumaça constante subisse para o céu, nenhuma chama lambia a construção. Papai deve ter percebido isso também porque diminuiu o passo. Se ele percebeu que o barraco fora caiado e os buracos entre as tábuas engessados, não mencionou nada. No entanto, quando entramos, nenhum de nós pôde deixar de reparar as mudanças que vimos.

Sr. Bowser e seja lá quem ele trouxera para ajudá-lo haviam aberto um buraco na parede mais distante, quase dobrando o comprimento daquela estrutura estreita. Eles escavaram uma lareira, forrando-a com pedras soltas e até acenderam uma pequena fogueira. A nova parede do fundo se inclinava até um buraco que eles abriram no telhado, criando uma baia de fumaça no estilo antigo para deixar a fumaça sair do barraco.

Papai olhou tudo aquilo com admiração.

– Você mandou fazer tudo isso, Mary El?

Assenti com a cabeça.

– Sei que este lugar nunca será um lar como foi sua cabana, mas você não se importa por eu o consertar, não é?

– Por que me importaria?

Não ousei mencionar que ele parecia se importar com tudo que qualquer um dissesse ou fizesse naqueles dias. Ele estava feliz agora, aquecendo-se junto ao fogo. Não era o momento de estragar seu prazer.

– Como você fez tudo isso tão rápido?

– Pedi a ajuda de um negro livre que conheço.

Ele parou de inspecionar o cômodo para me inspecionar.

– Você voltou tem poucas semanas e já está namorando? É mesmo filha da Minerva. – O velho brilho de seus olhos estava de volta.

Apesar de feliz por ver isso, não poderia deixá-lo acreditar em algo que não era verdade.

– Não estamos namorando. Senhor Bowser é apenas um conhecido para quem pedi um favor.

Papai riu.

– Posso ser velho, mas não pensa que sou burro. Homem que sai por aí fazendo favores assim para uma jovem, não está fazendo isso apenas porque tem um bom coração. Sei que você gosta de mostrar que está crescida agora, mas confessa. Um pai não tem o direito de saber quando sua filha está namorando?

Antes que pudesse responder, a voz grave de Wilson Bowser soou da soleira da porta atrás de mim.

– Mary é uma moça do contra, senhor, gosta de negar tudo do que você a acusar. Mas ela está dizendo a verdade agora, dou-lhe minha palavra. Não estamos namorando.

Senti como se algo pontiagudo tivesse me espetado o peito ao ouvi-lo falar daquela maneira. Como se fosse seu desejo mais intenso refutar a acusação. O golpe foi tão forte que quase não consegui entender o que ele disse em seguida.

– Eu não sonharia em namorar com Mary antes de pedir sua permissão, senhor.

Nesse ponto, Wilson Bowser já estava ao meu lado se esticando para pegar minha mão. Papai olhou para mim e para ele. Eu estava tão confusa que não consegui encará-lo, e certamente não a Wilson.

– Ora, você deixou ela sem palavra. – Papai deu a Wilson seu consentimento feliz. – Acho que Mary El encontrou alguém à altura dela. Não me oponho e desejo toda sorte a você. Acho que vai precisar dela.

# Quatorze

E assim Wilson e eu começamos a namorar, com ele me chamando de Mary do Contra o tempo todo.

Eu não demonstrei qualquer contrariedade, sabendo que ele me diria que era justamente o tal antagonismo que ele se referira desde o início. De qualquer forma, não me importava muito com isso. Ouvi-lo me chamar assim, com aquele timbre de voz da Virgínia, forte como o som de um piano de cauda e igualmente comovente aos meus ouvidos, era algo do que sentira falta todos aqueles anos na Filadélfia, o chamado de um sotaque sulista.

Namorar com Wilson tocou em algo profundo dentro de mim cuja existência eu esquecera. Aquilo que faz você ter vertigens ao acordar, esperando talvez ver o objeto de seu desejo em algum momento durante o dia. Aquilo que faz você ficar murmurando para si mesmo enquanto conserta uma bainha ou perambula pelo mercado, sem nem perceber que existe uma melodia em sua cabeça. Algo que penetra tão doce e ingenuamente que a faz sentir como se todos os dias fossem o primeiro dia de primavera.

Wilson mimava papai juntamente comigo. Ele levava um armário ou uma cadeira para o barraco e convencia ele de que ele lhe faria um favor se ficasse com o objeto. Os dois pescavam em Shockoe Creek todas as tardes de domingo e riam pelo fato de que ambos não confiavam em mim para cozinhar o que pescavam. E quando levei casca de carvalho espinhoso esmagada para o reumatismo de papai, foi Wilson quem o convenceu a beber a poção. Ele não podia comprar meu papai, nem construir uma ala inteira de uma mansão magnífica para mantê-lo no mais alto estilo. Mas ele tinha respeito em vez de riqueza e, quando ele o respeitava e a mim, eu não podia fazer nada diferente a não ser gostar dele.

Assim, eu sorria em segredo quando Wilson me chamava de Mary do Contra enquanto preparava o jantar de domingo para mim e papai no apartamento de três cômodos acima da loja; quando ele fechava a loja uma hora mais cedo em um dia de trabalho apenas para que pudesse passear comigo até Church Hill antes que o toque de recolher nos pegasse na rua; quando ele valsava comigo em sua pequena sala, minha coluna arrepiada ao seu toque e eu ficava mais feliz do que em qualquer esplendoroso baile de negros na Filadélfia; quando ele lia para mim um dos livros que guardava na caixa enfiada embaixo da janela da sala, sua biblioteca diminuta posicionada de maneira que nenhum branco de Richmond pudesse vê-la; ou quando eu recitava para ele o que lera na Filadélfia anos antes, literatura abolicionista à qual um negro na Virgínia nunca poderia ter acesso.

– É um dom, essa memória que você tem – ele dizia, admirado por tudo que eu conseguia lembrar.

Talvez, pensei.

Os dons são sempre acompanhados de restrições. Mas o discurso de mamãe sobre o plano de Jesus sempre me fez sentir especial e devedora ao mesmo tempo. E agora meu talento para memorizar significava que eu tinha mais para fazer do que apenas contemplar meu novo admirador. Em meados de fevereiro, homens brancos de toda a Virgínia saltaram na estação de trem de Richmond, enchendo a Powhatan House, o Exchange Hotel e estabelecimentos semelhantes nas redondezas de Shockoe Hill. Eles eram delegados na convenção que iria decidir se a Virgínia se separaria.

Bet ficou furiosa quando a convenção foi convocada, dizendo que a Virgínia não tinha soberania legal para se separar da União. Ela fez um grande espetáculo ao se recusar a comparecer às sessões da convenção, muito embora senhoras brancas de toda parte de Church Hill tenham cruzado Shockoe Creek para encher a galeria do Mechanics Hall. Entretanto, ela estava muito curiosa, a ponto de convencer a mãe a ir para que eu pudesse ir também para cuidar dela. Eu tinha a missão de absorver cada palavra que os emissários dissessem e depois relatar tudo à Bet a cada noite.

E as palavras foram muitas. Tanta grandiloquência naquelas primeiras semanas que parecia que eles jamais conseguiriam chegar a uma conclusão. Isso levava Bet à loucura, embora eu pudesse sentir que os emissários só estavam esperando ver o que o Sr. Lincoln faria com relação aos autoproclamados Estados Confederados, cujo presidente Jefferson Davis havia tomado posse na capital secessionista de Montgomery.

Quanto mais eu lia os jornais e ouvia os delegados da convenção, mais certeza tinha de que, embora Lincoln não fosse Seward, ainda assim, ele era o homem de quem precisávamos. Por que outra razão todos aqueles demais estados já haviam se separado se ele não fosse uma ameaça à escravidão, o que era muito caro para eles? E a secessão era a coisa em si que poderia levar Lincoln a se livrar da opressão da escravidão.

Finalmente, no quarto dia de abril, a convenção da Virgínia convocou um voto. Os habitantes de Richmond que lotavam o Mechanics Hall naquela manhã esperaram sentados, por seis longas semanas, ouvindo discursos de políticos coléricos que bombasticamente apoiavam a separação da União. Embora meu ódio pela escravidão fosse tão profundo quanto a afeição deles por ela, acho que fiquei tão inconsolável quanto qualquer um deles quando os votos dos delegados mostraram uma proporção de dois para um contrária à separação. A Virgínia posicionara seus cavalos, torres e bispos brancos no tabuleiro de xadrez; no entanto, eles esperavam que o Sr. Lincoln – o republicano negro, como o chamavam – fizesse o primeiro lance.

No entanto, eu não tinha paciência para esperar. Logo, procurei empreender minhas próprias manobras.

Naquela noite, me recolhi cedo para meu quarto no sótão, coloquei uma vela fina e longa no castiçal de latão e uma ponta nova em minha caneta. Era tarde, a vela quase acabara e a ponta perdera seu fio quando cheguei ao fim de meus muitos rascunhos, satisfeita, finalmente, com o resultado.

> A questão da paz não depende de nós. A guerra civil está para começar. A guerra de secessão declarada pelo Sr. Lincoln espera apenas um sinal de partida por parte da Confederação Sulista insultada para acender seus fogos terríveis em todos os cantos da Virgínia. Nenhuma ação de nossa Convenção poderá manter a paz. A Virgínia precisa lutar. Ela pode marchar para a luta juntamente com seus Estados irmãos do Sul ou deve marchar para o conflito contra eles. Não existe um caminho intermediário. A guerra deve resolver a questão. Devemos ser invadidos por Davis ou por Lincoln. A Virgínia deve ir à guerra – e ela precisa decidir com quem vai guerrear – seja com aqueles que sofreram os mesmos erros que ela, seja com aqueles que infligiram danos

> a ela. Cada leitor deve exigir de seu delegado na Convenção que a Virgínia se junte a seus Estados irmãos do Sul para que possamos decidir a questão de Nossos Direitos de uma vez por todas.

Transcrevi aquelas linhas com a caligrafia mais viril que pude fazer e as assinei *Virginius Veritas*. Levantei cedo na manhã seguinte, atravessei a cidade até o cruzamento das ruas Twelfth e Main para enfiar minha prosa revoltosa por baixo da porta do *Enquirer*, o órgão propagandista incendiário da opinião separatista em Richmond. Jennings Wise, o editor do jornal, estava sempre ansioso por colocar textos provocadores diante de seus leitores, e eu estava bastante feliz em lhe fornecer um.

Após tanto assistir, ouvir e ponderar, eu estava contente por finalmente agir, e muito esperançosa de que minhas palavras pudessem incitar os leitores de Wise que odiavam os abolicionistas e amavam a escravidão a atingir um tal fervor em prol da secessão como eu desejava que a cidade mostrasse. Ansiosa para contar o que fizera e imaginando que havia pelo menos uma alma em toda a Richmond na qual eu podia confiar, fui até a loja de Wilson.

No entanto, tive uma grande surpresa quando cheguei lá. Embora os estabelecimentos já estivessem abertos em toda a Broad, as venezianas da barbearia estavam bem fechadas. Um aviso na caligrafia de Wilson estava pregado à porta, datada do dia anterior. FECHADO HOJE E AMANHÃ. ABRE CEDO NO SÁBADO.

Fui até o portão lateral e bati na porta de sua residência, golpeando cada vez mais forte. Quando desisti, ouvi vozes de homens brancos vindo da rua em frente à loja.

— Agora, o que a senhora vai dizer quando eu chegar a casa para um de seus almoços infernais com essas costeletas por aparar? Esses negros livres estão se lixando para o horário comercial.

— Ouvi dizer que o barbeiro tem uma garota na cidade, achei que isso impediria que continuasse frequentando suas outras amigas. – Os homens gargalharam. – Mas suponho que ele goste de variar, assim como qualquer outro homem.

Por mais que ele me chamasse de do Contra, eu acreditava que Wilson gostava de mim de uma forma que o impediria até de olhar para outra mulher. No entanto, aqui estava eu, ouvindo um punhado de homens brancos falando entre risadas sobre a garota que não tinha juízo suficiente para perceber que estava sendo traída por um barbeiro negro com uma língua cáustica e a pele cor de cobre.

Pele cor de cobre adorável, pensei, lembrando como ela brilhava ao sol e incandescia à luz de velas. Não sabia se estava mais irritada ou triste ao manter a cabeça baixa enquanto caminhava pelas vielas para retornar a Church Hill. Mas me forcei para não deixar transparecer nada quando cheguei à residência dos Van Lew. Não estava disposta a deixar revelar nada para Bet sobre Wilson, da mesma forma que nunca confidenciaria nada a ela sobre aquilo que deixara para Jennings Wise.

Bet não gostava da ideia de que eu estava namorando. Não senti necessidade de pedir sua opinião a respeito. Isso nem me ocorrera fazer. Ela não era minha dona, não era da minha família, nem mesmo era uma amiga para fofocar ou compartilhar risadas como Hattie fora. Porém, ainda assim, ela também deixara clara sua desaprovação. Ela fechava a cara todos os domingos de manhã quando eu saía para ir à loja de Wilson e enfiava o nariz entre as cortinas da sala de estar para olhar quando ele voltava comigo para Church Hill no final do dia. Ela me seguia silenciosamente pela casa e dizia que eu acertara ao manter as aparências diante de Terry e Nell, uma vez que não podíamos confiar em qualquer pessoa, nem mesmo nos negros, com relação ao que poderíamos precisar fazer se toda essa terrível história de secessão se tornasse realidade. Agora, parecia que ela estava totalmente certa, pelo menos quanto ao aspecto da confiança, se também não estivesse com relação à quanto a secessão poderia ser terrível.

No dia seguinte, todos falavam sobre a última chamada a favor da secessão do *Enquirer*. Sabendo que minhas palavras enganosas foram publicadas e divulgadas dessa forma me fez lamentar ainda mais não poder expor meus pensamentos verdadeiros em uma carta para Hattie. Uma suposta escrava poderia arriscar de vez em quando enviar correspondência para um negro livre no Norte, mas o próprio verbo "arriscar" indica que sempre haveria algum perigo – até mesmo se a missiva não dissesse nada além de *Como vai?* e *Tudo está bem aqui*. Antes de eu sair da Filadélfia, Hattie e eu concordamos que tal correspondência seria muito perigosa. Parecera bastante sensato na época. Mas agora, entre Abraham Lincoln criando uma série de esperanças e Wilson Bowser frustrando outra, não poder me comunicar com minha amiga era muito difícil de tolerar. Enquanto Bet ficava cada vez mais irritada à medida que a secessão se aproximava, eu ficava cada vez mais triste porque Hattie estava tão longe.

Embora estivesse quente na tarde do dia 12 de abril, reparei no céu cinzento e ameaçador enquanto ajudava a Sra. Van Lew a descer os degraus da escada da frente e a entrar na carruagem da Sra. Catlin. Em seguida, assumi meu lugar no banco ao lado do cocheiro. Quando descemos o Hill, indo para a sessão vespertina da convenção no Mechanics Hall, pingos de chuva grossos começaram a cair. Mantive o rosto abaixado, lamentando não ter uma touca apropriada, mas apenas um lenço de escrava para cobrir a cabeça. Sentindo a chuva ensopar a parte de trás da gola, lembrei-me de como mamãe costumava dizer que o cheiro da chuva da primavera era uma promessa do surgimento das flores. Fechei os olhos e respirei fundo, tentando cheirar algo além do forte odor dos cavalos da carruagem.

Por isso, ouvi a comoção antes de vê-la. Quando abri os olhos, uma multidão já formara grupos agitados na rua, tão compacta que o cocheiro da Sra. Catlin precisou parar a carruagem a quase um quarteirão de distância do salão.

As senhoras trocaram olhares preocupados antes de estenderem as mãos enluvadas uma a uma para o cocheiro ajudá-las a descer. Uma das senhoras reconheceu o sobrinho na multidão e se dirigiu a ele. Segurei o guarda-chuva da Sra. Van Lew sobre a cabeça dela enquanto o resto de nós a acompanhava.

– Eles trancaram todo mundo fora do salão sem qualquer explicação – o jovem disse à tia.

Enquanto as senhoras se surpreendiam com as notícias, fiquei atenta aos rumores que circulavam à nossa volta. Lincoln convencera os confederados a retornarem à União. Lincoln reconhecera a Confederação como uma nação soberana. Lincoln fora assassinado. Embora todos estivessem dispostos a contar uma história, ninguém sabia em quem acreditar.

Em meio a toda a agitação da multidão, a respiração da Sra. Van Lew ficou ofegante. Levei-a pela praça Capitol, esperando encontrar um lugar no gramado onde ela pudesse descansar enquanto eu procurava a verdade em meio a todo aquele falatório. Enquanto a manobrei para contornar a torre Bell, um homem pequeno, com chapéu de feltro abaixado sobre o rosto, esbarrou em nós.

Era ilegal para um negro, livre ou escravo, colocar os pés na praça, graças a uma das leis que foram aprovadas após o ataque de John Brown. Entretanto, antes que pudesse pensar o que fazer, o homem levantou o chapéu, e vi que era McNiven.

Ocultei até mesmo o menor sinal de reconhecimento em meu rosto. Mesmo assim, o choque de encontrá-lo em Richmond se dissipou por causa do choque gerado pelo que ele tinha para dizer.

– Desculpa a falta de jeito. – Ele tratou de manter os olhos na Sra. Van Lew enquanto falava. – Estou correndo para contar as últimas novidades para um amigo meu. Os confederados atiraram no forte Sumter. Eles estão dando ao senhor Lincoln a guerra dele, queira ele ou não.

As notícias fizeram a Sra. Van Lew desmaiar. Fui suficientemente ágil para apoiar suas costas, e o puxão rápido de McNiven evitou que ela caísse no chão. Mantive-a escorada contra a base da torre Bell enquanto ele foi buscar uma carruagem de aluguel.

Quando ela estava instalada dentro da carruagem, ele tirou seu casaco e pendurou-o sobre meus ombros molhados.

– Vou levá-la até Bet, moça. Vá dizer a Bowser tudo que se passou.

Vi a carruagem de aluguel partir na chuva, sabendo que não estava em condições de passar qualquer notícia para aquele infiel do Wilson Bowser. Então, peguei a direção oposta à barbearia e me dirigi para a ferraria. Ainda faltavam muitas horas para papai terminar seu turno de trabalho, mas achei melhor esperar até lá. Porém, antes de andar um quarteirão em direção às instalações de Mahon, vi que não esperaria por ele sozinha.

– O que você está fazendo aqui? – As palavras saíram antes que eu soubesse que as estava pronunciando.

– Esperando ver você. O mesmo que tenho feito todas as tardes esta semana, desde que você não veio à minha casa no domingo. Você nem cumprimenta o seu Wilson?

– Não é meu Wilson.

– Odiei-o por supor que eu ainda podia ser enganada. – Pelo menos, não meu apenas.

Ele empurrou o chapéu para trás da cabeça.

– Qual é o problema?

– A verdade, graças a alguns de seus clientes. É muito ruim ser tratada assim por você, mas pior ainda ser objeto de zombaria de brancos. A garota burra que não sabe que seu namorado tem uma fila de amores.

Ele soltou um assovio baixo.

– Quem lhe contou o que sobre mim, exatamente?

Mantive os braços cruzados apertados.

– Você espera que eu lhe diga o que ouvi para arranjar algumas mentiras para tentar explicar tudo?

– Nunca menti para você e nunca vou mentir. – Sua voz era suave e lenta se comparada com a dureza da minha. – Juro, Mary. Nunca.

– Nunca mentiu, mas não me disse toda a verdade. A verdade sobre quantas mulheres você namora.

– Se nunca lhe falei que você é a única para mim, sou um tolo por ter ficado calado uma vez que tenho certeza disso desde que coloquei os olhos em você pela primeira vez. Você é a única que tenho e a única que quero.

– A única em Richmond, talvez. Mas alguém chamou você na quinta-feira passada, e você foi correndo. Deixou seus clientes esperando na rua, debochando de suas conquistas românticas.

– Você não me conhece nada? Qual a primeira coisa que você soube a meu respeito?

A lembrança da luz do sol trazida pelo vento frio de janeiro através de um bosque de árvores desfolhadas não esfriaria minha raiva de abril.

– Você não queria me trazer para Richmond. Você achava que tinha o direito de me dizer o que fazer.

– Eu trouxe você para cá, lembra? Mas pense bem antes disso. O que você sabia sobre mim quando estava na Filadélfia.

Lembrei de quando levei aquela garota cataléptica para Nova York com McNiven, ele me dizendo que fora o primo de David Bustill Bowser que a tirara de Richmond.

– Trabalhar para a Ferrovia não lhe dá o direito de me trair.

– Nunca disse que fiz isso. Minha ausência ontem foi por outra mulher, com toda certeza. Ela e o marido dela. Ele já está no Canadá, mandou uma mensagem sobre seu paradeiro para que ela pudesse ir a seu encontro. – Wilson deu um único passo em minha direção, estendendo a mão, palmas para cima, como um pedido de paz. – Finjo que são minhas namoradas que me atraem para o interior da Virgínia porque é a melhor desculpa que posso encontrar para fazer o trabalho da Ferrovia.

Examinei o significado de suas palavras, lentamente sentindo uma confiança renascente antes de dar minha mão para ele.

– Por que você não me contou?

– A necessidade de levar essa mulher foi repentina, não tive oportunidade. Achei que você nem sentiria a minha falta. Mas sentiu, não é?

– Por que você continua aqui? – Pensara sobre isso com muita frequência, mas nunca ousara perguntar, nunca quis fazê-lo pensar em deixar a Virgínia. – Você mandou tantos para o Norte e está livre para ir quando quiser.

– Livre para ficar e para ir também. Vem, vou mostrar para você. – Ele continuou segurando minha mão enquanto voltamos por todo o caminho para a casa dele, a chuva caindo em pingos suaves sobre nós dois. Ele me levou até um par de retratos desenhados à mão que estavam pendurados na sala de estar.

– Minha família é livre há tantas gerações que ninguém tem certeza de que alguma vez fomos escravos, e eles ainda não nos expulsaram da Virgínia. Ele apontou para o desenho de um velho negro. – James Bowser, meu avô, lutou pela Virgínia na Guerra Revolucionária. Ele solicitou uma outorga de terra juntamente com todos os outros veteranos em 1833, mesmo ano em que nasci. Um ano mais tarde, eles o fizeram desistir de pregar por causa de uma nova lei passada em resposta à rebelião de Nat Turner, a qual pretendia intimidar tanto os negros livres quanto os escravos. Os filhos mais velhos, como o pai de David, ficaram impacientes e partiram. Mas meu avô insistiu que o mais novo de cada geração ficasse. Ele me ensinou, e a meu pai antes de mim, que havíamos conquistado o direito de estar aqui, como qualquer outro homem branco.

Ele se voltou para o outro retrato, o de uma senhora índia.

– Claro, a mãe de minha mãe ia ter um ataque se ouvisse tais coisas. Ninguém é dono da terra, essa é a maneira como seu povo vê essa questão. Através dela, tenho um legado aqui maior e mais forte do que qualquer habitante branco da Virgínia. – Ele desviou o olhar dos quadros de seus avós e olhou para mim cuidadosa e carinhosamente. – E agora encontrei uma mulher teimosa a ponto de me convencer a trazê-la para cá, e maravilhosa a ponto de me fazer apaixonar por ela. Para mim, essa é a melhor razão para ficar.

Sorri quando ele me levou para a cozinha, onde começou a cortar cebolas, cenouras e nabos, dizendo que eu estava tão molhada que era melhor ele fazer um cozido para eu comer. Esperei até ele virar as costas para mim para colocar os legumes na panela antes de perguntar:

– Então você nunca se interessou em namorar alguém até eu aparecer?

– Eu não estava disposto a correr atrás de uma escrava.

– Como meu pai fez? Você é bom demais para isso?

Ele me olhou com surpresa.

– Respeito Lewis, você sabe disso. Mas não posso imaginar como deve ter sido para ele ver você e sua mãe serem escravos de uma família branca. Eu não conseguiria jurar fidelidade eterna para uma mulher cujos filhos seriam escravos. Arriscaria meu pescoço para enviar qualquer mulher para o Norte, mas não me juntaria a ela aqui, sabendo como as coisas poderiam terminar para ela e para nossos filhos. Seus pais fizeram a vida daquele jeito e isso mostra a força deles, mas não era algo que eu pudesse fazer.

– E as senhoras negras livres? – perguntei enquanto ele desembrulhou um corte grande de porco salgado e o colocou no cozido. – Existem algumas delas aqui também.

– Eu disse que arriscaria meu próprio pescoço para enviar um escravo para o Norte. Mas é inteiramente diferente arriscar o pescoço de uma esposa ou de um filho, porque o marido dela ou o pai dele trabalha na Ferrovia. Sempre pareceu melhor me isolar. – Ele sorriu e me puxou para ele, passando os braços em volta de minha cintura e dando uma fila de beijos desde o lóbulo da minha orelha até minha clavícula. – Pelo menos, assim pareceu, até encontrar uma mulher muito do contra que me deu razões para pensar diferente.

Foi uma explosão. Depois, uma sequência de explosões, ecoando, repetindo, aparentemente uma centena de vezes. O corpo de Wilson, quente, macio e acolhedor, ao me envolver, ficou firme e tenso em um instante.

– Que diabos está acontecendo? – Suas palavras me despertaram completamente.

Era estranho e maravilho dormir ao lado de Wilson, ter minha cabeça e coração tão repletos de sua proximidade. Convenci-me durante a semana anterior de que ele era vaidoso e odioso, mas as histórias que ele me contou naquelas últimas horas preciosas me lembraram de que ele era corajoso, e também vulnerável, um homem que se ensinara a viver para servir os inúmeros estranhos que ajudara a levar para a liberdade. Eu não queria nada mais do que estar com ele e saboreei todas as palavras por todas as horas que falamos – o toque de recolher há muito esquecido. Quando, finalmente, perto do amanhecer, a sonolência se apoderou de mim, Wilson me carregou da sala como se eu fosse seu tesouro mais precioso e se deitou ao meu lado, sobre as cobertas da cama, completamente vestido. Adorei a forma como nos abraçamos em repouso, nunca me sentira tão próxima de alguém em toda minha vida.

Porém, por mais estranho e maravilhoso que fosse dormir assim, era estranho e terrível ouvir o estalo troante que o levantou e o afastou tão rápido, fazendo-o levantar assustado.

Ao ouvir as explosões e pancadas, pensei a princípio que fosse algum grande incêndio que quebrava todas as janelas da cidade. Mas depois, mais alta do que a gritaria na rua, ouvi uma banda de metais tocando a mesma canção repetidas vezes.

Sentei bem reta quando reconheci a melodia. "Dixie" – a canção do musical *coons show* que eles cantaram na estação de trem quando o corpo de John Brown chegou à Filadélfia.

– Sumter – disse.

Wilson, já perto da janela, voltou-se e olhou para mim confuso.

Esquecera as notícias de McNiven de que Sumter estava sendo bombardeado. Agora, a gritaria e a cantoria do lado de fora me diziam que o forte federal devia ter caído nas mãos da Carolina do Sul. E, com base nas celebrações nas ruas de Richmond e nos disparos de canhão festivos vindos do depósito de armas, eu tinha certeza de que a Virgínia se decidira. Ela se separaria.

Embora o dia 16 de abril fosse uma terça-feira, papai estava usando seu terno de domingo quando chegou ao terreno dos Van Lew. O colete verde estava bem desbotado, as calças remendadas e o paletó desgastado. No entanto, ele parecia tão orgulhoso quanto estivera todos os domingos de minha infância.

Eu esperava por ele no jardim, notando como o céu azul radiante combinava com a cor de meu novo vestido de musselina. Embora o tecido fosse barato e o feitio não estivesse tão na moda quanto os que eu costumava vestir na Filadélfia, eu irradiava alegria quando papai me disse que eu era a visão mais bonita que ele já vira.

– Você está pronta? – ele perguntou.

– Sinto que isso é algo para o qual já estava pronta e esperei a vida inteira.

– Foi assim também para mim o dia em que casei com Minerva. – A lembrança o fez feliz e triste ao mesmo tempo.

– Você acha que ela aprovaria? – perguntei, passando meu braço pelo dele enquanto caminhávamos para a rua Twenty-fourth, cruzando a Grace até a Igreja S. João. É o dia em que toda filha enlutada mais sente a falta de sua mãe.

– A senhora que você se tornou, sim. O homem suficientemente sortudo pra casar com você, sem dúvida. Já o lugar que você vai fazer a cerimônia, eu não tenho tanta certeza.

Sua piada me levou de volta para o único outro momento em que coloquei os pés dentro na S. João, quinze anos antes. Bet tinha, de alguma forma, enfiado na cabeça que eu deveria ser batizada na igreja episcopal, um feito muito raro para um negro de Richmond. A sugestão me aterrorizara. Via o prédio de madeira branca sempre que olhava pela janela da propriedade dos Van Lew. As duas janelas e a porta no transepto entre elas parecia, da perspectiva dos meus 7 anos de idade, como os olhos e a boca abertos de alguma aparição fantasmagórica pairando sobre o cemitério da igreja.

Mamãe ficou furiosa com Bet, claro que eu não precisava ser batizada em uma igreja de brancos quando minha alma e eu estávamos indo muito bem no culto secreto que nossa família frequentava todas as semanas.

– Batizar minha filha em uma igreja que não a acolhe para cultos regulares? Não, muito obrigada.

Isso não foi dito a Bet, mas para papai, que surpreendeu a nós respondendo:

– Aquela mulher é suficientemente respeitosa para pedir sua aprovação para o batismo quando ela podia mandar batizar e pronto. Por que não agradar ela?

Fazendo bolinhos de lama em frente à cabana de papai naquela tarde de domingo quente, estremeci ao ouvi-lo sugerir à mamãe que deixasse o prédio do demônio me engolir.

– Em geral você é muito esperta para deixar passar uma oportunidade que pode ser boa para Mary El – ele acrescentou.

– Qual a vantagem de exibir nossa filha em uma igreja de senhoras brancas quando Henry Banks já deu a ela todo o batismo que ela precisa?

– É, ela já foi batizada, entre nosso povo e em nossa fé. O que quer que aconteça não vai desfazer isso. Mas, se a Srta. Bet quer assim, por que não usar isso para tirar algo dela?

A boca de mamãe curvou para baixo, da forma como sempre fazia quando começava a tramar.

– Faço o que posso para ensinar à menina a ler, mas as pessoas instruídas precisam saber contar também. Se ela ensinar Mary El a contar, vou à S. João.

Assim, quando Bet levantou o assunto novamente, mamãe entrou em ação dizendo como ela era gentil em oferecer, mas como seria vergonhoso levar uma criança escrava ignorante para a S. João quando as crianças brancas lá eram todas inteligentes, sabiam inclusive contar. Bet entendeu a sugestão, não havia nenhuma lei específica proibindo que ela me ensinasse aritmética às tardes enquanto a Sra. Van Lew cochilava. Bet ficou tão feliz em desafiar as proibições de sua mãe quanto em me batizar em sua igreja. Embora não gostasse muito da última parte, Mamãe ficou satisfeita com o arranjo a ponto de me levar à S. João no domingo seguinte.

Agora, eu estava indo para a S. João novamente, mas com mamãe falecida e Bet furiosa com a ideia. Quando fiquei aquela noite inteira com Wilson, Bet passou todo o dia seguinte pregando sobre como eu a deixara preocupada. Como se estivesse mais irritada por meu namoro com ele do que com o ataque ao Sumter.

Esse foi um grande motivo para Wilson e eu casarmos logo, não queríamos ser separados por Shockoe Creek e pelas intromissões flagrantes de Bet. Escolhemos a S. João de propósito, sabendo que, se nossos nomes aparecessem em seu registro oficial de casamentos, Wilson e eu seríamos considerados parentes ao olhos dos brancos de Richmond e, portanto, isentos da lei que proibia escravos de morarem com negros livres.

Quando papai e eu entramos no adro da igreja, vi meu noivo em pé orgulhoso embaixo do pináculo de tábuas brancas, formal e digno em seu terno marrom escuro.

– Bom dia – papai disse.

A resposta de Wilson foi um distraído
— mmm hmmm — enquanto olhava para mim.
Retirei meu braço do de papai e ofereci-o a meu futuro marido. Wilson inclinou-se para me beijar, mas virei a cabeça, envergonhada por estar na frente de papai. Senti os lábios de Wilson em meu cabelo, senti-o inspirando o cheiro de lavanda com que me banhara naquela manhã.

— Você é como a própria primavera após o inverno de minha solidão — ele sussurrou. — Só espero que você não se sinta muito do contra quando o reverendo Cummins perguntar se me aceita como seu marido.

Lembrei como eu não gostara de Wilson quando o conhecera, seu jeito convencido me fazendo sentir canhestra e inadequada. Nada comparado com a forma especial com que Theodore Bonitão Hinton me fizera sentir quando arquitetava planos e fazia conluios para encontrar comigo. Theodore me adorou desde o início. Mas ele não estava muito interessado em quem eu era, mas em quem ele desejava que eu fosse. Vendo o modo atento com que Wilson olhava nos meus olhos, sabendo que ele sempre ouvia com atenção o que eu dizia, mesmo quando não concordava, fiz que não com a cabeça quando ouvi sua zombaria. Ambos tínhamos certeza de como eu responderia a pergunta do reverendo.

No entanto, quando entramos pela porta da igreja, senti minha alegria vacilar. O interior da S. João era indistinto e lúgubre, a madeira escura absorvia a pouca luz que conseguia penetrar pelas janelas. Além do sacerdote, a única figura na sala cavernosa era Bet. Ao vê-la rígida, sentada no interior daquelas paredes altas da bancada reservada para a família dela, com as costas viradas para nós, senti muita falta de Hattie. Gostaria de poder ter compartilhado esse dia com ela e suas irmãs e com Zinnie Moore e as mulheres de nosso círculo de costura. No entanto, o que me separava de todas elas era mais do que a geografia. Mesmo na tranquilidade solene do santuário, gritos e tiros ocasionais podiam ser ouvidos do lado de fora, marcando a espera impaciente da cidade pelo voto a favor da secessão no dia seguinte.

Enquanto papai me levava pela nave da igreja, senti uma mistura de felicidade e medo que poucas noivas conhecem. Não podia imaginar o que poderia ser um casamento que iniciava com uma guerra como pano de fundo. Porém, também não poderia imaginar não casar com Wilson. E, com todo respeito à mamãe, havia outra razão pela qual essa igreja parecia ser o lugar certo para nos casarmos.

Os habitantes de Richmond aprendem desde cedo que a S. João foi o palco do famoso discurso de Patrick Henry, o qual instigou os companheiros colonos a se rebelarem. Eu sabia que o Sr. Henry era como as demais PFVs, que não se preocupava muito com a liberdade dos negros. No entanto, quando ocupamos nossos lugares diante do altar, suas famosas palavras pareciam ecoar pela igreja, como se elas fossem dirigidas a mim naquela manhã de abril. *Os cavalheiros podem gritar, Paz, Paz. Mas não há paz alguma. A guerra já começou! A próxima ventania que varre do norte trará aos nossos ouvidos o confronto de armas ressonantes. A vida é tão preciosa, ou a paz tão doce, para ser comprada ao preço das correntes e da escravidão? Não permita tal coisa, Santo Deus! Não sei o rumo que outros podem tomar, mas para mim, dê-me liberdade ou dê-me a morte!*

Quando o sacerdote nos pediu para jurar nosso amor até que a morte nos separasse, pensei no que Wilson disse sobre arriscar o próprio pescoço para fazer o trabalho da Ferrovia, mas não arriscar o da esposa também. Eu corria risco e também colocava Wilson em risco se fosse pega fazendo algo subversivo para auxiliar os interesses do Sul.

No entanto, a liberdade que estava ameaçada não era apenas a minha e a de Wilson. Era a liberdade de papai, que pairava atrás de nós, encontrando sua esperança, há muito perdida, na sombra de nossa alegria. Era a liberdade de todos os negros escravizados cujas as correntes e a escravidão eram demasiadamente reais, não apenas uma frase retórica floreada como a de Patrick Henry. Nem amor nem liberdade podem ser tão doces um sem o outro. Wilson e eu pretendíamos desfrutar de ambos. E pretendíamos ver papai e todos os outros escravos finalmente livres.

Quando meu marido e eu cruzamos a cidade após a cerimônia, passamos por vários prédios que já ostentavam a bandeira secessionista. Ficamos muito tristes e caminhamos em silêncio pela rua Broad.

# Quinze

Naquela primavera, Richmond floresceu em um turbilhão de cores. Unidades do exército de todas as partes do Sul afluíram para a nova capital, cada uma delas vestindo suas próprias cores berrantes. Vermelhos, roxos e amarelos enfeitavam todo tipo de emblemas e faixas, como se a estratégia dos confederados fosse cegar os federais. O campo usado para as feiras agropecuárias do estado na ponta extrema da rua Broad, foi entregue às tropas e renomeado de "Acampamento Lee", em homenagem ao virginiano que recusara a oferta do Sr. Lincoln para comandar o exército da União. Os rufares de tambores soavam pela cidade, em um ritmo pulsante para o burburinho das fofocas do mercado, enquanto as pessoas se empurravam pelas ruas lotadas, ansiosas por aquilo que diziam seria uma gloriosa guerra de sessenta dias.

Nas alturas de Church Hill, Bet andava de um lado para o outro contorcendo as mãos enquanto a Sra. Van Lew olhava com olhos opacos pela janela para as senhoras que passavam a caminho de um ciclo interminável de reuniões de costura. A Guarda da União agora era a Guarda da Virgínia, e nada mais justo do que equipar seus integrantes com um conjunto completo de uniformes novos e exuberantes. Embora as filhas solteiras de Church Hill também fingissem costurar, na maior parte do tempo elas ficavam flertando e agitando seus lenços para os soldados que passavam, saudando a guerra como uma oportunidade para terem mais namorados do que suas irmãs mais velhas jamais tiveram.

Em Shockoe Bottom, as fábricas e fundições se preparavam para a realidade implacável da batalha. O retinir de metal da ferraria de Mahon soava mais forte e por mais tempo a cada dia, e eu observei a exaustão corroer a felicidade que papai encontrara durante meu namoro com Wilson.

Quando os dias quentes do verão chegaram, papai ficou tão triste que tentei protegê-lo de tudo que eu pensava.

– O que você fez a Mary El? – ele perguntou, olhando para nós do outro lado de uma bandeja de carne de frango fria no jantar de domingo no dia 21 de julho. – Ela nunca foi tão quieta.

Wilson franziu o cenho enquanto pegava a limonada, fingindo que a pergunta de papai não fazia o menor sentido.

– Um dia quente como este, as moscas nem se importam em zumbir.

– Não ligo muito para moscas. Mary El não se importar em falar com o pai dela é a minha preocupação. Só fica lá com o rosto todo contraído de preocupação, olhando pela janela da sala.

– A cidade inteira está bem quieta hoje – disse, levando meu garfo até o prato.

Papai não estava disposto a desistir.

– Não começa a empurrar as batata pras beiradas do prato novamente. Você está fazendo isso tem uns quinze minuto, nem deu uma garfada. Qual é o problema?

Revelei a verdade de uma forma que esperava evitar que ele contraísse minha preocupação.

– A razão para tudo estar tão quieto é que todos os soldados saíram da cidade. Eles estão travando uma grande batalha, os separatistas contra os federais, lá perto da fronteira de Maryland. Se os federais ganharem, eles podem conseguir tomar Richmond. Mas se perderem, os separatistas dizem que marcharão desde Manassas até Washington.

– Manassas, melado, o que importa? – Papai respondeu. – Não vejo como isso vai mudar o fato de que é dia de descanso, uma filha deveria ter duas palavras civis pra dizer pro pai dela.

– De fato, Lewis tem razão – Wilson disse, significando que domingo era o único momento de papai longe da ferraria, do trabalho que o curvava até me fazer pensar que ele quebraria. O dia para nós mimá-lo, dar-lhe uma refeição decente e muito amor para durar a semana inteira. – Você trouxe aquela cesta enorme de morangos para a sobremesa – meu marido me lembrou. – E quero pegar minha parte, então anda e come logo esse jantar.

Apesar de preocupada com a possibilidade dos confederados, afinal, conquistarem sua vitória de sessenta dias, fiz o que podia para agradar meus homens, mordiscando a comida, conversando e até mesmo esbocei um sorriso pela surpresa de papai quando Wilson colocou sobre a mesa nossa maior tigela de madeira repleta de frutas juntamente com uma xícara de latão cheia de creme. O preço dos morangos era o mais baixo na memória de todos em Richmond, os fazendeiros das redondezas enchiam os mercados com frutas maduras suculentas que não podiam ser transportadas para lugar algum próximo por causa do bloqueio dos federais.

Conversei com papai, tentando não deixar transparecer nada enquanto saboreávamos o gosto agridoce dos morangos. Na manhã seguinte, minhas unhas ainda estavam manchadas de vermelho por causa do suco deles. Porém, todas as minhas esperanças de frutas delicadas cobertas de creme azedaram quando chegaram notícias a Richmond, vindas de Manassas, de que os confederados venceram.

– O que você vai fazer lá fora? – Wilson perguntou enquanto eu enrolava um cachecol ao redor da cabeça tarde na noite seguinte. – Chove feito o Dilúvio, o toque de recolher começou horas atrás e as ruas estão lotadas de partidários da secessão.

Procurei em nossa arca de roupas por um xale de lã. Embora o ar abafado da noite fosse bastante quente, precisava de algo que me protegesse da chuva intensa. Tão certamente quanto precisava compreender a vitória dos confederados.

– Seja o que for que eles estejam descarregando daqueles vagões, é mais guerra de verdade do que todas as marchas e exibições que assistimos em Richmond nos últimos meses. Quero ver isso com meus próprios olhos.

– Então, vou com você.

Coloquei o xale sobre os ombros e olhei nos olhos de meu marido.

– Um casal negro vai arranjar mais encrencas lá fora a esta hora da noite do que uma escrava solitária. Se alguém me parar, posso dizer que estou com minha dona, me separei dela enquanto procurava por meu senhor. – Sem esperar ouvir mais sobre sua desaprovação, beijei-o com toda a paixão de uma esposa casada há apenas três meses, depois desci as escadas correndo e saí pela noite.

A chuva me atingiu assim que abri a porta, espetando-me com a força de pequenas pelotas e encharcando minhas mangas. O dilúvio transformara a poeira da rua Broad em uma massa marrom gosmenta. Ela foi acumulando em minhas botas enquanto me aproximava do local de onde soldados confederados mortos e moribundos estavam sendo descarregados do trem. Um grupo de habitantes brancos de Richmond e seus criados lutavam com a lama como moscas presas em melado. Avançavam e recuavam, como os redemoinhos do rio de lama na rua, à medida que aqui e ali um homem ferido gritava de uma maca, ou uma lanterna era levantada para identificar uma forma imóvel.

Em algum lugar na estação escura, uma voz familiar continuava a repetir:

– Minha prima está em Spotswood. Ela ouviu isso da própria Senhora Davis, por telegrama do presidente. Notícias terríveis, mas ele morreu um herói para Nossa Causa.

Ouvi o refrão duas ou três vezes antes de reconhecer quem falava. A Sra. Whitlock, uma das senhoras que costurava com a mãe de Bet para a Guarda da União, e que passara a ignorá-la quando o grupo se tornou a Guarda da Virgínia.

A Sra. Whitlock abriu passagem pela massa de pessoas e se apresentou para o soldado que guardava um dos vagões.

– Estou aqui em nome de minha prima, Senhora Gardner. O coronel deve ser velado com todas as regalias em minha casa na rua Marshall. Por favor, providencie para que isso seja feito.

– Tenho ordens para não fazer nada a não ser cuidar da descarga do trem. – A voz do soldado mostrava todo o peso do papel que ele desempenhara na batalha.

– Tudo que estou pedindo é que você mande o... o... – Sra. Whitlock parecia incapaz de terminar a frase. – Coronel Gardener deve ser velado em minha casa em Church Hill. Está claro?

O soldado voltou-se para atender um chamado de dentro do vagão, deixando a Sra. Whitlock abrir caminho para cima e para baixo da plataforma, fazendo a mesma demanda a todos os encarregados pela descarga do trem e ficando mais indignada a cada recusa. Ela continuou falando sobre sua pobre prima e o telegrama; que claramente esses soldados não eram da Virgínia; e que ela tomaria as providências para que eles fossem repreendidos por tal impertinência. Ela se movimentava insensível aos gritos dos feridos e aos uivos de dor daqueles que encontravam seus homens já mortos.

Quando virei para voltar para casa, avistei Palmer Randolph. Apenas alguns anos mais velho do que eu, Palmer perambulava por Church Hill junto com John, o irmão de Bet, quando éramos crianças. Agora, ele usava o uniforme da Guarda da Virgínia e olhava para mim, um sinal de reconhecimento confuso em seu rosto. Quando me afastei do círculo de luz produzido por sua lanterna, a Sra. Whitlock se dirigiu a ele em meio à multidão encharcada.

– Palmer, meu marido está aí? Tenho certeza de que ele tomará todas as providências imediatamente.

Seu rosto empalideceu.

– Acho que a senhora não recebeu a notícia.

– Recebi, sim, claro que sim. Minha prima recebeu a notícia por telegrama em Spotswood. Ela está orgulhosa pelo sacrifício dele, mas muito angustiada. Ela me pediu para tomar as providências. Mas ninguém está disposto a me ajudar.

Palmer colocou a mão no braço dela.

– Senhora Whitlock, lamento. Lamento muito por sua perda.

– Muito obrigada – ela respondeu. – O coronel Gardner, embora meu parente apenas pelo lado de meu marido, era um homem por quem eu tinha grande apreço.

– Não quis me referir ao coronel, senhora. Quis me referir... – ele pausou, tossindo um pouco. – Quis me referir ao Senhor Whitlock. Major Whitlock. Ele sofreu apenas um ferimento leve a princípio, liderou-nos de volta ao combate quase imediatamente. Mas eles o atingiram novamente, bem no rosto. Tiramos ele do campo de batalha o mais rápido que pudemos, mas era tarde demais. Lamento.

A Sra. Whitlock olhou para ele.

– Você deve estar enganado. Não recebi nenhum telegrama.

– Não sei nada sobre um telegrama. Só sei que seu marido serviu, mostrou coragem e o perdemos. Meus pêsames.

– Mas não recebi nenhum telegrama.

– Senhora Whitlock, lamento.

Ela continuou repetindo seu refrão sobre não ter recebido nenhum telegrama, e ele continuou se desculpando. Apesar de toda a emoção contida naquela cena passageira, ninguém mais na multidão os percebeu. E eles estavam igualmente insensíveis ao cheiro gangrenoso de carne podre e aos gritos de aflição ao seu redor.

– Sai da frente, moça, estou passando. – O homem que se dirigia a mim era um dos dois negros que manobravam uma maca para fora do vagão.

– Sinhô Randolph – o outro gritou – onde o colocamos?

Palmer fez que não com a cabeça, a boca cerrada. A Sra. Whitlock voltou-se para ver o que era. Vagarosamente, como se tudo ao redor dela tivesse parado no tempo e ela tivesse se arrastando sozinha pelo melado de lama pesada, a Sra. Whitlock aproximou-se da maca. Quando levantou o lençol enrolado, seu grito percorreu minha espinha como uma lâmina, rápida, afiada e certeira.

Lá, congelado na morte, estava o que sobrara de Henry Whitlock. Metade de seu rosto desaparecera, ossos e músculos expostos. Uma cavidade orbital vazia encarava sua esposa.

A guerra chegara a Richmond afinal. E, embora eles a chamassem de vitória, Manassas cobrara seu preço.


O horror do que eu testemunhara na plataforma da estação ferroviária ressurgiu em um pesadelo após outro até Wilson me acordar logo após o amanhecer, abraçar-me e murmurar palavras de consolo. Porém, quando meus lábios encontraram os dele, pancadas surdas soaram por nossa casa. Alguém batia à porta com força suficiente para colocar o prédio abaixo. E, da mesma forma insistente, bradava:

– Mary, você está aí? É urgente.

– Como é que aquela maldita Bet tem a insolência de arrancar minha mulher de nossa cama sem nem mesmo um bom-dia ou um por-favor – Wilson disse.

– Se você pensa assim, não conhece Bet. – Certa de que ela continuaria gritando até eu a deixar entrar, livrei-me das cobertas, vesti meu robe de verão e corri para baixo para abrir a porta.

– Eles fora colocados em uma das fábricas de tabaco. – Sua torrente de palavras me atingiu como o aguaceiro da noite anterior. – Soube que não receberam comida ou cuidados, nem mesmo os feridos.

– Suba, para podermos conversar. – Puxei-a para dentro, esperando ganhar tempo para entender o que ela dizia.

Ela subiu as escadas logo atrás de mim.

– Enchi a carruagem com suprimentos. Temos de ir até eles imediatamente.

– Eles quem? – Meu marido apressadamente vestido estava em pé no salão, braços cruzados no peito, olhando com raiva.

– Os prisioneiros federais. Os assim chamados secessionistas os trouxeram para cá em vários trens, encurralando-os na fábrica sem comida ou água.

A irritação no olhar de Wilson aumentou.

– Em geral eles trancam apenas escravos naquelas fábricas, trabalhando o dia inteiro sem comida ou água.

Fitei-o.

– A Srta. Bet não é responsável por isso – disse. – Agora, Senhorita Bet, sente-se só um minuto enquanto cubro minha cabeça, depois podemos ir.

Empurrei-a gentilmente na direção do sofá, passei por Wilson depressa e entrei no quarto. Ele me seguiu, chegando mais perto para que Bet não ouvisse.

– Então você faz tudo que ela manda, não importa se já está apavorada com o que insistiu em ver a noite passada?

Amarrei um avental sobre minha saia para aparentar ser uma criada que fora chamada em meio a seus afazeres e me olhei no espelho para trançar o cabelo.

– Ela não mandou nada, só pediu minha ajuda. Pelo menos, isso é o mais perto que ela chega de pedir.

A verdade era que eu não precisava de ordens, nem de grandes pedidos, de Bet ou de ninguém. Senti algo dentro de mim ao pensar nos soldados do Sr. Lincoln. Não sentia exatamente nenhuma afinidade, mas um certo tipo de camaradagem. Se eu pudesse pensar em algo para ajudar os federais capturados, estava pronta para tentar fazê-lo.

Mas Wilson ainda não tinha como entender tudo aquilo quando olhou para nossa cama vazia.

– Há momentos em que desejo que você seja menos do contra, para o bem de seu marido.

Prendendo o lenço com alfinetes por cima de minhas tranças, dei-lhe um sorriso.

– Marido, amo você, e você sabe disso. Mas é melhor eu ver se posso ser de alguma utilidade para aqueles prisioneiros afinal. – Embora ele não oferecesse qualquer objeção, observei como nem ele nem Bet olharam nos olhos um do outro quando lhe disse adeus e saímos.

Bet correu com sua carruagem para onde as fábricas ficavam, na rua Main, a dois quarteirões de distância da Linha Ferroviária York River e das eclusas da rua Canal. O nome LIGGON'S TOBACCO estava pintado em letras pretas garrafais sobre um fundo branco no prédio de tijolos de três andares, onde ela parou. Um soldado jovem estava encostado displicentemente diante da porta e observou com curiosidade preguiçosa quando Bet amarrou o cavalo a um poste e descarregou nossas cestas de alimentos.

– O que tem aí, senhora?

– Caridade para os prisioneiros. Se você fizer a bondade de me deixar passar. – Bet emitiu a frase como um comando ao invés de um pedido.

Ele abaixou a cabeça, perplexo.

– Ninguém disse nada sobre visitas aos prisioneiros.

Bet inclinou o queixo e olhou para ele com seu longo nariz, ansiosa para fazer o papel de rabugenta.

– Jovem, sua mãe não lhe educou como um cristão?

Qualquer que tenha sido o inimigo que o jovem soldado esperava encontrar ao se alistar, certamente não era Bet Van Lew.

– Claro que sim, senhora.

– Cristo não nos ensinou a amar nossos inimigos?

– Mas são ianques os que estão aqui, senhora, ianques desgraçados.

Bet assentiu com a cabeça em triunfo.

– Mais necessitados ainda da caridade cristã. Pense em como sua mãe ficará orgulhosa de sua ajuda a um ato tão devoto. Ora, ouso dizer que o capelão de sua companhia louvará você por sua participação. – Ela virou-se para mim e disse: – Venha comigo, não podemos perder tempo quando há caridade a ser feita.

Baixei a cabeça, reprimi um sorriso e passamos pelo guarda estupefato.

Uma vez lá dentro, encontramos um salão cavernoso, cerca de setenta pés por quarenta. Máquinas imensas para pressionar tabaco ocupavam a maior parte do piso, onde havia dezenas de soldados da União amontoados entre os instrumentos ameaçadores.

– Bom dia, cavalheiros – Bet disse. – Trouxemos comida, algum algodão e ataduras para os feridos. Alguns livros também para vocês passarem o tempo. Mas agora vejo tantos de vocês que temo não termos o suficiente para alimentar a todos.

Os homens desalinhados avançaram, estendendo as mãos para suplicar, como crianças de rua, até que um barulho repentino os fez parar. O som veio do meio do cômodo, onde um soldado de estatura baixa tirara uma de suas botas e golpeava a maçaneta de uma prensa de tabaco com o calcanhar dela.

– Cavalheiros, lembrem, representamos a ordem nesta terra de rebelião. – Ele falava com o forte sotaque ianque dos abolicionistas da Nova Inglaterra que eu conheci quando eles visitaram a Filadélfia em suas turnês de palestras. – Cara senhora, perdoe essa recepção grosseira, mas não comemos nada desde que entramos em combate no domingo.

Ele parecia ridículo ao fazer um discurso tão formal em meias, segurando a bota como um sabre levantado como se fosse comandar uma carga de cavalaria. Mas Bet estava hipnotizada, pois, em sua imaginação, ele era a encarnação da galhardia dos federais.

– Sou eu que devo pedir desculpas a você, em nome de todos os unionistas fiéis de meu estado natal – ela disse. – O que posso lhe oferecer de nossos suprimentos minguados?

Ele sacudiu a bota para indicar que ela não precisava se preocupar.

– Outra pessoa pode ficar com minha porção de comida. Mas você poderia levar uma mensagem para minha família? Os rebeldes se recusam a informar nossos nomes para os comandantes federais e não consigo suportar a ideia de que mamãe pode estar pensando que morri no campo de batalha.

– Sinto-me honrada em enviar uma missiva. Qual é o seu nome e onde está sua família? – Bet olhou para mim, pretendendo que eu memorizasse tudo que o homem ia dizer.

Porém, antes que ele pudesse responder, a porta foi escancarada por um homem robusto que vestia com um uniforme virginiano com muitas condecorações. Anunciando-se como General de Brigada John Winder, ele exigiu saber o que fazíamos em sua prisão.

– Sou Elizabeth Van Lew, e minha criada e eu estamos em uma missão cristã de caridade. – Bet sorriu e flertou, embora o general fosse vinte anos mais velho do que ela. – Certamente um homem com a inteligência que vejo em seus olhos entenderá que tal gentileza de nossa parte impressionará o mundo com o mérito da causa sulista.

General Winder passou a mão pelo cabelo grisalho.

– Esse influxo foi tão repentino que sua contribuição talvez seja útil para nós. – Ele chamou o guarda, que apareceu com uma cara envergonhada. – Soldado, certifique-se de que esta senhora seja acompanhada sempre que entrar nestas instalações. Não confiaria uma criatura tão sedutora a esses bandidos.

O rosto do soldado da Nova Inglaterra mostrou sua decepção quando percebeu que não teria chance de ditar uma mensagem para sua família. Não tendo o costume de enfrentar as próprias limitações, Bet afastou-se dele para distribuir comida do outro lado da sala, com o guarda magricela em seus calcanhares todo o tempo.

Eu não estava disposta a desistir tão facilmente. Afinal, Mamãe me criara em um regime constante de discrição e dissimulação, sobretudo quando se tratava de fazer algo pelos necessitados, e o Sr. Jones continuara de onde Mamãe parara. Andei pelo grupo de prisioneiros, entregando os conteúdos de minha cesta até que restava apenas um item nela. Nesse momento, eu atingira o lugar em que o federal sem bota se encostara em uma prensa de tabaco, lutando para esconder sua decepção. Puxei o livrinho que mantinha escondido e o ofereci a ele.

– Sinhô, pega este livro ao invés de um café da manhã. Só toma cuidado com ele. A senhora toma muito cuidado com seus livros, certamente ela vai notar qualquer marquinha que alguém faça nele. – Pressionei o tomo encadernado com couro nas mãos dele com um aceno de cabeça. – Qualquer marquinha – repeti, esperando que o sentido de minhas palavras estivesse claro.

Bet estava tão enfurecida quando ocupamos nossos lugares na carruagem que não percebeu minha preocupação com o prisioneiro. Ela também não percebeu minha distração enquanto caminhamos entre as pequenas barracas do Primeiro Mercado, comprando mais comestíveis para os prisioneiros. Quando voltamos para a prisão improvisada, um novo guarda tomara o turno de vigia, um com experiência suficiente como soldado para exigir um passe de Bet. O que fez com que precisássemos gastar uma hora ou mais procurando pelo General Winder, e depois outros quinze minutos enquanto ele flertava com Bet, antes de colocarmos a mão no passe.

Até então, meditara bastante sobre o guarda para perceber que seria útil dar-lhe algum agrado para facilitar nossas visitas. Convenci Bet a parar em Church Hill para pegar alguns biscoitos de gengibre feitos por Terry Farr e uma garrafa de soro de leite. Enquanto ela murmurava ressentida sobre alimentar secessionistas sem lei enquanto os heróis federais estavam quase famintos, aproveitei a oportunidade para entrar na biblioteca do pai dela e pegar alguns livros.

Quando estávamos novamente dentro da fábrica de Liggon, minhas mãos tremiam tanto que achei que o guarda, Bet ou um dos prisioneiros fatalmente faria algum comentário sobre esse fato. Passei meu tempo distribuindo comida até que o guarda se distraiu repreendendo um prisioneiro que ousara pronunciar um "Deus a abençoe, senhora", quando Bet lhe deu uma sobremesa. Enquanto Bet repreendia o confederado, cheguei perto do soldado da Nova Inglaterra.

– Trouxe mais alguns livros para o sinhô. – Entreguei-lhe os volumes que enfiara no bolso de meu avental. – Você ainda precisa daquele outro?

– Vou ficar com esses que você trouxe e devolver este aqui. – Ele me entregou o livro que eu lhe dera naquela manhã, com um brilho nos olhos. – Sempre digo que os livros carregam uma grande mensagem. Um leitor cuidadoso deve encontrar uma lá imediatamente.

Eu quase expulsei Bet da prisão temporária, tal foi minha ansiedade para saber o que poderia estar dentro das capas de couro. Acomodei-me na carruagem enquanto ela desamarrou as rédeas do poste para amarrar cavalos e apertei os lábios com força para evitar insistir com Bet para ela se apressar.

Permaneci calada enquanto Bet adernava pela rua Main e depois pela Seventh, tagarelando sobre o tratamento terrível sofrido pelos federais. Não deixei escapar nada sobre o livro aninhado no bolso de meu avental, estava determinada a manter minha trama em segredo tanto para ela quanto para o próprio General Winder. Quando ela me deixou, logo antes da rua Broad, corri para a porta lateral de nossa casa e subi até o calor sufocante da sala. Após me sentar em uma cadeira de espaldar alto, abri o livro. Eram os *Ensaios* do Sr. Emerson, eu já os lera anos na Filadélfia. Embora achasse o estilo um tanto tedioso, o tema do Sr. Emerson sobre obedecer aos próprios propósitos morais ao invés de sucumbir diante do peso das convenções sociais era inspirador. Virei a folha de rosto agora com mais interesse do que nunca.

*Jamais houve uma mente.* Essas palavras de abertura do primeiro ensaio estavam sublinhadas por uma mancha feita com alguma substância de cor marrom que servira como tinta improvisada para o prisioneiro. O que a frase significava? Meus olhos baixaram até o segundo parágrafo. Um trecho da primeira sentença dele estava marcado também. *como essa na história.* A palavra *essa* estava riscada, e havia uma linha dupla embaixo da terceira letra de *história*. Olhei deslumbrada para as duas sentenças até perceber que *uma* também estava riscada na sentença de abertura, tão levemente que não notara de imediato.

Fechei os olhos arrumando as palavras em minha mente assim como fizera quando Mamãe me ensinara a ler pela primeira vez, ou quando comecei as aulas de latim na escola da Srta. Douglass.

*Jamais houve ~~uma~~ mente como ~~essa~~ na história.*
*Jamais houve como essa na história.*
*J – o – n – a – s*

O primeiro nome do prisioneiro era Jonas! Meus olhos se esbugalharam, e virei a página ansiosa para testar minha hipótese. *A solução do enigma deve partir da própria Esfinge. Se a totalidade da história está em um homem, tudo há de ser explicado com base na experiência individual.* O nome saltou imediatamente da página. *S-m-i-t-h,* Smith. Jonas Smith. Do sublinhado e dos riscados na página seguinte, depreendi que o Terceiro Regimento de Maine era sua unidade, e que sua casa era em Augusta.

Em algum lugar de Augusta, Jonas Smith tinha uma mãe, e ela estava preocupada com ele. Eles já haviam recebido notícias de Manassas? Ela sabia que o Terceiro Regimento de Maine estivera em combate? Certamente, se soubesse, estava angustiada por causa do filho.

Porém, eu agora tinha como responder a mais do que a inquietude de uma mãe. Os confederados estavam ocultando os nomes de seus prisioneiros de maneira deliberada. Incapazes de marchar para Washington como esperavam, sabiam por enquanto que Manassas fora a única vitória que tiveram. Quanto maior o número de soldados da União considerados mortos no campo de batalha, mais espetacular pareceria aquela vitória. Talvez Jonas Smith percebesse isso, ou talvez ele apenas desejasse aliviar ao máximo o medo de tantos pais e mães, esposas e filhos. Porque em páginas após páginas dos *Ensaios* do Sr. Emerson, ele codificara os nomes e as companhias dos homens mantidos em cativeiro no armazém de tabaco de Liggon.

Quando os passos de Wilson soaram nas escadas uma hora mais tarde, dobrei a lista dos nomes dos soldados que copiei e enfiei-a em meu avental.

– Pela primeira vez na vida minha mulher parece arrependida – Wilson disse quando me viu sentada com as mãos entrelaçadas no colo. – Suponho que ela esteja com fome, não quer namorar antes do jantar.

– Não estou com muita fome para jantar. – Levantei e dei-lhe um beijo de boas-vindas.

Ele gemeu de prazer, aproximando os lábios de meu ouvido para sussurrar:

– Talvez você prefira voltar imediatamente para a cama, continuar de onde a gente parou quando Bet interrompeu?

Embora o calor do corpo dele me excitasse, fiz que não com a cabeça.

– Precisamos encontrar McNiven.

– McNiven? Posso dizer uma ou duas coisas de que preciso agora mesmo, e ele certamente não é uma delas.

– É importante, Wilson. É sobre a batalha, e não pode esperar.

– O ar de arrependimento de minha esposa não durou muito. – Nunca chegado a suspiros de resignação, no entanto, ele inspirou profundamente para esfriar sua paixão. – O que exatamente não pode esperar?

Contei-lhe sobre o pedido dos prisioneiros e a ordem de Winder, como mesmo assim eu conseguira encontrar uma forma de comunicação com o soldado da Nova Inglaterra; como decodificara os nomes dos prisioneiros que os confederados desejavam manter em sigilo; e como precisávamos levar a lista à casa que McNiven alugara na esquina da rua Eighth com a rua Clay, na esperança de que ele pudesse, de alguma forma, fazer chegar as informações a Washington.

– Você conseguiu tudo isso só nesta manhã, sem nem mesmo saber que iria à prisão até Bet aparecer aqui? – Wilson examinou a longa lista que lhe entreguei. – Não acho que você faria melhor se tivesse planejado por um mês.

– Não fui eu quem planejou isso. Foi Jesus. – Senti-me estranha dizendo isso em voz alta, mesmo para Wilson. Não tinha certeza de que podia fazê-lo entender. Não tinha muita certeza de que eu mesma entendia. Porém, ele era meu marido. Eu precisava tentar.

Então, contei-lhe sobre a insistência de Mamãe sobre o plano de Jesus, explicando como sua persistência simultaneamente me sustentara e mistificara durante toda a minha infância e, depois, ainda mais, na Filadélfia, até que isso me trouxera de volta para casa, em Richmond. Como eu mesma nunca acreditara completamente nessa história, mas ao abrir os *Ensaios* do Sr. Emerson e decifrar as marcas do ianque, o significado surgiu para mim tão facilmente que senti como se aquilo talvez fosse realmente o Seu plano.

Meu marido deu um assovio baixo.

– O que um homem pode dizer quando sabe que sua linda mulher é um anjo enviado pelo Céu?

– Não sou anjo algum, Wilson Bowser, como você mais do que qualquer outro deve saber. – Não me importava em reconhecer isso para ele, satisfeita como estava com o que fizera. – Mas esta sua esposa muito humana ainda tenha muito mais trabalho que precisa ser feito. Então, é melhor encontrar McNiven antes que o sol se ponha e o toque de recolher comece.

Mesmo enquanto atravessávamos Richmond naquela noite de verão, com um vento quente a nosso favor, não conseguia identificar claramente qual o caminho em que eu me colocara e a meu marido também. No entanto, sabia que era um caminho que não podia deixar de trilhar, seja lá o que isso poderia significar para os federais e para os confederados escravagistas que os combatiam.

# Dezesseis

Durante toda a semana seguinte, mantivemos nossas visitas de caridade, Bet se gabando de tudo que estava fazendo para ajudar os federais, e eu tomando cuidado para não transparecer que estava fazendo muito mais. Jonas Smith continuou a passar informações para mim – nomes de prisioneiros novos, fofocas ouvidas dos guardas, movimentos de navios no James, observados das janelas dos andares superiores da prisão. E eu continuava a passar o que sabia para McNiven, para ser contrabandeado para o Norte. Podia parecer que eu não estava fazendo nada além de um jogo de salão, memorizando todas as cenas observadas na prisão que podiam interessar aos militares, ou decifrando outras mensagens codificadas pelo soldado da Nova Inglaterra – exceto por minha lembrança dos mortos de Manassas, pela agonia dos feridos que continuavam vivos e pela determinação raivosa dos confederados para danificar a União ainda mais – , tudo isso servia como uma lembrança austera da importância e do perigo duplo do que eu assumira.

Wilson, há muito acostumado com o trabalho da Ferrovia, insistiu para mantermos nossos velhos hábitos, para evitar levantar suspeitas. Assim, no dia 29 de julho, lavei roupa, exatamente como fazia todas as segundas-feiras. Ao longo de nossos poucos meses de matrimônio, ficava secretamente satisfeita por ver as várias roupas de meu marido intercaladas com as minhas quando penduradas na corda atrás de nossa casa. Porém, naquela manhã, eu estava perturbada demais para saborear qualquer felicidade doméstica enquanto me empenhava para terminar de pendurar tudo e poder ir para a Church Hill.

Havia quase mil federais em Richmond na época, espalhados por várias prisões improvisadas, e Bet pretendia cuidar de tantos quanto conseguisse. Os homens do General Winder forneciam o mínimo de comida, por isso ela se concentrou em prover guloseimas e salgados, obter roupas de cama e roupas limpas, além de diversões que os federais pudessem apreciar. Este último item significava uma parcela considerável dos livros da biblioteca do pai, os quais ela estava feliz em emprestar, pouco imaginando o quanto valiosos eles eram para mim, para Jonas Smith e para qualquer um que ele deixasse tomar conhecimento sobre nosso sistema de comunicação. Entretanto, o resto de nossas tarefas significava costurar, costurar muito. Bet botou a mãe dela para fazer isso, sabendo que faria bem para a idosa ter uma tarefa que a distraísse quando tudo que ela estimava estava sendo esmagado pelas botas dos soldados distribuídos pela cidade. E Bet dava pontos como se fosse a própria Penélope, atormentando-me em todos os momentos em que eu não estava puxando uma agulha junto com elas. Sabendo que meu acesso à prisão dependia de suas boas graças, dediquei todo o tempo que podia a atendê-la.

Entretanto, enquanto corria para terminar de lavar minhas roupas, tudo saiu errado. A água derramou, o sabão acabou, pregadores foram mal colocados e não havia espaço suficiente na corda. No momento em que estava pendurando a última camisa de Wilson, ele virou a esquina correndo, sacudindo um dos jornais diários.

– O que você pretende me dando um susto desses? – perguntei com a mão sobre o coração palpitando.

– Fui eu que fiquei apavorado. Um dos meus clientes estava soltando palavrões por causa do *Examiner*, tão aborrecido com o que lia que leu em voz alta para a loja inteira. Muitos dos outros ficaram zangados também quando ouviram ele.

– Ouviram o quê?

Ele estendeu o jornal para mim, apontando para a manchete MULHERES DO SUL COM COMPAIXÃO PELO NORTE.

> Duas senhoras, mãe e filha, que vivem em Church Hill, recentemente atraíram a atenção pública por suas visitas assíduas aos prisioneiros ianques confinados nesta cidade. Embora cada mulher de verdade desta comunidade esteja ocupada fazendo artigos de conforto ou necessidade para nossas tropas, ou administrando as carências de centenas de enfermos, os quais,

> longe de seus lares, que deixaram para defender nosso solo, são objetos apropriados para nossa compaixão, essas duas mulheres têm gasto seus meios opulentos ajudando e confortando os canalhas que invadiram nosso solo sagrado, empenhados em pilhar e matar, na desolação de nossos lares e lugares sagrados e na ruina e desonra de nossas famílias.
> Acabemos com todos esses pretextos de humanidade! Os ianques feridos foram colocados sob os cuidados de cirurgiões competentes e enfermeiras boas. Isso é mais do que eles merecem e têm qualquer direito de esperar, e a atitude dessas duas mulheres, fornecendo-lhes delicadezas, comprando-lhes livros, papéis e material para escrever, só pode ser considerada uma prova de uma compaixão equivalente a um endosso da causa e da conduta desses vândalos nortistas.

Dobrei o jornal para que a manchete gritante não ficasse aparente.

– É melhor eu levar isto para Bet. Quem sabe se eles não vão atirar tijolos nas janelas antes mesmo de ela perceber que precisa fechar as venezianas.

Wilson agarrou meu pulso, como se fosse me amarrar em nosso pátio.

– Você está louca? Eu lhe mostro isso, e seu primeiro pensamento é ir lá e se colocar em perigo. Para quê?

Pensei na mãe de Bet, ainda enfraquecida pela paralisia, mas, graças ao jornal, mais em risco do que eu, apesar de tudo que eu fizera contra os confederados.

– Após a revolta de John Brown, Bet fez o que pode para assegurar que meu Papai ficasse a salvo. Se os Van Lew estão em perigo, a única coisa correta que posso fazer é informá-los sobre isso. Assim como a única coisa correta a fazer é ajudar aqueles federais, que estão lutando nossa luta. Você sabe disso.

– Tudo que sei é, desde que a Virgínia se separou tem sido mais difícil do que nunca levar cargas para fora de Richmond. E embora você tenha enfiado na cabeça que essa guerra terminará com a escravidão, o próprio Lincoln diz o contrário. – Antes que eu pudesse argumentar, ele acrescentou: – Não gosto da ideia de minha mulher se arriscar por uma senhora branca.

Desvencilhei-me dele.

– E não gosto da ideia de meu marido me dizer o que devo fazer. – Virei e pendurei a bolsa com os pregadores de roupa na corda, mantendo as costas para Wilson ao contornar o prédio para chegar na rua Broad.

Em Church Hill, encontrei as mulheres Van Lew em sua sala de estar, costurando como se nada estivesse acontecendo.

– Gentileza sua se juntar a nós afinal – Bet disse, como repreensão pelo meu atraso.

Escolhi minhas palavras com cuidado, não desejando assustar sua mãe.

– Senhorita Bet, há algo que preciso lhe mostrar, lá fora no quintal.

– Não há tempo para distrações – ela disse. – Quero ir à fábrica de Liggon muito em breve. – Porém, ela deixou de lado o casaco federal que estava consertando e me seguiu para fora.

Espiando ao redor do terreno, perguntou:

– O que é?

– Viu a edição do *Examiner* de hoje?

– Não. Não deixaria esse trapo entrar em minha casa, nem mesmo para forrar o balde de lixo.

– Talvez você deva dar uma olhada nisso. – Retirei o jornal de meu avental e entreguei-o a ela.

Seus olhos passaram rapidamente sobre o artigo, um sorriso amplo se abriu naquele rosto estreito.

– Não percebi que nosso bom trabalho tinha atraído tanta atenção.

– Atrair atenção significa atrair problema. Não é preciso mais de um ou dois desordeiros, eles podem chegar aqui e fazer sabe Deus o quê.

– Eu gostaria de vê-los tentar. – Ela se levantou empertigada. Ela pretendia que o gesto fosse de desafio, mas pareceu ridículo, baixa como era. – Tenho orgulho de que esses rebeldes grosseiros saibam tudo que estamos fazendo pela União. Só desejo poder fazer ainda mais.

Não foram apenas o mormaço e a caminhada apressada até Church Hill que fizeram minha cabeça girar.

– Senhorita Bet, já estou fazendo mais. – Eu era filha de Mamãe e não estava prestes a confundir os interesses de Bet com os meus. Mas decidi contar-lhe sobre meu trabalho de espionagem, sabendo que precisava evitar que ela fizesse algo que atraísse mais escrutínio dos secessionistas.

Ela deve ter ficado muito surpresa porque não disse uma palavra para me interromper enquanto expliquei como fazia o intercâmbio diário de informações. No entanto, quando cheguei à parte sobre como McNiven levava aquilo que eu reunia para um local distante no norte da Virgínia, a partir de onde minhas mensagens eram enviadas secretamente para Maryland e depois Washington, ela disse:

– Ora, isso é tolice.

Qualquer um que me chamasse de tola na minha cara estava se arriscando comigo tanto quanto eu estava me arriscando com os confederados. Porém, Bet não pausou um momento para levar em consideração meus sentimentos.

– Mamãe e eu temos um passe para viajar até nosso sítio. Levarei as mensagens para lá, e dali elas podem ser enviadas pelo James até a baía, onde fica o forte Monroe, em questão de horas. – Ela franziu o cenho para o *Examiner*. – Suponho que devemos ser mais discretas em nosso trabalho entre os prisioneiros, pela segurança da União. Escreverei um código para nossas mensagens, e podemos começar imediatamente. – Ela entrou novamente. Em quinze minutos, reapareceu com um cartão sobre o qual fizera uma grade de letras e números para que eu pudesse codificar minhas mensagens, não importando que eu levaria, pelo menos, uma hora a mais todas as noites para escrevê-las.

Esse era o jeito de ser da Bet. Tão cheia de audácia hipócrita, ela se apossaria do que fosse de outra pessoa e o tornaria seu, sem pedir qualquer permissão. Fiquei propositadamente mais tempo perto da corda de secar roupa quando voltei para casa naquela noite, não desejando admitir para Wilson que ele estava certo. Mas ele leu as novidades em meu rosto assim que trouxe a cesta de roupas para dentro, e eu não estava disposta a esconder qualquer detalhe dele.

Dessa vez, no entanto, ele não estava pronto para ficar zangado com Bet Van Lew.

– Talvez seja melhor assim, ela se envolver com as mensagens.

– Achei que você ficaria furioso com isso, dizendo como você sabia o tempo inteiro que ela queria se intrometer em tudo.

– Claro que ela quer. Então deixa ela. – Eu não estava pronta para fazê-lo, até ouvir o que ele disse em seguida. – Foi um dia longo na loja, tive muito tempo para pensar. Esse artigo não estava reclamando de nenhuma criada negra, apenas das Van Lew. Se os confederados, alguma vez, encontrarem mensagens nesses livros, Bet vai ser a primeira a dizer que foi tudo obra dela.

Eles vão ficar muito furiosos por uma senhora branca ter feito essas coisas e nunca vão suspeitar que você é quem realmente está por trás disso. Ao se colocar em perigo, ela afasta você dele. Só posso ficar feliz com isso.

Beijei meu marido, entendendo que ele estava certo. E aliviada por estarmos carinhosos um com outro e não discutindo, da maneira como fazíamos com frequência demasiada por causa da secessão, e de Bet.

Muitos foram os jogos de enigmas que Mamãe e eu jogamos durante minha infância. Todos os domingos, eu fazia um relato completo para Papai de todos os enigmas de Mamãe que eu conseguira resolver na semana anterior. Mas o que eu estava fazendo agora não era uma brincadeira, e por mais que esperasse que Mamãe estivesse vigiando meu trabalho, não disse uma palavra sobre isso para Papai. Não queria que ele soubesse nada que pudesse expô-lo ao perigo, ou até mesmo dar-lhe mais preocupações além das que já tinha.

Wilson e eu aparecíamos na ferraria cedo todos os domingos para acompanhá-lo de volta para nossa casa, temerosos de deixá-lo andar sozinho agora que se deslocava com tanta insegurança pelas ruas aglomeradas da cidade. Era mais do que reumatismo o que o limitava. Havia uma pressão constante de estranhos, os quais tinham vindo lutar pela Confederação; semana após semana pela escravidão, Richmond era açoitada pelo mesmo ritmo apressado que tanto me desconcertara quando cheguei à Filadélfia pela primeira vez. E todo aquele afluxo de pessoas parecia espremer um pouco mais a respiração de Papai.

– Uma minhoca chega ao destino do mesmo jeito que uma lebre, mesmo se não é tão rápida – ele disse enquanto seguíamos nossa rota em um domingo de setembro. Essa era a maneira de Papai me deixar saber que mesmo meu passo deliberadamente lento era ligeiro demais para ele. Enquanto andava entre mim e Wilson, não havia dúvida de que ele carregava algo mais pesado e mais preocupante do que aquilo que me prendia, rindo de prazer, entre ele e Mamãe, quando passeávamos naqueles domingos tão distantes da minha infância.

– Talvez eu devesse fechar os olhos – disse. – Você pode me guiar, como costumava fazer na época de Natal. Veja se eu ainda sou capaz de dizer em que lugar da cidade estamos.

Mas Papai não teve coragem para relembrar.

– Não vejo como um corpo pode distinguir. Nada aqui soa ou cheira certo hoje em dia.

Era verdade, o som dos soldados em treinamento invadia nossos ouvidos, e o que penetrava nossos narizes era ainda mais penoso. Mesmo após a conclusão das piores batalhas do verão, soldados feridos se amontoavam em Richmond. Quando chegava a hora de levá-los para os hotéis e as casas particulares, que faziam as vezes de hospitais para os confederados, ou para as fábricas onde os prisioneiros feridos federais eram mantidos, aqueles homens exalavam o mesmo odor doentio, não importava o uniforme que vestiam ao chegar ao campo de batalha. Por mais que eu desejasse devolver a Papai a esperança perdida e a liberdade que ele jamais tivera, tive mais dificuldade em saber como fazer isso do que passar informações das prisões militares sigilosamente.

*Muitos lamentos dos guardas a respeito da possibilidade da Secessão poder derrotar as tropas da União na Virgínia de uma vez por todas. Um certo Stevenson tem um irmão em Leesburg sob o comando de Evans e diz que eles podem expulsar a União do Potomac. Precisão da afirmação é desconhecida. O homem é um fanfarrão contumaz, porém...*

Uma batida na porta da frente fez minha caneta riscar a página. Enfiei a mensagem que estava escrevendo com o código de Bet dentro de minha camisa enquanto Wilson descia para atender a porta.

– Preciso falar com Mary imediatamente – Bet disse como forma de cumprimento. Wilson não achou que valia a pena responder, simplesmente virou as costas e subiu com Bet em seu encalço.

– Ainda estou no meio da transcrição, Senhorita Bet. – Por três meses, mantivemos a mesma rotina. Após cada uma de nossas visitas à prisão, eu copiava as informações no código de Bet. Ela esperava por mim em Church Hill para pegar a mensagem do dia e, em seguida, poder levá-la para seu sítio, onde William Brisby – o negro livre que há muito era o contato da Ferrovia de Wilson no condado de New Kent – pegava o relatório e o encaminhava para o leste. Porém, agora ela estava aqui, atrapalhando o próprio sistema que exigira que eu seguisse.

– Mamãe teve outro derrame. – Seus olhos estavam fundos de preocupação. – Doutor Picot está com ela. Preciso pegar John. Você mesma terá que levar a mensagem até o sítio

– Deixe McNiven fazer isso.

As palavras de Wilson surpreenderam Bet. Provavelmente ela esquecera até de sua presença.

– O passe é para mamãe, para mim ou para um de nossos criados. Um homem branco não pode usá-lo. Mary irá.

– Ela não vai. É perigoso demais.

Olhei de um para o outro, questionando a razão para ambos estarem tão confiantes em me comandar. Não gostei muito da ideia de transportar a mensagem pelo interior da Virgínia. Porém, não sabia o quanto ela era urgente, qual o custo que um atraso na entrega poderia gerar. Uma rajada de vento frio outonal sacudiu a janela, se infiltrando pelas frestas.

– São apenas algumas milhas – disse, como se declarar a distância fosse me manter segura ao longo de todo o percurso.

– Através de território patrulhado pelos secessionistas – Wilson disse. – Não é lugar para você viajar sozinha.

– Tenho feito isso todos os dias. – Bet estava orgulhosa e indignada ao mesmo tempo.

– Aqueles soldados não têm de mostrar a uma negra a mesma gentileza que mostram para uma senhora branca. – Wilson esperou para nós três entendermos a ameaça tácita do que poderia acontecer comigo. – Se ela for, vou junto.

– Não vejo necessidade... – Bet começou, mas foi interrompida por mim.

– Wilson está certo. Se ele e eu viajarmos juntos será a forma mais segura de levar a mensagem até lá. Deixe o passe comigo. Você precisa voltar para sua mãe. – Peguei o precioso pedaço de papel e desci as escadas com ela.

O bafo fumegante do magnífico cavalo de carruagem branco de Bet ascendeu no ar de final de tarde quando atravessamos o condado de Henrico; a égua abanando o rabo de um lado para o outro como se expressasse insatisfação por puxar a humilde carroça de Wilson. A estrada de Osborne estava quase deserta, e quando chegamos ao posto de controle na bifurcação com a via de New Market, nos deparamos com dois vigias confederados. Um deles tocava um berimbau de boca enquanto o outro zombava e mastigava bolos de tabaco, ao mesmo tempo em que exigia examinar nosso passe.

– O que vocês crioulos estão aprontando? – O soldado ficou tão próximo que me cobriu de respingos de saliva, olhando o passe e depois me examinando de cima a baixo.

– Como o papel diz, sinhô. – Wilson respondeu. – Temo de pegar essas coisa no sítio prá senhora.

O vigia manteve o olhar lascivo em mim.

– Eles precisam de dois de vocês para pegar uma carga tão pequena de batatas e nabos? Essa Eliza Van Lew deve tratar seus escravos de forma especial para manter eles nesse nível de burrice.

Engoli em seco, mantendo meu olhar baixo e rezando para Wilson fazer o mesmo.

– Talvez você seja tão burra que vai até tentar algo que vai causar a tua morte. – O vigia sacou o revólver, cutucando minha barriga com o cano. – Você não está planejando fugir, está?

O medo fechou minha garganta, tão certamente como se o vigia tivesse colocado aqueles dedos manchados de tabaco ao redor de meu pescoço e começado a apertá-lo.

– A gente não vai fugir não sinhô – Wilson disse.

O cano penetrou mais fundo em minha barriga. – Estou falando com a mocinha, ela pode muito bem me responder.

Fiz um grande esforço para esconder minha preocupação e soltar umas palavras.

– Sou uma garota boa, senhor. Venho como a senhora me mandou, pega a comida que a cozinheira precisa. – Apontei com a cabeça para Wilson. – Ele sabe nada, sempre traz tudo errado. A senhora fica brava.

– A senhora fica ainda mais brava se uma garota boa como você fugir. Mas você não faria nada disso, não é? – O metal pressionou novamente, fundo. – A não ser que algum rapagão fale macio com você, contando as coisas boas que vai fazer quando levar você para o forte Monroe.

Antes que eu pudesse encontrar uma palavra para responder, ele levantou a arma, mirando bem no meio dos olhos de Wilson, e a engatilhou.

– É isso que você está tramando, crioulo? Falar macio com essa garota, falar como você vai fugir?

– Não, sinhô. Prometi ao Sinhô que tomava conta da Senhora, ajudar ela a ser obedecida pelos outros escravo. Nada de fugir para nenhum Sinhô Monroe. Nem sei quem é.

– Prometeu ao Sinhô? Não tem nada sobre nenhum senhor nesse passe. Wilson deu de ombros.

– Não sei o que o passe diz não. Mas Sinhô com certeza fica fulo da vida se a gente não voltamo antes do toque de recolher.

Desesperada para remover o revólver da testa de meu doce marido, fiz a única coisa que consegui pensar fazer. Empertiguei-me com orgulho simulado.

– Sinhô hoje é homem importante. Um daqueles dementes de canela que inventaram a guerra.

– Dementes de canela?

O outro vigia parou de tocar seu berimbau de boca e deu uma gargalhada. – Acho que ela queria dizer tenente.

Concordei com a cabeça.

– É isso, sim sinhô. Não um daqueles tenente qualquer. Ele é do tipo de canela. Tenente de canela, talvez a senhora diz.

Meu interrogador cuspiu outro bolo de tabaco e voltou-se para seu parceiro.

– Você consegue traduzir essa fala de crioulo também?

O soldado tocou algumas notas antes de responder.

– Será que esse tenente de canela de vocês é um coronel?

Bati palmas e sorri como se fosse uma escrava boba.

– É isso aí! Tê-nente-cornel. Só que ele fica danado da vida se sabe que alguém atrasa jantar da mulher e da filha dele.

– Você pode apostar que o tenente-coronel não está largado no meio do nada, sem nada para fazer, a não ser impedir a fuga de uns negros idiotas. – O mastigador de tabaco chegou mais perto.

– Se vocês não estiverem de volta dentro de uma hora, pego meu cavalo e vou atrás de vocês e furo os dois. Está claro?

– 'Tá sim, sinhô.– Wilson e eu falamos ao mesmo tempo. O soldado amassou o passe e o arremessou no meu colo. Meu marido chicoteou o cavalo e fomos embora.

Andamos um quarto de milha ou mais até onde a estrada fazia uma curva para contornar um bosque antes que ousássemos falar.

– Você estava certo, Wilson. Não deveríamos ter vindo aqui, arriscando-nos com um bruto como aquele. Desculpa por ter deixado Bet me convencer a fazer isso.

Ele parou a carroça.

– Você está tão assustada assim?

– Claro que estou. Achei que ele ia atirar em você e... E me fez desejar que ele atirasse em mim também.

– Ele não. Já vi esse tipo muitas vezes antes. Tem prazer em ser cruel e fanfarrão quando pode, mas não arriscaria o próprio pescoço só para atirar em um negro que pertence a outro homem. Principalmente quando há outro homem branco por perto para testemunhar isso. – Wilson me envolveu em seus braços. – Não gosto de ver minha mulher sujeita a um homem como aquele, é verdade. Mas ele não tem qualquer chance contra uma mulher tão inteligente quanto você. Demente de canela, essa foi demais.

Embora eu estivesse orgulhosa pelo elogio, continuei apreensiva até o vigia acenar para nós quando cruzamos o posto de controle em nosso caminho de volta para Richmond. Bet podia se divertir passeando pelo interior com aquelas mensagens costuradas na bainha do vestido ou enfiadas no salto falso de seu sapato. Eu tinha Papai para cuidar, e meu marido e eu mesma, livre, com os quais me preocupar. Não estava disposta a me submeter novamente a um homem como aquele.

Se fosse pega passando mensagens dos prisioneiros, provavelmente enfrentaria a forca, mas, pelo menos, não seria em uma estrada solitária do interior e ao capricho de um vigia confederado cheio de luxúria. Era para Richmond que eu voltara. Por mais que estivesse disposta a me arriscar para servir à União, ainda parecia mais seguro passar a guerra dentro dos limites da cidade.

# Dezessete

No Norte e no Sul, os homens se voluntariaram para uma guerra de sessenta dias. Quando todos perceberam que não seriam dias ou semanas, mas anos repletos de morte, os voluntários se tornaram mais insensíveis do que qualquer soldado profissional treinado para guerrear poderia ser. Alguns dos prisioneiros federais nem se davam ao trabalho de levantar os olhos quando eu lhes entregava os suprimentos que Bet e eu levávamos. A princípio, entendi aquilo como o mesmo ódio aos negros que levava muitos homens brancos a me amaldiçoar quando passavam por mim nas ruas da Filadélfia. Até que, um dia, me aproximei de um prisioneiro de cabelos louros, um menino de não mais que quinze anos, cujos olhos pálidos eram de um azul aguado tão fraco quanto o céu no início do inverno. Quando ele me fitou com seus olhos atormentados, imediatamente desejei que ele não o tivesse feito, por tudo que li neles sobre o que aquele garoto de cabelos louros vira no campo de batalha. Aqueles olhos nunca mais veriam outra alma mortal da mesma forma, embora eu não soubesse dizer se o que o assombrava era o que ele próprio fizera ou apenas o que vira outros fazerem. Havia hospitais em barracas de campanha e cirurgiões do exército para aqueles cujos ferimentos eram físicos, mas para os outros, não parecia haver um bálsamo neste mundo que pudesse curar a ferida.

Mais problemático ainda foi a verdade lenta e penetrante de que o campo de batalha não era o único lugar onde as pessoas estavam aprendendo a sofrer. Os soldados vão para a batalha, mas são nações inteiras que vão à guerra. Não havia como ignorar o que isso significava para o Sul, inclusive para meu Papai, que trabalhava arduamente e ficava cada vez mais magro por causa da fome. Ver um homem tão forte definhar, não de uma vez, mas dia após dia e pouco a pouco, era como ver uvas secarem no vinhedo. Em fevereiro de 1862, o bloqueio federal afetara tanto os preços nos mercados de Richmond que os rendimentos de Wilson quase não eram suficientes para sustentar nós dois, quanto mais sustentar Papai. Eu ficava agradecida por quaisquer restos de comida que pudesse pegar da mesa de Bet e ver Papai alimentado.

– Trouxe um pouco de pão de milho com batata doce, um pouco de caldo de carne também – disse quando parei no barraco de Papai para entregar a refeição no seu intervalo de meio-dia na ferraria.

– Guarda para você e Wilson. Vocês jovens precisa de seus nutrientes.

– E você precisa se manter forte por causa de todo o trabalho que faz.

Papai passou a mão pela mesa meio-tábua que Wilson instalara na primavera passada.

– Não tem muito pra fazer ultimamente.

Isso não era nenhum consolo. A falta de negócios é ruim para o dono de escravo, mas pior para o escravo. O senhor consegue um lucro de uma forma ou de outra, e o escravo é sempre a fonte.

– Quase não consigo abrir caminho pela rua Main, Richmond está muito lotada de gente nova. Certamente Mahon deve ter bastante clientes entre eles.

– Clientes ou não, ferreiro não pode fazer grande coisa se não tem metal para trabalhar. E ultimamente não temos.

– Melhor para você então, não é? – Coloquei um pedaço de pão de milho na mesa frágil. – Você fica supervisionando os outros enquanto eles trabalham, menos dor em seus ossos.

– Meus ossos doe eu trabalhando ou não. Doe até quando durmo. Doe não importa as coisas com sabor horrível que eu bebo ou com odor ruim que eu coloco neles – ele acrescentou, me fitando antes mesmo que eu pudesse pegar o pacote de ervas medicinais que levara comigo.

Tentei parecer mais alegre do que realmente estava, fitando-o de volta e desejando que ele desse uma ou duas mordidas na comida que eu colocara diante dele, embora soubesse que toda a farmacopeia não era capaz de remediar seu sofrimento.

– Frio como este é difícil para todo mundo – disse. – Mas a primavera vai chegar logo, você vai se sentir melhor.

— Até o verão chegar, quente e incômodo. Você está na sua primavera agora, você e Wilson, os dois. Jovens e cheios de brotos. Mas eu estou no inverno pra sempre. A última das estações de uma pessoa.

— Os invernos podem ser brandos e derreterem em uma nova primavera sem uma pessoa perceber — lembrei-o ao lhe dar um beijo de despedida, não desejando mostrar o quanto seu desânimo me consumia.

O inverno ainda não abrandara, admiti para mim mesma enquanto me encaminhava para casa. Andando na direção oeste, pela rua Broad, o frio me cortava, adormecia os dedos de meus pés e fazia minhas mãos doerem. Aconcheguei o cachecol ao redor do pescoço enquanto passava pelo Meio Acre do Diabo.

Uma lamúria, mais animal do que humana, soou dos currais de escravos de Silas Omohundro.

— A danada da rapariga está congelada. — Um escrivão jovem chutou uma figura vestida em trapos caída no chão. — Omohundro não vai gostar de mercadoria danificada.

— Não é mercadoria dele — respondeu seu colega de trabalho, esfregando as mãos contra o ar congelado. — É só uma fugitiva capturada nos arredores da cidade. Estamos segurando ela até recebermos a recompensa pela captura.

— Talvez não exista nenhuma para receber — o jovem disse. — Não acho que ela vai sobreviver a outra noite ao relento.

Entre o influxo de pessoas à cidade e a inflação do estado, a falta de dinheiro era tanta que os funcionários públicos da Confederação eram forçados a dormir em qualquer acomodação que conseguissem encontrar. Todas as celas do curral de escravos de Omohundro há muito haviam sido alugadas para esses homens brancos, deixando apenas o pátio descoberto para o estoque de escravos de Omohundro.

— O que não é uma preocupação sua — o mais experiente disse. — Agora, me ajude a levantar essa rapariga. Ele mandou alguém vir aqui, temos de entregar ela para receber a recompensa lá no rio Scuppernong.

— Carolina do Norte? Minha prima escreveu que os ianques ocuparam aquela região na semana passada. O próprio satã não conseguiria passar por ela agora.

O escrivão sacudiu os ombros para trás como se estivesse orgulhoso em fazer o trabalho sujo do demônio.

– O que o velho Omohundro diz, esse caçador de fugitivos é cruel como satã, rico como satã também. Transporta escravos por todo o Sul desde que a guerra começou.

*Um homem é escravo de seus desejos, outro é escravo da avareza, outro ainda é um escravo da ambição e todos somos escravos da esperança e do medo.* Não havia nada mais odioso do que ganhar recompensas pela captura de fugitivos, almas alquebradas que chegaram tão perto da liberdade apenas para tê-la arrebatada novamente. Tacitamente, amaldiçoei o caçador de escravos. Porém, antes de poder me afastar, testemunhei algo que me congelou no lugar da mesma forma que certamente a longa noite de fevereiro congelara aquela escrava.

– Céus! Falei pra Silas deixar ela pronta. Se vocês dois não conseguem colocar ela de pé, saiam da frente para deixar alguém que sabe fazer isso.

O chicote de McNiven crivou o ar a uma polegada do rosto da mulher. Ele aproximou-se irritado e agarrou os cabelos curtos dela, puxando-a com força para que ficasse em pé. Os empregados de Omohundro destrancaram a corrente que a prendia ao curral. Torcendo seu braço para trás, McNiven empurrou a escrava pelo portão. – Diz pro Silas que volto em uma semana, com a parte dele da recompensa.

Pus-me em movimento, pretendendo me afastar rapidamente antes que ele me visse. Mas, no momento em que passei por ele, os olhos de McNiven encontraram os meus.

Passei o sexto aniversário da morte de Mamãe ao lado de sua sepultura, esperando que ela pudesse me dar algumas palavras de consolo, de conselho ou simplesmente uma orientação clara sobre o que eu testemunhara no Meio Acre do Diabo na semana anterior. Porém, após passar um dia inteiro sem o menor sinal dela, deixei o cemitério. Quando encaminhava pela terra batida da rua Coutts, a sombra de um homem surgiu atrás de mim. Ele agarrou meu braço, puxou-me para que eu ficasse de frente para ele.

– Tenho procurado você, moça. Encontrei um uso para você.

Puxei o braço com força para me livrar das garras de McNiven.

– Da mesma forma que você encontrou um uso para aquela escrava capturada?

– É, um negócio bem feio, aquele. Mas foi preciso fazer.

– Arrastar um fugitivo de volta para um senhor nunca é preciso fazer – cuspi as palavras nele.

– As forças da União estão acampadas a apenas dez milhas daquela plantação. Enviei um agente para ajudar a escrava e qualquer outro nas redondezas que queira fugir. Ela provavelmente já está livre.

– Então, por que mandar ela de volta para início de conversa?

– Ela estava faminta, congelada e quase morta em um curral de escravos daqui. Se for capturada e classificada como contrabando pela União lá na Carolina do Norte, vai ser alimentada e receber roupas e talvez um pouco de instrução. Isso certamente não vai piorar a situação dela.

– E você também não está em uma situação pior. – Olhei para a lapela de seda de seu casaco de lã novo. Ele não teria condições de comprar uma peça de roupa tão fina um ano atrás e, desde então, as roupas haviam encarecido dez vezes, graças ao bloqueio.

– Um operador precisa ter uma aparência apropriada ao papel que pretende desempenhar, até a própria prata de seus botões. Contanto que Omohundro e os outros acreditem que sou um comerciante de escravos, isso me dá os meios para percorrer toda a Confederação. É importante para nosso trabalho.

– Nosso trabalho é libertar escravos – disse. – Não negociá-los.

Porém, McNiven me respondeu exatamente da mesma forma como eu respondera a Wilson o ano passado inteiro.

– Se desejamos ganhar o prêmio maior, precisamos arriscar um pouco ao longo do caminho.

No entanto, eu não estava disposta a descartar o risco que aquela fugitiva correra.

– Você está arriscando a vida de negros.

– E a de ninguém mais branco do que eu, tendo em vista o que os confederados fariam se descobrissem minhas verdadeiras atividades.

Avaliei suas palavras cuidadosamente. Há muito, o pai de Hattie confiava em McNiven para transportar as cargas da Ferrovia. A própria vida do Sr. Jones fora salva, e por muito pouco, pelo escocês. E durante quase todo o ano passado, McNiven vivera na clandestinidade em Richmond – assim como eu o fizera, sem a motivação que eu tinha por causa da presença de Papai. O risco que ele corria era tão real quanto o meu.

Não tinha certeza de que estava pronta para perdoar o papel que ele desempenhara no estabelecimento de Omohundro. Mas ainda assim perguntei:

– O que você queria dizer quando disse que tinha uma utilidade para mim?

– É um trabalho para o nosso lado, e você é a pessoa certa para fazer ele.

– Já tenho trabalho, nas prisões.

– Bet pode fazer isso sozinha. O que tenho agora é algo que só você pode fazer, porque você é negra e esperta e eles nunca esperam encontrar essas duas qualidades reunidas. Ninguém vai suspeitar que você copia tudo que ouve e vê para o exército do Sr. Lincoln quando estiver na Casa Cinza.

A Casa Cinza era o apelido que Richmond dera à mansão em Shockoe Hill, onde Jefferson Davis morava. A construção ficava empoleirada em Butchertown, de fundos para a maior parte da cidade. Uma vez que eu não tinha nenhum motivo para transitar pela rua Clay, aquele muro dos fundos era tudo que eu vira dela.

– Por que eu iria para lá?

– Para cuidar de Varina Davis, que colocou um anúncio no *Enquirer* hoje mesmo para contratar uma criada e empregada. Ela deve ser cruel, pois não consegue manter alforriadas ou escravas trabalhando para ela por muito tempo. Mas a escrava que ela contratar de mim vai ficar lá a guerra inteira, aposto.

Uma coisa era fingir servir Bet, que sabia que eu era livre e instruída. E foi ela mesma quem me deu as duas coisas, quando ninguém mais no mundo, a não ser Mamãe e Papai, achava que eu as merecia. Porém, servir à primeira-dama da Confederação, fazendo limpeza e satisfazendo suas vontades o dia inteiro, era algo completamente diferente.

– Então, enquanto você finge ser um comerciante de escravos abastado, serei a escrava maltratada?

– Não faria muito sentido tentar o inverso, faria, mocinha? – Embora McNiven não fosse voltado a gestos gentis ou frases consoladoras, ele acrescentou: – Precisamos agir assim, pelo bem daqueles que não podem ainda agir por eles próprios.

Eu voltara para a Virgínia com apenas uma sensação vaga do que pretendia fazer, esculpira convicção do perigo para passar as comunicações dos prisioneiros secretamente para a União, nunca duvidando que me colocara no rumo apropriado. Essa mesma convicção me dizia agora que McNiven estava certo, Bet podia lidar sozinha com as prisões. Eu estava muito menos segura de que conseguiria dar conta de voltar às profundezas da escravidão. Mas pensei na escrava de Omohundro, em Papai e nos milhões de escravos que eu sempre dizia a Wilson que essa guerra libertaria.

Se agir como uma escrava poderia apressar o dia em que Papai e inúmeros outros deixariam de ser escravos, eu precisava fazer a minha parte na Casa Cinza, qualquer que fosse o risco.

Quase não tive tempo para me organizar antes de voltar para casa e contar a Wilson. E ele deixou sua opinião vendo o assunto muito clara.

– Como devo me sentir vendo minha mulher trabalhando como escrava para uma família branca?

– Eu também não estou muito satisfeita com isso. Mas há uma guerra em andamento e...

Ele não me deixou terminar.

– Não começa com toda essa conversa de *a guerra vai acabar com a escravidão, só que o Sr. Lincoln não sabe disso ainda*. Acreditarei nisso quando acontecer e nem um minuto antes.

– E se eu puder ajudar a fazer isso acontecer? – Mostrei toda a indignação e a insistência que pude no que disse em voz alta. Mas foi apenas uma bravata para esconder o que sentia bem no fundo do coração – puro medo. Não era medo de como seria servir o branco mais poderoso de toda a Confederação, mas sim de que minhas convicções pudessem me custar Wilson, da mesma forma que fizeram com Theodore.

– Pensei que você me amasse porque sou suficientemente do contra para defender o que é certo e não o que é fácil.

– Amo você, mais do que jamais amei alguém nesta Terra. Mas você não consegue entender como é difícil para um homem ter uma mulher que ele não pode proteger?

Olhando nos olhos de meu querido marido, não conseguia deixar de ver isso. Mas vi também que Wilson não era um sorriso fácil como o Bonitão Hinton, que me adorava contanto que eu estivesse disposta a ser seu enfeite.

– Também amo você. E me dói pensar que, embora minha mãe e pai tenham se amado, eles nunca puderam cuidar um do outro como nós fazemos, e o que tantos escravos ainda não conseguem fazer hoje. – Peguei a mão dele. – Não o amarei nem um pouco menos porque vou trabalhar para mudar isso.

– E não amarei você menos porque não gosto de toda a preocupação que você me dá quando age dessa maneira.

Deixamos o assunto assim, nenhum de nós inteiramente satisfeito, embora, pelo menos, um entendia o outro, apesar de o fazemos com certa má vontade.

Duas manhãs depois, tive minha primeira boa visão da fachada diante do cruzamento das ruas Clay com Twelfth. Quadrada e simples, a casa fora construída de estuque cinza cortado para parecer pedra talhada. Maior, porém menos atraente, do que a mansão dos Van Lew e, provavelmente, fedorenta durante todo o verão, por causa dos estábulos localizados logo atrás de um muro baixo de um dos lados da residência.

Não havia uma alma no quintal, mas quando passei pela entrada dos criados para entrar no porão, gritos e uivos soaram das paredes caiadas e do piso de tijolos. Segui os barulhos até uma sala sem ornamentos onde três crianças com pele morena gritavam umas com as outras. A mais velha, uma menina de cerca de sete anos, tinha mingau nos cabelos. Agitando um bocado de manteiga, ela perseguia seus dois irmãos ao redor de uma longa mesa de madeira. Quando viraram um dos cantos da mesa, o menor dos meninos esbarrou em minhas pernas, uivando e se debatendo contra mim.

– Onde está a babá? Onde está a babá? – Uma mulher alta em um vestido diurno roxo largo apareceu na soleira oposta, berrando a pergunta. Sua altura e cor viris, tão morena quanto a das crianças, a distinguiam de qualquer senhora de Richmond que eu já vira. Tinha sobrancelhas comprimidas sobre um olhar furioso e o cabelo castanho escuro amarrado para trás tão apertado quanto a crina trançada de um cavalo de espetáculos. Embora mais jovem do que Bet, já adquirira gordura ao redor da cintura, as bochechas eram caídas e balançavam quando ela falava. – Disse à babá uma centena de vezes que ela precisa manter vocês quietos quando o presidente está em casa.

As crianças foram rapidamente para seus lugares no banco de madeira baixo diante da mesa.

– A babá disse que ela tem muito que fazer cuidando de Billy, e nós devemos cuidar de nós mesmos – o mais velho dos meninos disse.

– Ela tem muito o que fazer? – A mulher mostrou raiva pela ideia de um criado com excesso de trabalho. – O presidente tem coisa demais para fazer administrando a Confederação, e eu tenho coisa demais para fazer dirigindo a casa que administra a Confederação para que os filhos do presidente se comportem como comanches selvagens.

A menina inspecionou uma colher cheia de mingau.

– Ontem você disse que nós éramos tão selvagens quanto os selvagens africanos, mamãe. Qual é mais selvagem?

À menção de selvagens africanos, Varina Davis percebeu minha presença pela primeira vez.

– Quem é você?

Antes que eu pudesse responder, o menino mais velho empurrou o mais novo para fora do banco de madeira, derrubando uma leiteira. Agarrei a criança chorosa, enquanto usei meu avental para limpar os respingos de leite de seu rosto.

– Ela é tão rápida no creme quanto um filhote de gato – o menino mais velho disse.

A observação fez sua irmã lamuriar.

– Tenho saudades do gatinho. Por que não podemos trazer ele pra essa casa velha e chata?

– A gatinha não podia ser trazida por todo o caminho de Brierfield até Montgomery e depois para cá, como você já sabe. Não vou admitir que os filhos do presidente reclamem mais daquele animal. – Os olhos da mulher continuaram concentrados em mim enquanto eu reunia cacos de louça e os colocava sobre a mesa, após o que passei-lhe o pedaço de papel que McNiven escrevera.

– Sinhô diz que a senhora me contratou.

– Contratei, sei. Esse povo de Richmond deveria ficar contente em dar seus criados para servir à casa do presidente, ao invés de nos cobrar uma fortuna pela mais ínfima das necessidades. Richmond enriquece às custas da Confederação, enquanto o próprio presidente empobrece.

Olhei para as jardas de fita de seda azul clara que decoravam toda a saia dela. A bainha de seu casaco por si só deve ter custado mais do que dois meses de salário de um soldado raso ou de um servidor público.

Ela enfiou o bilhete de McNiven em sua bolsinha.

– Vá até o salão, você encontrará o resto delas lá. – Quando passei pela soleira da porta, ela perguntou: – Como você se chama?

– Mary.

A menina deslizou pelo banco na direção do irmão mais jovem.

– Esse é o nome da titia, e o da Sra. Chesnut também.

– É mesmo, não vai dar certo ter uma negra chamada Mary por aqui – sua mãe disse. – Vamos chamá-la de Molly.

Eu ainda não começara a trabalhar para os Davis e já me sentia tão usada quanto meu avental amassado e ensopado de creme. Uma mulher que usava quase todas as falas para se jactar da importância do marido. Um grupo de crianças competindo para ver quem era a mais mal comportada. Uma ama-seca que ninguém conseguia encontrar. E nem mesmo meu próprio nome para me ajudar a aguentar tudo aquilo. Eu avaliei tudo que precisaria enfrentar enquanto me encaminhava pelo porão até a sala de jantar, passando depois pelo saguão até chegar ao salão.

A mobília pomposa do andar principal me disse tanto sobre os Davis quanto o exemplo de relações domésticas que testemunhara no porão. Cada polegada de cada parede daqueles cômodos era coberta por papel de parede, as estampas apresentavam aglomerados de verde ou carmesim berrantes. As cores contrastavam com os padrões elaborados dos tapetes, os quais, por sua vez, duelavam com os estofados chamativos, as cortinas enfeitadas com brocados e os enfeites dourados dos espelhos, quadros e lustres a gás.

Encontrei a governanta ajoelhada sobre um balde de líquido avinagrado, lavando as vidraças mais baixas da janela do salão.

– Você é a nova, acho – ela disse com um forte sotaque sulista. Ela era escura e extremamente magra, os ossos quase perfurando a pele de ébano. – Você pode parar de olhar. Vai queimar a pouca pele que me sobrou, da maneira como você 'tá olhando.

Ela espremeu o pano na beira do balde, depois se levantou e me olhou diretamente nos olhos.

– Ela mantém a comida trancada e pesa tudo até a última onça. Fica feliz de não precisar morar aqui na casa, ter as própria refeição em vez de comer os resto dela. – Ela se debruçou e beliscou meu braço. – Mesmo assim, ela provavelmente vai arrancar até mesmo essa gordura de você.

– Meu nome é Mary, embora ela diz que vai me chamar de Molly. E o seu?

– Sobrevivi dez vezes mais tempo do que todos os outros criados dela, é tudo que você precisa saber. Não quero aprender seu nome até você ficar aqui um mês ou mais. Ela acaba com pessoas do seu tipo tão rápido que não vale a pena. – Ela estalou a língua. – A não ser que ela goste de você, como aquela miserável ama-seca irlandesa Catherine, a coisa mais preguiçosa que já vi, e as crianças fazendo bagunça pela casa inteira. Ou aquela pequena esnobe Betsy, agindo como se fosse a própria realeza só porque esvaziou o penico da Rainha Varina.

*Rainha Varina* – os habitantes de Richmond usavam bastante aquele apelido, alguns com orgulho pelo porte aristocrático da primeira-dama, outros como queixa por ela ser tão esnobe. Não precisei adivinhar o significado que a governante magricela queria dar a essa forma de tratamento.

Ela indicou com a cabeça na direção de uma adolescente desajeitada que estava limpando a cornija da lareira.

– Sophronia, mostra a esta aqui como eu gosto que as coisas sejam feitas. Num parece que ela sabe nada, em pé aí agarrando um avental sujo como se ele fosse uma nota de dez dólares. – A governanta pegou o balde e saiu da sala.

– Não... liga pra... Hortense. – As palavras de Sophronia saíram em pequenos soluços, como bolhas de ar lutando para atingir a superfície de um lago. – Ela detesta Catherine e Betsy só porque não pode mandar nelas. Mas ela pode mandar em mim e em você. Muito.

Pela hora seguinte, Sophronia e eu limpamos todo o salão central e a sala de estar, trabalhando em silêncio exceto por soluços ocasionais com instruções dela sobre a maneira como Hortense insistia que uma determinada tarefa fosse feita. Mais de uma década se passara desde que eu fizera um trabalho tão cansativo. E esses anos haviam me imbuídos de mais determinação do que força corporal, embora a primeira tenha levado a ocultar a falta da segunda, até mesmo de Sophronia.

No entanto, a minha fachada falsa não era a única no meio da agitação e da fanfarra da Casa Cinza. Quando passei o pano de pó pela cornija da lareira da biblioteca, descobri que aquilo que aparentava ser mármore era apenas ferro fundido pintado. Enquanto limpava a falsificação, ouvi uma tosse seca no corredor adjacente.

– Você não vai lá fora com esse tempo, vai, Jefferson? – Vanira Davis trinou como um pardal mãe tentando espantar o que quer que pudesse perturbar seu ninho.

– Preciso ir ao prédio do Tesouro. Tenho reuniões o dia... – a voz profunda que entendi ser de Jefferson Davis se transformou em uma tosse... – inteiro.

– O presidente precisa tomar conta de sua saúde, para o bem da Confederação. E a esposa do presidente precisa tomar conta dele.

– Tenho de ir. As notícias da Virgínia deixaram todos esperançosos. Tenho de estar pronto antes que aquele desgraçado do Joe Johnston se antecipe e reivindique o crédito para ele.

Pensei na Guarda da Virgínia, na Infantaria da Virgínia, nos Howitzers da Virgínia e, por fim, em pelo menos uma dezena de unidades militares intituladas com nomes semelhantes que haviam desfilado por Richmond desde que a guerra começara. A qual delas Jeff Davis se referia? E o que os confederados esperavam que ela fizesse?

– Sophronia – Hortense interrompeu minha ruminação como um serrote com dentes afiados – não falei pra você mostrar a essa garota como quero que as coisas seja feita? Ela vai quebrar aquelas bugigangas chinesa do jeito que age.

Olhei para baixo e ajeitei um dos grandes vasos chineses laqueados que ladeavam a lareira, no qual minha saia esbarrara quando me virei para ouvir a conversa entre os Davis.

– Eu só estava...

– Não estou falando com você. Devaneando e respondendo aos superiores, outra que não vai durar, parece. – Hortense virou-se novamente para Sophronia. – Sobe e arruma o escritório dele, rápido. Quem sabe quanto tempo a agente temo antes da Rainha Varina arrastar ele de volta para cá, já que 'tá convencida ele 'tá preste a desfalecer por causa de um pouco de tosse e cuspe.

Sophronia me guiou pela escadaria estreita dos criados, gargarejando uma palavra ou duas a cada degrau.

– Odeio aquele escritório. Papéis por todo lado. Mexe neles e ele tem um ataque. Num mexe neles, e ela grita que não foi limpo. Queria queimar eles tudo.

Começamos a trabalhar no corredor do andar superior, onde havia uma chapeleira bem trabalhada e cadeiras de espaldar alto e que servia como a área de recepção para as visitas do presidente. Dalí, entramos em uma passagem minúscula que fora transformada no escritório do secretário de Davis. Embora o calendário de compromissos aberto em cima da escrivaninha tivesse atraído meu interesse, não ousei mais do que dar uma olhada rápida nele com Sophronia tão perto. Ela demorou o quanto pôde limpando a salinha até que, finalmente, ficamos em um canto, olhando pela porta aberta para o escritório de Jess Davis.

– Hortense fica apavorada de fazer esse trabalho sozinha – Sophronia disse. – Por isso ela me manda fazer. Manda nós. – Sua expressão mostrou que, apenas naquele momento, ela entendera aquilo, empurrando-me para dentro da sala. – Anda, Molly. É melhor a gente começar logo.

O escritório de Davis parecia bem singelo em comparação com a decoração do andar de baixo, com um padrão de flor-de-lis simples em vermelho e marrom sobre o papel de parede bege e losangos em ouro e marrom que se repetiam no tapete. Um par de espadas cruzadas e vários quadros de cenas militares adornavam as paredes. A mobília de nogueira e couro de cavalo preto era escura, pesada e desprovida de enfeites. Um sofá na moda do Império, uma escrivaninha com uma cadeira estofada, uma mesa redonda com duas cadeiras de espaldar alto, tudo disposto de forma deliberada ao redor da sala. Folhas de papel para escrever estavam espalhadas pela escrivaninha, e folhas maiores, provavelmente mapas, cobriam a mesa.

Sophronia atravessou a sala até a parede do outro lado. Seu rosto era achatado e redondo como uma frigideira, os olhos abertos como as gemas cruas de dois ovos quebrados para serem fritos.

– É melhor eu vigiar você. Vê se vai fazer direito. Continua.

Como uma criança se forçando a comer feijão e guardando o bolo para mais tarde, comecei a tirar pó do sofá, dos quadros, do grande globo e de seu pedestal, depois encerei a madeira com uma mistura de cera de abelha e terebintina. Quando terminei de varrer a lareira e limpar o tubo longo e fino que conectava a lâmpada da escrivaninha à fonte de gás no teto, Sophronia virou de costas para mim para gesticular e acenar pela janela. Ao ver sua pantomina, imaginei que ela devia estar tendo um romance com o jardineiro. Essa era toda a abertura de que eu precisava. Com um chute na escarradeira que ficava postada como um sentinela ao lado da escrivaninha, fiz vazar uma lama marrom no tapete.

– Hortense vai ter um ataque se vê isso – disse, chamando a atenção de Sophronia para o suco de tabaco. – Melhor eu correr lá embaixo e pegar um balde de água fresca para limpar essa sujeira. A pia fica no porão?

– A água do porão é enferrujada demais. Tem de pegar água no quintal. Vou lá. – Ela correu para fora da sala, contente com a perspectiva de se encontrar com seu jardineiro.

Não desperdicei nem um segundo do relógio sobre a lareira para começar a estudar a correspondência espalhada pela escrivaninha de Davis.

*Arsenal da Marinha de Gosport, Va. 28 de fevereiro,*

*Presidente Jefferson Davis,*
*Meu projeto para o ex-Merrimac foi totalmente executado. O CSS Virginia está em Norfolk completamente coberto por ferro, esperando apenas receber carvão antes de atacar a frota da União na boca do rio James. Nossos marinheiros estão ansiosos para fazerem sua jornada histórica em defesa da Confederação.*

*Muito respeitosamente,*
*Jn L. Porter*

Um esboço ao pé da missiva mostrava a embarcação de aparência mais esquisita que eu já vira. Ela não tinha velas, e a maior parte do casco ficava embaixo dos rabiscos que marcavam a linha d'água. Acima da superfície da água, o navio se erguia em um trapezoide com fendas desenhadas para servir de aberturas para os canhões.

No verso da carta, alguém rabiscara detalhes técnicos.

*C: 270 pés*
*Batente blindado: 24 polegadas, cobertura de carvalho e pinho com 4 polegadas de placas de ferro*
*Proa: Aríete de ferro de 1500 libras*
*Armamento: 3 canhões Dahlgren de alma lisa de 9 polegadas, 1 rifle de 6 polegadas em cada costado.*
*Um rifle Brooke de 7 polegadas montado em pivô simples nas aberturas da popa e da proa.*

* * *

Esse *Virgínia* era um monstro marítimo coberto por ferro. Certamente capaz de dizimar a marinha federal e furar o bloqueio da União.

Antes que eu pudesse examinar a carta seguinte, o barulho de uma colisão estrondosa soou pela casa. Saí correndo do escritório para o andar de baixo pela escada central em curva na direção da comoção.

No corredor de entrada, duas cadeiras de mogno ornamentado estavam tombadas sobre os meninos Davis que lutavam, uma bandeja de prata e uma dezena de cartões de visita espalhados pelo chão. A Rainha Varina se postara diante dos meninos, uivando sobre como a mulher do presidente tinha que poder tirar um cochilo sem que a vida doméstica virasse uma bagunça. Ao me ver, ela pegou um guarda-chuva do cabideiro e o baixou com força em meu ouvido.

– Criadas infernais, ocupadas demais em se divertir por aí para fazer seu trabalho.

Quando ela se virou para gritar com uma mulher branca sardenta que aparecera na soleira mais distante, entrei rapidamente na biblioteca.

Hortense, aconchegada atrás da porta, não me deu qualquer consolo.

– Uma daquelas crianças vai matar a outra da maneira como briga. Deixa aquela irlandesa preguiçosa cuidar eles, temo trabalho demais pra fazer afinal. – Embora meu ouvido doesse, tudo que ela me ofereceu foi um comando duro. – Fica na escadaria dos fundos e longe dos problemas. Tenho dificuldades demais para precisar treinar uma criada nova quase todo dia.

Durante a tarde longa e trabalhosa que se seguiu, a única maneira que encontrei para me distrair do zumbido irritante em meu ouvido foi amaldiçoando Varina Davis e seu guarda-chuva. Amaldiçoando McNiven por esperar que eu a aguentasse. E amaldiçoando as informações que obtivera sobre o CSS *Virginia*, por me fazer sentir que era meu dever voltar para a Casa Cinza no dia seguinte e no outro também, mesmo se tivesse que ser espancada pelo privilégio.

Wilson varria as escadas em frente à loja quando entrei na rua Broad. Ou fingia que varria, passando a vassoura para frente e para trás enquanto olhava de esguelha para perceber minha chegada, seu rosto pálido de preocupação.

Ele me acompanhou através do portão e da porta.

– Você ouviu?

– Não ouvi nada a não ser um zumbido.

– Retirei o lenço da cabeça e mostrei minha contusão.

– Como isso aconteceu?

– Da mesma forma que a maioria das coisas acontecem com os escravos. Ódio branco fervente procurando um lugar para ser descarregado.

Preocupei-me com o que ele diria ao ver meu corpo machucado pela Rainha Varina. Mas ele se aconchegou a mim e beijou minha orelha; sua proximidade aliviou a dor. – Acho que você está mais segura lá do que se estivesse em Church Hill.

Afastei-me e olhei-o nos olhos.

– O que você quer dizer com isso?

– Eles andaram prendendo unionistas, a noite passada inteira e esta manhã. Richmond está sob lei marcial.

Senti um aperto no peito.

– E Bet?

– Não sei. Um homem entrou na loja logo após o almoço, se vangloriando para os outros clientes sobre tudo que fizera. Capitão Godwin, ele disse se chamar, alardeando sobre como eles tinham renomeado a prisão de negros McDaniel de castelo Godwin em homenagem aos unionistas brancos que ele encarcerou lá. – Wilson declamou os nomes dos presos que ele conseguia lembrar.

Reconheci alguns deles, John Botts, Franklin Stearns, Burnham Wardwell. Homens a quem servira à mesa de Bet durante minha infância.

– Se eles a pegarem... – Não consegui terminar.

Bet fora parte de minha vida desde que conseguia me lembrar. Não era exatamente família, nem amiga. Mesmo assim, havia um laço entre nós diferente de qualquer outro que eu tivera com qualquer outra pessoa.

Do lado de fora da janela de nossa sala de estar, os últimos raios de sol desapareciam do céu. Com o toque de recolher em vigor, não haveria notícias do paradeiro de Bet, a menos que uma pessoa branca a procurasse, e só havia uma a quem poderíamos pedir isso. Contanto que ele não estivesse preso no castelo Godwin.

– Onde está McNiven?

Wilson deu de ombros.

– Aposto que ninguém pensou em prender ele. Ele não deu razão a ninguém para pensar que é um unionista.

– E deu a eles muitas razões para pensarem o contrário.

– No entanto, não existe nenhuma suspeita sobre ele, ou sobre você. – Vendo que havia algo mais que me preocupava, ele acrescentou. – Provavelmente também não sobre Bet.

Confirmei com a cabeça. Porém, senti encurvada de apreensão enquanto Wilson preparou o jantar. Errado como era desperdiçar comida que se tornara tão cara, ainda assim não fiz mais do que comer algumas garfadas de minha porção magra antes de escrever todas as informações que sabia sobre o *Virginia* no código de Bet. Olhar para aquele estranho amontoado de letras e números me fez entender como tudo meu se confundia com ela, como se fôssemos as gêmeas siamesas do circo do Sr. Barnum. Minhas informações, seu código, minha caligrafia. Uma gêmea siamesa não podia dançar ou andar a cavalo, ou até mesmo descansar, sem que a outra fizesse o mesmo. Sem notícias confiáveis do paradeiro de Bet, não consegui adormecer, por mais tarde que ficasse.

Ouvi uma batida em nossa porta às duas horas da manhã. Encontramos McNiven nos degraus, seu hálito quente com álcool.

– Onde você esteve? – perguntei enquanto subíamos as escadas para a sala.

– Passei algumas horas no salão de carteado favorito dos hóspedes do Hotel Spotswood. Em parte, para ver o que eu podia ouvir lá, mas na maior parte esperando para as ruas esvaziarem o suficiente para eu poder vir aqui sem ser notado. – Casas de jogos, casas de bebidas, até mesmo casas de má reputação haviam aparecido por toda Richmond, enchendo as ruas com brigões muito após as pessoas decentes já terem ido para cama. As sessões de bebida de McNiven com eles lhe rendia mais detalhes do que jamais tivéramos. – Dois espiões estão entre os que foram presos.

Espiões. A palavra parecia afiada e perigosa quando ele a pronunciou.

– Quem são eles? – perguntei.

– Estranhos para nós. Existe um companheiro em Washington, Pinkerton. Trabalhou na Ferrovia há muito tempo em Chicago e agora comanda algumas operações para a União. Pelo que pude entender, esses tipos são da turma dele.

Wilson olhou para a compressa de folha de hissopo que ele colocara sobre minha orelha.

– O que isso significa para Mary?

– Esses homens não têm nada para dizer de nós, mesmo se quisessem dizer algo para salvar os próprios pescoços. – Esse foi todo consolo que McNiven ofereceu. Se ele percebeu meu machucado, não se dignou a mencionar o fato. – O que você ouviu na Casa Cinza?

Passando a mensagem em código, relatei as informações que ela continha. Mas ele não mostrou nem mesmo um traço de surpresa sobre o CSS *Virginia*.

– Ouvimos que esse troço estava sendo construído de um escravo que escapou do engenheiro alguns meses atrás. A União está tentando fabricar um navio parecido.

Wilson fechou a cara.

– Se esse Pinkerton tem agentes aqui em Richmond e a União já sabe desse navio, que necessidade há para Mary se arriscar tanto?

– O que Mary conta aqui – McNiven deu um tapinha no bolso onde enfiara minha mensagem – é de grande utilidade. Eles estão construindo esse *Virginia* tem muitos, muitos meses. Se ele está pronto para a batalha, o *Monitor* da União precisa ser enviado imediatamente para enfrentar ele. Um dia ou mais de atraso e a União perderia navios e homens e a garantia tão duramente conquistada do bloqueio.

Ele pegou a carteira, retirou meia dúzia de cédulas confederadas e as estendeu em minha direção. Percebi como os botões de prata em seu paletó formal brilhavam como olhos de roedores radiantes quando lhe disse que não queria o dinheiro dele.

– Não sou mercenária. O que faço na Casa Cinza é apenas pelo fim da escravidão.

McNiven manteve firme a mão estendia.

– Ainda assim, o pagamento é seu, foi o que Varina Davis deu pelo primeiro mês do contrato. Isso vai ajudar vocês dois.

Por mais que não gostasse de pegar as notas, sabia que ele estava certo. Wilson e eu já passáramos noites com fome, o preço da comida subira muito. Até mesmo a quantia que McNiven insistia ser minha teria que ser usada cautelosamente para durar algum tempo nas barracas do mercado.

Enquanto dobrava as cédulas confederadas, McNiven consultou seu relógio de bolso de ouro.

– Vou até Rappahannock em meia hora. A companhia de tabaco Dibrell me contratou para eu ir até Baltimore e ver que produtos posso encontrar para serem revendidos. Posso encaminhar suas informações enquanto estiver lá.

– E Bet? – perguntei.

– Não ouvi notícia sobre a prisão de nenhuma mulher. Informações mais precisas além disso, você vai precisar descobrir sozinha.

Eu tinha de estar na Casa Cinza o dia inteiro e meus movimentos eram restritos pelo toque de recolher todas as noites. McNiven sabia disso, mas foi Wilson quem apareceu com uma solução.

– Amanhã, quando eu fechar a loja para o almoço, posso ir até Church Hill, saber notícias de Bet. Vou dar um pulinho no Lewis também.

Eu sabia que ele incluíra essa menção de Papai apenas para me convencer. E por mais que eu sempre tentasse manter Bet e Wilson separados, fiquei aliviada por ele se oferecer para ir procurá-la.

– Não há necessidade de se preocupar com Bet. Aquela mulher é maluca. – Wilson relatou quando voltei da Casa Cinza no dia seguinte.

– Lá se foi aquela conversa toda de você tratar ela com mais consideração.

– Não guardo nenhuma hostilidade. Mas ela está agindo como louca. Ela mesma seria a primeira a dizer isso para você.

Ele explicou como encontrou-a andando pela rua Grace, enfeitada com uma touca, usando um vestido de algodão e meias de camurça, como se tivesse acabado de voltar das colinas do interior. Murmurando para si mesma em uma cantilena, estridente e alta.

– Ela estava fingindo tão bem, eu próprio teria acreditado nela. Porém, quando ela me viu, a selvageria em seus olhos desapareceu. Por um momento apenas ela pareceu inteligente e determinada e depois voltou a resmungar de sua maneira maluca – ele levantou a voz e fez uma imitação boa de Bet – *Mary tinha um carneirinho, e o carneirinho era pacífico. Mas estamos em guerra então o carneirinho sumiu. Quem vai trazer o carneirinho de Mary de volta para cá?* – Ele gargalhou e parou de imitá-la. – Aí ela deu uma risadinha que apavorou algumas crianças que estavam perto e saíram para a rua para olhar para ela.

Não conseguia entender o que ele dizia.

– Por que ela está agindo assim?

– Primeira lição da Ferrovia. O melhor caminho para agir furtivamente é se esconder bem embaixo do nariz de todos. Parece que Bet encontrou uma maneira de fazer isso. – Assim como McNiven fizera ao desempenhar o papel de um cruel e ardiloso negociante de escravos confederado. E eu, o de escrava ignorante.

Livrei-me do pensamento ao perguntar pelo cheiro que vinha de nossa cozinha.

– Onde você conseguiu um frango para assar?

– Bet me deu, uma daquelas galinhas magras que ficam bicando por todos os cantos do quintal dela.

Ela deve ter finalmente enlouquecido, fazendo caridade para um negro livre tão orgulhoso quanto Wilson.

– Ela simplesmente tirou um frango escondido debaixo de sua touca de algodão?

Ele sorriu.

– Não, senhora. Acho que nem ela faria um espetáculo público desse tipo. Depois que ela apavorou aquelas criancinhas, fui atrás dela até a casa de carruagens no fundo do terreno da família dela. Ela me mostrou um pequeno compartimento que mandou fazer embaixo do assento da carruagem, onde vou guardar suas mensagens.

– Você?

– A maneira mais rápida para fazer chegar aos federais o que você descobre na Casa Cinza é eu levar suas mensagens para o sítio dela cedo de manhã enquanto Bet toma conta de seus prisioneiros.

– Mas e a loja, todos os seus clientes? – E sua mulher, se preocupando com você?

– Posso abrir a loja um pouco mais tarde, ninguém vai estranhar. – Ele abaixou a voz tanto que quase não ouvi o que disse em seguida: – O dinheiro de McNiven é mais do que ganho de qualquer forma. O trabalho negro vale mais escravizado do que livre.

Senti a dor de seu orgulho ferido. A quantia que a Rainha Varina pagava por meu contrato era muito mais do que eu ganhara quando professora. Mas minha preocupação era maior do que o ressentimento monetário que sentia quando lembrei daquele soldado impertinente no entroncamento da estrada de Osborne com a via de New Market. E disse isso a meu marido.

– Levar essas mensagens não é menos arriscado do que transportar cargas, e fiz isso por muito tempo. – Ele ficara inquieto desde que a secessão da Virgínia interrompera suas viagens para Ferrovia. – Quem sabe se quando os sentinelas se acostumarem a me ver com frequência, posso até ser capaz de contrabandear alguma carga sem ser notado.

Colocara minha própria segurança em risco trabalhando na Casa Cinza. Sabia que não tinha direito algum de dizer a ele para não arriscar a dele levando minhas mensagens, talvez até mesmo transportando fugitivos juntamente com elas.

Embora estivesse preocupada, concordei quando ele sugeriu que era melhor eu não lhe dizer o que estava escrito naquelas mensagens cifradas – e ele não me diria se transportasse qualquer carga pelo James. O mais importante no trabalho com informação é fingir ignorância. Provei isso na Casa Cinza, da mesma maneira que Mamãe me mostrara nos dias de *nós da casa*. Porém, isso não servia de consolo para uma mulher que era uma esposa amorosa tanto quanto uma espiã da União.

# Dezoito

Qualquer escravo doméstico pode lhe dizer que há mais em um salão arrumado ou em uma mesa posta do que os olhos conseguem enxergar. Qualquer coisa que o senhor, a senhora e seus convidados veem não é nem mesmo um décimo do trabalho que foi feito antes. Soube disso toda minha vida, soube antes até de ter idade suficiente para pensar sobre isso. Porém, também soube que era mais do que trabalho duro que escapava à observação do senhor de escravos. De vez em quando, em minha infância, havia rumores sobre escravos cozinheiros que, para se vingarem, colocavam medicamentos provocadores de vômito, purgativos, ou pior, nas refeições de seus donos. Talvez não fossem muitos os dispostos a tomar tais medidas, mas ainda assim sabíamos que eles eram capazes de fazê-lo. Envenenar era uma prerrogativa do escravo cozinheiro, mesmo que raramente exercida. Toda casa onde havia escravos era tecida com tais prerrogativas. Ao trabalhar na Casa Cinza, puxei e apertei todo fio possível, pretendendo desatar as amarras da escravidão de uma vez por todas.

Desde o início, Hortense deixou sua prerrogativa clara. Ela aprendeu meu nome atribuído imediatamente por ter certeza de que eu a serviria, chamando-me de "Molly" mais rápido do que eu conseguia lembrar para responder. "Lerda demais para saber quem é, ou o quê", ela dizia, se eu não respondesse de forma servil no instante em que me chamava. No entanto, vi pela forma como ela tratava Sophronia que um raciocínio lerdo servia Hortense muito bem, contanto que tal raciocínio lerdo mantivesse outros escravos subservientes a ela. Hortense reinava como um tirano em seu papel de governanta e odiava qualquer coisa – e qualquer um – que a desafiasse.

Nem Betsy, a empregada pessoal da senhora, nem Catherine, a ama-seca, estava sujeita à sua autoridade e, como Sophronia dissera, Hortense odiava as duas. Ela nunca sequer pronunciava o nome de Catherine, chamando-a de "Irlandesa Preguiçosa" tão certamente quanto me chamava de Molly. A Irlandesa Preguiçosa dormia no quarto de brincar do segundo andar, mas isso não irritava Hortense tanto quanto os arranjos excepcionais feitos para Betsy. Embora fosse tão escura quanto a África, Betsy tinha seu próprio quartinho no terceiro andar – bem em frente do cômodo onde o secretário de Jeff Davis, Burton Harrison, dormia –, adjacente aos quartos de hóspedes mantidos para uma possível visita de quaisquer dos parentes cheios de orgulho, porém de bolsos vazios, da Rainha Varina. Betsy podia ser forçada a ficar acordada noite adentro na maioria dos dias, ajudando a Rainha Varina a superar as doenças nervosas que ela inventava para si mesma. Porém, ainda assim, Hortense ficava irritada porque, quando Betsy finalmente colocava a cabeça no travesseiro, era em seu próprio quarto no andar mais alto da casa, enquanto Hortense, Sophronia e os outros escravos que moravam na casa dormiam amontoados no porão. Hortense se recusava a botar os pés nas escadas que levavam ao terceiro andar, tendo declarado na primeira semana que, daquele ponto em diante, seria minha obrigação limpar e varrer, esfregar e encerar o andar inteiro e a maior parte do que ficava logo embaixo dele também. Não me acovardei ou fiz muito alarido por causa de tais decretos, feliz como estava pelo fato de que a prerrogativa de Hortense permitia que eu exercesse a minha.

Todos aqueles meses nas prisões, registrei meticulosamente tudo que Jonas Smith e os outros prisioneiros informaram, complementado, sempre que possível com minhas próprias observações. Porém, ver e contar não constituíam nem um terço de espionar, da mesma forma que atiçar o fogo da sala ou encher novamente a taça de vinho do hóspede é todo o serviço doméstico que existe para fazer. Assim como um cozinheiro escravo podia acrescentar algo à comida de uma família branca, ou uma governanta podia provocar uma guerra de ressentimentos com o resto dos criados, até mesmo a servente aparentemente simples podia administrar a própria campanha de prerrogativas. Essa era a verdade que eu saboreava e na qual me baseava. Ela tornava suportáveis até mesmo as tarefas mais odiosas. E não demorou muito para essa verdade me fazer ver novas formas de colocar os escravos rumo à liberdade.

\* \* \*

Alguns dos meus melhores dias na Casa Cinza eram os que o corpulento e barbado Judah Benjamin visitava a Rainha Varina. "Secretário Benjamin" era como ela sempre o chamava, adulando tudo que ele dizia. Mesmo se passasse a manhã inteira na cama com enxaqueca, ela melhorava assim que ele chegava, agitando-se para recebê-lo. Ele reclamava constantemente por trabalhar arduamente a serviço da Confederação, e ela sempre respondia com um *tant pis*, considerando-se muito cosmopolita por expressar sua solidariedade a um nativo da Louisiana *en français*. Ficava imaginando o ataque que a Srta. Douglas e a Srta. Mapps dariam se ouvissem seu sotaque do Mississippi mutilando aquelas delicadas sílabas francesas, *tant pis* saindo mais como *tante piss*.

Tia Piss era secretário de guerra quando comecei a trabalhar na Casa Cinza, embora suas visitas à Rainha Varina me mostrassem que ele pretendia ser mais do que isso. Os dois sentavam na biblioteca; ela no divã, como um ganso assado servido com acompanhamentos, ele balançando furiosamente a cadeira favorita do presidente, tramando para progredir em sua carreira.

A Rainha Varina adorava ser confidente de um membro do gabinete e brilhava de autoimportância sempre que prometia interceder em seu nome junto ao presidente. Apesar de suas reclamações de que a mulher do presidente precisava preservar os magros recursos comprados com o salário irrisório do presidente, ela enchia Tia Piss de agrados.

Eu ficava agradecida pela forma como ele engolia as nozes de Jeff Davis, bebia o uísque de Jeff Davis e bafejava os charutos de Jeff Davis. Toda aquela gula significava que alguém precisava retirar as cascas das nozes, encher novamente o copo de uísque e limpar as cinzas de charuto. Hortense não fazia nada que ela pudesse mandar Sophronia ou eu fazer, e Sophronia tinha tanto medo de chegar perto dos brancos que ficava feliz por limpar o *boudoir* da Rainha Varina, enquanto servir ficava sendo a tarefa da nova empregada. Assim, passei a ficar uma hora ou mais, na maioria das tardes, ouvindo as notícias que Tia Piss compartilhava com a Rainha Varina.

No dia nove de março, ele contou como o CSS *Virginia* atacara o USS *Cumberland*, o USS *Roanoke* e o USS *Minnesota* no dia anterior. Gabava-se disso como se ele próprio tivesse capitaneado o encouraçado letal. Porém, no dia dez de março, ele deixou de relatar que o USS *Monitor* chegara de Nova York e travara um combate com o *Virginia* que terminara empatado. Quase deixei escapar um grasnar de pavão de alegria quando vi o relatório telegrafado sobre a escrivaninha de Jess Davis, pois sabia do papel que meu primeiro relatório da Casa Cinza desempenhara na vitória da União. Porém, não me surpreendeu ouvir sequer uma palavra sobre isso lá embaixo na biblioteca. Embora Tia Piss lamentasse a maneira com que seus rivais criticavam seu trabalho como secretário de guerra, ele nunca reconheceu um de seus fracassos sequer.

– São essas censuras que enfrento, minha querida Senhora Davis, quando tudo que faço é para o bem de nossa Confederação. Meus inimigos, como aqueles de nosso presidente, não mostram nenhuma vergonha. – Ele esperou apenas o suficiente para a Rainha Varina murmurar um *tant pis* antes de continuar. – Afinal, com um presidente que é tão bom general quanto seu marido, o que sobra para o secretário de guerra fazer?

A Rainha Varina gostou da bajulação dele.

– Todos nós sabemos que o Senhor Davis teria um grande orgulho em comandar seus homens em batalha, mas o presidente deve servir na capacidade que lhe foi atribuída – ela respondeu, convenientemente ignorando a forma como preferia a vida de primeira-dama, sempre organizando recepções, às preocupações que atormentavam as esposas dos generais.

– As batalhas são importantes, mas não acredito que sejam onde a guerra será vencida, ou perdida. É de diplomacia que precisamos. – Tia Piss girou seu copo de uísque antes de tomar um gole. – A Grã Bretanha precisa ser forçada a reconhecer a Confederação.

– A Grã Bretanha precisa tanto de nós quanto nós dela. – Rainha Varina disse. – Ora, sem o algodão da Confederação, que utilidade têm os moinhos ingleses? – Era o mesmo argumento que ela ouvira um nativo presunçoso da Carolina do Sul levantar para seu marido no jantar do dia anterior.

Tia Piss sorriu como se estivesse explicando para uma criança.

– Você poderia dizer o mesmo dos moinhos da Nova Inglaterra, no entanto, os ianques estão em guerra conosco. – Ele pegou um punhado de nozes e se esticou para pegar o quebra-nozes, o qual usou para enfatizar suas palavras. – Seria uma coisa terrível (craque) *tant pis pour tous* (craque) ignorar as ameaças (craque) que vêm de lá do campo de batalha (craque)

– Ele balançou a cadeira com um distanciamento calculado. – Tal como esse último estratagema de Lincoln.

O rosto da Rainha Varina contorceu-se em surpresa.

– Que ameaças? Que novo estratagema?

Debrucei-me para esvaziar as tigelas de prata cheias de cascas de nozes, ansiosa para ouvir a resposta dele.

– Tenho informações confiáveis de que Lincoln submeteu um projeto de lei ao Congresso. – Ele pausou para expelir um anel de fumaça do charuto. – Uma lei de emancipação.

Eu poderia ter beijado Tia Piss, mesmo fedendo a charuto.

A Rainha Varina gritou de pavor.

– Jefferson Davis não disse que Lincoln queria pegar nossos escravos, muito embora aquele republicano negro mentisse e mentisse sobre isso?

– Pegar não, e não nossos escravos – Tia Piss corrigiu. – Lincoln propõe pagar aos donos de escravos dos estados fronteiriços quatrocentos dólares por escravo se concordarem com a emancipação gradual.

– Quatrocentos dólares por escravo? A União é tão rica assim?

– Quatrocentos dólares por cada escravo em Delaware é apenas metade do custo de um dia de guerra para a União. Quatrocentos dólares por cada escravo em Maryland, em Missouri, no Distrito de Columbia e no próprio Kentucky da Sra. Lincoln equivaleriam ao custo de 87 dias de guerra. Lincoln aposta que a emancipação compensada diminuiria a guerra por esse número de dias ou mais ao garantir a lealdade dos estados fronteiriços.

A Rainha Varina bufou, repetindo o que ouvira seu marido dizer tantas vezes.

– Não lutamos pela escravidão, Secretário Benjamin. Lutamos pelo direito dos Estados de se governarem. Se Lincoln é tolo demais para entender que...

– Ele não é um tolo, disso podemos ter certeza. Ele dá aos estados fronteiriços a opção de compensação e diz que é uma escolha deles aceitar ou não. Assim, ele torna a emancipação um grande espetáculo de respeito federal aos Direitos dos Estados. – A Rainha Varina tentou introduzir uma objeção, mas ele continuou: – Você está certa. Não lutamos pela escravidão. Nem Lincoln. Lutamos para vencer, e ele também. Mas ele está disposto a sacrificar a escravidão no processo, enquanto nós não estamos.

Para os propósitos de minha missão de espionagem, a conversa não tinha grandes consequências, porque revelava algo que os federais já sabiam – uma proposta presidencial que acabou nunca virando lei. Porém, eu fiquei mais feliz com o relato de Tia Piss do que com uma porção de informações sobre os planos de batalha dos confederados, por ser uma prova de que eu estava certa. A escravidão podia, por fim, terminar se a guerra evoluísse na direção certa.

Ainda não se passara uma semana após a batalha entre os encouraçados e a Casa Cinza estava alvoroçada com as notícias de que as forças da União estavam se reunindo no forte Monroe e planejavam subir a Península a caminho de Richmond. Embora Jeff Davis embaralhasse seu gabinete como um baralho de cartas, nomeando Tia Piss para o cargo de Secretário de Estado, pelos dois meses seguintes foi o General da União McClellan quem deu as cartas.

Entretanto, esse não era nenhum jogo de carteado em um salão. Quando o dia 22 de abril chegou, cinco simples sentenças no *Dispatch* de Richmond me lembraram de tudo que estava em disputa na partida em que eu estava jogando. Aquelas sentenças relatavam que Timothy Webster, um dos supostos unionistas presos no castelo Godwin, fora condenado à morte. O primeiro americano a ser enforcado por espionagem em quase um século.

Nunca vira Timothy Webster e, portanto, não saberia distingui-lo do rei da Prússia. Porém, após a publicação desse artigo, eu parecia respirar por ele e ecoar suas batidas cardíacas. Não apenas durante minhas horas de vigília, mas também nas noites longas e terríveis. O sono, quando vinha, trazia visões horríveis e vívidas que a palavra pesadelo não era suficientemente pavorosa para descrever.

Havia rumores de que a execução nunca aconteceria, que os confederados desejavam fazer da vida de Webster uma mera moeda de troca em sua próxima rodada de barganhas e pechinchas com os federais. Mas rumores eram como dentes-de-leão, brotavam em todos os lugares naqueles dias quentes de primavera somente para provarem que eram tão delicados quanto abundantes, dissipando-se frente à primeira baforada dura da verdade. Ninguém sabia quando o próximo golpe viria, ou que verdade traria.

No domingo, 27 de abril, eu estava tão agitada com o que não sabia sobre o fim iminente de Webster quanto com o que sabia. Eu estava tão ansiosa que não consegui esperar para Wilson retornar da entrega de minha missiva do dia anterior no sítio de Bet antes de ir ver Papai.

– Qual é o problema? – Papai perguntou quando apareci na soleira de seu barraco minúsculo horas antes do usual.

Eu ansiava pelas palavras doces de consolo que ele me dava aos domingos, durante minha infância, sempre que eu relatava ter recebido uma reprimenda ou um raro tapa da Sra. Van Lew durante nossa semana separados. Porém, tudo que respondi foi:

– Nada.

Curvei-me para raspar lama de meu sapato, somente para evitar que seus olhos grandes encontrassem os meus.

– Wilson teve que fazer um serviço, fez tanta confusão para se vestir que me acordou. Depois que acordei, não vi razão para ficar esperando sozinha, quando, ao invés disso, poderia estar com você.

Embora Papai não respondesse, ficou me observando como se eu fosse uma criança pega no ato de roubar uma pitada de açúcar da jarra. Eu podia ter me amaldiçoado por lhe dar motivo para imaginar o que estava escondendo ao trancarmos seu barraco, nos encaminharmos para a frente do terreno e atravessarmos os quarteirões entre a ferraria de Mahon e a minha casa – quarteirões que pareciam muito maiores quando eu caminhava por eles no passo dolorido de Papai.

– Suba – disse quando chegamos. – Vou subir logo, só preciso pegar água para ferver para o jantar.

– Eu pego a água. – Ele se dirigiu ao poço que ficava no fundo de nosso terreno.

Eu queria pará-lo, mas não o fiz. Sabia que nenhum pai deseja sentir que está debilitado demais para cuidar da própria filha.

Porém, também sabia que Papai não tinha metade da força que tivera um dia, entre a dor do reumatismo e a fome que afligia a todos nós. Fome ou não, eu ficava mais forte a cada semana que trabalhava como escrava na Casa Cinza. No entanto, não podia deixar transparecer como passava meus dias trabalhando para que ele não me perguntasse o motivo.

O segredo que guardava pesava muito enquanto o vi se esticar para girar o molinete em nosso poço. Na semana anterior, eu pedira a Wilson para lubrificar a manivela, mas graxa e tempo estavam ambos em falta e, por isso, ele não o fizera.

Papai girou, mais devagar do que com firmeza, e o balde rangeu ao fazer sua longa subida. A corda esticada pareceu retorcer enquanto subia. Embora eu soubesse que era apenas uma ilusão de ótica, ela me fez pensar em outra corda, a que os confederados poderiam passar ao redor do pescoço de Timothy Webster naquele mesmo dia. Observei o cânhamo tecido, senti-o grosso em minha garganta. Imaginei o estalo e senti meu corpo cair.

– Não!

Eu estava tão imersa em minha imaginação sangrenta que não teria percebido que gritara em voz alta não fosse pela maneira como Papai se voltou para ver o que estava errado. O molinete escorregou de sua mão, e o balde cheio caiu no fundo do poço.

– Desculpe, Mary El. – Papai disse, embora o que li em seu rosto fosse mais vergonha do que arrependimento por descobrir que não segurara o molinete com firmeza.

– Eu que peço desculpas – disse. – Gritando dessa forma só porque um corvo voou perto e me assustou, e me fez assustar você.

Não parecia haver muito mais a dizer sobre aquilo. Assim como não havia muito a fazer sobre o balde de madeira com água, estilhaçado no fundo do poço. Wilson retornou uma hora depois e nós três passamos um domingo sem água, o que, para mim, parecia um presságio seco e certeiro do que os confederados finalmente fariam com o espião condenado.

Dois dias depois, Webster foi enforcado no Acampamento Lee. Wilson e eu soubemos tudo sobre a execução na manhã seguinte, quando os jornais divulgaram todos os detalhes do evento. Eles tomaram um cuidado especial para relatar que, quando o gatilho da forca foi acionado pela primeira vez, o nó corrediço do algoz escorregara, fazendo o condenado cair direto na terra compactada. *Semienforcado e parcialmente aturdido*, era como o *Dispatch* o descrevera, o repórter contando com palavras ávidas e ansiosas como Webster foi levantado pela segunda vez, uma nova corda colocada ao redor do pescoço dele e depois deixado para balançar no ar até o último resquício de vida ter sido arrancado dele. Morto, como John Brown fora por tentar libertar os escravos, e como Dangerfield Newby, por desejar libertar a própria família. Eu ainda não seria capaz de distinguir Webster do rei da Prússia. Mas o que me preocupava era se eu podia distinguir o destino dele do meu.

Na Casa Cinza, tomava cuidado para me comportar como se não me importasse com a guerra, não tivesse qualquer ideia de como soldados ou espiões chegavam a seu destino final. Portanto, ri, juntamente com Sophronia, enquanto sacudíamos os tapetes no dia 12 de maio. Mamãe sempre transformava essa tarefa em um jogo quando preparávamos a mansão dos Van Lew para o verão. Ela escolhia um sábado de manhã ensolarado para pendurar os tapetes no quintal; Daisy, Lilly e eu gritando e rindo enquanto sacudíamos as tapeçarias pesadas. Eu me atirava em nosso colchão de palha mais exausta do que o normal naquela noite, mas feliz também por já sentir, em antecipação, o cheiro da lavanda com a qual Mamãe se banharia no dia seguinte na cabana de Papai.

A memória aliviou minha irritação, e Sophronia mostrou igual exuberância. Era fácil demais transformar aquilo em uma brincadeira, com o cheiro intoxicante de primavera no ar. Essa era uma alegria rara, tendo em vista o odor de carne podre que pairava no ar da cidade na maioria dos dias, um lembrete fedorento de que, combate após combate pelo interior da Virgínia, os federais levavam a melhor sobre os confederados.

Embora o horror da guerra parecesse estar longe do quintal da Casa Cinza naquela manhã quente, ele continuava próximo. Quando carregamos o tapete do salão para dentro da casa e o colocamos no armário do porão, onde seria guardado, uma pancada forte marcou precisamente sua proximidade.

– Foi só a porta da frente que bateu – assegurei a Sophronia. Sem as coberturas do assoalho de madeira do saguão do andar superior, qualquer barulho chegava até nós.

– O que aconteceu, Jefferson? – ouvimos acima. – Você parece assustado.

– Eles estão perto, minha querida, muito perto. Você e as crianças devem deixar Richmond imediatamente.

– Mas levaria um mês para fazer a mudança! E não podemos deixar você, pois quem...

– Você vai – Davis interrompeu a mulher com uma firmeza rara. – Vou colocar vocês no trem para Danville amanhã de manhã. Tive sorte de conseguir os bilhetes, com tantas pessoas fugindo da cidade.

Pernas de mobília arrastando pelo assoalho descoberto. A Rainha Varina deve ter desabado com força sobre a cadeira do corredor.

– Perdemos Yorktown e Norfolk, Portsmouth e Gosport, tudo em uma semana. – Jeff Davis enfatizou os nomes como um pregador encomendando um corpo em um funeral. – Nossa marinha destruiu o *Virginia* para evitar que caísse nas mãos deles. Esperamos a chegada dos barcos federais em Drewry's Bluff em uma semana.

Drewry's Bluff ficava a cerca de oito milhas, nove no máximo, de onde estávamos.

– O que isso significa, Molly? – Sophronia sussurrou.

Pisquei para ela, como se eu fosse tão boba quanto ela.

– Quem sabe o que significa a metade do que eles dizem? Ele deixou a senhora com medo, isso traz mais problemas para nós. E Hortense vai brigar com a gente se nós não bota o resto dos tapetes para dentro.

Voltei determinada para o pátio, esperando que Sophronia não tivesse lido o interesse em meu rosto.


O último dia de maio foi tempestuoso, explosões de trovões indistinguíveis dos tiros de canhão que soavam nos arredores de Richmond. Porém, a manhã de domingo de primeiro de junho amanheceu clara. Às sete e meia, passei pelos corpos empilhados na estação ferroviária da rua Broad, testemunhos mortos e feridos da última derrota dos confederados. Eu ainda estava enjoada no momento em que cheguei ao topo de Church Hill. Embora a mensagem de Bet dissesse que ela tinha uma surpresa maravilhosa, a visita não prenunciava muito prazer para mim. Não quando ela me privava do único tempo que tinha com Papai.

Bet marchava pela varanda dos fundos quando entrei no quintal; ela me empurrou bruscamente para dentro da casa, pelo corredor e para o andar de cima. Seu rosto emaciado mostrou orgulho ao abrir a porta para o que fora o quarto do irmão John. As cortinas e a cama escuras haviam sido trocadas por um brocado novo em um padrão floral claro e um vaso cheio de oleandros fora colocado sobre a mesa de cabeceira.

– Mamãe não foi esperta em comprar o tecido e guardá-lo todos esses meses? Eu nunca teria visto a necessidade. Mas o General McClellan deve estar ansioso para ter um quarto decente após viver em uma barraca por tanto tempo.

Os tiros de mosquetões crepitavam na distância como sementes de milho estourando em uma panela. Como Bet podia se preocupar com cortinas, com uma enorme batalha pairando tão perto de nós? Ela realmente esperava que o general mais importante de Lincoln residisse com ela se Richmond capitulasse?

Ela indicou com a cabeça para um telescópio que ficava diante da janela.

– Fiz Thomas McNiven trazer isso há um mês, e foi tão útil ontem. Experimenta.

Cruzei o quarto e debrucei-me sobre o telescópio. Ele me lembrava dos binóculos de ópera tão apreciados por Theodore, os quais ele adorava mostrar, mas tinha poucas oportunidades de usar, uma vez que a Academia de Música de Filadélfia não permitia a presença de negros, não importando o quanto ricos fossem, na plateia. Bet tinha melhores oportunidades para fazer uso de seu dispositivo ocular. Ela parecia estar me ensinando algum rito religioso milenar, tal a reverência em sua voz ao me mostrar como mirar o instrumento.

Meu olhar varreu os acres de prédios baixos em Chimborazo, o imenso hospital militar que os confederados ergueram à meia dúzia de quarteirões das grandes casas de Church Hill. Para além deles, vi um estranho glóbulo pequeno pairando no céu a leste da cidade, logo acima da estrada de Williamsburg. Uma forma quadrada balançava embaixo dele. Perguntei a Bet o que poderia ser.

– Outra grande obra da ingenuidade da União – ela me disse. – Um balão suficientemente grande para levantar homens no ar e carregá-los acima das linhas de batalha para que possam observar as defesas dos confederados.

Eu já encontrara notas entre os papéis de Jeff Davis sobre tal objeto. Um grupo de confederados remendava apressadamente pedaços preciosos de seda e envernizava a forma resultante, esperando fazer um balão que se igualasse ao dos federais. Porém, eles não conseguiam dominar a química necessária para fazer subir seu aeróstato. Primeiro, os confederados encheram o balão com ar quente, depois com gás dos gasômetros da cidade, mas nada que experimentaram pôde dar-lhe a capacidade de ascensão da aeronave da União que fazia Bet ficar tão radiante. Ela parecia acreditar que o próprio McClellan estava lá em cima no balão, admirando as roupas de cama que ela preparara para ele.

– Em breve, Richmond se renderá – ela disse. – A União será reestabelecida e tudo voltará ao que era. – Ela fez que não com a cabeça fazendo seus cachos grisalhos balançarem como um coro de cantores de amém. Esse intervalo horrível parecerá ter sido apenas um pesado.

Pensei nos binóculos de ópera de Theodore e na Academia de Música Naquele quarto elegante decorado para um homem branco, no barraco pobre de onde Papai mal conseguia capengar para ir fazer seu trabalho na ferraria. Bet nunca mencionara Timothy Webster, embora eu supusesse que sua execução a perturbara tanto quanto a mim. Eu era uma prova viva da oposição dela à escravidão; no entanto, até mesmo ela pensava na guerra apenas como algo que girava em torno da preservação da União. *Tudo voltará ao que era*. Suas palavras me fizeram questionar o que os habitantes negros da Virgínia teriam a ganhar se McClellan conquistasse a capital confederada. E o que teriam a perder.

Com a família dele longe, Jeff Davis transformara a sala de jantar da Casa Cinza em um quartel-general militar. Portanto, enquanto o resto de Richmond aguardava o momento em que a cobra do exército da União que cercava a cidade daria seu bote venenoso, eu estudava a estratégia confederada. Inferiorizados em termos numéricos e cercados, com pouca esperança de montar uma defesa da capital que fosse bem-sucedida, o General Bobby Lee enviou informações das linhas de frente informando a Davis que ele pretendia tentar aquilo que apenas um louco ou um gênio pensaria em fazer. Ele colocaria suas tropas na ofensiva, esperando levar McClellan a acreditar que os confederados tinham recursos humanos e logísticos superiores.

– Lee tem mesmo audácia para conseguir fazer isso? – um jovem assessor militar perguntou enquanto Sophronia e eu servíamos o almoço en um dia em meados de junho.

Um soldado cuja testa alta e larga contrastava com a moita enorme de sua barba assentiu com a cabeça. Passando por trás dele com a bandeja de servir, senti o cheiro de cavalo em seu uniforme.

– As forças deles são maiores do que as nossas – ele disse. – Mas não tão grandes que eu não possa dar uma volta nelas, fazendo prisioneiros e capturando mantimentos onde possível.

– Mas qual é o elemento surpresa no qual podemos nos fiar, General Stuart? – um dos homens mais velhos perguntou. – Mal solto um espirro e fico aguardando algum ianque desgraçado em Washington responder com um "Saúde", eles têm tantos espiões entre nós.

– General Lee sabe exatamente o que fazer com os espiões deles – o cabo que trouxera a mensagem de Lee respondeu. Suas palavras fizeram disparar meu coração tanto que lutei para manter a bandeja estável. – Faremos duas brigadas marcharem pelas ruas de Richmond com grande estardalhaço. Lee pedirá aos jornais de Richmond para não mencionarem uma palavra sobre isso para que a União não saiba que ele tem tropas de sobra para enviar a Jackson. Claro que eles imprimirão a notícia imediatamente. – Risadas se espalharam pela mesa. – Os espiões federais enviarão informações para o Norte e, quando McClellan recebê-las, ele nunca suspeitará que as tropas estão vindo para Richmond desde Shenandoah, e não o contrário.

O homem que espirrava permaneceu cético.

– E os comandantes de campo da União são tão cegos que não perceberão Stonewall Jackson no comando de 15 mil soldados indo se juntar a Lee?

– Magruder fingirá um ataque vindo do sul. Quando McClellan movimentar suas tropas em resposta, os homens de Jackson podem passar escondidos pelo espaço vazio e depois atacar do norte.

Isso mais do que frustraria as certezas de Bet sobre a queda de Richmond e a reinstalação da União.

Tia Piss gesticulou pedindo mais uísque.

– Um plano ousado se for bem-sucedido. Porém, caso não seja, talvez fosse prudente remover algumas das principais funções governamentais para Charlotte. – Tal movimento colocaria o nativo de Louisiana a centenas de milhas do avanço das tropas federais.

– Não vamos evacuar o governo, nem fazer nada mais que seus espiões possam reportar como prova de fraqueza – Davis contrapôs. – Se Deus quiser, tudo terminará logo.

– Eles dizem o mesmo em Washington. – Tia Piss murmurou tão baixo que apenas eu o ouvi enquanto enchia seu copo.

Quando eu era criança, um dos lugares mais impressionantes em Richmond era a barraca do peixeiro no Primeiro Mercado, tão cheirosa quanto as profundezas do rio James. Era administrada por um escravo tão forte quanto um carvalho e aparentemente da mesma altura. Sua mão esquerda tinha apenas um polegar e três dedos, o mindinho desaparecera sem deixar nem mesmo um toco de lembrança. Como e onde aquele dedo perdido sumira eu nunca soube com certeza, embora houvesse rumores de que seu dono o fizera pegar um serrote com a mão direita e cortá-lo, ele mesmo, em punição por alguma transgressão.

Nate dos Nove Dedos, era assim que Lilly, Daisy e eu o chamávamos quando contávamos histórias sobre o destino de seu mindinho, cortado e retorcido, e que levava maldição a qualquer criatura que o encontrasse. Espremíamos nossas vozes em miados como filhotes de gato, uivos de filhotes de cães e gritos de crianças indefesas, imaginando-os atormentados pelo diabólico dedo perdido. Mamãe nos pegou nessa brincadeira certa vez e, quando perguntou a razão de tanta confusão, Daisy disse que se tratava do décimo dedo perdido de Nate dos Nove Dedos. Mamãe não sabia a que ou a quem ela estava se referindo até que falei algo sobre a barraca do peixeiro. Quando Mamãe percebeu o que eu dizia, ficou furiosa como nunca ficara com nenhuma de nós.

– Aquele homem é filho de alguma mãe – Mamãe me passou um sermão. – Quando ela o trouxe para este mundo, ele tinha dez dedos nas mãos e dez nos pés e ela lhe deu um nome. Ninguém nesta Terra deveria tirar qualquer dessas coisas dele. Só porque algum dono de escravo fez isso, não significa que qualquer filha minha deve tentar fazer o mesmo. – Ela me fez jurar que eu nunca mais pronunciaria o apelido Nate dos Nove Dedos novamente e disse que não toleraria que qualquer outra pessoa fizesse o mesmo. – O nome dele é Shiloh – ela disse. – E espero que você nunca mais esqueça isso.

Shiloh era um nome que ninguém podia esquecer naqueles dias, à medida que histórias chegavam daquele campo de batalha sobre a altura das pilhas de braços e pernas extirpados pelos cirurgiões militares. Valas e mais valas foram cavadas para enterrar pedaços indescritíveis do que uma vez foram homens inteiros, cada um deles o filho de alguma mãe. Cada membro desperdiçado fora perdido por causa da disputa sobre o suposto direito de cortar o mindinho de outro homem, o direito de chamar aquele outro homem de propriedade. A imaginação infantil não teria sido capaz de pensar que o dedo mindinho de um negro poderia valer aquela enorme quantidade de braços e pernas pálidos, toda aquela perda de sangue.

Ninguém poderia dizer quanto mais sangue seria perdido se a guerra continuasse. Ou o que poderia acontecer, sobretudo com os negros, se ela não continuasse.

Se McClellan soubesse o que eu sabia sobre o ardil de Bobby Lee, ele certamente atacaria como Tia Piss temia, capturando Richmond e derrubando o governo confederado – fazendo com que tudo retornasse ao estado que prevalecia antes da guerra, exatamente como Bet previra. Se a Confederação caísse agora, a escravidão continuaria a existir. Mas se McClellan, desconhecendo essa informação, engolisse o ardil e recuasse, Lee talvez conseguisse o grande e derradeiro triunfo que os conselheiros de Davis acreditavam estar a seu alcance, levando a guerra a ter um fim totalmente diferente.

Minha respiração ficou ofegante, enquanto absorvia as alternativas terríveis. Porém, ainda sentia algo profundo e quase resoluto dentro de mim. Alguma indicação ligeira de outra possibilidade se ao menos eu pudesse determinar como ela poderia se realizar.

*Se desejamos ganhar o prêmio maior, precisamos arriscar um pouco ao longo do caminho.* McNiven pronunciara as palavras com confiança, justificando tudo que fizera para enganar os confederados e me incitando a fazer o mesmo. Estaria eu pronta para arriscar tanto agora? Poderia me incumbir de tal escolha, escondendo minhas mais recentes informações dos federais para evitar uma vitória absoluta e definitiva da União, sabendo que, ao invés disso, estava arriscando uma vitória absoluta e definitiva dos confederados?

Se a guerra terminasse agora, não haveria emancipação, não importando o lado vencedor. Porém, e se a guerra se prolongasse, o que aconteceria se eu perdesse minha aposta de espiã, como Webster perdera a dele?

– Você não ouviu nada do que andei dizendo, não é? – A pergunta de Wilson dissipou minha contemplação enquanto ele vinha em minha direção, para perto da janela de nossa sala.

Apontei para os vidros, fingindo que estava distraída com a última carga de feridos, que passava pela rua Broad.

– Tanto sofrimento e morte.

Wilson e eu vimos uma mulher branca chorosa abraçar um amputado de uniforme rasgado.

– Essa é toda a violência da escravidão que volta para os afligir – ele disse. – Da forma como você fala, os tiros que ouvimos são os próprios anjos cantando a libertação.

– Mas e se a guerra terminar antes de Lincoln libertar os escravos?
– Acredito que essa seja a primeira vez que ouço você levantar a possibilidade de que possa ter estado errada sobre tudo. – Ele bateu na moldura da janela para marcar a raridade da ocasião. – Você sabe que ainda não tenho certeza de que a secessão possa ser boa para os escravos. No entanto, se essa guerra trouxer a emancipação, suponho que deve durar até que ela venha.

A guerra podia mesmo durar bastante se eu permitisse. Apertei os lábios com força e lembrei das palavras preciosas dele pelos quinze minutos seguintes em que escolhia que ninharias eu colocaria na mensagem cifrada daquela noite, resolvida a não revelar nenhum dos planos de Lee.

A estratégia dos confederados foi bem-sucedida e, nas semanas que se seguiram, os sons de batalha se afastaram cada vez mais até que, no final do verão, Richmond só os ouvia em seus sonhos. Os federais recuaram de Drewry's Bluff. Os sinos de alerta não tocaram mais. A Rainha Varina e seus filhos retornaram para a Casa Cinza. Os prisioneiros da União incharam a população da cidade entre as trocas de prisioneiros durante as tréguas, Bet ajudando-os tão bem quanto uma mulher que fingia demência era capaz de fazer. E eu mantive em segredo meu papel no que acontecera até mesmo de meu marido.

No dia 13 de agosto, McNiven me trouxe um recorte rasgado do *New York Tribune*, publicado há mais de uma semana e obtido somente o demônio sabe como. Ele estava sentado com Wilson em nossa sala quando cheguei da Casa Cinza; ele retirou o pedaço de jornal do bolso antes mesmo de me cumprimentar.

Era uma carta que Lincoln escrevera para Horace Greeley, o editor do *Tribune*, que a publicou para o mundo todo ler.

> Meu objetivo supremo nesta luta é salvar a União, e não favorecer ou destruir a escravidão. Se conseguisse salvar a União sem libertar um escravo, eu o faria, e se conseguisse salvá-la libertando todos os escravos, eu o faria; e se pudesse salvá-la libertando alguns e deixando outros como estão, eu também o faria. O que faço com relação à escravidão e à raça negra, faço

*porque acredito que isso ajuda a salvar a União; e o que deixo de fazer, o faço porque não acredito que ajudaria a salvar a União.*

Enquanto eu lia em voz alta, Wilson encolhia mais em sua cadeira.

– É melhor aceitarmos o que isso significa.

– Significa que precisamos nos certificar que a União não pode ser salva a menos que os escravos sejam libertados. – Fiz minha voz soar com a maior determinação possível.

– Precisamos sim e acho que a moça já vem trabalhando para isso.

Examinei o rosto de McNiven para ver que pista ele poderia ter de que eu soubera e não revelara o plano do General Lee. Mas seus traços rotundos nada revelaram.

– Muita agitação na Casa Cinza hoje – disse para distraí-lo e a Wilson. – Os confederados venceram os federais em Manassas, como fizeram no verão passado. Dessa vez, Lee vai colocar o exército dentro de Maryland. Ele pretende invadir a União.

McNiven avaliou a ameaça.

É uma força maltrapilha que Lee leva, depois de todas as lutas do verão.

Confirmei com um aceno de cabeça.

– Metade da motivação de Lee para invadir é atacar as fazendas e lojas do condado de Frederick para alimentar e vestir suas tropas.

– E a outra metade? – McNiven perguntou.

– Segundo Tia Piss, as últimas vitórias confederadas impressionaram a Grã Bretanha. Ele convenceu Jeff Davis de que tomar a ofensiva ainda pode convencer a Rainha Vitória a reconhecer a Confederação como uma nação soberana.

McNiven golpeou a ideia como se fosse um inseto voando no fim de uma noite de verão.

– A Inglaterra não pode apoiar uma guerra para manter a escravidão.

Wilson apontou para o recorte do *Tribune*.

– Lincoln diz que a guerra é para a União, não para a escravidão.

– Lincoln fará com que seja uma guerra para acabar com a escravidão e evitar que a Inglaterra ajude a destruir a União.

Sussurrei minha esperança de que McNiven estivesse certo enquanto escrevia a última mensagem entre os confederados e o representante da

Rainha Vitória no código de Bet. Escolhi cada palavra com cuidado especial, pretendendo mostrar a Lincoln exatamente o que ele precisava fazer para salvar sua preciosa União.

Quando vi McNiven novamente, apenas dez dias mais tarde, o que ele tinha para me contar não estava em nenhum jornal. Era algo que Lincoln ainda não tornara público. Até mesmo McNiven parecia ansioso para manter em segredo, interceptando-me em meu caminho para a Casa Cinza em uma manhã bem cedo.

– Ele já escreveu e obteve a concordância de seu gabinete. Uma proclamação da emancipação de todos os escravos nos territórios da rebelião.

– Quando? – Meu coração acelerou tanto que quase não ouvi minhas próprias palavras. – Quando eles ficarão livres?

– Vai virar lei no primeiro dia do novo ano. Mas Lincoln pretende anunciar seus planos muito mais cedo que isso, para todo mundo ouvir, sobretudo a Rainha Vitória. Tudo que ele está esperando é uma vitória da União para que pareça uma demonstração de força e não de desespero.

Com a emancipação afinal entrando em jogo, tal vitória era exatamente o que eu lhe daria.

Eu colocava a mesa para o jantar quando o telegrama chegou na Casa Cinza na tarde do dia oito de setembro. Logo após as botas pesadas do mensageiro subirem a escada em curva, Bruton Harrison, o secretário de Davis, pediu uísque.

Eu já servira bastante bebida nos jantares e recepções dos Davis e durante os *tête-à-têtes* quase diários da Rainha Varina com Tia Piss. Mas nunca vira Jeff Davis beber álcool no meio do dia. Corri para pegar a garrafa de cristal, depois subi correndo as escadas dos criados, ansiosa para saber se ele queria a bebida para afogar as mágoas ou para celebrar.

Quando entrei no escritório, Davis estava rigidamente sentado, até mesmo ereto em sua cadeira da escrivaninha. Seu olho ruim estava opaco, e o cinzento bom fitava o espaço. Seu rosto empalidecera, as maçãs do rosto poderiam ter sido esculpidas de mármore branco. Derramei uma dose de uísque e ele a bebeu de um gole.

– Leia novamente – ele ordenou.

Enchi de novo o copo de Davis enquanto o mensageiro se remexia em seu uniforme marrom-escuro. *"Sharpsburg, Maryland. Sr. Presidente. Perdi bem mais de dez mil homens, mortos, feridos ou capturados na batalha de ontem em Antietam Creek. Recuamos hoje à noite encobertos pela escuridão. General Lee."*

– Dez mil homens – Davis repetiu após engolir o segundo copo de uísque. – Um quarto de todo o exército de Lee. McClellan não poderia ter feito muito mais estrago se ele próprio tivesse planejado o ataque de Lee.

McClellan pode não ter escrito o plano de ataque, mas eu me assegurara de que ele o leria. Avancei para encher o copo de Davis pela terceira vez, mas ele me dispensou com um gesto de mão.

– Devo mandar um aviso aos hospitais para esperarem os feridos? – Bruton Harrison perguntou.

– E para o cemitério Hollywood, de que mais coveiros serão necessários – ouvi Davis responder enquanto me retirava na direção das escadas dos criados.

– Mary El parece o gato que comeu o canário – Papai observou quando ele e Wilson jogaram suas linhas de pescar no Shockoe Creek no último domingo de setembro.

– Sua filha não se interessa em pegar um velho canário – meu marido disse – de tanto que gosta de ter a última palavra.

Papai deu um bufo de concordância.

– O que você deixou ela fazer do jeito dela desta vez?

– Não fui eu, Lewis. Foi o Presidente Lincoln. E ela não parece feliz com isso.

Sorri para eles de onde estava sentada consertando a camisa de trabalho de Papai. Procurava economizar linha ao máximo, uma vez que ela ficara extremamente cara por causa do bloqueio. Porém, não era tão sovina com minha alegria, a qual estava ansiosa para compartilhar.

– Wilson só está magoado porque eu estava certa o tempo inteiro e agora todos sabem disso.

– Certa de quê? – Papai perguntou. – Vocês dois podia parar de falar besteira por tempo bastante para uma pessoa entender o que vocês têm para dizer.

– Tenho dito a Wilson que o Presidente Lincoln pretendia libertar os escravos. E agora o próprio Sr. Lincoln finalmente anunciou isso. Uma proclamação de emancipação é o que se chama.

Papai olhou para nós como se isso fosse prova de que ambos fossemos estúpidos.

– O que importa o que Lincoln está proclamando em Washington quando tenho de obedecer às ordem de Mahon aqui em Richmond?

– Sei que não muda nada imediatamente, Papai. Mas coloca os escravos em uma nova posição do ponto de vista legal. No dia primeiro de janeiro, todos os escravos da Confederação serão considerados livres. Quando a guerra acabar...

– No dia primeiro de janeiro? – Papai interrompeu. – Quando a guerra acabar? Mary El, vejo que você está muito impressionada com esse camarada Senhor Lincoln por causa de toda essa proclamação. Mas talvez alguém devesse dizer a ele que não adianta nada tirar o freio se você deixa o bridão.

– Não suponho que adiante. – Wilson falou suavemente, preocupado com a possibilidade de as palavras duras de Papai me magoarem. No entanto, elas não o fizeram. Elas apenas fortaleceram minha determinação de me livrar do bridão.

Eu conhecia muito bem as múltiplas formas de ser livre, ou escrava, elas significavam mais do que uma simples palavra escrita aqui ou ali em papel legal na caligrafia de outra pessoa. Todos aqueles anos longe de Mamãe e Papai na Filadélfia, nunca senti minha liberdade da mesma forma que naqueles dias em Richmond, fingindo ser escrava enquanto trabalhava para que a proclamação de Lincoln se transformasse em liberdade de verdade para Papai.

# Dezenove

Lá estava eu, uma mulher feita, com vinte e três anos, esperando pelo Natal com a mesma ansiedade deliciosa que tinha quando criança. Em minha infância, Richmond sempre diminuía o ritmo na última semana do ano, os escravos alugados retornavam para suas casas nas plantações, os brancos e negros livres também voltavam para suas famílias. Não em 1862. A população da cidade triplicara em comparação com o que era antes da guerra, e não era necessário ser um pesquisador do censo para perceber a diferença. Brancos e negros, todos estavam amontoados. O barulho e a pressão do lugar não estavam prestes a diminuir, apesar do que o calendário dizia. Porém, Papai teria a semana inteira de folga, como sempre. E posando como uma escrava de aluguel, eu também teria.

Passar a semana do Natal com Papai prometia ser mais doce do que todo o melaço capturado pelo bloqueio federal. Eu sorria de alegria à proporção que os dias de dezembro ficavam cada vez mais curtos, sabendo que à medida que as férias de Papai se aproximavam, assim também o dia em que Abraham Lincoln o proclamaria legalmente livre.

Eu não era suficientemente crédula para acreditar que a Proclamação da Emancipação significaria uma grande mudança na vida de Papai, então tomei a iniciativa de fazer por ele o que o Sr. Lincoln não podia fazer. Na segunda-feira entre o Natal e o Ano Novo, deixei-o com Wilson, atravessei Shockoe Creek e virei para sul na direção do Bottom, passando pelas fábricas no cruzamento das ruas Franklin com Main, as quais tinham sido transformadas em hospitais. Os quarteirões, outrora perfumados pelo tabaco, agora fediam à carne em decomposição, os escravos e negros livres que operavam as prensas de tabaco antes da guerra agora cuidavam dos confederados feridos. Os jornais de Richmond fizeram um grande estardalhaço sobre as senhoras brancas que visitavam os hospitais, nunca mencionando que o trabalho mais sujo era deixado para os negros.

Onde as fábricas cederam às residências, procurei a casa de Mahon. Dois andares com meio sótão por cima, o prédio de tijolos era suficientemente largo para mostrar que seu dono tinha um negócio bem-sucedido; no entanto, ele era suficientemente simples para sugerir que ele ainda trabalhava com as mãos. Apenas dois degraus separavam a entrada da frente da rua Franklin e, quando os subi e bati a aldrava de latão, foi o próprio Mahon quem abriu a porta. Seu rosto mostrou surpresa ao se deparar com uma negra em sua porta.

– Sinhô Mahon, sou Mary Bowser, a filha de Lewis. Se puder me dar um minuto, senhor, eu gostaria de discutir um assunto com o senhor.

Ele cruzou os braços e se encostou no alisar da porta. Eu teria de dizer minhas palavras no meio da rua se desejasse ser ouvida de alguma forma.

– Meu pai está doente demais agora para ser de muita utilidade na forja. Meu marido e eu gostaríamos de comprar o tempo dele do senhor. Podemos pagar um ano adiantado, sem uma garantia de reembolso do senhor no caso de...

– Não é possível – Mahon interrompeu.

Eu sabia que ele talvez recusasse, havia tramado e planejado o que dizer se ele o fizesse. Mas Mahon não me deu oportunidade de proferir qualquer dos argumentos que preparara.

– Eles o alistaram, juntamente com todos os meus outros escravos, para trabalhar nas defesas da cidade. Ele é deles a partir da semana que vem.

Não consegui entender o que ele dizia.

– Que utilidade Papai poderia ter para o governo? Ele quase não consegue atravessar uma sala, como se espera que ele...

– Ninguém pediu sua opinião sobre isso. Ninguém nem mesmo pediu a minha. – Sua voz soou como o ritmo raivoso de golpes em uma bigorna. – Um homem não pode ganhar a vida sem trabalhadores treinados para trabalhar em sua ferraria. Mas o Presidente Davis e o Governador Letcher não dão a mínima para a capacidade de um homem honesto sustentar sua família.

Apertei os lábios pensando em todos os anos em que Papai sustentara a família de Mahon ao invés de a mim e Mamãe. Pensando também que não haveria recurso, nenhuma negociação, com relação ao serviço militar obrigatório. Wilson e eu podíamos ter todos os dólares no Tesouro da Confederação e ainda assim não poderíamos comprar o tempo de Papai. Ajeitei meu xale e virei-me para ir embora.

– Lewis não sabe ainda – Mahon disse. – Você mesma pode contar pra ele.

Mais uma tarefa que um negro pode fazer por você, pensei enquanto me encaminhava para a rua Broad.

Não contara a Papai que ia falar com Mahon. Wilson e eu concordamos que isso seria uma surpresa; nenhum de nós disse o que ambos temíamos – era melhor não aumentar as esperanças dele caso Mahon recusasse. Agora, as notícias que eu levava eram piores do que uma recusa. Mahon tinha muitos motivos para cuidar de seus escravos, pois eram sua propriedade. Porém, por que a cidade de Richmond ou o exército da Confederação se importaria com o bem-estar de um escravo idoso quando com uma ordem de serviço militar obrigatório eles poderiam convocar mais uma dezena para substituí-lo?

Wilson viu com um simples olhar que eu não tivera sucesso com Mahon. Enganar se tornara tão habitual para mim na época que nem tive de pensar antes que as palavra saíssem de minha boca.

– Cheguei até o mercado e só então me dei conta de que esqueci minha bolsa. Você poderia ir lá e pegar as coisas de que preciso para o jantar enquanto me aqueço diante da lareira?

Ele concordou com a minha mentira com um aceno de cabeça, entendendo que eu queria ficar sozinha com Papai.

Quando Wilson saiu, puxei duas cadeiras para frente da lareira. Sentada ao lado de Papai, cada minuto de alegria que senti com relação à Proclamação de Emancipação se dissipou. O serviço militar obrigatório deixara exposta uma verdade que eu não conseguia falsear. Enquanto vivêssemos sob a Confederação, minha carne e meu sangue permaneceriam bens a serem trocados entre homens brancos, da mesma forma que uma mula ou um porco.

Mantive meu olhar no fogo, incapaz de fitar aqueles olhos tão iguais aos meus.

– O que Mamãe sentia sabendo que era livre, mas que tinha de agir como se não fosse?

– Minerva sempre teve suas próprias ideias, escrava ou não – Papai me lembrou. – Ela percebeu a muito tempo atrás o que era ser uma coisa em seu coração e outra aos olhos dos Van Lew.

– Mas ela lamentava não estar vivendo em liberdade? – O que eu estava perguntando? Ela morrera amarga e arrependida? Ela se repreendera pela decisão com a qual se agoniara por tanto tempo? Ela se arrependera de ter escolhido Papai ao invés de mim?

– Cada dia miserável de sua vida. Claro que ela se arrependeu, nós dois nos arrependemos. Eu ainda me arrependo. Que tipo de tolo não se arrependeria de ser um escravo?

Observando a dureza com que essas palavras me atingiram, Papai exclamou "Olha aqui, Mary El", naquele tom que ouvi durante toda minha infância. Aquele que um pai usa quando precisa convencer sua filha de algo que teme que ela seja jovem demais para entender. – A maior dor da vida de Minerva foi quando ela foi separada da família dela. Eles não sabiam na época que a liberdade estava chegando para os escravos em Nova York, apenas que a Virgínia era muito distante e eles nunca tinham visto ninguém ir tão longe e voltar de novo. Mas, por mais que isso doía nela, Minerva nunca me disse uma palavra sobre perder sua família até você nascer.

Essa revelação me pegou de surpresa. Eu nunca teria adivinhado que havia algo no mundo que meus pais não compartilharam um com o outro. Pelo menos era assim que parecia quando eles conversavam intimamente todos os domingos, comigo tramando para ouvir o que diziam.

– Você chegou logo após o alvorecer de uma sexta-feira – Papai lembrou. – Eu só ouvi sobre isso mais tarde. Josiah veio me dizer lá na minha cabana, mas eu não podia deixar a ferraria e aparecer na porta dos Van Lew pedindo para ver minha mulher e filha. – Ele revelou sua tristeza pela memória. – Depois de todos aqueles anos sem ter um bebê, eu estava louco para aqueles dois primeiros dias passarem para eu poder ver você. Minerva chegou tarde naquele domingo, me preocupando o tempo todo. A Senhora Van Lew não queria deixar ela sair, disse que ela ia ficar doente se andasse logo depois do parto. Minerva deu um ataque dizendo que estava muito boa para levar o bebê para o pai ver.

– Quando vi você pela primeira vez, foi como ver o quanto eu adorava Minerva e ela me amava, tudo junto em um pessoa totalmente nova. Ela estava doída pelo parto, me mandou pegar açúcar de Saturno para a dor. Quando volto, ouço choro na cabana. Nenhum bebê, uma mulher uivando de dor. Fiquei louco, pensava que alguma coisa aconteceu com você. Pensava que a gente talvez não estava tendo um filho para criar afinal. Corri para dentro e vi que você tava bem, aconchegada nos braços dela com um olhar espantado, como se tivesse tentando entender o que tava acontecendo.

Ele engoliu em seco, revivendo tudo outra vez.

– Minerva chorava pela mãe dela, irmãs e irmão também. Chorando por pensar que ela ia perder você como ela perdera eles. Chorando por pensar que não ia perder você, e você viveria e morreria escrava dos Van Lew, exatamente como ela. – Lágrimas encheram seus olhos, e os meus também. – Não tem escravo no mundo que não quer ser livre. Mas não tem um que não prefere continuar escravo a saber que seu filho não precisa ser.

– Mas ela foi livre, Papai, nesses últimos cinco anos. E, na semana que vem, você vai ser também. As tropas da União estão a dois dias do rio James. Wilson pode nos levar lá na carroça dele.

Ele fechou a cara para mim.

– Mary El, não sei no que você se meteu desde que voltou para cá. Não sei se meteu Wilson nisso também, talvez até mesmo aquela Senhorita Bet que você ainda corre tanto para ver. Não pergunto porque vejo que você não quer contar. Mas sei que você voltou para isso tanto quanto por minha causa.

Abaixei o queixo, envergonhada por ter escondido tanto dele. Ainda mais envergonhada por ele ter adivinhado que a atração pelo meu trabalho era tão forte quanto meu amor por ele. Ele se debruçou e beijou o topo de minha cabeça, da mesma forma como fazia quando eu era criança.

– Não morro de amores por Mahon, mas posso fazer meu trabalho para ele até que o bom Deus me leve para casa. Tenho você para me consolar até lá, e Minerva esperando para me receber do outro lado.

Entrelacei meus dedos nos dedos reumáticos dele, preparando-me para relatar aquilo que Mahon não fora homem suficiente para contar a Papai.

– Você não vai mais trabalhar na ferraria. Você terá que trabalhar para os confederados. Cavando trincheiras, talvez, ou construindo fortificações. Cuidando dos soldados no Acampamento Lee. Pode ser qualquer coisa. Talvez mais duro ainda que aquilo que você fazia para Mahon. – Embora isso fizesse meu coração doer, eu sabia que a escolha precisava ser feita. – Então, talvez devêssemos pensar em deixar Richmond afinal.

Ele ficou quieto por um longo tempo, avaliando tudo que eu dissera antes de falar novamente.

– Seja lá o que você anda aprontando aqui, você acredita que Jesus tem um plano para você?

Preparei-me para abordar tudo que estava embutido naquela questão. Nunca soube quanta verdade meu Papai atribuía às menções de Mamãe sobre o plano de Jesus, embora ela o tivesse declarado alto e em bom som e repetidamente para todos nós. Eu mesma ainda não tinha certeza de quanta importância atribuir a isso.

– Se Ele tem um, então suponho que deve ser esse.

Papai olhou sério para nossas mãos entrelaçadas, como se não pudesse reconhecer quais partes eram dele.

– Parece que perdi Jesus quando Minerva morreu. Mas não sou um marido para trair a única coisa para que sua esposa mais orava. Nem um pai para dizer à sua filha para não cumprir seu destino. Parece que é melhor ficarmos.

Eu deveria ter discutido com ele, mas, ao invés disso, soltei meus dedos dos dele e me levantei para colocar outro toco de lenha na lareira, observando-o pegar fogo enquanto me acomodava novamente na cadeira.

Após Papai ter se apresentado para o serviço militar, persegui McNiven até ele, de alguma forma, descobrir que Papai fora designado para trabalhar na ferraria do arsenal da Confederação. O arsenal ficava a oito quarteirões de nossa casa, na rua Seventh, no lado sul do canal Kanawha, logo acima do James. Porém, Papai, preso atrás dos muros altos que cercavam o arsenal, podia igualmente estar a milhares de milhas de distância. Não haveria mais visitas aos domingos, nem suplementação de suas rações magras, nem remédios para seu reumatismo. Nenhuma forma de saber se ele estava saudável ou doente.

Wilson tentou me consolar dizendo que éramos sortudos por saber onde ele estava, quando a maioria das famílias de escravos que prestava serviço militar obrigatório não tinha nem isso. Felizmente, ele tinha habilidades valiosas para os confederados. Felizmente, ele não estava em uma situação ainda pior.

Porém, nada disso parecia sorte para mim. Provavelmente Papai trabalhava dezesseis horas por dia diante da forja, fazendo estoques de baionetas para os confederados, as quais seriam usadas para empalar justamente aqueles homens que lutavam para torná-lo tão livre na verdade quanto era por lei. A maneira como tudo se tornara pior para ele após a assinatura da Proclamação de Emancipação parecia uma piada de mau gosto. Sua libertação parecia estar cada vez mais distante, como um truque de luz refratando no horizonte distante e inalcançável.

No último dia de janeiro, eu estava ajoelhada esfregando as marcas de sabe Deus o que as crianças haviam passado nas paredes do quarto de brincar. Hortense e Sophronia estavam no andar de baixo arrumando a mesa para mais um dos jantares marciais que Jeff Davis agora oferecia com tanta frequência. A Rainha Varina deve ter visto todos os lugares que elas estavam colocando, pois entrou no escritório do marido feito louca, dando voz a seu temperamento tempestuoso de forma tal que podia ser ouvida através da parede.

– Jefferson, você sabe que um peru custa trinta dólares hoje em dia, e o café custa vinte vezes o que custava há três anos? Como posso administrar essa casa com jantares de cem dólares três vezes por semana, sem qualquer renda de Brierfield e apenas seu magro salário para nos sustentar?

– Nossos soldados estão vivendo com 18 onças de farinha e quatro onças de gordura de porco por dia. Você não acha que qualquer um deles daria um mês de seu salário por um peru? – Davis tossiu como uma enfermaria cheia de pacientes com doenças pulmonares. – Você gastou duas vezes o que essa refeição custa nas recepções em homenagem a Mary Chesnut e às garotas Preston.

– Se recebo as mulheres e filhas de homens importantes, faço isso apenas para que as pessoas possam ter uma chance de amar e admirar seu presidente. Você é general demais e político de menos. Preciso compensar essa diferença.

– Haverá tempo suficiente para politicagem quando a guerra estiver ganha. Porém, enquanto a recaptura do forte Donelson, os combates no pântano de Mingo e a proteção do desfiladeiro Yazoo me ocuparem, militares ocuparão nossa mesa de jantar.

A Rainha Varina certamente não entendeu metade do que ele disse. Provavelmente ela não conseguiria nem apontar aqueles lugares no mapa. Enquanto isso, sorri e me concentrei novamente em limpar a sujeira que os filhos de Davis fizeram no papel de parede creme e cor-de-rosa, satisfeita porque meus serviços vespertinos na sala de jantar me contemplariam com os planos das forças confederadas no Tennessee, Missouri e Mississippi.

A neve daquele dia virara chuva quando deixei a Casa Cinza, mas nem dei conta do dilúvio enquanto abria caminho pelas multidões na rua Broad. O General Joseph Wheeler se preparava para enviar duas brigadas de cavalaria para Dover, Tennessee, em uma tentativa de surpreender os federais que ocupavam o forte Donelson. Subi as escadas correndo para preparar o relatório do dia, como se minha afobação pudesse organizar as forças da União ainda mais rapidamente. Somente após terminar de cifrar a mensagem é que me preocupei porque Wilson não estava em casa, e tampouco na loja.

Passei os dedos pelo maço de papel que McNiven trouxera para mim na semana anterior. Papel era uma mercadoria tão cara naqueles dias que Wilson dizia brincando que os sentinelas ao longo da estrada de Osborne podiam prendê-lo se encontrassem apenas uma folha de papel em seu poder, conseguissem eles decifrar a mensagem escrita nele ou não. Eu não vira graça naquela brincadeira, e sua ausência agora também não me divertia a mínima.

Com o último filete de luz desaparecendo do céu, tentei me ocupar começando a preparar o jantar, como se tudo que me afligisse fosse pensar em Wilson voltando para casa tarde e zombando de mim por causa da minha comida ruim. Enquanto a caçarola cheia de ervilhas secas fervia, ouvi a porta abrir e os passos familiares de meu marido nas escadas. Porém, quando Wilson entrou na cozinha, a irritação em seu rosto me disse que havia mais razões com que me preocupar.

Ele parou, sem deixar escapar suas notícias. O que ele não queria contar, eu não queria ouvir. O silêncio pairou sobre nós como chumbo até que, finalmente, ele disse:

– McNiven acaba de receber informações de que Lewis está em Howard's Grove.

O hospital na estrada de Mechanicsville era onde os pacientes com varíola eram colocados na esperança de que ficassem suficientemente afastados dos limites da cidade para não espalharem a epidemia.

– A quanto tempo ele está lá?
– Ouvi dizer que desde terça-feira da semana passada.

Hoje já era sábado. Provavelmente Papai fora infectado duas semanas antes que qualquer pessoa percebesse que ele contraíra varíola. E assim ele ficara deitado lá sofrendo por onze dias, sem que eu soubesse.

– Por favor, não deixe a manhã de amanhã ser tarde demais.

Não percebi que falara em voz alta até que Wilson respondeu.

– Você não pode ir lá. É muito perigoso.

– Mamãe e eu fomos vacinadas quando vivíamos com os Van Lew.

Wilson não se conformou com isso.

– Talvez você tenha percebido que não há marca da vacina em meu braço.

Disse-lhe que eu me hospedaria com Bet enquanto cuidasse de Papai. A mansão dos Van Lew ficava uma milha e um quarto mais perto de Howard's Grove de qualquer forma.

– Por favor, encontre McNiven amanhã de manhã cedo, diga a ele que ele precisa inventar uma história para a Rainha Varina para sua escrava não trabalhar para ela por um tempo.

– Pelo que você diz, essa mulher não tem paciência para esperar por uma moça contratada. – Os olhos de Wilson buscaram os meus. – Como você se sentirá se for cuidar de Lewis e depois perder seu lugar na Casa Cinza?

– Como me sentirei se não for?

Na manhã seguinte, peguei minha sacola com uma das mãos e minhas saias com a outra, tentando evitar a lama da estrada de Mechanicsville quando a primeira luz do dia começou a surgir no céu. Quando cheguei em Howard's Grove, procurei a fila de prédios que ostentavam bandeiras brancas, o sinal das enfermarias de varíola. Eu estava no meio do caminho para chegar até elas quando um cão veio latindo em minha direção.

Antes que eu pudesse convencê-lo a se calar, uma voz chamou:
– Alto lá.

Talvez o sargento barrigudo estivesse feliz a princípio em cumprir seu serviço na retaguarda ao invés de ser enviado para a batalha. Porém, ao ficar de frente para ele, pude ver que ele não gostava muito da ideia de vigiar uma doença contagiosa, nem de ser acordado cedo em um domingo. Ele pulara da cama tão rápido quando ouviu os latidos que esquecera o boné, e a chuva caia em cascatas sobre sua cabeça careca.

Abaixei minha cabeça coberta por um lenço.

– Bom dia, sinhô.

– O que você está fazendo se infiltrando nesta instalação?

– Vim cuidar de um dos paciente no hospital dos negro, senhor.

Ele bufou.

– Temos médicos para isso. Não precisa nenhuma negra vir aqui, trazer problema, espalhar a varíola.

– Sou vacinada. Minha senhora fez isso há anos.

– Não me importo se sua senhora dançou com a vaca que tinha varíola. – Ele indicou a estrada com o rifle. – Agora, vá embora.

Eu devia ter dito a ele que há décadas ninguém mais usava vacas para produzir vacinas contra a varíola. Mas não supunha que ele gostasse de receber uma aula de medicina de uma negra. Enquanto as bandeiras tremulavam ao vento que aumentava, deixei o lugar em que Papai estava e retornei para Richmond.

Demorei quarenta minutos para chegar à mansão dos Van Lew e não muito mais do que quarenta segundos para Bet apresentar uma solução quando lhe contei o que transpirara.

– William Carrington é um homem bom. Ele sempre assegura que os prisioneiros federais sob seus cuidados recebam tratamento médico adequado. – Para ela, essa era a marca singular da decência de uma pessoa, mas eu sabia que isso não era garantia de que um PFV importante tivesse compaixão por um escravo. Ainda assim, fiquei aliviada quando ela foi até Carrington Row, o quarteirão austero de Church Hill, com a intenção de obter um passe para mim de seu vizinho, o inspetor cirurgião dos hospitais de Richmond.

Ela voltou no momento em que o sino de S. João chamava para a missa da manhã. Seus lábios apertados e suas sobrancelhas cerradas confirmaram o que eu já temia, embora algumas pessoas sobrevivessem à varíola, o prognóstico do Dr. Carrington para qualquer um internado na enfermaria para negros em Howard's Grove era nefasto. Quando lhe agradeci pelo passe, ela dispensou minhas palavras com um gesto de mão, se dirigiu para a garagem de carruagens e acoplou o cavalo à sua carruagem para poder me levar de volta ao hospital.

Ao chegarmos lá, encontramos um soldado raso abrigando-se embaixo de uma pequena barraca que servia como a guarita do hospital. Levantei o guarda-chuva para que Bet pudesse sentar um pouco mais reta enquanto fazia o cavalo parar. Ela entregou o passe como se fosse o General Beauregard apresentando ao homem uma ordem de marchar.

– Aqui está uma carta do Doutor Carrington orientando que minha criada deve cuidar de um paciente no hospital dos negros.

O guarda pegou um lenço sujo e limpou o rosto.

– Em geral não acato ordens de ninguém a não ser do Capitão Babkan.

– Talvez você deseje descobrir por si mesmo se o inspetor cirurgião de Richmond tem uma patente superior ao de seu capitão. Você terá bastante tempo para rever a ordem de comando se for condenado a passar um mês no castelo Thunder por insubordinação.

Ao ouvir a menção da prisão militar, ele deu uma olhada no passe, agitando seu lenço como uma bandeira de rendição.

– Ela é bem-vinda para cuidar de todos eles. Nervosa como a maioria dos negros é, acho que ela não vai suportar o cheiro lá dentro por muito tempo.

Bet sorriu, satisfeita, como sempre, por conseguir o que queria com o confederado. E, contanto que Papai e eu fôssemos os favorecidos, eu estava muito satisfeita em deixá-la conseguir.

No entanto, nem mesmo a zombaria do vigia me preparou para a miséria da enfermaria dos negros. Era um barraco sem janelas e sombrio, medindo dez pés por doze. O ar estava tão fétido por causa da carne podre que o cheiro da flanela que mantive sobre a boca e o nariz quase não impediu que eu começasse a vomitar. Dezenas de infectados com varíola estavam deitados em pilhas miseráveis no piso de terra. Protuberâncias horrendas distorciam tanto os traços deles que levei algum tempo para reconhecer Papai.

– É Mary El – sussurrei, ajoelhando ao lado dele.

– O que você está fazendo aqui? – A voz dele falseou enquanto ele procurava identificar meu rosto na escuridão.

– Vim cuidar de você.

– Não quero você aqui.

– Não se preocupe, Mamãe e eu fomos vacinadas contra a varíola há anos. Lembra?

Ele virou a cabeça, minimamente, na direção de uma mulher miserável encolhida a dois pés de distância. Bolhas encrostavam sua pele.

– Eu pareço aquilo?

Confirmei com a cabeça. A verdade era que ele parecia pior.

– Não quero que você se lembre de mim assim. Vai embora agora. – Ele fez uma careta e fechou os olhos, entrando em um delírio tão profundo que não percebeu que eu ainda estava ali.

Nas longas horas que se seguiram, vi que sua condição era ainda pior do que eu temera. Pústulas cobriam a parte interna da boca e da garganta, impedindo-o de beber água ou engolir o caldo que eu trouxera. Cascas gigantes cheias de pus incrustavam seus braços e pernas – varíola confluente, a forma mais mortífera da doença. Se uma casca grande caísse, ele certamente sucumbiria à infecção da carne exposta. Isso significaria uma morte desgraçada e pútrida, embora eu não tivesse certeza de que isso lhe causaria mais sofrimento do que morrer de sede.

Embora tivesse imunidade contra a varíola, senti-me doente de tristeza quando saí de Howard's Grove naquela noite. Não foi um grande consolo encontrar McNiven me esperando.

– Leve isto para Bet, moça – ele disse, segurando uma garrafinha marrom com um rótulo onde estava escrito láudano.

A Rainha Varina e seus amigos recorriam àquela droga todas as vezes em que tinham algo tão banal quanto uma enxaqueca. Entretanto, não conseguia imaginar que Bet desejava ficar tão estúpida e lânguida quanto uma usuária de láudano.

– Que uso ela tem para isso?

– Não ela, ele – McNiven sacudiu a cabeça na direção do hospital – de quem ela vai cuidar. Amanhã é segunda-feira, e Varina Davis vai esperar que sua criada compareça. Da mesma forma, os federais esperarão por informações dos movimentos dos confederados em Vicksburg.

– Não me importa nada o que Varina Davis deseja – disse. – Nem os federais. Vou passar o dia cuidando de meu pai. E quantos dias mais até ele falecer.

– Ei, então ele está morrendo. Para que você precisa ficar sentada olhando enquanto ele morre, quando isso não vai melhorar em nada a situação dele, e outros vão ficar em um estado muito pior? Desde Fredericksburg, a maré mudou a favor dos confederados. Precisamos conquistar o Mississippi, ou tudo estará perdido.

O que mais eu tinha para perder? Mamãe estava morta há muito. Papai estava devastado pela varíola. Wilson e eu passáramos um ano preocupante, nossa apreensão aumentando cada vez que supostos espiões eram enforcados em Richmond – após Webster, nunca mais sequer mencionamos as execuções, embora cada um de nós prestasse bastante atenção aos relatos dos jornais. E agora McNiven achava por bem me ordenar a desistir de passar com Papai seus últimos dias para ser escrava da Rainha Varina. Não disse uma palavra ao deixá-lo e me dirigir à estrada de Mechanicsville.

Quando cheguei em Church Hill, Bet me levou para o aposento que nove meses antes ela declarara ser o quarto do General McClellan. O vaso ao lado da cama estava vazio, e o telescópio fora guardado. O padrão floral brilhante dos acessórios zombava das esperanças de Bet pela vitória da União – e das minhas pela liberdade de Papai.

Ela acendeu o fogo, depois me trouxe o jantar. Eu não estava com muita fome, e quando ela me deixou, cochilei irrequieta, assombrada por pesadelos com ogros de cabelos cor de abóbora cujos corpos monstruosos eram perfurados com protuberâncias fedorentas cheias de pus. Acordei confusa, procurando por Wilson até que lembrei que eu estabelecera uma quarentena para não contaminá-lo. Sozinha na mansão escura e plácida, subi para a parte do sótão onde eu e Mamãe vivêramos.

Fiquei surpresa ao encontrar o quarto completamente vazio. Mamãe não deixara nada que valesse à pena quando mudou para a cabana de Papai após Bet nos conceder a liberdade. E eu ficara bastante feliz em abandonar a mobília mais nova ao casar com Wilson. No entanto, comovi-me ao ver o espaço vazio, como se todas as memórias de mim e de Mamãe tivessem sido eliminadas juntamente com a mesa desgastada ou o castiçal de latão.

Sem encontrar consolo no sótão vazio, desci em silêncio as escadas dos criados. Uma vela fina tremeluzia no corredor do segundo andar, e percebi a forma ampla da mãe de Bet.

– Espero que não ter acordado a senhora – disse ao me aproximar pelo corredor.

– Fico mais acordada do que durmo, a maioria das noites. É a maldição da idade. Você gostaria talvez de sentar comigo um pouco, já que também está acordada?

Era um pedido, lembrei-me, não uma ordem. E sua companhia podia, afinal, me distrair um pouco.

– Obrigada – disse. – Acho que sim.

Segui-a para dentro de sua sala de vestir, e nos acomodamos nas duas poltronas verdes idênticas.

– Como está Lewis? – ela perguntou.

– Muito mal. Acho que ele não vai se recuperar.

Ela olhou para o reflexo da vela no espelho de sua penteadeira.

– Perdi meu pai em uma epidemia. Febre amarela. – A doença devastara a Filadélfia anos atrás, aparecendo em surtos quase todos os anos. – Ele era o prefeito e ficou na cidade pelo sentimento de dever. Enviou a família para o interior, mas não cogitou em se salvar.

– Pelo menos ele tinha a escolha de permanecer ou ir embora. – Era a única vez em minha vida que falara de uma maneira insolente com ela. Mas sua resposta veio em um suspiro derrotado.

– Você acha que isso foi um grande consolo para a viúva dele? Ou para sua filha pequena, que nunca conheceu o próprio pai? Agradeça por ter lembranças de Lewis para carregar consigo quando ele se for.

O que eu não daria para esquecer a lembrança dele hoje, pensei, olhando a cera da vela queimar e se fundir em um bulbo, redondo e inchado como as pústulas na pele de Papai. A massa arredondada explodiu e soltou um jorro de cera que se acomodou na base do castiçal.

O mesmo castiçal de latão que fora removido dos cômodos do sótão.

Polira a prata com tanta frequência em minha infância que ainda conseguia lembrar de cada detalhe dos castiçais que enfeitavam a sala de vestir de minha senhora, um presente de casamento da mais rica das tias nova-iorquinas do velho Senhor Van Lew.

– Onde estão seus castiçais Boelen? – perguntei.

– Vendidos. Juntamente com o resto da prata, toda minha louça e metade da mobília da sala de estar. É para o melhor, suponho. Sobra menos para cuidar agora que estamos sozinhas.

Lembrei de Bet ajoelhada para acender o fogo horas antes, carregando ela mesma a bandeja de jantar. A louça simples em que a porção magra de nabos e batatas cozidos era servida. Do outro lado de Shockoe Creek, as casas de leilão, no cruzamento das ruas Main com Cary, colocavam lotes de objetos domésticos à venda quase todos os dias porque muitas famílias de Church Hill tinham sido obrigadas a vender suas relíquias de família mais estimadas para evitar passarem fome. Eu não percebera que os Van Lew podiam estar entre eles.

Minha ex-senhora forçou sua boca a dar um sorriso forçado.

— Pelo menos ainda não tivemos que aceitar hóspedes, como metade da vizinhança já faz. É a recompensa deles por nos enfiar nessa guerra, embora eu suponha que todos nós arcamos com seus custos.

Eu sabia que os custos aos quais ela se referia eram mais do que financeiros. A guerra se tornara um inferno vivo para os homens que lutavam nela e para as mulheres que viviam o luto por eles, no Norte e no Sul. Era maior o número de soldados que sucumbiam à disenteria e à cólera do que os de feridos por armas de fogo ou canhões. E os soldados não eram os únicos a morrer de doenças.

*Todos temos de morrer.* De repente, ouvi as palavras que Mamãe usara para me repreender e consolar após ela partir deste mundo para o outro. *O que importa é o que vem primeiro. É o que os filhos fazem, eles vivem por muito tempo após mãe e pai partirem. E se você não começar a viver novamente, como vai fazer o trabalho de Jesus?*

Mamãe soubera bem continuar vivendo em meio ao sofrimento. Todos os escravos sabem. E agora os brancos de Richmond também.

Tremi como se o fedor da morte que permeava a cidade tivesse me penetrado. O que era a varíola se não uma outra forma de sofrimento em um mundo repleto de dor e miséria? O que eu era se não mais uma mulher que precisava entender a perda devastadora que não deixa qualquer família intocada?

Mas as palavras de Mamãe me lembraram que eu tinha algo em que me apoiar, o que os habitantes de Church Hill não tinham. A esperança de dias melhores para meu povo, embora não para meu pai.

Após dizer boa noite à mãe de Bet, atravessei o corredor. Não consegui dormir, então permaneci em vigília pensando durante as horas solitárias que se seguiram. Antes que as primeiras marcas do alvorecer tocassem o céu do oriente, acordei Bet e pedi-lhe para fazer por mim o que ninguém mais podia para que eu pudesse estar na Casa Cinza como sempre naquela manhã. O segundo maior presente que ela me daria, depois de minha liberdade, era sua promessa de ficar ao lado de meu pai com tanta devoção quanto há dezoito anos ela ficara ao lado do dela.

Cheguei em casa na noite seguinte bem versada nos últimos relatórios sobre embarques de grãos para Vicksburg, prova de que os confederados estavam se preparando para enfrentar um cerco prolongado. Porém, quase não consegui suportar contar a Wilson os pensamentos angustiados que tivera sobre Papai.

– Você acha que fiz errado não o levando de Richmond para a liberdade quando eu tive a chance? – perguntei quando sentamos em nosso sofá.

– Não acho que isso seja uma questão de certo ou errado.

Eu queria acreditar nele. No entanto, procurara provocar a guerra, deliberadamente ocultara informações para prolongá-la sem nunca imaginar o preço que Papai pagaria.

– Você não consegue entender o que é se sentir responsável pela morte do próprio pai.

– Entendo melhor do que você imagina. Nunca lhe disse como meus pais morreram.

*Nunca lhe disse* eram palavras que indicavam algo precioso para Wilson, dado tudo que ele não divulgava sobre o que vira em seus anos de trabalho na Ferrovia e tudo que mantinha reprimido com relação aos danos e às humilhações que eram uma parcela da vida de um homem livre em um estado que adorava a escravidão. Eu odiava ser lembrada de qualquer angústia que meu amado marido me ocultava.

– Você disse que foi um acidente, quando era apenas uma criança. – Nunca conseguira fazer com que ele deixasse escapar mais detalhes sobre as mortes deles do que aquilo, além do fato de que seus avós o criaram após os pais falecerem.

– Eu era criança, certo. Tinha apenas sete anos, mas já era suficientemente velho para pescar e adorava fazer isso. Um domingo ensolarado, supliquei a meu pai para me levar para pescar. Minha irmã Lucy acabara de fazer cinco anos e queria ir conosco. Então, minha mãe preparou um almoço piquenique e caminhamos pelo James, até acima da ponte de Mayo. Da margem de Manchester, era possível caminhar pela água até chegar a uma pedra bem plana, suficientemente grande para caber toda a família. – Algo mudou em sua voz quando ele pronunciou essa última palavra. – A gente estava se divertindo bastante, comendo e rindo, meus pais aplaudindo com orgulho sempre que eu pegava um peixe até que do nada as águas começaram a subir. Aconteceu tão rápido, percebemos os gritos de outras pessoas no rio antes de vermos a enchente.

Ele esfregou as mãos nas pernas das calças, como se tentasse se segurar no lugar.

– Meu pai agarrou Lucy, disse à minha mãe e a mim para nadarmos para a margem o melhor que pudéssemos. Apesar de jovem, de alguma forma consegui chegar do outro lado. Mas o peso das saias de minha mãe puxou ela para baixo. Cheguei à margem a tempo de ver um tronco de madeira comprido atingir meu pai enquanto ele segurava Lucy. O tronco empurrou eles rio abaixo até desaparecerem de vista.

Coloquei minhas mãos sobre as dele, desejando poder consolar o menino que ficara sozinho naquela margem de rio.

– Mais de vinte pessoas morreram no James naquele dia, a multidão que olhava horrorizada da margem não conseguiu fazer nada para salvar elas. Mas três dos afogados estavam lá só porque supliquei e implorei para ir pescar, quando o resto de minha família teria se contentado em permanecer em casa.

– A enchente não foi culpa sua – contrapus.

Wilson confirmou com a cabeça.

– Assim como a epidemia de varíola não é sua.

– Mas eu sabia do risco quando Papai foi obrigado a prestar serviço militar, e ainda assim escolhi ficar em Richmond ao invés de levá-lo para longe.

– É isso que significa ser livre. Livre para escolher, sem saber tudo que vai acontecer depois que a escolha foi feita. Essa é a parte mais difícil.

Difícil não começava a descrever o peso disso sobre mim.

– Quase dois anos de guerra e ainda nenhum fim à vista. Estou cansada demais para continuar.

– Todas aquelas viagens em que levei cargas para o Norte, fiquei muito cansado daquilo. Mas eu abri mão de algo em mim mesmo para servir àquele povo e o cansaço não me dava o direito de parar. – Wilson deu-me um beijo consolador. – Todo mundo está cansado dessa guerra, do Sr. Lincoln para baixo. Diabos, imagino que até a sua Bet está cansada de bancar a louca, e eu nunca pensei que veria esse dia chegar.

Sorri a despeito de mim mesma ao ouvir essa última parte, como ele sabia que eu iria.

Mas Bet estava sombria e melancólica quando a vimos novamente, e certamente eu não sorria na ocasião. Apenas dois dias depois, ela veio nos dizer que Papai falecera. Esse fato frio foi tudo que ela pôde trazer de volta para mim. Negro ou branco, os cadáveres infectados por varíola encontravam o mesmo fim humilhante – o incinerador de Howard's Grove. Finalmente o fogo vencera o ferreiro, deixando-me sem nada para enterrar ao lado de sua preciosa Minerva.

# Vinte

Muitos escravos passavam a vida inteira sem conhecer o pai ou a mãe. As vendas separavam inúmeros outros de suas famílias queridas, sem qualquer maneira do pai ou do filho saber, doravante, o que se passava com o outro parente. Eu sabia que minha infância fora um caso raro dentro da escravidão, eu perdera meus pais apenas para a morte, quando a maioria dos escravos, inclusive meus próprios pais, perdera os seus muito antes. Porém, *muitos* e *inúmeros* e *casos raros* acabaram sendo quase um consolo limitado nos meses depois que Papai morreu. Apesar de toda a fachada enganosa que eu apresentava na Casa Cinza, não conseguia me enganar com relação à amargura do impacto do luto, o quanto ele pesava. À medida que o jugo da escravidão se tornava cada vez mais terrível, esquivei-me da tensão entre a retidão moral e a vingança esperando a hora certa e resolvendo encontrar uma forma de fazer ainda mais para derrotar a Confederação.

– Você conseguiu? – Tia Piss mal entrara na biblioteca em uma tarde de fevereiro quando a Rainha Varina fez sua demanda.

– Minha querida Senhora Davis, alguma vez um cavalheiro deixa de cumprir a palavra dada a uma senhora? – Ele fez uma reverência e lhe entregou um volume encadernado em couro e folha de ouro. – Passou pelo bloqueio hoje mesmo.

– Você é muito gentil, Secretário Benjamin. – Ela fez um gesto para eu abrir a caixa de charutos enquanto ele se acomodava na cadeira de balanço do marido dela. – Declaro que tenho tido tanta saudade de Jean Valjean e

Cosette quanto de minha própria família no Alabama. E pensar que os ianques poderiam ter o prazer de ler *Os miseráveis* do Senhor Hugo, quando tudo que temos é...

– Os miseráveis de Lee – Tia Piss terminou, seus dedos gulosos escolhendo vários dos charutos mais caros de Jeff Davis para encher o bolso de seu casaco, enquanto ele e sua anfitriã bajuladora riam de sua piada sobre as tropas famintas.

Tia Piss balançou-se para frente.

– Mas temo precisar afastar você de suas diversões literárias por mais alguns momentos para discutir alguns assuntos importantes que preciso tratar com o presidente. – Ele pegou o quebrador de nozes e a tigela de avelãs. – Escrevi uma proclamação (*craque*) para um dia de oração e jejum (*craque*) em nome da Confederação (*craque*). Após obter a assinatura de seu marido...

Uma comoção no saguão de entrada o interrompeu, uma voz berrante que me soou meio familiar.

– Preciso ver a Senhora Davis.

A porta da biblioteca se escancarou, empurrada por uma senhora branca cuja face envelhecida estava vermelha pelo esforço.

– Senhora Davis, tenho certeza de que você me perdoará a invasão. Acredito que minha prima, Senhora Gardner, pode ter mencionado meu nome a você. Chamo-me Senhora Whitlock.

Fiquei surpresa. A invasora quase não parecia aquela mulher elegante do círculo de costura da mãe de Bet de quem eu me lembrava. Remendos desbotados sobre o vestido verde de gorgorão revelavam que a vestimenta anteriormente elegante fora reformada, pelo menos, duas vezes. Seus traços pareciam ainda mais desgastados do que o vestido.

Temendo que ela pudesse perceber minha presença e lembrar de minha conexão com os Van Lew, fui até a lareira e ajoelhei para atiçar o carvão enquanto a Rainha Varina a repreendia pela interrupção indesejada.

– Recebo visitantes nas quintas-feiras de duas em duas semanas, Senhora Whitman. Na sala de visitas.

– Não Whitman. Sou uma Whitlock – ela corrigiu. – E desejo fazer um pedido pessoal em particular, não na presença de outros convidados que você possa receber na quinta-feira.

– Estou falando com um visitante de grande importância para o presidente – a Rainha Varina respondeu, mas Tia Piss já se levantara para sair.

– Senhora Davis, por favor me permita ir embora. Está claro que essa senhora... – ele virou-se e fez uma reverência para a Sra. Whitlock – deve ter assuntos mais urgentes do que os meus. Virei visitá-la amanhã.

Quando ele saiu, a Rainha Varina ofereceu apenas um impertinente "Muito bem?", sem se importar em convidar sua visita para sentar.

– Soube que muitas senhoras assumiram cargos no Departamento do Tesouro, como funcionárias na sala de assinatura de cédulas. Eu gostaria de ter um.

– Os cargos são muito difíceis de conseguir – Rainha Varina disse. – Não posso conseguir um para qualquer um que invade a minha casa. – Na verdade, ela não podia conseguir um de forma alguma, porque não tinha qualquer influência sobre as agências governamentais. Mas era arrogante demais para admitir isso, e a Sra. Whitlock estava desesperada demais para percebê-lo.

– Certamente você vai me ajudar. Minha prima Senhora Gardner foi sua amiga muito íntima assim que você chegou em Richmond.

– Tenho muitos amigos íntimos. Repito, não há cargos no Tesouro.

– Bem, deve haver algum em algum lugar. Aqui na casa, talvez? Você precisa de uma governanta, certamente?

Uma senhora de Church Hill implorando para assumir o lugar de Hortense? A Rainha Varina zombou.

– Você não espera que o presidente empregue uma senhora branca para trabalhar em sua casa.

– O que eu não esperava era ver o dia em que negros receberiam comida e abrigo dos próprios líderes de nosso povo, enquanto as viúvas das melhores famílias de Richmond são deixadas à míngua.

Rainha Varina rapidamente examinou o vestido verde da Sra. Whitlock.

– Que viúva sai por aí em tal traje? Como vou saber quem ou o que você realmente é?

– Você tem ideia de como é difícil encontrar tecido preto em Richmond? Mês passado, vendi o vestido de luto de verão que vesti desde a morte do Major Whitlock na primeira batalha de Manassas para que minha filha e eu tivéssemos o que comer por mais uma quinzena. Já dera o vestido de luto de inverno guardado desde o falecimento de minha mãe, uns quinze anos atrás, para minha filha para que ela o reformasse e usasse – Ela sorriu um sorriso terrível e horroroso. – Perdi um marido e um filho.

Ela perdeu um pai, um irmão e um noivo. Você não concorda que a dor dela é maior até do que a minha?

– Eu acho que se algo acontecesse com meu querido marido, meu coração ficaria destroçado demais para sair por aí insultando senhoras em suas casas.

– Os únicos corações ainda não destroçados em Richmond são os inúmeros que pararam de bater. – Os olhos da Sra. Whitlock se endureceram enquanto ela olhava para a Rainha Varina. – Ou daqueles cujo sangue sempre foi frio. Bom dia, Senhora Davis.

Ela saiu furiosa, deixando a Rainha Varina se acomodando novamente no divã com o romance do Sr. Hugo.

A Rainha Varina partiu para Montgomery bem cedo na sexta-feira, dia 13 de março, para visitar o pai enfermo. Ela se queixara e afligira-se desde que sua família tivera de deixar a Louisiana, como se os Howell fossem os únicos refugiados em toda a Confederação. Foi um alívio quando ela estava fora, juntamente com sua presunçosa criada pessoal Betsy, as crianças Davis malcriadas e Catherine, a babá preguiçosa deles. Após três semanas doente, Jeff Davis sentiu-se suficientemente bem para voltar para o escritório na velha Customs House, do lado mais distante da praça Capitol. O que deixou Hortense, Sophronia e eu com bastante tempo para limpar a Casa Cinza.

Ainda não era meio-dia quando começamos a arrumar o quarto de brincar. – Parece que uma bagunça diabólica aconteceu aqui dentro. O cheiro é pior ainda – Hortense disse.

– Molly, abre as janelas.

Empurrei a vidraça até as molduras de madeira inchadas deslizarem algumas polegadas e permitirem que o primeiro ar fresco da primavera invadisse o quarto.

– Frio demais – Sophronia disse enquanto arrumava o conjunto de chá da boneca.

Mas Hortense não demonstrou qualquer compaixão.

– Tenho certeza de que não ouço nenhum lamento daquelas com gordura suficiente no corpo delas para se aquecer. – Ela nunca parecia sentir nem frio nem calor e tinha pouca paciência com aquelas de nós que sentiam.

Trabalhamos em silêncio depois disso até que ouvimos um barulho repentino do lado de fora.

– Ianques? – Sophronia perguntou.

– Não tem importância se forem – Hortense respondeu. – Até os casaco azul deles estarem no salão, não significa nada para nós. – No entanto, percebi a curiosidade estampada em seu rosto.

O barulho não era de canhão, um rugido baixo e firme, não como os estampidos raivosos das grandes peças de artilharia que ouvíramos na primavera anterior. Sem deixar transparecer que eu sabia a diferença, passei a retirar as roupas de cama, refletindo sobre o que aquele som de trovão poderia significar.

Descobri que o resto da cidade estava igualmente curioso quando abri caminho entre as multidões que atravancavam as ruas de Richmond naquela noite. Rumores pairavam no ar ácido juntamente com uma fumaça que fazia arder meus olhos e minha garganta. Uma explosão, alguém disse. Lá na ilha Brown, no Laboratório de Artilharia da Confederação. Grande quantidade de trabalhadores mortos. Alguns esmagados até a morte pelo edifício desmoronado. Outros queimados vivos. Mais ainda afogados após se atirarem em chamas no James. A maioria dos que restaram estavam tão queimados e marcados por cicatrizes que provavelmente não sobreviveriam.

Parei junto a uma multidão de brancos reunida em frente à igreja metodista da rua Broad. Um menino estava em pé no topo dos degraus arredondados da igreja, um anão em comparação com o campanário alto. Seu corpo estava tão coberto de fuligem que parecia um artista branco maquiado de negro em um espetáculo de *coon show*. Puxando as mangas sujas de sua camisa, ele descreveu o que testemunhara da explosão na ilha de Brown de seu posto no Arsenal, do outro lado do canal.

– Nunca vi nada igual – ele declarou. – Uma conflagração como essa, deve ter sido obra do Demônio.

Toda Richmond parecia compartilhar o horror daquele menino angustiado à medida que as notícias sobre a explosão se espalhavam. No dia seguinte, a loja de Wilson estava cheia de conversas sobre as quase quarenta mulheres e crianças que morreram de forma horrorosa no fogo no Laboratório. Porém, um choque ainda maior esperava por mim e meu marido quando McNiven apareceu em nossa casa sábado à noite.

– Essa é uma grande vantagem que conquistamos desta vez.

– Ele falou com a expressão mais parecida com alegria que eu já vira em seu rosto.

– Nós? – perguntei. Não conseguia entender o que ele queria dizer

– A interrupção da fabricação na ilha Brown – McNiven explicou. – Nossa Mary Ryan foi muito esperta, pensar em esbarrar em uma caixa de fusíveis de fricção e incendiar toda a pólvora que pairava no ar dentro da usina.

– Mary Ryan? – Reconheci o nome da lista de trabalhadores feridos publicada no *Enquirer*. – Parece que ela não tem muita chance de sobreviver.

– As munições teriam causado muito mais mortes se as moças tivessem terminado seu trabalho no turno da manhã.

Nem Wilson nem eu queríamos acreditar que algum de nossos aliados pudesse sentir orgulho em instigar tal catástrofe. Wilson disse a McNiven isso, racionando suas palavras com uma raiva baixa e tranquila.

– Você começa a matar crianças, você acha que é melhor do que aqueles contra quem está lutando?

– Eles dizem que esta guerra está se transformando em um verdadeiro inferno na Terra, a coisa mais horrível que o homem já fez – McNiven respondeu. – Mas suponho que existem alguns de nós que ainda diriam que a escravidão é um inferno maior ainda, o maior dos pecados. Um que precisamos destruir, seja qual for o custo.

Ouvindo esse homem que por muito tempo eu considerara um companheiro, não podia entender se eu tinha mais em comum com ele ou com as mulheres que ele ajudara a matar.

Quando cheguei à Filadélfia, Hattie me disse que os brancos podiam ser tão asquerosos uns com os outros como eram conosco. Eu era tão ingênua que não acreditei nisso, até que as aulas de história da Srta. Douglass me ensinaram que era tudo verdade. Agora, a trama de McNiven para matar as meninas e mulheres comprovara tudo novamente.

Entretanto, eu não participara em tal ofensa. Qualquer que fosse a animosidade que os brancos pudesse sentir uns pelos outros, ao menos eu podia fazer um uso melhor dela. E de uma maneira que não custasse as vidas de crianças.

Talvez a Richmond abastada fosse orgulhosa demais para reconhecer o que a Richmond pobre sussurrava todos os dias; mas ricos ou pobres, todos estavam cansados da guerra. No entanto, nos dois dias seguintes à explosão, dois anos de descontentamento foram repentinamente esquecidos, tendo os nativos da Virgínia mais uma vez reafirmado a justiça de sua Causa e jurado santificar o martírio das crianças.

Sabendo que seria mais interessante para nosso lado se explorássemos o sentimento de descontentamento entre os sulistas brancos, contei os detalhes da visita da Sra. Whitlock à Rainha Varina.

– Existem mais pessoas como a Senhora Whitlock, famintas e irritadas, do que como a nossa nobre e autossacrifidora Mary Ryan – lembrei a McNiven. Ninguém sabe melhor do que um escravo a forma como tal ódio oculto pode explodir. – Deixemos que as mulheres e as crianças famintas constituam seu próprio exército contra Jeff Davis. Elas podem causar ainda mais danos à Confederação do que todos os morteiros e canhões da União.

O sino de alerta soou forte na manhã de dois de abril. Esse fora o som mais temido pela cidade antes da guerra, pois indicava uma revolta de escravos. Desde 1861, o ouvimos com frequência, sempre que as tropas da União se aproximavam de Richmond. Mas quando o tinir do metal se fez ouvir naquela manhã, não eram escravos ou os federais que apresentavam uma ameaça. Eram as mulheres de Richmond.

Eu estava no quintal da Casa Cinza, pendurando roupas para secar. Hortense fora ao Segundo Mercado, e Sophronia esfregava a varanda da frente, sem dúvida demorando para acabar a tarefa para poder flertar com Tobias, seu jardineiro adorado. Provavelmente não perceberia se eu saísse do quintal e me encaminhasse para a mansão do governador.

Sequei as mãos no avental enquanto corri para a praça Capitol. Em conluio com duas mulheres, McNiven concebera um plano para inflamar a multidão e, quando voltei da rua Twelfth, vi o par em pé diante da multidão branca. Uma era mais ou menos da idade de Bet, embora mais alta, e tinha uma pena branca no chapéu. A outra era mais jovem e mais baixa, e segurava uma pistola de pederneira antiga. Ela a levantou e suas mangas escorregaram para trás revelando um braço tão fino quanto o cabo de uma vassoura. Pensei como muitos dos vestidos desbotados e gastos na multidão talvez encobrissem corpos igualmente enfraquecidos pela fome.

– O Governador Letcher diz que não pode falar conosco agora – ela gritou. – Ele pediu para voltarmos depois do café da manhã.

– Meus filhos não têm café da manhã há seis meses – alguém na multidão gritou. Outros zombaram concordando.

A mulher mais velha deu um sorriso desdentado.

– Muito bem então, vamos tomar nosso café da manhã enquanto o governador toma o seu.

Sua companheira deu um tiro no ar com a arma antiga. A multidão rugiu, passando pelo prédio de legislatura de Thomas Jefferson e a imensa estátua de bronze de George Washington montado em seu cavalo. Ela invadiu a rua Ninth, abrindo caminho aos empurrões para chegarem à Main.

Entrei na rua Tenth enquanto mães frenéticas empurravam os filhos por Shockoe Hill. Quando entrei na Main, desordeiros haviam saqueado a padaria. Enquanto uns avidamente devoravam pães, outros corriam para as mercearias, surrupiando qualquer gênero alimentício que encontravam. Quando ouviram o som de uma vitrine sendo quebrada, muitos esqueceram a fome e passaram a atacar as lojas de roupas e itens caros e elegantes. A multidão tomou conta das ruas laterais, e espectadores juntaram-se à pilhagem. Aqui ou ali, um soldado aparecia, mas recuava rapidamente, nem um pouco disposto a fazer uma tentativa solitária para restaurar a ordem.

– Eles são como bestas na selva, prontos para esfolar suas presas vivas. – Bet apareceu ao meu lado, coberta por uma touca de algodão e vestindo as meias de camurça que usava para andar pela cidade. – Pensar que Thomas pôde planejar tal destruição.

– Não foi McNiven que planejou isso – disse. – Fui eu.

– Você? – Ela ficou tão surpresa como se eu tivesse jurado que viajara à lua e voltara. – Como você teve essa ideia?

– Um rato gordo é tão bom quanto um esquilo – disse. – Essa é a resposta de Jeff Davis sempre que alguém reclama que os pobres de Richmond não têm carne. A versão secessionista da frase *s'ils n'ont pas de pain, qu'ils mangent de la brioche* de Maria Antonieta. Isso me fez lembrar o livro do Sr. Dickens *Um conto de duas cidades*. A fome se transformando em ódio, o ódio em maldade. A maldade em ilegalidade.

Apontei para uma figura familiar na multidão, e Bet voltou-se para ver a Sra. Whitlock abrindo caminho pela rua aos empurrões, segurando três pares de sapatos embaixo de um braço e um vasilhame de manteiga embaixo do outro. Uma centelha de reconhecimento apareceu no rosto vermelho da mulher, consternada ao ver sua vizinha de Church Hill. Mas ela riu e continuou andando.

– E essa é a própria Madame Defarge da Virgínia? – Bet perguntou.

Antes que eu pudesse responder, a Guarda Pública apareceu em peso. Jeff Davis lutou para abrir caminho pela multidão, subindo em uma carroça virada para gritar:

– Vocês precisam parar. – Suas palavras foram quase inaudíveis em meio aos assovios e gritos dos saqueadores. – Os fazendeiros não trarão comida para a cidade se temerem ter de enfrentar violência. E os federais ouvirão isso e saberão que somos fracos. Será o fim de todos nós.

Uma vez que a multidão continuava a empurrar e a avançar, pegando o que ainda restava para ser pilhado, Davis ordenou à guarda que carregasse os rifles. Quando as armas ficaram prontas, ele gritou para a multidão se dispersar ou ordenaria aos soldados que atirassem. Ele retirou o relógio do bolso e contou três minutos. Quando anunciou que o tempo terminara, as tropas levantaram os rifles.

Eles travaram os gatilhos, fazendo mulheres e crianças correrem para todos os lados. Em meio à gritaria, fui para o James, puxando Bet comigo.

– A guarda ia mesmo atirar neles? – ela perguntou quando conseguimos nos abrigar contra o muro de tijolos de uma fundição à beira do canal.

Eu não podia saber com certeza. A Guarda Pública era paga com a mesma moeda sem valor dos confederados, como todas as outras pessoas. Alguns deles talvez tivessem esposas e filhos entre os desordeiros. No entanto, o fato de que tanto a Guarda quanto o público acreditara que Jeff Davis poderia dar a ordem de atirar certamente o fez perder muito do respeito e da lealdade deles. E, por isso, a vitória era nossa.

Ao voltar para Richmond mais tarde naquela primavera, a Rainha Varina vestia preto pelo pai que acabara de enterrar. Embora eu soubesse muito bem a consternação de uma perda dessas para uma filha, preferia acreditar que sua melancolia podia ser um luto antecipado pela derrota do governo de seu marido.

# Vinte e um

— Desgraçado, o que você está dizendo? – O humor de Jeff Davis estava tão azedo que quase senti pena de qualquer um que subisse as escadas da mansão para vê-lo na tarde de 11 de julho.

Quando as notícias da queda de Vicksburg chegaram quatro dias antes, Davis adoeceu. Quando um telegrama de Lee no dia nove confirmou a derrota dos confederados em Gettysburg, sua doença transformou-se em irritabilidade. Após a chegada do relatório oficial de Lee no fim daquela manhã do dia 11, Davis ordenou que a esposa e os filhos, até mesmo seu secretário Burton Harrison, deixassem a Casa Cinza. Ao ouvi-lo praguejando, deixei de limpar os quartos do terceiro andar para descer furtivamente até o escritório estreito onde Harrison em geral trabalhava, esperando que o visitante inesperado estivesse compartilhando ainda melhores notícias para a União.

– Você não acha a coincidência das derrotas gêmeas em Vicksburg e Gettysburg inexplicável, Senhor Presidente? – A voz de Judah Benjamin me surpreendeu. O calculista Tia Piss raramente pedia algo diretamente a Davis, preferindo fazer seus apelos através da Rainha Varina.

O que quer que o trouxera ali levou Davis a bradar tão alto que não precisei me esforçar para ouvir cada uma de suas palavras.

– Johnston fez tanta besteira desde a primeira batalha de Manassas que não me surpreende que ele tenha feito uma trapalhada na defesa de Vicksburg.

Em geral, Tia Piss desdenhava das fanfarronices de Joe Johnston tanto quanto Jeff Davis, mas dessa vez ele defendeu o general.

– Como poderíamos esperar outro resultado quando Grant parece ter tido conhecimento claro de todas as tentativas de reforçar nossas tropas lá?

Assim como Meade, a mil milhas de distância, parece ter sabido precisamente quando Early e Lee estavam enviando seus homens para dentro do território da União. Tais informações devem ter vindo de alguém com acesso aos níveis mais altos da correspondência dos confederados.

Meu coração bateu acelerado, e afundei mais ainda no pequeno espaço entre a escrivaninha de Harrison e a estante. Como se eu pudesse me esconder do sentido das palavras de Tia Piss.

A resposta de Davis confirmou meus piores temores.

– Sou vilipendiado no Congresso, na imprensa, até mesmo nas ruas. Agora você diz que acha que sou tão ingênuo a ponto de ser enganado por um espião empregado em minha própria casa.

A resposta ansiosa de Tia Piss me fez sentir como se estivesse sendo transpassada por agulhas geladas de medo, me espetando por dentro e por fora.

– Tenho sua permissão para investigar a questão?

– Minha honra estará em jogo se você o fizer.

Tia Piss não se importou com sua costumeira obsequiosidade.

– Sua nação estará em jogo se eu não o fizer. Bom dia, Senhor Presidente.

Vi as botas bem engraxadas de Tia Piss saírem rapidamente do escritório de Davis, quase acreditando que elas sentiriam minha presença e me enxotariam do meu esconderijo.

– Investigue se quiser – Davis gritou. – Se o que você diz é verdade, o acusado deve ser enforcado.

O nativo da Louisiana partiu, e Davis voltou para o que quer que o ocupasse em sua escrivaninha na sala ao lado. Porém, permaneci ajoelhada no piso do escritório de Harrison, minhas pernas fracas demais para me sustentarem.

Jeff Davis nunca prestava qualquer atenção aos escravos domésticos. Tal falta de discernimento, compartilhada por todos os cavalheiros sulistas, com exceção dos mais lascivos, garantira total proteção para minhas ações. Ou assim eu sempre acreditara.

Vasculhei minha memória para procurar algum deslize mínimo que eu pudesse ter tido nos últimos tempos. Porém, estava certa de que todas as folhas que eu pegara da escrivaninha de Davis foram cuidadosamente recolocadas exatamente no lugar onde as encontrara. Talvez isso tenha sido um erro. Lembrei-me como Dulcey Upshaw costumava deixar meus trabalhos escolares desarrumados, o analfabetismo impedindo-a de esconder que mexera em meus pertences. Talvez o risco fora eu sempre ter feito tudo direito. Talvez eu tenha passado informações demais para a União, até o ponto em que as vitórias se tornaram de outra forma inexplicáveis, como Tia Piss dissera.

Tia Piss. Sempre astuto e conspirador, não me surpreendia que ele fosse o primeiro a desconfiar. Tendo apostado na boa vontade de Davis para apresentar suas acusações, ele agiria com determinação para encontrar um culpado. E Davis rapidamente aplicaria a punição, caso as acusações de Tia Piss fossem verdadeiras.

Caso – ou quando. Pois eu sabia que Benjamin estava certo. As informações que ocasionaram a vitória federal em Vicksburg e Gettysburg vieram de dentro da própria Casa Cinza.


– Não me diga que não existe nenhum problema – Wilson insistiu quando me encontrou em nossa cozinha logo após o amanhecer, na manhã seguinte. – Seu único dia de descanso e você ficou acordada a noite inteira ao invés de dormir. O que está preocupando você?

Não queria mentir para meu marido. No entanto, não tinha coragem de dizer-lhe o que ouvira. Como se o fato de eu repetir as suspeitas de Tia Piss, de alguma forma, levaria a investigação a uma conclusão mais rápida e ainda mais furiosa.

– Não estou me sentindo muito bem – disse. E isso era bem verdade dada a apreensão que me consumia.

– Talvez você devesse tomar alguma infusão de ervas.

Recusei a sugestão de tomar aquele remédio amargo.

– É só o calor. Julho em Richmond me deixa cada vez mais cansada com o passar dos anos.

– Ar fresco então. Podemos preparar uma cesta de piquenique, caminhar até aquele trecho na beira do rio depois da rua Coutts. Você merece um domingo agradável por tudo que fez para ajudar os federais em suas duas grandes vitórias.

– Cinquenta mil ou mais baixas, só em Gettysburg – disse. – Não parece muito decente celebrar isso.

– Não estou celebrando os mortos ou os feridos. Só acho que minha mulher precisa de algum descanso após tanto trabalho e preocupação. Sei que o marido dela precisa.

Convenci-me de que ele estava certo. Foi um alívio pensar em me distanciar até mesmo meia milha, apenas por algumas horas. E visitar a sepultura de Mamãe talvez me ajudasse a me sentir mais segura novamente e até mesmo me desse a coragem necessária para revelar a meu marido o que me atormentava.

Enchemos uma cesta com as frutas do pomar dos Van Lew que ganháramos, embora estivessem infestadas por insetos, juntamente com o final de nossa parcela de ovos cozidos do galinheiro deles. Estávamos agradecidos por termos tanto para comer quando muitos em Richmond não tinham.

– Que marido esperto eu tenho por pensar em tal passeio – disse, calçando meus sapatos bastante gastos.

– E que esposa esperta eu tenho por reconhecer isso. – Wilson pegou nossa cesta com alimentos e desceu as escadas atrás de mim. Porém, quando abrimos a porta, encontramos Bet, com o punho levantado para bater nela.

Ela examinou os trajes de Wilson.

– Preciso de um par de calças do tipo que um trabalhador rural usaria.

– Não tem nenhum trabalhador rural por aqui – ele disse.

– Não importa. Você é alto demais de qualquer jeito.

– Então talvez você deva encontrar um fazendeiro baixo cujas calças sirvam em você. Como se meias de camurça não fossem bastante estranhas.

Encarei Wilson. Não estava nada satisfeita com a chegada de Bet, mas ela estava determinada e firme naquela manhã, e isso poderia significar algo importante.

– Por que você não sobe – sugeri – e nos conta o que a trouxe aqui?

– Não sei se devo parar aqui se vocês não têm as calças certas. Mas onde podemos encontrar tal coisa em um domingo? – Ela apertou os lábios e virou a cabeça como se estivesse esperando ouvir algo lá fora. – Muito bem, vocês esperam aqui em cima. Volto já. – Depois de dizer isso, ela desapareceu porta afora.

– Por que você está deixando ela estragar nosso passeio? – Wilson perguntou enquanto subimos para a sala. – Certamente ela pode caçar calças ou trombones ou qualquer outra bobagem que ela precisa sozinha.

– Só lhe dê alguns minutos para se explicar. Se não for importante, saímos logo. E se for... – Interrompi minha fala quando Bet apareceu, seguida por uma figura quase tão baixa quanto ela. Uma mulher negra de aparência arqueada com mãos grandes e nervosas e que mantinha a cabeça tão baixa que todos nós podíamos ver o topo de sua touca.

– Senhorita Bet, acho que não fomos apresentados à sua companheira.

– Claro que não. Minha companheira chegou de Chambersburg há pouco.

Uma negra, vinda desde lá de longe da Pensilvânia até Richmond? – Como ela chegou aqui? – perguntei.

A figura encurvada se endireitou e corrigiu.

– Não ela. Ele. – Ao retirar a touca, o estranho revelou seu rosto. – Vim a convite da cavalaria rebelde. Se você acha que uma espetada de baioneta é um convite.

Wilson esqueceu de sua irritação com Bet, indicando a poltrona para o homem sentar.

– Por favor, sente-se. Posso lhe oferecer alguma coisa?

O visitante sentou, dobrando a touca nervosamente.

– Um copo d'água seria bem-vindo.

Peguei um copo cheio na cozinha, e ele bebeu tudo. Depois, contou sua história, como se a contasse mais para si mesmo do que para nós.

– Eles entraram na cidade no meio de junho, passaram três dias reunindo todos os negros que conseguiram encontrar. Disseram que todos eram escravos fugitivos. Não importava se tinha brancos lá dispostos a testemunhar que nos conheciam a vida inteira, que nascemos na Pensilvânia e que conheceram nossas mães e pais antes de nós. Duzentos, talvez duzentos e cinquenta de nós eles pegaram. Fomos forçados a marchar com eles até Gettysburg, depois para Richmond após a batalha. Colocaram a gente à venda quando chegamos aqui.

Apesar das vitórias da União, os confederados haviam encontrado mais uma forma de fazer os negros sofrerem. Não ouvira nem uma palavra sobre isso na Casa Cinza. Imaginei o que mais estava acontecendo com os negros que eu desconhecia.

– E suas roupas? – perguntei.

Ele não olhou para mim, continuando a olhar para Wilson.

– Eles levaram todos, mulheres e crianças juntamente com os homens. Não tinha muito que eu pudesse fazer para proteger minha mulher, mas, pelo menos, consegui trocar de roupa com ela. O que quer que eles pudessem fazer com um homem negro, não podia ser pior do que o que eles podem tentar fazer com as mulheres negras. Esse é o primeiro dia de minha vida em que estou feliz por ser tão baixo, sabendo que, pelo menos, a gente cabe nas roupas um do outro. Mesmo assim, isso não serve de muito consolo.

Os olhos de meu marido brilharam de solidariedade.

– Onde ela está agora?

– Não sei. Deus, nós dois nascemos livres e ficamos trinta anos casados, nunca imaginei que minha esposa pudesse ser vendida e separada de mim. Só rezo para McNiven poder encontrá-la.

– Foi Thomas que intercedeu a favor do Senhor Watson – Bet explicou. – Eles se conhecem por causa de alguns trabalhos que Thomas fez na Pensilvânia antes da guerra.

Pensei nas várias viagens que o pai de Hattie fizera para Chambersburg para pegar cargas.

– Talvez você também conheça Alexander Jones? Ou David Bustill Bowser?

Sr. Watson confirmou com a cabeça.

– Conheço os dois. Homens bons.

– Meu nome é Wilson Bowser. David é meu primo. – Wilson estendeu a mão para nosso visitante. – Eu costumava enviar-lhe artigos via Chambersburg antes da guerra.

O Sr. Watson apertou a mão de Wilson.

– Acho que sei o que você quer dizer. Eu recebia itens dessa área e os encaminhava para Jones e Bowser, de vez em quando.

Bet estalou a língua, impaciente com toda aquela conversa que ela não conseguia entender.

– Nossa primeira preocupação é encontrar roupas apropriadas para o Senhor Watson. E depois descobrir como levá-lo de volta para casa.

Eu poderia fazer a bainha em um par de calças de Wilson para que coubessem em nosso convidado. Mas como faríamos ele e a mulher atravessarem as linhas de frente para a Pensilvânia, não conseguia imaginar. Tampouco podia imaginar como eles se sentiriam voltando para casa, quando tantos de seus vizinhos ainda estariam desaparecidos. Pessoas que nasceram em liberdade, mas que se tornaram escravos por causa da guerra. Minha preocupação sobre como a espionagem na Casa Cinza me ameaçava se transformou em um novo terror quando percebi como os negros eram vulneráveis, até mesmo em suas próprias casas no Norte.

Eu estava tão distraída na Casa Cinza durante aquela semana que Hortense me repreendia, pelo menos, três vezes por dia, e a Rainha Varina me estapeava com uma frequência quase igual. Quase não consegui manter a compostura quando chegou quinta-feira e Tia Piss veio visitá-la. Mas foi raiva, mais do que medo, que me fez tremer enquanto caminhava para casa naquela noite.

– São mais de duzentas milhas até Chambersburg. – Ouvi a arenga de Bet no momento em que pisei dentro de casa. Ela estava abrigando o Sr. Watson em sua casa enquanto McNiven tentava localizar a esposa dele, Mag. – O forte Monroe fica a menos da metade da distância. E com meu passe...

Wilson interrompeu-a.

– Seu passe não vai levar os Watson para mais perto da casa deles. Talvez você não tenha notado, mas o forte Monroe fica a sudeste daqui. Chambersburg é para o norte.

Permaneci ao pé das escadas. As coisas horríveis que soubera naquela tarde me assombraram tanto que, de repente, eu desejei fugir. Fugir da guerra, da preocupação e da morte, do horror daquilo tudo. Mas para onde poderia escapar de todo o horror, com tudo tão ruim como estava? Forcei-me a subir à nossa sala para dar as últimas notícias.

Bet, que estava sentada de frente para o corredor, me viu primeiro.

– Mary, diga a Wilson que o que importa é levar os Watson para o território da União o mais rápido possível.

– Precisamos levar essas pessoas para casa, não para algum acampamento militar. – Wilson virou-se para mim em busca de apoio.

– Não sei se importa você levar os Watson para Chambersburg ou para o forte Monroe, ou simplesmente mantê-los em Richmond. Parece que não existe qualquer lugar seguro para nós. – Engoli um bocado de bile. – Eles estão matando negros no Norte, no meio da cidade de Nova York.

– Nova York? – Bet estava incrédula. – Não há nenhum soldado rebelde nas cercanias.

– Não são os rebeldes que estão fazendo isso. São os ianques. – Tremi por causa do prazer que Tia Piss mostrara ao relatar os detalhes para a Rainha Varina. – A semana inteira eles bateram, queimaram e mataram. Os baderneiros atearam fogo em um orfanato de negros, lincharam negros no meio da rua. Eles estão com raiva por serem forçados a lutar por um bando de escravos, então estão matando todos os negros que encontram.

Wilson afundou novamente na cadeira, mas Bet chegou para frente, na beira do sofá.

– Não pode ser – ela disse. – Sua fonte deve estar enganada.

Lembrei-lhe que eu tivera a mesma maldita fonte por um ano e meio, a qual trouxera notícias dos planos de batalha dos confederados, e ela nunca ousou questioná-la.

– Só porque você não gosta do que ficou sabendo agora, não torna isso menos confiável.

– Não precisa ficar irritada comigo.

– Não precisa? – Wilson repetiu. – E que necessidade existe para os brancos molestarem negros no Norte e no Sul? Para nos negar um simples meio acre de terra deste país no qual poderíamos ser deixados em paz?

Bet não perdeu muito tempo com tais questões.

– Tudo que sei – ela disse – é que Henry Watson está muito aliviado por ter recebido a notícia de que McNiven está trazendo sua esposa de volta para ele. E é nossa responsabilidade encontrar uma maneira de assegurar a passagem deles para a liberdade.

Liberdade da escravidão, talvez, mas claramente não de danos.

Bet curvou-se para virar a bainha de sua saia. Enfiado no interior dela estava um pedaço de papel dobrado, uma carta velha que fora virada de lado para que uma nova mensagem pudesse ser escrita sobre ela. O método era muito comum, por causa da escassez de papel em toda a Confederação. Porém, quando ela me passou a missiva de McNiven, observei que o conteúdo era muito misterioso.

*Amiga Eliza,*
*Entre o Habitante do Paraíso e a Maldição esta Um, feito para saudar um homem para quem o Mainá trouxe Miséria. Henry encontrará sua*

*querida Mag em um lugar de Força. Se o nome do Rio é o primeiro e o lugar do homem é o último, ao qual o barbeiro dançando valsão chegará e a feliz Mag lá a sua espera.*

*Seu,*
*Thos. McN*

– Por que ele não nos diz onde eles estão, quando estarão de volta? – perguntei.

– É estranho, admito. – Bet espreitou a carta. – Mas, claro, para Henry Watson o Mainá tem sido a miséria, ter sido sequestrado pelos comerciantes de escravos, que venderam sua mulher. Suponho que essa seja a razão por que Thomas o descreve como enlouquecido de dor por perdê-la e no paraíso por receber a notícia de que ela foi encontrada. Pelo menos sabemos que ela permaneceu forte durante toda essa experiência difícil. – Ela apertou os lábios e esboçou um sorriso. – E talvez a última parte signifique que Mag está *enceinte*, e Henry pode ter um filho muito em breve.

Tentei imaginar uma senhora negra explicando a McNiven que ela estava grávida, como se seu marido já não soubesse. Não parecia muito provável. Igualmente tão improvável quanto McNiven se expressando poeticamente apenas para escrever uma nota em um discurso tão indireto, dado seu costume de falar muito pouco. Mas eu sabia que não seria capaz de desvendar tudo que aquilo significava na presença de Bet.

– Está ficando tarde, e o Senhor Watson pode estar preocupado com sua ausência. Por que você não vai para casa? Não há necessidade de decidir sobre a rota até o retorno de McNiven e Mag.

Ela assentiu com a cabeça e se levantou.

– Sim, certamente Thomas nos dirá o que temos de fazer.

Eu suspeitava de que ele já o fizera. E então refleti sobre sua mensagem ao me deitar naquela noite, rearranjando as palavras em minha mente assim como fizera com a primeira mensagem de Jonas Smith nos *Ensaios* do Sr. Emerson. Contudo, McNiven não riscara quaisquer palavras ou letras, tampouco ressaltara qualquer uma. As palavras foram todas escritas regularmente, sem qualquer marca que revelasse um significado oculto. Tudo escrito regularmente, repeti até o sono começar a me dominar. Exceto por aquele erro ortográfico estranho.

Eu estava bem acordada um minuto depois, imaginando o escocês pronunciando *"para quem o Mainá trouxe Misséria"* em seu sotaque pesado.

Sacudi Wilson de seu sono.

– Maine e Missouri.

– Ohio e Oregon – ele respondeu. – Que tipo de jogo você está jogando agora?

– Quando Maine se tornou um estado, eles incorporaram Missouri à União também. Um entrou livre e o outro escravagista, para manterem o equilíbrio no Congresso.

– Obrigado pela aula de história. Mas ela não podia esperar até amanhecer? – Ele virou para o outro lado, ficando de costas para mim.

Henry Clay era o homem responsável pelo Mainá entrar com o Missouri; eu sabia isso graças à meticulosidade das aulas de história da Srta. Douglass. Clay intermediou a aprovação do Compromisso de Missouri no Congresso em 1820. E ele compartilhava o nome de batismo com Henry Watson. Mas o que McNiven queria que eu entendesse com daquilo?

Imaginei toda a mensagem novamente. *Mainá. Misséria. Habitante do Paraíso. Maldição. Força. Rio.* Todas as palavras começavam com maiúsculas, elas eram as partes mais estranhas da mensagem, significando que eram as que McNiven escolhera mais cuidadosamente. Adão e Eva eram os habitantes do paraíso, então eu comecei a pensar em todas as Evas e os Adões que consegui lembrar. E não demorou muito para eu pensar em John Adams e John Quincy Adams, ambos presidentes.

Em seguida, veio *Maldição*. Mal disso. Madison. James Monroe exerceu a presidência entre John Quincy Adams e James Madison. Exatamente quando o Compromisso de Missouri foi aprovado.

Uma razão a mais para mandar Henry Clay para o inferno, confundindo-me dessa maneira. Porém, desisti de pensar nele, agora que, ao invés disso, eu tinha Monroe em minha mente.

Um minuto mais tarde, eu estava sacudindo Wilson novamente.

– Agora entendi.

Ele gemeu, puxando a colcha sobre a cabeça. Arranquei-a.

– Mag está esperando no forte Monroe. Você vai levar Henry até ela.

Ele acordou piscando.

– Você é pior do que a desgraçada da Bet, sabia? Pelo menos ela age só como louca, não como vidente.

– Não sou leitora de mentes. Sou mais uma leitora de sinais. – Como Mamãe, pensei orgulhosamente. Expliquei sobre o lugar de Força sendo o forte, direto da língua francesa. Sobre Monroe ser o presidente entre Madison e Adams, durante o Compromisso de Missouri. Como seu nome de batismo, James, era também o nome do rio no estuário do qual ficava o forte Monroe. E que valsão era o Watson que chegaria para encontrar Mag a sua espera, e meu marido era o barbeiro que o levaria.

– Estou tendo algum sonho estranho nesse instante, ou tudo isso realmente está acontecendo e fazendo sentido para você? – ele perguntou quando terminei.

– Você é ranzinza quando acorda, sabia? – beijei-o. – Mas é melhor você descansar o máximo que puder. Você vai ter que imaginar uma maneira de ir mais longe que o usual amanhã para levar Henry Watson por todo o caminho até o forte Monroe.

O que significava que eu teria de me preocupar com ele ainda mais do que nunca. Como se me preocupar com a investigação de Tia Piss, a situação dos outros negros de Chambersburg e agora com o massacre em Nova York já não fosse demais.

Wilson e Henry Watson partiram cedo na sexta-feira, enquanto eu ia para meu dia de trabalho. Retornar para nossos três cômodos vazios fez meu coração doer e, após passar a noite sozinha, fiquei quase aliviada por ter a distração de voltar à Casa Cinza no sábado.

Assim que a ama-seca Catherine levou as quatro crianças Davis para tomarem café da manhã, Hortense me mandou arrumar o quarto de brincar. Ao me encaminhar para as escadas dos criados, vi Tia Piss andando de um lado para o outro nervosamente no saguão de entrada.

Enquanto me afastava da soleira, a Rainha Varina desceu as escadas centrais em curva.

– Secretário Benjamin, o que você está fazendo aqui a esta hora? Ainda não estou pronta para receber visitantes. – Ela queria dizer que ainda estava usando seu vestido matinal e ainda não terminara de comer os bolos e tomar o café de seu dejejum.

– Querida Senhora Davis, eu não pensaria em fazer uma visita social a essa hora até mesmo para uma anfitriã tão encantadora. – Suas palavras deixavam transparecer sua agitação. – É muito sério o assunto com seu marido que me traz aqui tão cedo.

A Rainha Varina assentiu com a cabeça para mostrar sua importância.

– Vamos para a biblioteca, e o presidente nos encontrará em um minuto.

– Isso não será possível. Temo que este seja um assunto muito delicado e que exija sigilo. Meu relatório deve chegar apenas aos ouvidos do Presidente Davis.

Não suportando ser excluída, a Rainha Varina endureceu a voz.

– Então você precisa ir lá em cima para vê-lo no escritório. Bom dia, Senhor Benjamin.

Permaneci onde estava até ouvir os passos de Tia Piss na escadaria principal, depois subi pela escadaria dos criados. Quando tive certeza de que ele entrara no escritório de Jeff Davis, penetrei lentamente na sala de espera.

– Não vejo necessidade de fazer uma cena – Tia Piss estava dizendo.

– É uma questão de honra para o acusado ter o direito de enfrentar o acusador – Davis respondeu.

A ideia de tal confronto me fez correr para o quarto de brincar. Mas antes que pudesse entrar nele, Davis saiu esbravejando do escritório e chamou:

– Você aí, venha aqui.

Voltei-me para ele com meu coração na boca a ponto de quase não conseguir dizer um "Siimm".

– Vá lá em cima – ele ordenou – e chame Burton Harrison.

Subi as escadas para o terceiro andar, todos os músculos de minhas pernas contorcendo-se de medo. Ao bater na porta do quarto de Harrison, repeti a intimação.

Em seguida, voltei para o quarto de brincar, avaliando se deveria tentar sair dissimuladamente. Bet podia me esconder em sua mansão até Wilson voltar com o passe para o sítio dela. Mas até então Davis teria procurado McNiven para saber sobre sua escrava desobediente, e quem sabe quantas operações de espionagem estariam ameaçadas.

Eu não fugiria. Não podia salvar a mim mesma se isso colocasse tudo e todos por quem trabalhei em risco. Eu ficaria e inventaria alguma história para convencer os confederados de que McNiven nada sabia sobre a espionagem.

Em pé na janela do quarto de brincar, olhei para o sul, para além do jardim da Casa Cinza, para as prisões miliares e os hospitais temporários que brotavam em Butchertown. A guerra já custara inúmeras vidas. A percepção disso apertou minha garganta como uma corda, pois a minha poderia ser a próxima.

Após ouvir Harrison passar para o escritório de Davis, encostei o ouvido na porta de comunicação do quarto de brincar e ouvi o comando irritado de Davis.

– Conte a ele, Secretário Benjamin.

– Como você sabe, Senhor Harrison, a segurança de nosso exército depende da eterna vigilância. Para tal fim, um homem com a minha responsabilidade no governo precisa suportar o fardo de alguns assuntos pouco delicados. Certamente, isso não é algo que eu aprecie, mas pelo bem da Confederação...

Davis não teve paciência para a explicação pomposa de Tia Piss.

– Inferno, Benjamin, fala logo.

– Senhor Harrison, durante a última semana, você esteve sob investigação por suspeita de espionagem.

– Eu? – O espanto de Harrison foi igual ao meu.

– Determinadas informações chegaram aos nossos inimigos que pareceram vir diretamente desse escritório, assim suspeitas foram surgindo naturalmente. – A voz de Tia Piss voltou a exibir seu sicofantismo habitual. – Minha investigação inocentou você de qualquer transgressão, como tanto o presidente quanto eu sabíamos que iria. – Davis tossiu violentamente, levando Tia Piss a acrescentar: – Peço desculpas por qualquer insulto à sua honra.

– Como não tenho nada para esconder, não estou ofendido com a investigação. – Harrison disse. – Quem é o verdadeiro culpado?

Meu coração bateu tão forte que quase não consegui ouvir a resposta de Davis.

– O Secretário Benjamin parece incapaz de encontrá-lo. Você sabe de alguém mais que tenha acesso à minha correspondência?

– Ninguém, senhor. Nenhum amigo ou inimigo poderia alcançar este andar da casa sem ser visto.

– Então, o vira-casaca deve estar no Departamento de Guerra. Benjamin, tenho certeza de que suas investigações o levarão lá de agora em diante.

– Já tenho uma armadilha pronta para expor o canalha – Tia Piss respondeu.

Simplesmente não espere usar essa armadilha tão cedo, pensei. Após meu medo pulsante diminuir, voltei para arrumar o quarto das crianças Davis.

Era muito tarde, eu já estava quase indo me deitar quando McNiven bateu à porta.

– Os confederados estão mais desconfiados de nós – ele me disse.

– A suspeita deles pode ter aumentado, mas não sobre nós. – Contei sobre a acusação a Burton Harrison feita por Tia Piss e sobre a insistência de Davis de que a espionagem vinha do Departamento de Guerra. – Eles vão investigar lá por algum tempo e nunca nos encontrarão.

Ele fechou a cara, a boca desapareceu na curva côncava de seu bigode.

– As informações precisam sair de Richmond de alguma forma, e é assim que Benjamin agora procura descobrir a trama. Essa é a razão por que convoquei Wilson esses dois últimos dias.

– Wilson precisava levar Henry Watson para o forte Monroe.

– Os Watson eram apenas uma parte do todo, ou eu mesmo poderia ter levado Henry hoje. Havia uma armadilha esperando por qualquer um que passasse pela estrada de Osborne ontem. Tive que levar Wilson para o forte Monroe antes disso.

Estava tão preocupada comigo mesma que não pensara jamais que meu marido pudesse estar em perigo por causa de Tia Piss. Eu poderia ter salvado a vida dele se percebesse isso – ou acabado com ela por não o perceber.

– Mas ele está salvo agora?

– Está. É com você que estou preocupado. Lotada como Richmond está, uma vitrine de loja vazia na rua Broad certamente chamaria a atenção, portanto arranjei para Robert Ballandine, da rua Leigh, alugar a loja. Um barbeiro negro ou outro não fará diferença para aqueles que vão lá para cortar o cabelo ou fazer a barba.

A loja de Wilson era mais do que seu meio de sustento, era seu orgulho e alegria. Não havia muitos negócios em Richmond que negros conseguiam manter sozinhos. Não conseguia imaginar meu marido consentindo em ter outro homem usando seus instrumentos de barbeiro, até mesmo por poucos dias, e disse isso a McNiven.

— Vai levar mais do que alguns dias até Wilson voltar do forte Monroe. Ninguém conhece o interior tão bem quanto ele, por transportar cargas todos esses anos. Melhor do que uma companhia de batedores para o comando da União, ele é.

Ele era ainda mais do que isso para mim. Mas não importava o que éramos um para o outro. Não importava que nem tivéssemos nos despedido de forma apropriada antes de ele partir.

Meu marido não estava voltando para casa, não tão cedo.

A solidão me golpeou tão forte que quase não consegui prestar atenção quando McNiven me instruiu sobre como esconder meus relatórios diários em nosso beco, de onde eles de agora em diante seriam recolhidos.

Na noite seguinte, a mesa de pau-rosa maciça da sala de jantar da Casa Cinza estava lotada de oficiais do exército e autoridades governamentais acompanhados de suas esposas. A escassez de comida em Richmond tornara-se tão grave que até mesmo aqueles que amaldiçoavam Jeff Davis pelas costas, acusando-o pelos reveses da Confederação, não recusavam um convite para jantar em sua casa.

A conversa foi, em grande parte, sobre Vicksburg e Gettysburg, as duas derrotas que a Confederação sofrera há duas semanas. Mas enquanto servi aos convidados um bolo condimentado triste e pequeno, feito com xarope de sorgo ao invés de açúcar, a morena Sra. Chesnut encaminhou a conversa da sobremesa para um novo tópico.

— E o que me dizem sobre esse acontecimento em nossa própria Carolina do Sul? Acho isso muito lamentável.

Seu marido, de aspecto doentio, nem se dignou a levantar os olhos do prato que coloquei à frente dele.

— Nossas forças no forte Wagner repeliram o ataque da União. Nada de lamentável.

— Mas aquele regimento de Massachusetts — Rainha Varina contrapôs. — Quem teria pensado que os federais poderiam se rebaixar tanto?

O Coronel Chesnut bufou.

— Não me surpreende a mínima. Esse camarada Shaw, seu pai é o pior tipo de ianque que existe. Um abolicionista e um unitarista. Justamente o tipo que enviaria o filho para uma tarefa de tolo como aquela.

Todas as vezes em que os Davis e seus convidados amaldiçoavam os abolicionistas, eu prestava mais atenção ainda na esperança de que suas reclamações pudessem ser valiosas para a União.

— Pelo que ouvi sobre o ataque — observou um chefe magro do escritório dos correios — o Quinquagésimo Quarto Regimento se comportou muito corajosamente.

Houve um alvoroço de desaprovação da Rainha Varina e de Mary Chesnut. Um dos militares inclinou-se para trás, espreitando através dos óculos para falar com o burocrata.

— Não confunda ignorância com coragem. Os crioulos são simplesmente burros demais para saberem fazer algo além de atacar impetuosamente e provocar a própria morte. Os relatórios que ouvimos sobre essas tropas que aterrorizaram mulheres e crianças e queimaram bens de civis em Darien no mês passado provam que são todos uns selvagens. — Ele pausou para abafar um arroto, depois acenou com a mão que segurava o garfo para que eu trouxesse uma outra fatia de bolo. — Nossos homens dizimaram quase metade do regimento de Massachusetts quando tiveram a presunção de nos enfrentar no campo de batalha. Quanto ao Capitão Shaw, ele teve a sorte que merecia, morreu baleado entre os negros que ele e os seus companheiros abolicionistas adoram.

Um barulho repentino veio do aparador. Hortense deixara cair o serviço de chá.

A Rainha Varina proferiu uma série de palavrões, reclamando sobre o quanto as coisas estavam difíceis para ela, uma vez que era impossível encontrar criados decentes.

Jeff Davis teve um ataque de tosse, possivelmente tanto para disfarçar a linguagem chula da mulher quanto para limpar a garganta.

— É melhor que nós cavalheiros passemos para o salão — ele disse. — Nossa conversa parece estar perturbando as senhoras.

Quando a companhia se levantou da mesa, o Coronel Chesnut disse:

— Veja, nós que precisamos viver com os negros sabemos da incompetência deles. O que Lincoln espera que aconteça com eles sem seus senhores para cuidar deles eu não sei. – Com murmúrios de concordância, os Davis e seus convidados seguiram em procissão para a sala de jantar.

Corri até o aparador. O rosto de Hortense estava cinza, suas feições usualmente animadas desmoronaram de desânimo.

– Tenho um filho em Massertooset, sempre agradeci a Jesus por ele ter chegado tão longe – ela sussurrou. – Podia ser sobre ele que eles estava falando, morto pelos sechenistas. – Durante todo o tempo em que eu estivera na Casa Cinza, essa fora a primeira vez que ela falara sobre sua família, e o único sinal que deu de que escutava tão atentamente quanto eu as conversas dos Davis.

– O que tudo isso significa? – Sophronia perguntou.

– Significa que o povo branco não gosta de ver negros armados – disse. – Não há nada de novo nisso.

Ajoelhei e reuni os cacos do serviço de chá, escondendo meu rosto de Hortense e Sophronia. Odiava a mim mesma por interrompê-las daquela forma. As notícias de que soldados negros haviam lutado e morrido pela União me deixavam orgulhosa, apavorada e triste ao mesmo tempo, e eu desejava muito conversar sobre a surpresa do que acabáramos de ouvir. Mas sentira a ameaça de ser desmascarada com muita força para arriscar falar sobre isso na Casa Cinza.

Primeiro as manifestações contra o alistamento compulsório em Nova York, depois a derrota do Quinquagésimo Quarto Regimento de Massachusetts na Carolina do Sul. Os rebeldes massacravam nossos homens quando eles lutavam, e os ianques nos massacravam quando eles não lutavam. E os Watson eram a prova de que não se podia sequer tentar levar uma vida pacata, sem molestar ninguém, sem que algum confederado o arrancasse de sua casa, de sua vida, e o levasse para o inferno em vida da escravidão. Sozinha naquela noite e por muitas outras dali em diante, preocupei-me com Wilson, sabendo como era diminuta a proteção que o comando da União podia dar aos negros que a serviam.

# Vinte e dois

Uma noite, no verão de 1845, uma andorinha voou para dentro da mansão dos Van Lew. Ela fez uma algazarra tamanha que acordou a casa toda. O velho Sam perseguiu aquela ave de sala em sala, sacudindo uma vassoura para expulsá-la. Quando perguntei à Mamãe por que ela voava de maneira tão agitada, ela respondeu, "Saudosa por sua espécie. Ela sabe que há outras aves lá fora, mas não consegue entender como chegar até elas."

Pensei naquela ave pela primeira vez em anos enquanto vagava pelos nossos três cômodos pequenos à medida que o verão de 1863 arrefeceu e se tornou outono, que esfriou e virou inverno. Eu sentia saudades de minha espécie também. Wilson, claro, mas Papai e Mamãe também. Hattie, até mesmo Zinnie Moore.

A Rainha Varina e suas amigas haviam adotado o hábito de organizar festas de fome, cantando e dançando noite a dentro como se a morte e a devastação da guerra não estivessem por todos os lados. Fez-me lembrar do Imperador Nero tocando uma lira enquanto Roma queimava. Mas, à medida que o fim do ano se aproximava, uma parte de mim entendeu-a, até mesmo invejou-a; porque acordar sozinha, trabalhar como uma escrava para os Davis e voltar para casa, para aqueles mesmos cômodos vazios, fazia-me sentir como o pássaro que podia bater as asas sem parar, mas nunca voaria livre novamente.

Com Papai falecido e Wilson do outro lado das linhas de frente, junto com as forças da União, eu tinha com um profundo receio de passar o Natal sozinha. Então, quando Bet insistiu em me receber em Church Hill para a ceia de Natal, aceitei alegremente. Porém, assim que cheguei, arrependi-me de minha escolha. Eu me preparara para uma Bet efusiva, que me cumprimentaria pelas festas e discursaria sobre o grande papel que estávamos desempenhando. Ao invés disso, encontrei uma mulher tão abatida de preocupação quanto qualquer um dos passantes esqueléticos que eu via nas ruas da cidade e ansiosa por compartilhar sua irritação comigo.

– O número de prisioneiros está entre dez e vinte mil – ela disse, assim que passei pela porta dos criados e entrei no porão. – Não tenho como entregar provisões suficientes na prisão Libby. E nada para a ilha Belle. – A ilha gigante, no James, era onde os confederados mantinham todos os prisioneiros da União que não eram oficiais.

– Eu sei, Senhorita Bet.

– Mas você não tem ideia do sofrimento. Disenteria, cólera. Cinquenta deles morrem a cada dia. Você entende que são mil e quinhentos por mês?

Eu estava pronta para lembrá-la de que sabia multiplicar, talvez ela não lembrasse que foi ela que me ensinara quando um som abafado apavorante retumbou acima de nossas cabeças.

– O que é isso? – perguntei.

– É a Frances Burney. – Bet não estava pronta para encerrar sua ladainha. – Não é possível contrabandear nossos próprios remédios para dentro dos hospitais das prisões, não é? Então, não há nada que eu possa fazer a não ser vê-los morrer...

– A égua de sua carruagem está dentro de casa? – Demorei um tempo para entender quem era Frances Burney.

– Os confederados vão confiscar qualquer cavalo que encontrarem. Eles vieram aqui duas ou três vezes para procurar por ela. Nunca pensaram em fazer uma busca na biblioteca de Papai, os tolos – ela disse, embora eu não achasse que alguém que guarda um cavalo dentro de casa poderia chamar outra pessoa de tola.

Haviam se passado treze anos desde o dia em que os Van Lew sentaram à mesa com negros pela primeira vez. Nem Bet nem sua mãe celebraram o evento quando puxamos nossas cadeiras diante da mesa meia hora mais tarde. Assim como nada mencionaram sobre a refeição minguada, apenas sopa de perdiz com legumes e batatas, daquele Natal. Elas nem ao menos mostraram qualquer sinal de que perceberam os relinchos e as batidas de cascos ocasionais que vinham da biblioteca. A mãe estava de luto pelo filho John, o qual fugira para o Norte para evitar o alistamento na Virgínia, e a filha estava ocupada demais com seus prisioneiros.

Embora eu estivesse pronta para correr de volta para Shockoe Creek logo após a refeição, Bet insistiu que havia algumas questões que ela precisava discutir comigo. Eu meio que esperava encontrar um porquinho e algumas galinhas colocando ovos quando ela me conduziu à sala de estar. Porém, o espaço não tinha animal algum. Quase não tinha mobília alguma, a qual fora vendida para financiar suas obras de caridade para os prisioneiros.

– Você precisa descobrir o que será feito deles – ela disse, como se estivesse lendo meus pensamentos sobre os federais capturados. – Há rumores de que serão retirados daqui e levados para a Geórgia. Se for verdade, devemos encontrar uma forma de impedir isso.

Era tão fácil para mim interrogar Jeff Davis sobre um ponto específico de sua política quanto ela conseguir manter dois mil federais longe das garras de seus captores confederados. Porém, ela era tão mula quanto Frances Burney era uma égua. Sem disposição para colocar juízo em uma besta tão obstinada, apenas assenti com a cabeça, feliz por, pelo menos, ter meus cômodos vazios como refúgio. Deixei a mansão desolada dos Van Lew, andando sob um céu natalino tão nublado que não oferecia estrela alguma que pudesse orientar uma viajante sábia, ou até mesmo apenas cansada.

Quando janeiro de 1864 chegou, uma frente fria brutal retardou o avanço da maioria das companhias militares, e tudo que descobri de interessante no escritório de Davis foi uma carta de Zebulon Vance reclamando sobre a frequência cada vez maior das manifestações de mulheres lá na Carolina do Norte.

A revolta do pão de Richmond deflagrara levantes semelhantes em todo o Sul por meses, e eu estava imensamente feliz porque aquilo que eu instigara, pelo menos, tomava um vulto mais expressivo. Vance não fora muito favorável à secessão nos idos de 1861, embora, após se tornar governador da Carolina do Norte, acabasse defendendo os Direitos dos Estados tão veementemente quanto os outros. Quando unidades de cavalaria da Confederação criaram distúrbios em seu estado, apossando-se de suprimentos em fazendas civis, ele ameaçou até mesmo mandar a milícia estadual atacá-las.

– Será escrito na sepultura da Confederação "Morreu por causa de um Princípio" – Jeff Davis resmungava sempre que Vance e outros governadores desconsideravam sua autoridade presidencial em nome dos Direitos dos Estados. Agora, Lincoln anunciara que ele reconheceria o retorno de qualquer estado no qual um décimo dos cidadãos jurassem sua lealdade à União e renegassem a escravidão. Isso levou Vance a escrever para Davis declarando que os habitantes da Carolina do Norte estavam tão descontentes com a guerra que as negociações de paz talvez fossem seu único recurso.

Agarrei-me às palavras de Vance como se fossem pedras quentes enquanto transitava pelas ruas lotadas e endurecidas pelo frio naquela noite congelada. Se a Carolina do Norte aceitasse os termos de Lincoln, privando a Confederação de sua principal fonte de soldados e de seus diversos portos usados para furar o bloqueio, certamente a guerra iria...

Alguém esbarrou com força em mim, retirando o pensamento de minha cabeça e meus pés do chão congelado. Uma mão me agarrou enquanto caía. A mão de um homem branco. Ela me segurou com força, continuando a segurar meu pulso mesmo após eu ter me levantado novamente.

– Desajeitado em meus sapatos novos, eu sou. – O homem era alto e forte, mas a voz era baixa. – Desculpa por derrubar uma criada dos Davis dessa forma. Você é a garota da casa do presidente, não é?

– Sou sim, senhor, uma criada.

Ele piscou um olho e continuou a me segurar.

– Muita coisa interessante acontece lá, com os oficiais militares e os governadores e tudo mais. Aposto que você podia manter um sujeito acordado a noite inteira contando as histórias que ouve lá.

Não ousei olhar ao redor para ver se qualquer passante o ouvira.

– Não sei nada sobre nada disso, senhor. Só faço o que a senhora manda, limpeza e tudo mais.

– Não há necessidade de fingir que está envergonhada comigo. Uma garota bonita como você não gostaria de contar o que vê para uma pessoa boa que a ajudaria a ir para o Norte e ser livre?

Puxei meu braço com força.

– Não sei nada que vale a pena ser contado, senhor, e minha casa é aqui em Richmond. Não me force a ir para o Norte. Tenho pavor dos ianques.

Ele chegou mais perto, suas costeletas marrom escuro quase tocando minhas sobrancelhas.

– Você sabe ler, garota?

Embora tenha negado furiosamente com a cabeça, ele enfiou uma página dobrada em minha mão.

– Meu nome é Acreman. Tenho um quarto no Carlton House. Está escrito nesse papel, meu nome e o do hotel. Se você esquecer, peça a alguém para ler para você. Venha me ver lá. Dinheiro e uma viagem tranquila para o Norte esperando por você.

Ele virou-se, desaparecendo na multidão. Eu me afastei apressadamente, forçando-me para não sair correndo ao atravessar a rua. Quando cheguei em casa, bati a porta com força, minhas mãos tremiam tanto quando a tranquei que deixei cair o bilhete do homem. Dele caíram cem dólares em cédulas federais.

A moeda da União se tornara uma presença extremamente rara em Richmond. Porém, eu não estava segura de que esse Acreman era um nortista, ou apenas fingia ser.

Seu sotaque não soava familiar, de uma maneira ou de outra. No entanto, ele se certificara de que eu percebesse que seus sapatos eram novos, até mesmo os furadores de bloqueio mais bem-sucedidos não traziam couro como aquele para a Confederação. Havia algo mais, no entanto, que não estava certo. Ele esbarrara em mim na rua Marshall, logo após a Ninth, a quatro quarteirões de distância da residência dos Davis. Devido à escassez nas usinas de gás municipais, as lâmpadas das ruas de Richmond quase não iluminavam nada, e eu estava bem encasacada para me proteger do frio. Como ele poderia ter me reconhecido como uma criada da Casa Cinza?

Por mais que tenha tremido e estremecido no verão passado por causa da ânsia de Tia Piss por desmascarar um espião, meu ânimo melhorara nos últimos seis meses, acreditando que ele nunca pensara em suspeitar de mim. Nem Jeff Davis nem Burton Harrison o fizera, embora eu sempre me encontrasse com os três durante meu trabalho como escrava na Casa Cinza. O que fez esse estranho perceber o que eles ignoraram? Ele era inimigo deles, ou seu aliado? O que quer que fosse, seu encontro comigo não fora por acaso.


Depois disso, fiquei sempre alerta quando andava pelas ruas escuras da cidade. Ao chegar sem avisar à casa de McNiven dezesseis dias mais tarde, tomei especial cautela. Qualquer negro pego nas ruas de Richmond após o pôr do sol ainda estava sujeito a ser mandado para a cadeia e chicoteado. E qualquer que fosse a diabrura que McNiven estava preparando – fingindo ser um comerciante de escravos ou um contrabandista de tabaco ou qualquer outra coisa –, eu não gostava da ideia de me colocar em uma situação onde qualquer associado que o visitasse pudesse me ver. Porém, não sabia que risco maior haveria se eu não falasse com ele sobre o que soubera naquele dia.

– Vance passou à ação depois de toda aquela conversa? – McNiven perguntou assim que entrei.

Fiz que não com a cabeça.

– É Geórgia, não Carolina do Norte com que precisamos nos preocupar. Dezesseis e meio acres, algum lugar chamado Andersonville, onde será construída uma enorme prisão. Os federais presos em Richmond serão enviados para lá assim que ela estiver pronta. – Expus em detalhes os planos que encontrara na mesa de Davis, depois contei como Bet se comportara no Natal ameaçando impedir a relocação dos prisioneiros. Esperando que eu me associasse a qualquer tolice que ela planejava fazer.

– Não é tolice nenhuma temer que homens à beira da inanição não sobrevivam a uma viagem de quinhentas milhas.

Não tinha muita paciência para o fato de McNiven achar que ela estava certa.

– Da maneira como ela insiste em falar como os prisioneiros aqui são maltratados, por que tentar mantê-los em Richmond?

– Por dois anos e meio Bet tem cuidado dos federais. Se eles forem embora, o que sobrará para ela fazer?

– Então devemos deixá-la tentar criar sei lá que tipo de problema, sem pensar na possibilidade de que isso pode levantar as suspeitas do General Winder?

McNiven percebeu minha agitação o bastante para prometer:

– Enviarei um aviso a Butler para não agir de maneira imprudente.

Suponho que devesse ter me sentido triunfante por persuadi-lo a encaminhar minha opinião ao general da União. Porém, minha apreensão não diminuiu quando cheguei à Casa Cinza na manhã seguinte. E eu não era a única aflita naquela hora.

– Então, você chegou afinal – Hortense disse quando me viu.

– Onde mais eu devia estar? A senhora vai ter um ataque, porque tudo não foi espanado e polido como de costume.

– Hoje ela não vai perceber nada. Sua pequena Betsy fugiu para o Norte. Algum ianque tolo deu a ela dois mil dólares para aquela negra esnobe contar o que ela viu por aqui. O que ela teria visto além de ela mesma assumindo ares de superioridade? – Hortense revirou os olhos para as maneiras bobas dos ianques e de Betsy. – A Rainha Varina uivando assustadoramente, como se nenhuma outra negra consegue fazer o penteado dela. Você vai lá e cuida dela, Sophronia pode se preocupar em espanar.

Eu preferiria espanar todo o Saara a enfrentar a Rainha Varina. Cada vez mais pesada por causa de uma nova gravidez, ela uivava ainda mais histriônica do que o usual por causa da perda de sua criada pessoal.

– O que os ianques não se rebaixam a fazer para humilhar a família do presidente? O laço sagrado entre senhor e criado nada significa para eles. – Ela soltou sua raiva enquanto eu penteava seu cabelo. – E aquela Betsy, depois de tudo que fiz por ela! Ora, ela fugiu usando um de meus vestidos!

A verdade era que eu fiquei quase tão surpresa quanto ela. Pela forma como Betsy sempre mimava sua senhora, eu nunca pensei que ela tramaria para ir para o Norte. Saber que a aparentemente obsequiosa Betsy usara uma fachada tão falsa quanto a minha na Casa Cinza quase me fez sorrir, até eu pensar como a revelação de seu estratagema ameaçava expor o meu.

Enquanto prendia os cachos rebeldes da Rainha Varina com uma presilha de casco de tartaruga, seus olhos encontraram os meus no espelho da penteadeira.

– Alguém já falou algum coisa para você sobre nos deixar, Molly?

Nos dois anos em que eu trabalhara como escrava para ela, a Rainha Varina nunca, nem uma vez sequer, me chamara pelo meu nome verdadeiro. Ela nunca parecia se preocupar com quem eu era ou o que eu fazia fora da Casa Cinza, e eu não gostei muito da ideia de ela refletir sobre isso agora. Porém, mentir cabalmente para ela podia, quem sabe, trazer um risco para mim se ela começasse a investigar, perguntando quem vira estranhos falando com suas criadas.

– Ah, senhora, um homem horrível com um jeito engraçado de falar diz algo para mim uma vez. Ele me agarrou na rua e não me deixava ir embora. Pede para eu encontra ele no hotel dele. Senhora, a senhora sabe que sou uma boa moça, nunca faço nada dessas coisa. Ele diz que me leva pro Norte, mas nunca vou deixa meu marido por nada, ou fugir de meu sinhô. Eu me livrei dele rápido e corri para casa.

Abaixei os olhos, em desespero e deferência.

– Senhora, a senhora não vai dizer nada para ninguém, não é? Meu sinhô, ele fica muito furioso se ouve. Sou uma boa moça, senhora, nunca fugi de ninguém.

A Rainha Varina assentiu com a cabeça, muito feliz com a prova da malevolência dos nortistas e a lealdade de seus negros.

– E pensar naqueles ianques pagãos, tentando corromper uma moça como você. Esqueça aquele homem que falou com você, e se qualquer um igual a ele surgir novamente, você me conta imediatamente e eu providenciarei que seja punido. – Ela girou a cabeça para um lado e para o outro admirando seu cabelo meio penteado no espelho. – Anda logo. Você ainda precisa passar meu vestido listrado para o almoço com a Senhora Chesnut.

Naquela tarde, Sophronia se aproximou de mim na sala de espera do segundo andar.

– A gente vai também?

Pela maneira como sorria, ela parecia pensar que nós podíamos seguir a trilha de Betsy imediatamente.

– Ir como? – Perguntei. – Dormir aonde? Comer o quê? Só porque Betsy não está aqui não significa que ela está muito melhor onde está.

O sorriso de Sophronia definhou e se tornou um olhar de desdém. Ela virou-se e passou a flanela pelo peitoril de acerácea da janela. Vi seu olhar furtivo pela janela, preocupando-se com o que existia além do jardim da Casa Cinza.

Odiei acabar com a esperança dela. Porém, não podia permitir que Sophronia desse à Rainha Varina ainda mais razão para desconfiar de suas criadas. Disse-lhe que ela aguentara a escravidão havia muito tempo e que sobreviveria até a guerra terminar e, depois, ela teria liberdade em abundância.

Passei a primeira parte do dia dez de fevereiro limpando o vômito matinal da Rainha Varina e a segunda servindo almoço para ela e Jeff Davis. A mulher era tão gulosa que não percebia que não conseguiria digerir nem metade do que comia. Ela talvez me chamasse para eu levar-lhe um segundo prato, até mesmo um terceiro, se um soldado raso ansioso não tivesse chegado com uma mensagem urgente para seu marido.

– Senhor, eu... eu fui enviado para lhe dizer... senhor. – Os olhos do jovem mensageiro lançaram-se sobre a sala de jantar, como se o aparador ou o lustre pudessem lembrá-lo do que precisava dizer.

Jeff Davis estava tão ansioso quanto eu para ouvir as notícias que deixavam gaguejante esse mensageiro militar.

– Fala logo, jovem – ele disse. – Você não está vendo que a Senhora Davis está esperando para terminar seu almoço?

O soldado virou-se para a Rainha Varinha, seu rosto tão ruborizado quanto a garrafa de vinho francês meio vazia sobre a mesa.

– Lamento interromper, senhora.

– Você devia mesmo lamentar. O presidente é perturbado de manhã, de tarde e de noite com o trabalho da Confederação. Ora, se George Washington fosse vivo, você acha que ele...

– Minha querida, deixe o rapaz falar – seu marido disse. – Soldado, diga-me o que o trouxe aqui. É uma ordem.

– São os homens na prisão Libby, senhor. Os ianques. Alguns deles... eles parecem ter escapado, senhor.

Davis sufocou-se com as notícias.

– Parecem ter escapado? Eles escaparam ou não?

– Tivemos um problema infernal para contar e recontar eles, levou a manhã toda. E parece que um pouco mais de cem se foram, senhor.

Jeff Davis apertou os lábios finos, as maçãs de seu rosto ressaltadas enquanto refletia sobre os federais fugitivos indo em direção à Península na esperança de se juntarem às tropas de Butler.

– Acredito que o General Winder tenha colocado seus homens para procurá-los.

O mensageiro confirmou com a cabeça.

– Sim, senhor. Já encontraram alguns, bem na rua Dock. Totalmente bêbados no bar de Nottingham. O sargento diz que é típico dos ianques, não conseguem andar quatro quarteirões sem se embebedarem.

– E é típico de um sargento dizer tolices sobre os erros de terceiros quando sua própria companhia fracassou no cumprimento de seus deveres – Davis respondeu. – Ninguém descobriu como cerca de cem homens conseguiram escapar de nossa prisão mais bem guardada?

O soldado engoliu em seco e olhou para o chão.

– Sim, senhor. Esgueiraram-se para o porão por uma chaminé abandonada, depois eles mesmos cavaram um túnel com um comprimento de cinquenta pés a partir do prédio. Saíram do lado mais distante da sentinela e fugiram.

Supus que eles tivessem cavado desde o Natal. E a senhora da Church Hill que contrabandeara as ferramentas para eles fazerem o túnel deve ter considerado aquilo um presente natalino e tanto.

– Você devia fuzilar todos esses prisioneiros quando forem encontrados – Rainha Varinha disse. – Para transformá-los exemplos para outros.

– Não farei isso – Davis respondeu. – Esses homens são prisioneiros de guerra e qualquer coisa que façamos com eles a União poderá fazer igualmente com os nossos homens que eles mantêm no Norte. Contudo, os residentes da Confederação estão inteiramente sob meu controle. Qualquer cidadão nosso cuja cumplicidade nessa fuga seja comprovada será imediatamente enforcado por traição.

Havia mais patrulhas da Guarda Pública do que o usual nas ruas naquela noite a procura dos prisioneiros que haviam escapado. Esgueirei-me entre prédios e cruzei ruas furtivamente em meu caminho até Shockoe Creek e depois para Church Hill.

Minhas mãos tatearam a porta da entrada dos criados da mansão Van Lew e quase tive um ataque nervoso quando alguém abriu a porta pelo lado de dentro.

– Senhorita Bet? – Chamei dentro do porão escurecido.

– Ela está lá em cima. – O homem que gesticulou para que eu entrasse estava pálido e com barba por fazer. Seu corpo por lavar fedia dentro do uniforme azul sujo.

– É você, Mary? – Bet desceu as escadas dos criados, começando um belo discurso sobre tudo que precisávamos fazer para cuidar dos homens que ela estava abrigando.

Enquanto ela discursava, fechei a cara para o estranho que me deixara entrar até que, finalmente, Bet fez um gesto para ele nos deixar a sós. Esperei até ele chegar ao topo da escada e não poder nos ouvir antes de relatar o conteúdo do edital de execução de Davis.

Os olhos de Bet brilharam à luz da vela em sua mão.

– Não tenho nenhuma preocupação. Não falarei nada a ninguém sobre esse assunto, e os prisioneiros certamente não têm qualquer razão para revelar meu envolvimento.

Eu não estava muito pronta para confiar em sei lá quantos estranhos que passavam por sua casa, sabendo que, se um deles fosse recapturado antes de chegarem às linhas de frente da União, ele poderia estar disposto a contar algumas histórias para relaxar os termos de seu confinamento.

– E sua mãe?

Ela sorriu.

– Minha mãe ficou muito agitada quando ouviu rumores de que os soldados federais estavam sendo caçados em nossas ruas. Sugeri que um pouco de láudano poderia acalmá-la. Eu me atrevo a dizer que ela acalmou, pois se deitou após o almoço e não soltou um murmuro desde então.

– Drogada ou não, se encontrarem prisioneiros em sua casa, ela será enforcada tão certamente quanto você.

Um rubor de raiva, ou talvez apenas de orgulho, surgiu em seu rosto.

– Esses homens arriscaram suas vidas para lutar pela União. Certamente nossas vidas não são mais preciosas do que as deles.

Minha vida não era tão preciosa que eu não a tivesse arriscado desde o começo da guerra, arriscando-a naquele exato momento para avisar a Bet de que ela corria perigo. No entanto, o perigo era como um espetáculo, e ela o desconsiderava e o enfrentava com impaciência. E com igual imprudência.

Sua arrogância com o guarda no primeiro dia em que fomos à Liggon's e com o vigia em Howard's Grove – tudo isso funcionara a meu favor. Entretanto, seu papel ajudando os prisioneiros a fizera tão vaidosa que ela se tornara um perigo para eles e para si mesma. Até mesmo para sua mãe. E para mim se eu permitisse isso.

– É melhor eu ir para casa – eu disse – para que você possa cuidar de seus convidados. – Ao deixar a mansão, não consegui parar de pensar se Bet adotara uma postura tão desafiadora porque desejava ser pega.

No dia seguinte, a cidade estava alvoroçada com as notícias da fuga da prisão. Ouvi tanta conversa sobre a fuga em meu caminho para casa após sair da Casa Cinza quanto enquanto estava lá, com o número de federais recapturados aumentando nas fofocas de uma esquina de rua para a próxima. Tentando não dar aos fofoqueiros da cidade muita atenção, olhei para a janela de minha sala enquanto subia a rua Broad. As venezianas estavam bem fechadas, embora em geral eu as abrisse antes de ir para a Casa Cinza na esperança de que o sol aquecesse os cômodos vazios. Ao destrancar a porta, senti o cheiro de fumaça saindo da lareira. No entanto, eu tinha certeza de que não deixara nenhuma brasa ainda queimando naquela manhã, a lenda tendo se tornado tão rara. Alguém entrara lá enquanto eu estava fora e, como os três ursos que descobriram uma raposa em sua cama, eu poderia encontrá-la ainda lá dentro.

Eu estava quase saindo porta afora quando ouvi aquele tom de voz de timbre suave cantarolando um *spiritual* e depois o refrão "Ah, sim, eu quero voltar para casa".

– Wilson Bowser, nada de esperar mais, você já chegou. – Corri pelas escadas acima e para os braços de meu marido.

Seu beijo era como água para alguém que estivera vagando no deserto. A solidão que eu carregara durante os sete meses em que estivemos separados evaporou na pressão quente de seu corpo contra o meu.

– Essa é realmente minha linda esposa? – ele perguntou.

– É melhor que seja – disse enquanto passávamos nossas mãos pelo corpo um do outro – porque você estaria em maus lençóis se fizesse tudo isso com outra mulher. – Apesar de todo o prazer de nossa reunião inesperada, eu ainda não conseguia deixar de sentir um pouquinho de preocupação. – É seguro você voltar aqui?

– Aqueles confederados estão tão ocupados procurando pelos prisioneiros da União que foi mais fácil para mim entrar sorrateiramente em Richmond hoje do que foi levar os fugitivos federais até as posições de Butler ontem. Fique muito grata por quem quer que botou todos aqueles prisioneiros para fora de uma só vez, porque isso distraiu os confederados.

Não valia a pena responder. Mas enquanto admirava o rosto bonito de meu marido, vi uma ruga ou duas de preocupação entre seus olhos.

– O que está preocupando você?

Ele me disse que só estava dolorido por tudo que fizera nos dois últimos dias. Ele colocou uma chaleira cheia de água no fogo, preparando um banho enquanto descrevia como conduzira uma carroça após outra cheia de prisioneiros fugitivos do condado de New Kent para as tropas federais na Península.

Após encher a banheira e se acomodar dentro dela, reuni suas roupas sujas com a intenção de lavá-las na água morna de seu banho após ele terminá-lo. Pensei sobre onde encontraria tecido suficiente para remendar seu casaco, quando senti algo duro no bolso. Retirei um cartão ilustrado. Ele mostrava uma imagem tão surpreendente que a respiração ficou presa em minha garganta.

*Sic Semper Tyrannnis*. O lema adornava as bandeiras estaduais que tremulavam por toda Richmond, eu o reconheceria mesmo sem as aulas de latim da Srta. Douglass. Mas a imagem por baixo da frase não era nada que eu vira antes. Era uma imagem de um soldado negro vestindo o uniforme azul escuro da União e enfiando sua baioneta em um confederado caído.

– Wilson, o que você tem na cabeça? Carregar uma imagem como essa em território secessionista pode significar a morte para um negro.

Meu marido jogou água em seu rosto.

– Não suponho que isso seja mais letal do que espionar Jefferson Davis, ou contrabandear escravos ou prisioneiros fugitivos. – A brincadeira não ajudou a me tranquilizar. – Olha para a imagem. Acho que você reconhece o artista.

Eu não tinha interesse no artista, agitada como estava. Mas quando Wilson se levantou e pegou um pedaço de pano para se secar, com toda certeza reconheci a mão que criara a imagem, tão certamente quanto ele criara as pinturas que estavam penduradas na sala de jantar do Sr. Jones e na de Margaretta Forten

– David Bustill Bowser.

– Como você conseguiu uma imagem de um dos quadros de seu primo?

– Elas estão por toda Yorktown. É a bandeira de batalha do Vigésimo Segundo Regimento das USCT, as Tropas de Cor dos Estados Unidos, e é lá que eles estão aquartelados. – Ele pausou. – É lá que estarei também na segunda-feira, quando meu alistamento começa.

Meu marido acabara de voltar para mim e já queria partir novamente. Deixar-me para enfrentar um perigo maior do que conhecíamos.

– Andar por aí com materiais incendiários não é risco suficiente para você, você precisa se certificar de que os confederados vão atirar balas em sua direção?

– Mary do Contra, você não vê que estou reconhecendo que você estava certa todo esse tempo? A guerra trará a emancipação. E todo negro que veste um uniforme é mais uma prova de que a escravidão está finalmente acabando.

Prova ou não, um negro em uniforme enfrentava mais perigo do que até mesmo os soldados brancos que morreram durante a guerra inteira. Lembrei-lhe de que os confederados não faziam os soldados negros prisioneiros. Eles os massacravam ou os vendiam como escravos.

– Então os regimentos negros têm muito mais motivos para triunfar. – Ele indicou com a cabeça para o cartão. – Isso é tudo pelo que trabalhei a vida inteira. Você não pode esperar que eu fique sentado agora, deixando de fazer a minha parte.

– Você já fez muito. Levou minhas mensagens para fora de Richmond, levou Henry Watson escondido e prisioneiros fugitivos também.

– Aquelas mensagens pretendem servir ao exército da União, da mesma forma que os soldados fugitivos farão. Diabos, até mesmo Henry Watson se alistou para lutar embora ele tenha cinquenta anos ou mais. – Wilson nunca foi um homem de ficar pedindo. Mas, dessa vez, havia uma verdadeira súplica na forma como ele me abraçou. – Pensei que você ficaria orgulhosa de mim por eu me alistar. Como sua amiga Hattie.

O que ele queria dizer colocando o nome dela no meio daquilo?

– Você nem conhece Hattie.

– Nunca a conheci em pessoa, é verdade. Mas vi um daguerrótipo pequeno e doce dela, pendurado no peito de um certo soldado George Patterson, que orgulhosamente serve no Trigésimo Terceiro USCT.

– George está lá em Yorktown? – Pensei no marido de Hattie e em seu sorriso de dentes separados. Não conseguia imaginá-lo carregando um rifle do exército.

Wilson confirmou com um gesto de cabeça.

– Ele está cantando "Do You Think I'll Make a Soldier", junto com todos os outros. Pela maneira como contou, quase todos os rapazes com quem você estudou se alistaram, exceto pelo mais pomposo e pretensioso de todos.

Eu sabia muito bem a quem ele estava se referindo embora não tenha deixado transparecer nada. Nunca mencionara meu antigo namorado para meu amado marido embora sempre tenha saboreado a diferença entre eles, Wilson era tão escrupuloso quanto Theodore era pretensioso. Mas eu não desejava comentar sobre isso agora, enquanto Wilson continuava a falar sobre como estava motivado para servir o exército.

– George disse que ele mal podia esperar para escrever para Hattie e contar a ela que Mary arranjara um marido, e que ele ia servir ao lado dele.

Ouvir sobre Hattie e George tocara meu coração, era verdade. Mas não era uma brincadeira estudantil à que Wilson se referia. Batalhas estavam deixando corpos tão mutilados que todas as palavras que eu conhecia eram incapazes de descrevê-las. A Virgínia vira tanto no último ano que a cena na estação de trem de Richmond após a primeira batalha de Manassas já não parecia tão horrenda.

– Essa guerra já levou meu pai. Como eu devia me sentir sabendo que ela pode tirar você de mim também?

Wilson colocou uma mão em meu rosto, deixando minha bochecha molhada.

– Você me contou sobre a forma como o pai de Hattie foi atacado, você sabia que tinha de voltar para a Virgínia, qualquer que fosse o risco. George disse que o Senhor Jones nunca se recuperou daquele espancamento, embora tenha levado quase dois anos inteiros para morrer. Quando fizeram a convocação na Filadélfia para o Vigésimo Segundo, Hattie disse a George para ir lutar em memória do pai dela. Você não quer que eu faça o mesmo pelo seu?

Abaixei a cabeça, incerta.

– Não sei como ficar feliz por você entrar em combate, simplesmente não sei.

– Talvez você possa ficar orgulhosa, mesmo que não fique feliz.

Lembrei quando Mamãe me ensinou sobre orgulho. Ela tinha muito orgulho de Papai e de mim, embora não fosse nunca feliz por sermos escravos. Nem feliz por ter de me mandar para um lugar distante, uma cidade desconhecida, enquanto ela permanecia em Richmond.

Jurei seguir seu exemplo, o melhor possível.

– Tenho muito orgulho de você. Então, procure ser suficientemente corajoso, inteligente e cuidadoso para merecer meu orgulho. Volte vivo para mim, Wilson Bowser, ouviu?

– Sim, senhora, pretendo fazer isso. – Ele colocou a mão sobre o coração como se estivesse fazendo um juramento. Em seguida, beijou-me com toda a paixão que uma pessoa pode sentir por outra, lembrando-me que só tínhamos alguns dias juntos, e lá estava ele sem uma peça de roupa sobre o corpo.

Mais tarde naquela noite, quando estávamos deitados na cama, ele sussurrou: – Tenho orgulho de você também, Mary, por entender que um homem precisa lutar suas próprias lutas de vez em quando.

# Vinte e três

George Patterson tinha seu daguerreótipo de Hattie, e ela tinha uma imagem nupcial dos dois de anos antes. Até mesmo Wilson foi à guerra carregando um daguerreótipo que eu enviara para Mamãe e Papai havia muitos anos. Mas não existia nenhum David Bustill Bowser para fazer a imagem de um negro em Richmond. Quando os passos de meu marido gradualmente desapareceram, tudo que me restou foi o eco vazio de nossos cômodos. Eu cortara a gola de sua camisa na esperança de ficar com algum cheiro dele, embora fosse difícil perceber até mesmo um pouquinho disso em meio à miasma de doença e fome que pairava sobre a cidade.

Fevereiro cedeu a março, e minhas costas doíam juntamente com meu coração. Eu esfregava sem parar a lama da Casa Cinza. Lama trazida pelas botas dos militares e políticos que vinham ver Jeff Davis e que depois era espalhada pela casa inteira pelas crianças Davis. Com pouco menos de sete anos, Jeff Junior ganhara um pequeno uniforme confederado de presente de Natal e, durante o inverno inteiro, ele formou um regimento com os irmãos mais jovens, marchando-os para cima e para baixo tanto quanto um menino de dois anos e um de quatro podem ser forçados a fazer. Aqueles garotos travaram uma guerra furiosa contra os tapetes, as paredes e as janelas que Sophronia, Hortense e eu lutávamos para manter limpos.

– Por que ela precisa trazer mais um monstrinho desses para o mundo? – Hortense murmurou enquanto escovávamos os últimos montinhos de lama.

– Têm de garantir que nós não temos nem um minuto de descanso – respondi.

Enquanto continuasse a ter bebês, a Rainha Varina conseguia atrair tanta atenção de seu marido quanto qualquer homem que lutava sob todo peso que um governo em desagregação podia prestar. Ela não cuidava dos filhos – até mesmo Catherine, a babá irlandesa, pouco se importava com isso. Assim, embora reclamasse e lamentasse de sua situação, a Rainha Varina estava satisfeita por estar prenhe; sua vaidade inchando juntamente com a barriga. E, embora seu estado significasse mais trabalho para os que a serviam, aproveitei as oportunidades que ela me oferecia para ouvir as conversas de Jeff Davis.

Ele adentrou a casa de mau humor na tarde de três de março, sem se importar em raspar as botas do lado de fora da porta. Antes que eu pudesse até mesmo limpar as pegadas que ele deixara por todo o saguão de entrada com um pano, ele gritou da biblioteca para alguém levar-lhe sais para cheirar.

Corri até o quarto de vestir da Rainha Varina para pegar o frasco de cristal em cima de sua cômoda, depois lancei-me escadas abaixo até a biblioteca, onde ela desmaiara no divã. Segurei os sais aromáticos de amônia embaixo de seu nariz até ela piscar para mim e depois para o marido, incerta da razão pela qual estávamos reunidos ao seu redor.

– O que é isso? O que aconteceu? – ela perguntou.

– Receio que eu tenha lhe dado notícias fortes demais para você suportar em sua situação delicada – Davis disse. Ele me mandou servir um pouco de vinho, depois segurou a taça de líquido rubro para a esposa beber. O álcool fez suas bochechas enrubescerem enquanto exigia ouvir as notícias novamente.

Ele tossiu sua hesitação antes de lhe dizer:

– Ulric Dahlgren não existe mais.

Ela franziu o cenho.

– Lembro quando o Comodoro Dahlgren trouxe sua família para nos visitar em Washington. Aquela criancinha loura em sua roupa de veludo negro, incomodada pela gola estilo Vandyke. Ora, ele devia ter a mesma idade de nosso Joe agora.

– Aquele menininho virou um homem de vinte anos ou mais e trocou sua gola Vandyke por um uniforme federal. Ele é agora, ou foi, o Coronel Ulric Dahlgren. Nossos homens o derrotaram enquanto ele tentava atacar Richmond. Eles mataram ele a tiros.

A Rainha Varina ficou pálida novamente, mas depois sacudiu as bochechas e engoliu em seco.

– Se ele era nosso inimigo, acho que devo ficar feliz por ele ter morrido.
– Ela fitou o olho bom do marido. – Você voltou correndo para casa só para me dizer que um coronel ianque foi morto?

Davis apontou para mim para eu ficar com o frasco de sais de cheiro pronto, para o caso de o que ele tinha a dizer pudesse provocar outro desmaio.

– Quando eles revistaram o corpo, encontraram suas ordens. Fitzhugh Lee trouxe uma cópia para mim a menos de meia hora atrás. Estará nos jornais amanhã de manhã.

– Dahlgren e seus homens iam entrar em Richmond, libertar os prisioneiros federais e atear fogo à cidade. Mas primeiro, eles matariam a mim e a todo o meu gabinete.

– Assassinato? Jefferson, esses ianques são mesmo capazes de uma coisa tão desprezível como essa? Ainda estamos seguros?

Davis colocou seus longos dedos sobre a boca da esposa, embora eu não conseguisse entender se para acalmá-la ou apenas para silenciá-la.

– Os homens de Dahlgren estão todos presos, exceto por alguns que fugiram de volta para o acampamento deles. Acho que a morte dele fará os federais pensarem duas vezes antes de tentarem tal ação novamente. Mas minha querida, não devemos esquecer que estamos em guerra. Quaisquer amigos que tivemos no lado da União, os perdemos para sempre. Lincoln os ensinou a desonra e a trapaça, e não podemos confiar nem mesmo naqueles a quem mais estimamos.

Com isso, ele fez um sinal para sua criada dedicada servir-lhe mais um copo de vinho tinto.

Uma neve repentina surgiu no primeiro sábado de abril, depois derreteu e elevou mais ainda o nível da água nos riachos de Richmond. O que significava que, no domingo, eu tinha de andar para oeste até a rua Second apenas para encontrar um caminho passável até o cemitério Shockoe.

Em geral, os cemitérios de Oakwood e Hollywood, os campos santos mais novos onde os soldados confederados eram enterrados, ficavam lotados de enlutados aos domingos. Porém, o cemitério Shockoe estava deserto, ninguém perdia tempo para visitar a sepultura de um avô quando havia um irmão ou filho recém-sepultado do outro lado da cidade. Passei por entre as sepulturas de terra encharcada até encontrar a marca do lugar de descanso do velho Senhor Van Lew. Quase duas décadas de exposição às intempéries não haviam apagado as palavras gravadas na pedra, JOHN VAN LEW. NASCIDO EM 4 DE MARÇO DE 1790. MORREU EM 13 DE SETEMBRO DE 1845. APERFEIÇOADO PELO SOFRIMENTO.

Eu vira sofrimento demais em Richmond naqueles tempos de guerra para saber que o de um homem rico deitado em um colchão de penas no segundo andar de sua mansão não era comparável, ainda que a causa de sua enfermidade tenha sido uma doença pulmonar. Nunca encontrara uma pessoa que eu erroneamente considerasse perfeita, e certamente nenhum Van Lew era, e muito menos aquela que me pedira para encontrá-la ali naquela manhã.

— Quase não sei onde mais posso encontrar um momento de privacidade hoje em dia — Bet disse quando chegou. Ela trocara a camurça e a touca de algodão por um vestido de luto, o vestuário usado por tantas senhoras de Richmond. — Para qualquer lado que me vire, encontro um detetive nos meus calcanhares. — Ela chegou mais perto antes de continuar, como se as próprias sepulturas pudessem abrigar algum ouvinte indesejado. — Descobri onde eles deixaram o corpo do Coronel Dahlgren.

Quando os jornais publicaram as notícias sobre as ordens de Dahlgren, os confederados o condenaram tanto que as palavras não foram suficientes. Eles deceparam o dedo mindinho do cadáver e roubaram sua perna mecânica. Enterraram-no em um cova rasa, depois desenterram-no e o exibiram antes de enterrarem os restos mortais em alguma localidade humilhante.

Agora Bet afirmava que recuperaríamos esses restos e lhes daríamos um enterro decente. Ela falava com tal entusiasmo que parecia estar me dizendo que desenterraríamos um tesouro cheio de barras de ouro ao invés de um corpo recentemente abatido.

— Por que vamos desenterrar e reenterrar uma pessoa que já morreu há tanto tempo?

— É o mínimo que podemos fazer por ele. — Ela passou a mão na sepultura do pai, como se quisesse colocar o coronel na sepultura de sua família. — Ele era um oficial federal. Merece um enterro decente.

— Ele era um assassino frio. — O *Richmond Examiner* tinha tanto interesse em provar que Dahlgren era um canalha que publicou uma crítica pungente sobre o tratamento que ele deu a um homem que tentou orientar a expedição para chegar à cidade. Agora, eu a citava para Bet. — Como você acha que o seu Coronel Dahlgren pretendia encontrar o caminho para entrar em

Richmond? Como muitos dos brancos, do Norte e do Sul, ele confiou em algum negro. Mas quando as chuvas encheram o James a ponto de os federais não conseguirem cruzá-lo, Dahlgren acusou o batedor. Como se os negros tivessem o poder divino para fazer as águas subirem ou descerem. Ele mandou enforcar aquele homem, com as rédeas de seu cavalo. – A história me assombrara, sabendo que Wilson era um batedor do exército da União.

Bet fez um gesto de desprezo com a mão, como se estivesse afastando alguma vespa. – Não pode ser. Por que um oficial federal faria isso?

Apertei os lábios, pensando em George Patterson e Henry Watson e em meu marido servindo sob quem sabe que cadeia de comandantes.

– Desde quando ser um nortista, um unionista, ou até mesmo um oficial federal exclui o ódio aos negros? Seu Coronel Dahlgren não teve a decência mínima de cortar a corda e baixar o corpo daquele pobre homem após ele morrer. Quando os confederados o encontraram, eles ficaram bem felizes em deixá-lo balançando na árvore. Um lembrete para os negros de como os ianques pretendem tratá-los. – Fitei-a, desafiando-a a me responder.

– O que você descreve é um ato desprezível, e se ocorreu como você conta, não há desculpas. Mas também não há desculpa para nos comportarmos de forma indecente. – Ela inclinou a cabeça, tentando me encarar. – A coisa certa a fazer é dar a qualquer corpo, branco ou negro, um enterro adequado. É isso que nós precisamos fazer com o Coronel Dahlgren.

Nós precisamos. Eu não tinha certeza de quais dessas palavras me irritava mais – aquelas que pressupunham que eu e ela éramos inseparáveis, ou aquelas que declaravam que eu teria que fazer o que ela considerava necessário. Embora tenha se rebelado contra os "faça isso e faça aquilo" a vida inteira, Bet estava sempre disposta a me mostrar o que ela acreditava que eu deveria fazer.

Caminhei até o portão do cemitério sem dizer uma palavra de adeus. Bet podia passar o domingo tramando qualquer tolice que desejasse. Eu passaria o meu no campo santo dos negros, do outro lado da estrada, cuidando da sepultura de Mamãe.

No sábado quente que marcou o final de abril, Jeff Davis saiu para o seu escritório na velha Customs House logo cedo de manhã, bradando sobre a necessidade de estar mais próximo de seu gabinete. A Rainha Varina saiu atrás dele ao meio-dia, ao mesmo tempo lamentando e se gabando de que seu querido presidente não lembraria de se alimentar a não ser que ela lhe entregasse a comida com as próprias mãos. Hortense e Sophronia esfregavam o primeiro andar e, na calma momentânea que reinava no segundo andar, parei de espanar e varrer para vasculhar a correspondência de Jeff Davis. Os generais da União estavam posicionando suas tropas para um grande e novo confronto com Bobby Lee e precisavam de qualquer detalhe que eu pudesse fornecer sobre onde os regimentos dos confederados estariam esperando.

Apenas sete semanas antes, o Sr. Lincoln instalara U.S. Grant no comando do Exército do Potomac. Rendição Incondicional, os confederados o apelidaram, referindo-se aos termos que ele exigira quando conquistara o forte Donelson, Tennessee, nos idos de fevereiro de 1862. Eles cuspiram o apelido dolorosamente quando ele saiu vitorioso no cerco de Vicksburg no verão de 1863. Em 1864, após três longos anos de guerra e uma multitude de generais federais que foram responsáveis pela campanha na Virgínia, era difícil eu acreditar que Grant pudesse, afinal, levar a vitória para o lado da União. Mas percebendo o quanto sua designação agitava os confederados, eu esperava que o Rendição Incondicional pudesse fazer jus a seu apelido uma vez mais.

Por cima da pilha em cima da escrivaninha de Davis estavam três rascunhos de um discurso laborioso e tedioso que ele proferiria no Congresso da Confederação quando este se reunisse novamente na semana seguinte. Por baixo, havia uma cópia de uma carta que o General Breckenridge enviara ao General Bragg três dias antes. Embaixo dela, encontrei outra missiva, datada de um dia antes, em uma caligrafia clara que, na altura, eu reconhecia tão certamente quanto reconheceria a minha.

*Quartel-general, 29 de abril de 1864.*
*Sua Excelência Jefferson Davis,*

*Presidente dos Estados Confederados:*
*Sr. Presidente, recebi esta manhã um relatório de um batedor da vizinhança de Washington afirmando que o General Burnside, com 23 mil homens, 7 mil dos quais são negros, passou por aquela cidade na última segunda-feira em direção a Alexandria. Esse relatório foi encaminhado pelo general Fitz. Lee de Fredericksburg, e suponho que o batedor seja Stringfellow. Se for verdade, acho que isso mostra que o objetivo de Burnside é a fronteira de Rappahannock, e que ele precisará ser enfrentado ao*

*norte do rio James. Portanto, eu recomendaria que as tropas que o senhor designou para combatê-lo, as quais estão ao sul desse rio, sejam para lá deslocadas. Entendo que haja tropas suficientes na Carolina do Norte para as operações locais lá contempladas sem aquelas enviadas deste exército e solicito que a brigada de Hoke e os dois regimentos ligados a ela sejam devolvidos para mim. Acho que é melhor manter a organização do corpo de exército inteira e, se necessário, destacar uma unidade em vez de enfraquecê-las e dividi-las. Mantenho Longstreet na reserva para tal emergência e ficarei fraco demais para combater o exército de Meade sem as brigadas de Hoke e R.D. Johnston.*

*Com grande respeito, seu criado obediente,*
*R.E. Lee,*
*General.*

Esse era o jeito de Lee. Ele fingia se submeter humildemente a Davis, mas o tempo todo dizia a seu comandante-em-chefe o que ele devia fazer. Se ele estava certo sobre Burnside ou não, eu não tinha como aferir. Porém, sua grande irritação por ter os homens de Grant de um lado e os de Burnside do outro, com os de Butler em um terceiro lugar, constituía algum consolo para mim, pois eu sabia que meu marido servia entre eles. Segurei a carta de Lee na minha frente, arrumando todos os detalhes em minha mente para que pudesse escrevê-los naquela noite.

– O que você acha que está fazendo?

A pergunta de Hortense me atingiu como um raio, do coração à cabeça e nas profundezas de minha barriga.

Ela chegara por trás de mim, vira o papel em minha mão; e viu que eu olhava para ele também.

– Procurando orelhas de gato. – Virei a página de lado, depois de cabeça para baixo. Movendo-o lentamente e entortando minha cabeça como se estivesse decifrando-o. – Missy, a filhinha de minha primeira dona, seu nome era Mildred Ann. Quando ensinaram ela a ler, ela me mostrou como uma das letras deles parecia as orelhas de um gato. Ela disse que seu nome começava com aquela letra, meu nome também. Às vezes, quando vejo escrita, tento descobrir aquela letra de orelha de gato porque é a única que conheço. Mas não vejo ela aqui em lugar nenhum, você vê? – Entreguei a página para ela.

– Não tenho tempo para procura orelha de gato ou rabo de cachorro. Tenho trabalho demais pra fazer antes da Rainha Varina volta para casa cheia de ordens. – Ela chegou mais perto. – Não sei em que enrascada você anda se metendo, mas sei que tem alguma. Agora, começa a limpar ou vou...

Um som agudo penetrou o ar. Veio do lado de fora, pungente e longo. Era uma das crianças Davis, mas com uma ponta de pânico que distinguia esse som dos uivos costumeiros provocados por travessuras.

– Onde está aquela Irlandesa Preguiçosa? – Hortense andou até a janela aberta e olhou para o quinta de trás.

A ama-seca não devia ter estado muito longe de seus encargos, porque no momento seguinte ela gritou:

– Você matou ele! Minha Virgem Maria, o garoto está morto com certeza!

Hortense girou e saiu correndo da sala. Enquanto ela descia as escadas correndo, enfiei a missiva de Lee novamente na pilha de papéis sobre a mesa.

Enfiando minhas mãos por baixo do avental, fui rapidamente para o quintal, onde encontrei os outros criados reunidos ao redor do caminho de tijolos entre o porão e a cozinha. Ali jazia o pequeno Joseph Davis, uma criança com pouco mais de cinco anos, ensanguentado, retorcido e imóvel. Caíra do balaústre da varanda vinte pés acima, onde brincava com os irmãos.

Foi somente mais tarde, após Catherine ir à Customs House para buscar os Davis, após a Rainha Varina chegar gritando e Jeff Davis rezando, após o médico vir e confirmar que a criança não respiraria mais, após decorarmos a casa de luto para a fila de visitantes que chegaram naquela mesma noite para expressar suas condolências – somente após tudo isso que parei para perceber que quando eu agradeci a Jesus por distrair Hortense do fato de que ela me pegara espionando era a morte de uma criança que eu agradecia a Ele.

Eu não teria tocado em um único fio de cabelo daquele menino. Mas, entretanto, carregava comigo o peso da verdade a respeito do alívio ínfimo que eu sentira, somente porque ele morrera.

Na manhã de domingo, os sinos das igrejas tinham acabado de tocar quando percebi a carta no chão perto da soleira de minha porta. Alguém deve tê-la enfiado pela fresta enquanto eu dormia, como fizeram com Bet apenas algumas semanas antes.

Embora ela fingisse não prestar atenção à mensagem, observei a forma como seu rosto se contorceu quando a entregou para mim. No topo dela havia uma caveira e ossos cruzados, as palavras abaixo, em letras maiúsculas, escritas pela mão incerta de alguém sem escolaridade formal: *Prezada Srta. Van Lough, solteirona. Os bonés brancos estão sercando a sidade. Eles 'tão vindo de noite. Cuidado! Sua casa vai acabar afinal. FOGO. Sua casa tem ceguro? Coloque isto no fogo e não diga nada a ninguém. Atensiosamente, Bonés Brancos. Por favor, me dá algum sangue seu para eu escrever com ele.*

Pegando o embrulho sem qualquer sinal de identificação que fora deixado para mim, pensei em queimá-lo ainda selado, apenas para afastar de minha mente qualquer imagem danosa que ele pudesse conter. Mas era um dia quente de maio, nenhuma lareira estava acesa e os fósforos eram um item tão raro que eu não queira desperdiçar nem um.

Ou assim me disse ao subir lentamente os degraus e me sentar à mesa da cozinha. Fechei as mãos com força ao redor do cabo de madeira da faca de cozinha, passei a lâmina por baixo do selo e alisei as folhas dobradas.

Quase chorei quando meus olhos leram as primeiras linhas.

*6 de maio de 1864*
*Minha queridíssima esposa,*

*Como desejo que você pudesse me ver esta manhã, perfilado em meu uniforme, ombro a ombro com os homens da companhia, o regimento e divisão. Nunca teve homens tão orgulhosos em servir. Tivemos nossa primeira vitória já embora não foi uma batalha de verdade porque o inimigo fugiu ao invés de nos enfrentar no campo.*

*Espero estar tão perto de você em pessoa quanto você está em meu coração muito em breve, mas por enquanto tudo que posso dizer nesta carta é que estamos chegando, nos aproximando mais do que o inimigo gostaria. Perto bastante para ter uma esperança de que o fim possa estar próximo.*

*George é um grande amigo para mim e muitas noites me distrai com histórias de uma garota que ele conheceu na escola. Ela era muito especial, se apenas metade do que ele diz é verdade e espero ansiosamente repetir tais histórias e ver o que você acha que poderia acontecer com tal garota agora que ela está crescida. De minha parte, acho ela tão maravilhosa como sempre, pelo menos espero que ela seja.*

*Envio lembranças de George para você e através dele de sua Hattie. Ele me mostra as cartas dela contando que os filhos deles Alexander, o nome é uma homenagem ao pai, Beatrice em homenagem à mãe e um bebezinho lindo chamado Mary por causa de uma amiga querida. Essa criança tem muita cólica e dá muito trabalho para todos que cuidam dela, talvez uma natureza do contra na criança seja a razão? George e outros homens zombam porque não tenho nenhum filho para me gabar, mas digo a eles que minha esposa tem estado muito ocupada com um trabalho importante que rezamos acabe logo e então podemos começar a tarefa de formar uma família em paz.*

*Com isso eu lhe desejo boa-noite e confio que nossos amigos farão esta chegar até você. Quem sabe quando eu posso enviar outra.*

*Sempre seu apaixonado*
*Marido*

O medo intenso foi diminuindo a cada linha que eu lia. Mas, se o sentimento que o substituía era alegria ou sofrimento, eu não podia afirmar.

Por dois meses e meio, vasculhara cada vez mais assiduamente os papéis de Jeff Davis, tentando captar ainda mais atentamente as palavras que ouvia na Casa Cinza. Desesperada por notícias do Vigésimo Segundo USCT e, no entanto, sabendo que quaisquer notícias recebidas pelos confederados podiam apenas ser as que eu não desejava ouvir, de derrota e captura – ou pior.

Feliz como estava pelas notícias enviadas por meu marido, entendi logo como Wilson escrevera a carta tanto para os olhos de qualquer confederado que porventura a interceptasse quanto para os meus. Foi difícil obter consolo em tal correspondência, cheia de saudade e ansiando por estarmos juntos, mas vazia de informações sobre onde ele estava enquanto estávamos separados.

Dobrei as páginas e as prendi com um alfinete por baixo das minhas saias, logo abaixo de minha cintura. Era perigoso para uma suposta escrava ser pega com materiais escritos, mesmo se a carta não sugerisse muito diretamente que vinha de um soldado negro servindo o lado da União. Porém, a luta mais mortífera ainda estava por vir, e muito provavelmente chegaria muito em breve. Por mais que muitas centenas de milhares já tivessem morrido, mais ainda teriam de morrer antes do fim da guerra. Eu precisava de um talismã para carregar comigo.

A sexta-feira, 13 de maio, já parecia bastante azarada, por tudo que Sophronia, Hortense e eu tivemos de fazer para aprontar a Casa Cinza para a recepção funerária do General J.E.B. Stuart, que morrera no dia anterior baleado na taverna Yellow. Toda a Confederação parecia sentir a perda daquele homem. No fim da tarde, a Casa Cinza estava lotada de visitas e sufocada pelo calor provocado pela nuvem de fumaça das escaramuças nas proximidades.

– Abane essas frangas até elas acabar de cacarejar umas para as outras – Hortense ordenou, me empurrando para o grupo de senhoras reunidas na sala central.

Elas cacarejavam mesmo, tão ávidas para fofocar quanto para sentirem pesar. Uma mulher grisalha indicava com a cabeça os homens reunidos na sala ao lado.

– O presidente envelheceu dez anos desde a morte de seu filho querido.

Uma salva de canhões trovejou do lado de fora, sufocando os murmúrios de concordância das senhoras ao redor dela. Mas a integrante mais jovem do círculo disse às outras:

– Minha tia diz que algumas pessoas não estão tristes pelos Davis, pois já era hora deles saberem o que significa perder um filho na guerra. Talvez agora Varina Davis pare de se considerar superior a todos nós.

Uma senhora gorducha que dominava o sofá fechou a cara.

– Sally Buxton, você não deve falar dessa forma.

A repreendida Srta. Buxton ficou remexendo um ponto gasto na bainha de sua saia.

– Só estou repetindo o que minha tia disse.

– Bem, você não deve repetir isso, e ela não deve dizer isso. Não devem nem pensar tal coisa. O Sul já viu tanta morte, não precisamos fazer inventários para avaliar quem sofreu mais.

Porém, a própria Rainha Varina parecia ansiosa por tal comparação. Na quinzena lúgubre desde a morte do filho, ela ficara tão amarga quanto o café de milho ressecado sorvido pelos convidados dela. Tendo parado para buscar a compaixão dos homens na sala de estar adjacente, ela entrou no salão e ocupou o assento mais próximo do meu leque.

– Muito gentil de sua parte abrir sua casa para a Senhora Stuart – a senhora que falou por último disse, ansiosa para mudar o tema da conversa. Ela não poderia imaginar o quanto Jeff Davis precisou bajular e implorar só para convencer sua mulher a permitir que o luto de outra eclipsasse o seu, ao menos por uma tarde.

– É difícil para mim até mesmo pensar nela como sendo a Senhora Stuart – outra convidada disse. – Eu a conheço desde que ela era Senhorita Flora Cooke. Que figura impressionante ela era quando jovem. Andou tanto a cavalo na infância que ficava quase tão à vontade na sela de um cavalo quanto o marido.

A Rainha Varina cacarejou pensando na imagem.

– Mais uma indicação das ideias estranhas do pai dela. Lembram-se da forma como ele virou as costas para o Sul e marchou contra os nativos da Virgínia com o exército invasor de McClellan em 1862.

– Se ela cavalga tão bem assim – interviu uma jovem ruiva, ignorando abertamente as palavras cruéis de sua anfitriã – talvez ela devesse assumir o comando do marido. Temos tão poucos oficiais de cavalaria sobrando.

– Você não deve fazer esse tipo de brincadeira, Miranda – a senhora gorducha repreendeu-a. – Não tem graça nenhuma sugerir que uma senhora assuma tais ocupações.

– Ninguém pensaria que senhoras poderiam trabalhar no governo – contrapôs uma mulher com jeito de rata empertigada. – Mas todo o nosso departamento de escrivães é composto de mulheres, e o superintendente diz que trabalhamos tão bem quanto os homens.

– Trabalhar em um escritório! – Rainha Varina agitou seu lenço como se estivesse liderando uma carga militar contra a própria ideia. – Eu não conseguiria imaginar isso, com minhas enxaquecas.

– Eu não tenho uma dor de cabeça desde que comecei a trabalhar para o Departamento do Tesouro. Algumas de nós escrivãs acham que talvez não seja esforço algum, mas sim o ócio que torna as senhoras doentes. Eu não gostaria de abrir mão do cargo quando a guerra terminar.

– Talvez você não precise – a ruiva Miranda disse. – Muito poucos dos nossos homens que foram retornarão. Alguém precisará assumir o lugar deles.

A mais velha das senhoras colocou sua xícara no pires com um ruído arrogante.

– Você não pode esperar que acreditemos que você está sendo sincera. Uma coisa é as senhoras sulistas se esforçarem nessa época de grande sacrifício, mas a constituição feminina simplesmente não foi talhada para o trabalho constante.

Não deixei escapar nenhuma centelha de contradição, enquanto mantinha meu olhar firme e movimentava meus braços doloridos pelas mesas que espanava e pela cornija de vidro da lareira que esfregava, até onde Hortense e Sophronia trabalhavam, na sala de visitas, diligentemente enchendo copos de uísque e impedindo com habilidade que cinzas de charuto caíssem no tapete.

– Ora, aí está Flora Stuart finalmente – uma das senhoras exclamou. Ao desviar meu olhar para a outra porta, vi a convidada de honra entrar, vindo do saguão.

O sofrimento estampado em seu rosto jovem me abalou. Durante toda a conversa sobre a viúva sofredora, eu esperava ver uma mulher da mesma idade de Varina Davis. Percebi imediatamente que a Sra. Stuart não podia ter dois ou três anos mais do que vinte e cinco – a idade que eu completaria naquela semana.

A Rainha Varina se levantou.

– Meus pêsames. Lamento não nos encontrarmos em circunstâncias mais felizes para nós duas. – Ela apontou para sua roupa de luto, uma seda enfeitada com renda bem mais delicada do que a popelina preta desgastada que sua convidada vestia.

– Obrigada, Senhora Davis, e meus pêsames também. O General Stuart e eu perdemos uma menininha nos idos de 1862, quando ela tinha a mesma idade que seu Joe.

– Dizem que não existe sofrimento igual ao da dor de perder um filho, e eu acredito que isso seja verdade. – A Rainha Varina colocou uma mão sobre a barriga protuberante dela, um gesto indelicado que adotara para enfatizar sua condição maternal. – Espero que o próximo chegue com boa saúde, e que continue assim.

Flora Stuart a olhou com olhos vermelhos.

– Deve ser um grande consolo saber que você terá outro filho. Para uma viúva, tal consolação não existe.

A senhora rechonchuda sobre o sofá remexeu suas argolas na tentativa de distrair a Sra. Stuart.

– A missa de hoje foi linda.

Mas a Rainha Varina não conseguia parar de falar.

– Lamento não poder ter estado presente, mas até mesmo o refrão mais curto da marcha fúnebre me lembra de como eles a tocaram para o meu pequeno há apenas quinze dias.

– Você não precisava ter se preocupado – a viúva disse. – Não existe mais uma banda militar em Richmond. Com os federais avançando tanto por todos os lados, na cidade havia menos de meia dúzia de homens fortes o bastante para levar o caixão de meu marido para o carro fúnebre.

Antes que a Rainha Varina pudesse responder, Tia Piss entrou no salão, saudando e cumprimentando cada uma das mulheres.

– Espero não estar interrompendo as senhoras.

Uma das matronas colocou a mão em seu braço, esperando pelo som dos tiros de canhão que fazia estremecer as janelas pesadas se dissipar para perguntar:

– Richmond corre um grande perigo?

Troquei o leque da mão direita para a esquerda, virando-me para ouvir a resposta dele.

– São os homens servindo sob o Grant que estão em perigo. O Rendição Incondicional se transformou em Mutilador Impiedoso. Ele envia suas tropas para a morte como bois para o abatedouro.

– Até mesmo o menor confronto pode tirar vidas de ambos os lados.

– A observação serena de Flora Stuart me fez sentir calafrios pela espinha.

– Lamento se minha referência às baixas a angustiou. É por causa de oficiais tão bons quanto seu falecido marido que suportamos as falhas dos comandantes da União.

– Tia Piss voltou-se para falar com outras senhoras. – Ao norte de nós está o açougueiro Grant, atacando onde ele não tem condições de ganhar. Ao sul está o covarde Butler, vacilando até onde ele mesmo poderia vencer. – Ele sorriu e fez uma previsão tal que sabia manteria as senhoras arrulhando e elogiando-o muito depois de ele ter se juntado aos cavalheiros na sala de visitas. – Juro por minha honra, Richmond permanecerá tão incólume esta primavera quanto esteve há dois anos, quando de modo corajoso repelimos as forças de McClellan embora elas fossem numericamente muito superiores às nossas.

Porém, sorri também. McClellan perdera Richmond em 1862 porque não sabia que tinha uma vantagem numérica sobre o inimigo – não sabia porque eu decidira não lhe contar. Agora, com a Proclamação de Emancipação do Sr. Lincoln transformada em lei e meu marido servindo no Exército do James, eu estava mais do que pronta para ver a Confederação enfrentar sua derrota final. Eu me certificaria de que os federais receberiam cada migalha de informação que pudesse ajudar a terminar a guerra mais rápido.

Coloquei uma mão sobre a cintura, pretendendo deixá-la descansar contra o tecido que cobria a carta de Wilson. Mas quando senti minha saia, percebi que a carta sumira.

Naquele dia mesmo e todos os seguintes, procurei pela Casa Cinza, em minha casa e por todo o caminho entre as duas, desesperada para encontrar a página dobrada coberta pela caligrafia firme de meu marido. Eu não estava apenas preocupada com quem poderia ter encontrado a carta ou se eles a ligariam a mim – era uma apreensão ainda mais profunda que eu tinha. Se eu não era capaz de salvaguardar aquela folha simples, como poderia esperar que Wilson permanecesse ileso?

Mais de um mês depois, no dia 17 de junho, Jeff Davis recebeu um longo relatório que os confederados interceptaram em trânsito entre Butler e Grant. Ele contava sobre o ataque inicial dos federais a Petersburg, vinte milhas ao sul de Richmond, e como as vitórias da União tinham custado caro, sobretudo para as USCT. O Vigésimo Segundo por si só perdera quatorze homens mortos, cento e dezesseis feridos e oito desaparecidos.

Todos os dias os jornais de Richmond listavam as baixas, companhia por companhia. Porém, apenas do lado dos confederados. Eu sabia que o nome de meu marido nunca estaria entre eles, mas ainda assim filtrava e vasculhava aquelas listas procurando por aquilo que eu sabia que não podia e rezava para não encontrar. Muitas mulheres acordavam de manhã pensando serem esposas de soldados, não percebendo que durante a noite elas já haviam se tornado suas viúvas. Semanas ou meses podiam passar antes que a família de um morto soubesse de seu falecimento. Algumas nunca souberam; a União e a Confederação estavam mais empenhadas em matar uns aos outros do que em identificar quem em seu próprio lado morrera.

# Vinte e quatro

— Jefferson! Não me deixe morrer com essas negras, Jefferson!

Nenhum de nós desejava estar com ela, mas, ainda assim, a Rainha Varina gritava como se fosse nossa prisioneira.

– Não liga pra ela – Hortense sussurrou, mergulhando um pano para compressa na bacia de água que Sophronia segurava. – Partos só matam algumas mulheres. Esta não está prestes a morrer, contanto que tenha todos nós pra comandar se ela sobreviver.

Com as cortinas fechadas e a falta de combustível para fazer funcionar os lustres a gás, o quarto dos Davis estava tão escuro quanto uma noite de inverno, embora ainda abafado pelo calor estagnado da tarde de junho. Levantei a lâmpada a óleo um pouco mais enquanto Hortense colocava o pano úmido sobre aquela testa orgulhosa.

– O médico está a caminho – ela tranquilizou-a. – Fala baixo, senhora, pra não assustar as criança.

– Não ouse me calar. – Rainha Varina tentou arranhar o pulso fino de Hortense. – Fora, todas vocês negras do demônio! Saiam! – Ela empurrou Hortense contra mim. A lâmpada que eu segurava quase caiu e enviou um jato de óleo escaldante sobre meu braço e minha garganta.

Hortense, Sophronia e eu corremos para o corredor.

– Mulheres todas sofre quando a hora chega? – Sophronia perguntou.

– Ela não está sofrendo. A gente sofre. – Hortense deu uma olhada rápida nas marcas vermelhas das unhas em seu braço antes de se virar para mim. – Você vai lá embaixo cuidar dos homem do guverno. Se assegura de que Sinhô Davis não vem correndo para cá fazer ela uivar e cuspir ainda mais. Tudo que preciso é homem sapateando por toda a casa durante a hora da mulher.

O arco de queimaduras em meu pescoço e braço parecia um milhão de agulhas quentes, cada ponto picante penetrando mais fundo enquanto eu passava pela sala de jantar, onde Jeff Davis estava reunido com meia dúzia de conselheiros. Eles haviam tirado a louça e os cristais das cristaleiras, arrumando as peças sobre a mesa de jacarandá para demarcar as posições das forças da União e da Confederação. A tigela de ponche de porcelana ficava no meio de um aglomerado, representando Atlanta. No centro de outro aglomerado estava a tigela de cerejas de prata e cristal, Richmond. Um dos homens ajustava as taças que representavam os regimentos e os pires que representavam os corpos de exército, enquanto Burton Harrison lia um relatório sobre o último confronto entre Joe Johnston e o General Sherman.

Enquanto eu passava pela sala enchendo os copos novamente, minhas queimaduras ficavam cada vez mais difíceis de suportar. Afastei-me para me apoiar no aparador tantas vezes quanto pude, temerosa de que pudesse desmaiar a qualquer momento.

– Se a missão for bem-sucedida – ouvi Custis Lee dizer – será o fim de Lincoln para sempre.

Aquelas palavras atraíram minha atenção imediatamente. De repente, o que me picava e doía pareceu se tornar um oceano de sofrimento que podia afogar Lincoln – juntamente com todos os escravos. Respirei fundo. Fazendo um grande esforço para conseguir ouvir através da dor nauseante, esforcei-me para entender que trama dos confederados eu perdera.

– A União tentou fazer a mesma coisa e não deu certo. – Tia Piss disse.

Os outros homens olharam nervosos para Jeff Davis enquanto Custis Lee respondeu:

– A União enviou dois mil homens, contando com a capacidade daquele imbecil do Dahlgren. Nesse exato momento, Jubal Early está reunindo dez mil de nossos melhores soldados, juntamente com munições para armar todos os confederados que libertaremos das prisões dos federais.

Ondas de dor passavam por minha pele queimada, como se os cascos daqueles dez mil cavalos estivessem galopando em cima de cada ponto vermelho doído de minhas queimaduras. James Seddon, que ocupara o posto de Secretário de Guerra confederado por um tempo quase igual a seus três predecessores juntos, debruçou-se para pegar uma cereja da tigela no centro da mesa. Ele sofria de estrabismo e seu olho torto parecia olhar para o tampo da mesa, enquanto fixava o outro em Tia Piss.

– Contanto que Grant não suspeite que Early está indo para Washington, a capital da União e seu presidente serão presas fáceis.

Apesar de todas as compressas de cera de abelhas e resina de óleo de linhaça que coloquei em minha pele putrefaciente, naquela semana inteira qualquer esforço esfolava minhas queimaduras. Sophronia e Hortense sofreram juntamente comigo, trabalhando mais arduamente do que nunca para compensar minha lerdeza. Enquanto elas trabalhavam ao meu lado no escritório de Jeff Davis, fiquei o mais longe possível de seus papéis para que minha curiosidade não me traísse. Ao meio-dia da sexta-feira, enquanto torcíamos panos para lavar os vidros das janelas, a Rainha Varina, ainda não recuperada do parto de uma menina chorosa quatro dias antes, gritou por Hortense.

Hortense inspirou bruscamente e entrou no quarto adjacente, apontando para mim com a cabeça quando retornou.

– Peça à cozinheira para colocar uma cesta do que ela conseguiu para o jantar do Sinhô Davis, leva para ele. – Ela abaixou a voz. – A Rainha Varina pensa que ele é burro demais para comer se ela mesma não alimenta ele.

Quando deixei a Casa Cinza, o ar abafado de julho pareceu quase embriagante. Minha cabeça reverberava pela tranquilidade sobrenatural da praça Capitol, que estava deserta no calor do meio-dia. A fome e o descontentamento dos brancos de Richmond piorara desde a Revolta do Pão do ano anterior. Porém, a essa altura, os residentes estavam enfraquecidos e cansados demais para se revoltarem. Ninguém patrulhava a praça para fazer valer a proibição contra negros cruzarem o gramado.

Mesmo assim, um soldado estava guardando o arco central da Customs House, e outros estavam colocados em cada um dos patamares da escada. Levantei minha cesta para cada um deles e murmurei:

– Para o Sinhô Davis, da Casa Cinza – mantendo os olhos bem baixos enquanto eles me deixaram passar.

Quando cheguei ao escritório que ocupava o andar superior inteiro, Burton Harrison gesticulou para mim para eu colocar a cesta sobre a escrivaninha imensa, sem sequer parar seu discurso para Jeff Davis, o qual estava em pé olhando pela janela.

— Temos o relatório dos batedores de Early hoje. Ele chegou a Winchester sem encontrar qualquer resistência. Deve cruzar o Potomac ainda esta semana.

Davis manteve as costas para a sala, como se olhasse pela janela para conseguir um vislumbre de seu tenente-general distante.

— Uma força de dez mil homens cruzando a Virgínia, e Grant não tem a menor ideia disso. Sinceramente, parece um milagre grande demais até mesmo para nós acreditarmos.

— Qualquer milagre é apenas o desejo do Senhor — Harrison respondeu. — Ele tem apoiado a Confederação, e agora parece que Ele achou por bem terminar a tirania de Lincoln afinal.

Embora eu lutasse para manter uma expressão neutra e um passo firme ao deixar a sala, o que ouvi me deixou muito perturbada. Eu tomara um cuidado ainda maior do que o usual ao preparar meu relatório na segunda-feira anterior. Na manhã de terça-feira, as informações que tinha do ataque planejado de Early a Lincoln deveriam já ter saído da cidade. Com as tropas da União à apenas doze milhas de distância, não demoraria mais de um dia, dois no máximo, para a mensagem chegar até Grant. Certamente ele a tinha neste momento. O que o podia estar impedindo de fazer uso das minhas informações? E qual seria o preço a pagar por ignorá-las?

Por três anos o Sr. Lincoln comandara a guerra com uma constância que assombrara até mesmo seus inimigos. A União perdera muito mais homens do que a Confederação, estava perdendo ainda mais a cada semana da campanha de Grant, o Rendição Incondicional sacrificava seus próprios homens em quantidades indústrias. Mas Lincoln nunca fraquejara em sua determinação de preservar a União, embora isso pudesse custar outras centenas de milhares de mortes. Os possíveis assassinos confederados sabiam que, sem Lincoln no comando, os políticos do norte podiam acabar cansando das mortes e escolher a paz ao invés da vitória. E se eles o fizessem, a Proclamação de Emancipação não teria mais força do que um punhado de areia atirada no meio de um ciclone.

Durante todas as estações ensanguentadas da guerra, a Confederação se agarrara à escravidão até mesmo às custas das vidas de seus próprios filhos. Se o sucessor de Lincoln aceitasse a dissolução pacífica da União, os Estados Confederados da América nunca libertariam seus escravos.

\* \* \*

Quando Bet estacionou sua carruagem ao lado da cabana escura naquela noite, engasguei com o fedor doentio de fruta podre. As pessoas em Richmond morriam lentamente de inanição; no entanto, lá estava um fazendeiro deixando sua colheita estragar no campo. Bet não parecia prestar a menor atenção a esse paradoxo, embora a fome devesse estar incomodando seu estômago tão regularmente quanto incomodava o meu.

Fui procurá-la assim que meu dia de trabalho na Casa Cinza acabou, prevendo que podia contar com sua devoção a Lincoln. Certamente ela compartilhava minha consternação com a forma como o relatório de segunda-feira passara despercebido. Porém, apesar de aliviada por ela ter atrelado seu cavalo e nos ter dirigido para fora da cidade onde poderíamos passar informações para o comando da União, ainda assim fiquei apreensiva pelo que ela podia fazer, dada a maneira tão imprudente com que passara a agir.

Após saltar da carruagem, ela amarrou as rédeas à cerca, andou até a porta da cabana e soltou uma série de assovios curtos.

A porta abriu o suficiente para uma voz grossa perguntar lá de dentro:
– O que você quer?

Bet respondeu com seu amor próprio costumeiro:
– Sou uma dama de Richmond que Sharpe conhece bem.

A porta fechou, e ouvimos murmúrios lá dentro, baixos e ininteligíveis. Um rosto barbudo surgiu na janela da cabana e depois desapareceu. A porta abriu novamente, uma mão pálida gesticulou para entrarmos.

Os três homens que ocupavam a pequena sala estavam tão magros que vi logo que nenhum deles fazia o árduo trabalho físico de um fazendeiro. A colheita estragada no campo não era preocupação deles. Se a fazenda fora abandonada, invadida ou voluntariamente emprestada, eu não saberia dizer. No entanto, achei, com base nas expressões desconfiadas, que eles haviam ocupado a casa grande da fazenda somente porque estava a meio caminho entre a capital da Confederação e o último quartel general de Grant.

– Quem é esse tal de Sharpe? – um dos homens perguntou.
– Essa não é hora para brincadeiras. – Bet falou como se os homens fossem seus criados e fosse sua obrigação dar ordens a eles. – Sou uma unionista de verdade, e vocês sabem tão bem quanto eu o que isso significa para o Coronel Sharpe. – Ela revelou como Sharpe, Butler e outros

antes deles haviam sido os felizes recipientes da correspondência que ela deixara nos limites do sítio de sua família, mais adiante na estrada de Osborne.

Os homens não mostraram nenhum sinal de reconhecimento, embora um dos três provavelmente tivesse levado pessoalmente suas missivas até City Point.

– Uma mensagem foi enviada mais cedo esta semana, que tememos tenha sido interceptada. – Bet me empurrou para frente. – Conte a eles, Mary.

Não gostei muito da ideia de receber ordens para falar na frente daqueles brancos estranhos. Buscando minha voz no ar abafado da cabana, eu estava tão nervosa quanto no dia em que fizera minha primeira recitação para a Srta. Douglass. E ainda menos esperançosa de receber a aprovação daquela plateia do que estive da minha professora severa.

– Jubal Early está se dirigindo para o norte através do Shenandoah com dez mil homens para atacar Washington.

Os homens ficaram silenciosos e imóveis. Eles poderiam ser um pai e seus filhos adultos pela maneira como compartilhavam os mesmos traços absolutamente impassíveis.

– Early está a uma semana de Washington. – A voz de Bet tornou-se alta e aguda, tamanha era sua agitação com o silêncio deles. – Grant precisa ser informado.

– O General Grant conhece muito bem o paradeiro de Early – o homem que espiara pela janela para nós retrucou. – Ele está diante das tropas de Grant, perto de Petersburg. Juntamente com o resto do exército de Lee.

– Não. – Não precisava de nenhum empurrão agora, pois sabia como era importante convencê-los. – Ele já passou por Winchester. Ele pretende matar Lincoln.

O homem zombou, não de mim, mas de Bet.

– Uma sulista vem até nós de Richmond, dirigindo um cavalo mais bonito do que os de muitos cavaleiros confederados nestes dias, para trazer notícias de Early que contradizem as observações do próprio Grant. – Ele agarrou o braço dela, torcendo-o atrás de suas costas até ela soltar um grito. – Os confederados acreditam que vamos cair em tal farsa? Eles enviam mulheres e crioulas para nos desencaminhar?

Outro homem me puxou com força por trás.

– Eles disseram a vocês o que aconteceria se suspeitássemos de vocês? – Ele sussurrou na minha orelha. – O que acontece com espiões confederados que são pegos pelos federais?

– Prenda-nos então – eu disse – mas diga ao General Grant para enviar tropas contra Early. Quando o encontrarem, você pode nos libertar.

– Não estou disposto a enviar forças federais em uma busca inútil, enfraquecendo nossas linhas de frente e dando aos confederados uma oportunidade para quebrar o cerco a Petersburg. Ou a dizer ao General Grant que ele está errado, só porque alguma escurinha ignorante apareceu no meio da noite e disse isso.

– Ela não é ignorante – Bet insistiu. – Ela é...

O som de cascos trovejando na direção da cabana a interrompeu. O cavaleiro saltou diante da porta, não se importando em assoviar ou bater nela antes de entrar. Gritou suas notícias antes mesmo de entrar.

– Que benção eu finalmente alcançar vocês. Estou cavalgando tem dois dias e duas noites, pela serra Blue Ridge desde o monte Jackson. Dez mil rebeldes passaram pelo pequeno vilarejo, dizendo que estão indo em direção a Washington.

McNiven não deixou escapar nenhum sinal de que conhecia Bet ou a mim. Ele simplesmente ficou em pé com os olhos mais esbugalhados do que eu já o vira mostrar quando o homem mais velho perguntou:

– Tem certeza disso?

– Tanta quanto tenho de que meu coração está batendo, batimentos acelerados pela viagem de cinquenta horas sem descanso para trazer essas notícias. – McNiven entregou um relatório selado.

O homem abriu o pacote e deu uma olhada no papel.

– Grant terá isso antes do amanhecer – ele prometeu a McNiven. Ele mal teve tempo para mandar seus companheiros nos libertarem antes de sair pela porta da cabana e desaparecer na direção do celeiro.

– Que sorte que Thomas chegou naquela hora. – Viajamos em silêncio pela primeira milha do caminho de volta para Richmond. McNiven desacelerando seu cavalo para acompanhar a carruagem de Bet. Mas agora Bet parecia ansiosa para conversar, satisfeita como estava com a agitação da noite. – Foi muito excepcional, você não acha?

– Nada muito excepcional em ser chamada de crioula e escurinha. – Eu estava mais do que um pouco irritada por ela poder ignorar tal fato.

Ela se eriçou ao meu lado.

– O fardo do preconceito racial é terrível, como nós duas sabemos. Quando a ameaça à União for eliminada, certamente esse problema grave será abordado.

Eu estava pronta para abordá-lo imediatamente.

– Talvez você acredite nisso. Mas já vi preconceito racial suficiente entre os unionistas, nortistas e inclusive entre os quacres para discordar de você.

Ela fez Frances Burney parar e voltou seu rosto para mim.

– Preconceito racial não é nada mais do que ignorância, algo que todas as pessoas, brancas e negras, deveriam e serão ensinadas a superar. Certamente você sabe disso.

Eu não estava disposta a ouvi-la me dizer o que eu já sabia. Então, cerrei os lábios, como vira minha mãe fazer uma centena de vezes. Mamãe, que me ensinara que alguém que tenta colocar juízo em um tolo acaba virando um tolo também. E um tolo cansado.

Insatisfeita com meu silêncio, Bet se voltou para McNiven.

– Você não concorda que, quando a União for preservada e o flagelo da escravidão removido, o preconceito racial será eliminado?

– Não posso prever o que está por vir. Mas por enquanto eu sei que o mais fácil é mostrar às pessoas aquilo mesmo que desejam ver.

O cavalo baio de McNiven bufou e raspou o chão com o casco como se concordasse. O cavalo não se acostumara ao ritmo lento de nossa viagem e parecia até mais inquieto agora que paráramos completamente.

Nada parecido com um cavalo que passara dois dias atravessando a serra Blue Ridge.

Olhando o casco ávido, percebi que não fora sorte alguma McNiven ter aparecido naquela cabana. Fora uma trama deliberada.

Olhei firme para McNiven.

– Como você sabia onde podíamos estar? – perguntei.

– É meu trabalho saber o que se passa entre as linhas dos confederados e as dos unionistas, moça. Vocês duas não foram muito difíceis de rastrear.

Rastrear. Essa palavra me fez pensar em como os negociantes de escravos caçavam negros com cachorros. Ela não aliviava o peso da verdade dura que já obscurecera meu espírito: McNiven mostrara aos federais o que eles queriam ver – um branco com um relatório aparentemente vindo de algum comandante de uma guarnição militar lá em Shenandoah – enquanto Bet e eu poderíamos ter apodrecido na prisão sem convencê-los a acreditarem em minha palavra.

– Então deveria ficar feliz por eles terem acreditado em um mentiroso branco enquanto uma espiã negra estava disposta a jurar por sua vida, não é?

– Aqueles que desprezaram suas palavras podem muito bem dar atenção às minhas, embora as suas sejam verdadeiras e as minhas falsas. Isso não deve ser motivo de alegria ou lamentação, devemos apenas agir da forma como precisamos fazer. – Ele abaixou a voz. – A alma mais sábia é a que pega as maldições e o desdém e os transforma em vantagem, como você fez todos esses anos.

Esses últimos anos, desempenhara bem o papel de escurinha ignorante. Tão ignorante ao ponto de ser considerada incapaz de ler ou de trair. Tão escurinha a ponto de parecer quase invisível para Jeff Davis e os homens que vinham visitá-lo. Isso trouxe pouco consolo enquanto McNiven cravava a bota em seu cavalo e Bet sacudia as rédeas no seu, sem ter nada para eu fazer a não ser viajar em silêncio pela noite quente.

No dia 12 de julho, um mensageiro interrompeu o jantar de Jeff Davis com uma telegrama que relatava que as tropas da União haviam confrontado a força de Early em Frederick, Maryland. Embora os confederados tivessem ganhado a batalha, o atraso dera a Grant tempo para levar o Sexto Corpo de Exércitos para Washington, onde qualquer ataque realizado por Early agora seria facilmente derrotado.

– Lá se vai seu milagre – Davis disse a Harrison. – Alguma expedição de batedores infernal de Martinsburg deve ter visto nossos homens e telegrafado para Grant. É como se os federais estivessem entre nós, por tudo que sabem de nossas estratégias.

Ele jogou o guardanapo sobre a mesa e a criada supostamente ignorante aproximou-se para limpá-la.

# Vinte e cinco

— Você precisa tomar alguma providência com essa Sophronia.

Eu estava de joelhos no porão da Casa Cinza, o último frio de setembro penetrando do chão desnudo através de meu vestido gasto, enquanto esfregava a bagunça que as crianças fizeram durante o almoço. No dia anterior inteiro, os canhões soaram, prova sonora de que as tropas federais combatiam a mera meia dúzia de milhas de distância. Com Jeff Davis no sul para conversar com seus comandantes de campo sobre como parar a série de vitórias do General Sherman na Geórgia, havia pouco para eu incluir em meus relatórios diários. Assim, eu estava contente por estar trabalhando nesse cômodo vazio que parecia o único canto tranquilo em toda Richmond, com tempo para pensar sobre se os últimos confrontos trariam algum resultado ou não. Ou assim eu pensava até que Hortense me procurou com mais uma reclamação.

Ajoelhei, antecipando o relato de algum desastre na sala ou no quarto de dormir. – Que Sophronia fez?

– Você tá cega? Quando as penas do rabo do peru começa a se espalhar, quer dizer que a hora de colocar ovos logo chega.

Todos aqueles anos de escolarização particular na Filadélfia, até mesmo meu tempo em Richmond, não me prepararam nem um pouco para entender a maneira caipira de falar de Hortense.

Ela fez que não com a cabeça, nem tanto por causa de minha ignorância, mas para os fardos que ela suportava como governanta.

– Disse para ela tomar cuidado com esses encontros às escondidas com Tobias. Agora, está prenhe.

Em 1864, estávamos todos tão famintos, os brancos de Richmond juntamente com os negros de Richmond, que era difícil acreditar que alguém podia engordar na cintura. Porém, Hortense olhava para mim e para Sophronia o dia inteiro. Provavelmente ela percebera a gravidez de Sophronia antes que aquela jovem pobre e ignorante o fizesse.

– Ela deve estar apavorada.

Hortense revirou os olhos.

– Apavorada com a própria sombra, a maior parte do tempo. Ela tem miolo tão mole, ela acha que só porque a Rainha Varina fica beijocando seu próprio moleque ela vai beijocar seu neguinho também. – Ela bufou. – Qualquer um com um pingo de juízo vê que a Rainha Varina vai vender aquele neguinho mais rápido do que Sophronia consegue dizer "por favor, senhora, não." Ela não vai nem se lembrar em que bugiganga gastou o dinheiro.

Ela estava certa. A Rainha Varina venderia o escravo recém-nascido somente para alimentar os cavalos de sua carruagem por mais um mês. E isso podia matar uma mulher mais forte do que Sophronia jamais seria.

– O que você deseja fazer sobre isso?

– Tira ela daqui antes que ninguém sabe sobre o bebê. – Hortense disse isso como se estivesse me orientando para espanar a prateleira da biblioteca.

– Você acha que se eu tivesse alguma maneira de tirar um escravo de Richmond, eu já não teria ido embora há muito tempo?

– Talvez você tenha ficado por aqui procurando algo que perdeu. – Ela enfiou a mão no avental e retirou uma folha de papel dobrada, deixando-a cair no chão entre nós, da forma mais displicente possível. Sem mesmo pegá-la para alisá-la, eu sabia o que era – a carta de Wilson que, meses antes, caíra de onde eu a colocara. Embora Hortense não soubesse ler uma única palavra naquela folha, ela teve bom senso suficiente para pegá-la e guardá-la só para ter algo para usar contra mim.

– Não sei o que você tá aprontando – ela disse – da maneira como você age sorrateira pela casa. Mas sei que você tá aprontando alguma coisa e gosta de manter segredo. Então, você vai arranjar pra Sophronia sair daqui, ou vou fazê um grande escândalo com a Rainha Varina das suas maneiras sorrateiras. Ou até com o próprio Sinhô Davis quando ele voltar das andanças dele na Geórgia.

Estudei seus olhos inquisitórios e aquela boca cerrada com a mesma atenção que dedicara às aulas de latim da Srta. Douglass ou às de geometria da Srta. Mapps. O que vi foi uma resposta tão certa quanto jamais vira em qualquer livro escolar. Eu poderia ter negado e negado qualquer envolvimento com a carta, pelo menos o suficiente para convencer a Rainha Varina ou Jeff Davis. Mas Hortense não poderia ser enganada. E não apenas sobre minha carta extraviada.

A Casa Cinza certamente não era *nós da casa*, mas ainda assim Hortense vivia segundo o mesmo código que Mamãe me ensinara. Ela sabia que os escravos viam coisas, ouviam coisas, faziam coisas sem que o senhor e a senhora sequer suspeitassem. Ela sabia que eu fazia algo que precisava esconder.

– Os federal estão muito perto – eu disse. – A gente ouvimos os canhões deles quase todo dia. Provavelmente vão chegar aqui antes do bebê.

– Esses federal estão fuçando em volta de Richmond desde que o Sinhô Davis primeiro arrastou a gente lá do Alabama. Não tenho muita confiança neles, de uma forma ou de outra. Mas uma garota esperta como Molly, ora eu sei que ela vai tomar conta de Sophronia, exatamente como eu vou dizer pra ela fazer. – Ela pegou a carta e enfiou-a em seu corpete. – A Rainha Varina vai a uma dessas festas de famintos hoje à noite, ela vai ficar na cama todo dia amanhã reclamando que está muito cansada, ela fica doente com enxaqueca e tudo mais. Isso é sábado, e ninguém espera você aqui no domingo. Vocês sai hoje à noite, ninguém sente falta de Sophronia antes de segunda-feira.

Sair hoje à noite – até mesmo Moisés tivera mais tempo para preparar os planos para levar escravos para a liberdade. No entanto, com Jeff Davis distante, minha ausência do trabalho na Casa Cinza por um dia não causaria nenhum dano à União.

– Por que você ficou tão preocupada com Sophronia de repente?

Ela fechou a cara.

– A última coisa que eu preciso é de alguma crioulinha histérica pela casa falando sem parar sobre seu neguinho vendido.

Hortense estava blefando bem. Mas a própria Rainha Varina ficaria totalmente histérica quando descobrisse que outra de suas escravas desaparecera para cruzar as linhas de frente da União. Assim, Hortense não estava buscando mais paz na Casa Cinza, não importa o que dissesse.

Talvez fosse um desejo de desafiar a Rainha Varina. Talvez uma vingança por algum sofrimento antigo seu. Talvez mais uma indicação de um filho, ou mais de um, que Hortense tivera e que lhe fora arrancado e vendido. O que quer que fosse, eu percebia que havia algo, mesmo se todos os detalhes não estivessem claros. Assim como Hortense percebera o bastante sobre mim para saber que eu encontraria uma maneira de levar Sophronia para território federal sã e salva.

Não sabia se era mais compaixão ou autopreservação que me motivava quando lhe contei que tomaria conta de tudo, que não era necessário falarmos mais sobre o assunto.

Estar grávida deve ter exaurido Sophronia porque ela adormeceu assim que passamos por Rocketts Landing, apesar de todas os sacolejos da carroça de Wilson. Não lamentei a falta de companhia. Enquanto ela esteve acordada, ficou perguntando "Onde Tobias está?" ou "Tobias já vem?" -- perguntas que eu não queria responder. Como poderia dizer-lhe que não sabia se ela veria seu homem de novo, quando nem eu mesma sabia se veria o meu?

Wilson transportara muitos escravos para a liberdade naquela mesma carroça. Aqueles escravos tinham se enroscando ali, cobertos por uma saca de farinha ou umas tábuas, sabendo que, se algum sulista branco os descobrisse, todas as suas esperanças de liberdade terminariam em chibatadas, mutilação e venda – ou quem sabe qual combinação dos três.

Sophronia e eu não viajamos assim. Eu sentei e ela ficou deitada, mas à vista, nossa única cobertura era o céu de veludo negro e a proximidade da senhora branca que nos levava pela estrada de Osborne e depois pela via de New Market.

Bet se empoleirara no banco do cocheiro da carroça tosca, agindo como se aquele fosse o lugar em que ela deveria estar. Ela fora muito prestativa quando apelei por seu auxílio, ansiosa para ajudar a transportar uma escrava fugitiva e feliz por exibir seu passe para o piquete de confederados nos arredores de Richmond, o qual a avisou para tomar cuidado com os patifes dos ianques que poderiam estar infiltrando as redondezas.

Apesar de toda a sua coragem e ousadia, ainda assim vi Bet franzir o cenho de preocupação quando precisou escolher uma rota para levar Sophronia até os federais. Com os combates constantes, até mesmo as tropas da União que avançavam e os confederados que tentavam reconquistar território perdido não conseguiam saber exatamente onde começava o território de um e onde terminava o do outro. Bet e eu tínhamos nossas testas bem franzidas por causa de nossas incertezas com relação ao caminho a tomar quando ouvimos um tiro a uma dúzia de jardas de distância.

Em seguida, tudo aconteceu tão rápido que quase não consegui entender o que estava acontecendo.

Frances Burney relinchando e empinando de medo.

Bet gritando e lutando para tranquilizar o cavalo.

O ar da Virgínia abafado com o cheiro de pólvora e medo.

E, depois, na estrada à nossa frente, a silhueta de um soldado, apontando uma pistola na direção de Bet e ordenando:

– Alto lá.

Bet agarrou as rédeas desesperada, mas aquela égua não ficava quieta.

Vi um clarão e ouvi o estampido de uma bala. Frances Burney, o último dos seis magníficos cavalos brancos de carruagem dos Van Lew desabou no chão.

Bet saltou para se ajoelhar sobre o animal. Ela passou uma mão bem suavemente ao longo de sua crina como se o ajudasse a suportar seus últimos espasmos de dor. Três anos e meio de guerra sangrenta, todas aquelas mortes e lesões, e ela ainda conseguia sofrer por um cavalo.

O soldado se aproximou de nós. Enquanto consegui enxergar que ele vestia um uniforme confederado esfarrapado, Bet se levantou e disse:

– Vou relatar este ato de crueldade desumana a seu oficial comandante, jovem. Você pode ter certeza disso.

O soldado soltou uma gargalhada maníaca.

– Diga um alô àquele diabo se o encontrar, porque o capitão está no inferno com tanta certeza quanto estou em pé aqui. Embora talvez como ele disse eu estou indo para lá também. Devo estar, mas não me importo.

Ele virou a cabeça para trás e assentiu como se estivesse ouvindo uma voz atrás dele, depois voltou a olhar para frente.

– Só que Sam, Becky e o bebê está tudo no paraíso agora. Nunca tive a oportunidade de ver eles pela última vez como Becky queria. Se vou para o inferno nunca vejo eles de novo.

– Lamento por sua perda – Bet disse. Eu esperava que ela tivesse juízo suficiente para entender que o soldado não gozava de juízo perfeito. Provavelmente, ele desertara de sua companhia após ouvir notícias de doença e morte em casa.

– Não estou perdido – ele disse, embora espiasse ao redor como se não tivesse certeza de como chegara ali para falar com ela. Ele sacudiu sua pistola na minha direção e na de Sophronia. – Quem são essas?

– Elas são minhas criadas. Eu as trouxe para a cidade para cuidar de Mamãe, e agora preciso levá-las de volta para nosso sítio.

– Não temos nenhum escravo. Nenhuma casa elegante na cidade também. Papai disse que era uma tolice morrer por aqueles que têm.

Ele se aproximou da carroça, sempre mirando a arma para nós.

– Jethro diz que você pode ordenhar uma negra igual como faz com uma vaca. Papai diz não. Mas nenhum deles jamais viu uma. – Com sua mão livre, ele beliscou onde o tecido do corpete de Sophronia estava esticado, na altura do peito.

Bet se aproximou dele rápido, puxando-o para ficar de frente para ela enquanto Sophronia gritava de dor.

– Jovem, em nome da decência, não se comporte dessa forma.

Ele esfregou a parte de trás da mão na barba rala de seu rosto, como um animal coçando o pelo emaranhado com a pata.

– Você toma muito cuidado dessas negras. Você é um desses abolicionistas que começou essa droga de guerra, talvez. – Com dois cliques rápidos, o soldado demente engatilhou sua arma e mirou em Bet.

A única coisa na carroça além de mim e Sophronia era a cesta de comida que Bet trouxera. Enfiei a mão dentro dela e depois rastejei rapidamente até a lateral da carroça.

O jarro de água estava pesado, ainda quase cheio. Senti seu peso enquanto o levantei com as duas mãos e depois baixei-o com toda a força na nuca dele.

Pensei ter ouvido um osso quebrar. Ou talvez eu tenha sentido isso. Talvez simplesmente eu estivesse confundindo o barulho do jarro de cerâmica quebrando com o esmagamento do crânio daquele homem. No entanto, no momento seguinte ele estava caído no chão.

Pulei da carroça e o chão bateu duro contra as solas de meus pés. Levantei o pé e o pisei com força no mesmo ponto ensanguentado onde a jarra se espatifara como um ovo quebrado contra uma frigideira. Pisoteei a cabeça dele diversas vezes até, por fim, perceber Sophronia soluçando de terror e depois a voz de Bet.

– Meu Deus, Mary! O que você fez?

Sem mesmo parar para responder, dobrei-me e apanhei a pistola do soldado inconsciente, conferi a posição do gatilho e atirei, colocando uma bala dentro de sua cabeça.

## Vinte e seis

Ao menos Bet estava disposta a renunciar às suas ideias com relação a enterros apropriados quando se tratava de cavalos de carruagem e soldados confederados desequilibrados.

Pesado como era Frances Burney, não havia nenhuma chance de podermos mover sua carcaça. A carroça de Wilson também teria que ser deixada para trás, ela não tinha qualquer utilidade para nós sem um animal para puxá-la. Quanto ao confederado, enfiei uma mão por baixo de cada um de seus sovacos, seus braços mortos pesando sobre as dobras de meus dedos enquanto o arrastei para fora da estrada e por uma pequena distância para dentro do bosque, de modo que quem quer que encontrasse o cavalo e a carroça não o encontrasse também.

Sophronia ainda estava choramingando de medo quando nós três partimos a pé.

– Ele não pode mais machucar você – disse-lhe. – Vamos esquecer tudo isso, como um sonho ruim. Mantenha-se vigilante para ver o amanhecer e o primeiro dia de sua liberdade.

Mas mesmo enquanto caminhávamos, eu sabia que a alvorada nos traria ainda mais problemas. Descobri manchas de sangue e pedaços de algo carnudo em minha saia e em meus sapatos, inclusive achei que sentia o mesmo material seco em meu rosto e cabelo. Não tínhamos nem uma jarra de água para eu me lavar e, provavelmente, encontraríamos mais estranhos quando a luz do dia surgisse.

– Existe algum riacho aqui por perto? – perguntei à Bet. Não ousamos ir em direção ao James, guardado como estava pelas tropas confederadas.

– Creio que o riacho Four Mile fica em algum lugar mais adiante na estrada – ela disse. – Nunca tive razão para ir até lá. – Quando fui colocar o soldado no bosque, eu me afastara do cadáver e vomitara tanto que tremi da cabeça aos pés. Bet era exatamente o meu oposto, seu discurso e movimentos estavam mecanizados pelo choque do que eu fizera.

Nem meia hora após começarmos a andar, começou a chover. A princípio, eu fiquei feliz com isso, esperando que a água lavasse parte do sangue e do meu medo também. Mas as gotas vieram fortes e rápidas. O dilúvio raivoso nos ensopou, os dentes de Sophronia batiam de frio. Deixamos a estrada para aproveitar o abrigo oferecido pelo bosque, nenhuma de nós comentou sobre os tiros de artilharia que explodiam de vez em quando, estourando ainda mais perto do que fizeram em Richmond.

Nosso progresso foi lento enquanto navegávamos pelo emaranhado de árvores cheias de lama. A apenas um quarto de milha da estrada, o terreno fora desmatado, mas não ousamos caminhar por aqueles campos. Um fazendeiro da Virgínia não gostaria da ideia de encontrar três mulheres violando sua propriedade, uma das quais era uma escrava fugitiva, e a outra uma assassina.

Uma assassina. Era o que eu era. Aquilo que, em um instante, eu me transformara.

A percepção afiada feito navalha me cortava quando das profundezas do bosque um homem gritou:

– Alto lá. Identifiquem-se e digam ao que vieram.

– Meu nome é Elizabeth Van Lew, e essas são minhas criadas. – Bet gesticulou para nós para ficarmos a seu lado. – Estávamos viajando pela via de New Market quando o cavalo de nossa carroça ficou coxo. Estamos tentando encontrar Darbytown, mas temo que tenhamos nos perdido nessa tempestade.

Ouvi galhos balançarem e folhas farfalharam à medida que o homem chegava mais perto e consegui ver o brilho de uma baioneta.

– Senhorita Van Lew? É você mesmo? – O espanto alterou a voz do soldado. – Eu quase não a reconheceria, você está tão magra.

Bet apertou os olhos para tentar enxergar melhor na chuva, fechando a cara e sacudindo a cabeça em confusão.

Com outra sessão de farfalhos, o batedor apareceu perguntando:

– Você não reconhece seu velho amigo?

Arfei surpresa.

– Eu reconheceria o espaço entre seus dentes em qualquer lugar, George Patterson. Só que você deve saber agora, ultimamente respondo pelo nome de Senhora Bowser.

O marido de Hattie parou de apontar o rifle para nós ao se aproximar.

– Peço desculpas, Senhora Bowser. Mas suponho que hajam ainda mais desculpas a serem dadas. Vocês três parecem ter tido muito mais problemas do que apenas um cavalo manco.

Bet estava pronta para inventar quem sabe que história, mas eu me antecipei a ela explicando que Sophronia estava prenhe e que precisávamos levá-la para algum lugar em que ela pudesse ter seu filho em liberdade. Disse-lhe que Bet era uma unionista e uma aliada, talvez Wilson tivesse falado sobre ela para ele. Quando ele confirmou, acrescentei que eu me sujara de sangue ao matar nosso cavalo para acabar com o sofrimento dele. Para evitar que ele questionasse minha história, perguntei o que ele estava fazendo vagando sozinho pelo interior da Virgínia.

– Missão de reconhecimento. – Ele chegou mais perto, parecendo mais um homem do que o menino de quem eu lembrava. – Tomamos New Market Heights ontem, o forte Harrison também. Com isso, as linhas de frente dos rebeldes estão mais fracas do que nunca, dando-nos alguma vantagem para empurrá-los de volta para Richmond. – Mas, em seguida, o orgulho o abandonou e ele pareceu ainda mais velho. – Ora, odeio ter de lhe contar. Wilson foi baleado.

Baleado. A palavra me atingiu com força. Forte como o ricochete da bala que eu colocara na cabeça de um homem horas antes.

A incerteza de todos os meses em que temi que meu marido estivesse morto ou fosse capturado foi totalmente eclipsada pela certeza infernal de saber que ele fora ferido. Tudo que consegui fazer naquele momento foi seguir George que nos levou pelo interior da Virgínia cansada de guerra.

O dia amanheceu, mas o céu manteve seu tom cinzento. Paramos no riacho Four Mile, onde Bet rasgou um pedaço de sua anágua para fazer um pano de lavar improvisado. Permaneci entorpecida enquanto ela limpou meu rosto, cabelos e mãos. Senti como se estivesse fora de mim, observando tudo que acontecia como se fôssemos atrizes em um palco.

De Lavinia Whitlock a Flora Stuart, nesses três anos eu testemunhara uma impressionante confraria feminina de sofrimento. Eu não queria desempenhar papel algum nessa sociedade. Porém, não importava muito o que eu queria, ou para o que eu trabalhara ou rezara dessa vez. Não agora que meu marido fora ferido.

O choque que nos envolvera desde nosso encontro com o confederado tornou-se ainda mais pesado enquanto caminhávamos. O relato de George sufocou não apenas as minhas palavras, mas também a minha respiração. Cada minuto de nossa marcha podia ser abatido da hora da morte. A hora em que Papai sentou com Mamãe. A hora em que Bet sentou com Papai. Uma hora que não tive junto com qualquer um deles.

O fato de que a morte poderia levar meu marido fora um companheiro muito feio que me acompanhara durante todos esses meses. O fato de que ele podia morrer comigo tão perto, porém ainda não presente, era um horror novo em um mundo que eu achara que não podia ficar ainda mais horroroso.

Ali, pelo menos, estava a pura verdade da guerra: cem mil soldados poderiam entrar no campo de batalha juntos, entretanto cada um que caísse podia morrer sozinho.

Por fim, chegamos ao acampamento da União, filas intermináveis de barracas beges baixas, centenas de soldados negros andando entre elas. Nosso quarteto atraiu muitos olhares curiosos enquanto caminhamos pela grama pisoteada e chegamos a uma grande barraca, alta o suficiente para um homem ficar em pé dentro dela e larga o bastante para abrigar várias filas de camas de armar. Bet e Sophronia esperaram embaixo da bandeira amarela do hospital enquanto entrei na barraca com George. Segui até a maca onde estava meu marido, a perna da calça de seu uniforme cortada, uma atadura ensanguentada apertada em volta de sua coxa nua.

Wilson estava imóvel. Imóvel demais para meu gosto. Parecia que nada podia estar tão tranquilo e pacífico em meio a todos esses anos de guerra. Ao ver suas pálpebras bem fechadas, meu cérebro formou as palavras *tarde demais, tarde demais*.

O ar dentro da barraca era uma destilação cáustica do fedor mortífero que pairava com tanta frequência sobre as ruas de Richmond. Temerosa de que meu marido nunca mais me visse novamente neste mundo, toquei seu rosto com a parte de cima de minha mão, uma despedida hesitante e delicada. Quase não acreditei quando aquelas pálpebras piscaram e vagarosamente abriram.

Ele olhou aturdido para mim, depois para George e para mim novamente.

– Diga ao médico que devo estar delirando. Estou tendo visões de um anjo bondoso.

– Não tem nenhum anjo aqui – disse. – Apenas uma mulher que ama você.

Uma mulher cujos músculos tensos relaxaram novamente, embora o medo de perder meu marido ainda não estivesse totalmente extinto. Debrucei-me e beijei sua testa, não me importando em manter o recato diante das enfermeiras e dos outros soldados feridos.

George murmurou algo sobre ver Sophronia e Bet e saiu da barraca. Uma das enfermeiras me ofereceu um banquinho e sentei tão perto quanto podia de Wilson, reunindo coragem para fazer a pergunta que não podia deixar de fazer, mas que não tinha certeza de que estava pronta para ouvir a resposta.

– O que diz o médico?

– A bala atravessou minha perna e saiu do outro lado, sem atingir o osso. Ele acha que vou ficar bom, talvez apenas manco se o músculo não curar direito. – Os sete longos meses desde a última vez em que pusera meus olhos nele pareciam sete anos, por tudo que aquele tempo fizera com ele. – Dói tanto, não acreditei quando o médico me disse que tive sorte. Mas vendo você, acredito que ele está certo. Como você conseguiu chegar aqui agora?

– Sophronia está prenhe. Bet e eu tentávamos levá-la para um dos campos de contrabando. Perdemos nosso cavalo e estávamos vagando a pé quando George apareceu na nossa frente e nos trouxe aqui. – Não desejando focar naquilo que eu não queria falar, debrucei-me e beijei meu marido novamente.

Após prometer-me que não estava sofrendo muito, ele deu uma risada e disse que eu estava com uma aparência horrível.

– Suponho que seja por ter de comer a comida que você própria prepara.

– Minhas parcas habilidades de cozinheira não podem fazer mal à pouca comida que há – disse. – O General Grant está fazendo o melhor que pode para manter Richmond faminta. O verão já foi muito difícil, quem sabe aquilo que o inverno nos trará.

– O inverno pode trazer a paz se tomarmos a cidade no próximo mês ou dois. Se não conseguirmos, Grant vai manter um cerco firme, depois vai avançar na primavera. – Ele apertou minha mão com toda a força que um homem ferido podia reunir. – Não vai demorar muito mais do que isso. Até mesmo os homens de Lee sabem disso, você pode sentir isso ao longo das linhas de frentes de Petersburg. A vitória está chegando, e a liberdade também.

*Chegando* e *já chegou* não eram o mesmo e, por causa da diferença entre eles, era difícil para a mulher de um soldado relaxar.

– Muitas mais batalhas a serem travadas antes disso – eu disse.

– O pior que enfrentei nessa guerra não foi uma batalha. – Ele se mexeu, a dor passando por seu rosto. – Em maio, quando desembarcamos em Bermuda Hundred e estabelecemos o forte Pocahontas, uma de nossas patrulhas encontrou por acaso um fazendeiro local. Eppes Clayton – um verdadeiro PFV e um dono de escravos dos mais asquerosos, pelo que as pessoas diziam. Um dos homens do Primeiro Regimento fora seu escravo e quando trouxeram Clayton para o acampamento, o General Wild mandou o soldado açoitá-lo.

– Aquele soldado deve ter dado vinte chibatadas nele. E depois ele entregou o chicote para umas mulheres negras. Escravas fugitivas que também pertenciam a Clayton, elas fugiram para o forte tinha poucos dias. Cada uma dessas mulheres pegou o chicote e deixou outras quinze marcas de chicote nas costas de Clayton. As pessoas urravam como se o açoitamento fosse uma festa, com o General Wild sorrindo e aplaudindo como se estivesse assistindo a um daqueles espetáculos de *coon show* que eles adoram tanto no Norte. Aquele homem nos levou para a batalha e, no entanto, não éramos mais do que isso para ele.

A lembrança tornou as feições de meu marido quase feias.

– Wild mandou o capelão fazer um sermão sobre o açoitamento, e todos nós tivemos que ficar em volta e louvar enquanto ele esbravejava sobre como os justos exigem sangue.

– Hebreus 9:22 – eu disse. – *"E quase todas as coisas, segundo a lei, se purificam com sangue; e sem derramamento de sangue não há remissão"*. McNiven me disse que John Brown pregara isso diversas vezes quando estava preso em Charlestown após Harper's Ferry.

Wilson não encontrou muito consolo naquilo.

'Brown está morto. Mas tem muito negro que continuará vivo quando essa guerra acabar. Se tudo que temos é o desejo de derramar sangue, que tipo de vida a liberdade trará? Enquanto quisermos ferir e causar danos mesmo quando não houver mais batalha, qual a diferença entre nós e capatazes e donos de escravos?

Senti o peso da jarra de água em minhas mãos, a força de meu pé golpeando o crânio do confederado. A calma com que peguei a arma, puxei o gatilho e o matei.

O que meu marido pensaria quando ele soubesse o que eu fizera? O que ele faria eu pensar sobre mim mesma?

Ouvimos gritos do lado de fora da tenda. Uma enfermeira correu para dentro, dirigindo-se a mim com voz baixa e cheia de autoridade.

– Dois de nossos batedores foram emboscados há uma hora. O médico está operando agora. Você vai ter de ir embora para eu preparar espaço para eles.

Wilson começou a protestar, mas fiz que não com a cabeça, muito feliz por encerrar nossa conversa.


George instalara Sophronia e Bet diante de uma fogueira crepitante, onde elas faziam uma refeição matinal com as rações de pão que ele conseguira convencer seus soldados colegas a doar. Ele me ofereceu um prato de lata, mas eu o dispensei com um gesto.

– O que fazemos agora? – Sophronia perguntou.

– As carroças com suprimentos chegam mais tarde hoje. Elas levarão Wilson e os outros feridos deste acampamento – George disse. – Poderão levar vocês para Bermuda Hundred e de lá vocês irão por barco para o forte Monroe. Milhares de antigos escravos estão vivendo lá, com senhoras vindas do Norte para ensiná-los a ler e escrever. Incluindo aquela quacre de quem você sempre gostou tanto, Mary.

– Zinnie Moore?

– Sim, ela mesma. Veio conosco, disse que pretendia fazer o que pudesse para ajudar os libertados. Só que, com aquela maneira engraçada de falar, quem sabe como aqueles pobres negros soarão quando ela tiver acabado com eles.

Tentei rir da piada de George. Porém, estava assombrada com as palavras de Zinnie para mim no dia em que deixei o círculo de costura. *Cuide-se para que nenhum golpe em seu corpo ou marca em sua alma seja consequência de qualquer trabalho que escolheras.* As marcas de minhas queimaduras do óleo da lâmpada não doíam mais. Mas eu sentia intensamente a marca recente em minha alma.

– Você vem também? – O rosto de Sophronia estava contraído de preocupação.

Respondi que não.

– Preciso voltar para Richmond. Seria demais para Hortense sem nós duas, e...

Bet me interrompeu.

– Talvez você deva ir com Sophronia.

Olhei para ela, não acreditando que ela esperava que eu desistisse de nossa espionagem.

– Como eu disse, há trabalho a ser feito na Casa Cinza. É melhor eu voltar para lá.

Os olhos azuis de Bet penetraram gelados nos meus.

– Qualquer trabalho que haja para fazer será feito de uma forma ou de outra. Acho melhor você ir para o forte Monroe.

Disse-me que ela só queria acreditar que não importava se eu estava em Richmond ou não, porque ela nunca conseguia suportar admitir a importância de minha participação na espionagem. Mas, quando olhei para baixo, vi a dança de marcas de sangue na bainha de minha saia e, pela primeira vez, achei que talvez Bet tivesse razão.

A chuva amainou no meio da manhã, e George de alguma forma conspirou para tirar Wilson da barraca do hospital por algumas horas. Eu estava muito apreensiva quando sentei ao lado dele, embrulhado em um cobertor do exército, suas costas apoiadas contra o tronco de uma acerácea. Por mais que ansiasse estar com meu marido, não tinha qualquer desejo de recomeçar a conversa do ponto em que fora interrompida.

Esperei até ele comer um pouco de carne-seca e farinha de milho frita e depois disse:

– Talvez eu deva ficar e cuidar de você enquanto essa ferida está sarando. Quando você estiver recuperado, posso ir para o forte Monroe. Bet sugeriu que eu ajudasse a ensinar na escola de lá.

Ele pousou o garfo e olhou sério para mim.

– Quando Bet faz tudo para colocar você em perigo, você está logo pronta pra fazer tudo que ela quer. Deus sabe como tentei me reconciliar com isso. Mas desde quando você a deixa convencer você a fazer algo tão tolo como desistir de trabalho importante? Você não acha que o que você está fazendo significa mais para a liberdade dos escravos do que ensinar um bando de ABCs?

Há muito eu ficara desconfiada que Bet me colocava em perigo. Porém, o que eu fizera há poucas horas provara que eu tinha meu próprio poço cheio de perigos, borbulhando impetuoso e assassino, dentro de mim.

– Qual é o problema? – Wilson perguntou. – O que está impedindo você de voltar para Richmond?

Mantive meu olhar naqueles dentes de garfo sem brilho, incapaz de olhar nos olhos dele enquanto lhe contei tudo que se passara com o confederado. Quando terminei de contar tudo, engoli em seco o bolo de vergonha em minha garganta e me forcei a olhar para cima quando perguntei se ele estava zangado.

– Claro que estou zangado. Um maníaco como esse, ameaçando minha esposa, Sophronia e até aquela maluca da Bet. Que tipo de homem não ficaria zangado ao ouvir isso, sabendo que ele não estava perto para protegê-las vocês?

– Quero dizer, você está zangado comigo?

A perplexidade se espalhou por seu rosto.

– Por que eu ficaria zangado com você?

– O que você disse antes sobre o desejo de derramar sangue, e a violência fora do campo de batalha... – Minha voz foi esmorecendo.

– Aquilo não é igual a tudo isso. Aquele homem pretendia fazer mal a vocês.

Entrelacei os dedos, apertando com força as palmas de minhas mãos uma contra a outra, desejando sentir-me sólida, ao invés de sentir a memória fria e pesada da jarra que usara para abater um homem.

– Quando o golpeei, ele não tinha muita chance de fazer mal a ninguém. Mas continuei. Eu o chutei e atirei nele, porque eu queria. Eu gostei daquilo.

– Agora você não parece ter gostado tanto assim.

– Claro que não. Estou me sentindo mal por causa disso. Mas enquanto estava acontecendo...

– Quando estava acontecendo não era a mesma coisa que agora. Se algo como isso acontecer novamente, você estaria certa de fazer o que fez, protegendo Sophronia e Bet e a você mesma dessa forma. Mas não me preocupa muito se você está prestes a fazer isso com qualquer homem branco que apareça à sua frente. Está?

– Wilson, matei um homem. Você não sabe o que isso significa?

– Certamente que sei. – Ele colocou uma mão sobre o lugar onde o cobertor de lã fino cobria o buraco aberto pela bola de metal que atravessara seu corpo. – Espero que eu tenha matado um ou dois homens e não me arrependerei de tentar novamente quando esta perna estiver sarada. – Comecei a me opor, mas ele me parou. – Não comece a me dizer que não é o mesmo para você como é para mim, Mary do Contra. Se os confederados preferem morrer a ver os negros livres e salvos, essa escolha é deles, não nossa.

Queria acreditar nele. No entanto, eu não estava totalmente convencida.

– Mamãe disse muitas vezes que Jesus tinha um plano para mim. Acho que eu queria que isso fosse verdade, desejava saber que era especial. Mas Jesus não podia ter planejado que eu fizesse o que fiz. Talvez isso signifique que não havia plano nenhum afinal. – Talvez eu não seja tão especial. – Simplesmente não vejo como você pode me amar sabendo o que fiz.

Meu marido me respondeu como somente ele no mundo inteiro poderia.

– Anos atrás, tinha uma carga que levei para o Norte às pressas. Uma magricela, ainda menina. Jovem como ela era, ela matara seu dono. Ele fez um filho nela depois vendeu o bebê e continuou a procurá-la. Não sei se ela planejou isso ou não ou simplesmente fez sem pensar, mas na hora em que as pessoas da Ferrovia a encontraram, ela estava desfalecida e parecia morta. Mesmo enquanto estava caída lá, rezei para ela sobreviver e chegar ao Norte. Eu queria acreditar que ela podia se apaixonar, fazer uma família, em liberdade. Porque se isso pudesse acontecer, significava que eu não era tolo em ter esperanças com relação ao fim da escravidão, muito embora o cativeiro levou tantos que transportar mais alguns aqui ou ali para a liberdade às vezes não parecia fazer muita diferença.

Essa era a primeira vez que falávamos sobre aquela garota. Wilson nunca foi muito de falar sobre seu trabalho na Ferrovia, sabendo como a liberdade de muitos fugitivos, assim como a sua segurança, dependia de ele manter tais fatos em sigilo. Entretanto, minha reticência não era exatamente igual à dele. Falar sobre aquela criança perturbada, sobre o que ela passara, tudo que seu dono fizera com ela, como eu poderia falar de tal horror quando desejava apenas que tudo acabasse de uma vez por todas?

Ele tomou minhas mãos.

– Por tudo que sei, ela nunca disse mais uma palavra. Mas espero que ela assim tenha feito. Espero que alguém a ame como eu amo você, e que ela possa dizer-lhe o que se passou e que ele possa tranquilizá-la, sem que ela precise carregar isso como um segredo de culpa em seu coração.

Não escondi dele o vislumbre que tive de que sua esperança poderia se tornar realidade.

– Aquela garota falou novamente, sei pelo menos isso – disse. – Ela falou comigo.

Contei como ajudei a levá-la para Nova York.

– Quando McNiven me disse que fora o primo de David Bustill Bowser que levou aquela menina para um lugar seguro, nunca pensei que acabaria conhecendo esse homem.

– Bem, talvez isso fosse uma parte do plano de Jesus. Por mais que eu ame você, gosto de acreditar que talvez tenha sido a mão Dele que nos juntou. Mas mesmo se Ele não fez isso, sei que sempre amarei você. Assim como sei que o trabalho que você faz em Richmond é importante, mesmo se Ele não planejou para que você o fizesse. Você mesma não sabe disso?

Assenti com a cabeça, amando Wilson ainda mais por me mostrar que era verdade.

– Muito bem, esqueça Bet, sua mãe e todo o resto. O que você pretende fazer? Cabeça-dura como minha mulher é, aposto que ela deve ter alguma opinião própria sobre o assunto.

Pensei no acesso de raiva que a Rainha Varina teria quando descobrisse que mais uma das escravas dela sumira, no quanto mais arduamente eu teria que trabalhar na Casa Cinza para compensar a perda da mão-de-obra de Sophronia. Como a fome aguda dos últimos meses doera e o quanto mais doeria quando o inverno chegasse.

Olhei firmemente para meu doce e precioso marido e tentei imaginar deixá-lo para ser cuidado por estranhos, quando nós dois sabíamos que muitos dos soldados convalescentes pioravam se fossem contaminados pela febre do acampamento. Pensei em como sentia saudades de Zinnie Moore, como seria bom trabalhar ao lado dela novamente.

Porém, pensei naquela garota que trouxemos para a liberdade, em mim e Wilson trabalhando juntos antes mesmo de nos conhecermos. Pensei em Dangerfield Newby e no sermão que o primo de Wilson fizera sobre ele. E pensei sobre Jonas Smith de Augusta, Maine, o CSS *Virginia* e a Revolta do Pão. Pensei no ataque de Early, como juntos McNiven, Bet e eu talvez tivéssemos salvado Lincoln do assassinato e a União da dissolução.

Durante toda a minha vida, as escolhas mais difíceis que fiz foram com relação a partidas. Deixar Mamãe e Papai para ir para o Norte. Deixar Theodore quando percebi que não podia ser a esposa dócil que ele desejava. Deixar Zinnie Moore e as outras senhoras quando fiquei impaciente com a Sociedade Feminina Antiescravagista. Deixar a Filadélfia quando acreditava que a guerra estava chegando e com ela a única esperança real de emancipação.

Examinei os olhos de meu marido, sabendo que a escolha que eu precisava fazer agora era tão difícil quanto qualquer uma daquelas. Mas era diferente também. Dessa vez, eu estava escolhendo ficar.

– Marido, é melhor você se apressar e ficar bom logo para que você e o resto das USCT possam entrar marchando em Richmond. Porque vai ter uma escrava trabalhando na Casa Cinza que vai precisar ser libertada, detestável como aquela senhora Varina Davis é. Nesse meio tempo, essa escrava vai fazer tudo que puder para ajudar você e todo o exército da União a chegarem lá. E ela vai ter uma recepção de boas-vindas especial esperando por você.

Wilson sorriu.

– Tenho certeza que sim.

# Vinte e sete

*23 de dezembro de 1864*

*Minha queridíssima,*

*Quantas vezes escrevi estas palavras! Agora, antes de você pensar que eu continuo com outras mulheres lembre-se o exército americano está cheio de homens que não sabem escrever e a USCT tem uma parcela alta deles. Muitas horas tiro a caneta para escrever as palavras deste companheiro ou daquele para enviar para a esposa mãe ou filho que deixaram em casa para que a própria pessoa a leia ou para que seja lida para ela. Então quando um certo escocês apareceu por aqui, eu vi a hora de voltar a escrever por minha própria conta. Ele diz que não se importa de levar minha carta, pois o risco de ser pego não é pior do que o risco do que minha querida esposa faz com ele se ele volta sem uma missiva minha.*

*Amo você e sinto sua falta. O amor podia fazer um homem impaxiente com a saudade mas acho que quando chegar a primavera os federais vai estar em Richmond e você vai estar em meus braços. Pensar nisso é sufixiente para me manter quente embora as noites sejam muito frias. Pelo menos, o frio impede que eles nos marchem para cima e para baixo. Ainda assim não reclamo como alguns dos homens, muito feliz por sentir que minha perna está ficando forte novamente. Sim estou me recuperando de minha experiência e espero que minha esposa esteja recuperada da dela.*

*Nosso amigo está fazendo barulhos porque ele precisa partir antes de anoitecer então acho que está na hora de fechar esta com um Feliz Natal e saiba que você está em meus pensamentos mesmo quando nenhum mensageiro pode levar e trazer mensagens entre nós.*

*Seu sempre apaixonado*
*Marido*

McNiven trouxe-me a carta na véspera de Natal, e adormeci naquela noite abraçando as páginas como se elas fossem uma parte de meu marido. Quando subi Church Hill na manhã seguinte, encontrei Bet mais agitada, sua mãe mais fragilizada e o almoço ainda mais minguado do que fora no Natal anterior. Porém, no entanto, tinha toda a alegria natalina que poderia esperar, saboreando a antecipação da queda da Confederação, como se fosse uma fatia de carne de ganso ou uma porção de torta de ameixa.

Jeff Davis era tão popular quanto Abraham Lincoln entre os confederados quando 1865 se aproximou. Então, quando dois senadores entraram de cara feia na Casa Cinza no final da manhã de fevereiro, entendi que fora mais do que o ar frio do inverno que tornara o rosto deles vermelho. A Rainha Varina tentou enxotá-los dizendo que seu marido estava de cama atacado por uma nevralgia.

– Suponho que ele possa conversar conosco com igual facilidade em seu robe de dormir como em seu fraque – disse o Senador Hunter enquanto passava por ela para subir a escada grande. O semblante severo de Hunter adornava a nota de dez dólares da Confederação, mas atualmente o aspecto soturno de suas feições estava ainda mais austero do que nos tempos idos quando ele posara para ter o retrato pintado. Naquela época, dez dólares confederados podiam comprar um barril de farinha. Ultimamente isso não era suficiente para comprar um pão inteiro e, nesta semana, nem mesmo uma simples fatia.

– Rainha Varina vai ter um ataque quando alguém fala com ela assim. – Hortense sussurrou enquanto observávamos a conversa do corredor adjacente. – Só uma tola ficaria por aqui onde ela pode achar ela, causando problema só porque esses homem branco chegam dando ordem.

Ela me puxou com força enquanto se encaminhava para a escada dos criados. Nem ao menos fingimos que estávamos fazendo faxina quando chegamos ao escritório de Jeff Davis e encostamos nossas mãos em forma de cone na porta de passagem para o quarto dos Davis. A curiosidade explícita de Hortense não me surpreendeu muito. A Rainha Varina e suas amigas reclamavam em voz alta umas para as outras sobre a crescente insolência de seus criados. Por que não Hortense e todo o resto?

A primeira coisa que ouvimos foi o arrastado sotaque texano do Senador Wigfall.

– Esse judeu infernal Benjamin está por trás disso, suponho.

– O Secretário Benjamin apoia a ação – Davis respondeu. – Mas a ideia surgiu do General Lee. Ele defende essa providência há algum tempo, embora até este inverno eu não considerasse se necessário tomá-la. Agora, no entanto....

Hunter não o deixou terminar.

– Não podemos permitir que um presidente confederado tire exatamente aquilo que está no coração de nossa Causa.

Davis respondeu como uma hiena uivando para sua alcateia.

– Sem essa medida, os federais nos derrotarão em uma questão de semanas.

A confusão repuxou os cantos da boca de Hortense. Dei de ombros, mostrando minha perplexidade, e cheguei mais perto da porta.

– Temos insistido que eles sejam mantidos na condição que melhor condiz com suas capacidades limitadas. Agora você os tornaria nossos iguais, na hora em que a honra e a coragem mais importam – Hunter disse. – Se eles são mesmo aquilo que nós dissemos, será o massacre deles e o de muitos de nossos filhos também. Se eles não são o que dissemos, então mesmo se triunfarem, a sociedade confederada estará arruinada.

– Precisamos de centenas de milhares de soldados adicionais, quando há apenas dez mil homens brancos restantes para serem convocados para o serviço militar na Confederação. – A declaração de Davis não teria sido uma grande novidade para ninguém, no Norte ou no Sul. Mas o que ele disse em seguida foi a coisa mais impressionante que eu ouvira na Casa Cinza. – Temos milhões de escravos entre nós. Seríamos tolos se não os alistássemos nessa hora mais desoladora para nossa Causa.

– Onde estão as desgraçadas das minhas criadas? – O grito da Rainha Varina ressoou pela escadaria em curva fazendo Hortense murmurar – Deixa só eles alistar essa nega aqui. Me dá um rifle deles e vê prá que lado vou apontar.

Entretanto, até mesmo a ira mais extrema de Varina Davis não conseguiu sobrepujar o prazer que senti com a angústia de Hunter e Wigfall. Eu sabia que esses homens estavam certos. O alistamento de negros para o exército da Confederação significaria o dobrar dos sinos para a escravidão mais ainda do que a Proclamação de Emancipação de Lincoln.

As senhoras brancas das famílias PFV, anteriormente mais abastadas, laboravam o dia inteiro como escrivãs governamentais. As mansões ao longo de Church Hill haviam sido transformadas em pensões, seus bens mais elegantes colocados em leilão. E agora os negros talvez fossem armados para lutar ao lado dos mesmos brancos que eram seus donos. Embora a guerra pudesse alongar-se por mais algumas semanas, parecia que o assim chamado estilo de vida sulista já deixara de existir.

Até mesmo a Rainha Varina viu o que isso implicava. Por todo o mês seguinte, sempre que o marido deixava sua cama de enfermo para voltar a seu escritório na Customs House, homens estranhos vinham visitá-la. Eles saíam da Casa Cinza carregando móveis, enfeites e até mesmo qualquer reserva de comida que ela acumulara no porão. Qualquer objeto grande demais para ela levar quando deixasse a capital foi vendido, sem importar se tais itens pertenciam aos Davis ou não. Enquanto houve moeda de troca, ela pechinchou o que podia, mantendo seus negócios em sigilo completo do marido.

Pela primeira vez eu não estava em uma posição para criticá-la. Esperando o momento certo e enganando Jeff Davis, ela não era muito diferente de mim.

Nem Hortense nem eu deixamos de mostrar que entendíamos o que estava acontecendo quando o primeiro de abril chegou e arrumamos as malas da Rainha Varina e de seus filhos para sua partida final de Richmond.

*Mary El, acorde agora, filha.*
Me deixa dormir, Mamãe, me deixa dormir.
*Somos seus pais, então você sabe que é melhor ouvir. Você precisa acordar.*
Mas, Papai, tenho trabalhado tanto, preciso descansar. Você estava aqui, você me viu. Diga a Mamãe.
*Minerva, é verdade que a menina trabalhou muito...*
Esse trabalho está quase pronto e você sabe disso, Lewis. Mas não deveria terminar assim.

Quase pronto, Mamãe, sim. A Rainha Varina já se foi. Há rumores de que Jeff Davis irá em breve também. Fiz exatamente como você sempre me disse. Mas foi um trabalho árduo e estou muito cansada. Por que ele não pode acabar agora?
*Desgraça, Mary El. Você precisa sair daí imediatamente.*
Quero ficar com você. Se eu apenas deitar aqui por um minutinho...
*O vento está soprando do sul hoje.*
Sr. Jones, é você? O vento não precisa mais soprar do sul. A liberdade está chegando, juntamente com as tropas da União. Estará aqui hoje talvez, ou amanhã.
*Ela tem de acordar. Por que ela não acorda?*
Mamãe? Sua voz soa estranha.
*É o desgraçado do vento, soprando feroz, carregando o fogo infernal com ele. Não temos muito tempo até ficarmos tão enfraquecidos quanto essa moça.*
Quem está aí? Como você entrou aqui?
*Ela está delirando. Não podemos mais deixá-la deitada aqui.*
A mão de alguém por baixo de meu pescoço, um braço estranho por baixo de minhas pernas. Eles me levantam da cama. Carregam-me escada baixo.
*Vamos descansar um pouco aqui. O ar não está tão fétido, e temos um caminho longo para carregarmos ela.*
*Não posso descansar até ela estar segura. Ela não pausou quando era minha vida que estava ameaçada. Não posso fazer de outra forma.*
Explosões. Gritos. Uma porta escancarada. Mãos em mim novamente, puxando. Eu deveria lutar. Wilson disse que eu deveria, se alguém me atacasse. Mas estou tão cansada. Tão cansada.


Algo estava sendo forçado por minha garganta abaixo.
– Engula isso. Thomas precisa ficar aqui para cuidar dos escravos, e eu não posso carregar você sozinha.
Pisquei os olhos. Em meio à escuridão fumacenta, vi os currais de escravos de Omohundro. O Meio Acre do Diabo nunca honrara tanto seu nome, chamas, fumaça e gritos.
– Senhorita Bet? Por que você me trouxe para cá? – Ela parecia não me ouvir. Eu não conseguia fazer as palavras saírem corretas.
– Não tente falar. Você não tem nenhuma voz neste momento. – Ela inclinou o cantil que segurava, enviando outro jato de água metálica em

minha boca. – Você consegue ficar em pé? Coloca o braço ao redor de meu pescoço, assim. Se eu passar a mão por sua cintura, dessa forma, você consegue andar? Apoia em mim, temos de tirar você daqui.

Bet Van Lew nunca prestara muita atenção aos "faça isso e faça aquilo". Mas andar de braços dados com uma negra pela rua Broad? Ainda bem que estava muito escuro, e todos corriam para cima e para baixo feitos loucos. Eles não pareciam vê-la, ou a mim.

O odor era tão forte que me despertou por completo.

– Destilado aromático de amônia pode piorar a condição dela ainda mais, se ela inalou tanta fumaça quanto você diz.

– Não posso simplesmente deixá-la deitada lá.

Lentamente, como se abrindo uma ostra, forcei minhas pálpebras a afrouxarem. Estava deitada na cama de Bet. As mulheres Van Lew se debruçavam sobre mim, seus rostos contraídos de preocupação.

– Graças a Deus você está bem – Bet disse. – Temíamos que talvez...

Tentei perguntar o que acontecera, mas a dor rasgou minha garganta.

Bet colocou uma mão sobre minha bochecha, seu toque mais tranquilizador do que eu esperava.

– Você não deve tentar falar. – Ela se afastou da beira da cama para procurar algo na mesa do outro lado do quarto, retornando com uma caneta e um pedaço de jornal.

*Minha casa pegou fogo?* Escrevi.

– Muito possivelmente. Os confederados incineraram o arsenal de Richmond antes de fugirem, incendiando metade da cidade. Mamãe e eu podíamos ver a conflagração daqui. Quando Thomas e eu chegamos à sua casa, o ar estava cheio de fuligem. – Ela fechou os olhos por um momento. – Sinceramente, pensei que talvez tivesse perdido você.

Peguei a caneta. *Obrigada, Srta. Bet. Por salvar minha vida.*

Ela fechou a cara quando leu isso.

– Um sentimento tão importante, pelo menos você devia dizer isso de uma maneira apropriada. – Pegando a caneta, ela riscou a palavra *Srta*. – Agora que Davis e sua laia de traidores deixaram a cidade, você pode me chamar como nós quisermos. – Ela sorriu em triunfo. – Você deveria descansar. Se você precisar de alguma coisa, toca a sineta.

Ela apontou para a mesa de cabeceira, para a mesma sineta que sua mãe usara sempre que queria chamar um dos escravos dos Van Lew para servi-la.

Gritos entraram pela janela aberta, me acordando de um repouso profundo. Não os gritos apavorados que ouvira anteriormente. Eram gritos de alegria. Cantoria e aclamações.

Saí da cama, vesti o roupão de Bet sobre minha camisola, desci as escadas e passei pelo corredor. Encontrei Bet e sua mãe na varanda de trás. Para o oeste e sul, chamas e fumaça engolfavam a cidade. Porém, mais perto do que isso estava um espetáculo ainda mais impressionante de se ver.

Filas de soldados vestindo o azul dos federais marchavam pela rua Main. Até mesmo do topo de Church Hill, podíamos perceber a marca da bravura que a vitória estampara em seus rostos. Rostos em todos os matizes de marrom – um corpo de exército inteiro das USCT, conquistando Richmond afinal.

– Você não devia estar de pé – Bet disse. – Você passou por uma grande tensão e sem o descanso apropriado...

Eu a interrompi, minha voz era um grasnar estridente.

– Meu marido está lá. Pretendo encontrá-lo.

Ela começou a me repreender por ser tão teimosa a ponto de me colocar em risco até sua mãe a interromper.

– Não suponho que Mary possa ter muita fé em suas afirmações dada a maneira como você mesma se comportou.

Pensei que Bet se ressentiria, como sempre, de receber esse sermão, quando respondeu:

– Mary e eu... e você também, mamãe... todas as três temos mostrado o verdadeiro patriotismo que...

– Deveríamos mostrar – eu disse.

Sua mãe riu pela forma com que terminei a sentença, e Bet nos olhou tão feliz quanto uma criança na manhã de Natal. Mandando-nos entrar novamente, Bet instigou nós três a vasculharmos seu armário e o de sua mãe. Enquanto examinávamos suas roupas gastas pela guerra em busca de algo que me servisse, as mulheres Van Lew se empenharam na tarefa com a mesma concentração que Hattie e suas irmãs tiveram para me vestir para meu primeiro baile. Apesar de cansada, meu coração estava mais animado do que se eu estivesse usando o melhor vestido de baile quando vesti a combinação esdrúxula de blusa e saias emprestadas e coloquei uma touca de, pelo menos, quinze anos de idade sobre minhas tranças.

– Se cuida – minha ex-senhora disse, quando, finalmente, fiquei suficientemente apresentável para aparecer em público. – Os soldados federais terão muito a enfrentar, e não apenas as chamas. Você é bem-vinda aqui por tanto tempo quanto deseje permanecer, embora suponho que possamos não ser a única casa em Richmond a descobrir que seus membros negros partiram hoje.

Guardei com muito apreço suas palavras enquanto caminhei pela rua Main, da mesma forma que eu e Mamãe fizemos em muitos domingos de minha infância. Os habitantes negros de Richmond enchiam a rua, cantando todas as canções de júbilo que conheciam e inventando composições novas quando aquelas esgotaram. Testemunhei todas as maneiras de abraços e beijos, risos e choros entre a multidão. Porém, as USCT continuaram a marchar, seus integrantes parecendo mais distintos do que qualquer outra tropa que a cidade vira no passado.

Até aquele momento, eu ainda não entendera direito que meu marido, que não fora escravo nem um dia de sua vida, nunca pôde acreditar que era verdadeiramente livre até ser forçado a obedecer as ordens de outro homem – as de um homem branco. Dizem que a guerra, com sua mutilação e matança majestosas, transforma os homens em animais. Porém, os negros que vestiram uniformes e lutaram esculpiram sua humanidade da massa bruta do combate, conquistando uma liberdade tão justa, certa e plena, a qual nenhum branco poderia ter concedido a eles.

Agora, ali em Richmond, essa humanidade brilhava diante de nós. Tendo nascido em liberdade ou na escravidão, crescidos no Sul ou no Norte, essas legiões de soldados de cor emanavam uma nova individualidade, esculpida em seus traços e enfatizada por sua marcha. Rezando para que esses homens preciosos e nós, por quem eles haviam lutado, pudéssemos preservar toda a força e graça dessa recém-adquirida individualidade quando a guerra terminasse, juntei-me à multidão que seguia no rastro das tropas.

Cruzamos o Shockoe Creek e viramos para norte, contornado a área em chamas para chegarmos à praça Capitol. Após chegar ao gramado, o corpo de exército se dividiu em companhias. Todos os negros em Richmond pareciam estar procurando por alguém entre as USCT. Sabendo que eu não tinha muito tempo para procurar por Wilson antes que eles todos fossem convocados para combater o incêndio, fui ziguezagueando de um grupo de soldados para o outro.

Finalmente, espiei uma bandeira que ostentava a legenda *Sic Semper Tyrannis* e a cena marcial de David Bustill Bowser. Enquanto abria caminho em direção ao porta-bandeira, ouvi um assovio baixo. Uma voz familiar exclamou:

– Bowser, aquela mulher toda elegante é sua esposa?

Virei-me e deparei com George Patterson e Wilson rindo. Quase saltitei para chegar até eles, beijando meu marido e abraçando nosso amigo.

Wilson fez um gesto com a cabeça desaprovando meus trajes apressadamente adquiridos.

– Da maneira como você aprecia a convivência com aquela tal de Bet Van Lew, suponho que eu deveria me felicitar por não encontrá-la em algodão e camurça.

Não me importei em explicar por que estava vestida daquela forma. Não estava muito disposta a confirmar o que ele deve ter suspeitado, que o fogo fora de controle provavelmente consumira nossa casa e a loja dele, juntamente com o resto do bairro comercial de Richmond.

– Nem todos podemos estar tão bem-vestidos quanto você, querido marido, dentro desse belo uniforme. Admito, ele faz uma senhora de cor se orgulhar de olhar homens assim.

– Homens? Pensei que minha esposa não tivesse olhos para nenhum homem a não ser para mim.

George levantou as mãos até a ponta do boné, afastando as cinzas que caíam como flocos de neve brilhantes.

– Nenhum de nós vai ter olhos, isso sim, se esse vento continuar.

Mas, sorri para ele.

– George Patterson, você sabe aquilo que o pai de Hattie sempre disse. Quando o vento sopra do sul, nada que você diga ou faça pode pará-lo. Nem mesmo o exército inteiro de Bobby Lee.

Nada, contanto que eu fizesse minha parte para ajudar a colocar todos os escravos em liberdade.

\* \* \*

O incêndio ainda ardia quando cheguei à Casa Cinza na manhã seguinte. A guarda federal disposta ao redor do perímetro da propriedade não gostava mais da ideia de deixar passar uma empregada negra do que seus equivalentes entre os confederados. Tentei imaginar o que esses soldados vestidos de azul diriam se soubessem como ajudara seu exército durante toda a guerra.

Cheguei à Casa Cinza com uma sensação irritante de que meu trabalho ainda não terminara. Porém, enquanto atravessei o porão e subi até o primeiro andar, não consegui ainda entender o que me impelia a voltar para aquele lugar. A mansão parecia tão quieta quanto um sepulcro. Jeff Davis e seus assessores haviam fugido da cidade horas antes da ignição dos fogos de evacuação. Hortense e os outros criados negros se dispersaram com igual velocidade nos ventos da liberdade. Esvaziados dos bens preciosos que a Rainha Varina vendera ou levara com ela, os cômodos vazios pareciam ecoar a derrota dos confederados.

Passando minhas tranças por trás das orelhas, subi desafiadoramente a escada central em curva e entrei no escritório abandonado de Jeff Davis. No entanto, a decepção engoliu meu espírito contestador quando vi que a escrivaninha e a mesa haviam sido totalmente esvaziadas de papel.

Um grande tumulto começou do lado de fora. Correndo para a janela da sala de recepção, vi uma imensa multidão se encaminhando para a casa. A maioria deles era negra, uma procissão de civis seguia a cavalaria das USCT. Com uniformes impecáveis e montados orgulhosamente em cavalos elegantes, as tropas de cor estabeleciam um contraste marcante com os confederados esfarrapados que enchiam as ruas de Richmond havia apenas quarenta e oito horas.

Os soldados brancos que guardavam o lado de fora da casa se puseram em posição de sentido quando a cavalaria parou. No entanto, quando um homem branco alto vestindo roupas civis que estava na frente da multidão acenou para eles e se dirigiu para a entrada da Casa Cinza, eles esqueceram sua postura militar e começaram a aplaudir.

Percebendo quem o homem que inspirava tal devoção devia ser, desci correndo as escadas para abrir a porta da frente.

– Seja bem-vindo, Senhor Presidente.

Abraham Lincoln sorriu, fazendo um cumprimento com o chapéu mais alto que eu já vira. De longe, fiquei impressionada por sua semelhança com Jeff Davis, os ossos faciais altos e proeminentes que definiam os rostos dos dois homens. Porém, de mais perto, percebi a diferença, o Sr. Lincoln era mais alto e mais magro, nem de perto tão bonito, mas com uma gentileza em seus olhos cinzentos que o Jeff Davis dispéptico nunca mostrara.

– Quem é você? – ele perguntou.

– Uma das criadas, Senhor Presidente. A única que sobrou na casa. – Dei um passo para o lado para que ele pudesse passar pela porta enquanto a multidão bradava a vitória.

– O lugar está quase vazio embora ainda haja alguns móveis – disse enquanto mostrava o escritório de Davis, no andar superior, a ele e ao oficial jovem que o acompanhava. – O senhor gostaria de sentar na cadeira de Jeff Davis?

– Acho que sim, sim. – Os olhos de Lincoln brilharam quando ele se acomodou atrás da escrivaninha. Girando para frente e para trás no assento estofado, ele parecia tão encantado quanto uma criança na manhã de Natal. A queda de Richmond era um presente tão grande para ele quanto para todos os antigos escravos que estavam do lado de fora aplaudindo eufóricos.

O soldado me mandou pegar algo fresco para beberem. Precisei procurar por algum tempo pelo que sobrara da louça da dispensa antes que pudesse encontrar até mesmo umas canecas simples para encher e levar para eles. Os dois homens estavam envolvidos na conversa quando voltei, o presidente balançando a cabeça e dando risadas.

– Só há água para lhes oferecer – disse. – Faz vários meses desde que tivemos chá ou cerveja ou até mesmo apenas limões e açúcar na Casa Cinza.

Lincoln pegou a caneca que eu segurava para ele.

– A água na Casa Cinza será mais doce para mim do que champanhe na Casa Branca jamais foi. – Enquanto sorvia o primeiro gole, seu pomo de Adão subiu e desceu em seu pescoço. – Muito bem, se você tiver um momento para matar a curiosidade de um estranho, diga-me, como era trabalhar para Jefferson Davis?

Nunca imaginei que ele jamais tivesse ouvido o nome de Mary Bowser, de Bet Van Lew, ou o de Thomas McNiven. E com Richmond derrotada e os sinos da liberdade dobrando afinal, não precisava de vaidade autocongratuladora. Porém, vi com orgulho humilde como meu presidente sorriu quando respondi.

– Eu não estava trabalhando para Jeff Davis. Trabalhei para a liberdade, e para o senhor, Presidente Lincoln.

# Agradecimentos

Queria ser inteligente o bastante para elaborar esses agradecimentos de forma que pudessem ser cantados ao som da música de "The Battle Hymn of the Republic", como uma vez jurei fazer. No entanto, tendo me beneficiado do apoio de tantas pessoas e instituições, o mais perto que posso chegar é *Glory, glory, hallejuah, my thanks go marching on...*

Michele Jaffe me disse para escrever este livro. Ela, Rosemary Weatherston, Nan Cohen, Leslie Bienen, Molly Gloss, Stephanie von Hirschberg e Willa Rabinovitch leram versões iniciais de alguns ou de todos os capítulos e mostraram uma grande paciência com meus primeiros rascunhos, apresentando ideias inteligentes sobre o que podia ser melhorado. Professores maravilhosos em Harvard (sobretudo Werner e Tania Modleski) e na UCLA (em especial Valerie Smith, Richard Yarborough e Martha Banta) me ensinaram a ser criteriosa com as pesquisas, a escrita e as ideias sobre a literatura e cultura americanas assim como a ter prazer com elas, embora *Os segredos de Mary Bowser* não seja o que tanto eles quanto eu pensávamos que estavam me ensinando a escrever. Ainda assim, o livro é fruto do que aprendi com eles. David Garret e Judy Stone gentilmente me deixaram aproveitar o acesso que têm a acervos universitários. Ben Metcalf, após ter passado muitos anos escondido, primeiro na Virgínia e, depois, no coração das letras americanas, estimulou minha audácia quando me autodeclarei uma romancista de Richmond – ele não tem ideia do quanto sua confiança em mim me fez acreditar que eu realmente podia conseguir escrever este livro.

Portland, Oregon, tem muitas riquezas, entre as quais está a maior rede de bibliotecas públicas nos Estados Unidos e a livraria Powell, fontes valiosas para minha pesquisa. (Vote a favor da emissão de obrigações financeiras para financiar a construção de bibliotecas e apoie as livrarias locais, pois o que elas oferecem à comunidade é muito mais do que dinheiro.) Fiz uso de muitos artigos e livros acadêmicos para tornar mais preciso o relato da história de Mary Bowser, e saúdo a todos os pesquisadores cuja diligência nos permite entender as nuances da história americana. Uma bolsa de estudos Ruby e outras formas de apoio dos professores de Reed

College me possibilitaram viajar para vários sítios históricos, sendo o mais importante a Casa Cinza, hoje mais conhecida como o Museum of the Confederacy. Meus alunos na UCLA, Reed e em muitos seminários Delve (para os quais tive a imensa sorte de lecionar por toda a cidade de Portland) lembraram-me diversas vezes do poder e do prazer que a literatura pode dar a seus leitores. Paulann Petersen e Peter Sears ofereceram modelos de graça e humor, assim como lições em precisão e revisão que trouxeram toques poéticos para minha prosa. Ariel Gore foi um exemplo de como se tornar um escritor famoso antes que um de nós estivesse um pouco perto da morte. Bruce, Audrey Jane, "Lincoln Fedido" e Isabelle, "a Caneca", me convenceram a gastar mais alguns minutos – que, de alguma forma, se transformaram em muitas longas horas de escrita e revisão. Amigos numerosos demais para serem mencionados me ajudaram a suportar todo tipo de entusiasmo, mau humor e ausências, dependendo precisamente do ponto em que eu estava no processo; sou grata a todos eles e, sobretudo, a Amy Bokser e Brenda Pitts, cujos e-mails me sustentam quando as visitas são poucas e raras. E John Melville Bishop me fez parecer bonita, mesmo sem eu estar vestindo qualquer roupa de oncinha.

Desde nossa primeira conversa telefônica, eu sabia que tirara a sorte grande ao ter uma agente maravilhosa como Laney Katz Becker. Ela me incentivou a fazer um original cada vez mais forte e me orientou com inteligência e sabedoria por todos os passos para transformá-lo no livro (ou e-book) que você tem em mãos agora. Laney e suas colegas na Markson Thoma acreditaram em meu romance e fizeram um imenso esforço para levá-lo aos leitores no mundo inteiro. Minhas duas maravilhosas editoras, Laurie Chittenden, na William Morrow, e Suzie Doore, na Hodder & Stoughton, são leitoras perspicazes e defensoras magníficas de meu trabalho, e me sinto incrivelmente agradecida e igualmente sortuda por trabalhar com elas, assim como com as equipes criteriosas e meticulosas de ambas as editoras.

Como sempre, meu profundo agradecimento vai para o meu melhor leitor, aliado e amigo, Chuck Barnes, que se apaixonou por mim no século XX, tolera-me no XXI e desfruta das muitas horas em que passo obcecada com o século XIX. Como as últimas páginas de meu livro favorito dizem:

> Sou para sempre sua
> Com afeto,
> Sem fim

Este livro foi composto na tipologia Palatino LT Std,
em corpo 10/14,7, impresso em papel off-white,
no Sistema Cameron da Divisão Gráfica
da Distribuidora Record.